그래요, 무조건 즐겁게!

그래요,
무조건 즐겁게!

글 그림 사진 · 이크종

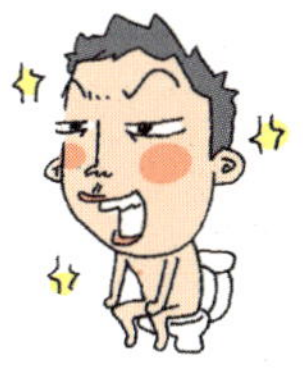

예담

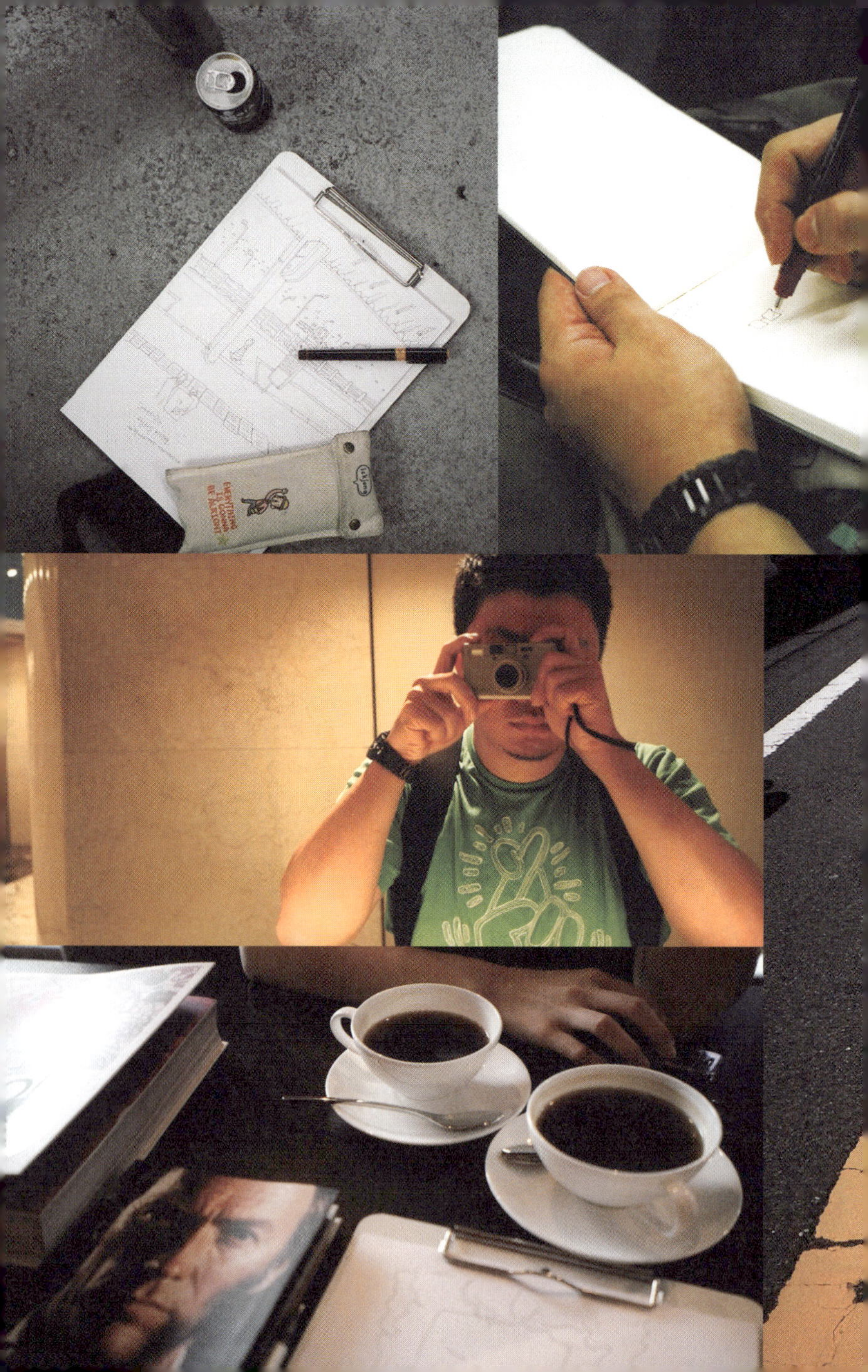
EVERYTHING IS GONNA BE ALRIGHT

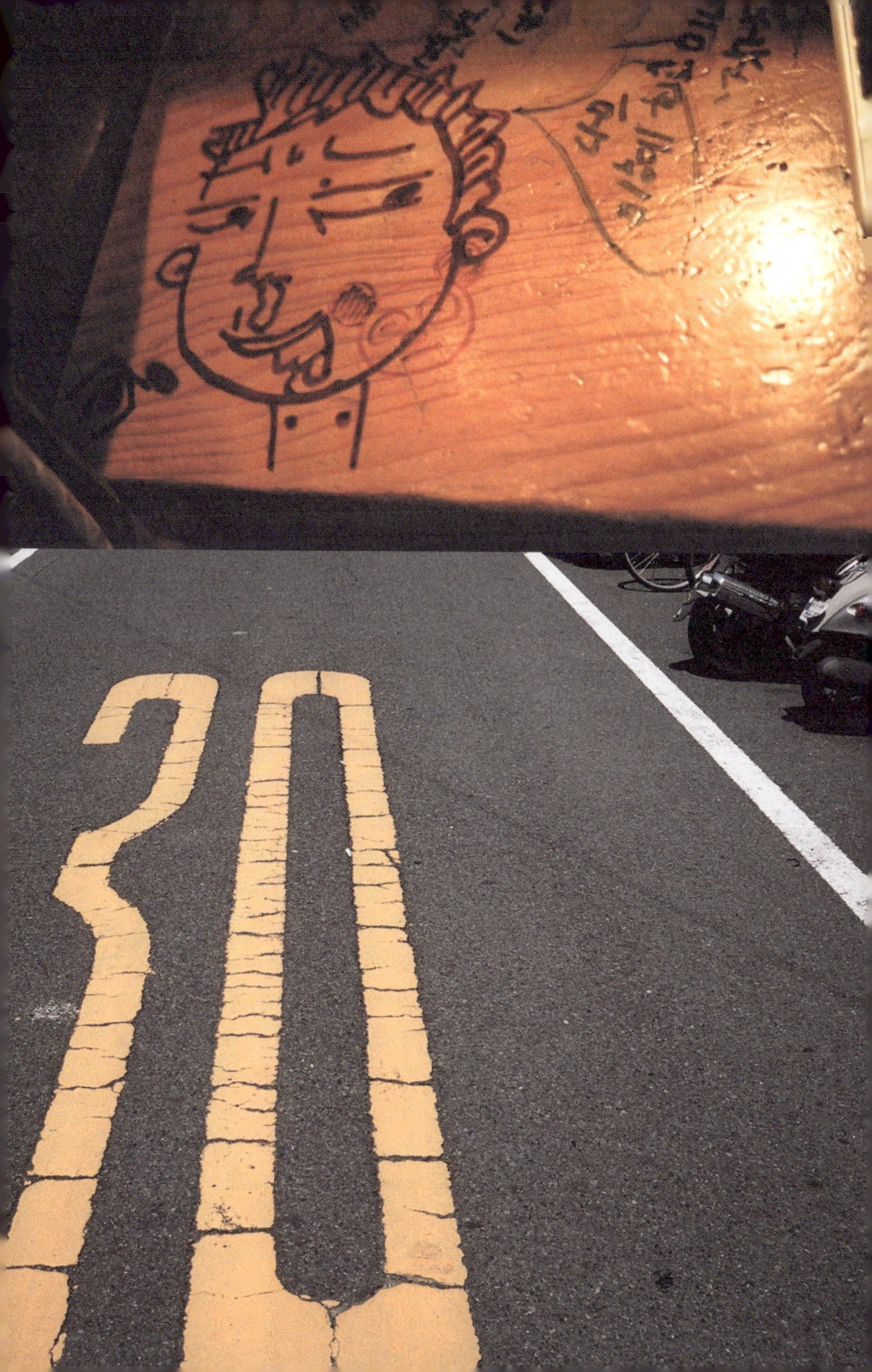

살아오면서 제일 즐겁고 신나고 기뻤던 때가 언제였는지는 아무리 생각해 봐도 잘 기억이 나지 않습니다. 대체 언제였더라. 대학에 붙었을 때, 군대를 제대했을 때, 목구멍으로 당장이라도 튀어나올 것만 같은 심장을 꿀꺽꿀꺽 삼키면서 겨우 내놓은 어수룩한 고백에 '응'이라는 대답을 들었을 때… 역시 잘 모르겠습니다. 그렇지만 오늘 뭐가 즐거웠는지는 당장이라도 줄줄 얘기할 수 있습니다. 커피가 맛있는 카페를 발견했고, 기다리던 택배를 받았고, 친구들과 혀가 아릴 정도로 수다를 떨며 맥주를 마셨고 깔깔 웃었습니다.

그런데 누군가의 눈에는 팔랑팔랑 한없이 가볍게 느껴질 수도 있는 그런 순간들이 모여서 각자의 인생을 반짝이게 만들어준다고 생각합니다. 그걸 뺀다면, 이순신 장군이나 카사노바 정도 되지 않는 한 여간 해서는 남들과 다른 삶을 살아간다는 것도 만만치 않은 일일 거예요. 그렇지 않나요? 큰 밑그림은 같다니까요. 그 위에 한 꺼풀씩 자기만의 색깔을 입혀가는 거지.

이 책은 아주 짧게 다녔던 회사에 사표를 던지고 '백수지향인생'(백수
의 삶을 지향할 뿐, 분명 백수는 아닌)을 살아온 지난 하루하루에서 건
져 올린 즐거움의 흔적들이고, 낮잠이라도 한숨 자고 일어나면 금세 어
딘가로 증발해 버릴 것 같은 지극히 작고 개인적인 순간들의 고백입니
다. 누구나 겪었을 일상의 조각들. 조금은 웃고, 그보다 좀더 즐겁길 바
랍니다.

남들보다 늦되고 불안해도 즐거운 백수지향인생이 계속되길 바라며.

2010년 8월.
이크종.

덧.
긴 시간을 기다려주신 예담출판사와 김은주님께 감사.

건축과를 졸업하고 건설회사에 갔다.

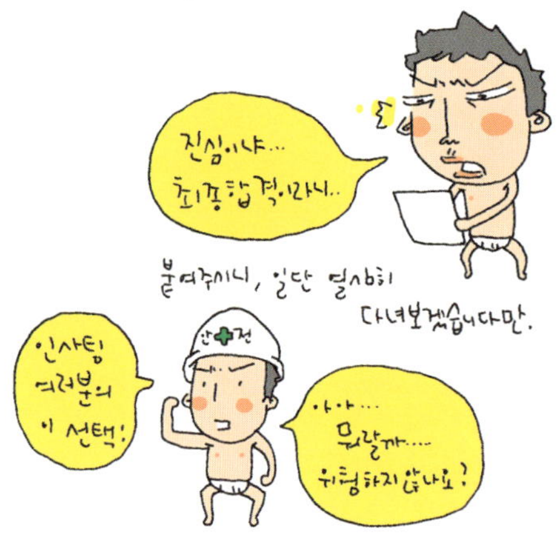

98일 후.

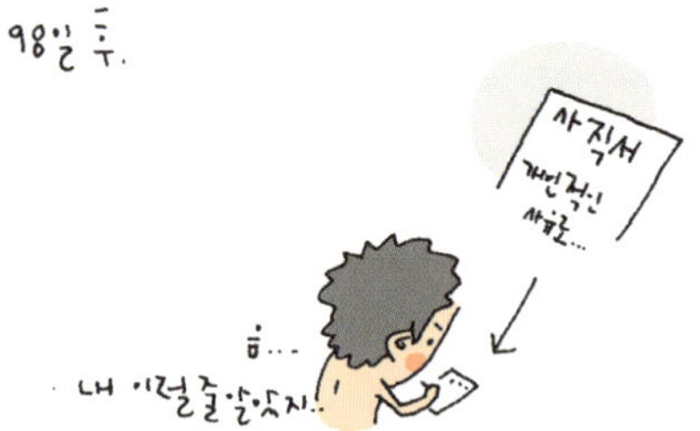

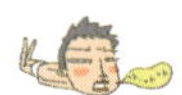

예상대로, 회사를 그만두고 제일 많이 들은 질문들.

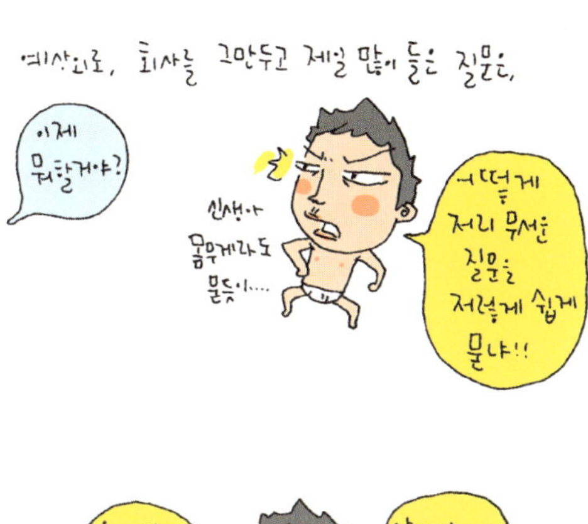

" 회사원 시절보단 즐겁게 살아주마!! "

그리고 이것이, 그 후 4년간의 백수지향인생의 흔적들, 시-작.

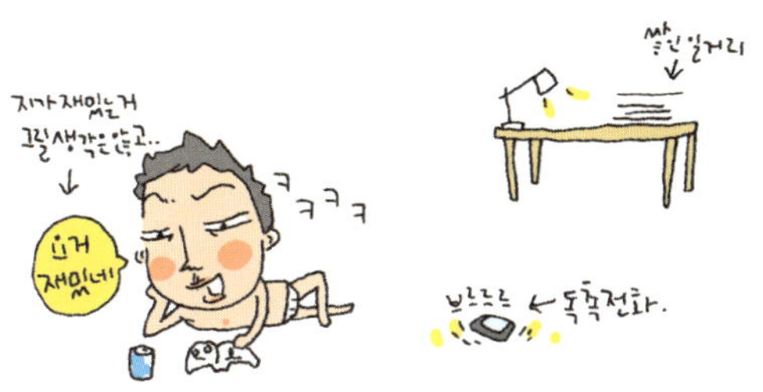

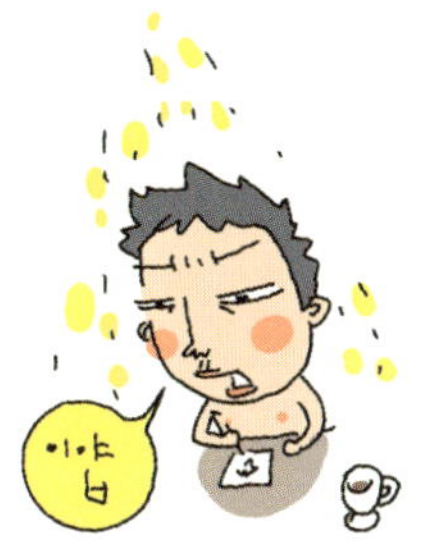

밖(카페)에서
열심히 일을 하다가

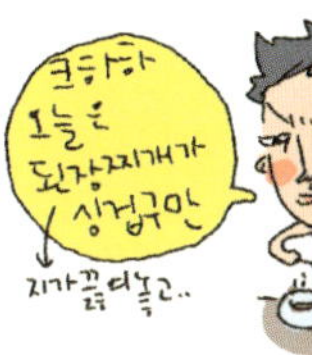

집에와서
홀로 밥을 챙겨먹고

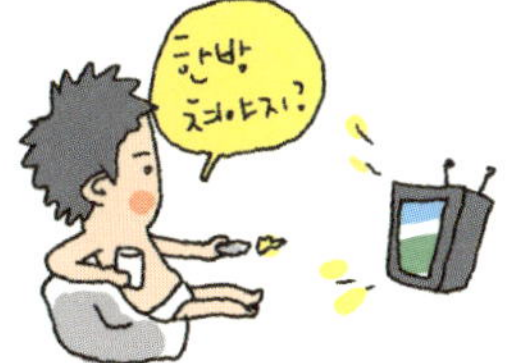

맥주 한캔에
야구를 보았네.

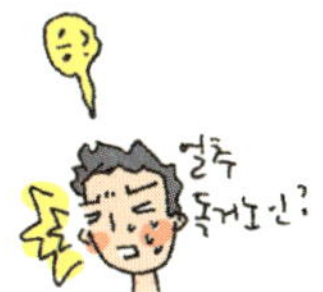

쿨하게 DKNY라고 했던가….

새로운 술버릇

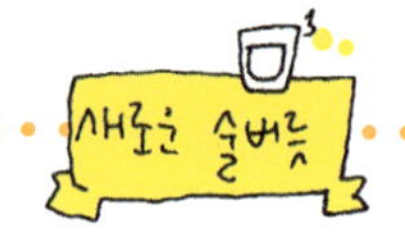

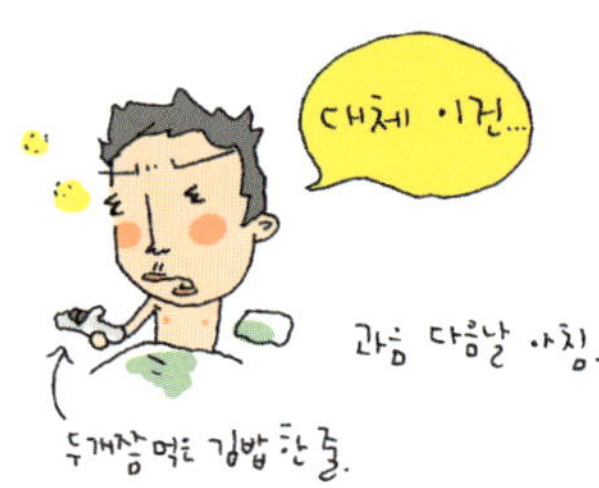
대체 이건...
가을 다음날 아침.
두개씩 먹는 김밥 한 줄.

아마도...

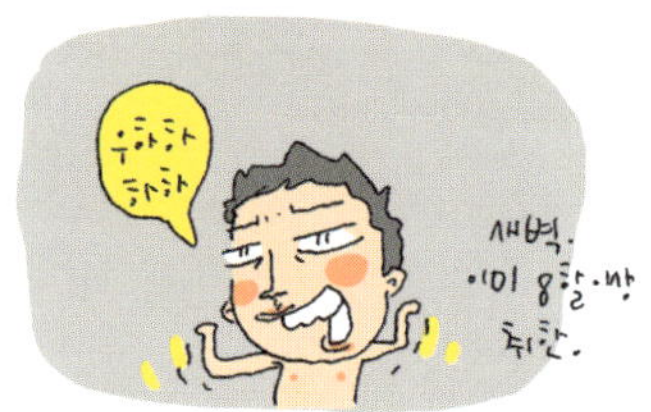
우하하 하하
새벽. 이미 8할이상 취함.

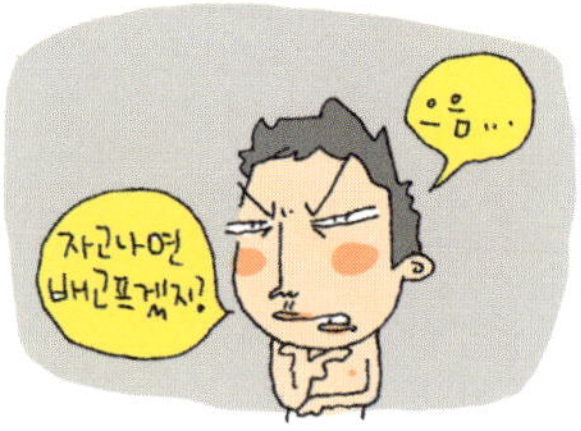
으음...
자고나면 배고프겠지?

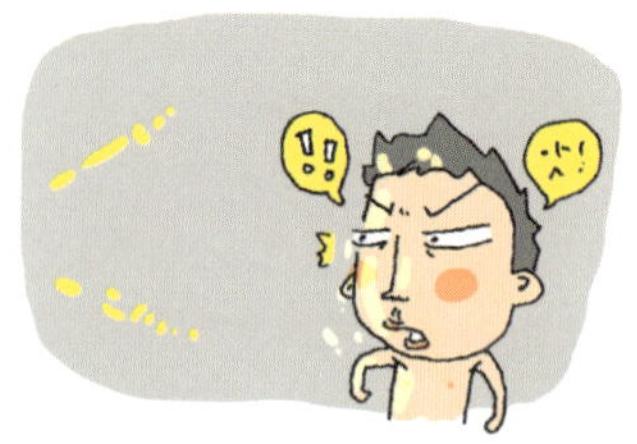
!!
앗!

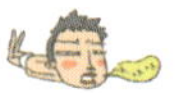

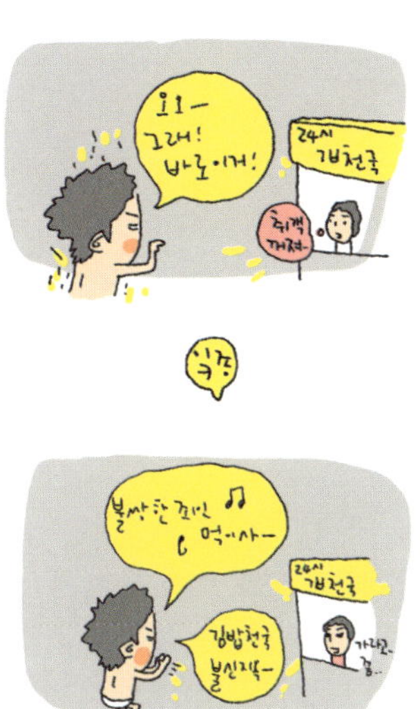
오—
그래!
바로여기!
24시
김밥천국
쩌꺽
꺼져~
싫쭈
불쌍한 꺼만
먹어사— ♫
24시
김밥천국
김밥천국
불신지옥—
가라고
좀...

집 앞에 있는 게 족발집이 아님을 다행스러워해야 할지도.

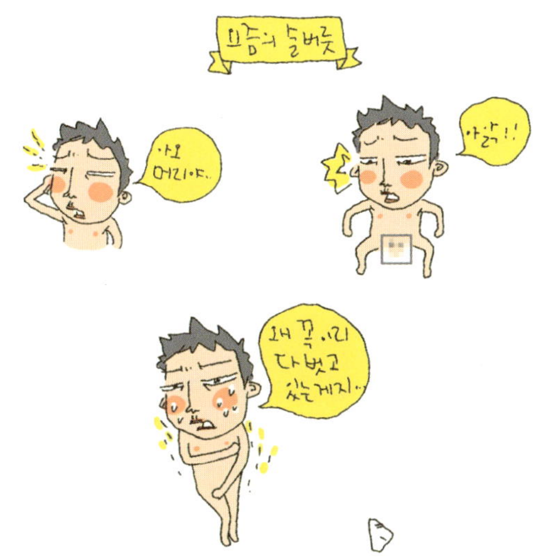
오늘의 술버릇
아오
머리야..
아약!!
내 꼭지
다벗고
있는게지..

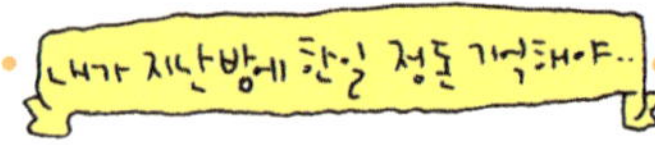
내가 지난밤에 한일 정돈 기억해야..

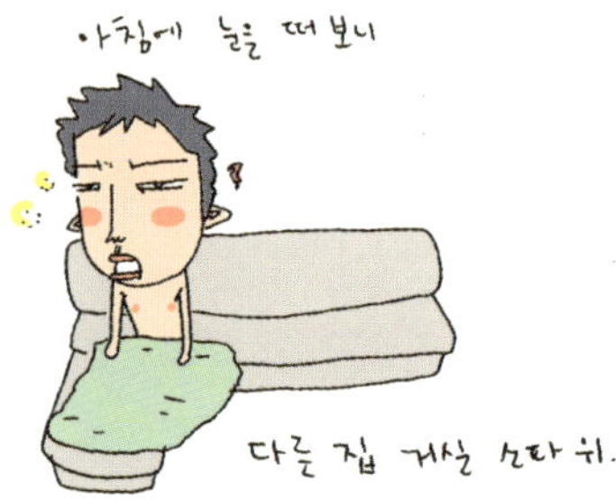
아침에 눈을 떠 보니
다른 집 거실 소파 위.

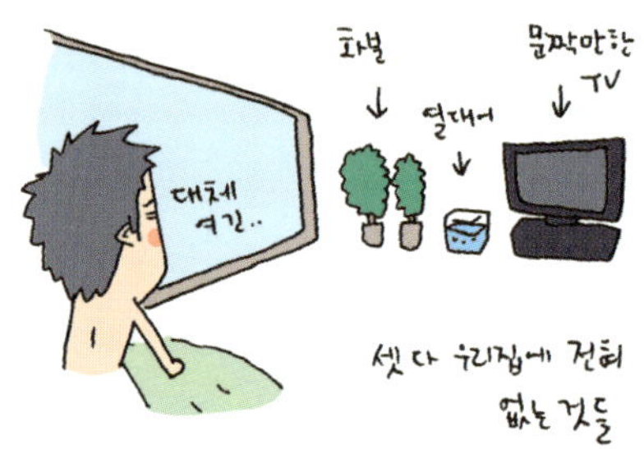
화병
열대어
물짜막한 TV
대체 여긴..
셋 다 우리집에 전혀 없는 것들

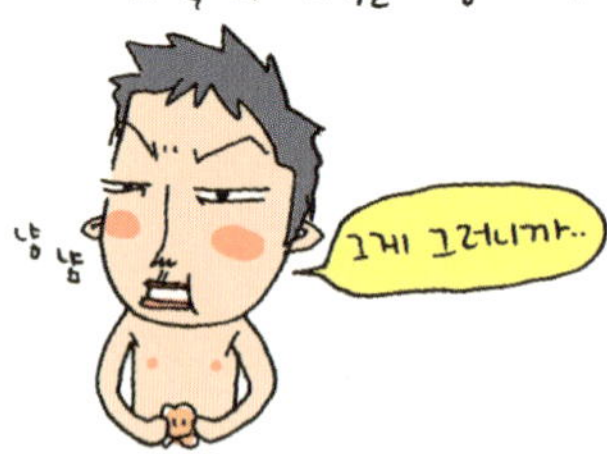
이것도 우리집에 없...
주방에서 물을 가져와서
까먹으며 기억을 더듬기시작
냠 냠
그게 그러니까..
그래.. 이 집에서 술을 마셨지..

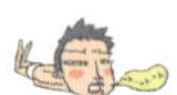

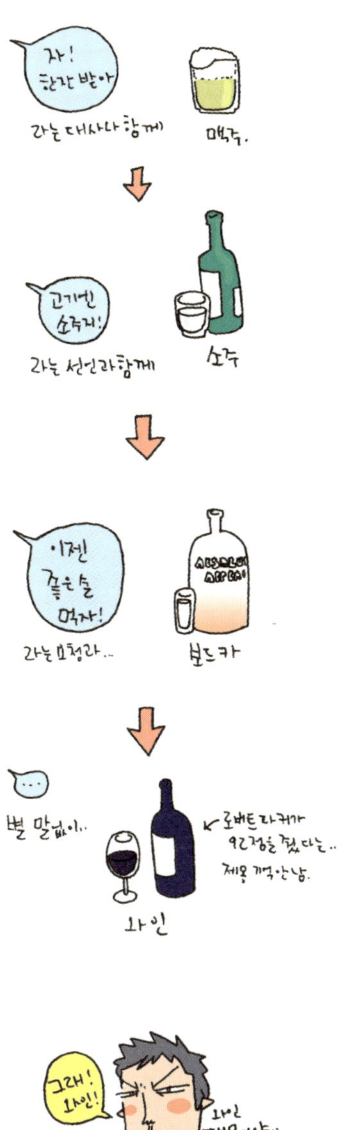
자!
한잔 받아
나는 대사나 함께
맥주.
고기엔
소주지!
나는 선언과함께
소주
이젠
좋은술
먹자!
나는 묵청과..
보드카
...
별 말없이..
로버트라커가
9C점을 줬다는..
제목 기억안남.
와인
그래!
1차인!
와인
때문이냐..

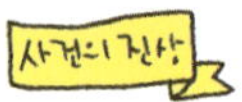

사건의 진상

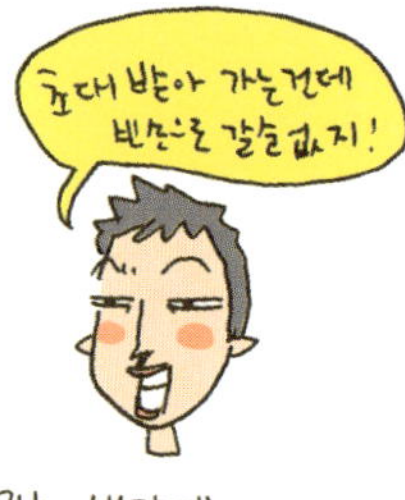

초대 받아 가는건데
빈손으로 갈순 없지!

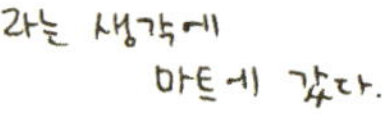

라는 생각에
마트에 갔다.

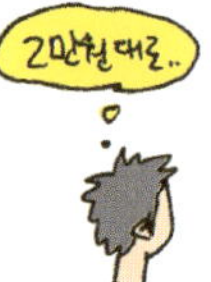

2만원대로..

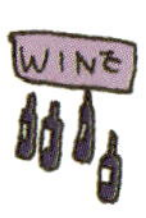

WINE

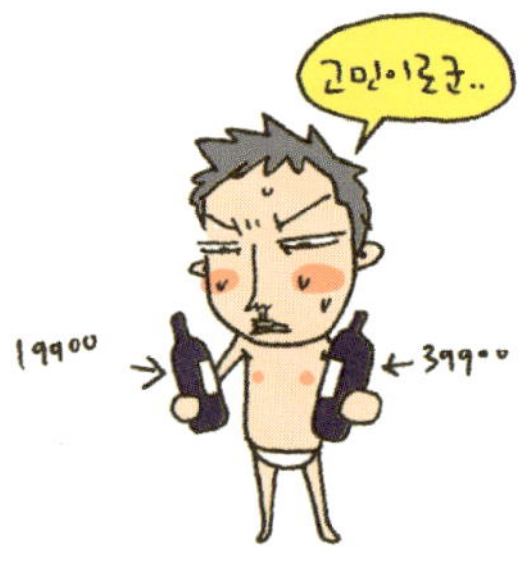

고민이로군..
19900
→
← 39900

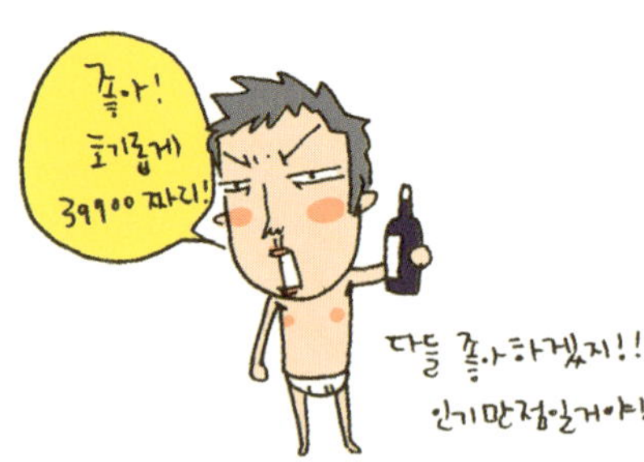

좋아!
호기롭게
39900 짜리!
다들 좋아하겠지!!
인기만점일거야!

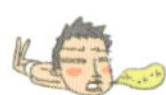

그런데 막상 술자리..

다들 보드카만
먹고 있잖아!!

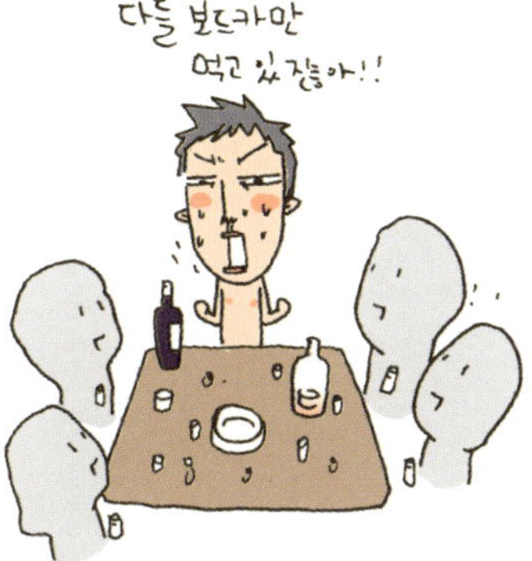

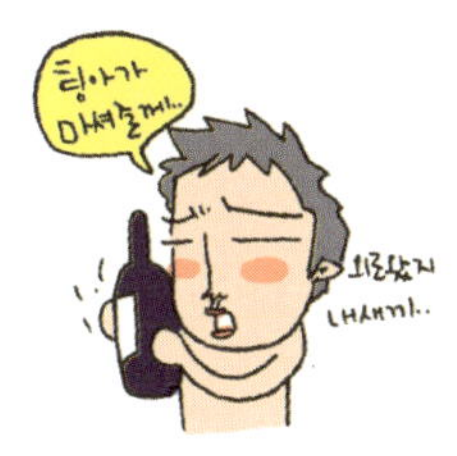

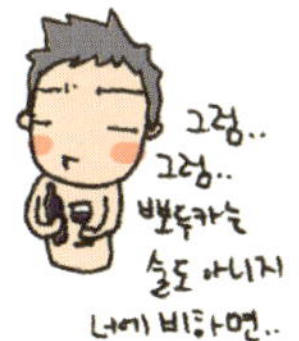

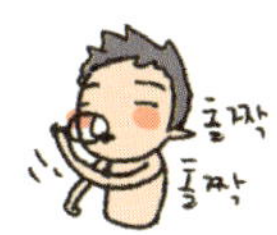

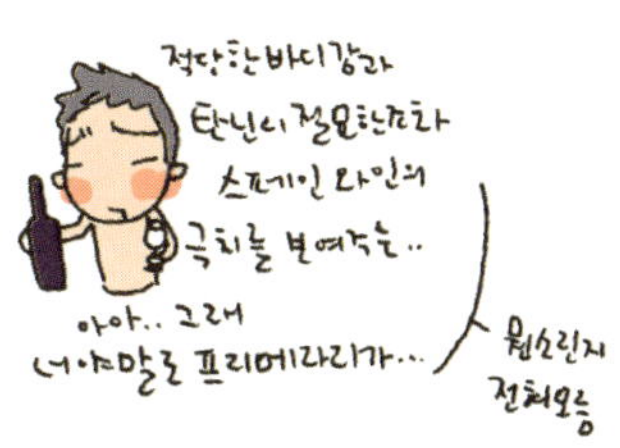

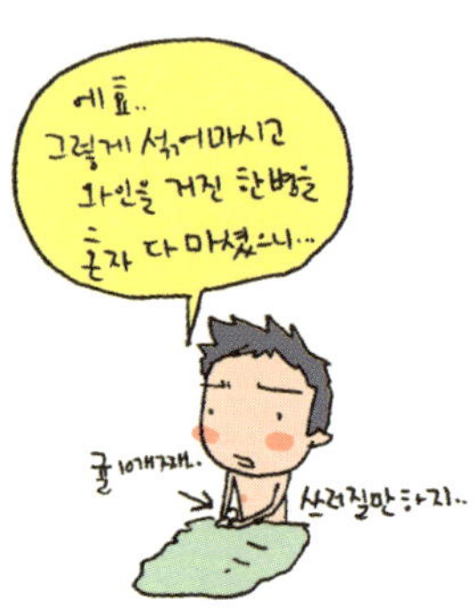

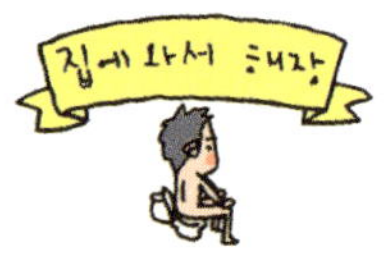

생각해보면, 미즈의 술버릇이 없었더라면
큰일 날 뻔했어!!

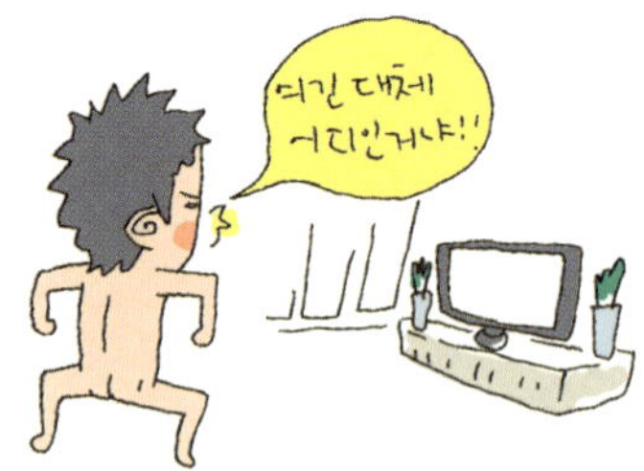

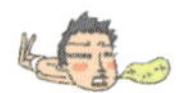

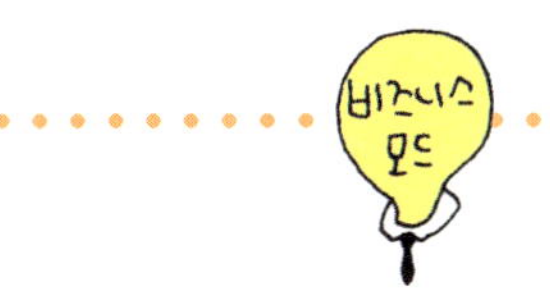

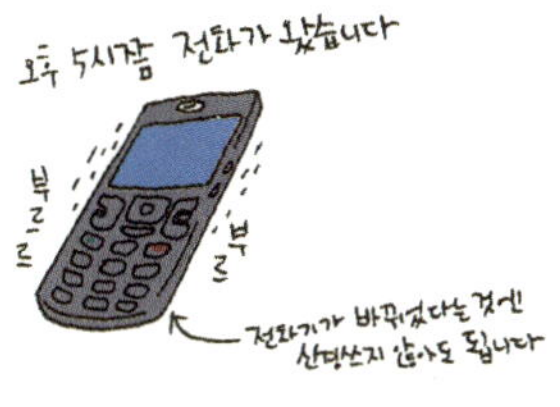

오후 5시쯤 전화가 왔습니다
부르르
부르르
전화기가 바뀌었다는 것건
신명서지 않아도 됩니다

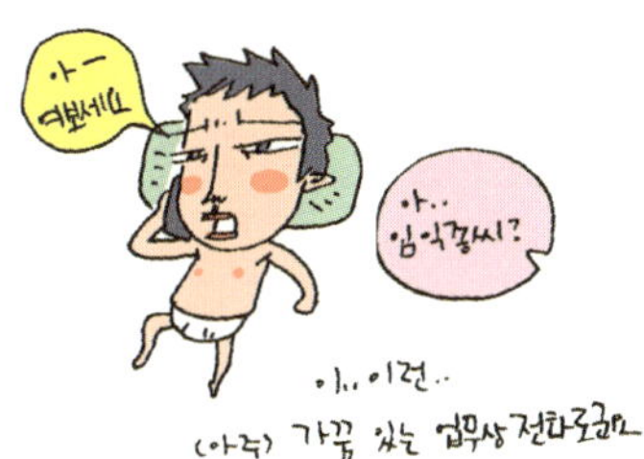

아— 여보세요
아.. 임익창씨?
아.. 이건..
(아직) 가끔 있는 업무상 전화로군요

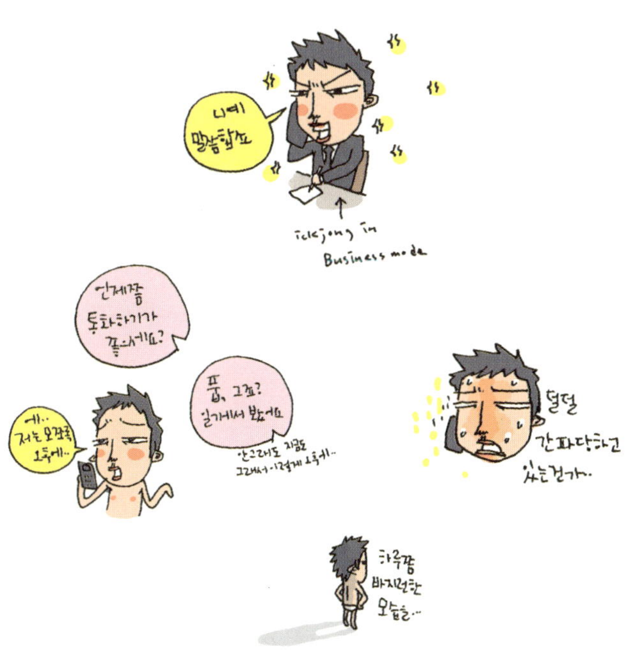

니네
맘쌀함쇼
Telejong im
Business mode
언제쯤
통화하기가
끝나세요?
프흡, 그죠?
길가서 봤어요
네..
저는 오겪록
1쭉에..
안그래도 지금도
그래서.. 이렇게 1쭉게..
덜덜
간파당하고
있는건가.
하옥쯤
바지련한
오늘을..

아침에 전화 오면 무서운 건 나뿐인가요.

이사 전날

서울시 마포구 성산2동 성산시영아파트에서의 마지막 밤.
내일이면 이곳을 떠나 새 보금자리로 간다.
물리적 거리로도 3킬로미터가 채 안 되고
심리적으로야 동네 안에서 살짝 엉덩이만 비껴 앉는 기분이다.

포장이사라서 쓰레기까지 고스란히 옮겨다 준다지만
노파심에 자잘한 물건들을 가방에, 박스에 챙겨 담았다.
벽에 잔뜩 붙어 있던 그림이며 엽서들을 하나씩 떼고 있으려니
살짝 코끝이 짠하다.

이 집에서 취업에 대한 고민을 했고,
졸업 이후에 대해서 생각했고,
첫 출근을 했고,
회사를 그만두어야겠다는 결심도 했고,
그림을 그리는 한 사람으로서의 시작도 했다.

고작 2년 사이에 참.

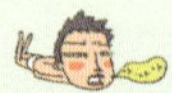

뭐가 어디 들었는지 솔직히 잘 모르겠는 박스들 몇 개와
쓸모없는 물건들로 가득 찬 가방 몇 개를 앞에 두고 앉아서
한참 생각에 잠겼다.

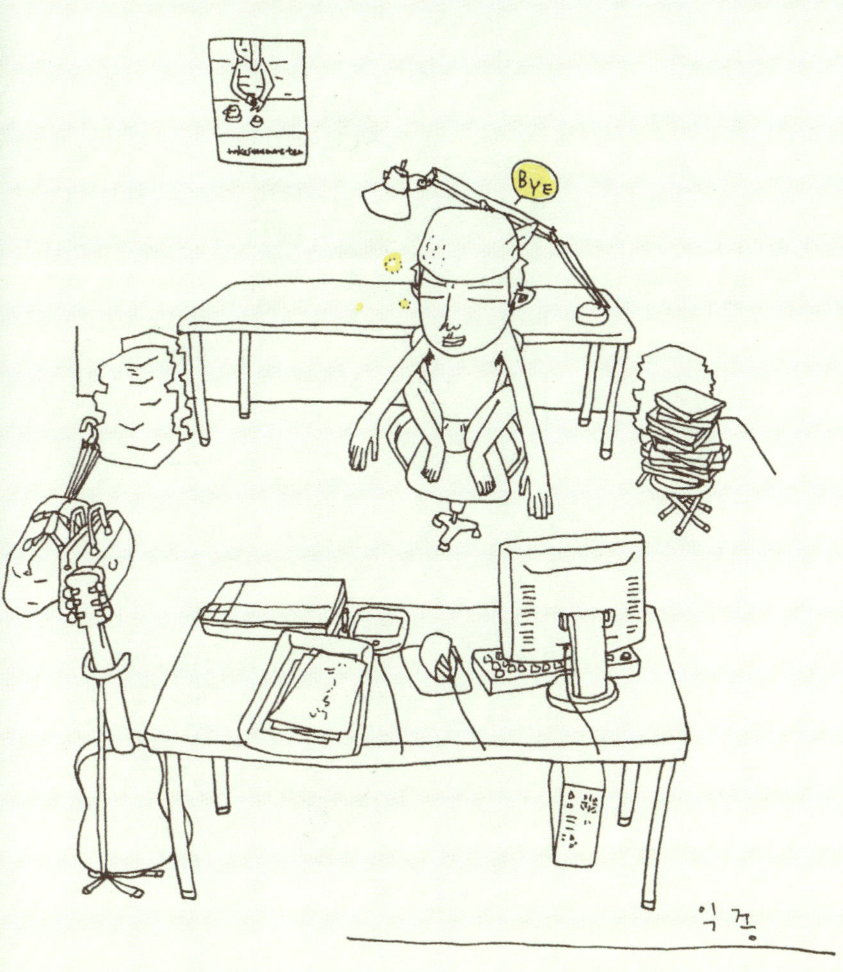

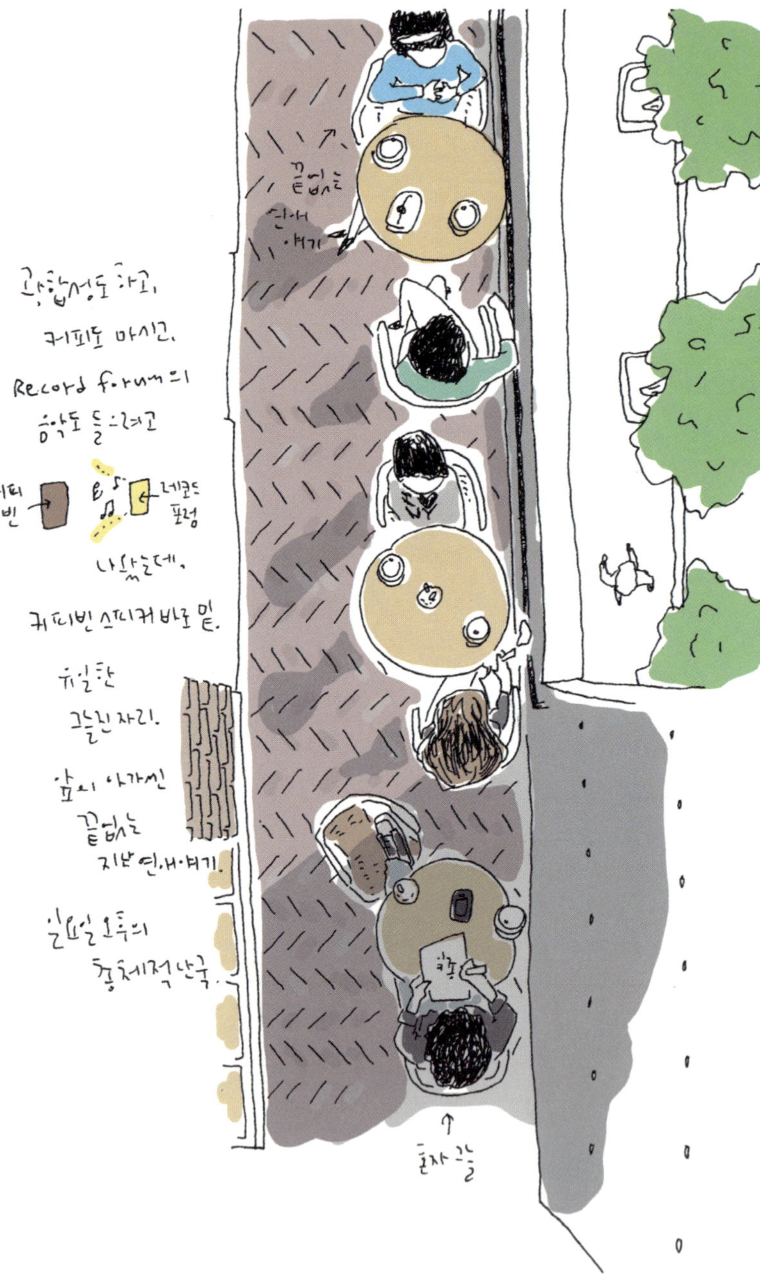
Record forum의

적어도 이때는,
나만 혼자 그늘에 앉아서
관심도 없는 남의 연애 얘길 듣는 것보다
더 슬픈 일이 뭔지 상상조차 할 수 없었어.

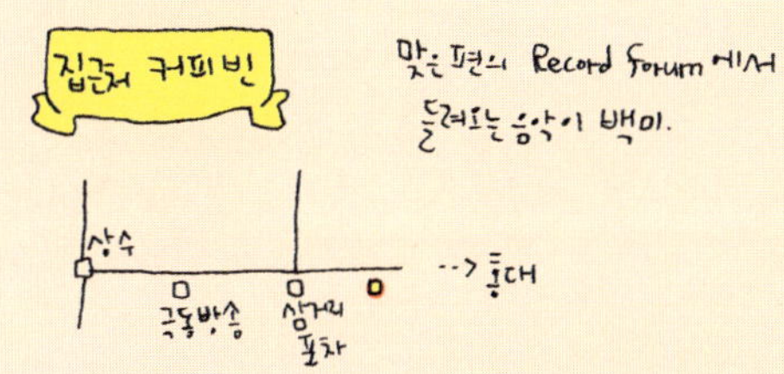

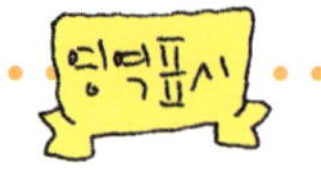

잉여표시

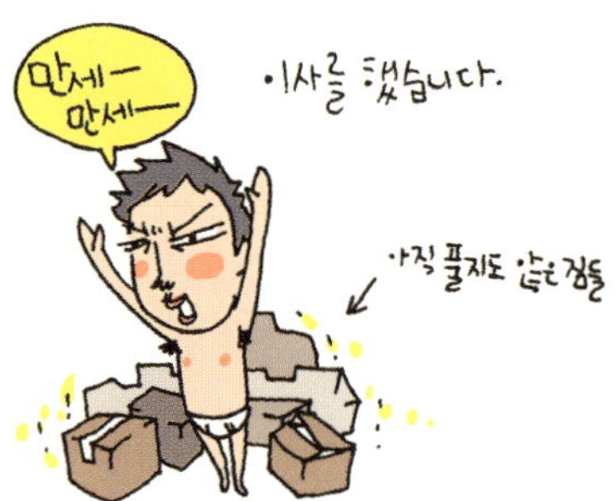

만세ㅡ
만세ㅡ
이사를 했습니다.
아직 풀지도 않은 짐들

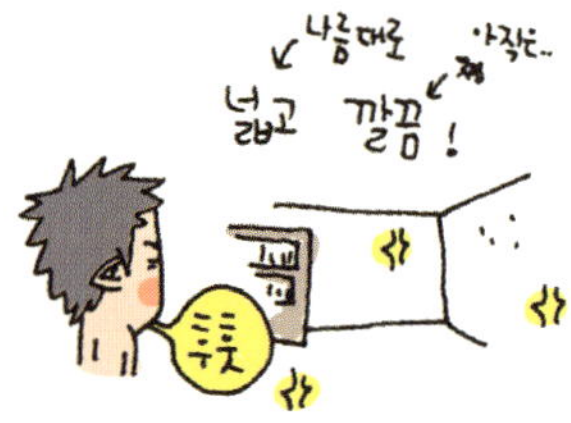

나름대로 아직은..
넓고 깔끔!
훗

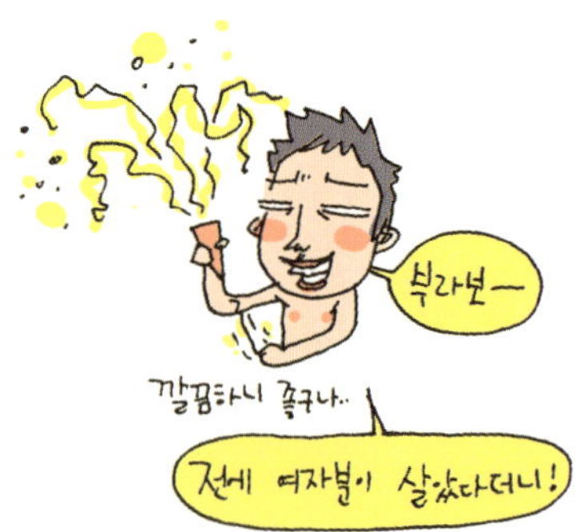

부라보ㅡ
깔끔하니 좋구나..
전에 여자분이 살았다더니!

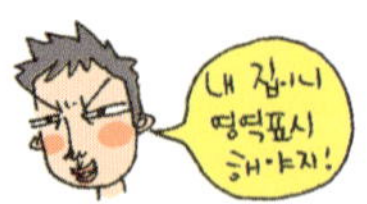

내 집이니
멍덕표시
해야지!

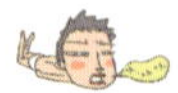

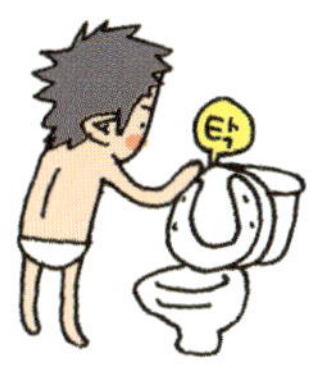

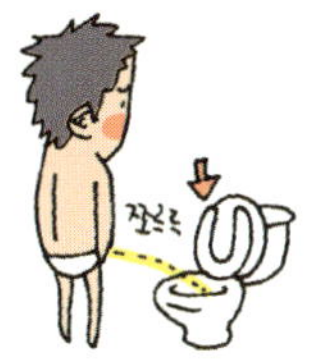

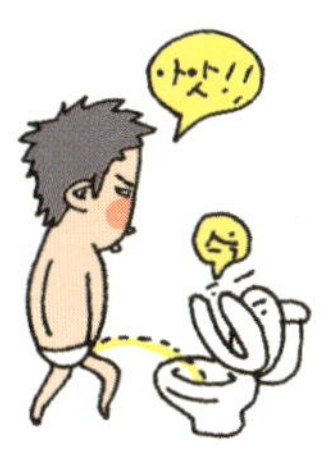

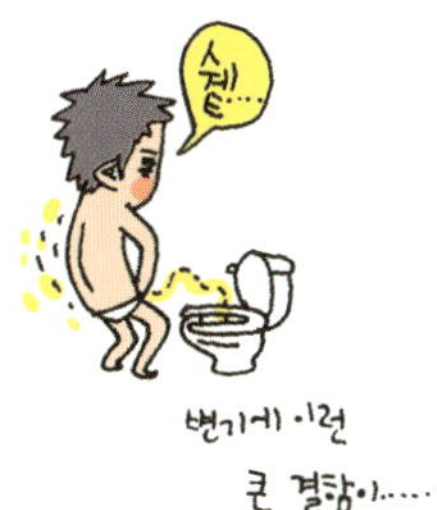

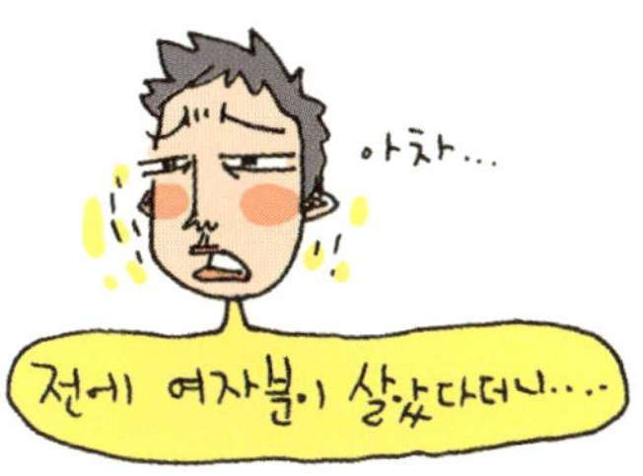

한동안, 한 손으로 변좌를 붙들고 소변을 보는 기행을…

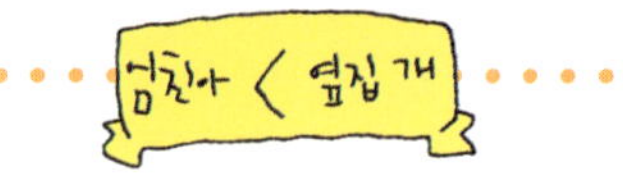

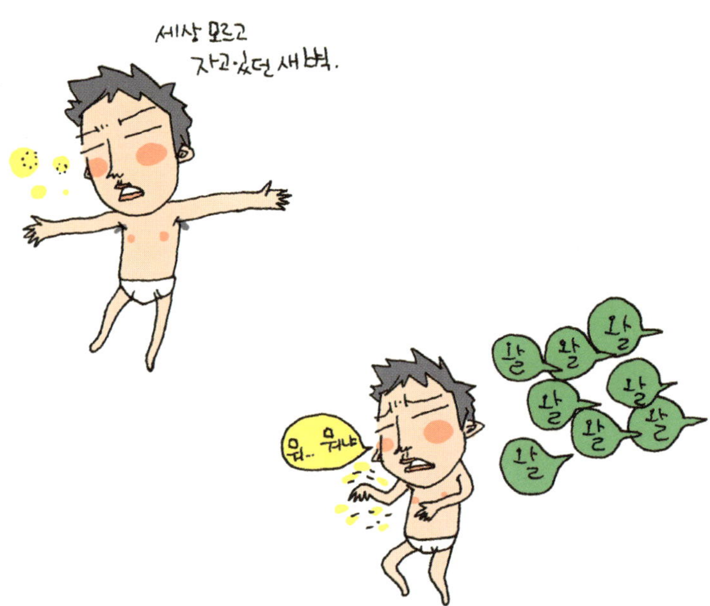

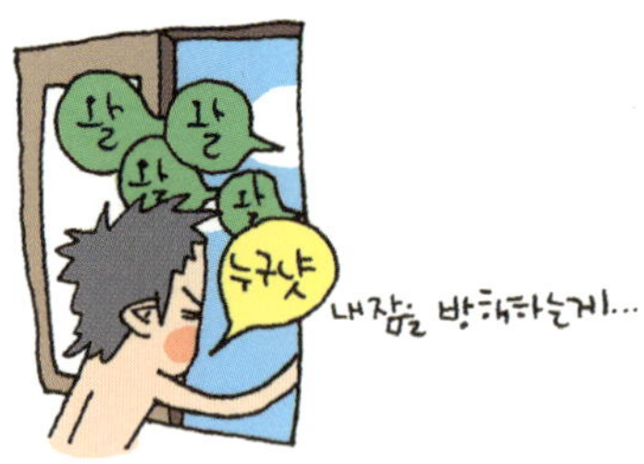

내잠을 방해하는게...

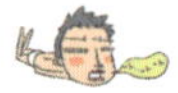

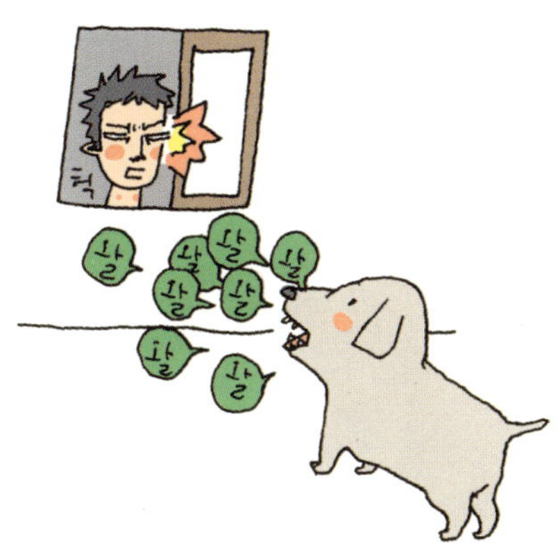

엄마친구 아들만큼 무섭다는 옆집개.

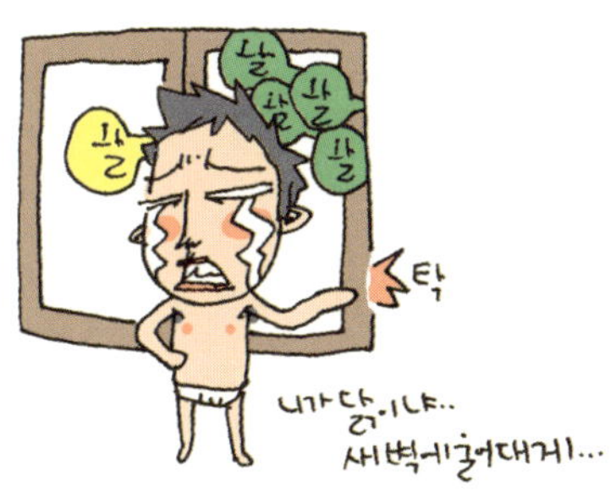

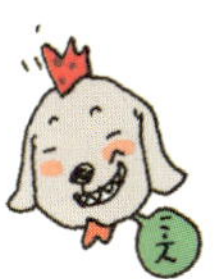

저게 아마 그 '닭 쫓던 개'.

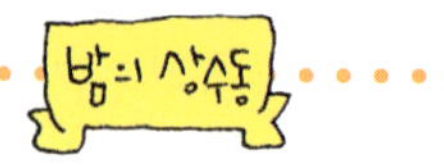

우리집은,

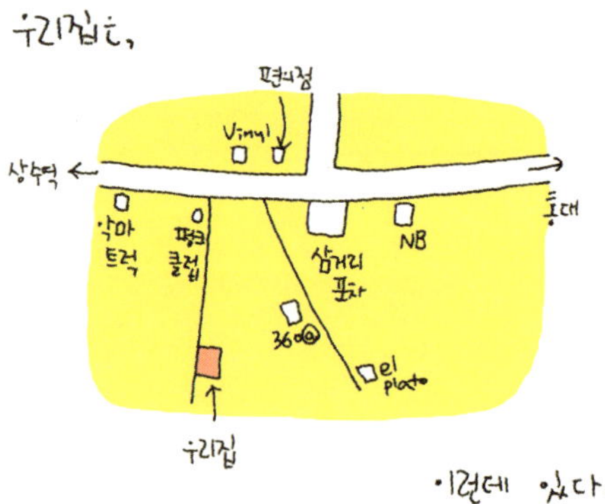

·이런데 있다.

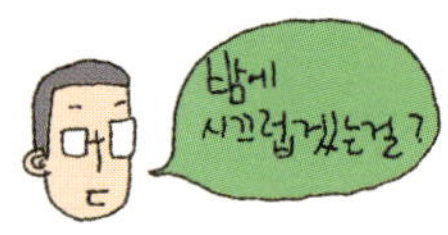

같은 질문도 자주 받지만.

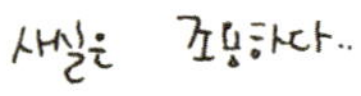

새실은 조용하다..

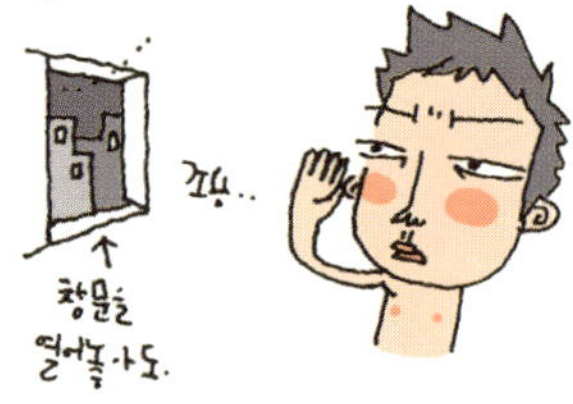

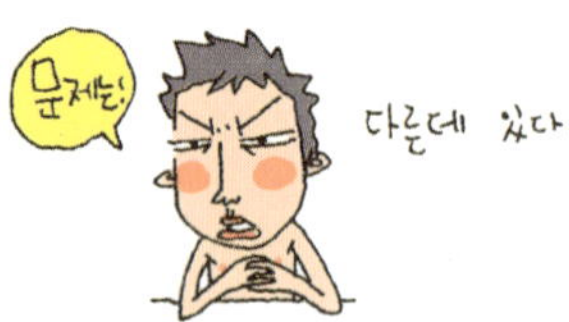

다른데 있다.

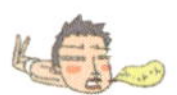

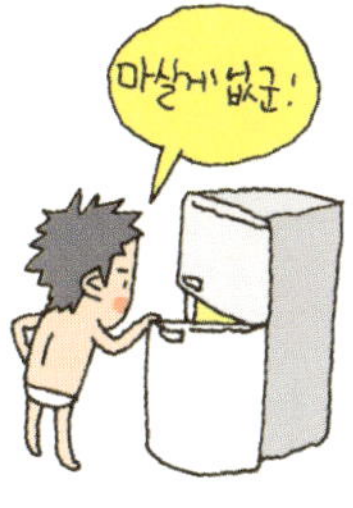

어제 새벽!

물이라도 사려 집을 나섰다.

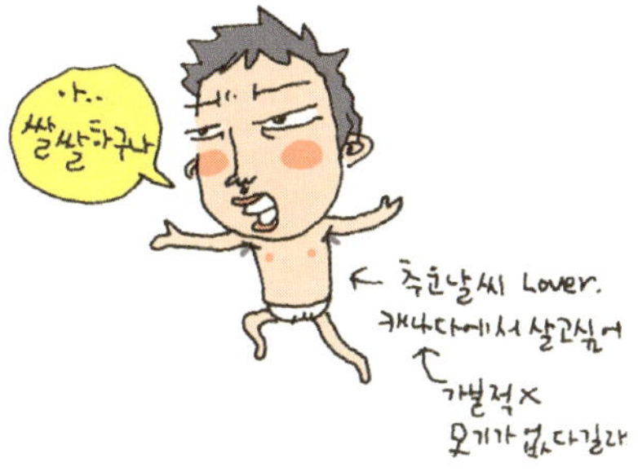

편의점까진
왕복 100m 이내.

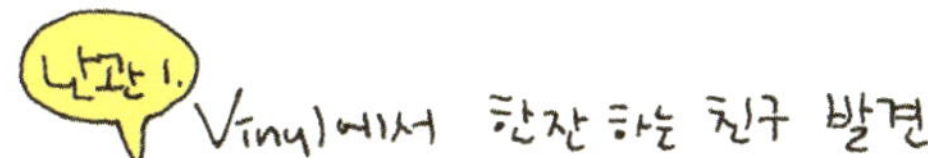

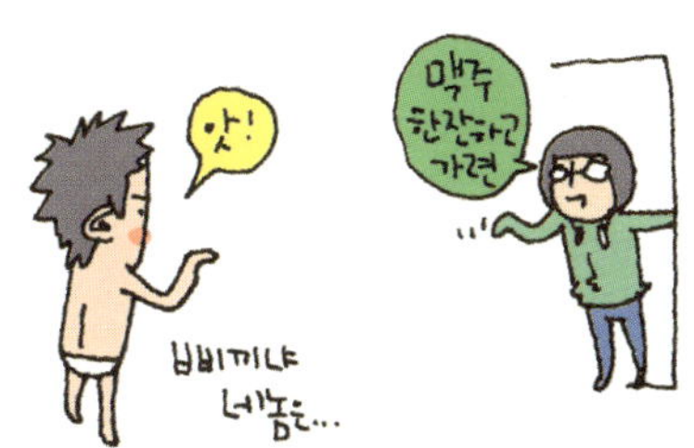

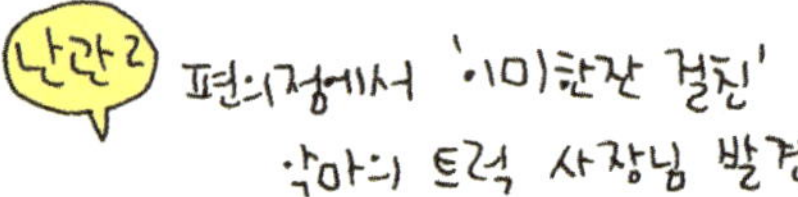

난관2
편의점에서 '이미한잔 걸친'
악마의 트럭 사장님 발견

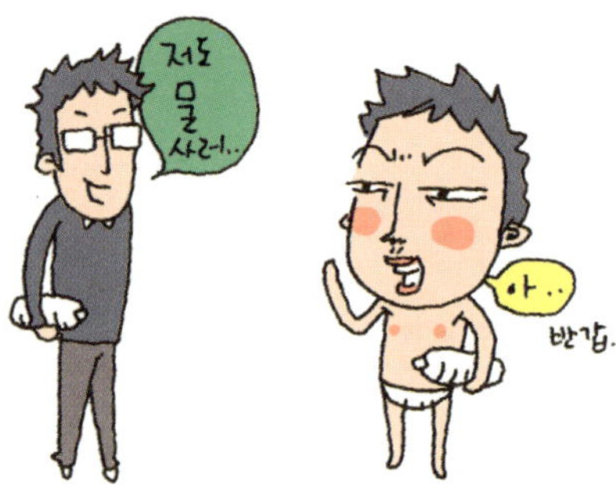

저도
물
사러..
아..
반갑.

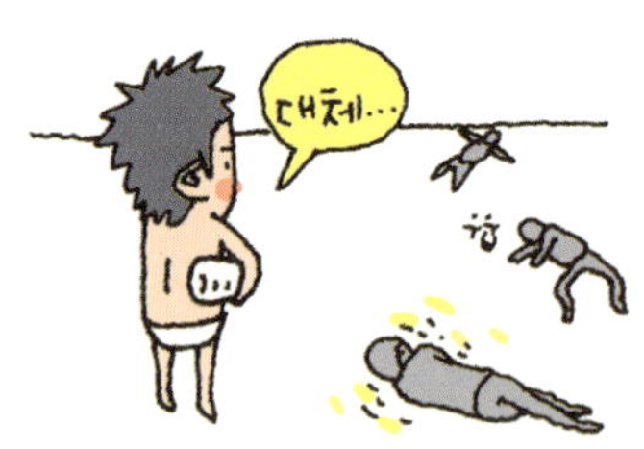

난관3
집에 돌아오는 길에
쓰러져있는 사람들.
대체...

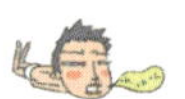

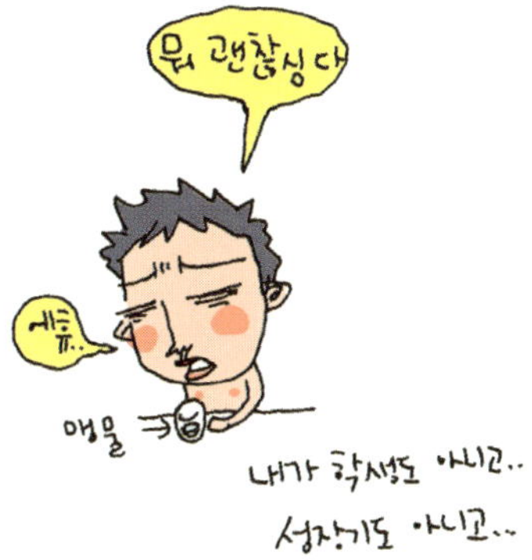

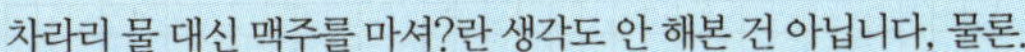

뭐 괜찮싱대
에휴..
맹물
내가 학생도 아니고..
성장기도 아니고...
단지!
이 나라의
미래가
걱정스러울뿐..
← 내가 더
걱정이야!!
사실...
나가기 전
냉장고 상황의 진실
맥주 뿐이잖아!!
마실게없

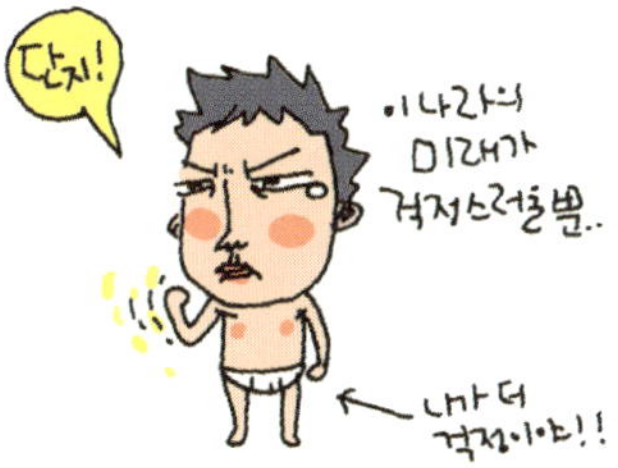

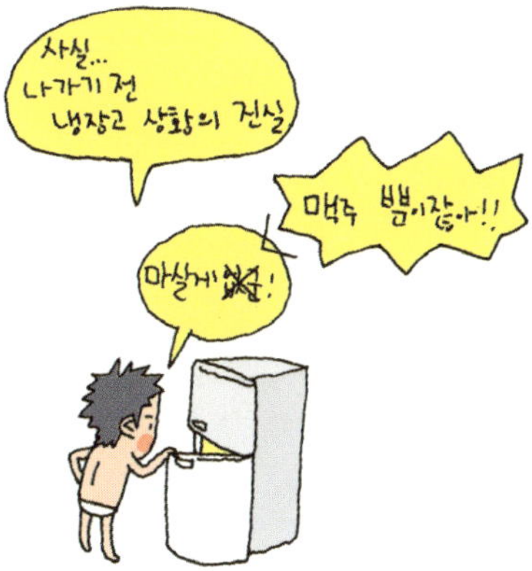

차라리 물 대신 맥주를 마셔?란 생각도 안 해본 건 아닙니다, 물론.

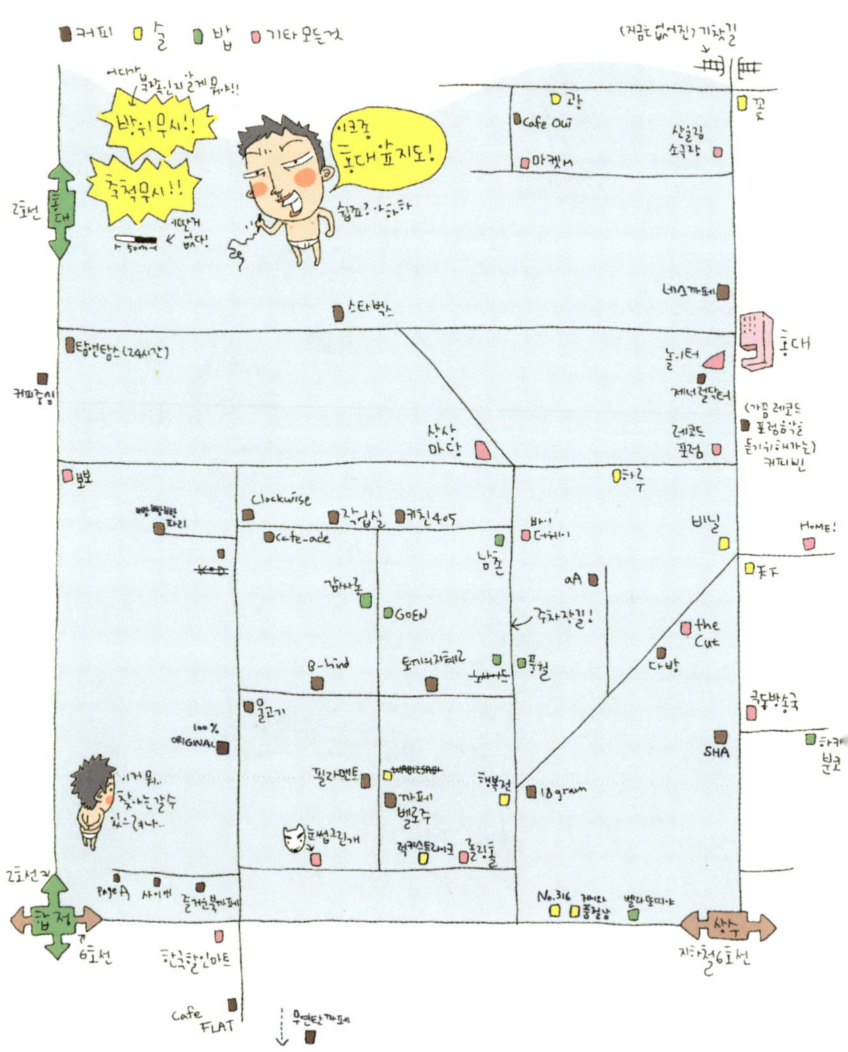
커피
술
밥
기타 모든것
박쥐무시!!
촉적무시!!
이크직 홍대 표지도!
쉽죠? 아하하
책장진 안 되게 뭐야!!
이딴게 ← 없다!
2호선 홍대
커피중심
탕면탕슨 (24시간)
스타벅스
(저금도 없어진) 기찻길
광
Cafe Owl
마켓M
산울림 소극장
네스까페
홍대
놀이터
제너럴닥터
레코드 포럼
(가끔 레코드 포럼하는 듣기위해가는) 커피빈
HOME!
샤샤 마당
뽀
Clockwise
Cafe-ade
잠겹실
케첩405
KOD
감자홀
GOEN
B-lind
토끼의 지혜2
바이
남촌
aA
주차장길!
비닐
꽃
the Cut
다방
극동방송국
100% ORIGINAL
필라멘트
WASABI SABI
꿀고기
카페 벨로주
눈썹그린개
럭키스트라이크
홍김네
행복전
풀월
18gram
SHA
타쿠 분코
2호선 합정
6호선
No.316 카페나 풍결남
벨라똥따아
샹수 전철6호선
한국탈인마트
Cafe FLAT
무던탄까페

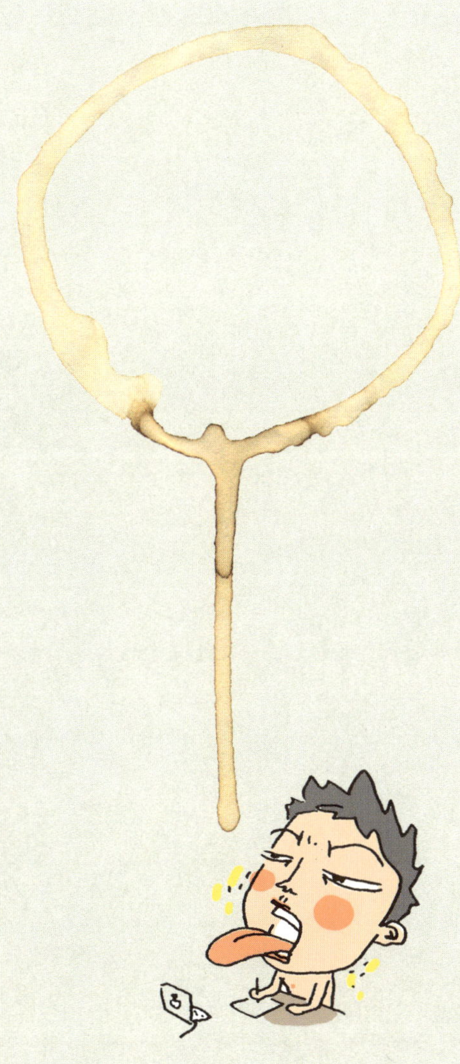

언제나, 카페인 한 모금 더.

또 금요일 아침이다. 시간이 너무 빨리 간다(이 얘기는 백 번쯤 한 것 같은데 할 때마다 점점 가속이 붙는다. $F=ma$. a가 가속이었으니 내 인생에는 점점 힘이 붙는 것일까. 혹은 그동안 이 팔랑팔랑 가볍기 그지없는 내 인생의 무게는 $\lim m \rightarrow 0$이 되어서 a가 아무리 커지더라도 F는 0으로 수렴하게 되는 것일까. 알 수 없는 일이다). 일주일이 끝이 났다. 토요일과 일요일도 있지만 어느새 나의 머릿속에서 일주일은 월–일이 아니고 토–금이다. 금요일이 되면 나의 일주일은 막을 내린다. 안녕, 이번주.

어제 저녁에 잠시 커피를 마시러 나갔다. 요새 자주 가는 토끼의지혜 2호점. 저녁나절에 가면 가게가 거의 꽉 찼구나 느껴질 정도로 손님이 많았는데, 어제가 확실히 덥긴 더웠나보다. 대여섯 명 정도뿐인 손님들. 한산하다 못해 썰렁하게까지 느껴지는 공간. 나는 좋더라. 조용해서 책 읽을 맛도 나고. 아르바이트를 하는 예쁜 분께(아마 나보다 한참 동생일 테지) 타박을 받았다. 별 생각 없이 토끼의지혜에 대한 낙서를 블로그와 홈페이지와 카페페이퍼에(많기도 하다) 올려놓았는데 '흐리멍덩한 아메리카노는 좀…'이라는 문구가 문제가 되었다. 카페 사장님

인지 그 아르바이트 분의 상사인지 하는 분이 그걸 보게 되어서 혼쭐이
났다는 거다. YTN 돌발영상도 아니고 꽤 난감하다. 그냥 개인적으로
진한 커피를 좋아할 뿐인데, 라고 생각도 하고 변명도 해봤지만 어쩐지
확실히 내 잘못이 크다고도 느껴지니 미안할 수밖에. 그 작은 복수인
걸까. 이번에는 '걸죽함'마저 느껴지는 진한 커피가 나왔다. 이걸 흐리
멍덩하다고는 못할 테지. 응, 그럴 수는 없다.

커피를 마시며 한참 신나게 책을 읽고 있는데, 친구에게서 문자가 왔
다. 비닐에 가는데 얼굴이나 보지 않을래, 라는 반가운 문자. '비닐'은
집 앞에 있는 술집이다. 맥주 한잔 마시기에도, 칵테일 한잔 하기에도
좋은, 주머니에 부담 안 되고 거리낄 것 없는 편한 집. 예정보다 조금

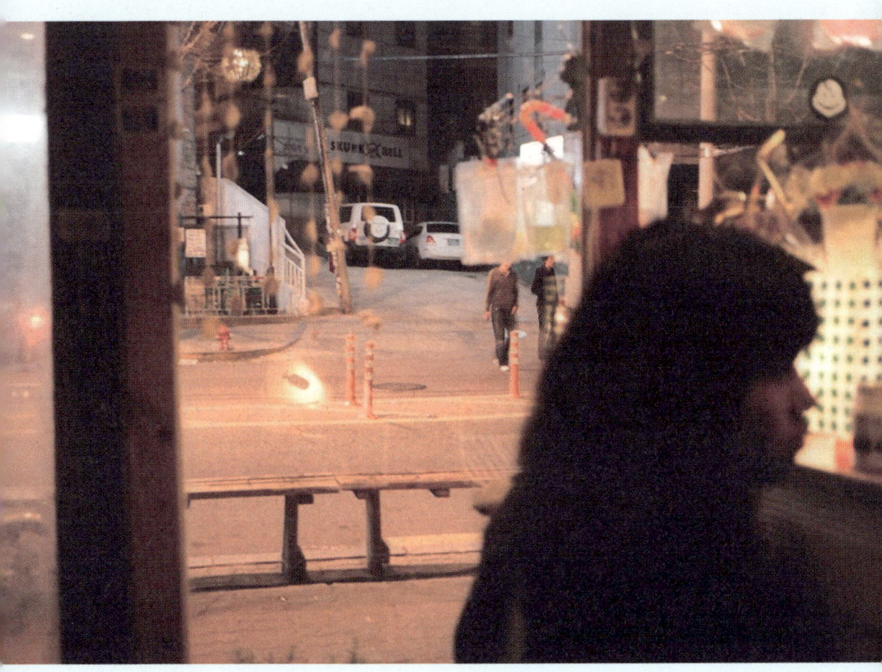

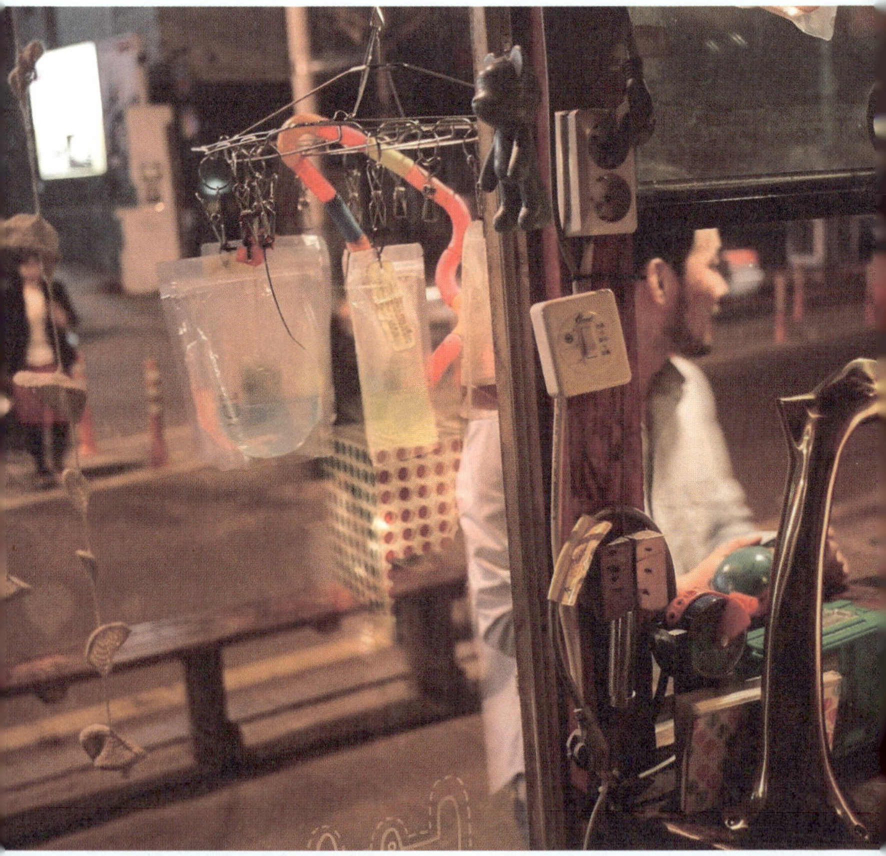

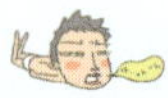

일찍 자리를 털고 일어섰다. 밖으로 나온 시간은 밤 10시가 다 되어가
는데 여전히 덥다. 열대야다. 열대야는 뭐라더라, 밤 기온이 25도 이하
로 떨어지지 않는 거라던가. 이 정도로 더우면 이건 확실히 열대야다.
후텁지근. 끈적끈적. 좌불안석. 불쾌지수. 열혈남아. 포스트잇. 아이
싫어.

비닐에 이미 친구가 와 있다. 비닐 식구들에게 반갑게 인사를 하고 카
운터에 앉아 맥주 한 잔을 마신다. 2,000원. 양은 한 캔이 약간 안 되려
나 싶은 정도. 300ml 정도겠다. 두런두런 30분은 이야기하며 홀짝댔
나보다. 왜 벌써 8월인지, 8월은 4/4분기인지 3/4분기인지, 9월부터
정말 가을인 건지 등에 대해 진지한 이야기를 나누었다. 덥다. 가게 안
에 있는데도, 선풍기가 열심히 돌아가는데도 덥다. 이런 날씨에 선풍
기란 큰 의미가 없는 거다 역시. 빙글빙글 돌아가봤자 더운 바람만 연
신 돌릴 뿐이니까. 시원한 맥주를 들이켜고 있는 와중에도 땀이 흐른
다. 마침 친구도 나도 잔이 비어서 털고 일어섰다.

결국, 커피를 마시며 책이나 읽고 일이나 좀 해야지, 로 시작된 짧은 저
녁의 외출이 맥주로 마무리되었다는 훈훈한 이야기. 모름지기 집 앞으
로의 짧은 외출이란 이래야 하는 거다. 너무 계획대로도 아니고, 흥청
망청 정신 놓고 마셔대는 것도 아니고 딱 저만큼.

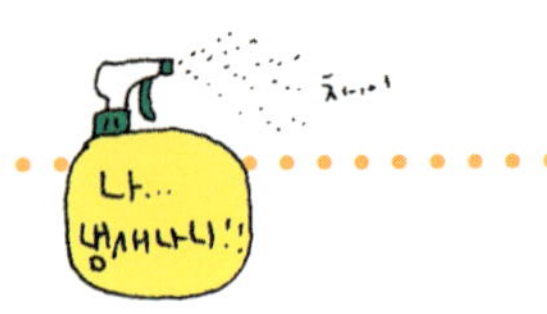

생필품을 사러 마트에 갔다.

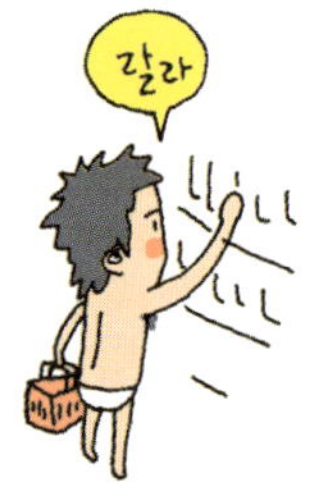

마트에 있는 걸 다 사고..

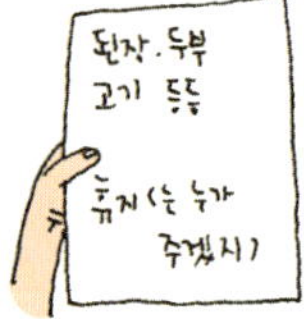
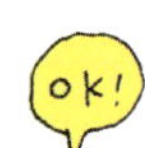

가려다 불쑥 생각.

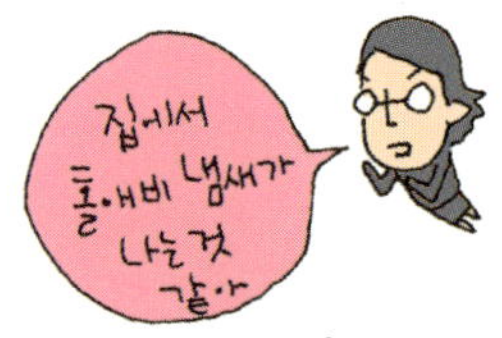

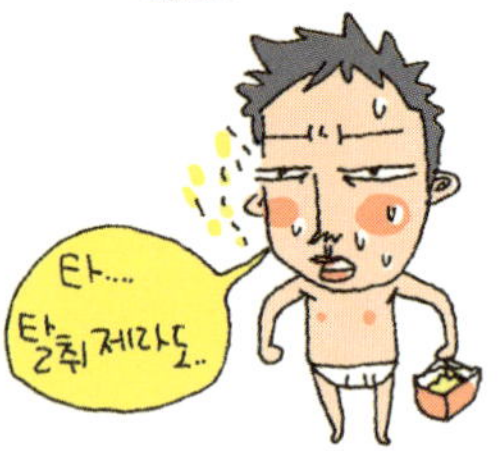

탈취제코너.

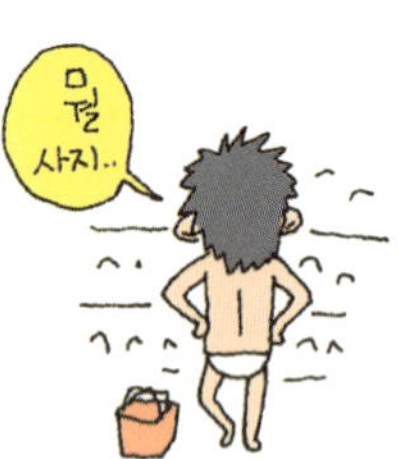

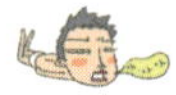

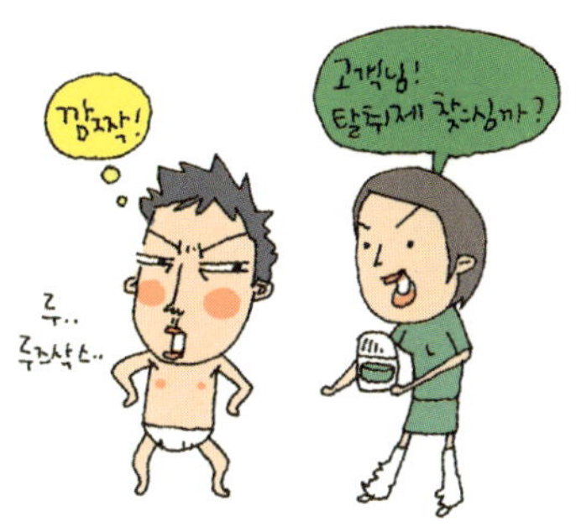
깜짝!
고객님! 탈취제 찾으십니까?
루.. 루크삭스..

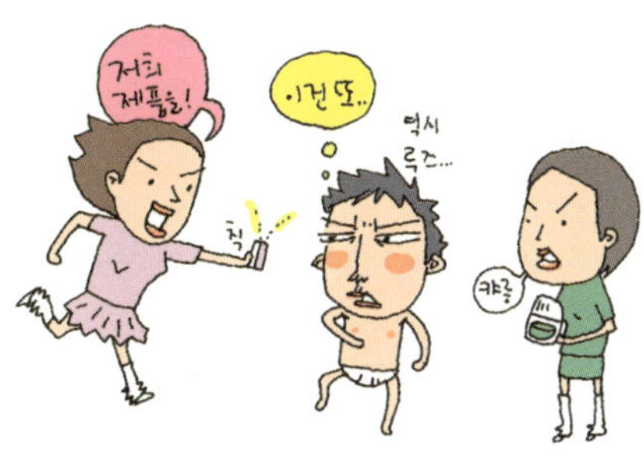
저희 제품을!
이건 또..
역시 루즈...
칙
캬를

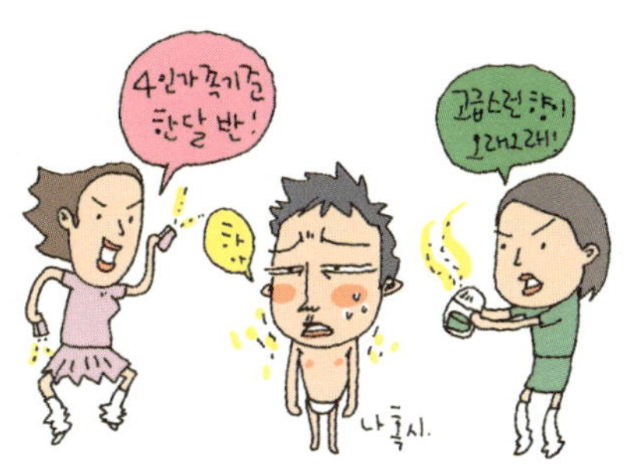
4인 가족기준 한달 반!
고급스런 향기 오래오래!
나... 혹시.

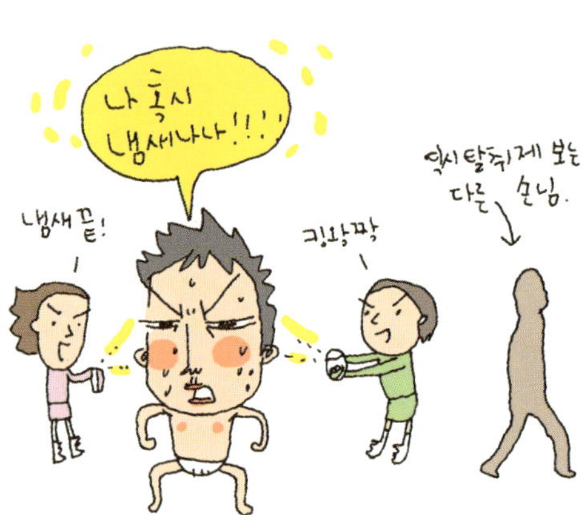

나 혹시 냄새나나!!!!
냄새 끝!
깜짝
역시 탈취제 보는 다른 손님.

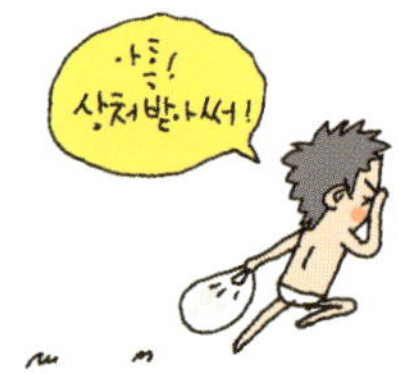

아들!
상처받아써!

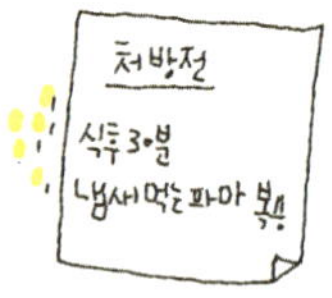

처방전
식후 30분
냄새먹는파마 봉

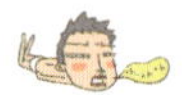

또 생긴 버릇.

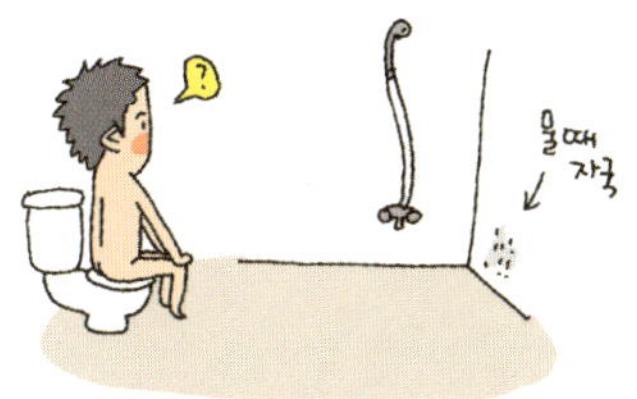

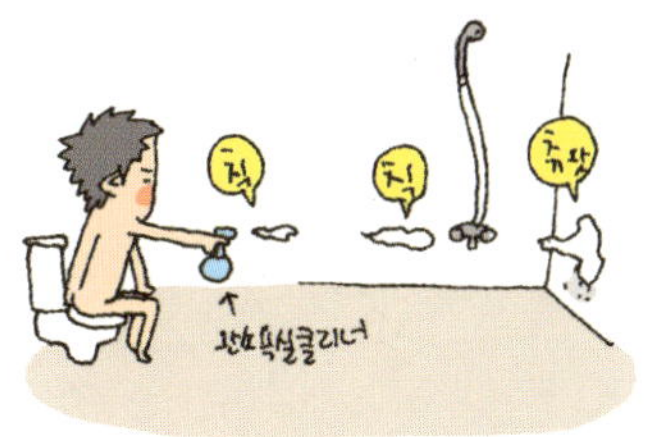

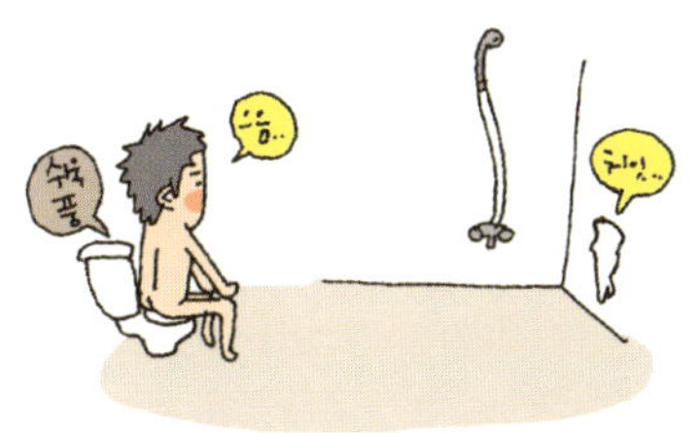

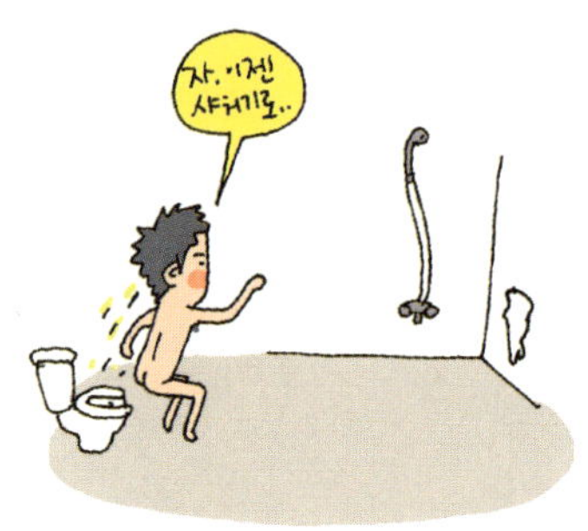

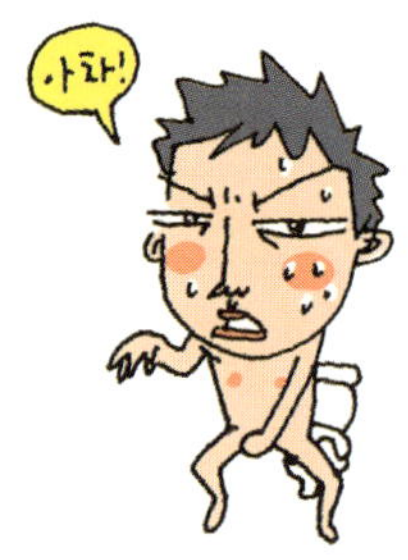

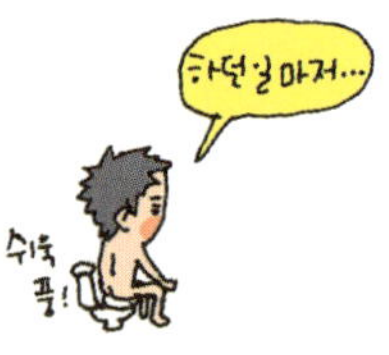

변기 위에서 그 언제보다 자연스럽고 자유로운 남자랄까.

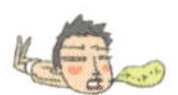

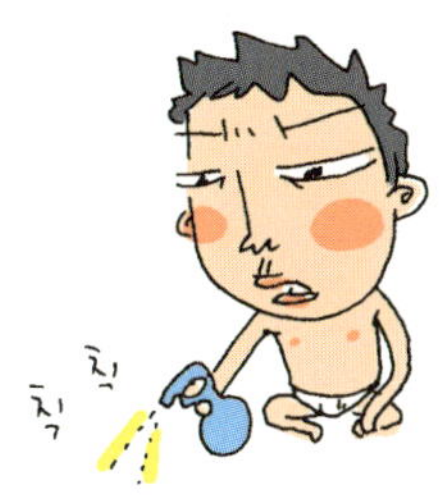

칙
칙

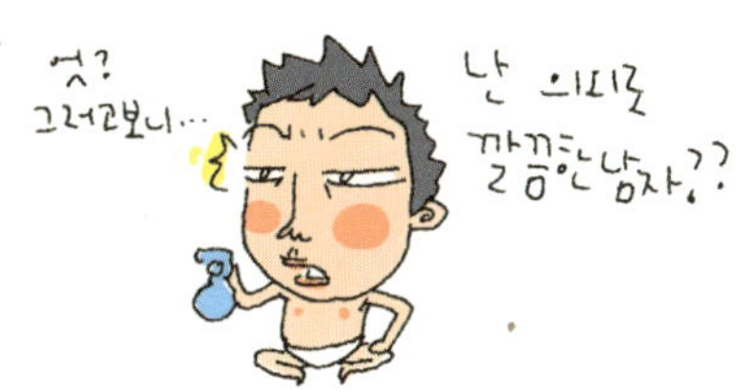

엇?
그러고보니…
난 의외로
깔끔한 남자??

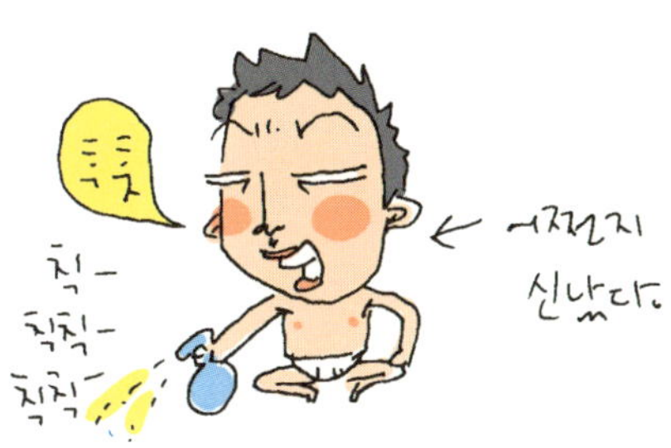

칙─
칙칙─
칙칙
← 어쩐지
신났다.

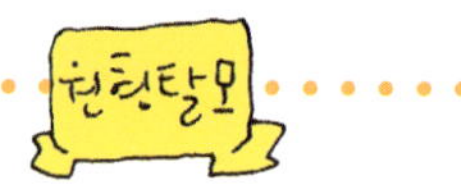
헌팅탈모

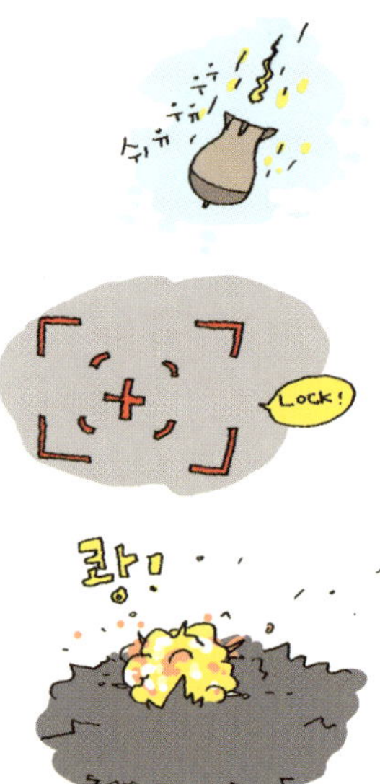
쉬휴휴
Lock!
쾅!

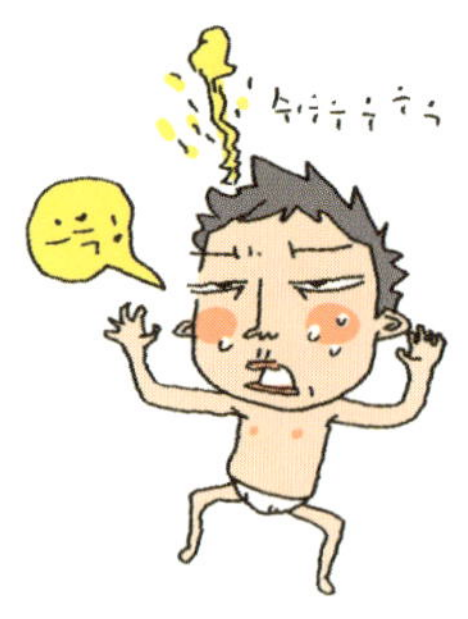
쉬유유유유
끅!

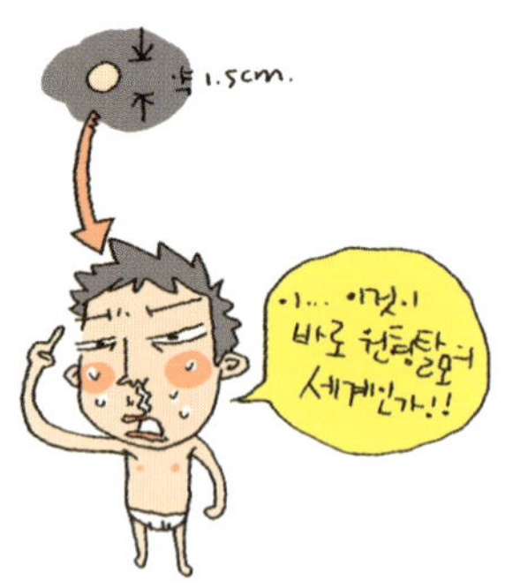
약1.5cm.
아... 이것이
바로 헌팅탈모의
세계인가!!

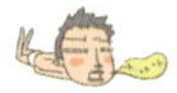

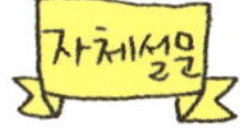

모든 대처의 시작은 현인파악!

질문	YES	NO
스트레스를 받았다	☑	☐
과음이 잦았다	☑	☐
불규칙한 생활의 재반이다	☑	☐
버스가가 다분하다	☑	☐
카드신규발급이 안된다	☑	☐
뱃살이 없다 (많이)	☑	☐
올림픽 폐인이다	☑	☐
수다가 극심하다	☑	☐
다음달 카드값 걱정이 태산	☑	☐
운동부족 X 10000 이다	☑	☐

결과: 'YES'가 5개 이상이면 OUT!

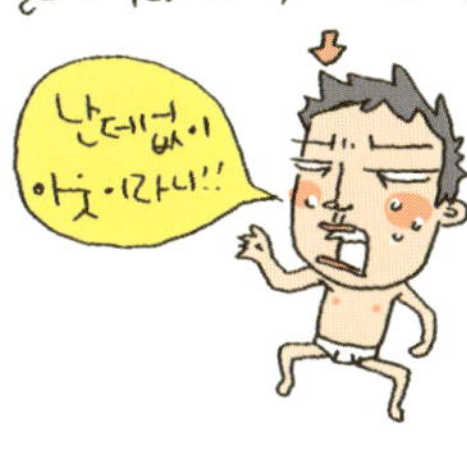

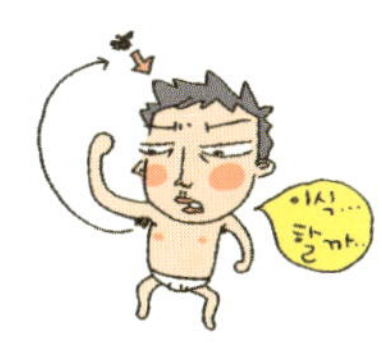

웃을 일이 아니라니까, 글쎄.

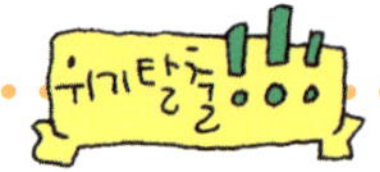

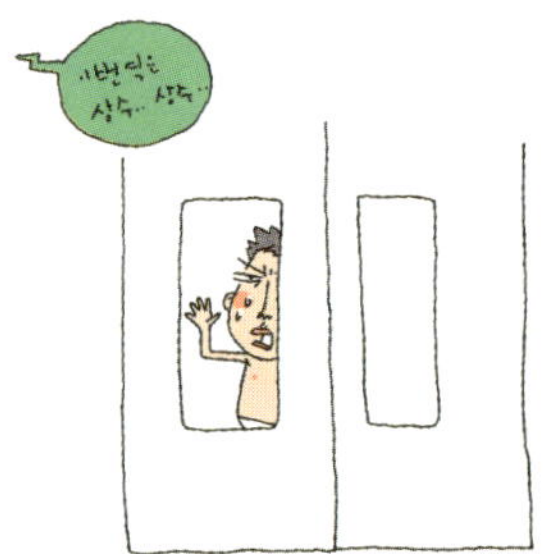

지하철 내리기 직전에 맞이한 위기

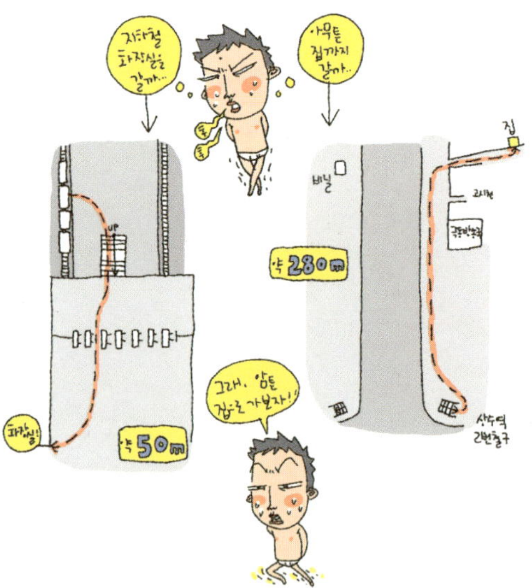

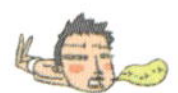

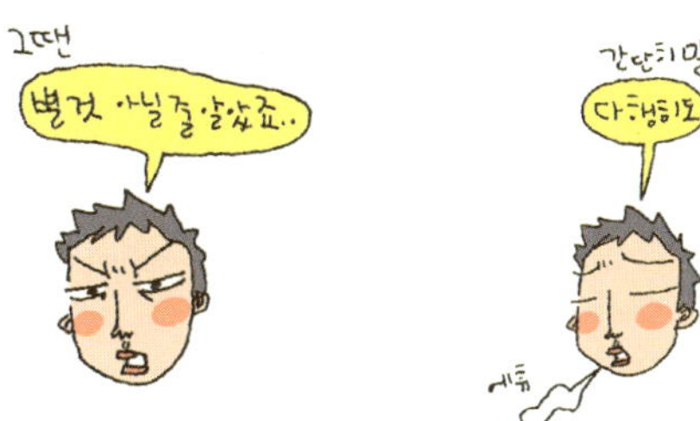

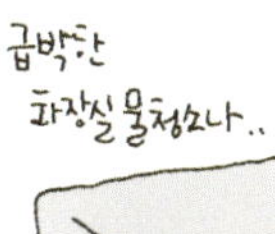

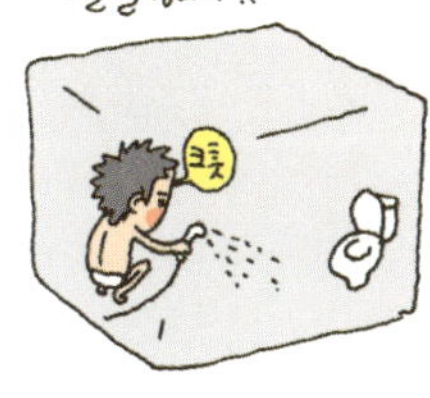

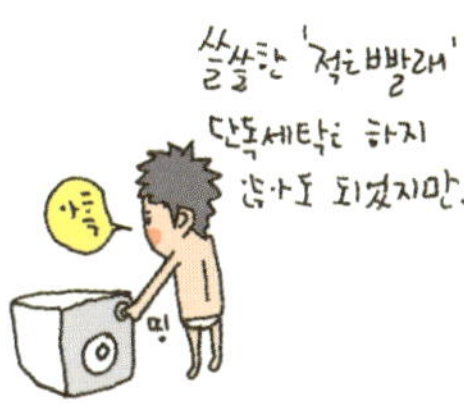

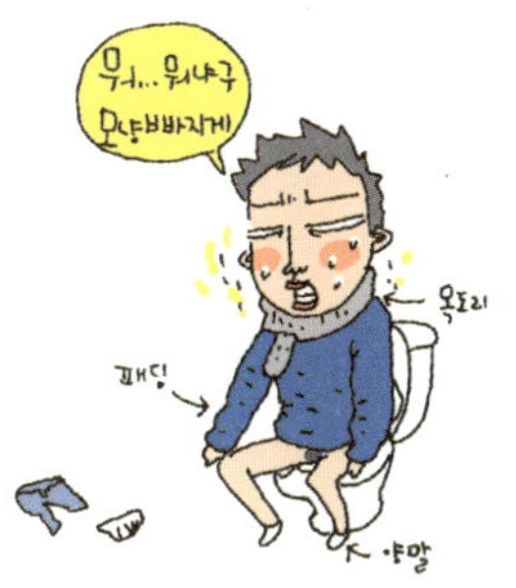

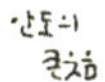

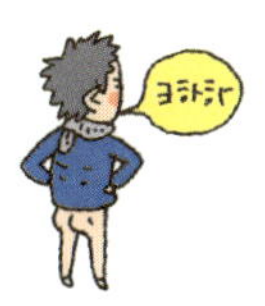

이젠 역과 집 사이에 세 군데 정도 체크포인트가 있지요.

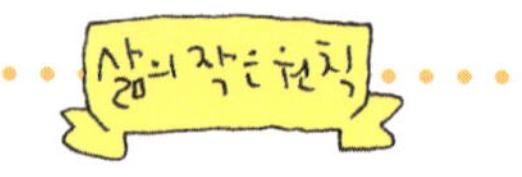

누구나 '원칙'은 있다.
대학 친구 중 하나는~

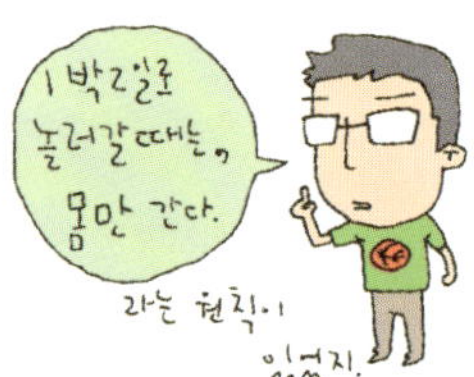

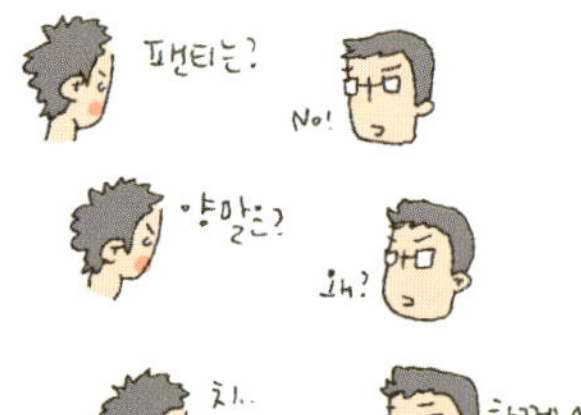

나의 원칙은.

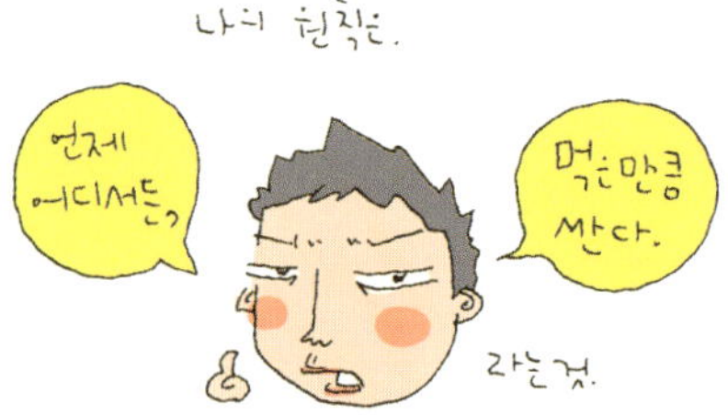

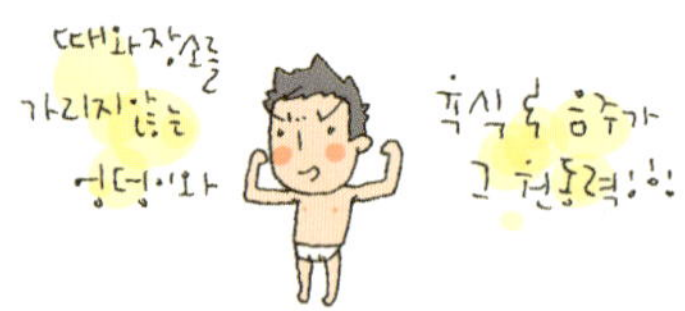

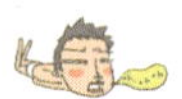

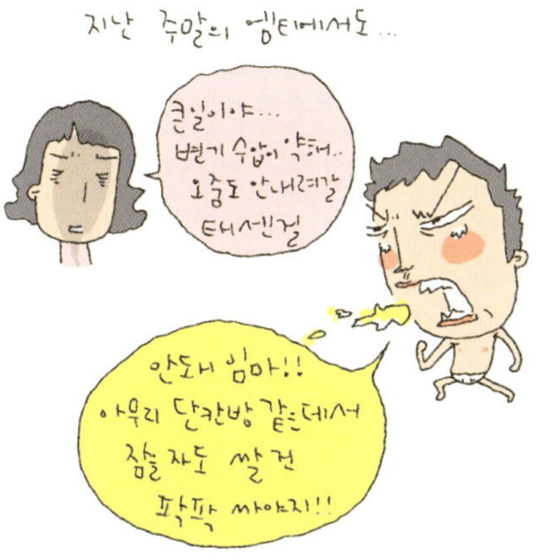
지난 주말의 엠티에서도...
큰일이야...
변기 수압이 약해..
오줌도 안내려갈
테셔엔걸
안돼 임마!!
아무리 단칸방 같은데서
잠을 자도 쌀건
팍팍 싸야지!!

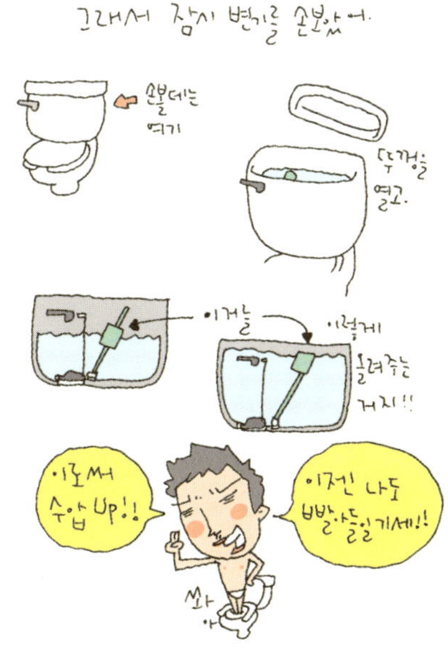
그래서 잠시 변기를 손봤어.
손볼데는
여기
뚜껑을
열고.
이거늘
이렇게
올려주는
거지!!
이거
이제
수압 UP!!
이젠 나도
빵빵싸일기세!!
쏴
아

그리고 나서야,
밤새 맘껏 먹고 마시고.

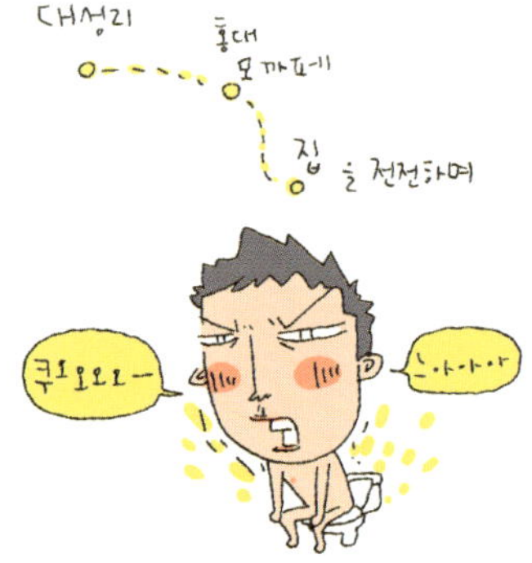
대성리
홍대
모까페
집 을 전전하며
쿠ㅇㅇㄹ~
느아아야

늘 오전까지 약 24시간동안 길에 걸쳐서.

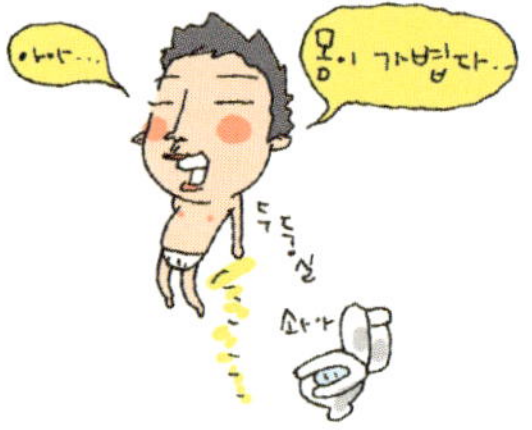
아니...
몸이 가볍다..
두둥실
솨아

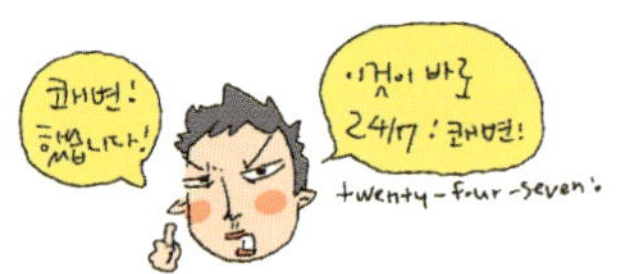
쾌변!
했습니다!
이것이 바로
24/7! 쾌변!
twenty-four-seven.

킁

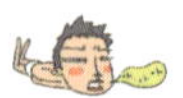

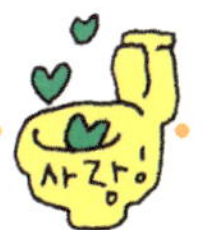

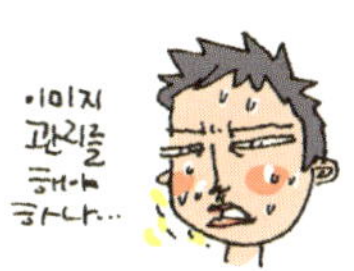

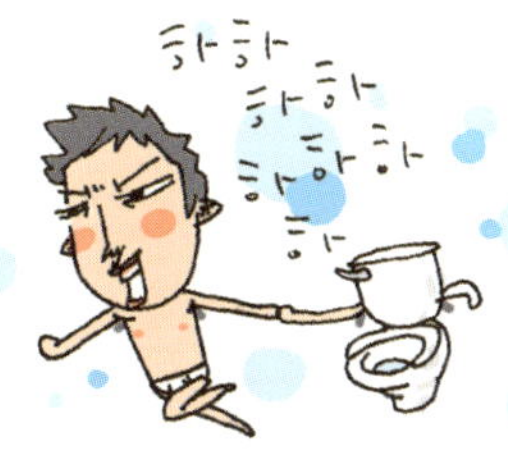

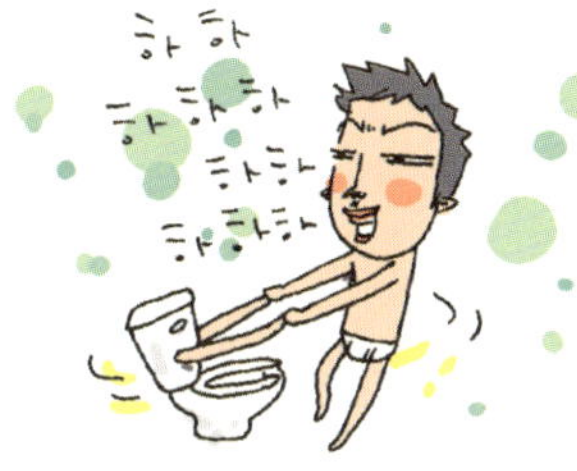

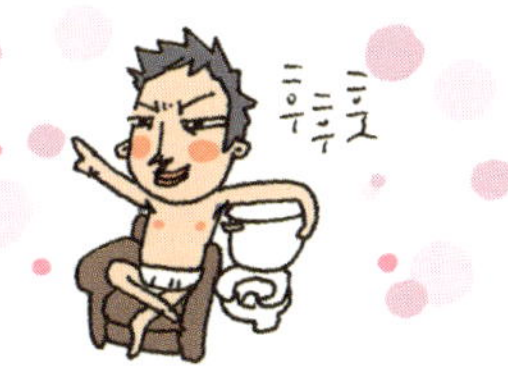

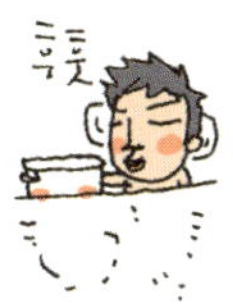

전세로 사는 집 변기도 굳이 제 돈 주고 새걸로 교체했다니까요.

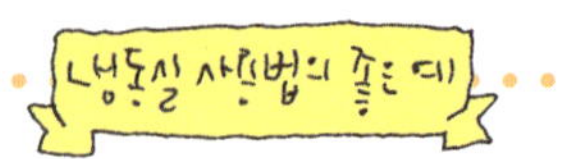

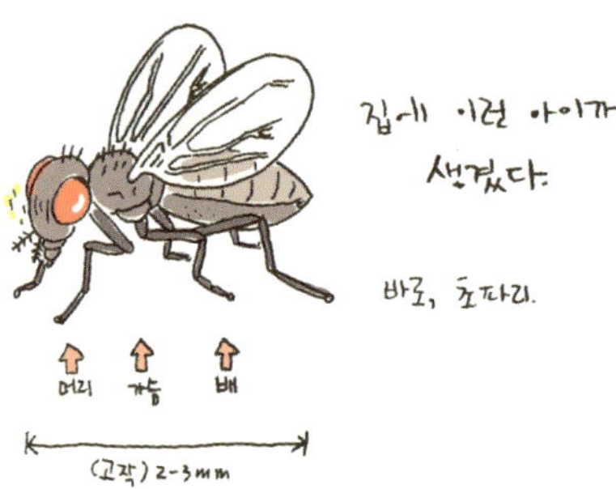

며칠전에 냠냠 먹었던 바나나가 화근

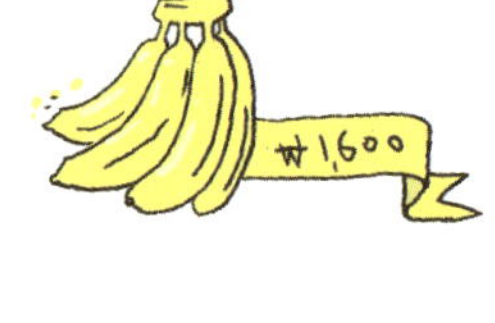

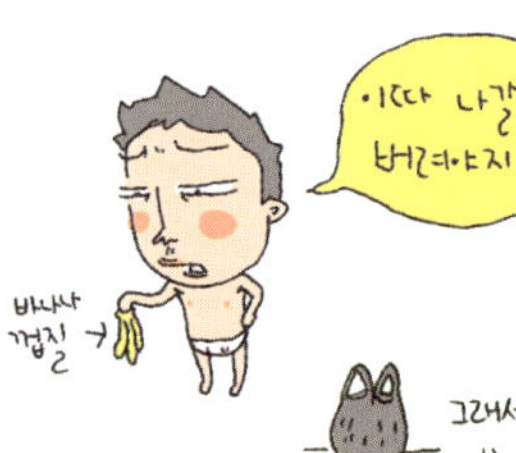

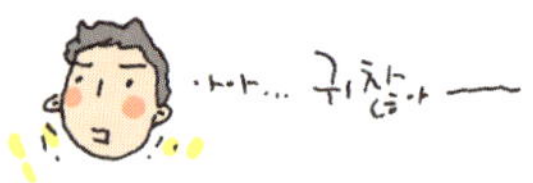

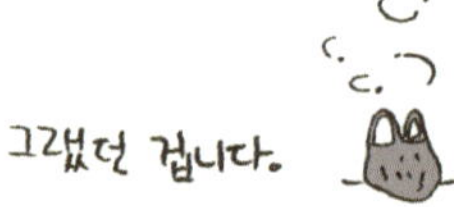

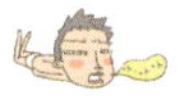

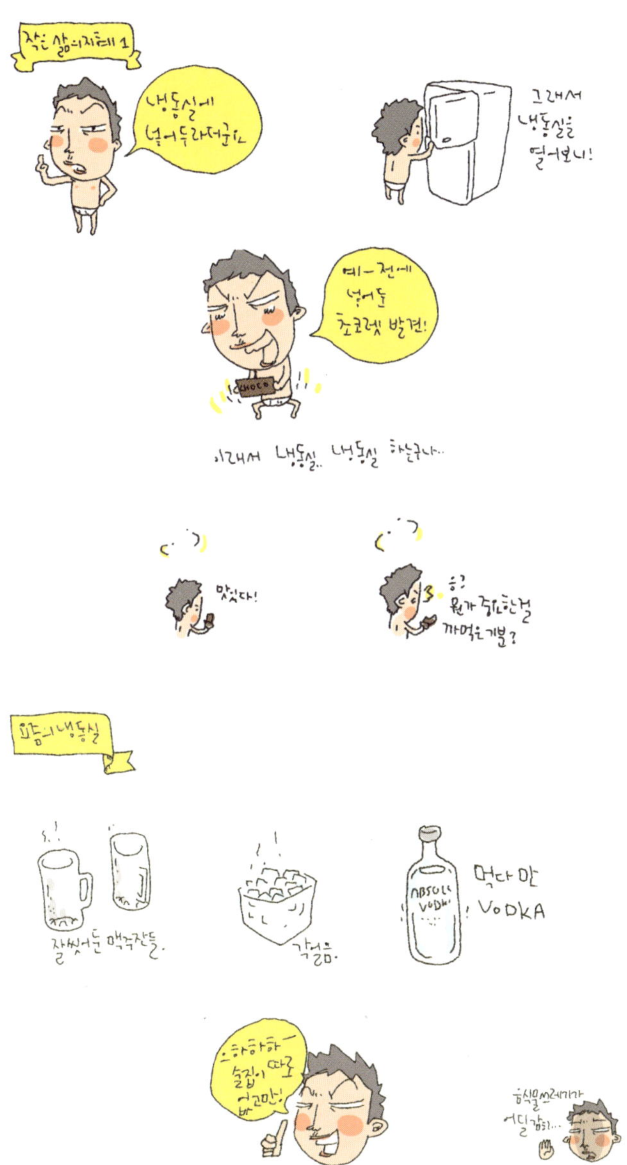

작은 삶의 지혜 1
냉동실에 넣어두라더군요
그래서 냉동실을 열어보니!
며~전에 넣어둔 초코렛 발견!
CHOCO
이래서 냉동실 냉동실 하는구나..
맛있다!
응? 뭔가 중요한걸 까먹은 거 같은데?
요놈의 냉동실
잘 썰어둔 맥주잔들.
각얼음.
먹다 만 VODKA
ABSOLUT VODKA
하하하하~ 술집이 따로 없구만!
음식물쓰레기가 어디갔지...

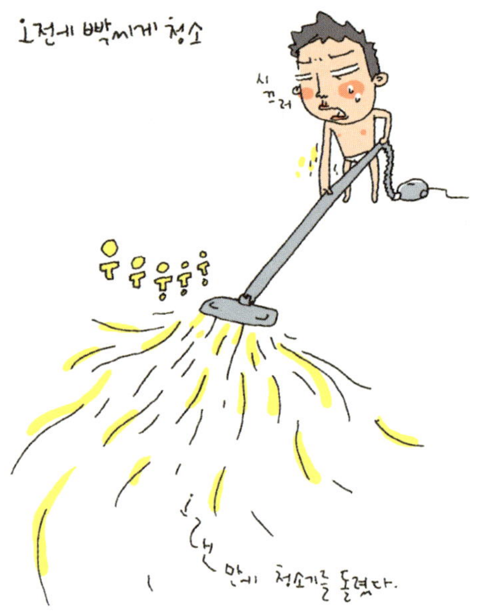
야근 변기엔—
외로운 동전두개뿐—
오전에 빡쎄게 청소
시끄려
우우우우웅
한번 만에 청소기를 돌렸다.
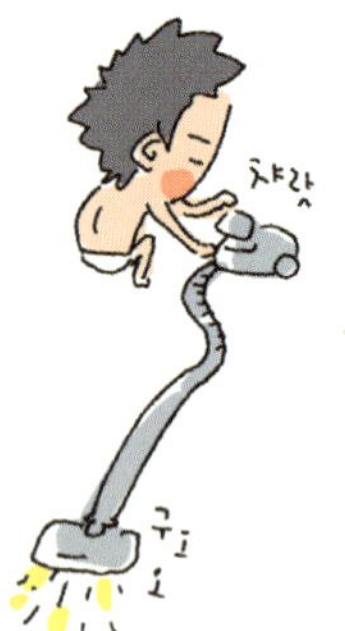
차락
구르르
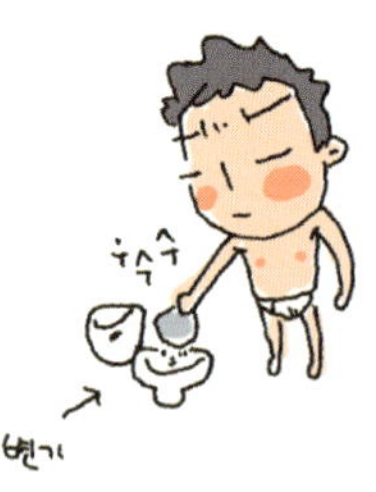
우수수
변기
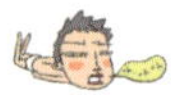

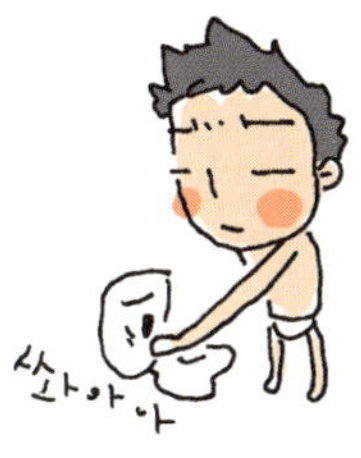
쏴아아

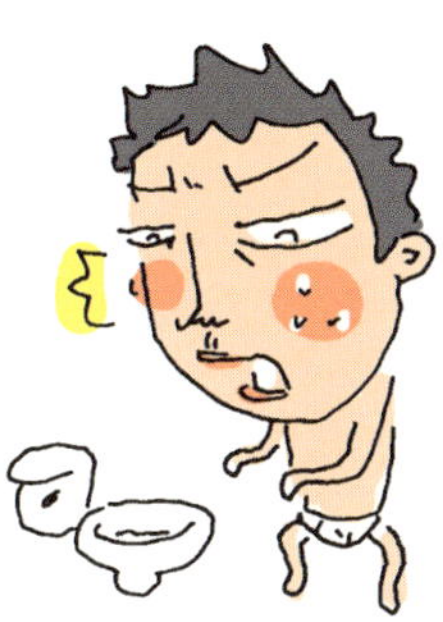

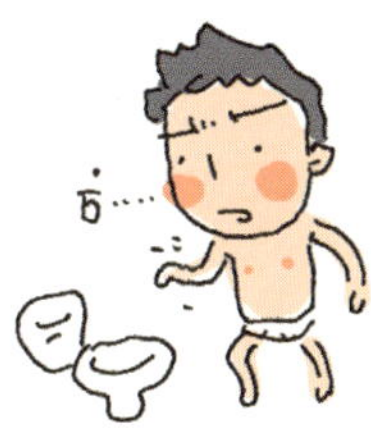
허……

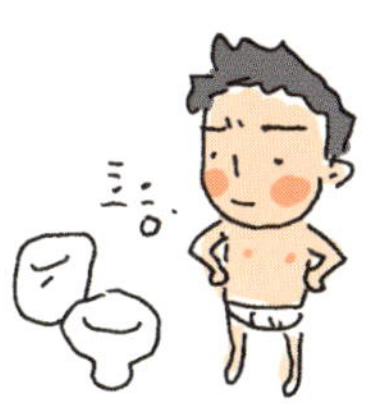
크흥

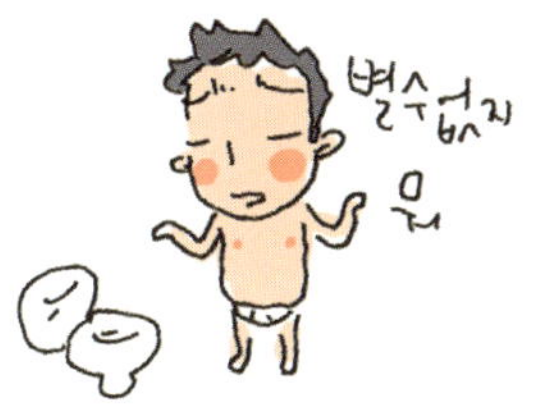
별수없지
뭐

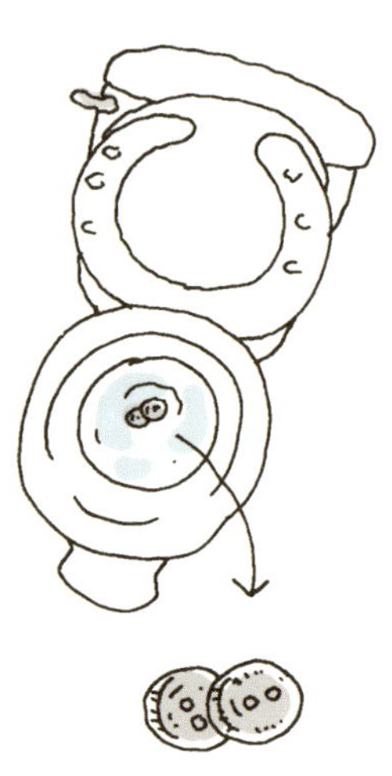

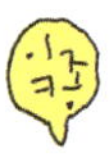

노래를얼거리며
다시청소

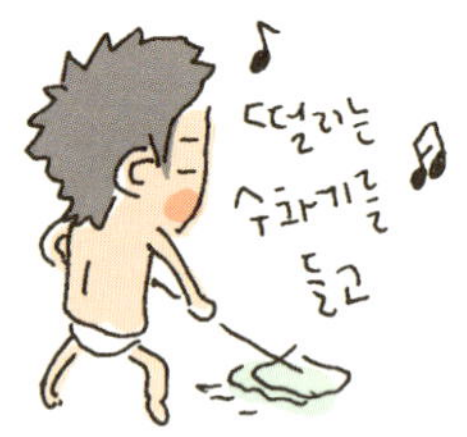

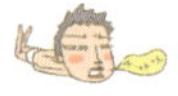

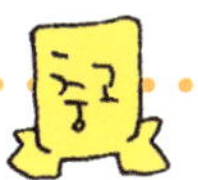
종교

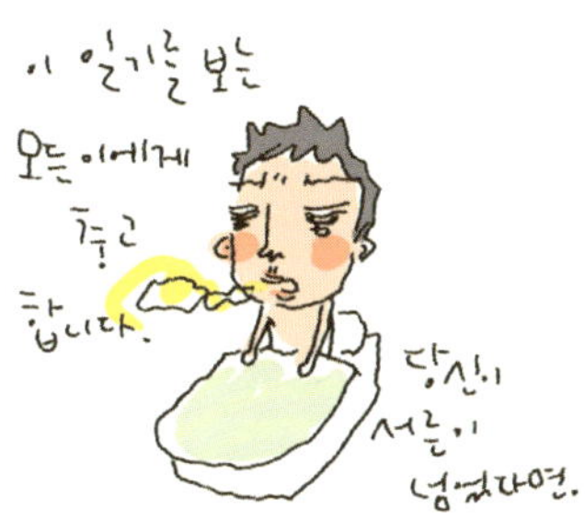
이 일기를 보는
모든 이에게
축ᄅ
합니다.
당신이
서른이
넘었다면.

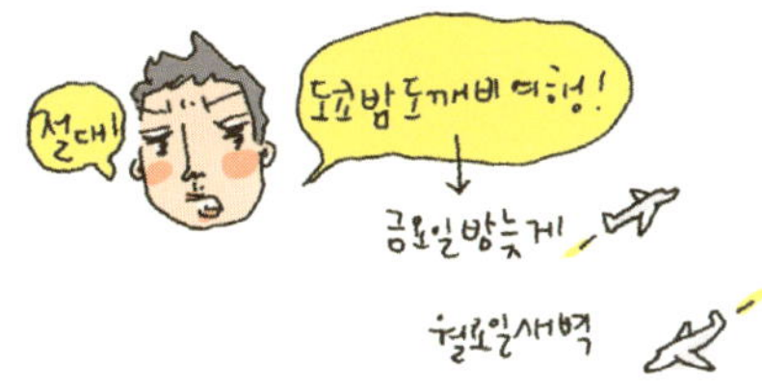
절대!
도쿄 밤도깨비 여행!
금요일 밤늦게
월요일 새벽

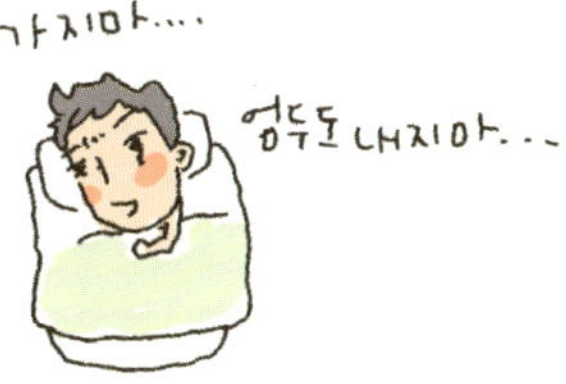
가지마....
엄두도 내지마...

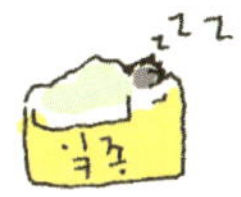
쿄쿄

사흘 여행, 세 달 여독.

어제는 일찌감치 잠이 들었다.
잠귀신이 와서 두 눈에 잠가루를 솔솔 뿌려놓은 듯 눈꺼풀이 무거워서
11시가 좀 넘자마자 베개를 부둥켜안고 누워버렸다.
잠이 막 들려는 찰나에 잠시 생각했다
―이건 졸린 걸까 피곤한 걸까.

잠을 떨쳐내고 일어난 시간은 아침 8시.
또 역시나 한참 난동을 부리며 잤던 건지 몸도 붓고
어쩐지 다리도 쑤신다.
일어나 앉아서 초점이 맞지 않는 눈으로 방 안을 둘러본다.
옷가지들을 걸어두는 행어 하나.
이제는 쓰지 않는, 낡아빠지고 비틀거리는 옷걸이 하나.
안 입는 옷들을 쑤셔 넣어둔 키가 작은 옷장 하나.
그리고 내 몸을 누일 이불 한 채가 있는 작은 방이다.
문을 열려면 이불을 조금 젖혀야 할 정도로
그걸로 꽉 찬 작은 방.
갑자기 이 방이 너무도 슬프게 느껴진다.

갈 곳 없는 싸구려 감상에 빠져들기 전에
차라리 청소나 하자고 맘을 먹었다.

두 시간 가까이 투자해서 작은 방과 작업실로 쓰는 거실 겸 방까지
뒤집고 들어내고 쓰레기통에 집어넣고 청소기를 돌렸다.
미세먼지까지 죄 빨아들인다는 최신형 청소기는 바닥에 찰싹 붙어
미더운 소리를 내며 열심히 온 방안을 누볐다.
이제야 조금 낫다.
내가 낙서한 종이쪼가리.
내가 벅벅 지우고 나온 지우개 가루.
내가 벗어놓은 옷가지.
내가 읽다 집어던진 잡지.
내 흔적들로 가득하던 방 두 개가
노크하고 들어가야 하나 싶을 정도로 어색하게 깨끗해졌다.
덕분에 잠시 마음속에 머물던 슬픔 한 조각도 깔끔히 사라졌다.
최신형 청소기에는 아마 그런 기능도 있나 보다.

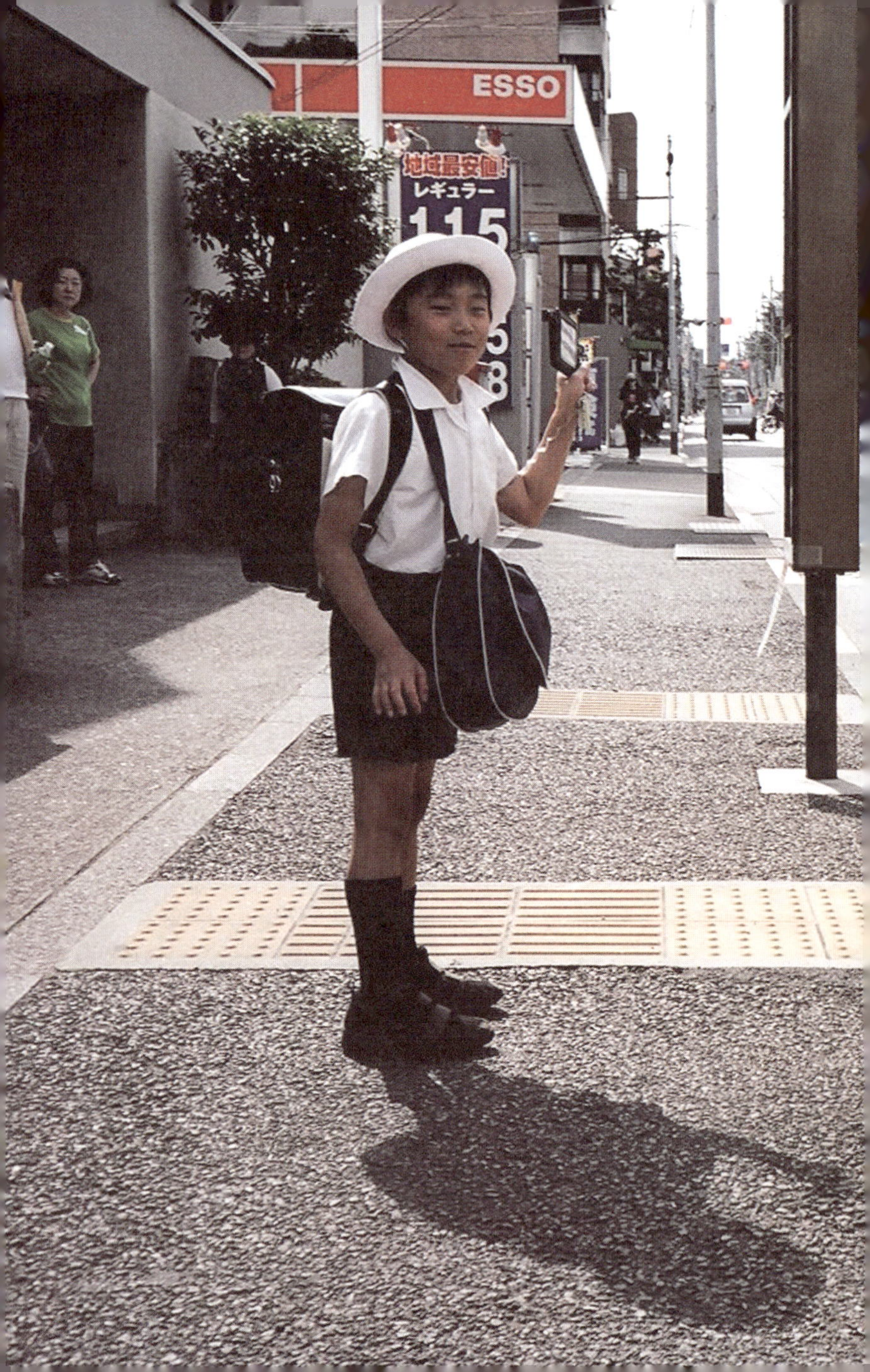

ESSO
地域最安値！
レギュラー
115

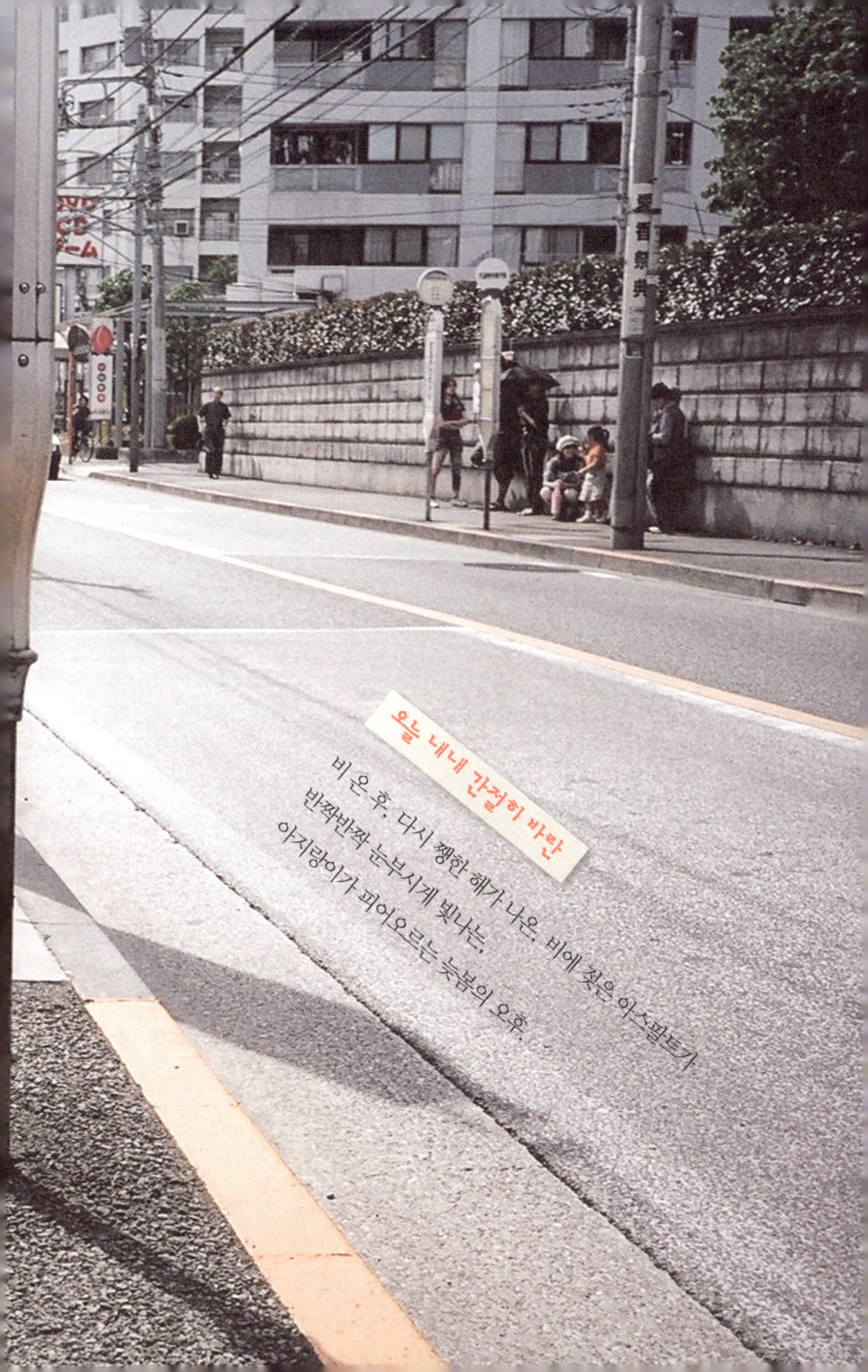
오늘 내내 간절히 바란
비 온 후, 다시 쨍한 해가 나온 비에 젖은 아스팔트가
반짝반짝 눈부시게 빛나는,
아지랑이가 피어오르는 늦봄의 오후.

밥 한끼 먹기 참 힘들...

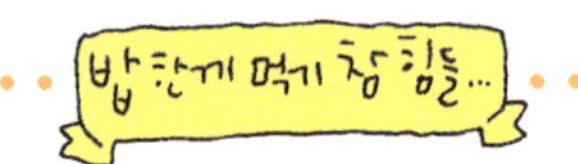

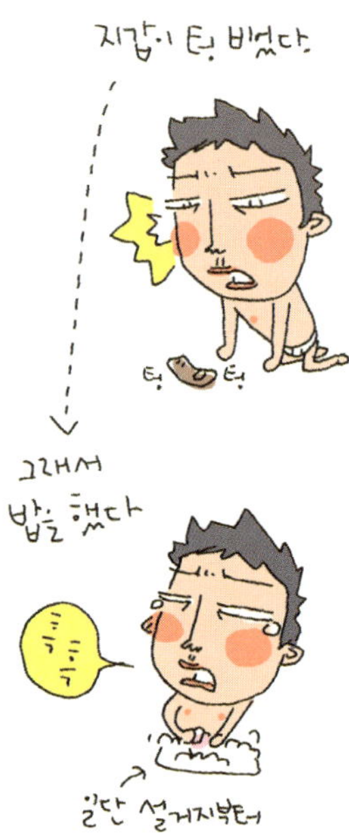

지갑이 텅 비었다
텅 텅
그래서
밥을 했다
ㅠㅠㅠ
일단 설거지부터

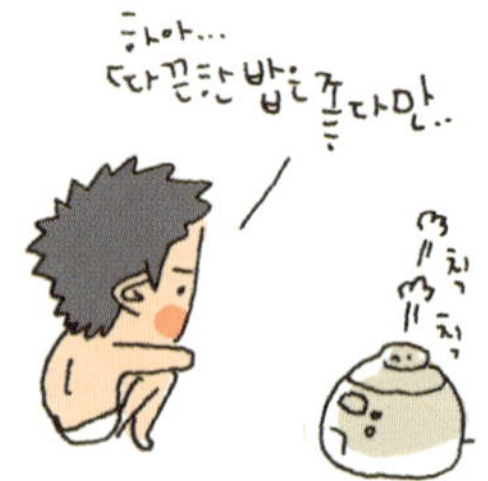

하아...
따끈한 밥은 좋다만..
치 치 치

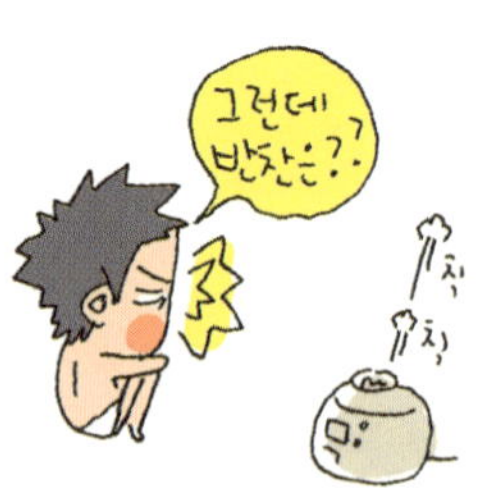

그런데
반찬은?!
치 치

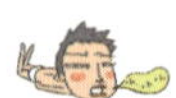

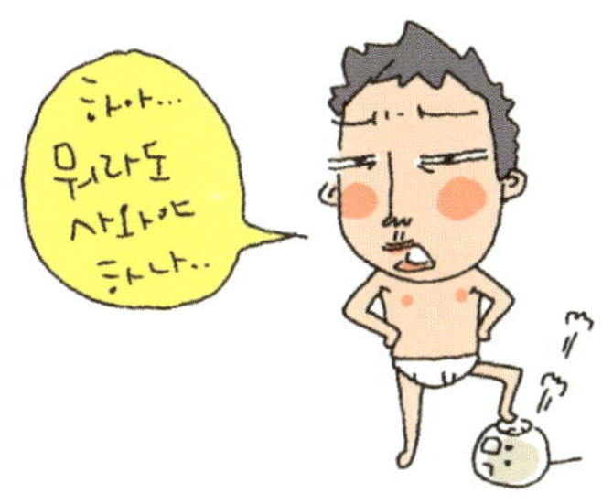

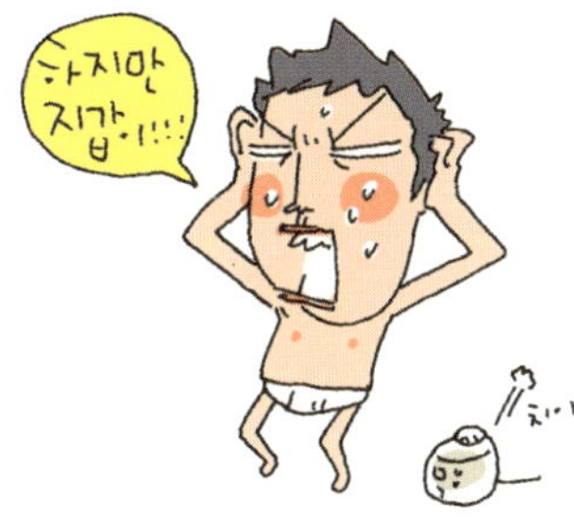

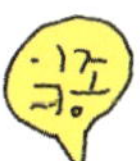

밥을 해도 반찬이 없고, 반찬 사러 갔다가 맥주나 사 오고.

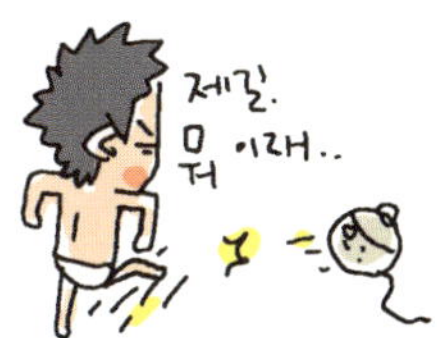

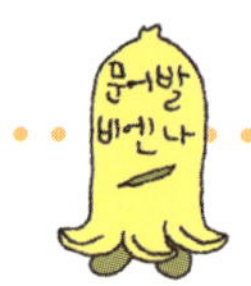

단골 샌드위치집에서
이끼보단 친구

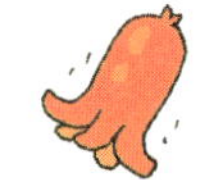

문어발 비엔나를 해줄테니
들르라는 연락!

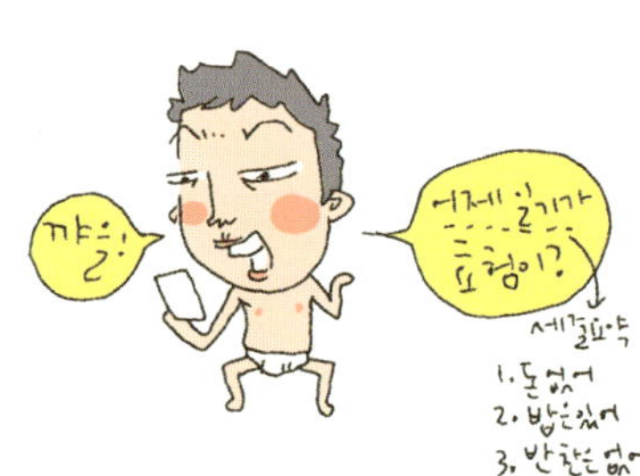

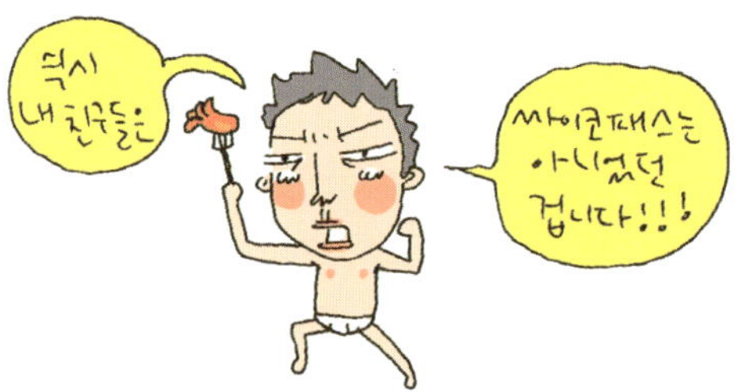

암튼 그래서 달려갔어

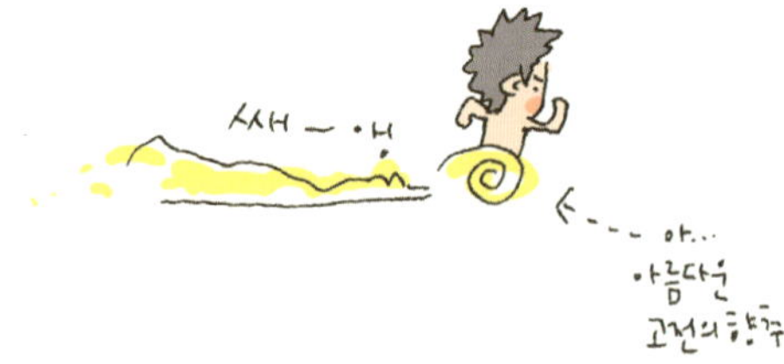

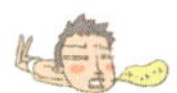

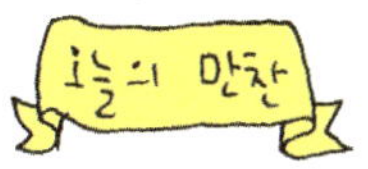

오늘의 만찬

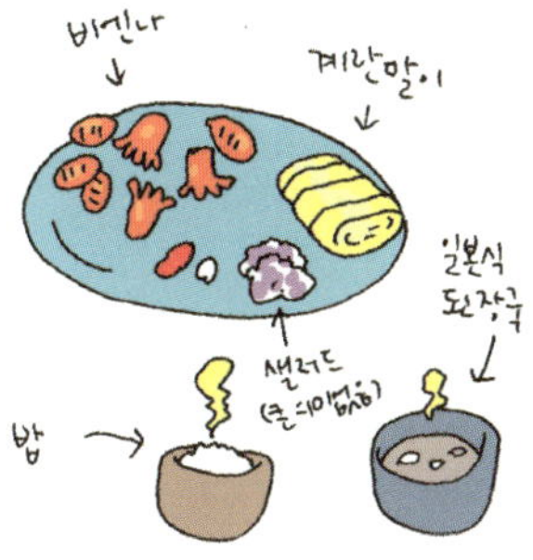

비엔나
계란말이
일본식 된장국
밥
샐러드 (큰 의미없음)

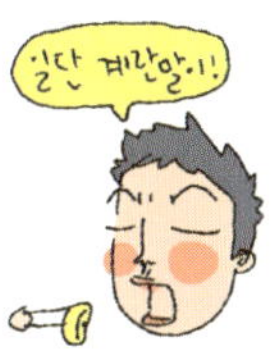

일단 계란말이!

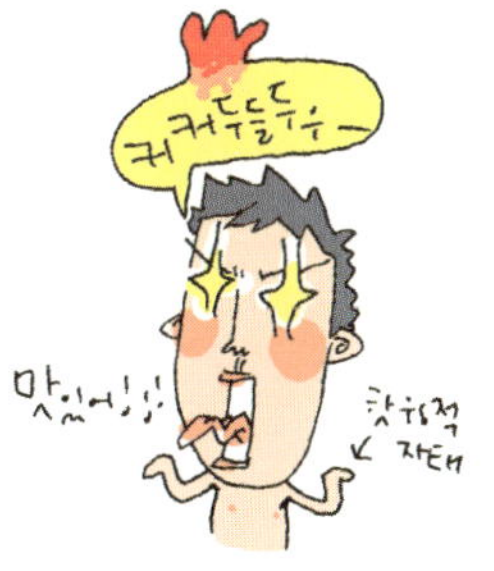

거거두두두—
맛있어!!!
창렬적 자태

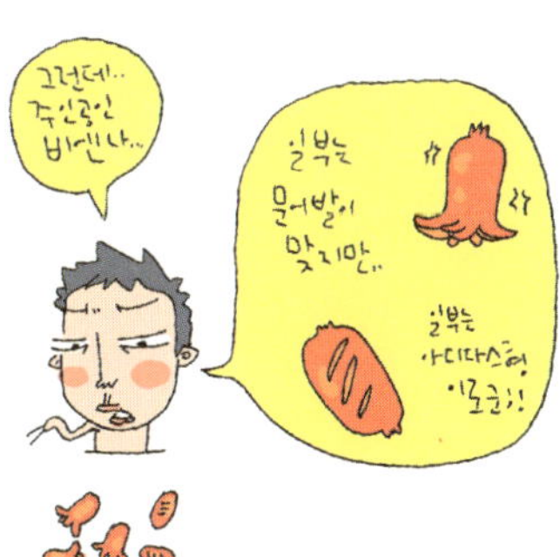

그런데..
주인공인
비엔나..
일부는
문어발이
맞지만..
일부는
아디다스의
로고!!

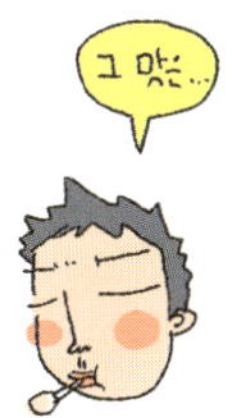

그 맛은...

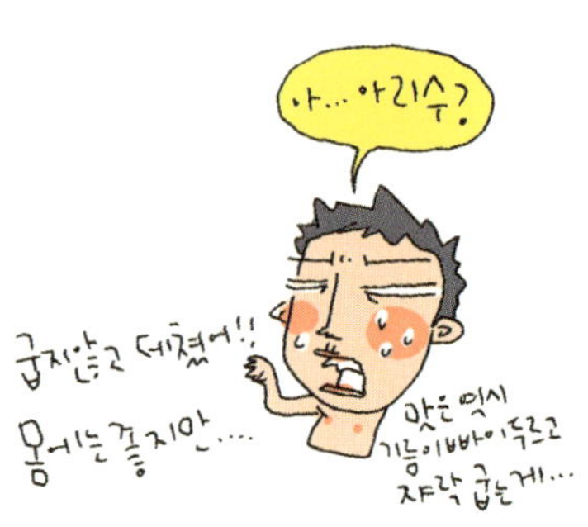

아...아리수?
굽지않고 데쳤어!!
몸에는 좋지만....
맛은 역시
기능이빠이죽고
자락 굽는게...
아쉽지만
윤발은
좀더…

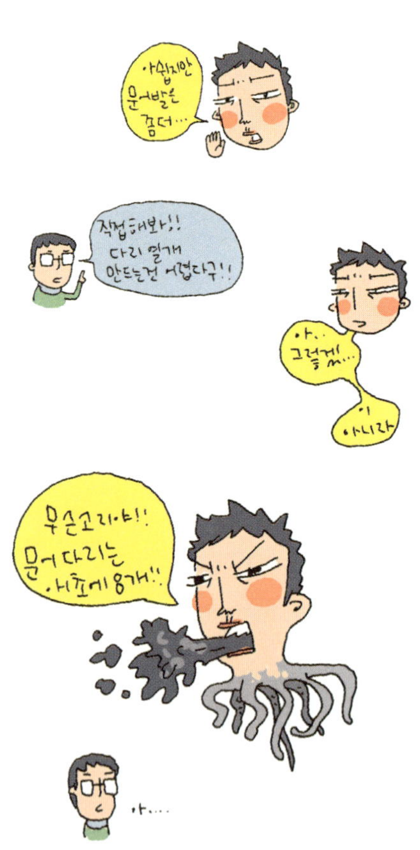

직접해봐!!
다리 얼개
안드는건 어렵다구!!
아..
그럴게…
이 아니라
무슨소리야!!
문어다리는
.비싸 8개!!
아....

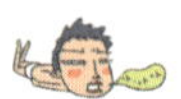

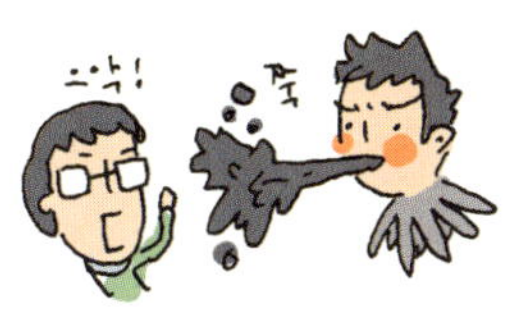

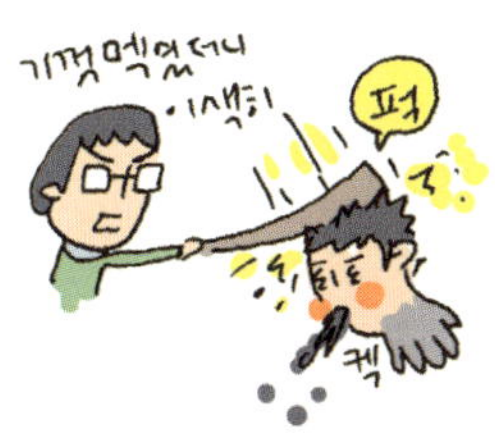

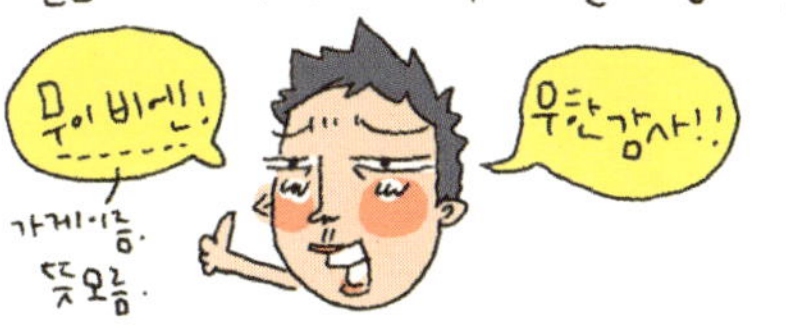

지금은 없어져버린, 무이비엔의 문어발 비엔나.
무이비엔!('아주 좋아'라는 뜻이라고).

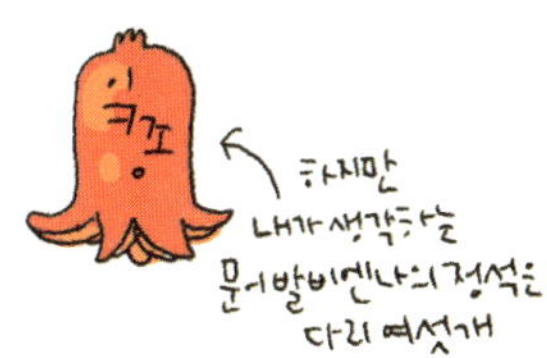

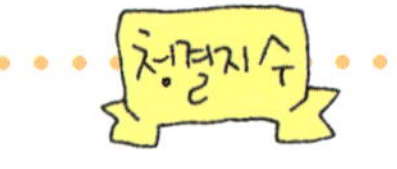

주말엔 부모님이 오셨었다.

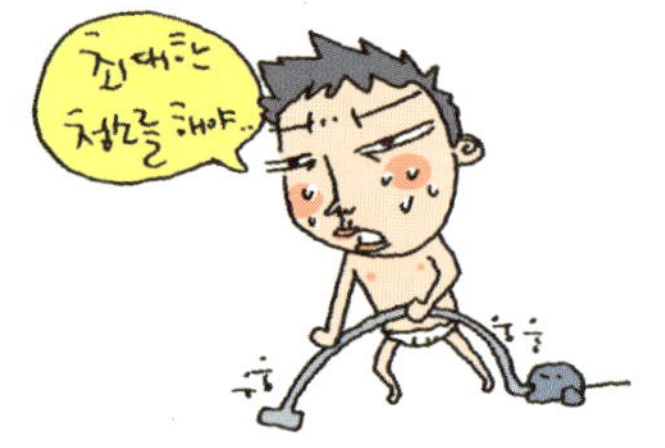

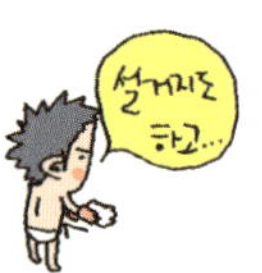

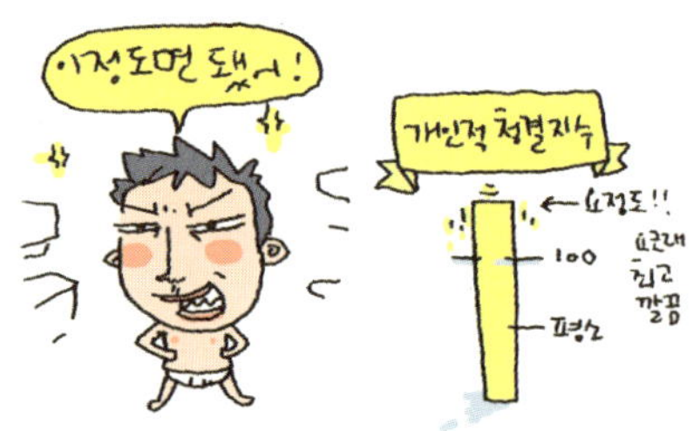

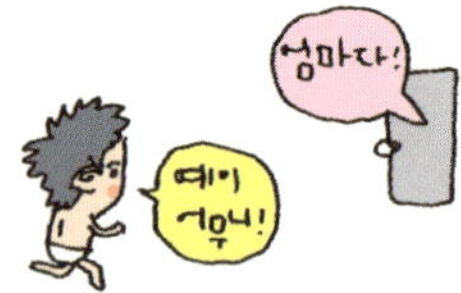

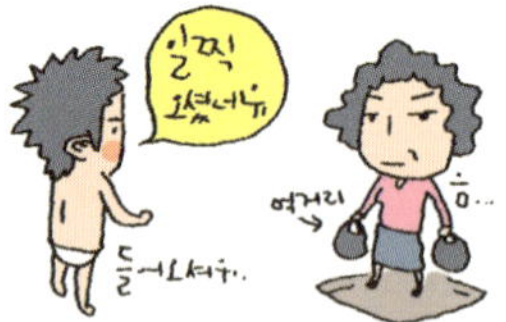

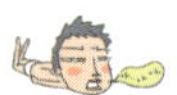

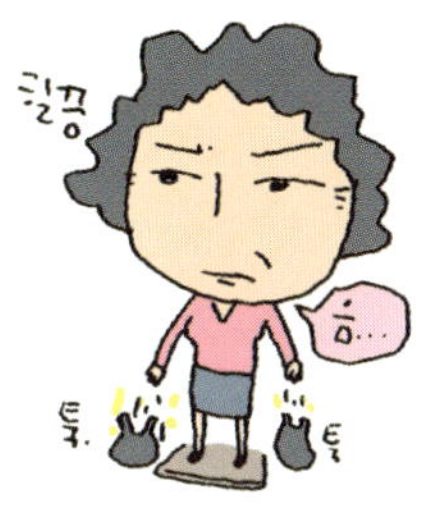

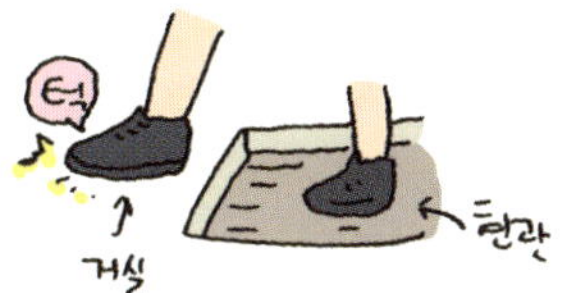

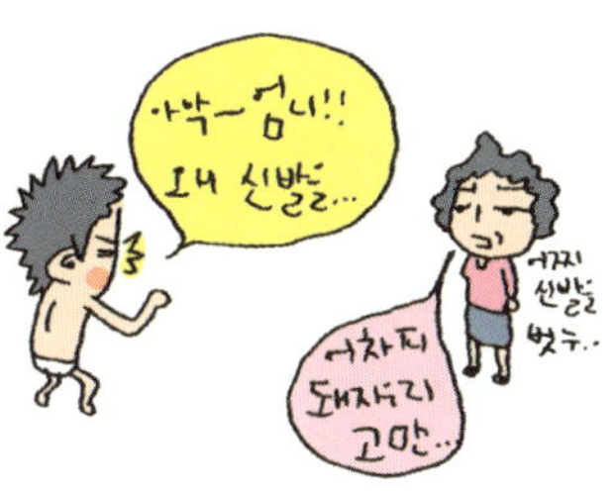

엄마, 유럽 사람 아니잖아요.

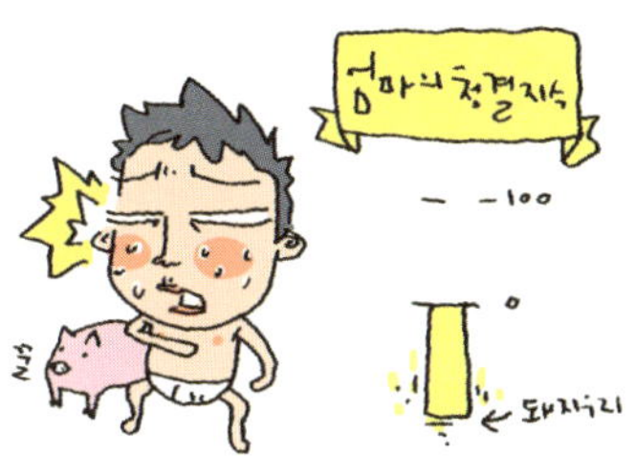

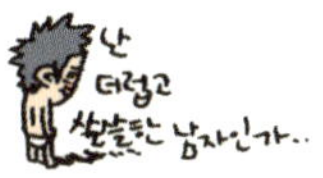

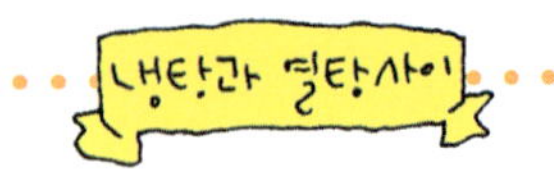

우리집 샤워기는
온도 맞추기가 힘들다.

겨울엔 기본적으로.

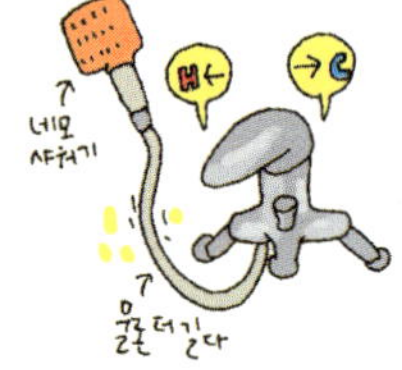

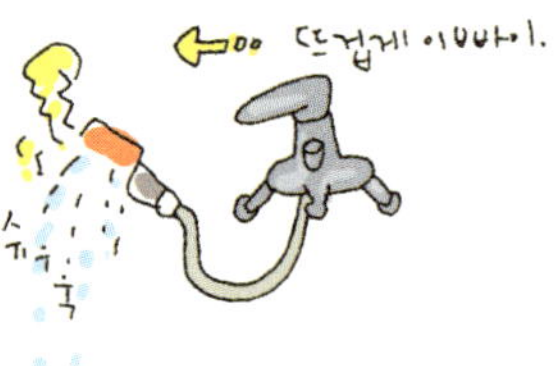

그리고
물.방울
서서히
즐기면서
온도를
맞춘다.

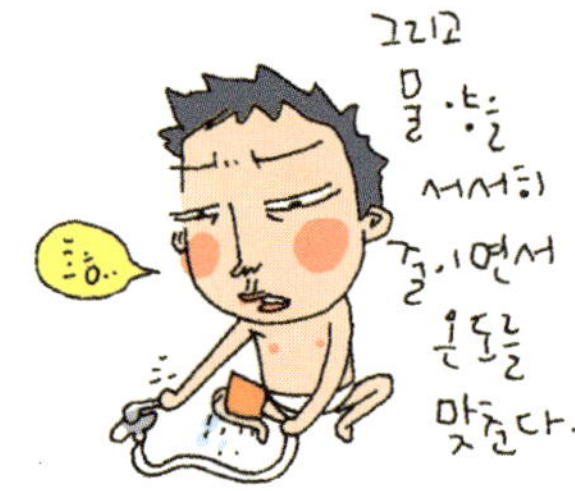

이게 무지 미묘한 작업

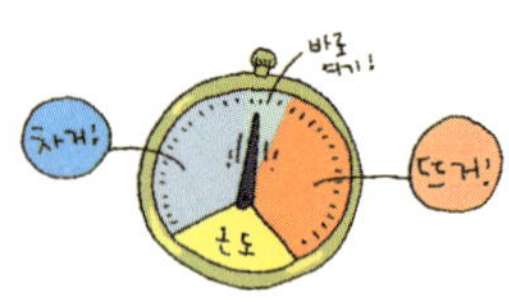

오늘도 한참 걸려서
온도를 맞추고

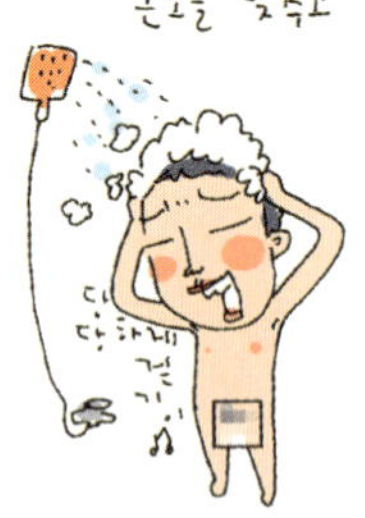

샤워를 하다가

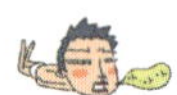

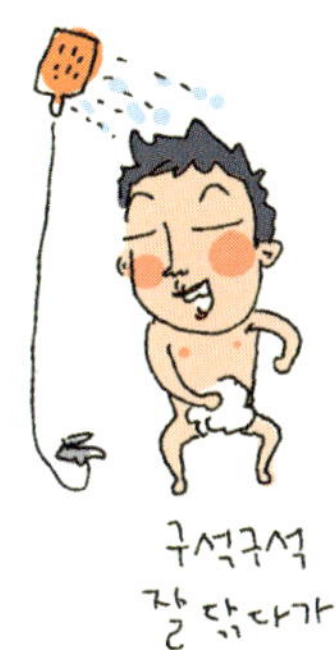

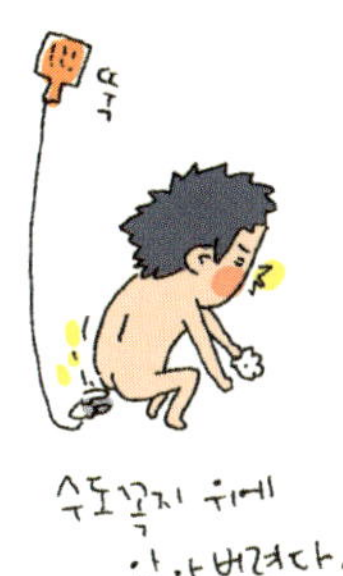

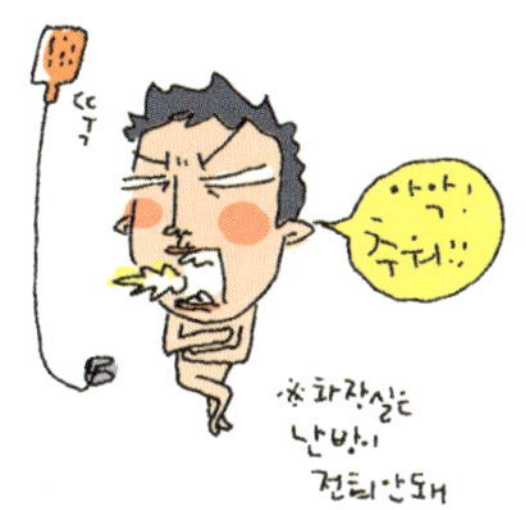

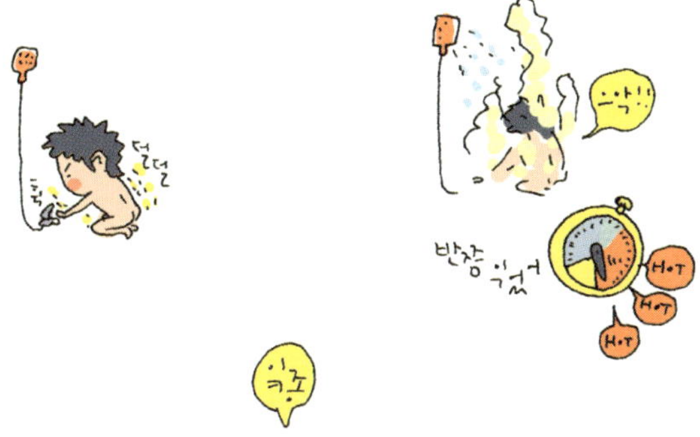

엉덩이를 나무랄 수도 없고….

캐파의 한계

옷장 안에는 옷이 가득하다. 정말로 가득하다. 지난번에 제대로 정리를 해서 버릴 건 버리자 마음먹고 시작했다가 괜히 먼지만 잔뜩 날리고 재채기만 백 번쯤 하고는 포기해 버렸다. 에라, 모르겠다 싶어 제대로 개지도 않고 대강 쑤셔 넣어놨더니 더욱 가득해졌다.

그런데(음… 어딘가에서 문단을 '그런데' 따위로 시작하는 것은 상당히 안 좋다고 들었는데… 뭐 어쩔 수 없다. 그런데) 입을 옷은 없다. 이 골덴(코듀로이) 바지는 핏의 형태며 밑위의 길이 따위가 영 지금의 트렌드와는 맞지 않고, 이 청바지는 워싱이 별로고 다음 서랍에서 나온 후드티는 힙합의 시대가 올 때까지는 봉인, 그리고 잔뜩 구겨진 이 셔츠는 그저 맘에 들지 않는다.

결국 입는 옷은 늘 거기서 거기다. 옷장 속에 가득한 것은 사실 남몰래 누군가가 헌옷수거함에 서랍 채로 쑤셔 박는다 해도 나는 전혀 눈치 채지도 못할 옷가지들뿐이다. 바지는 열 벌이 넘게 있지만 사실 입는 바지는 잘해야 서너 벌. 윗도리도 마찬가지.

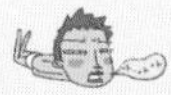

재미있는 것은 아주 가끔이지만 쇼핑을 한다고 해서 그 입는 옷의 가짓수가 늘어나는 것은 아니라는 거다. 새옷이 생기면 지난 옷들 중 하나가 옷장 깊숙이 들어간다. 대체 왜 그럴까를 진지하게 생각해 봤는데 도무지 그 이유는 알아내지 못했다. 아마도, 대략 4×4 정도, 다시 말해 16가지 그 이상의 조합을 내 자신이 버거워하는 게 아닐까 라는 정도. 친한 사람들은 '저 녀석은 이런이런 아랫도리와 이런이런 윗도리가 있지'라고 금세 머릿속에 그려낼 수 있을 만한 빤함.

저렇게 생각하고 나니 옷가지조차 조합을 제대로 늘려나가지 못하는 협소한 캐파시티의 사람인 것 같아서 기분이 찝찝한데, 이런 '캐파의 한계' 이론은 단지 옷가지에서 끝나는 게 아니라 상당히 넓은 영역에 적용 가능하다. 그리고 그런 식으로 나의 캐파시티 바깥으로 밀려난 이유들은 힙합의 시대 따위는 상대도 못할 만치 사소한 것들뿐이다.

만나는 사람들도 새로운 누군가와 친해지는 순간 지난 누군가와는 (어쩔 수 없이) 소원해져 버리고(개가 사실 속이 좁더라는 둥), 자주 가던 술집도 새 단골집이 생기는 순간 '아아, 거기 괜찮았었었었었는데…'라고 마음속에서 과거완료봉인형의 안줏거리가 되어버린다. 내가 '다니던' 미용실은 어느새 '귀두컷 전문'의 센스 없는 고등학생들 전문업소로 전락하고 문턱이 닳도록 드나들던 카페도 이제는 강아지똥 같은 커피를 파는 아쉬운 곳이 되어버린다.

결국 내가 능력이 안 되어 뒷전으로 밀려난 것들을 애정이 식으면서 심드렁하게 바라다보니 그간 눈치 채지 못했던 맘에 안 드는 부분들이 삐죽삐죽 튀어나와 보이는 건데, 아마 반쯤은 굳이 애써 맘에 안 드는 구석들을 찾아 헤매고 있다는 게 솔직한 이야기일 거다.

‘프리랜서’라는 뭔가 그럴싸한 이름 아래 살아가고 있는 지금(통장은 날백수), 참 많은 사람들을 만나고 관계를 쌓았다 허물고 쌓았다 허물고는 하는데, 너무도 냉정하게 그 사람들을 옷장 속 옷처럼 ‘밑위가 너무 길어서’(배바지의 시대는 반드시 다시 온다!), ‘허리가 작아져서’(네가 살찐 거라구!), ‘대체 이 현란한 프린트는…’(센스 없는 게 누군데) 등등의 이유로 스스로 정리해 버린 게 아닌가 싶어 갑작스레 뜨끔, 한 아침이다.

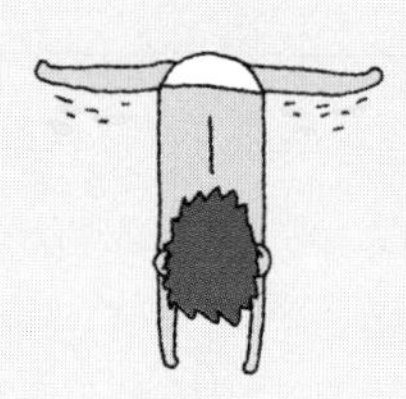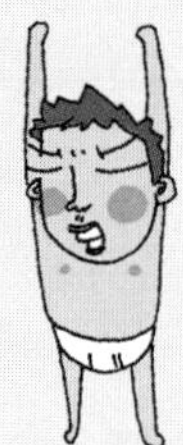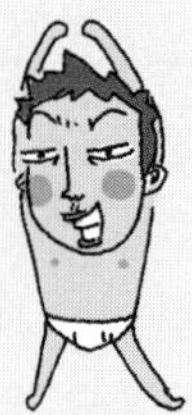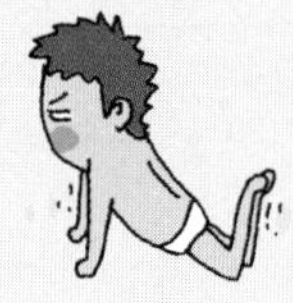

‘프리랜서’라는 뭔가 그럴싸한 이름 아래 살아가고 있는 지금(통장은 날백수), 참 많은 사람들을 만나고 관계를 쌓았다 허물고 쌓았다 허물고는 하는데, 너무도 냉정하게 그 사람들을 옷장 속 옷처럼 ‘밑위가 너무 길어서’(배바지의 시대는 반드시 다시 온다!), ‘허리가 작아져서’(네가 살찐 거라구!), ‘대체 이 현란한 프린트는…’(센스 없는 게 누군데) 등등의 이유로 스스로 정리해 버린 게 아닌가 싶어 갑작스레 뜨끔, 한 아침이다.

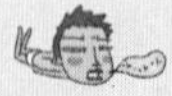

문득 참 사람들이 고맙고 미안하다.
미안합니다.
그리고 고맙습니다.

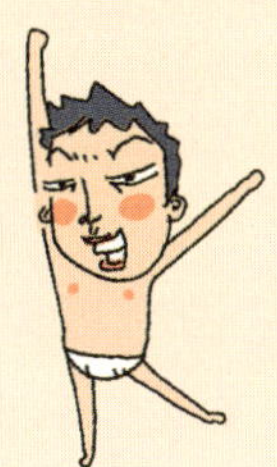
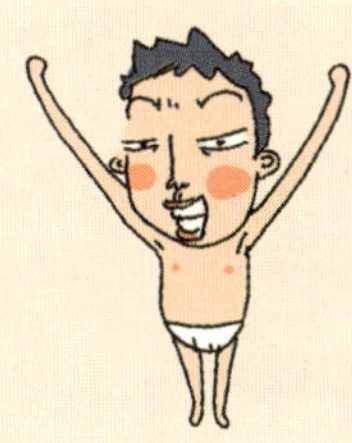
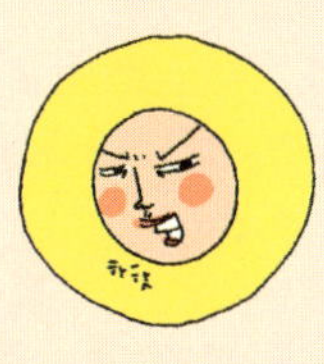
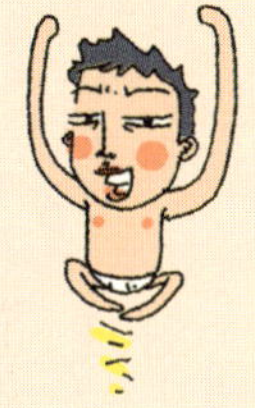

그리고.

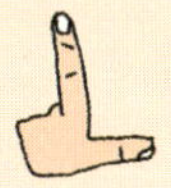
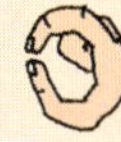
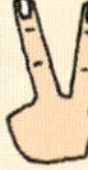
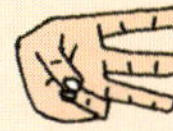

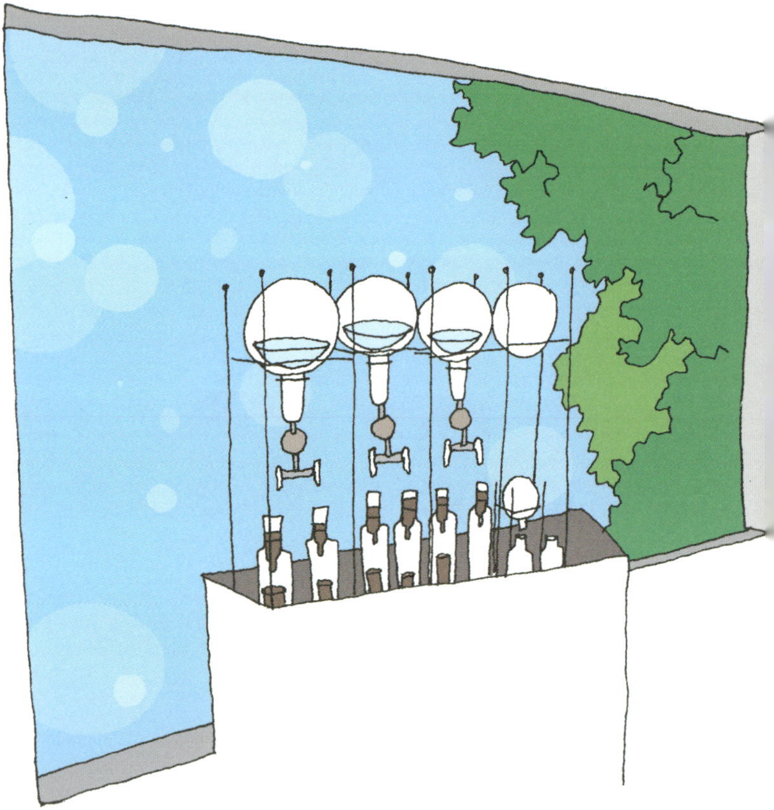

카페를 나누는 나만의 기준 중엔,
혼자 가도 좋은 카페
혼자 가긴 좀 그런 카페가 있다.
이상하게도 이곳은 절대로 후자.

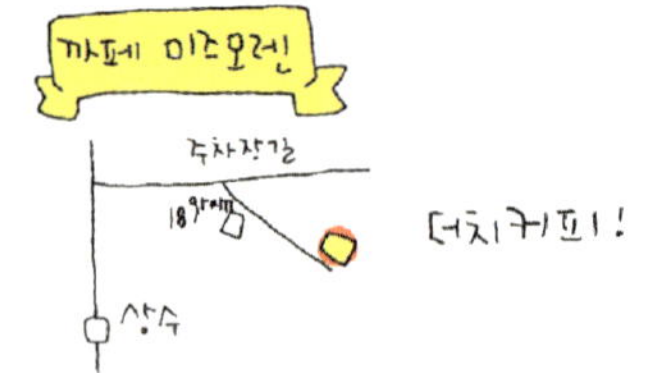

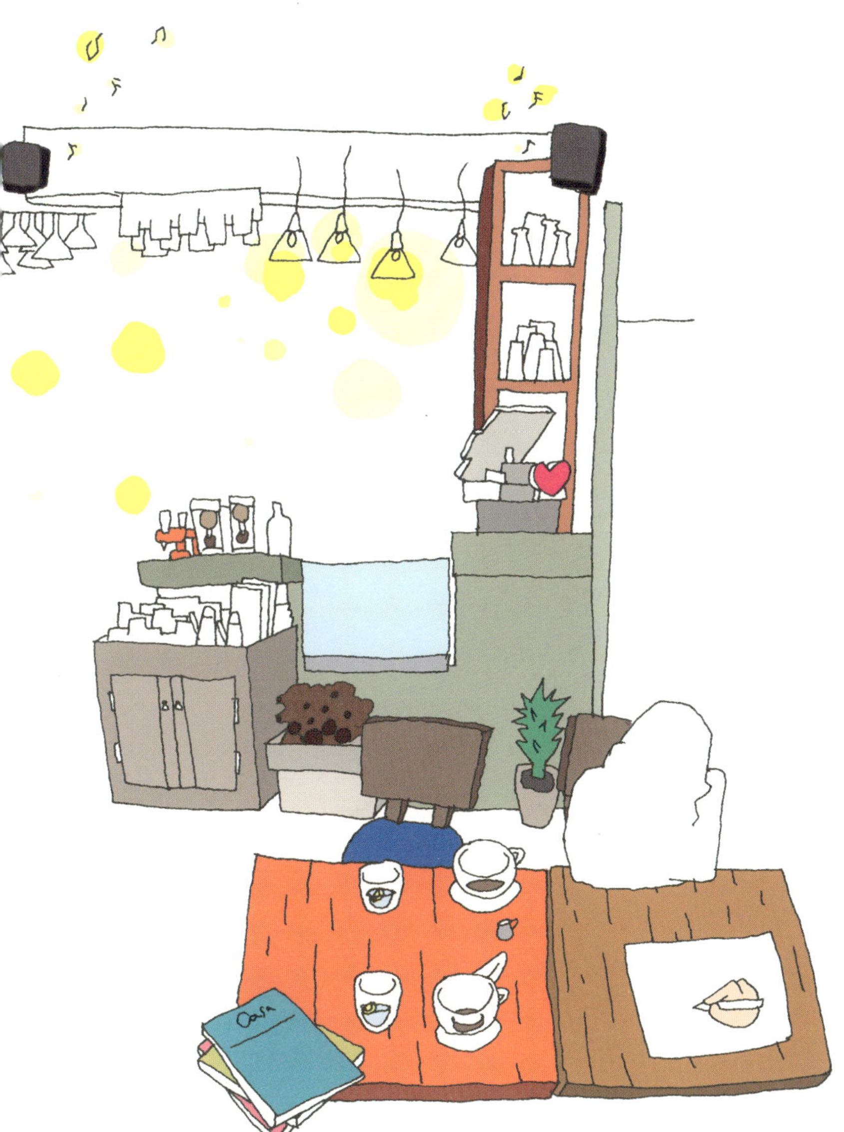
Casa

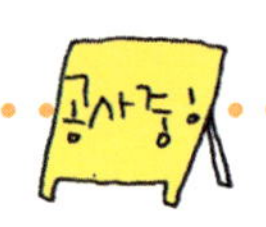

공사중!

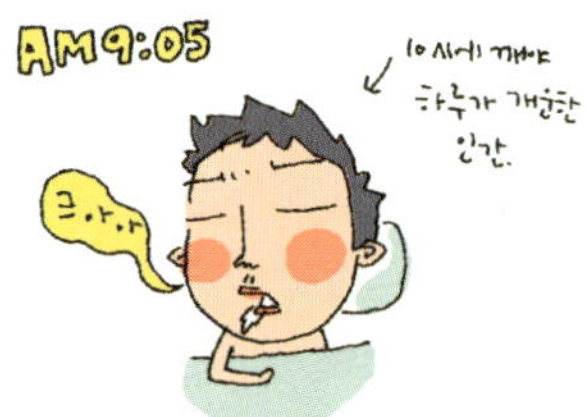

AM9:05
크아아
10시에 깨야
하루가 개운한
인간.

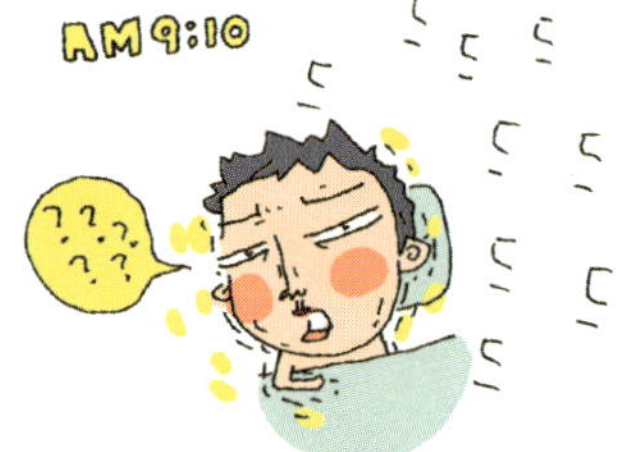

AM9:10
???
??

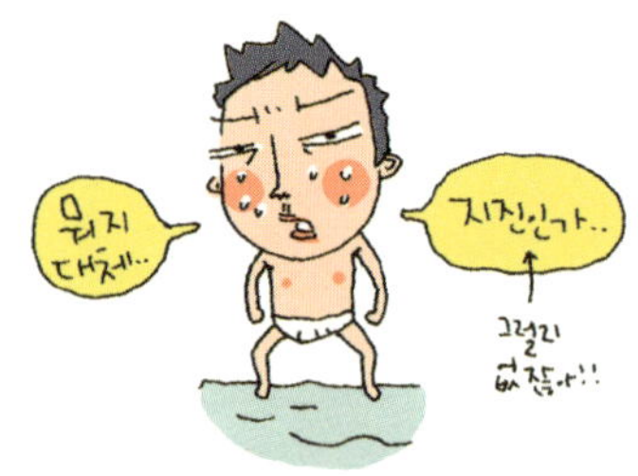

뭐지
대체..
지진인가..
그럴리
없잖아!!

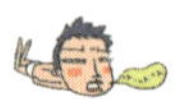

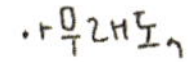

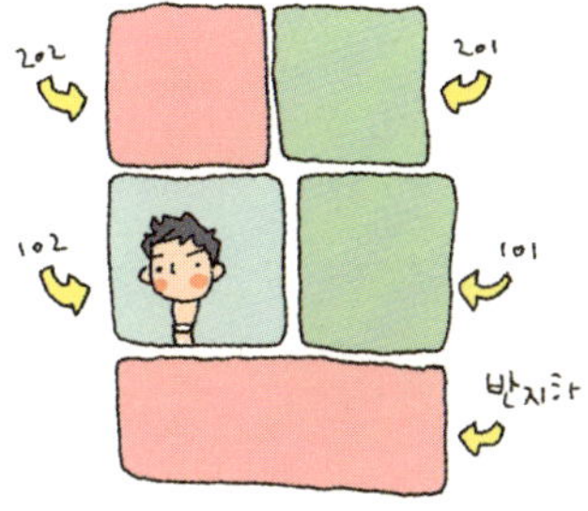

202나 지하에서 공사중인듯

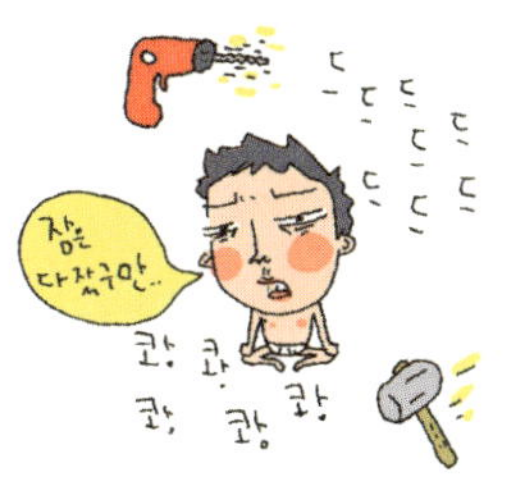

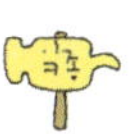

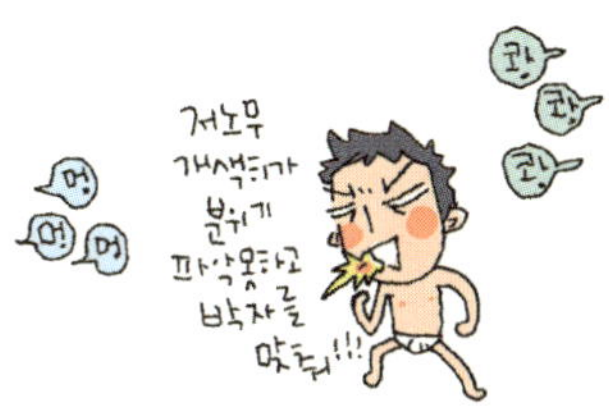

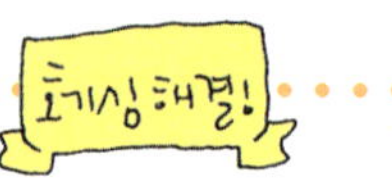

호기심 해결!

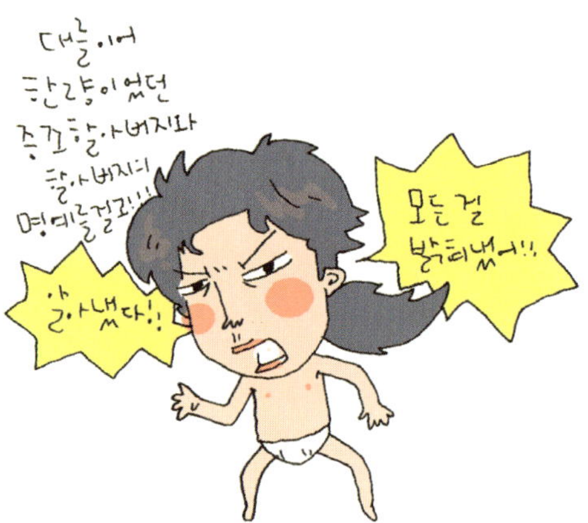

대를이어
한량이었던
증조할아버지와
할아버지의
명예를걸고!!!
아 캐냈다!!
모든걸 밝혀냈어!!

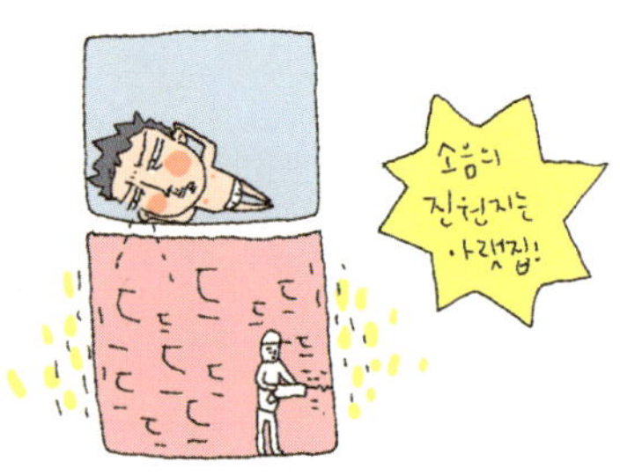

소음의 진원지는 아랫집!

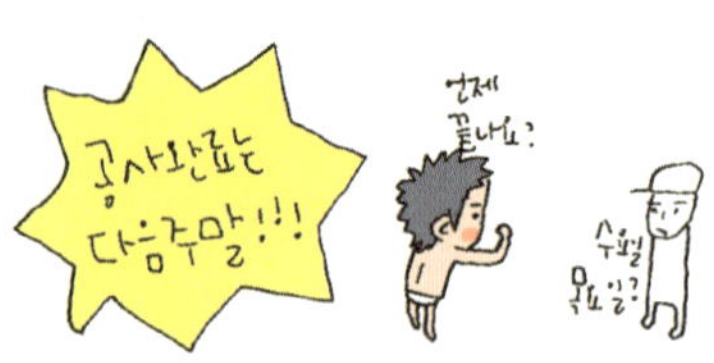

언제 끝나요?
공사완료는 다음주말!!!

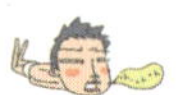

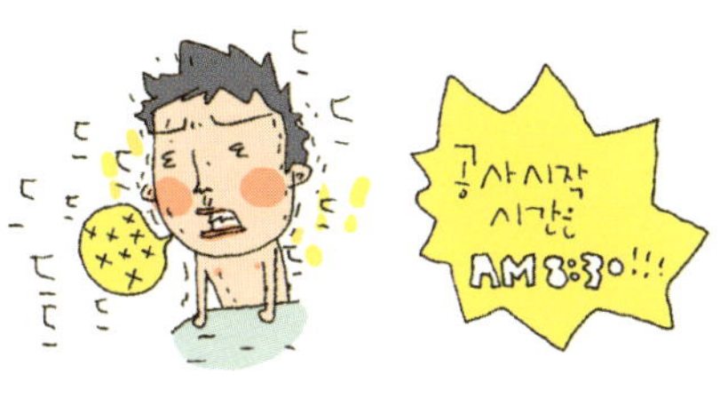

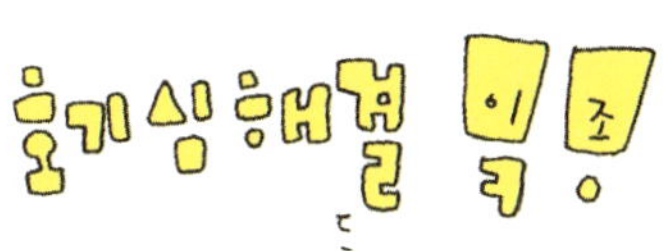

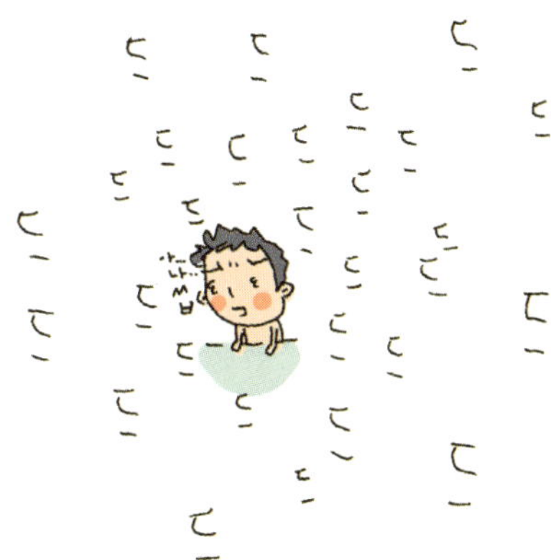

물론, 호기심 빼곤 아무것도 해결되지 않았지요.

10시쯤 일어나서—이건 내가 주욱 임상실험을 해보니 결국 같다. 6시에 자도 10시에 일어나고 2시에 자도 10시에 일어난다. 온도 때문인지, 아직도 건재한 나름의 생체리듬 때문인지는 모르겠지만—메일을 체크하고, 혹시나 새벽같이 전화나 문자를 한 사람이 없는지도 확인해 주고 전화기는 다시 내던져둔다—전화기를 멀찌감치 집어던져 두는 것은 전화를 안 받고 나서 '전화하셨어요? 몰랐어요'라고 할 때의 죄책감을 최대한 제로에 가깝게 만들기 위해서이기도 하고, 집 안에서 전화기 붙들고 낑낑거리고 있는 모습이 더할 나위 없이 한심해 보이기 때문이기도.

남들의 아침처럼 현관문을 열고 날씨를 체크하고—꼭 어디 나간다는 얘기는 아니고—신문을 주워들고—경향신문을 보기 시작한다. 한겨레가 보고 있다 보면 어느 정도 뒷목이 뻐근해지면서 왼손을 번쩍 들고 싶어진다면, 경향신문은 약간 간질간질한 정도랄까. 나 정도 '좌빨'은 아닌 '좌핑'(좌파 핑크) 정도의 인간이 보기에 어울리는 신문인 듯하다—뭐든 하나 정도 청소, 혹은 정리를 한다—설거지, 진공청소기 돌리기, 걸레질, 화장실 청소, 침실 정리, 작업실 책상 정리, 현관 앞 물청소 등이 이 범주에 들어가는데 적어놓은 순서가 아마 고스란히 빈도순이고 오늘은 설거지를 했다.

분명히 오늘 오후에 미팅을 하자고 이야기를 한 게 하나 있었는데—기억이 날 듯도 하지만 애써 기억해내지 않으려는 중—없던 일이 되었으면 좋겠다는 생각이 참으로 간절하다. 그것보다는 택배들이나 얼른 왔으면—두근 두근 두근 두근—하는 바람을 갖고 잠시 낮잠이나 자야겠다. 프리랜서 인생, 백수지향—'지양'이 아니라 '지향'이다. 그리고 '백수'가 아니라 '백수지향'이다. 미묘하지 않은 분명한 차이. 백수로서, 한량으로서 니나노 하며 인생을 하루에 한 스푼씩 강물에 흘려보내고 싶기도 하지만, 최소한 내 앞가림은 내가 한다는 모토 아래 열심히 살고 있는 '백수지향人' 인 거다. 응, 포인트는 그거야. 불광천에 떠 있는 오리처럼 발버둥치고 있다는 것—인생 만세.

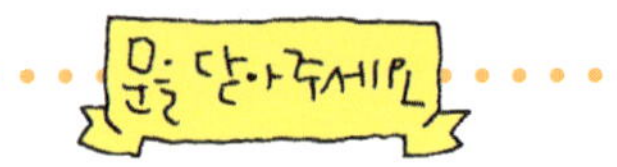
문을 닫아주세요

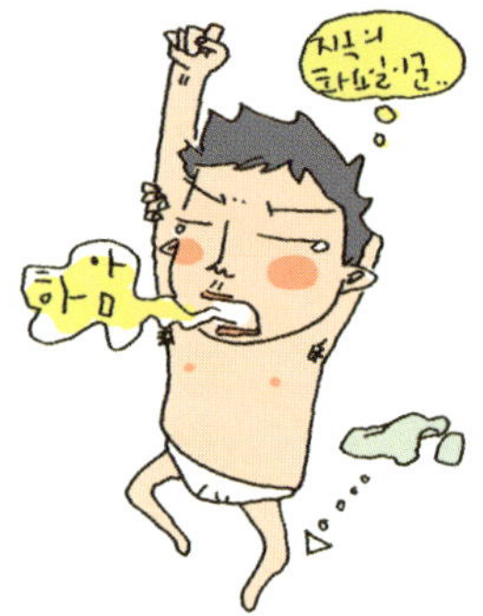
지금 화장실...
하암

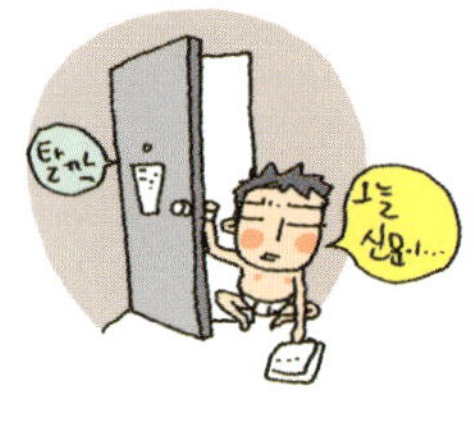
탈까
나는 신문이...

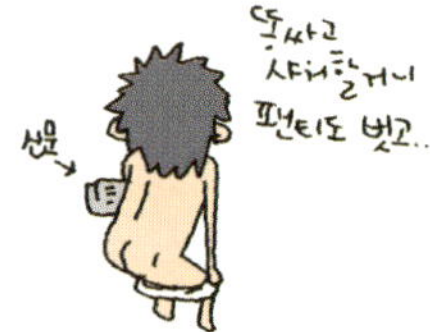
똥싸고 샤워할거니 팬티도 벗고...
신문

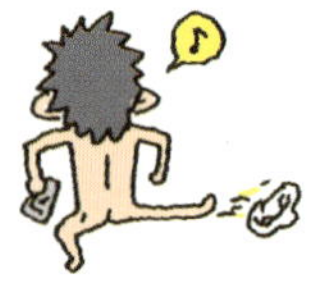

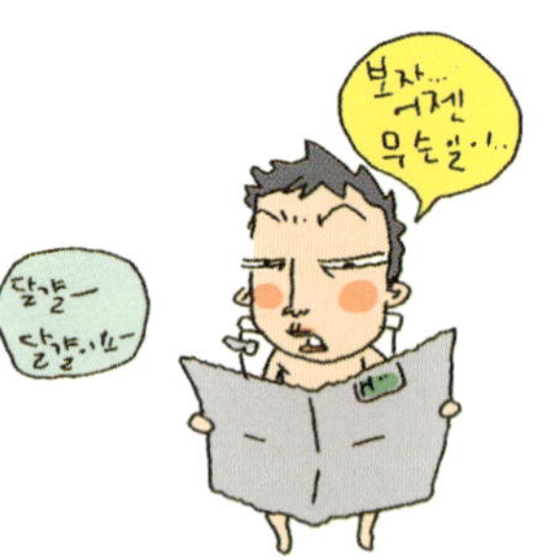
보자... 어젠 무슨일이...
달걀- 달걀이요-

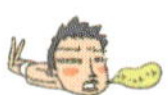

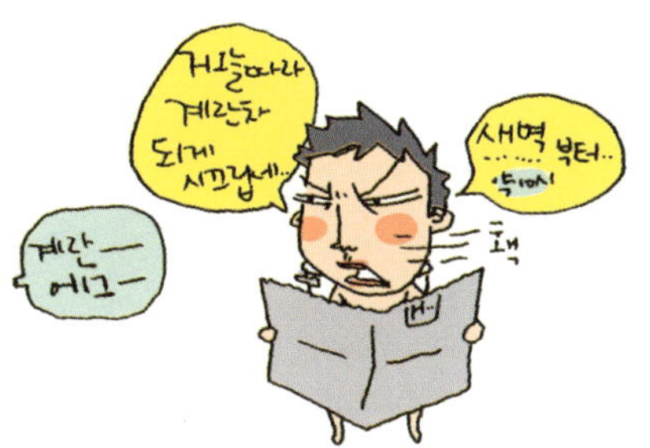

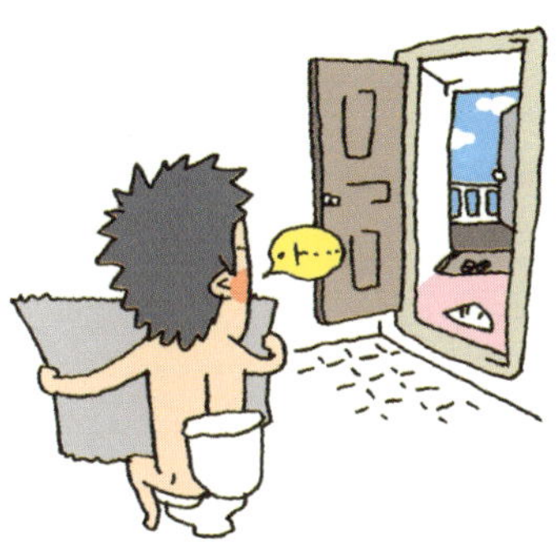

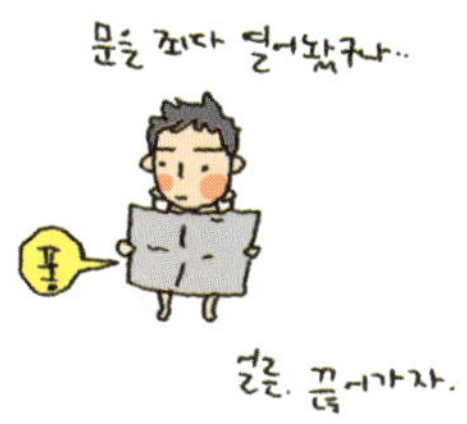

처음이자 마지막이었어요. 정말로.

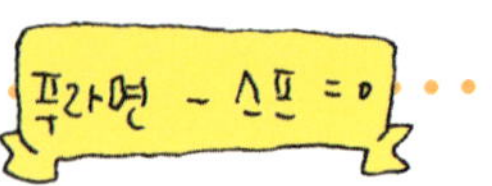
푸라면 ~ 스프 =ㅁ

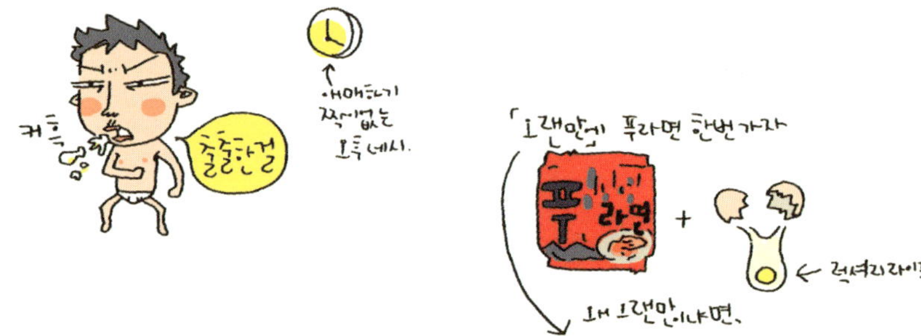
어젯밤기
작심없는
오늘 네시.
출출한걸
커흘음..
「오랜만의」 푸라면 한번가자
푸라면
+
럭셔리라이프
1개 오랜만이나면.

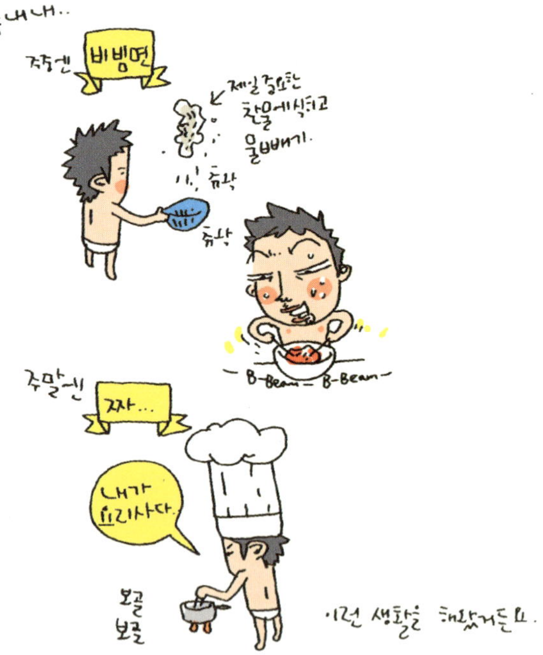
작심내내..
점심엔 비빔면
제일 중요한
찬물에식히고
울빼기.
치 츄악
츄악
B-Beam ~ B-Beam
주말엔 자자...
내가
요리사다.
보글
보글
이런 생활을 해왔거든요.

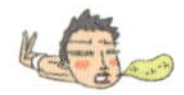

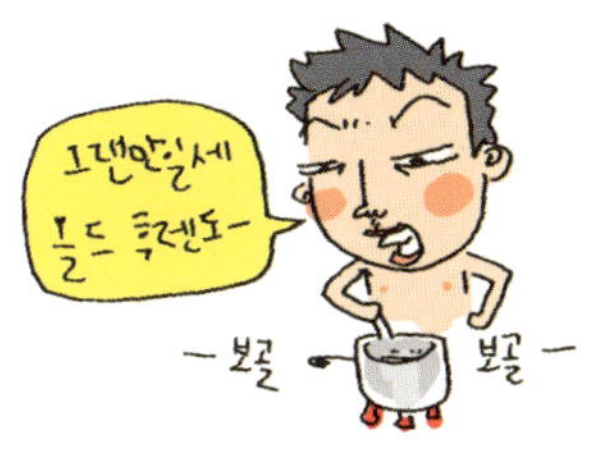

그댄만일세
물도 죽겠노—
—보골   보골—

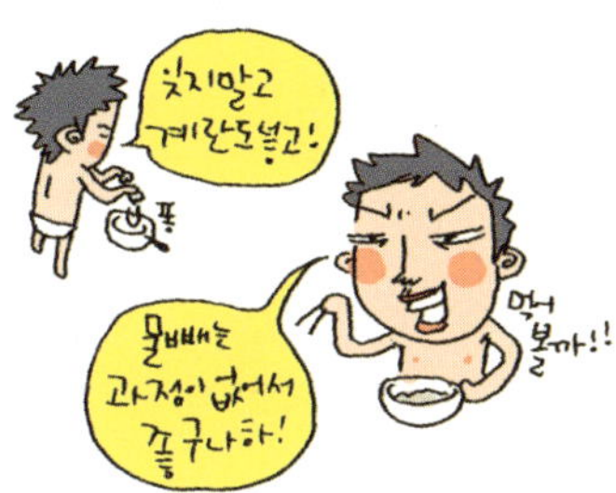

잊지말고
계란도넣고!
물빼는
과정이 없어서
좋구나하!
먹어볼까!!
풍

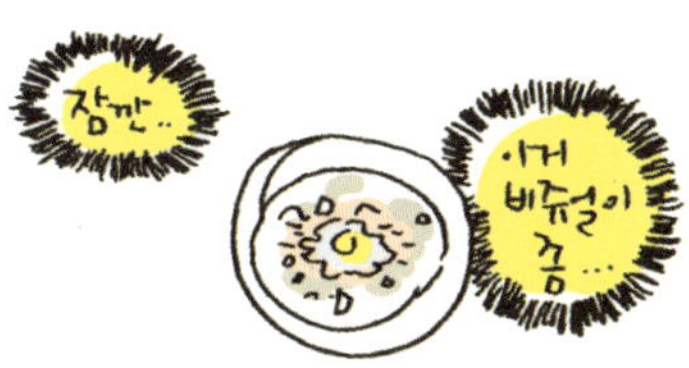

잠깐..
이거
비쥬얼이
좀...

아!!

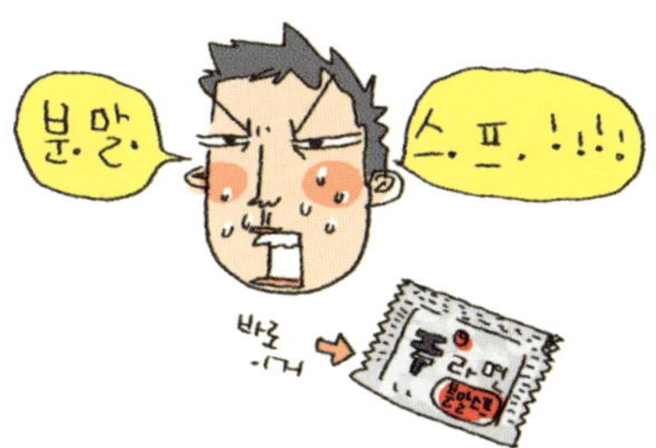

분.맛.
스.프.!!!!
바로
→

그간 내내..

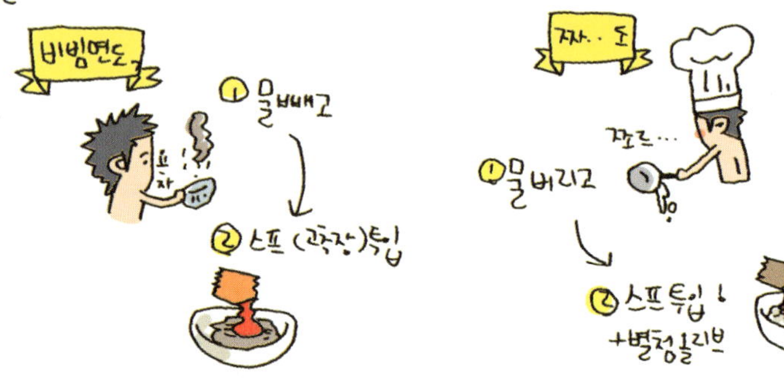

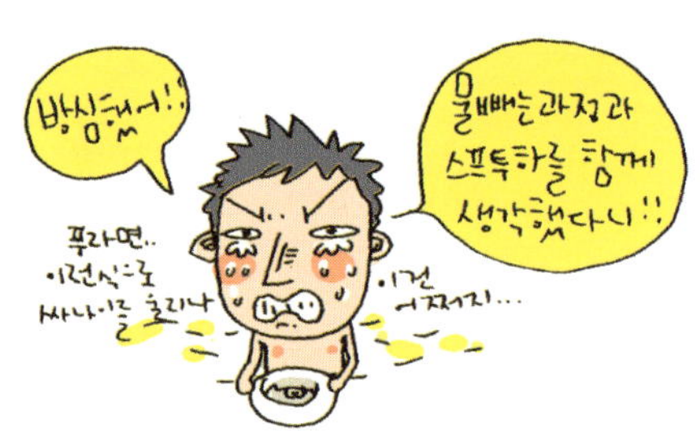

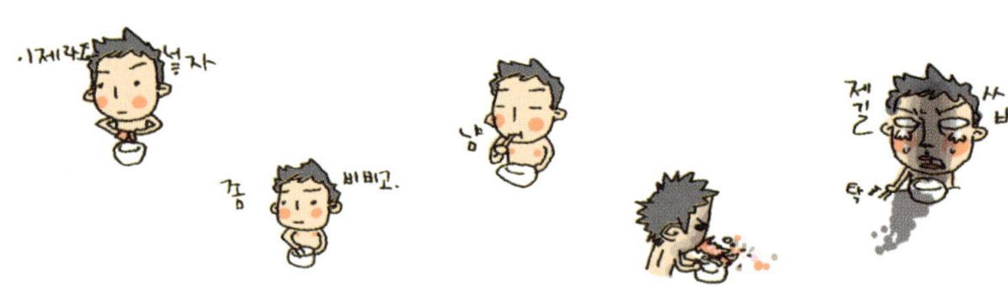

신라면, 짜파게티, 팔도비빔면. 내 마음속 라면 삼형제.

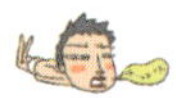

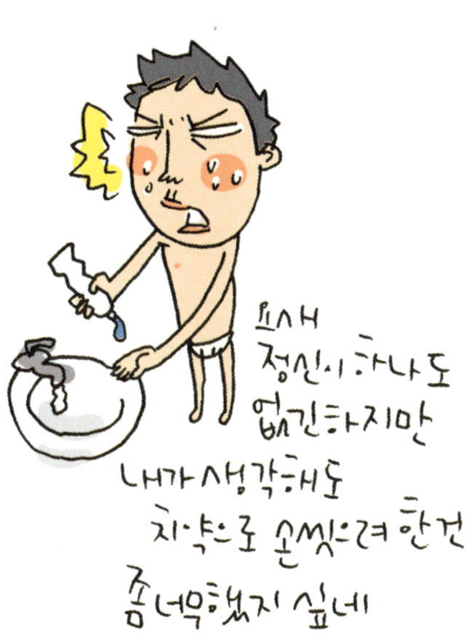

흐새
정신이 하나도
없긴하지만
내가 생각해도
치약으로 손씻으려 한건
좀 너무했지 싶네

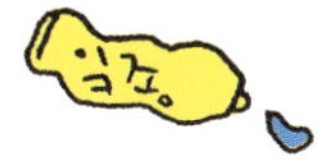

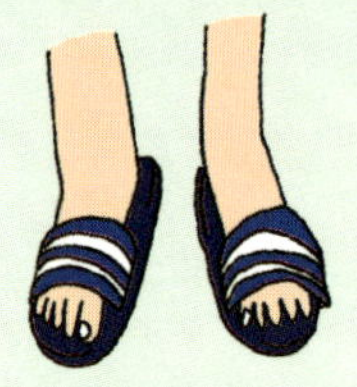

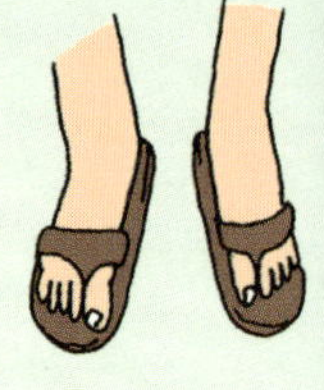

슬리퍼

생필품 외에는 별로 구매욕구를 보이지 않는 부모님 덕분에 어린 시절부터 잠옷이나 슬리퍼 같은 것들은 드라마에서밖에 본 적이 없다. 집 안에 들어가면 신발을 벗고 혹여나 누가 맨발을 보기라도 할까봐 얼른 슬리퍼를 신는 드라마 속 모습은 내게 다른 세상 이야기처럼 느껴졌다.

슬리퍼나 은근한 장미 무늬가 비치는 잠옷 같은 것은 내게 전혀 해당되지 않는 일이라고 생각했는데 얼마 전에 '홈에버'(구 까르푸)에 가서 슬리퍼를 샀다. 집 안이 맨발로 돌아다니기에는 너무 더러워서라든지 손님들 보기에 뭔가 좋아 보이라고 같은 이유는 아니고 단지 밤새울 때 발이 시려서.

털이 적당히 보슬보슬하게 달린 녀석으로 샀는데 이걸 신고 창문을 살짝 열어놓으면 꽤나 행복해진다. 찬바람이 발목을 살짝살짝 때리고 지나가는데 발끝은 따뜻하게 철저히 보호받는 느낌. 그래 됐어, 이거라면 된 거야라는 기분이 든다.

언제부터인가 나는 집 안에 있을 때도 파자마를 입고 있다. 늘 팬티만

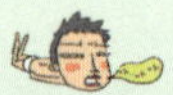

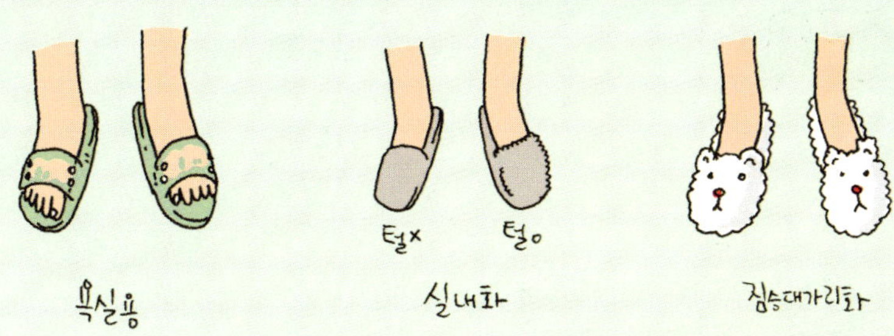

입고 여기저기 뒹굴뒹굴하는 삶이었는데 이젠 당연하다는 듯이 팬티 위에 파자마를 입고 심지어는 티셔츠도 입는다. 이거 이러다가 BYC 대리점(그런 거 있나?) 같은 데 가서 위아래 세트 잠옷을 손으로 매만지며 "감촉이 좋군요" "와인을 먹인 누에에서 뽑은 비단입니다, 손님" 같은 대화를 나누게 되는 것 아닌가 싶다. 역시 드라마는 삶을 반영하고 있는 건가.

전혀 딴소리지만, 슬리퍼를 신게 되니 화장실에 갈 때 잠시 머뭇거리는 순간이 있다. 샤워 하러 갈 때야 당연히 화장실 앞에서 슬리퍼를 벗지만, 똥을 싼다거나 이를 닦는다거나 할 때는 '벗어야만 하나?'라는 생각이 강하게 머리를 스치는 것. 그래 정말, 벗어야만 하나? 집 안에서조차 방에서는 맨발/욕실에서는 욕실용/기타 지역에서만 슬리퍼/잠잘 때는 수면양말/다용도실에서는 다용도실 전용 슬리퍼 이런 식으로 정해놓긴 너무 가혹하잖아.

덧.

털이 안 빠지고, 똥오줌을 제대로 가려주고,
짖지 않겠다고 나와 새끼손가락을 건다면,
개를 키우는 것도 나쁘지 않겠다… 라고 문득 생각했다.
슬리퍼를 신으니 갑자기 개를 키우고 싶어지는 이유는 대체 뭘까.

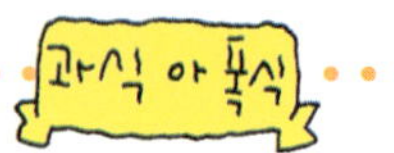

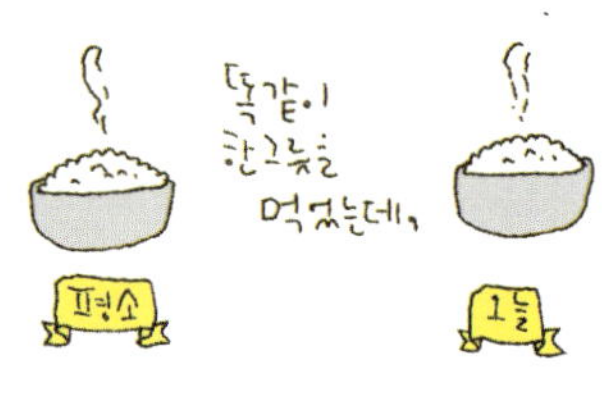

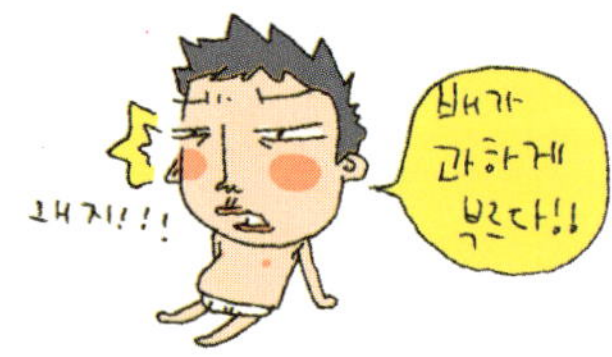

미션 1 엄마가 잠시 다녀가셔서

반찬이 늘었다.

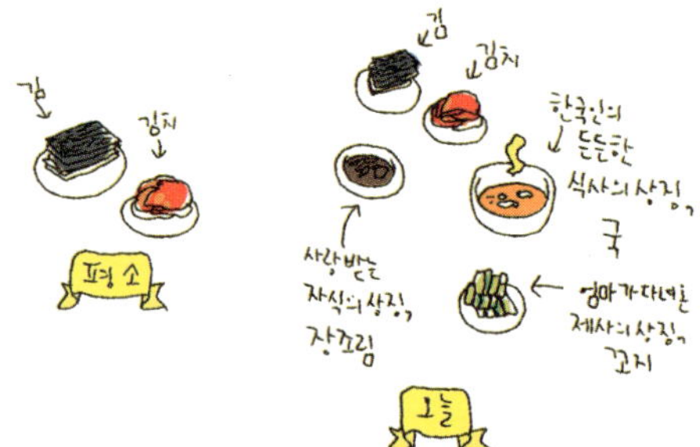

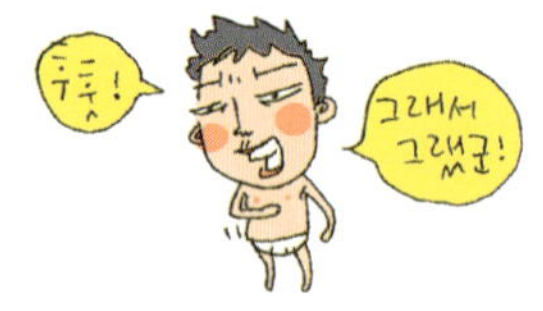

그뿐.1랴!!

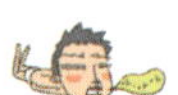

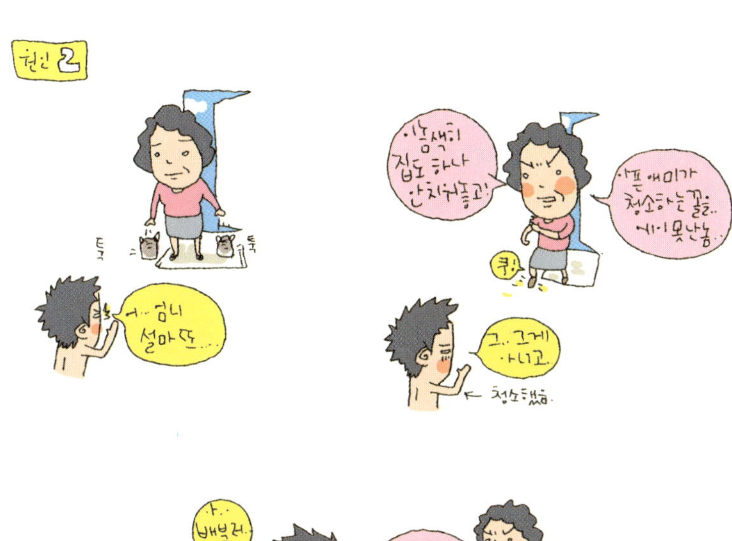

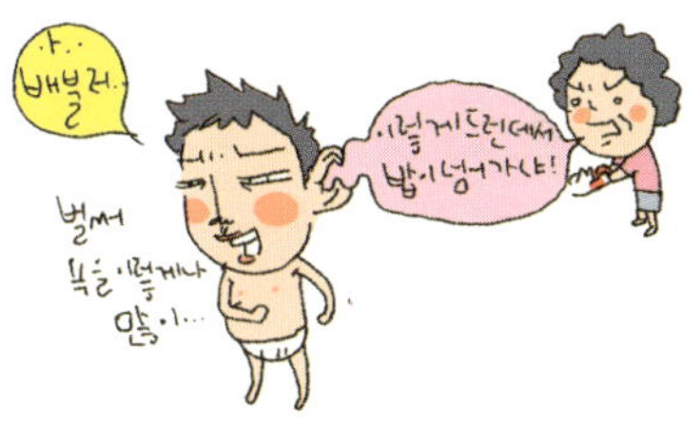

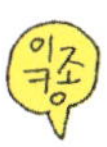

그래도 애정이 담긴 어무니 욕은 참 차지죠.

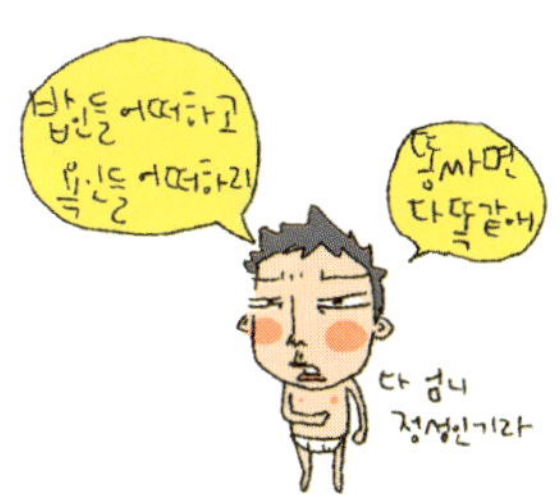

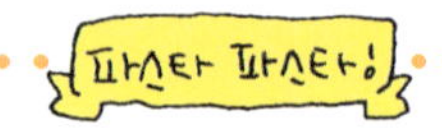

새벽, 나는 배가 고팠다.

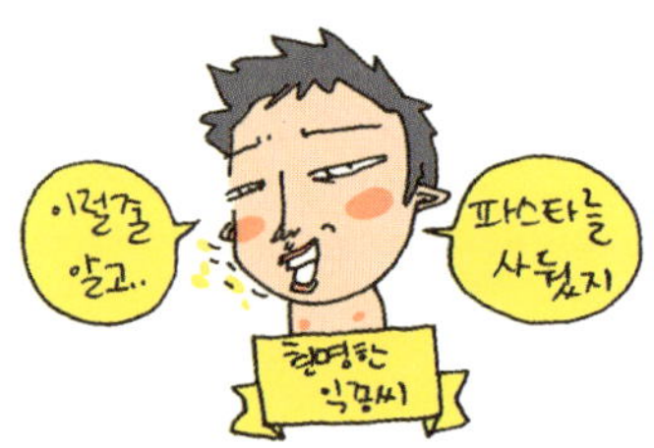

준비된 파스타 종류는 'penne'

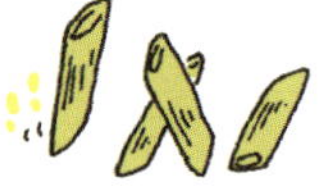

면과 달라 양을 가늠하기 힘들고나...

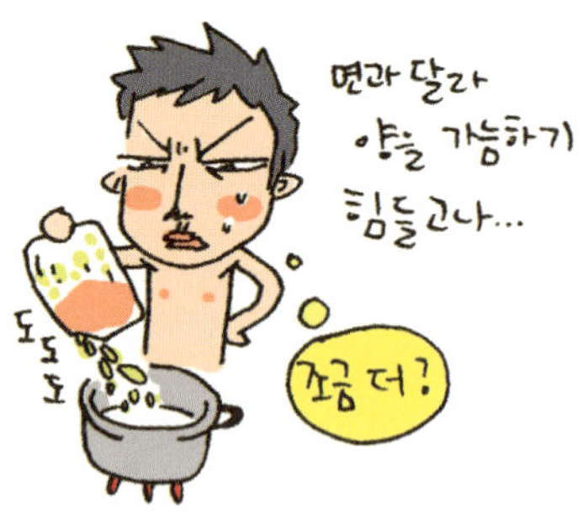

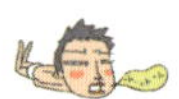

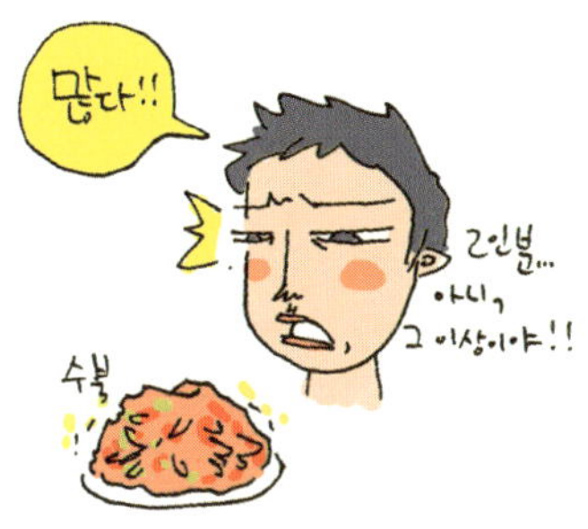

고민되는구나...

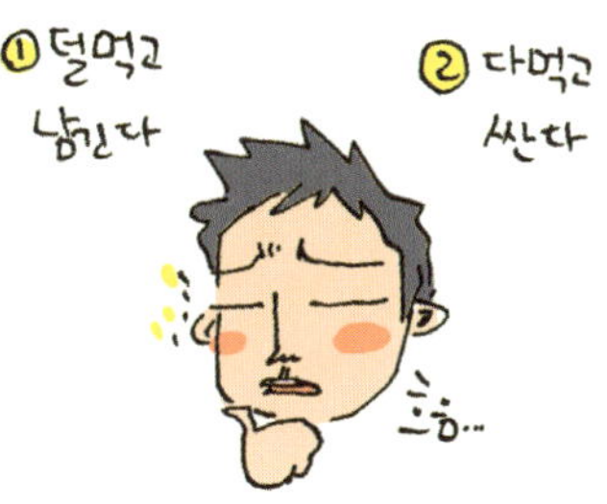

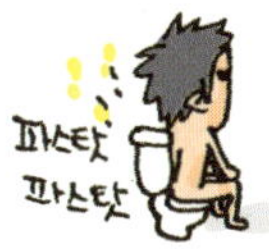

예상.. 했잖아?

'1인분만 요리하기'는 분명 세상에서 제일 어려운 일 중 하나.

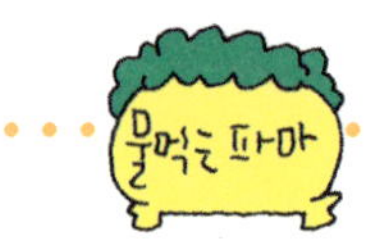

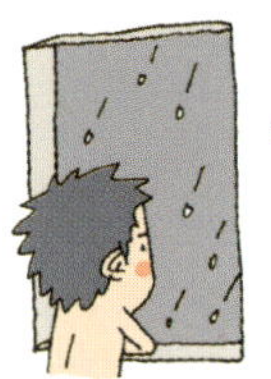

비가 종일
내리고 나니

방에 습기가 가득.

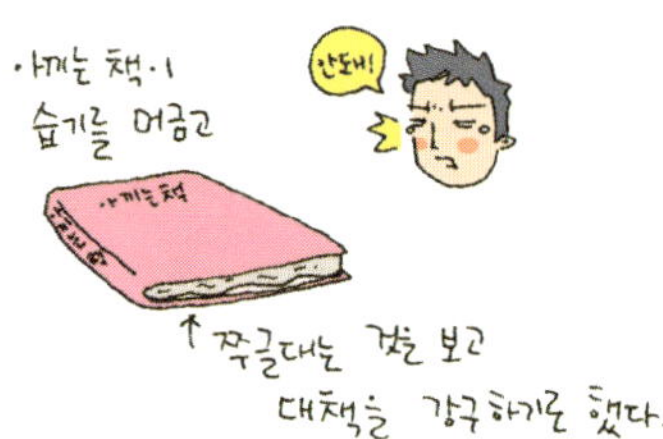

역시 위대한 해결책.

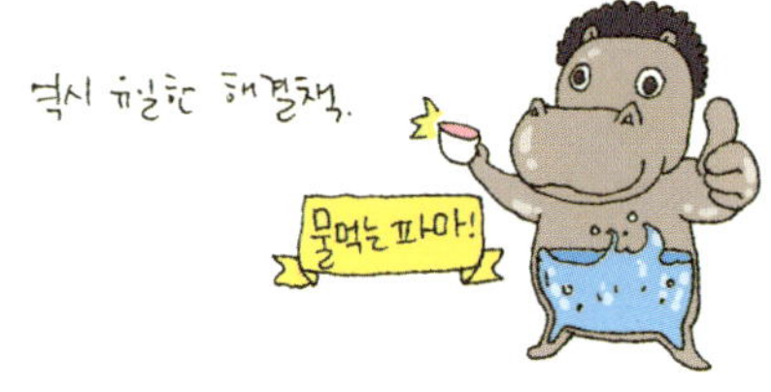

책장
옆에도
하나!

자주 보는
책들을
쌓아놓는 데에도
하나!!

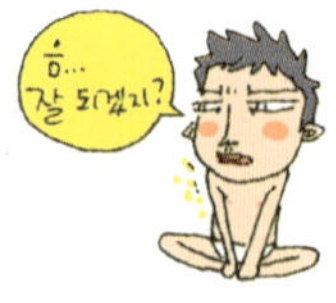

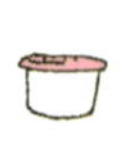

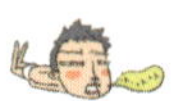

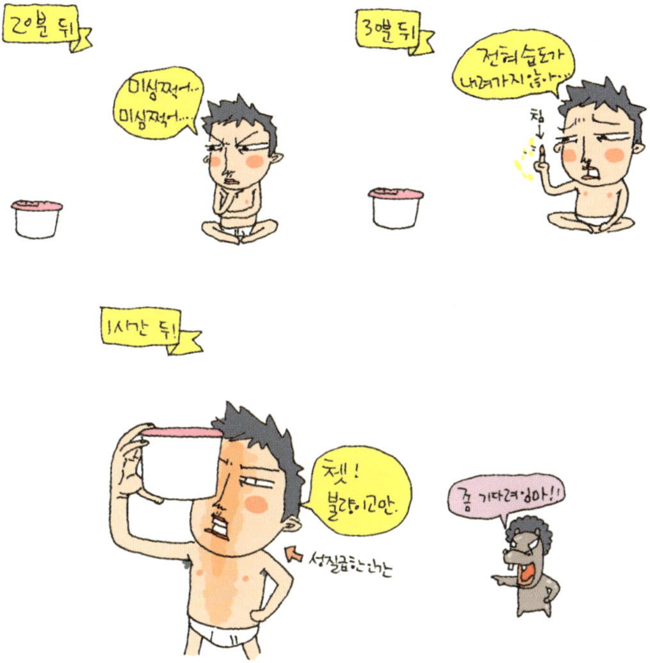

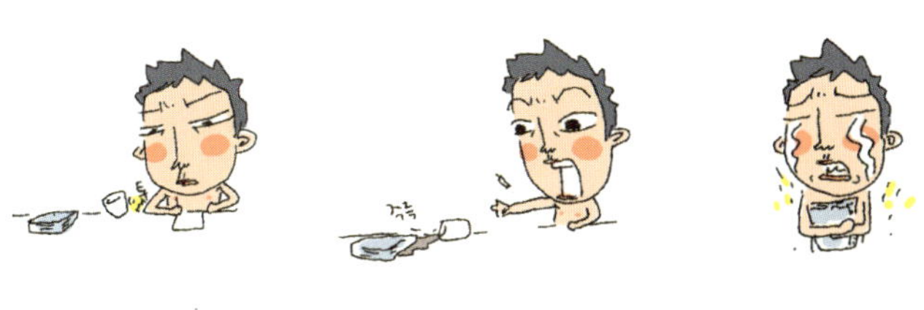

습기에 비례해서 인내심은 증발하는 듯.

책 젖는 게 제일 슬퍼.

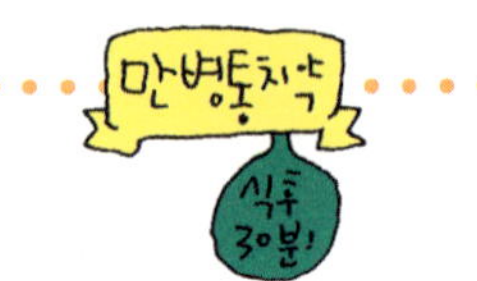

만병통치약
식후 30분!

갑자기 닥쳐온 감기몸살에 약국을 찾았다.

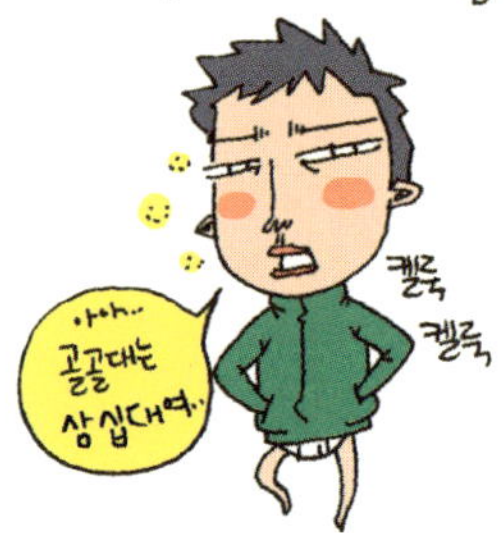

아아.. 골골대는 삼십대여..
켈룩
켈룩

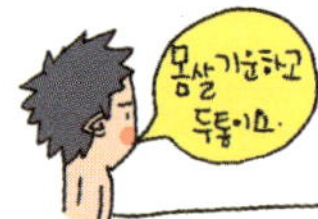
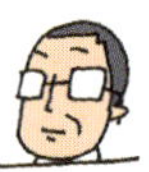

몸살기운하고 두통이요.

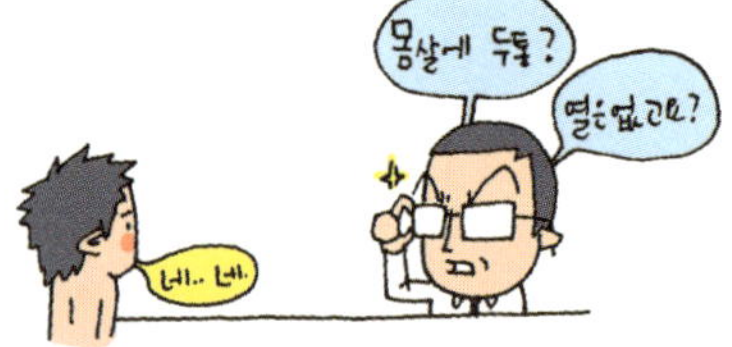

몸살에 두통?
열은 없고요?
네.. 네.

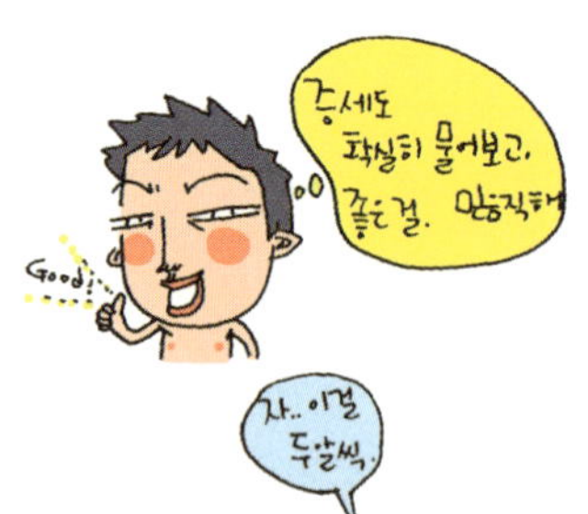

증세도 확실히 물어보고. 좋은걸. 믿음직해
Good!
자.. 이걸 두알씩.

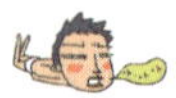

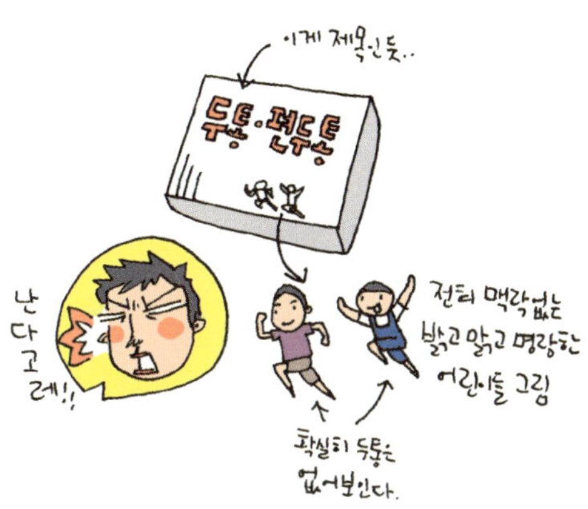

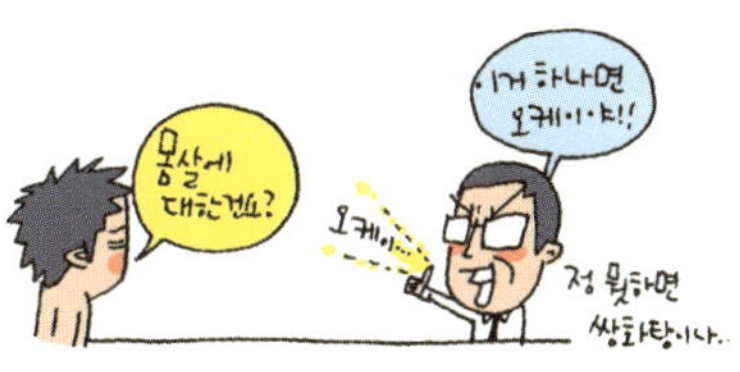

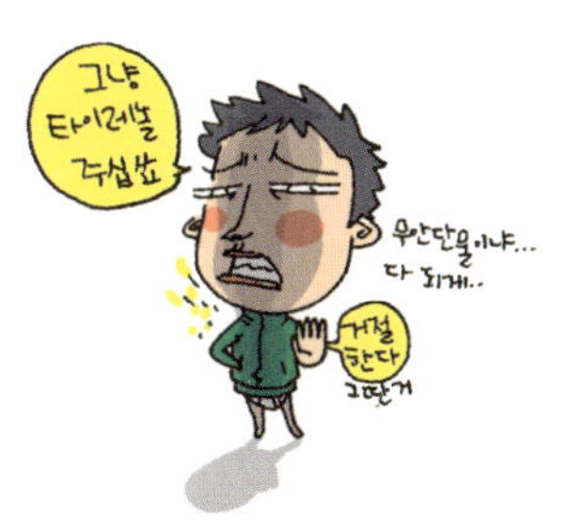

약사님이 아니라 애들 그림을 못 믿겠더라니까.

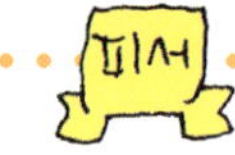

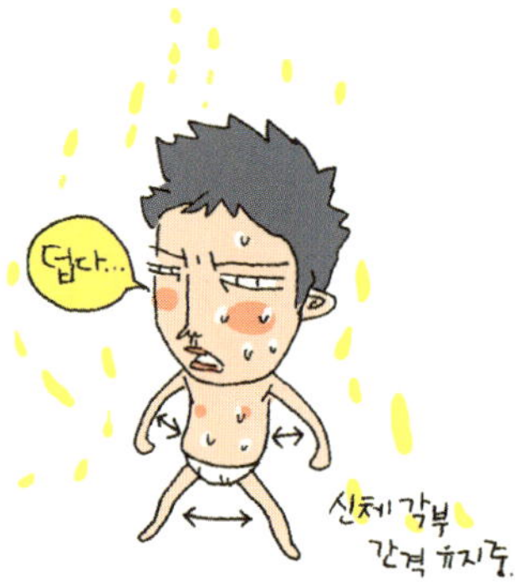

정말 더위.

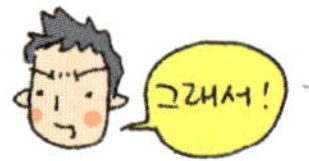

은행에 다녀왔습니다.

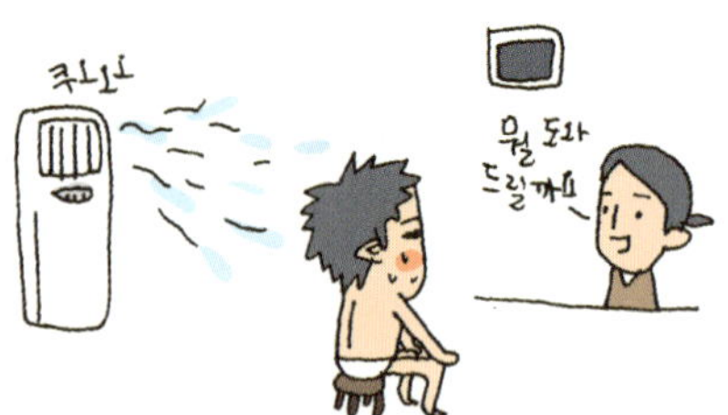

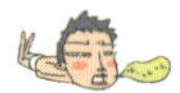

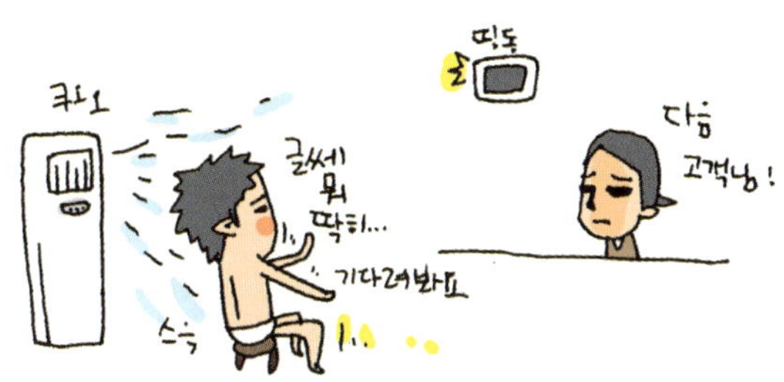

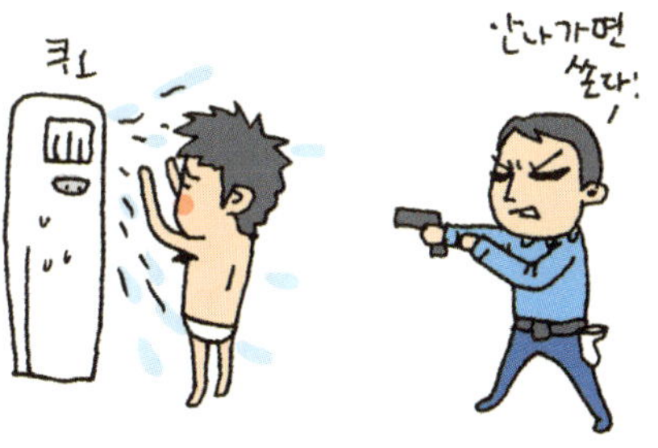

이러니 저러니 해도 더위에 제일 약한 남자.

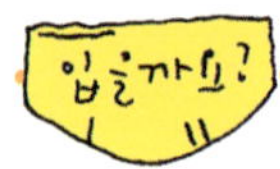

오늘 들은,
맘에 남은 한마디.

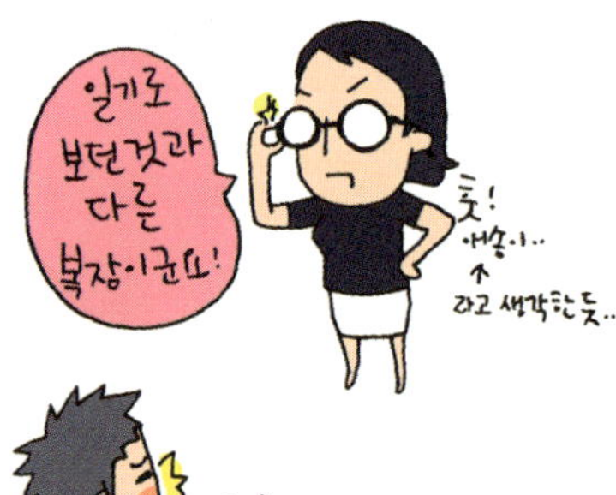

무, 제가 할말이 있겠습까.

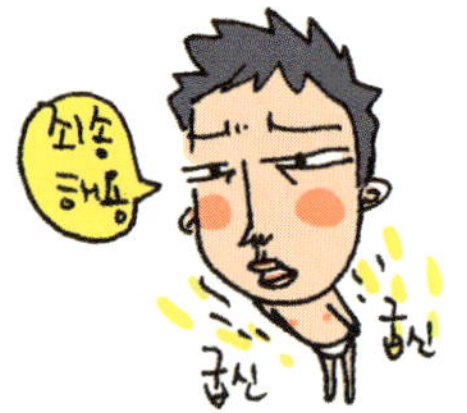

고민중...

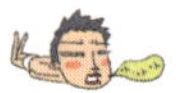

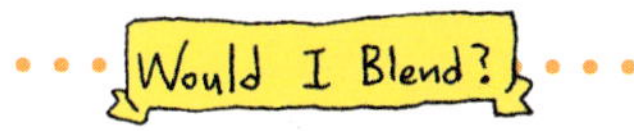

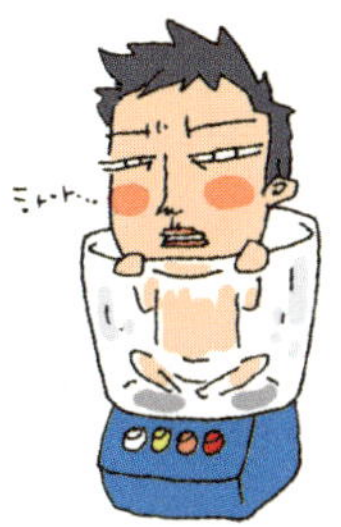

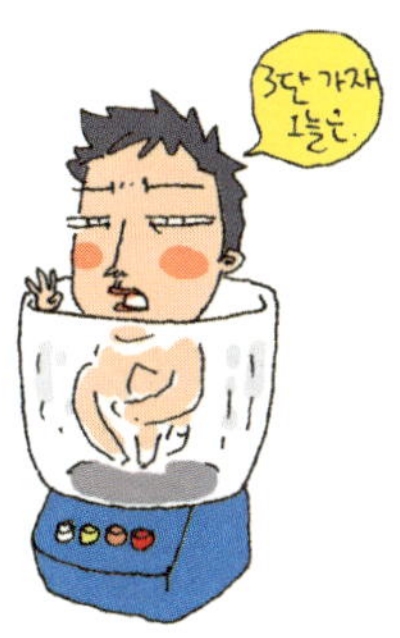

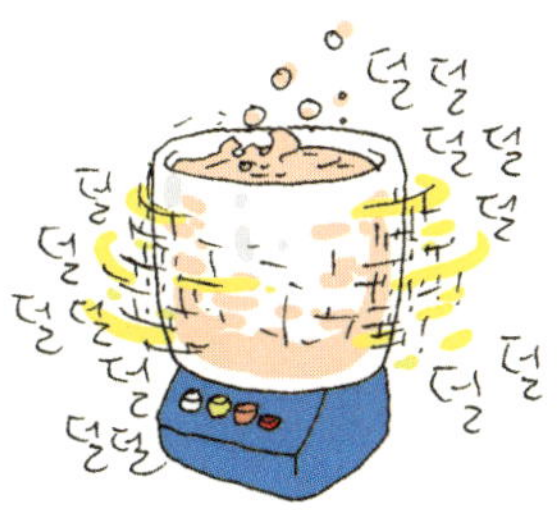

가끔 마주하게 되는, 스스로를 갈아 마셔버리고픈 하루.

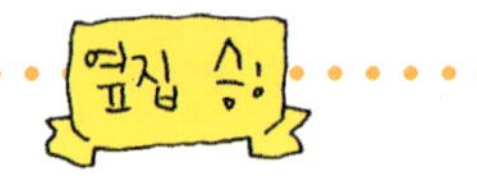
옆집 썅

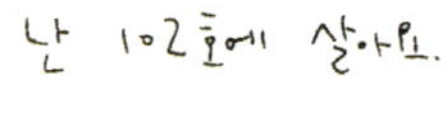
난 102호에 살아요.

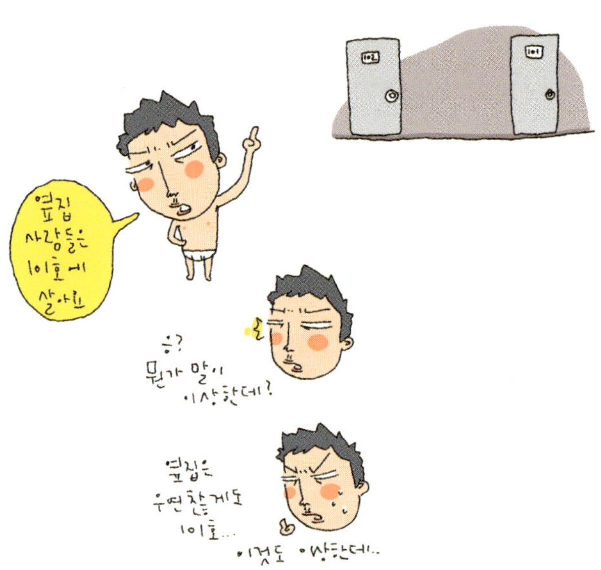
옆집
사람들은
101호에
살아요

응?
뭔가 말이
이상한데?

옆집은
우연찮게도
101호...
이것도 이상한데..

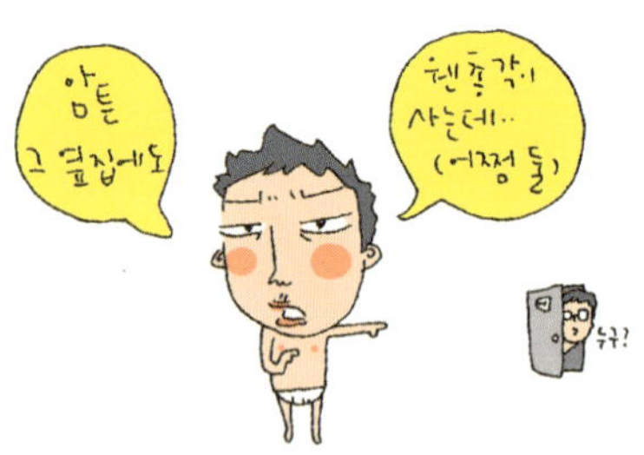
암튼
그 옆집에도

웬 쪽같이
사는데..
(여정 들)

누구?

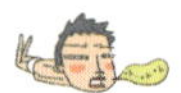

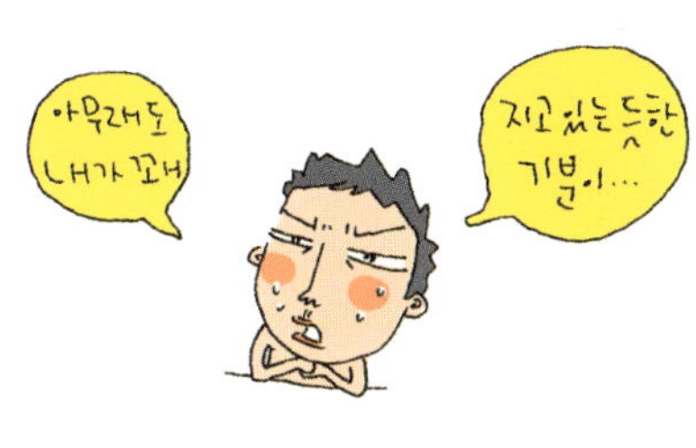

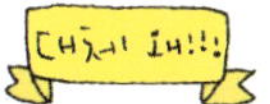

밥을 시켰다하면 무조건 옆집으로 가는거냐.....

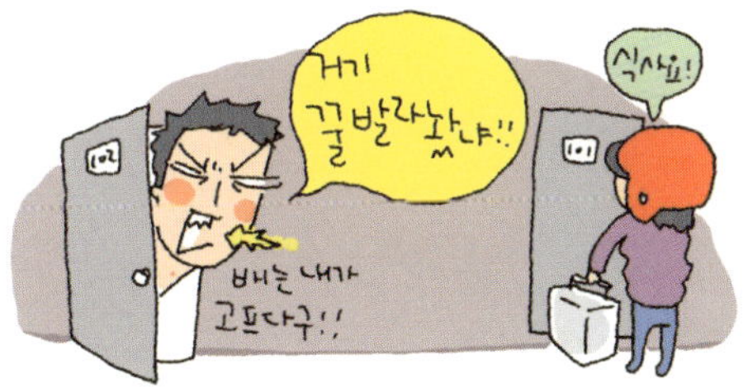

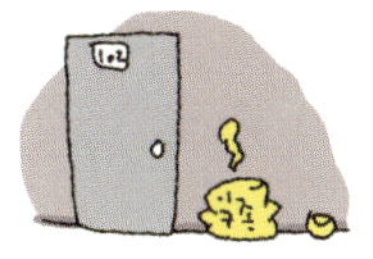

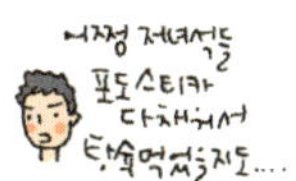

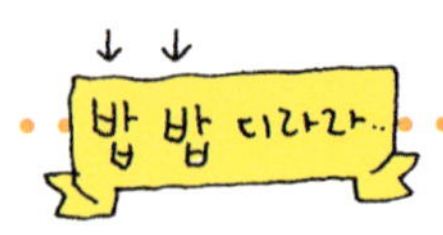

오늘 저녁

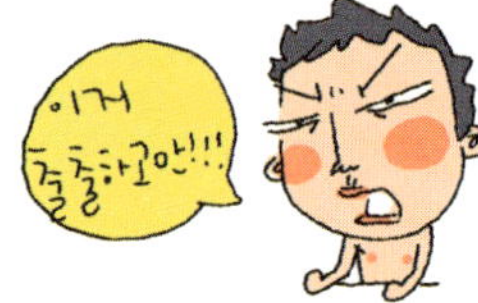

밥을 먹자!!

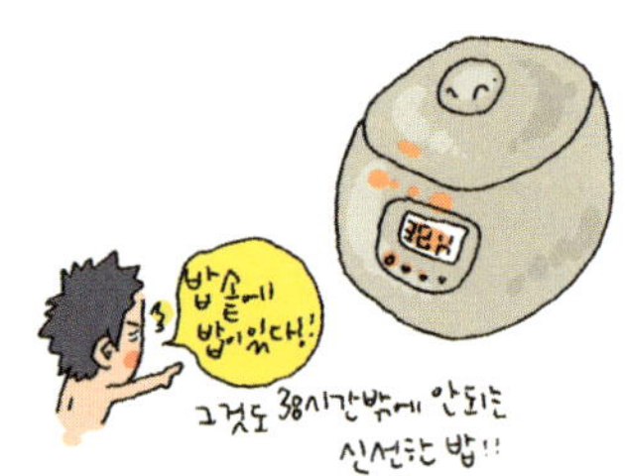

그것도 38시간밖에 안되는
신선한 밥!!

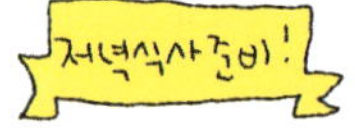

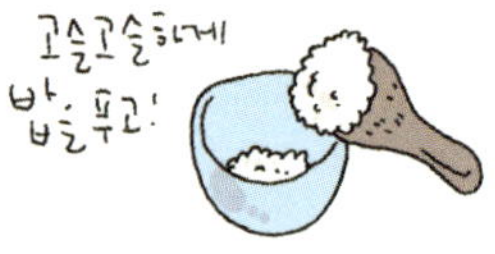

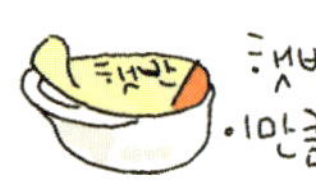

햇반 하나를
이만큼만 까서

렌지에!
딱 1분반동안!

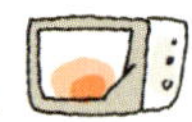

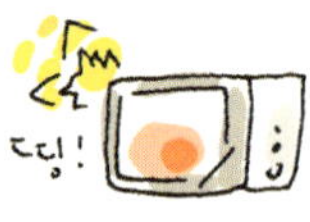

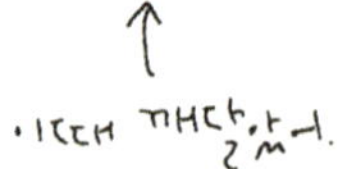

이때 깨달았어.

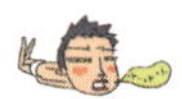

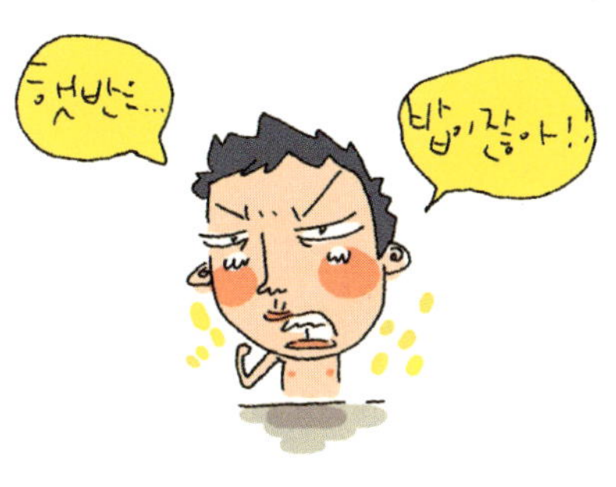

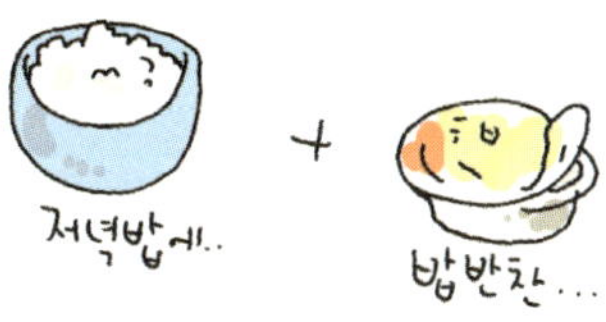

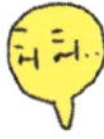

습관이란 게 무섭더라구요.

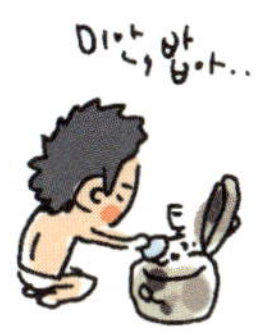

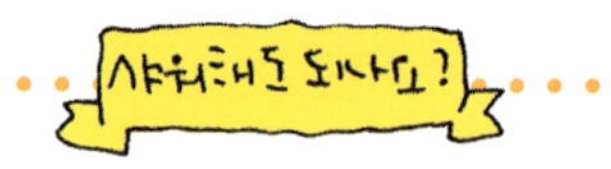

아랫집 천장에서
물이 샌다.

그래서 집주인과 공사아저씨가
현인을 찾으러 우리집에 왔림

현인은 (아아)
썩어버린 화장실 문지방인듯

그러더니 갑자기 '취조' 시작

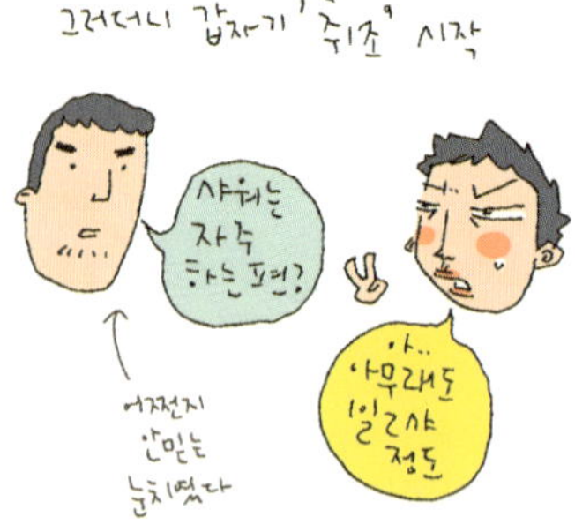

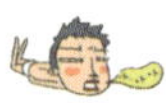

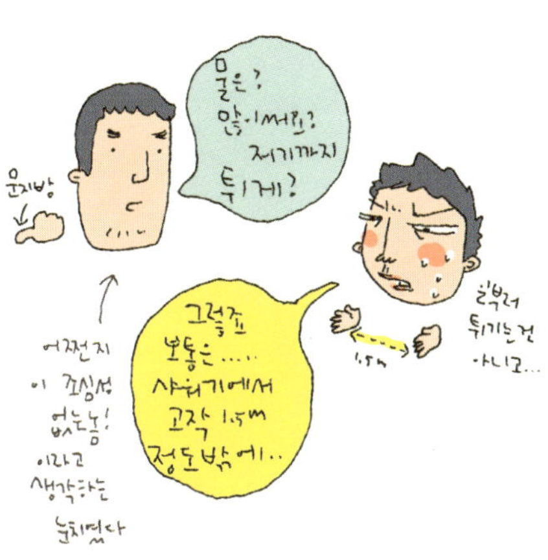

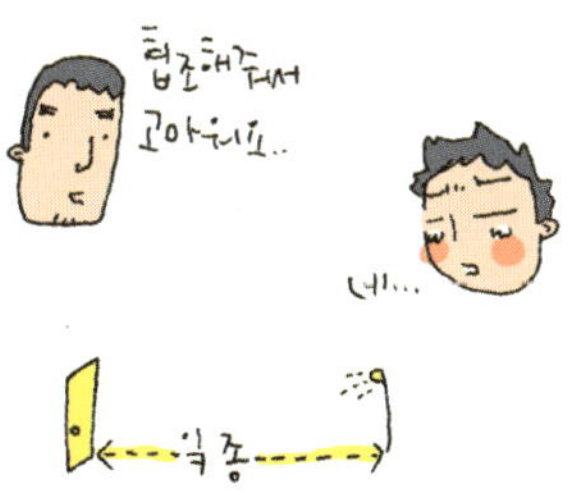

샤워할 때마다 보고하라고는 안 해서 다행일지도….

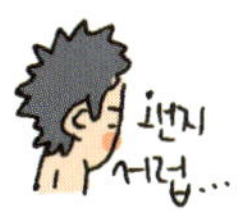

자비로구셔라!

집주인님과 오늘 드디어 대화.

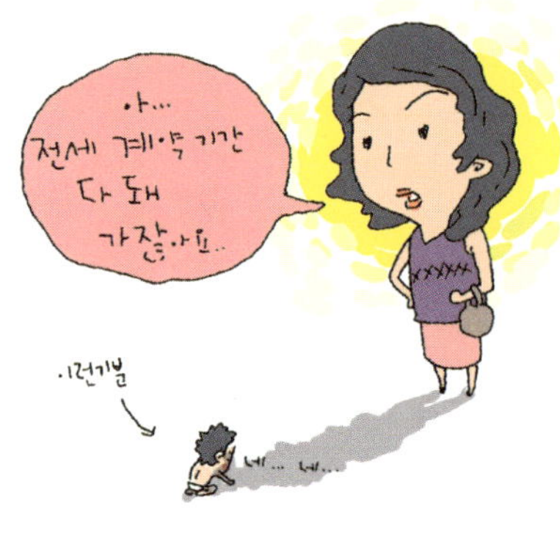

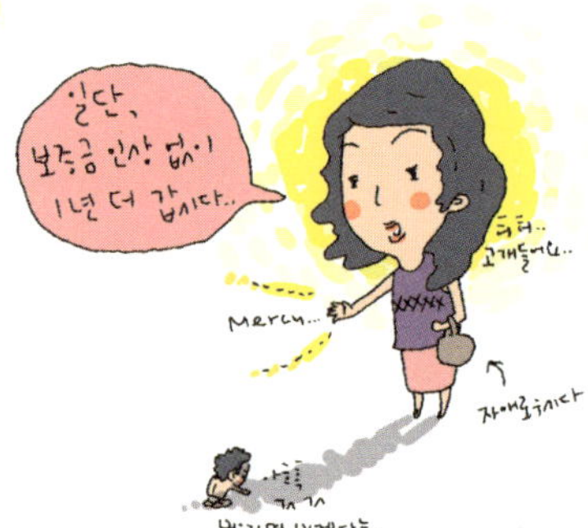

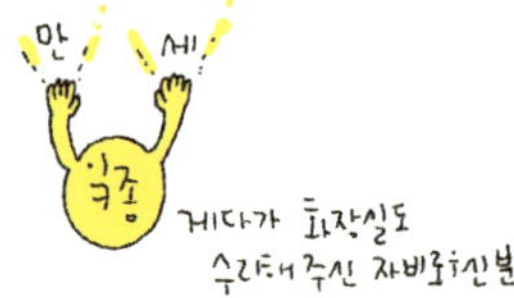

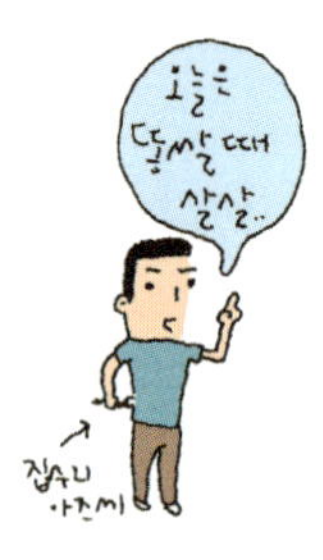

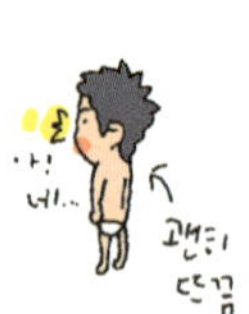

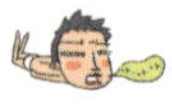

묵언수행

종일 한마디도 안 했다.

딱히
묵언수행은
아닌데
말이지
그래,
일단 나가자!
나가면
되겠지!
흠... 그런데
굳이 온게..
여기..?
Veloso
늘 가는
까페에
아메리카노
하나요.
← 결국 오늘의 첫마디
네.
큭?
혼자
떠들어야

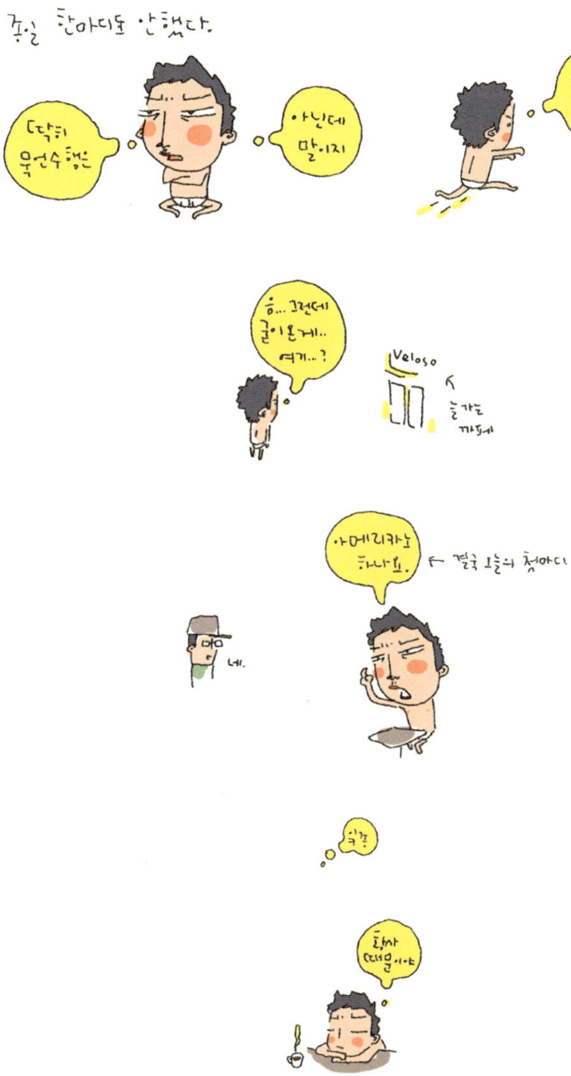

　　　　루---즈하달까. 그런 나날입니다(언젠 안 그랬냐! 라는 마음의 진솔한 소리도 들려오긴 하지만 아무튼 그래요). 그래서 자체 휴업을 실시해 버렸어요. 어제도 오늘도 제대로 '놀' '고' 있습니다. 그런다고 대단한 뭔가를 하는 건 아니에요. 친구들 졸라서 맛난 거 먹고, 친구들 졸라서 술 한잔 마시고, 그런 거죠 으하하. 내일은 야구장도 갈 거고 아무튼 그렇게 사흘 연속 놀아주면 적당히 다시 긴장할 여력이 생기지 않을까라고 이렇게 긍정적인 마인드.

무언가를 열심히 하는 사람들이 참 대단하다는 생각은 들지만 그런 걸 좋아하지는 않아요. 이를테면 '비군' 같은 사람의 무용담, 혹은 도 닦기에 가까운 나날들에 대한 이야기를 들으면 '이야 정말 저 사람 정말…' 이라고 생각하면서도 한구석에서는 '어휴'라는 생각이 동시다발적으로. 난 그렇게 못하니까라는 마인드인지 결국 피 속에 걸쭉하게 흐르고 있는 한량 유전자 때문인지. 조상 탓을 하는 게 맘이 편하겠지요. 대단한 작가분들, 차이ㅋㄴㅍ 아니 도스토예프스키나 다자이 오사무나 다들 마감 때문에 발 동동 구르고 도박장으로 술집으로 도망 다니고 에디터한테 멱살 잡혀서 울면서 글 쓰고 그랬다니깐. 나는 열심히 닭가슴살

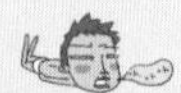

을 철근같이 씹는 삶보다는 그런 느낌의 방향으로다가.

그래도, 열심히 안 하면 안 될 거야, 난 안 될 거야 아마, 라는 생각도 조금은 들어요. 응, 맞아. 이 세상이라는 건 말입니다, 언젠가부터 '존 나' 열심히 하지 않으면 안 될 것 같은 분위기가 강하게 형성되어 있어요. 열심히 안 하는 척하는 사람들도 뒷구멍으로는 막 열심히 하고 있을 거예요. 지하철 의자에 앉아서는 케겔씨 운동도 하고 아침에 일어나자마자 검은콩두유도 마시고. 어쩌겠어요, 그런 세상인걸.

그런데 포기해야 할 게 많은 세상이란 생각도 같이 무척 강하게 듭니다. 이쁘고 쿨해 보이는 점프수트를 입으면 화장실 한 번 갈 때마다 탈의실 들어왔다 생각하고 홀렁 벗어젖혀야 한다면서요. 그런 거죠. 홀렁훌렁. 길거리를 걸을 때 이뻐 보였으니 그 정도는 포기하란 말이야! 지퍼가 달려 있으면 점프수트의 '간지'가 살아나겠느냔 말이다! 왜 갑자기 오덕스럽게 여성 의류의 첨단 유행에 대한 이야기를 에지 있게 하고 있는 거지. 대체 이 문단의 정체성은 어디에…. 애니웨이, 아동케에에에. 점프수트만이 아니라 세상 모든 게 그렇다는 뭐 그런 이야기. 알게 모르게 포기해야 한다는 이야기. 짧고 큰 교훈 없는 그런.

비데를 샀네.

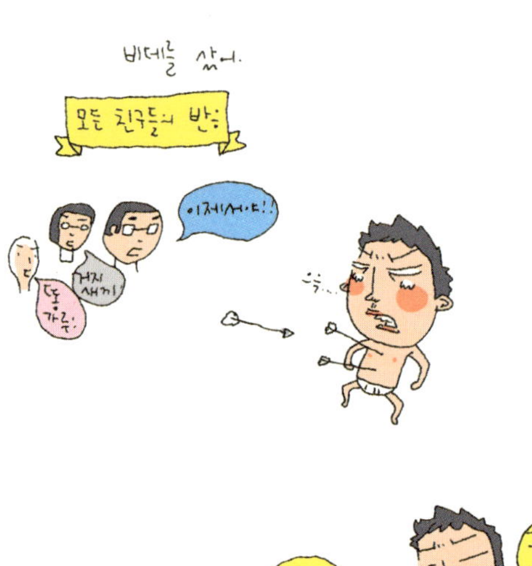

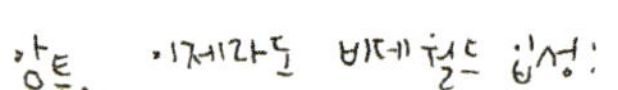

암튼, 이제라도 비데철는 입성!

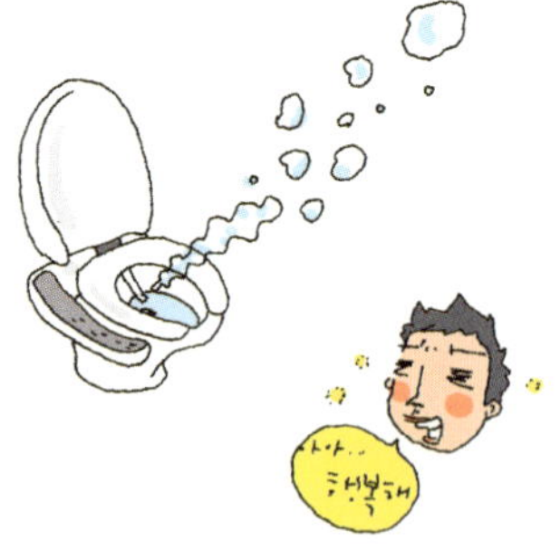

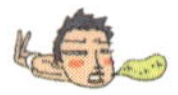

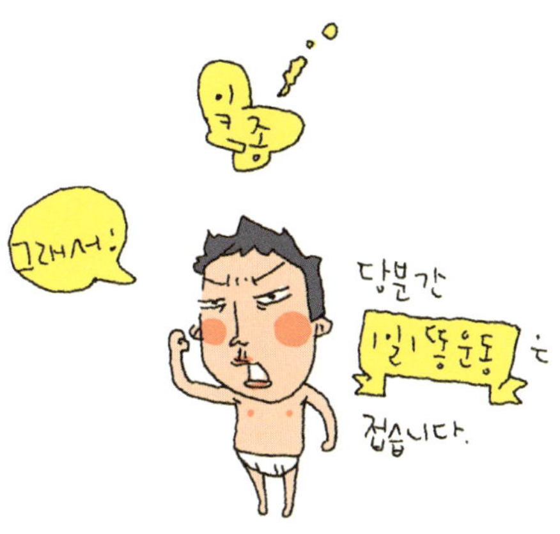

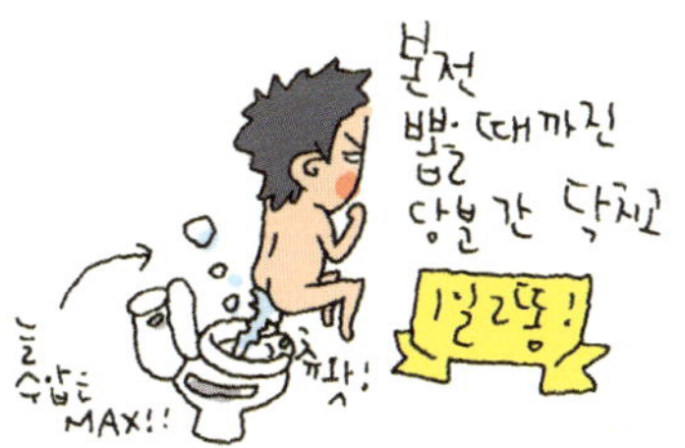

MAX였던 수압은, 그게 치질 유발 효과가 있단 얘기에
'2'까지 내려갔어요.

청소를 좀 해볼까 했는데,

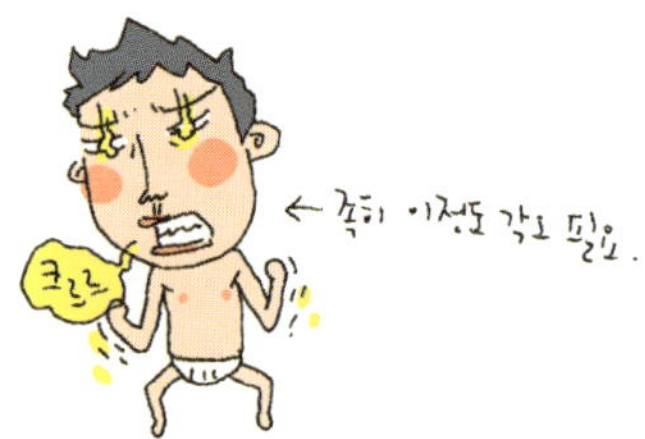

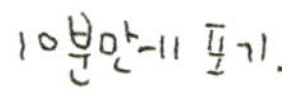

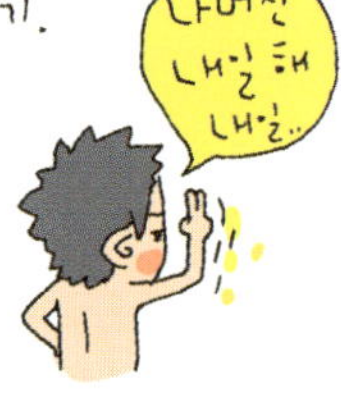

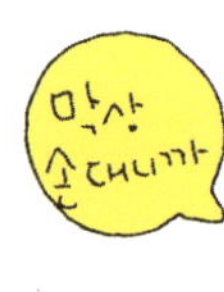

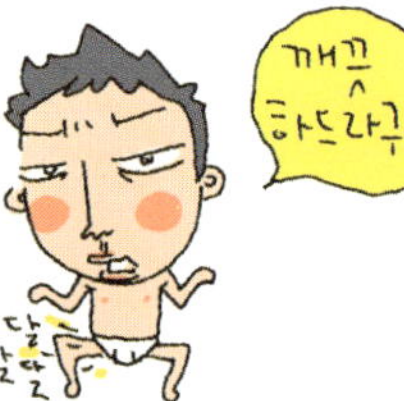

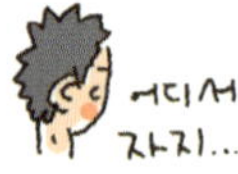

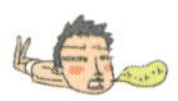

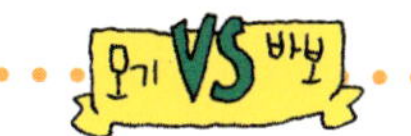

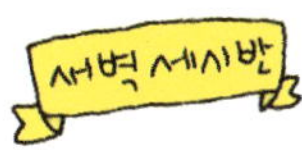
새벽 세시반

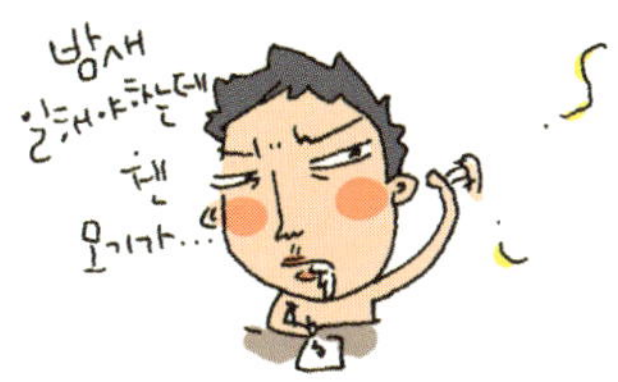
밤새
일해야하는데
웬
모기가...

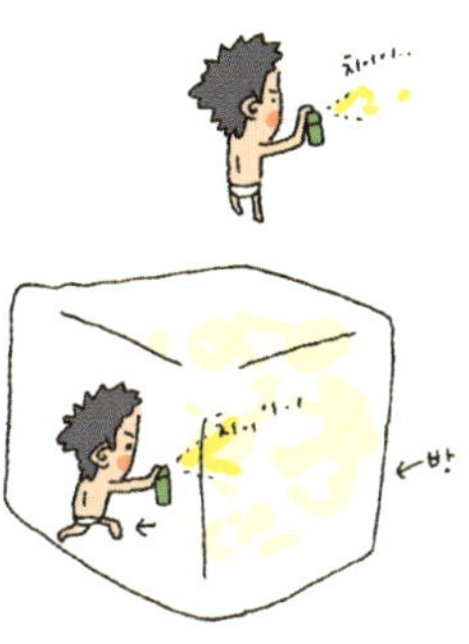
치이...
치이...
← 방

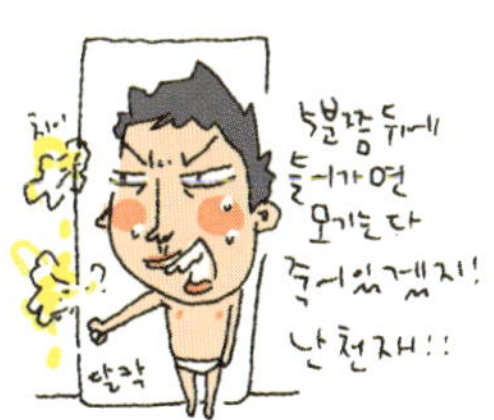
치이
이불 속 뒤에
들어가면
모기는다
죽어있겠지!
난 천재!!
딸깍

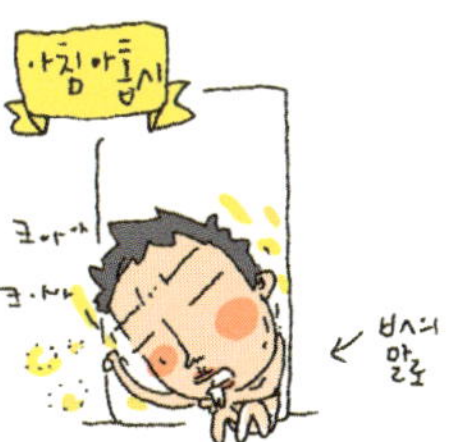
아침 아홉시
크아~
크아~
← 방의 말로

키?!

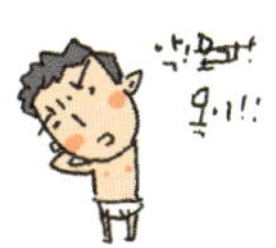
앗! 모야
모기!!

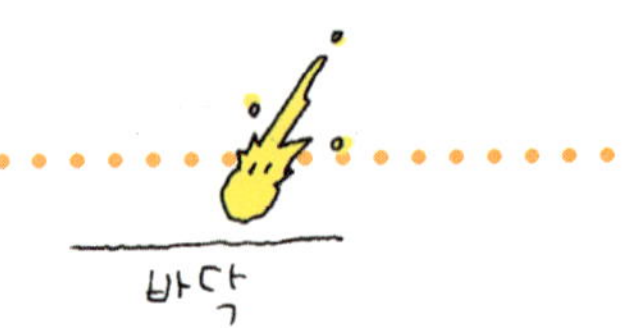

한달 정도를 탁 놓고 지냈어.

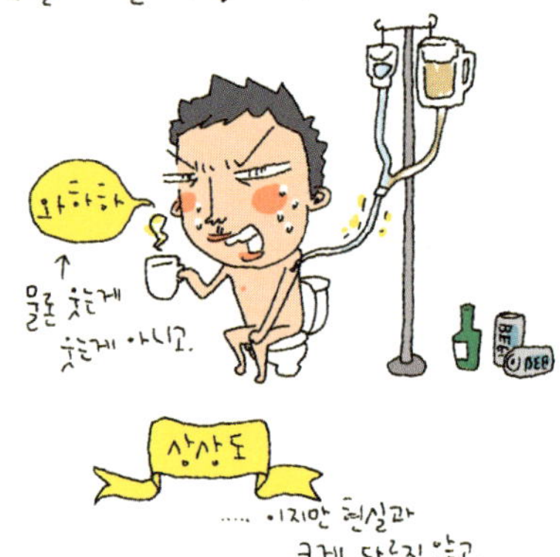

하루 평균 수면시간은 4시간 정도.

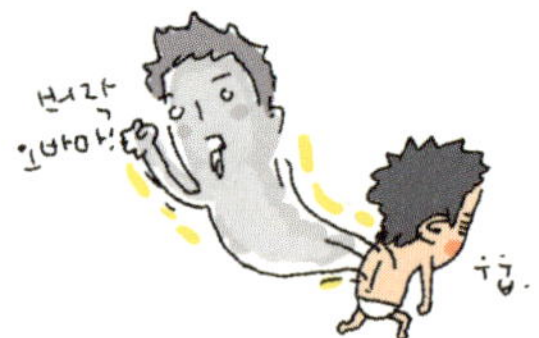

그래서 늘 반 좀비 상태.

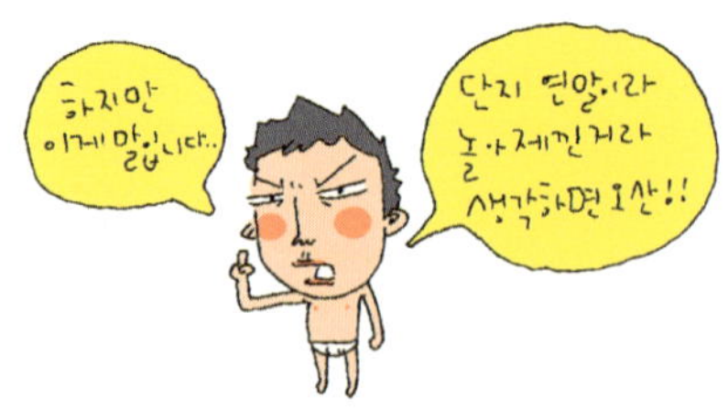

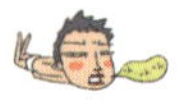

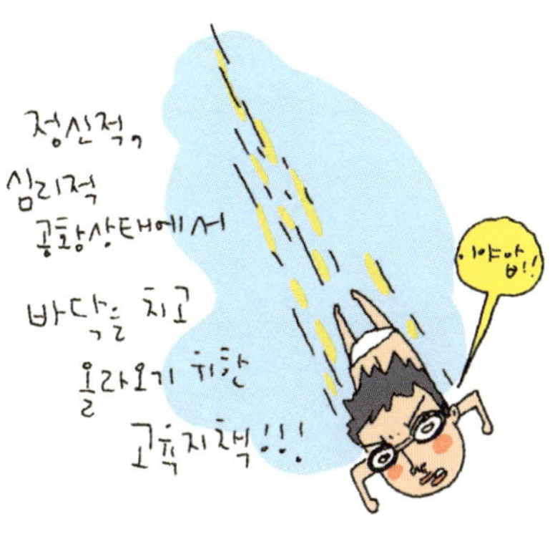

정신적,
심리적
공황상태에서
바닥을 치고
올라오기 위한
고육지책!!!
꺄앙!!

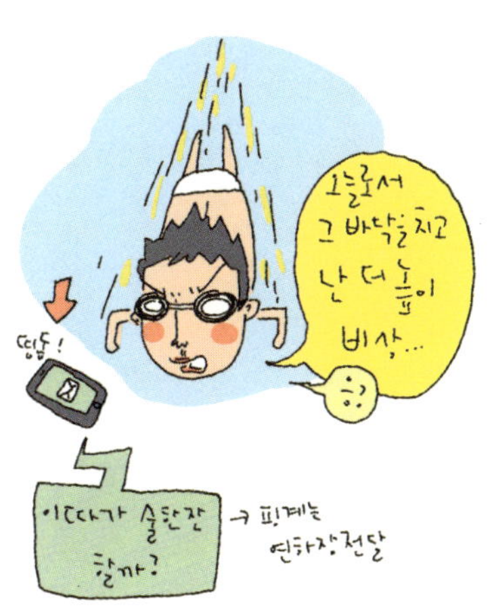

오늘로서
그 바닥을 치고
난 더 높이
비상...
땡동!
이때가 술만찬
잖까?
→ 핑계는
언하장전달

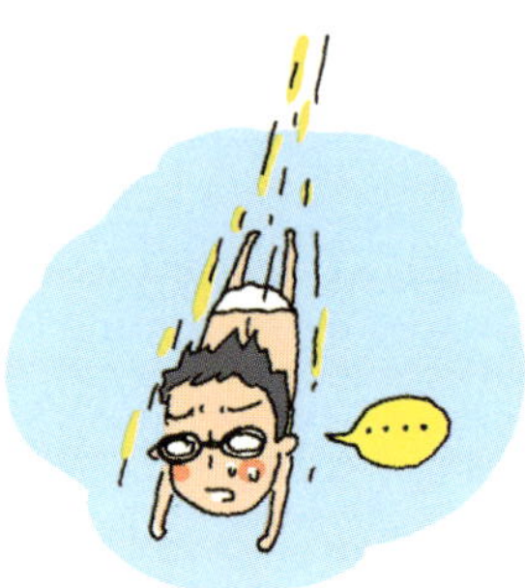

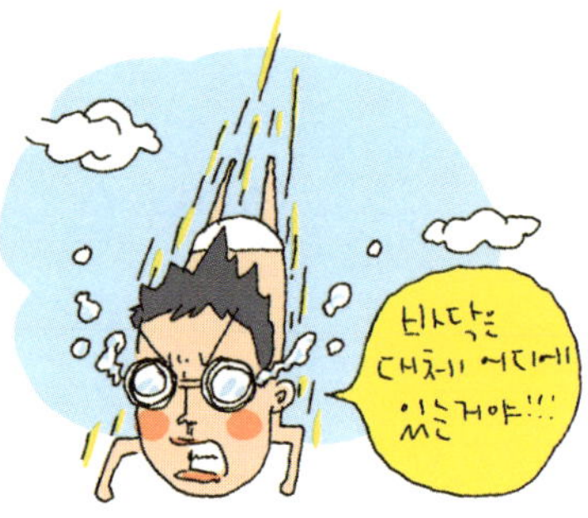

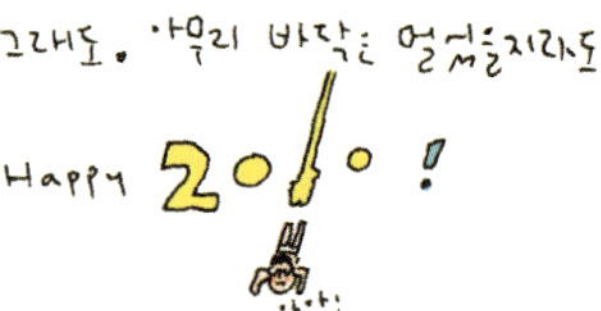

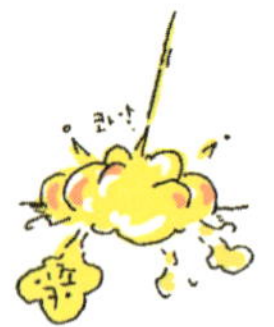

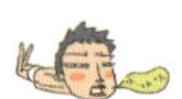

바닥은, 분명히 있다구요. 머지않은 곳에.

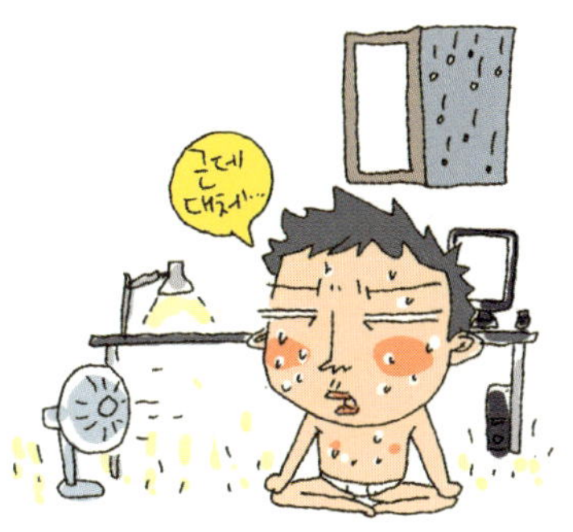

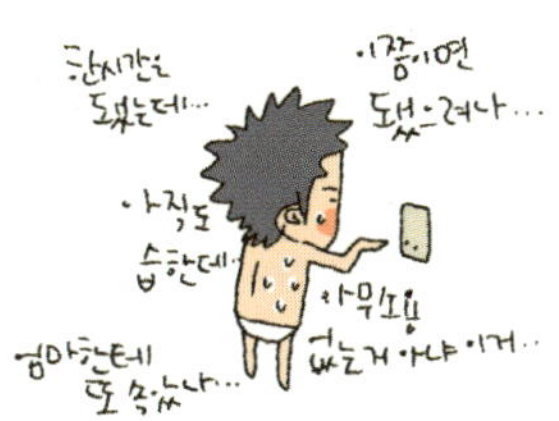

사람들의 의견에 따르면, 방바닥이 '뽀송뽀송'해지면 끄라고.
어이, '뽀송뽀송'의 기준은 대체 뭐야!

자취생의 겨울

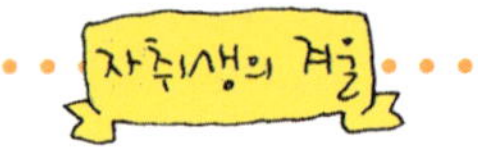

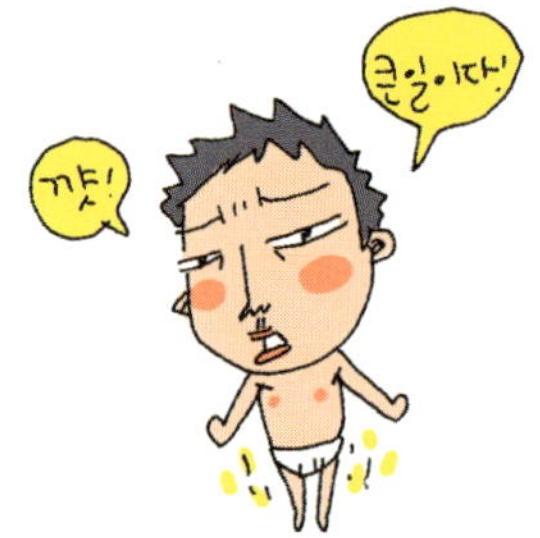
큰일이다!
깟!

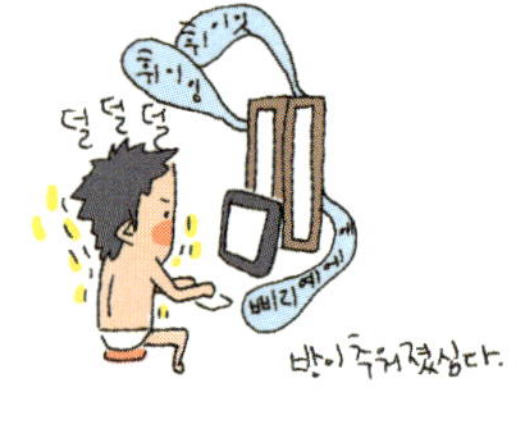
덜 덜 덜
방이 축축해졌습니다.

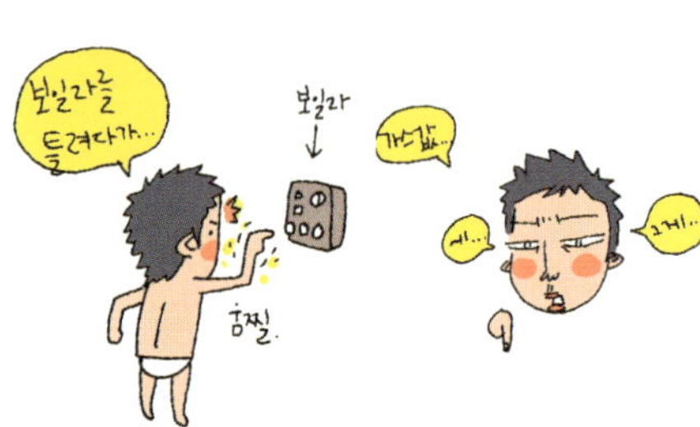
보일러를 틀려다가…
보일러
안켜짐…
움찔.
에…
그게…

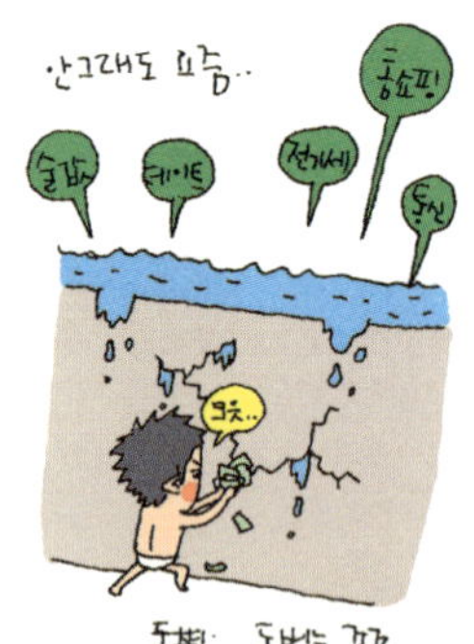
안그래도 요즘..
홈쇼핑!
술값
데이트
전기세
등신
움츠…
돈벌어 돈버는 족족
겨우겨우 틀어막고
있는데……

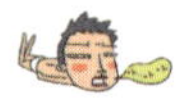

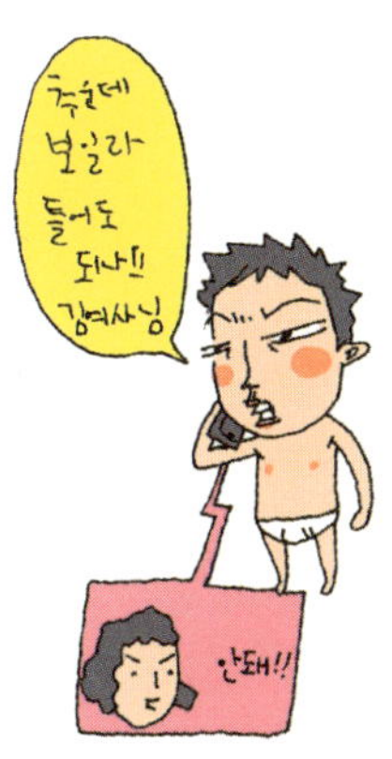

그래서.
무엇이든 알고있는 김박사님께
전화를 했습니다

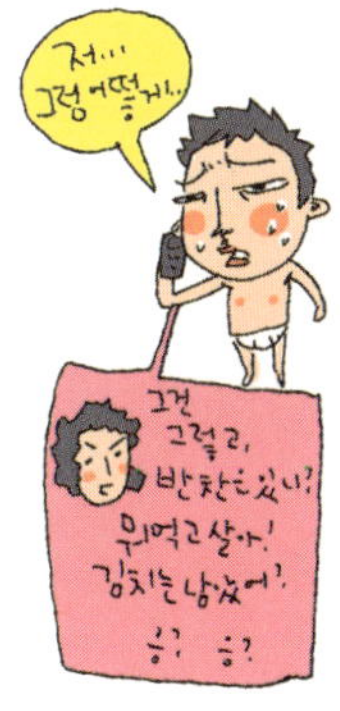

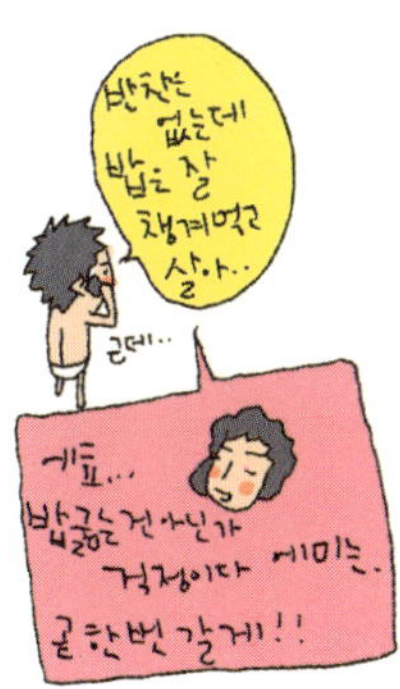

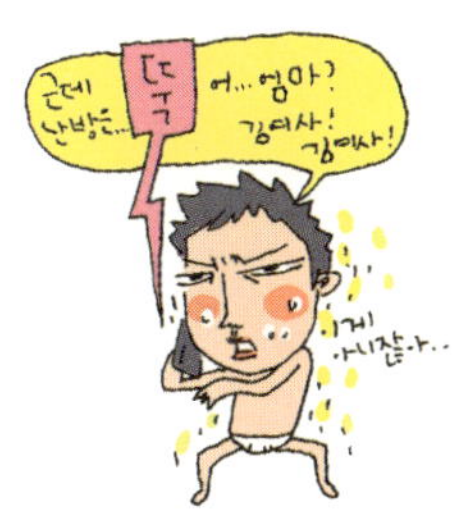

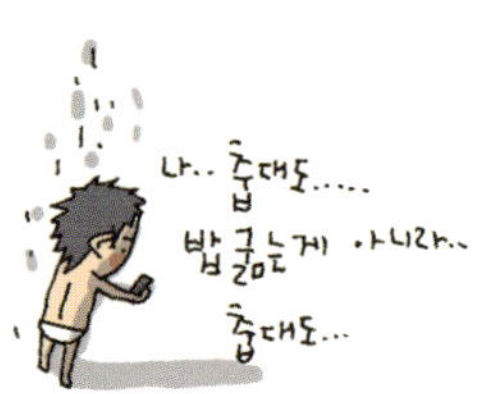

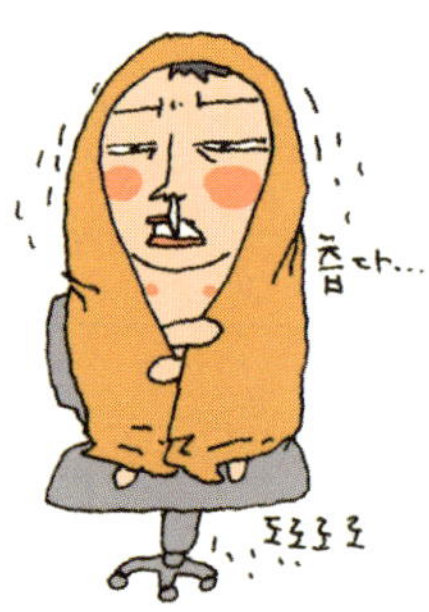

Q. 가장 경제적인 선택은?

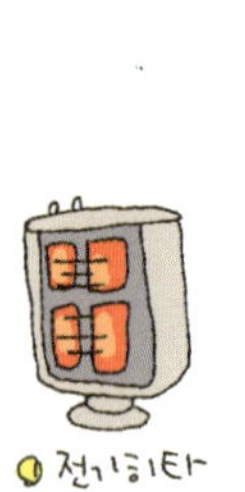

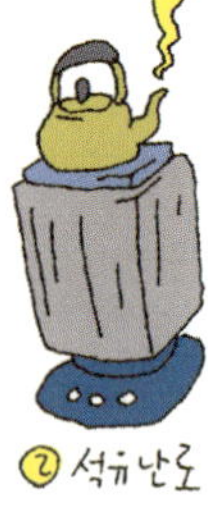

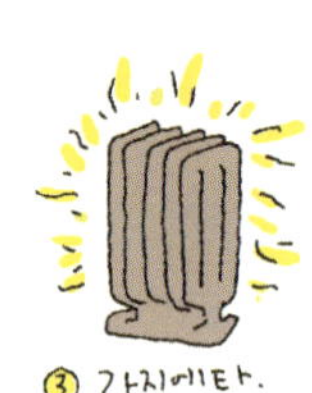

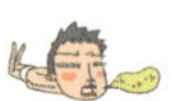

어제 일기에 대한
온갖 댓글들을 종합한 해결책.

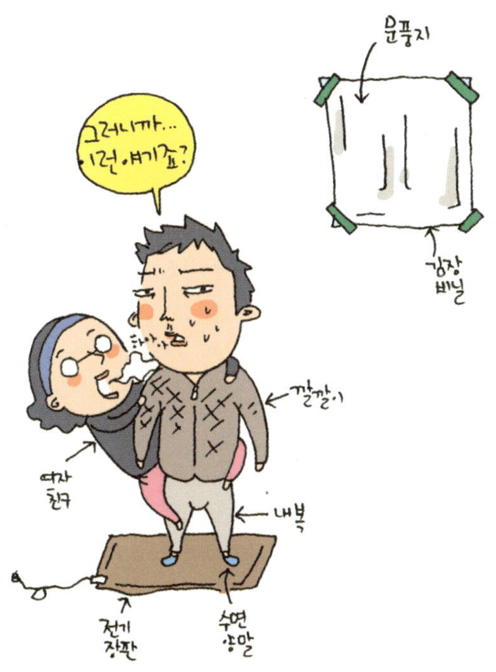

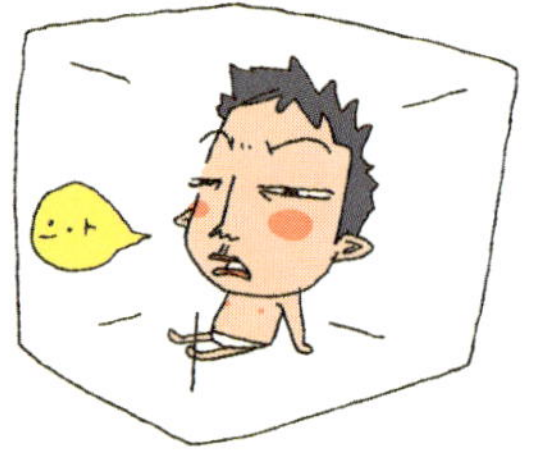

어린이날, 종일 집에 있었어.

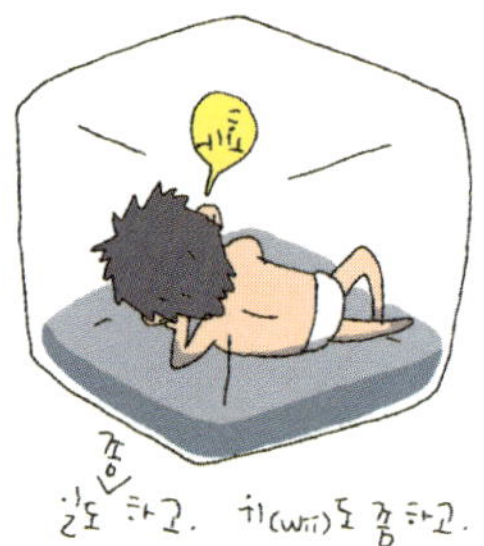
어린이도, 어린이 아빠도 아니니까.

그걸로 됐지 뭐.

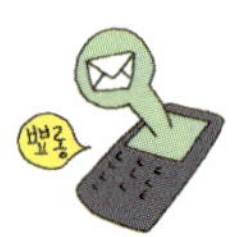

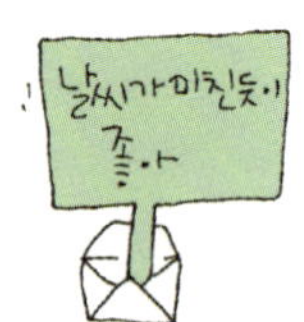

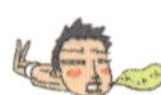

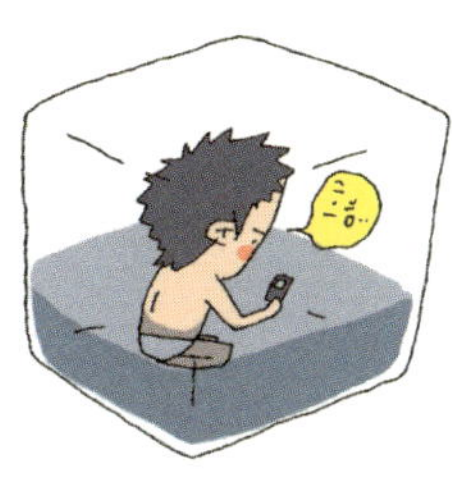

고만참아.

어린이 아니니까.

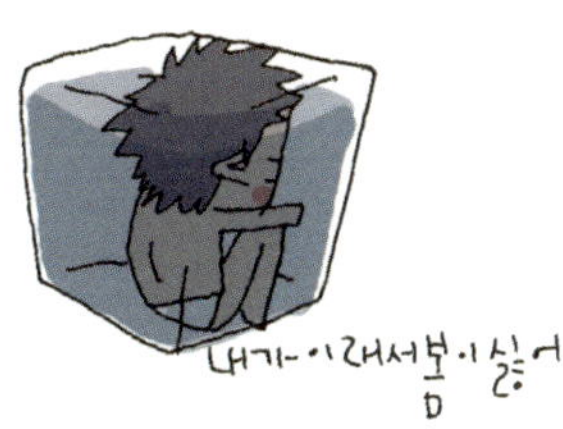

이 타이밍에 같이 한번 미쳐봅시다.

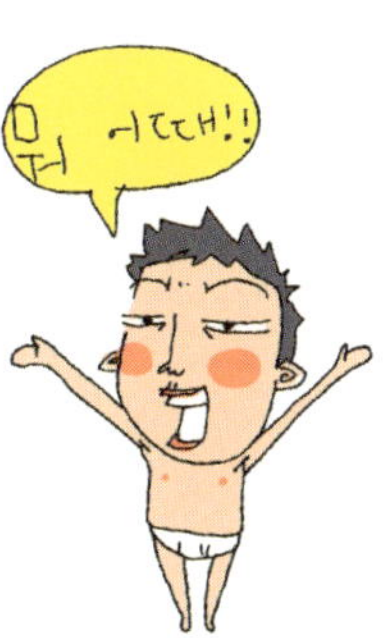

'포기하면 편해'보다 한 수 위. 뭐 어때!

서울에 있는 모든 사람들에게 위치추적기를 매달아놓고 한 달쯤 얌전히 지켜보면, 나는 아마 이동거리가 제일 짧은 사람 중 하나일 게다. 집 앞에 있는 카페에 하루에 한 번쯤 마실 가듯 걸어 나오는 것 말고는 딱히 움직이는 게 없으니까. 그 마실도 딱 노래 한 곡 거리 정도니까 직선거리도 아니고 꼬불꼬불 걸어간 거리를 다 합해도 고작 300미터쯤. 그마저도 안 나가면 하루 이동거리라고는 방–화장실–냉장고 앞 정도가 전부인 날들도 쌔고 쌨다. 이건 대체 인간인지 고무나무인지 위치추적기를 매달아놓은 사람들을 허탈하게 만들 뿐인 지독한 고정적 인간.

주말에는 정말 오랜만에 '시내'에 나갔다. 응, 그 시내. 말 그대로 사대문 안쪽. 경복궁역에서 청와대 앞을 지나 부암동 클럽에스프레소 근처까지 갔다가 다시 이태원 쪽으로 이동했으니 요즘의 내 이동거리적 삶에서 본다면 엄청나게 이동해댄 날. 그런데 이게, 사람이 평소에 안 하던 짓을 하려니 급격한 체력 저하에 집중력 분산에 하체는 후들거리고 다자이 오사무가 이해되려고 하고 어디선가 시구어 로스의 노래가 천상의 울림처럼 들려오고…. 이렇게 죽는 건가, 나는 녹사평역에 가까운 이태원 입구 즈음에서 차게 식어가게 되는 거로구나 하는 생각까지

들었으니 이건 한심하기가 이루 말할 수 없을 정도다.

운동 부족과는 다르게 절대적으로 '평소 이동거리 부족'이라고 자체적으로 결론을 내려버렸다. 안 하던 짓을 하려니 몸이 반응을 하는 거라고. 이봐 이건 아니잖아. 어디까지 가는 거냐! 시차적응이 필요한 이동 따위는 하지 않기로 익스큐즈된 것 아니었나!! 달팽이관은 이미 모든 걸 포기했어!! 자꾸 이러면 급하게 똥 마려워져버린다!!!! 같은 몸 구석구석의 아우성이 들려오고 이틀쯤은 쓰러져서 꼼짝도 못하겠구나 하는 예측도 충분히 가능해지는 시점. 아무래도 평소에 조금은 돌아다녀야겠다는 결심 또한 다시금 하게 된 계기이기도 하고.

그런데 역시 아무리 생각해 보아도 가는 데만 가는 이 동네 히키코모리적 습성은 쉽게 버릴 수 있을 것 같지 않다. 초—중—고등학교를 모두 걸어서 10분 이내 거리에서 다녔던 사람이라(심지어 대학교도 버스 타고 10분 이내) 이미 내 유전자 안에 '지하철을 타는 것은 여행의 범주에 들어가는 거야' 라고 각인되어 버렸다. 아무리 잠을 알차고 달게 잔 날도 지하철만 타면 꾸벅꾸벅 졸다가 침도 좀 흘리다가 맞은편에 앉은 아저씨의 못마땅한 눈초리도 받아주다가 내리는 걸 보면 확실히 지하철에 맞는 인간은 아니다.

결국 살짝 마음을 접었던 '차를 사야 하나'라는, 중간에 논리가 다섯 번쯤은 비약을 일으켜야 도달하는 부르주아적 결론에 또 맞닥뜨리게 된다. 가는 데만 가는 사람으로 평생을 보낼 수는 없고, 지하철에는 영 젬병이고, 출퇴근 시간에 움직이는 사람도 아니니… 아니 나만큼 오너드라이버에 잘 어울리는 사람도 없는 거잖아! 널찍한 주차장을 가로질러 걸어가며 자동차 키에 있는 버튼을 눌러서 뾱! 하고 저쪽에 있는 차의 대답을 듣는 그런 모습. 조수석 헤드레스트에 팔을 두르고 슥슥 노련하게 후진하는 모습. 대리기사에게 키를 넘기고 뒷자리에 찌그러져서…
(응?) 아무튼 자꾸만 그런 모습을 또 슬쩍 그리고 있다.

뭐 굳이 입 아프게 설명하거나 강조하지 않아도 현재의 내가 오너드라
이버가 되는 데에는 엄청나게 높고 험난한 길이 놓여 있다. 당연히 그
중 실질적으로 으뜸인 것은 경제적인 이유고(우리 모두 맘만 먹으면 마
이바흐 정도 현금으로 살 수 있잖아요? 렉서스 정도 사면 조금 덜 행복
한 거잖아요. 그렇잖아요), 심정적으로 으뜸인 것은 넷북도 디자인 때
문에 10만 원 이상 비싼 걸 사는 이 몹쓸 성격(fiat 500L 같은 거 안 만
드는 겁니까? 못하는 겁니까?).

아무래도 몇 달째 이런 생각이 들쭉날쭉 하는 걸 보면 주변 사람들이
으하하하하하하하 이거냐!! 하고 웃고 있고 내가 그 한가운데에서 살짝
뻘쭘한 미소를 지으며 어색하게 운전석 문을 여는 모습이 조만간 연출
될 듯도 한데 제일 무서운 건 그 다음에도 그저 차가 있을 뿐인, 홍대에
찰싹 뿌리를 내린 고정적이고 나무늘보적인 인간이지 않을까 싶은 것.
차 할부금 벌어야 한다며 더더욱 집 안에만 처박혀 있지나 않을까 하
는. 아무래도 인간이라는 건 쉽게 변하는 건 아니잖아. 전생에 원수를
진 것만 같은 운동신경이 갑자기 페더러의 그것으로 바뀌어서 지난주
에 날 뒷좌석에 내동댕이쳤던 택시기사님처럼 분노의 차선 바꾸기를
할 수 있을 것 같지도 않고(그런 걱정은 차를 사고 해도 늦지 않다는 저
으하하하하 이거냐 하고 웃을 만한 사람들의 한심해하는 눈초리가 벌
써 눈에 선하다).

여기까지가 주말의 시내 나들이와, 그날 밤의 문고리 붙들고 잠들어버
리기 바보짓의 여파로 밤 11시부터 자서 쌩쌩한 아침을 맞이한 오늘,
화요일에 깔끔하게 급한 불들을 다 꺼놓고 나서 멍 때리다가 하고 있

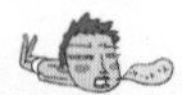

는 생각들. 그런데 이렇게 한가하고 여유로운 오후를(화요일은 마감들이 모여 있어서 원래 나의 집중력으로는 도저히 이런 여유는 상상할 수도 없고, 요 몇 달간은 숫제 화요일은 무조건 밤샘이었다) 보낼 수 있는 것이었으면 진즉 좀더 멀리 이동할 수도 있는 거였는데 말이지. 지금도 정신 차리고 보니 나는 뻔하고 또 뻔하고 예측 가능하도록 카페 벨로주에 앉아 있네. 그것도 고작 커피 한 잔 시켜놓은 채로 6인용 테이블을 죄다 차지하고. 매상에도 영업에도 참 차질만 주는 그런 단골손님이 아닐 수 없다.

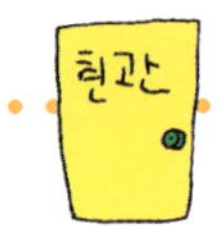

다세대나 아파트에
사는 사람들은 알거야.

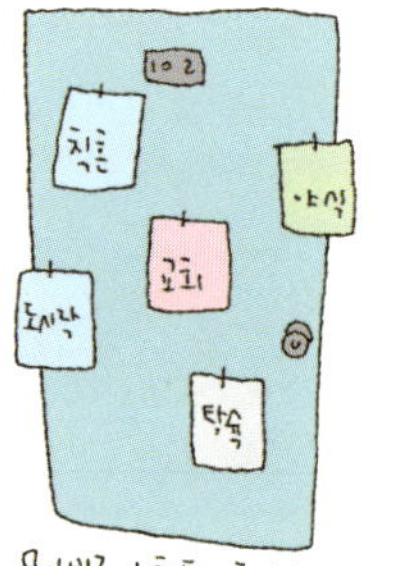

무방비로 노출된 현관문의 안전거들.

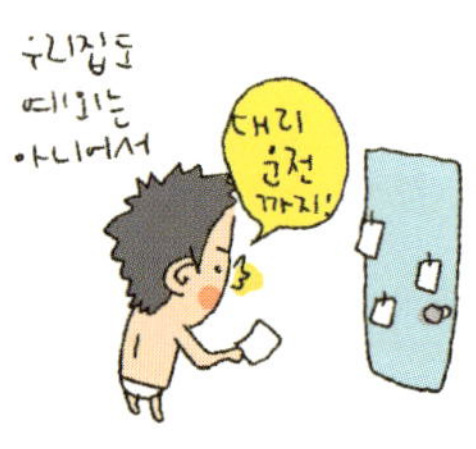

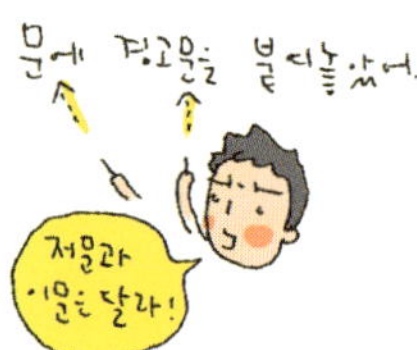

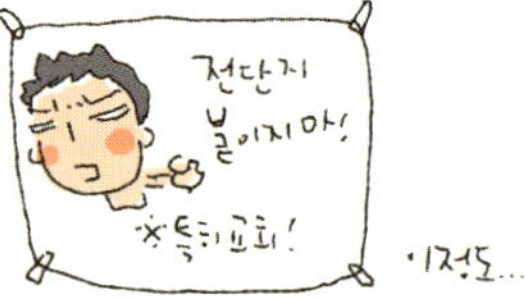

그런만에 이 정고물을
리뉴얼해서 어제 새로붙였는데.

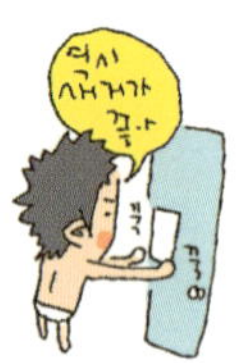

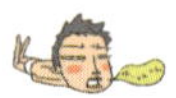

오늘 아침!

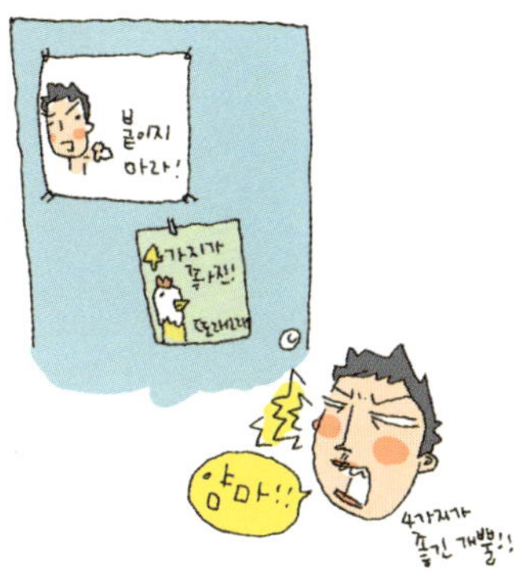

붙이지 마라!
4가지가 폭망!
돌래비켜
엄마!!
4가지가 즐긴 개뿔!!

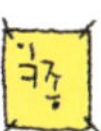

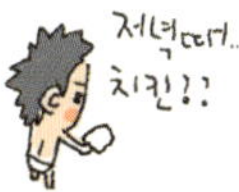

저녁때..
치킨??

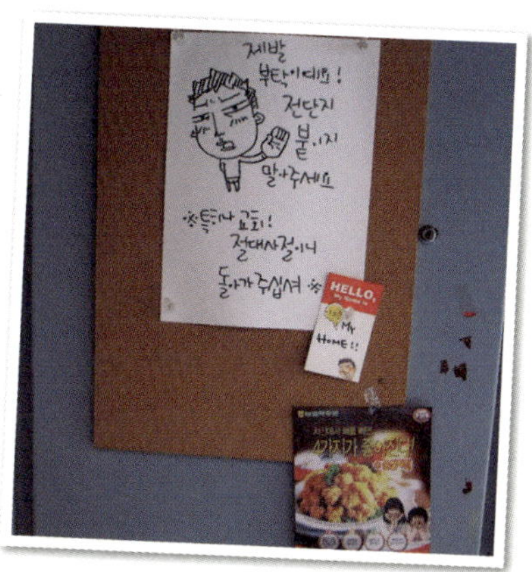

제발
부탁이에요!
전단지
붙이지
말아주세요
출출나 효도!
절대사절이니
돌아가주십셔
HELLO,
MY HOME!!

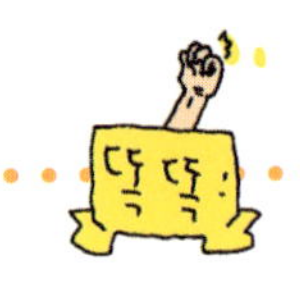

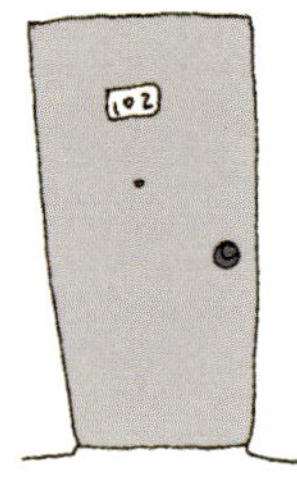

현관문에
초인종이 없다.

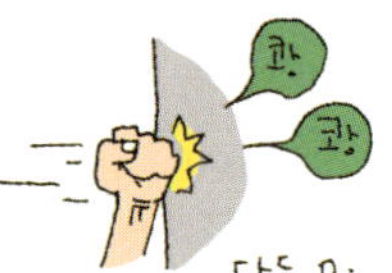

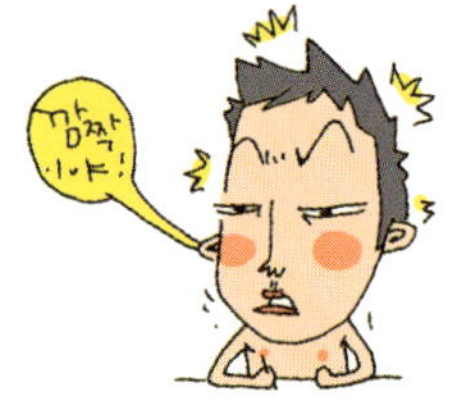

밖에 있으면
갑작스레 깜짝
놀랄 수밖에.

놀란가슴 진정시키고 나가봤라.

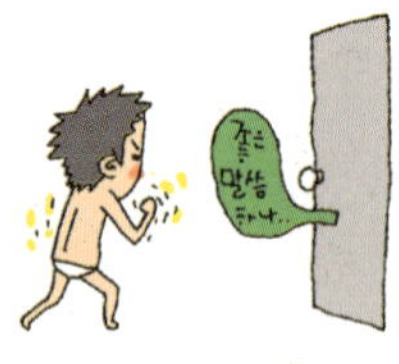

이런 식.

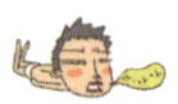

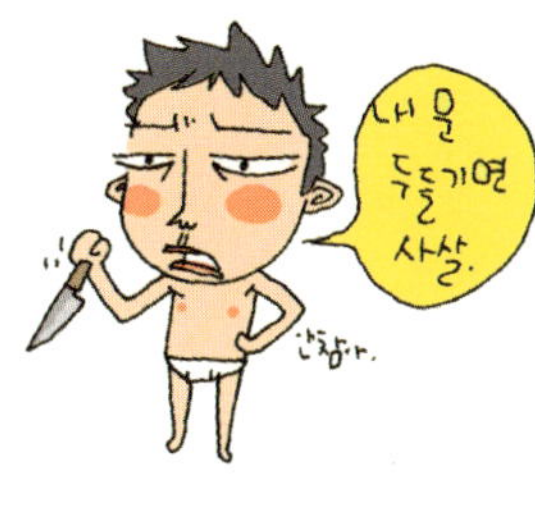

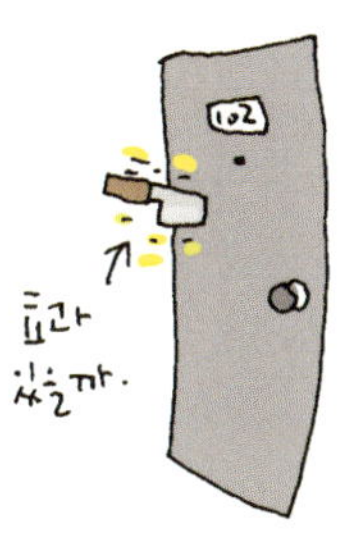

물론 다 그런건아니야.

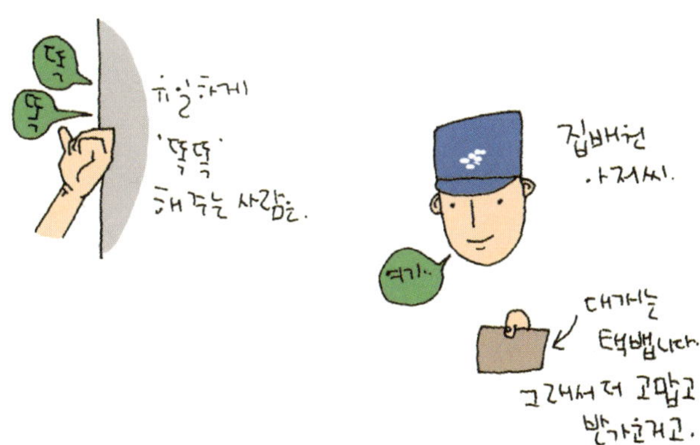

늘 고마운 집배원 아저씨. 빈손으로 오시는 법이 없다니까!

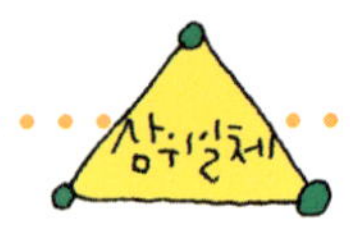

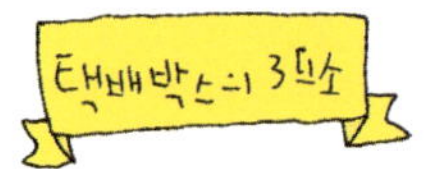

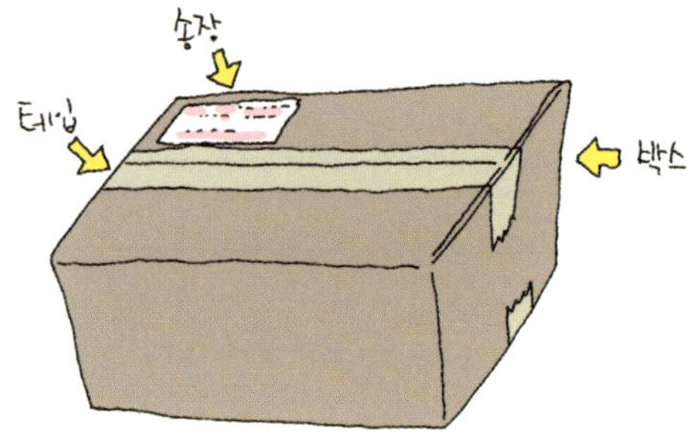

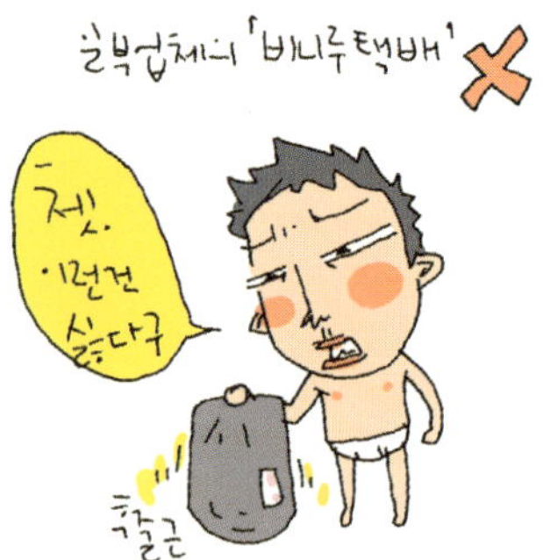

1일 7택배의 위업을 달성한 날도 있었죠, 그러고 보니.

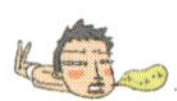

간만에 일리머신 가동 ....

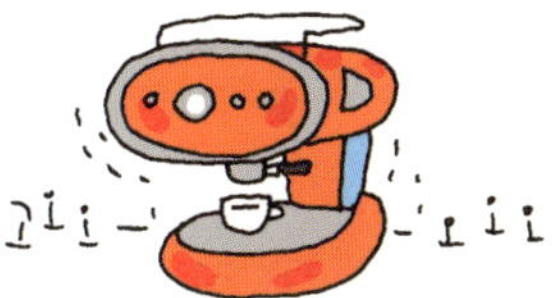

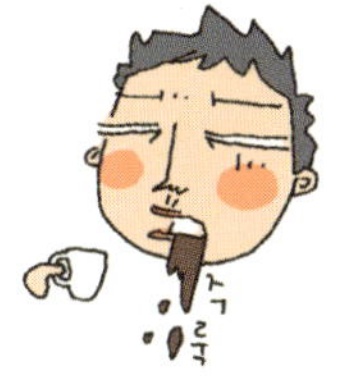

커피가 그래도봐서 좋앗.

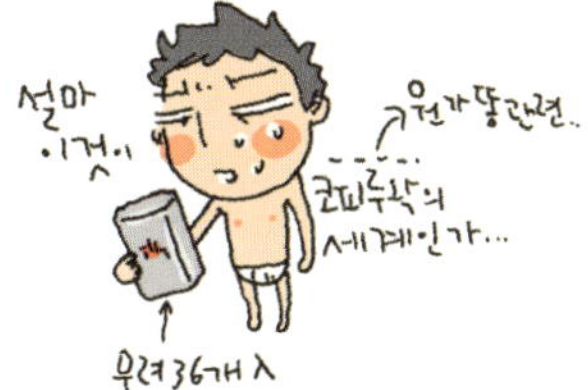

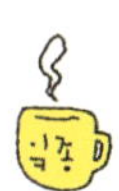

혹시.. 내입이똥인가..

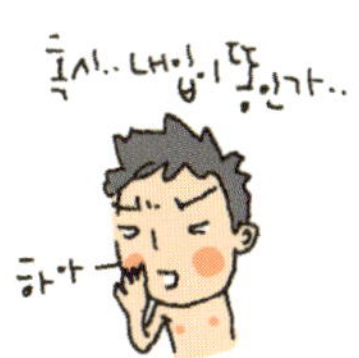

내가 물건을 사는 대부분의 사이트는

'우체국택배'를 이용한다.

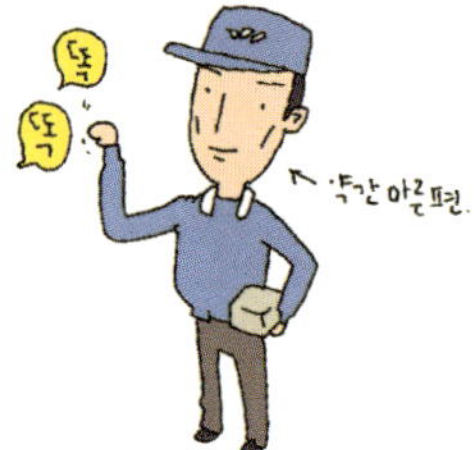

12시 —1시 사이에 "조심스레"
칼같아요 아주   아주 중요

문을 노크하는 우리동네 담당
집배원 아저씨

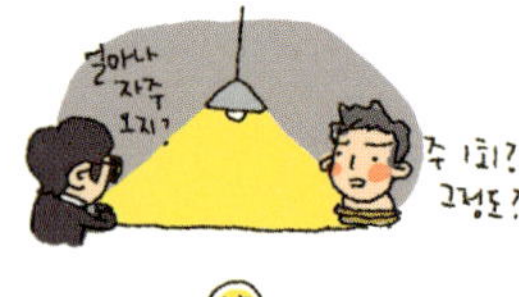

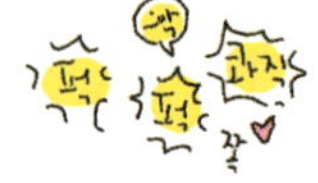

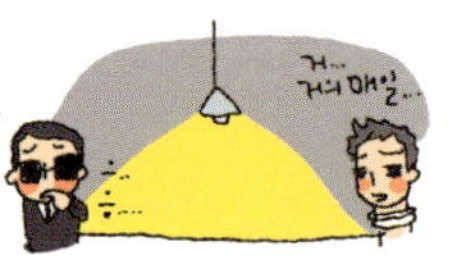

그래서 난,
나도 모르게

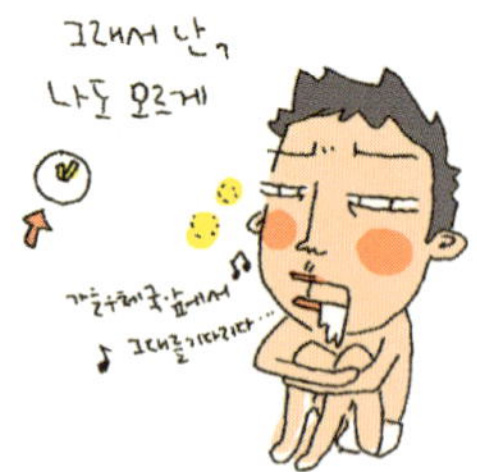

이런 인간이 됬지 그래.

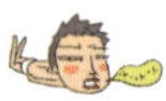

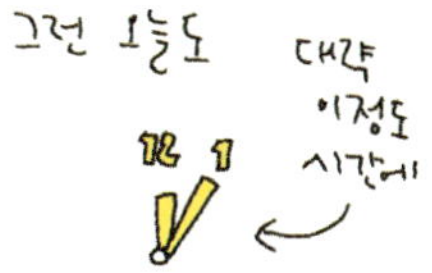

그런 1늘도
대략
이정도
시간에

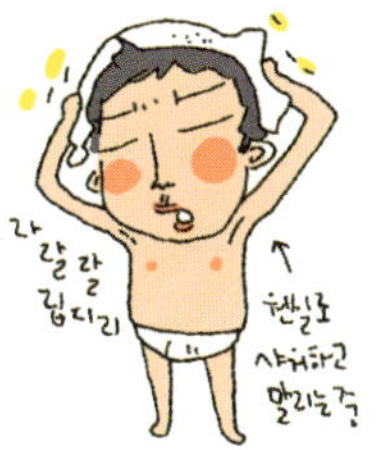

라
랄 랄
림디리
헨실로
샤워하고
말리는중

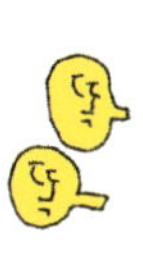

똑
똑

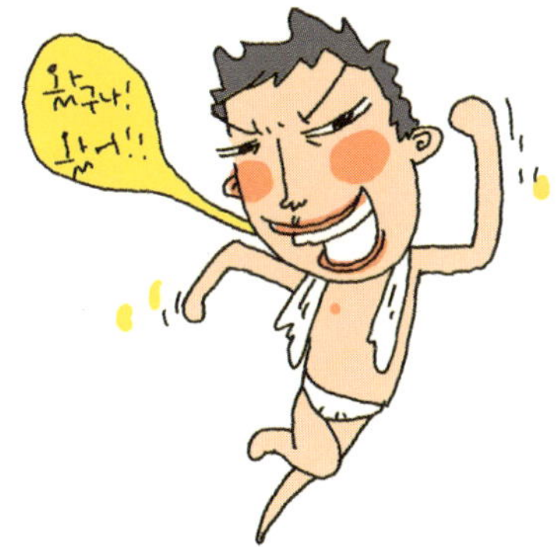

왔구나!
손님!!

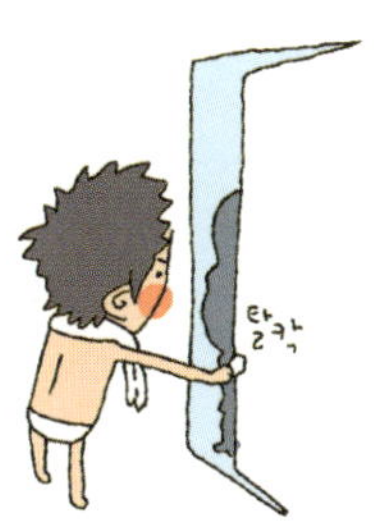

탈칵

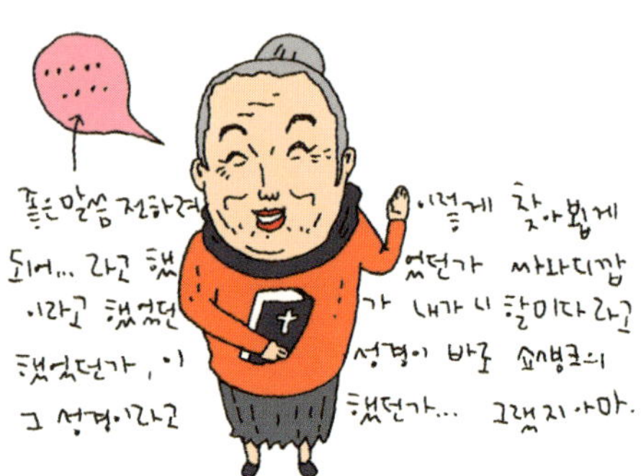

그러나 내껜 들리지않아

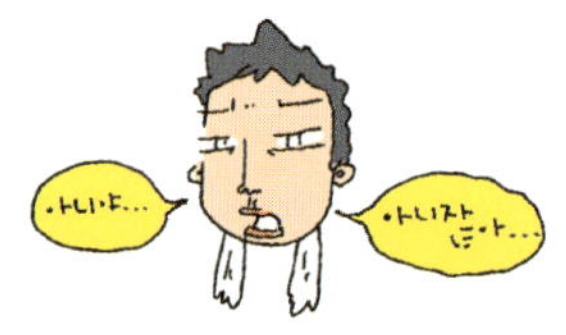

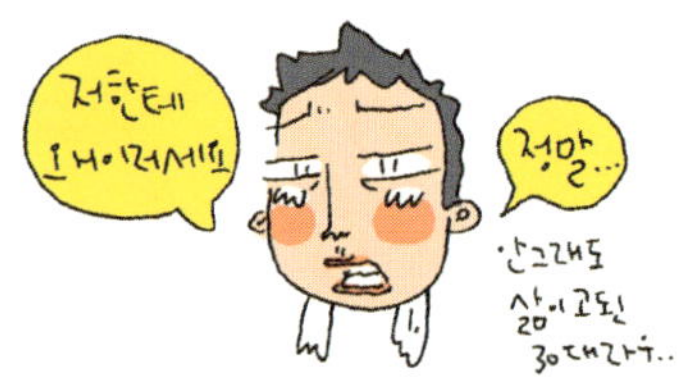

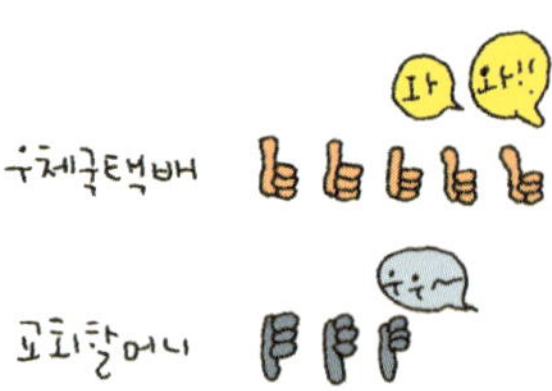

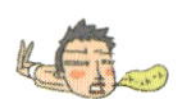

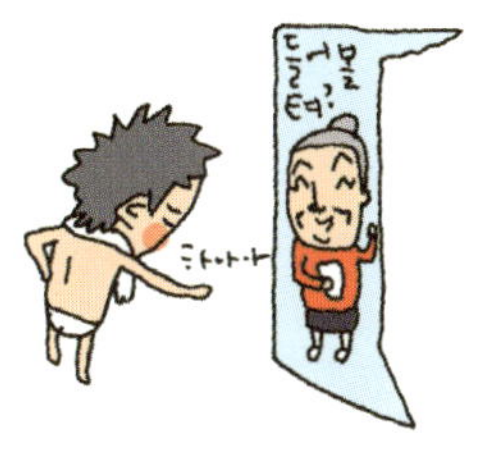

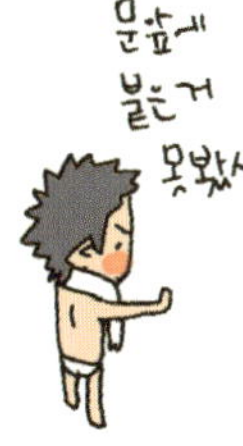

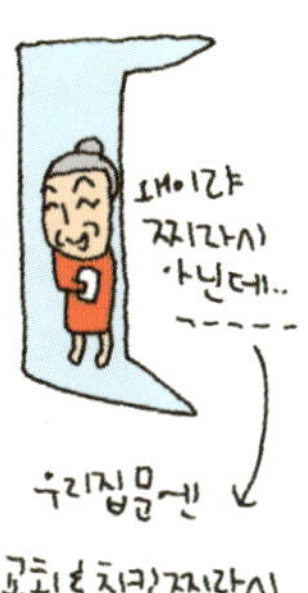

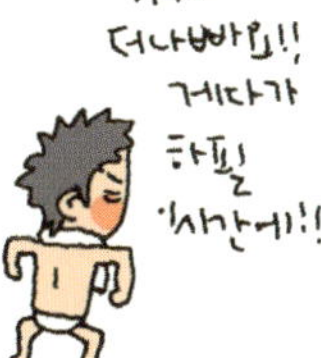

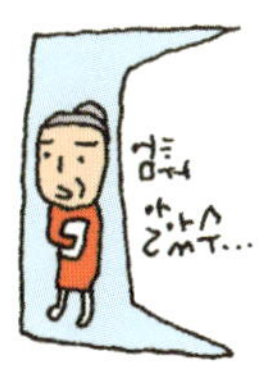

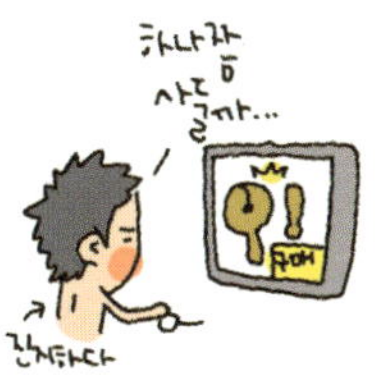

'전도'가 아닌 '강요'에 가깝잖아요, 이런 건.

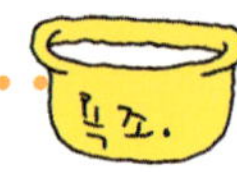

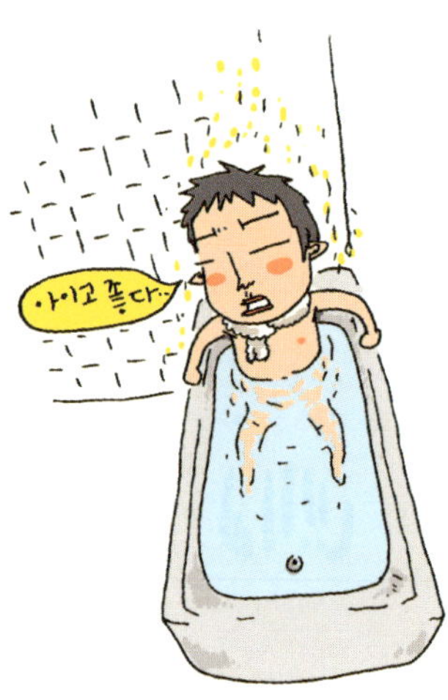

늙었나... 하루 중 제일 행복한 시간
반신욕 한게임.

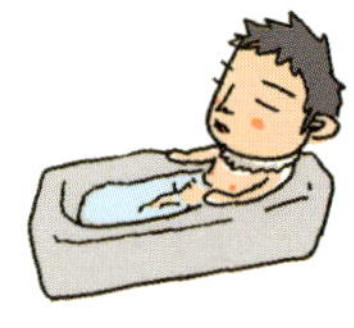

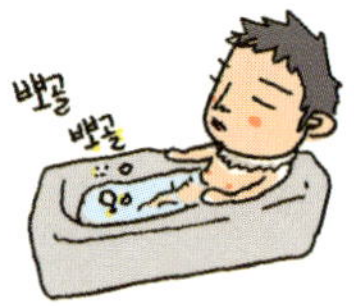

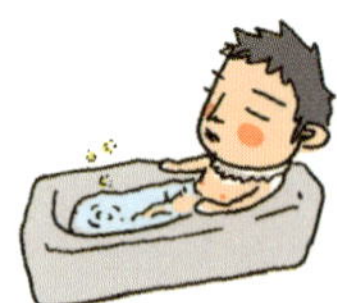

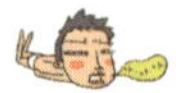

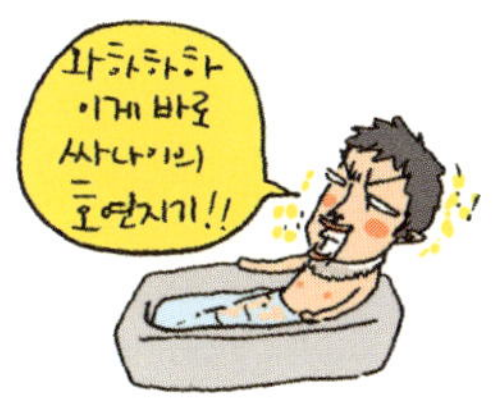
와하하하
이게 바로
싸나이의
호연지기!!

지금 사는 집에는 욕조가 없다. 제일 안타까운 일 중 하나.

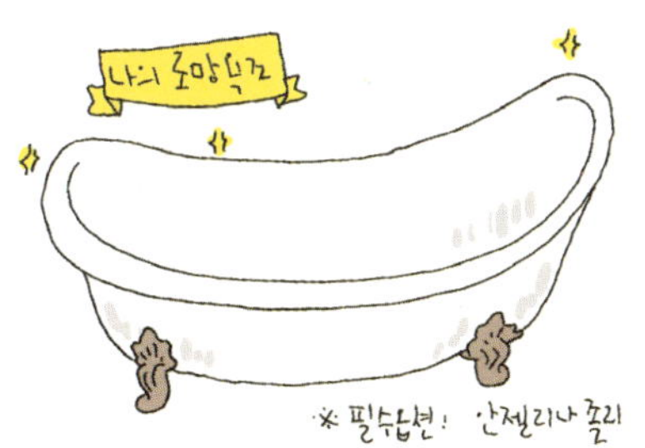
나의 로망욕조
※ 필수옵션! 안젤리나 졸리

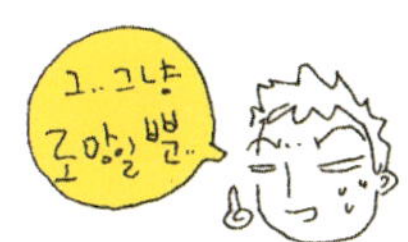
그..그냥
로망일 뿐..

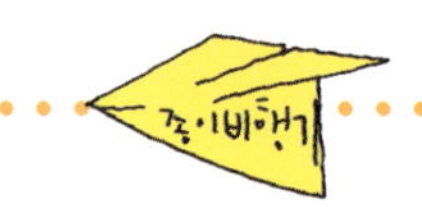

붐음밥을 시켰는데,

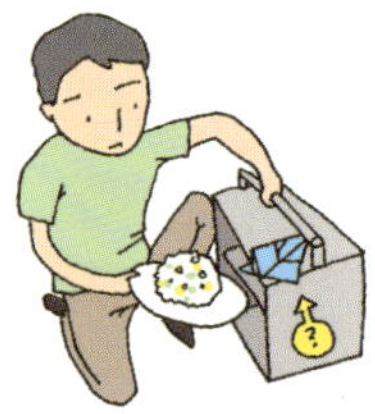

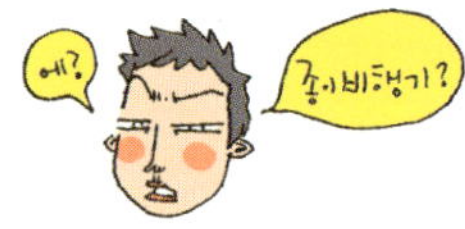

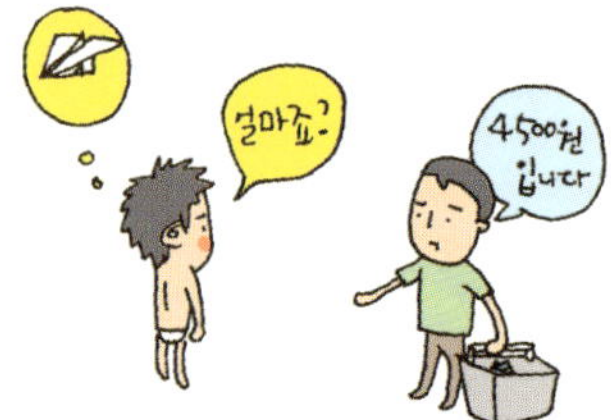

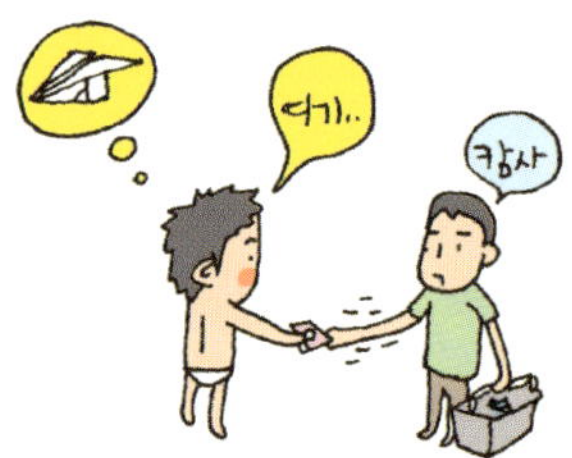

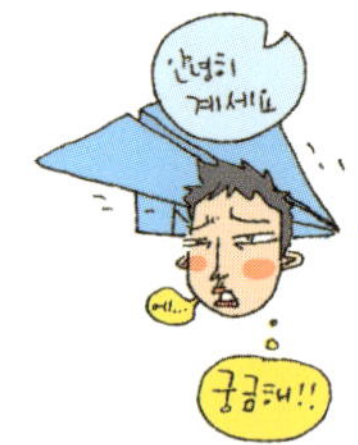

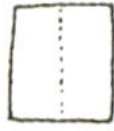

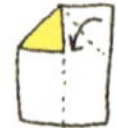

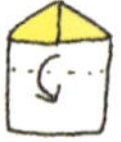

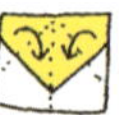

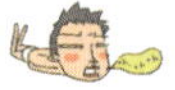

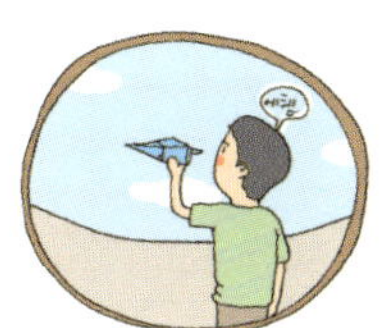

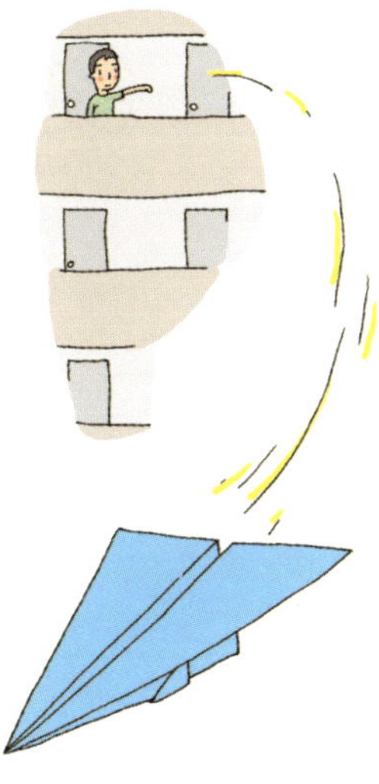

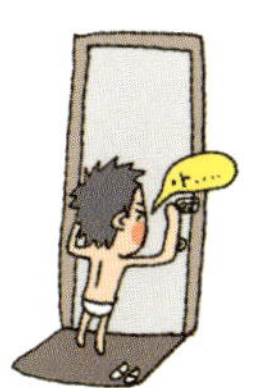

21세기 마지막 로맨티스트 차이니즈레스토랑 딜리버리 보이.

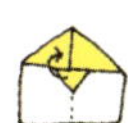

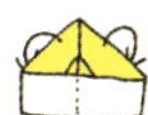

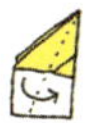

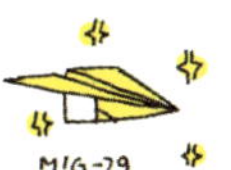

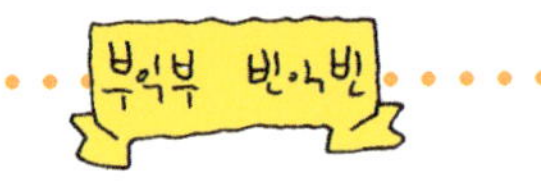

어제는 종일 고민을 했다.

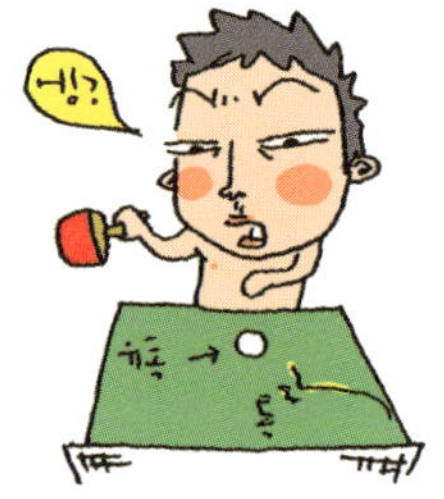

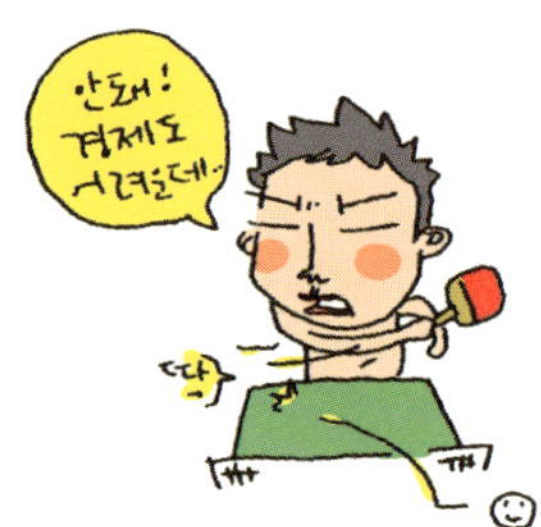

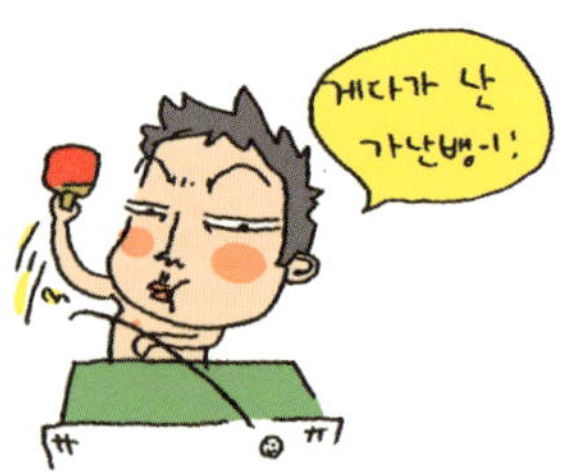

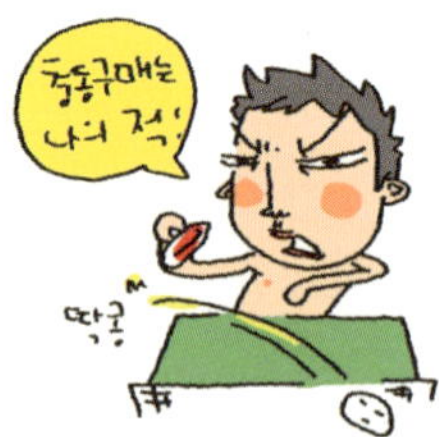

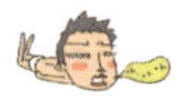

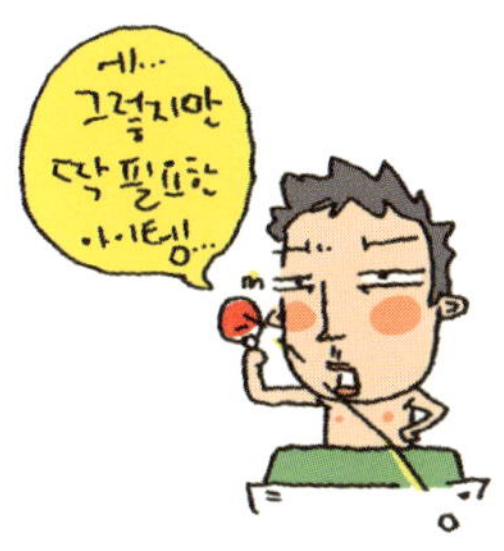

에...
그렇지만
딱 필요한
아이템...

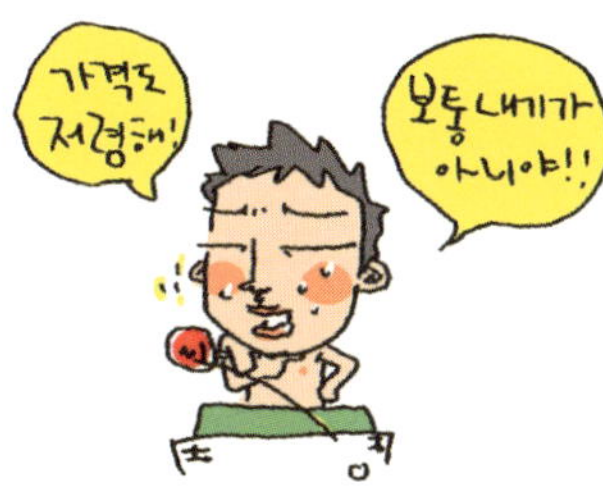

가격도 저렴해!
보통 내끼가 아니야!!

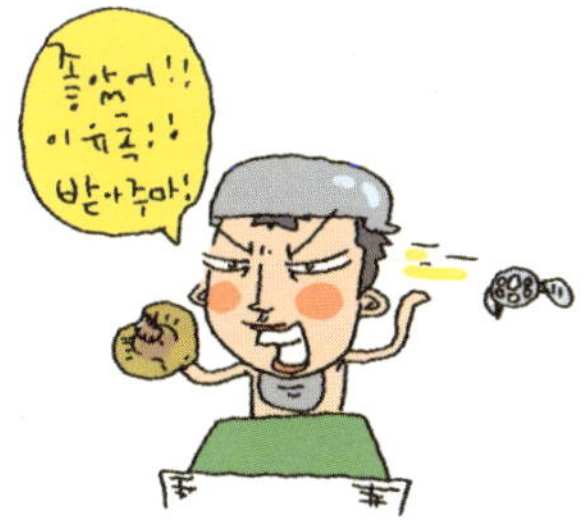

들었어!!
이 쪽!!
받아주마!

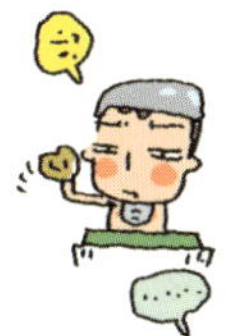

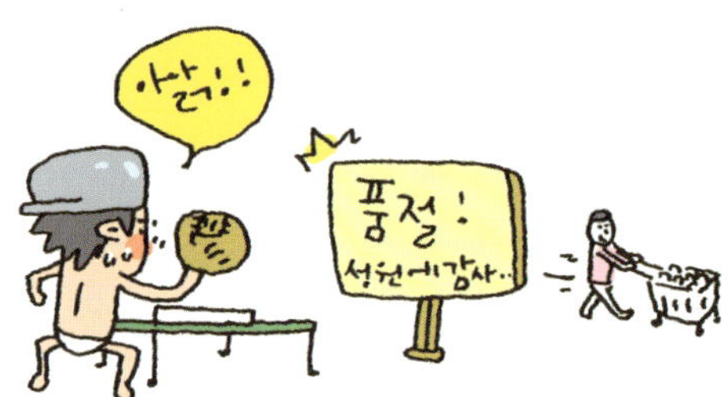
아앗!!
풍절!
성원에감사…

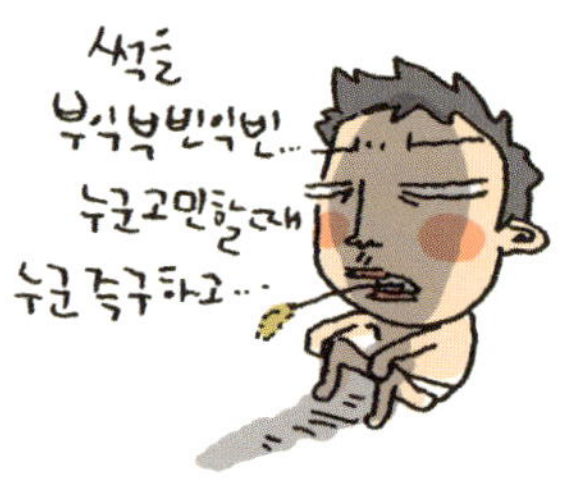
석을
부럭부럭빈익빈…
누군 고민할때
누군 즉구하고…

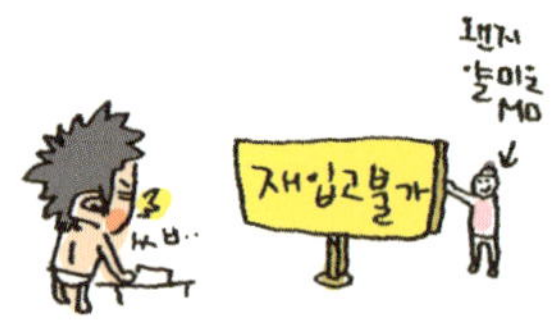
재입고불가
괜저
놀미로
MD
쓰빈…

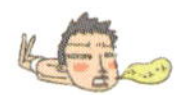

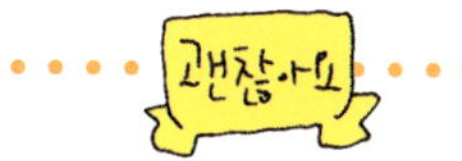

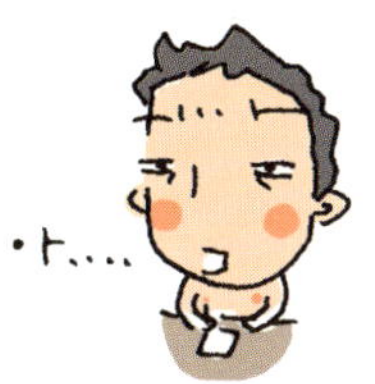

요번주 들어 집 밖에 안나갔네..

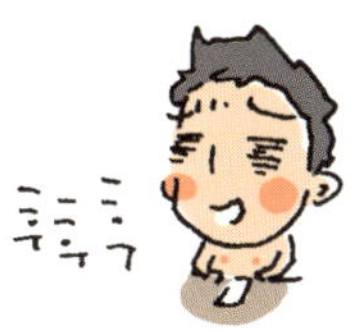

집 밖에도 안 나가고… 말도 안 하고… 입에선 단내 나고….

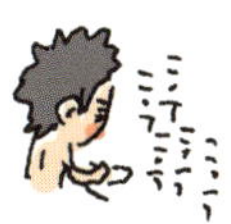

도시락

2002년도에 전국의 초 중 고등학교에 전면적으로 급식이 시행되었다. 물론 그전에도 알아서 자체적으로 급식을 실시하는 학교들이 있긴 했지만, 그런 학교들은 주변 학교 학부모들의 선망과 질타의 대상이 될 뿐이었고, 일반적인 경우 1990년대의 전국의 모든 초 중 고등학생들은 도시락 가방을 책가방보다 더 소중히 알고 가지고 다녔다.

1999년 2월에 고등학생 딱지를 뗀 나도 돌이켜 생각해 보면 12년을 꼬박 도시락을 짊어지고 학교에 다녔다. 바꿔 말하면 우리 어머니는 12년을 꼬박 아침에 일어나 도시락을 싸신 거다. 조금 더 정확히 말하자면 우리 형이 나보다 2년 먼저 학교에 들어갔으니 14년을 쌌다. 앞뒤 2년씩을 뺀 10년간은 꼬박 주5일제로 매일 아침 도시락을 두 개씩 마련하셨다. 흠. 왠지 감동적이다.

〈우리들의 일그러진 영웅〉 같은 영화에 나오는 양철 도시락이야 구세대의 유물이고, 우리 때는 대개 납작한 플라스틱 도시락(밥통＋반찬통)이나 보온도시락을 들고 다녔다. 어릴 때는 분명 대부분의 녀석들이 여름에는 납작한 도시락을 들고 다니다가 날이 쌀쌀해지면 보온도시락

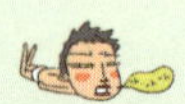

을 들었던 것으로 기억하는데, 어느새부터인가 아마 '애들에게 찬밥 먹이지 말아야지'라는 어머니들의 생각들 덕택에 1년 내내 무거운 보온도시락을 챙겨 들어야 했다.

보온도시락 기본 세트는 밥통 하나, 국통 하나, 반찬통 하나다. 대개 반찬통에는 한 개의 파티션이 있어서 하나의 반찬통이지만 두 개의 반찬을 담을 수 있는 정도의 '융통성'을 발휘하고 있다. 그래 봤자, 원래 일본에서 만든 보온도시락이니 일본에서야 당연히 반찬 두 종, 밥, 된장국으로 한 세트를 이뤘겠지만 우리나라에 넘어와서 저 도시락 반찬통의 두 칸 중 한 칸은 언제나 김치국물에 절어 있게 된다. 결국 어머니가 그날 그날 고민한 반찬이 들어가는 곳은 반찬통의 다른 한 칸과 국통이다.

우리 어머니 같은 경우는 국보다는 차라리 반찬을 하나 더 싸주자, 라는 주의였기 때문에, (아마 많이들 그랬겠지만) 아래의 국통에도 반찬이었다. 그런 식으로 해서 가까스로 1식 3찬을 채우는 훌륭한 한 끼가 되었다. 물론 학교에서 도시락을 먹는다는 것은, 밥그릇을 들고 교실을 기본 1회 반 정도 순회해 준다는 개념이기 때문에 반찬의 가짓수로만 따진다면야 부실한 출장뷔페 못지 않았지만. 온전히 내 것으로 싸온 반찬은 밥 이외 찬 세 가지였다.

얼마 전 어쩌다 발견한 학교 급식 영양사 분의 블로그에 빼곡히 올라온 고등학생들의 급식을 훔쳐본 적이 있다. 한참 넋을 놓고 몇 주 분의 급식 식판 사진들을 보다가 '이거 우리 엄마가 싸줬던 도시락보다 훨씬 낫잖아!!'라는 말이 막 혀뿌리를 간지럽게 하며 입 밖으로 튀어나올 때쯤, 그런 생각이 들었다. 엄마라고 왜 매일 점심을 저렇게 차려주고 싶지 않으셨을까. 차려만 줄 수 있다면 매일같이 한정식이라도 차려주고픈 게 어머니 마음인 건 당연한데. 몸이 아파, 혹은 어떤 다른 이유로 반찬을 따로 못해주고 밥만 퍼 담고 반찬통 대신 참치 한 캔을 넣고 보온도시락 뚜껑을 돌려 닫을 때 어머니 가슴이 얼마나 아팠을까.

그런 생각을 하니, 어쩌면 지금 아이들은 점심을 먹으며 어머니와 도시락으로 대화하는 시간은 갖지 못하겠구나라는 생각이 들었다. 엄마가 아파 도시락을 못 싸주시던 날, 학교에서 애들이랑 웃고 떠들며 엄마 생각은 잊고 있다가도 점심때가 되어 '도시락의 부재'를 깨닫고 그제야 '엄만 병원은 갔다 왔을까'라고 잠시라도 엄마 걱정을 하게 되는 그 마음을 요즘 아이들은 모를 거다. 반찬통과 밥통 사이에 들어 있던 '사랑한다, 아들! 맛있게 먹어! —엄마가'라는 쪽지를 보고 괜히 눈물이 날 것만 같아서 '에이 뭐야 엄만, 챙피하게'라고 부러 크게 말하며 누가 볼세라 얼른 쪽지를 집어 구겨 주머니에 넣어버렸던 그 기분을 요즘 아이들은 모른다.

급식이라는 거, 분명 아이들 사이에 '도시락의 레벨 차이'로 생기는 일종의 빈부 격차나 상대적 박탈감 같은 것도 없애줄 수 있고, 바쁜 엄마들 일손도 덜어주고, 언제나 일정한 질의 밥을 먹일 수 있다는 장점도 있지만, '도시락'을 통해 엄마와 아이 사이를 이었던 끈끈한 유대는 잘 맞춰진 영양 밸런스나 완벽하게 계산된 칼로리나 영양사의 프로정신 같은 게 메울 수 있는 성질의 것이 아니라고 생각한다. 이젠 이미 옛날이야기가 되어버린 '도시락'이 안타깝다.

엄마가 싸준 도시락을 먹어본 지도 10년이 넘게 지났다. 아무리 생각해 보아도 마지막 도시락은 기억나지 않지만, 첫 도시락은 또렷하게 기억하고 있다. 아직 '미취학 아동'이던 일곱 살 때, 매일 가방을 메고 신발주머니를 들고 도시락을 들고 "다녀오겠습니다!" 하고 인사하고 문밖으로 달려나가던 형이 너무도 부러워서 어느 봄날, 나도 도시락을 싸

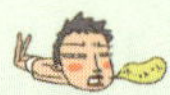

달라고 생떼를 부린 적이 있다. 그래 봤자 집에서 엄마랑 같이 밥을 먹을 거면서도 도시락 노래를 불러대는 내가 어이없었던지 웃기만 하던 엄마는 다음날 도시락을 하나 새로 사와서 형 도시락을 쌀 때 나란히 내 것도 싸주셨다. 맛있었냐고? 젓가락질도 제대로 못하고 손아귀 힘도 별로 없던 그때, 차게 식은 채로 도시락 모양으로 굳어버린 밥을 퍼먹느라 무척 애를 먹었던 기억이 아직도 생생하다. 그래도, '이놈 고생 좀 해봐라'라는 듯 빙글빙글 웃는 엄마와 식탁에 마주 앉아 먹었던 그 도시락은 정말 맛있었다. 이제 와서 난데없이 도시락을 싸달라고 하면, 그때처럼 엄마가 또 싸줄까.

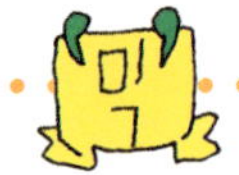

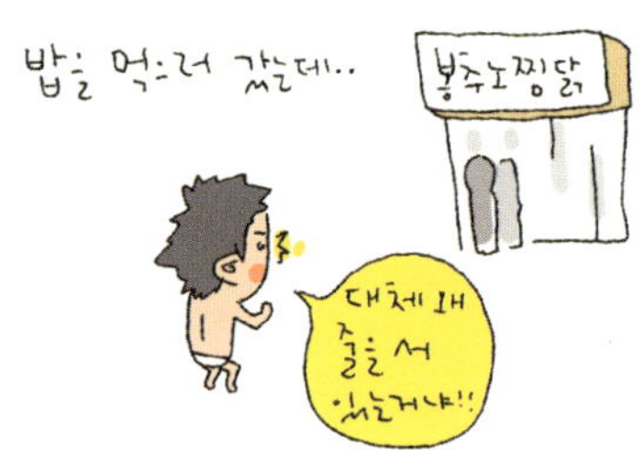
밥을 먹으러 갔는데..
봉추노찜닭
대체 왜
줄을 서
있는거냐!!

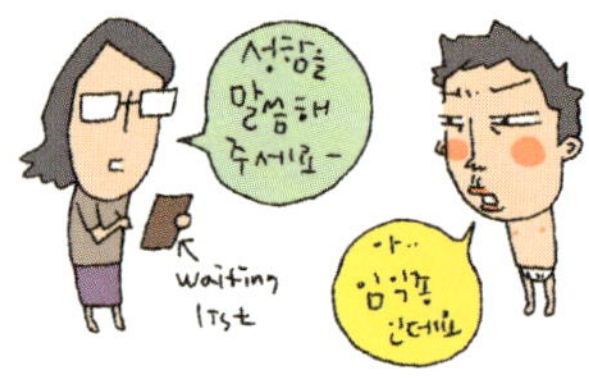
성함을
말씀해
주세요-
Waiting list
아..
임기종
인데요

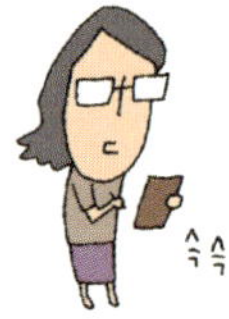

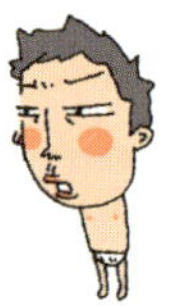
슥슥

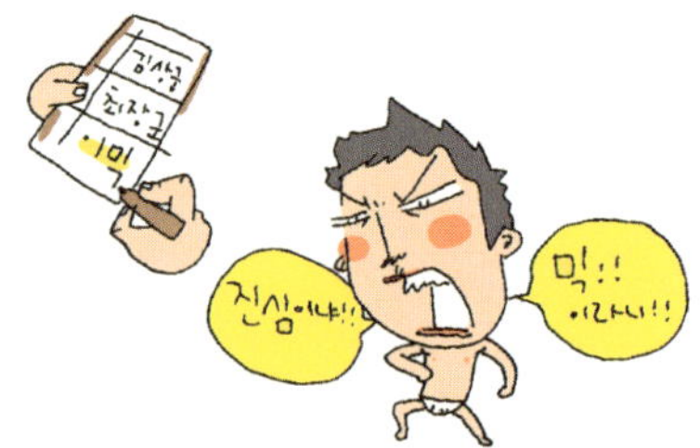
진심이냐!!
믹!!
이라니!!

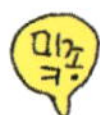
믹ㅉ

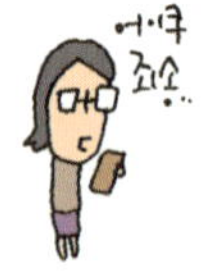
어아
죄송..

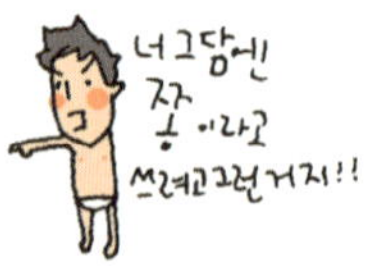
너그담엔
쯔
농 이라고
쓰래고그런거지!!

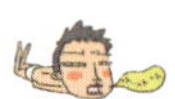

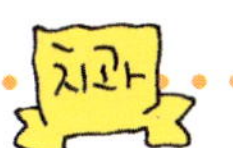

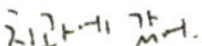

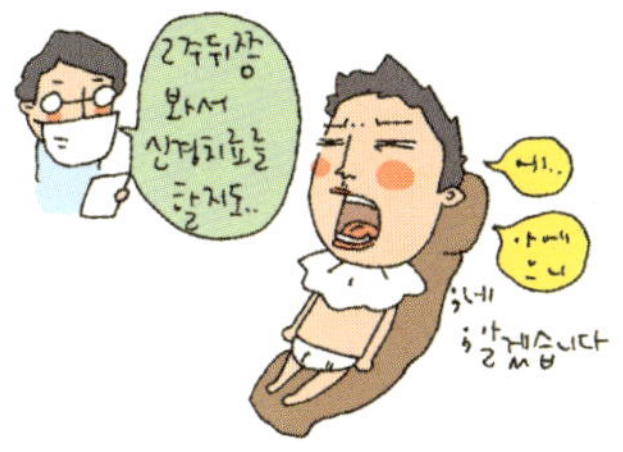

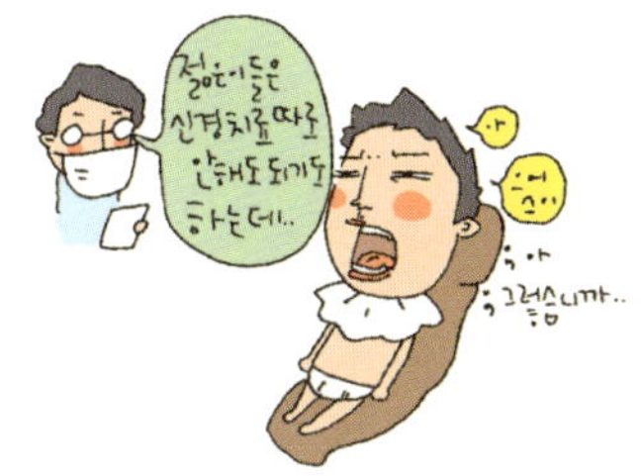

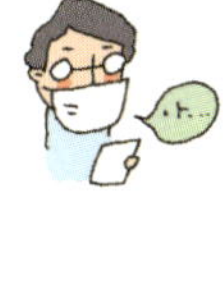

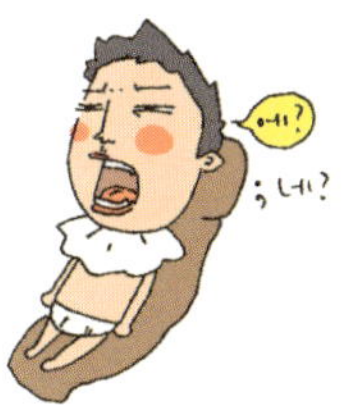

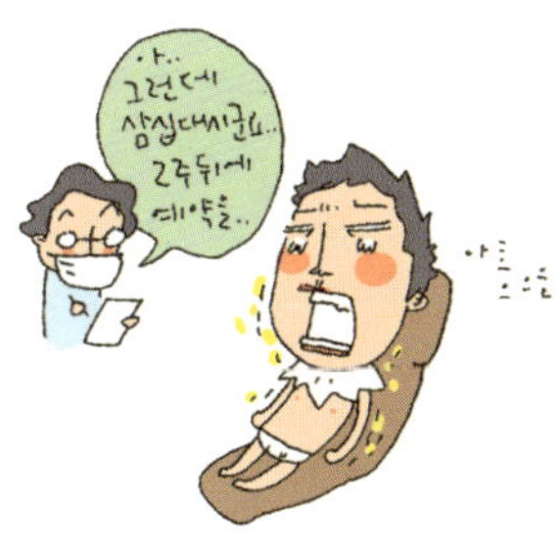

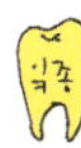

30대, 더이상 자가치료를 기대할 수 없는 나이.

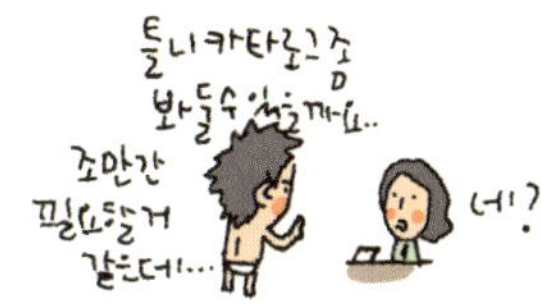

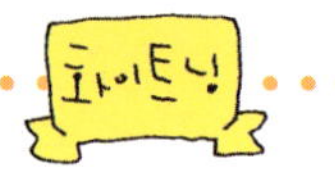

화이트닝

치과치료가 끝났다

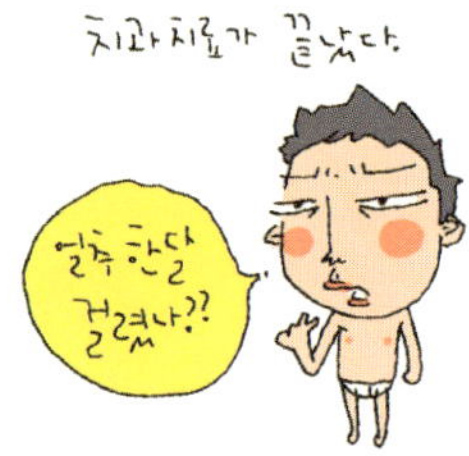

일주 한달
걸렸나??

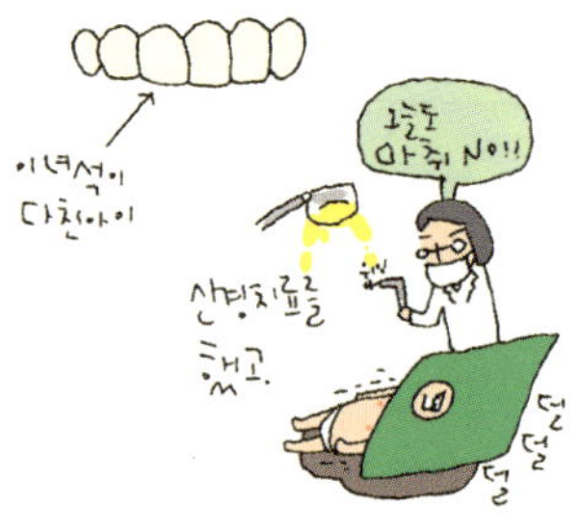

이녀석이
다친아이
그늘도
아직 No!!
산뽀치료를
했고.

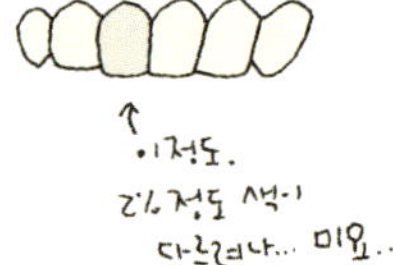

아주 미묘~ 하게
치아색이 변해서
미백도 했는데,

이정도.
요정도 색이
다르려나.. 미요..

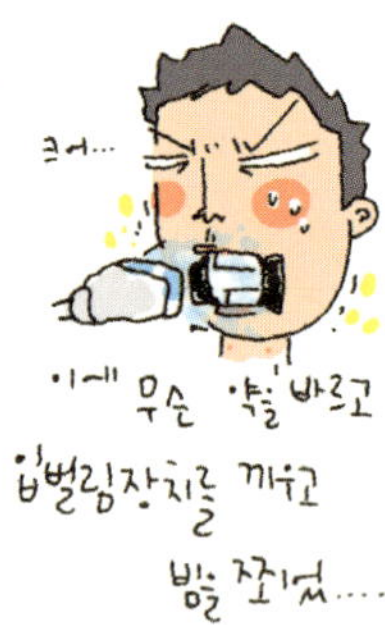

큰...
이에 무슨 약을 바르고
발광장치를 끼우고
빛을 쪼임....

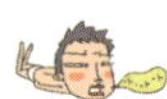

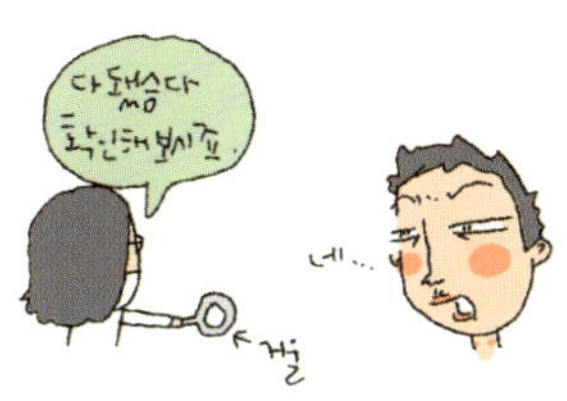
다 됐습니다
확인해 보세요.
네...
철컥

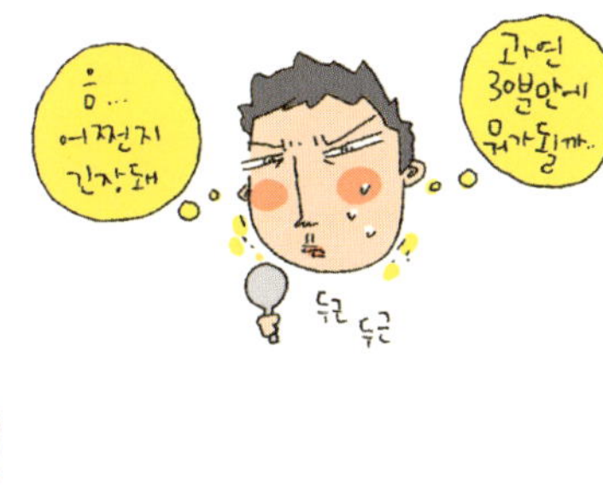
음...
어쩐지
긴장돼
과연
30년만에
뭐가될까..
두근 두근

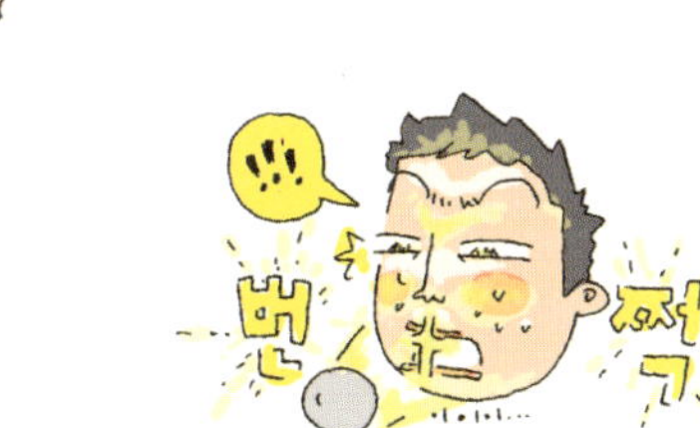
!!!
번쩍
쩌억

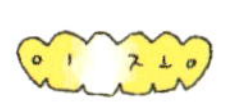
ㅇ ㅣ ㅈ ㅗ ㅇ

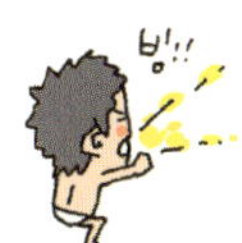
빙!!!

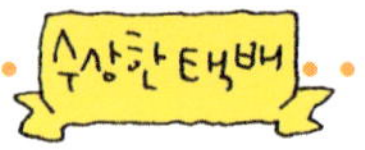

집을 나선지 10분도 안됐는데,

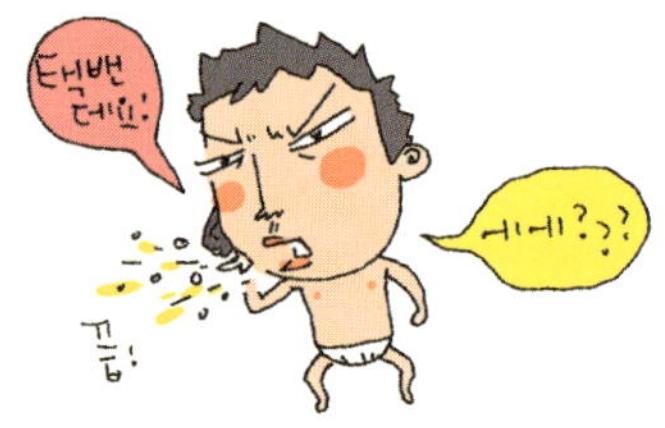

그런데 말이지...

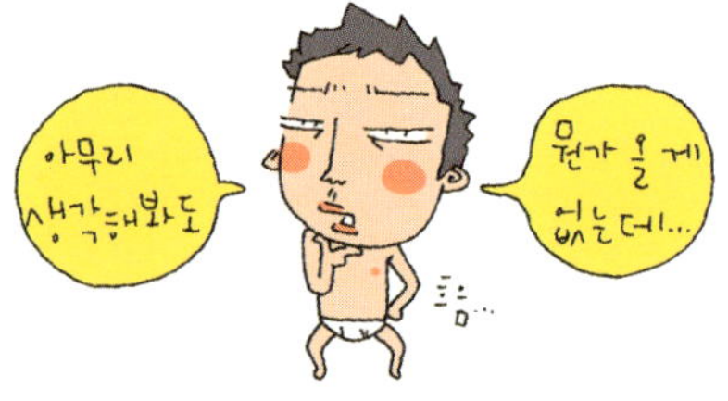

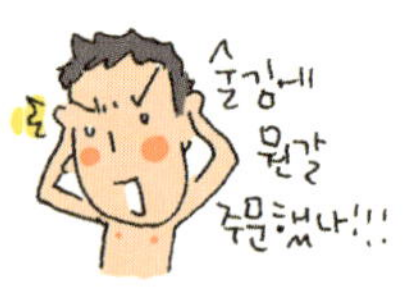

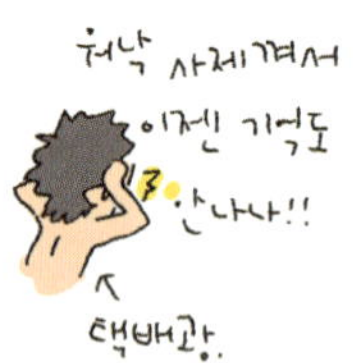

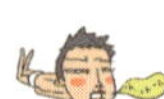

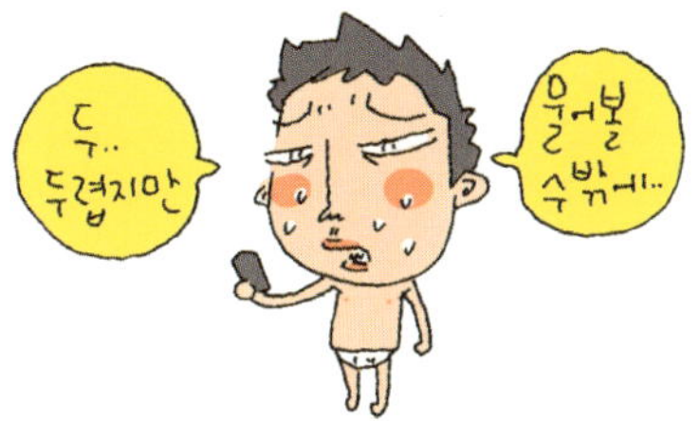

해결책은 하나!!
ㄷ.. 두껍지만
읽어볼 수밖에..

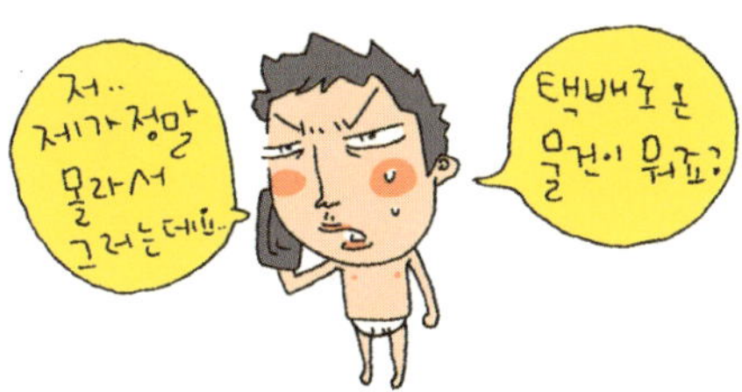

저.. 제가 정말 몰라서 그러는데요..
택배로 온 물건이 뭐죠?

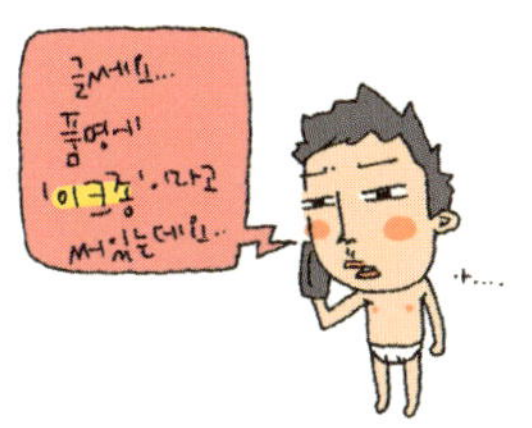

글쎄요... 품명에 이크죵! 이라고 써있는데요..
ㅏ....

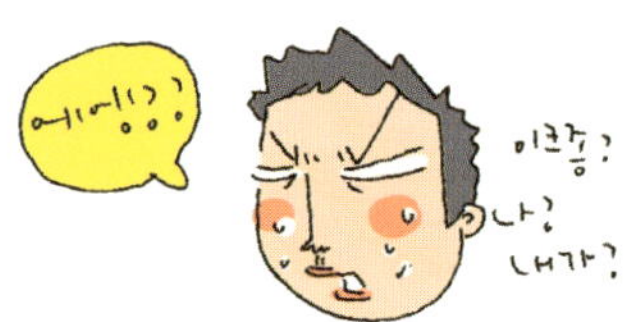

에잉?
이크?
나?
내가?

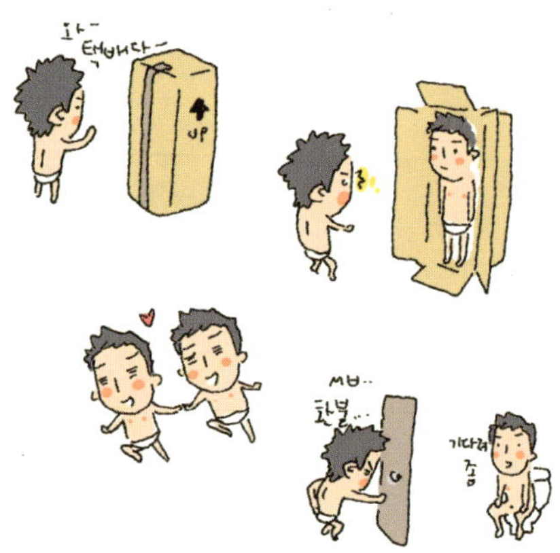

캬-
태어나다-
UP
쯧!

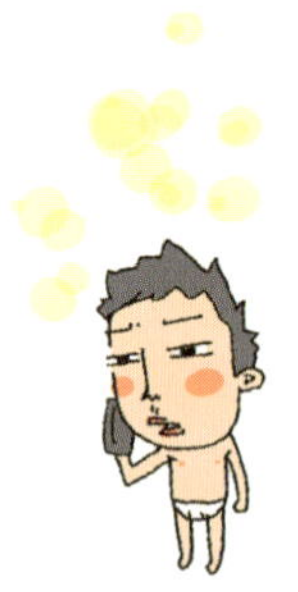

씨발..
환불..
기다려
줌

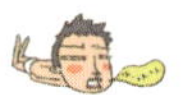

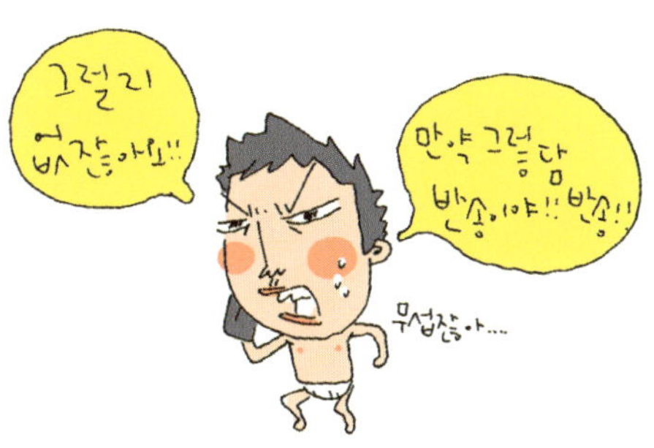

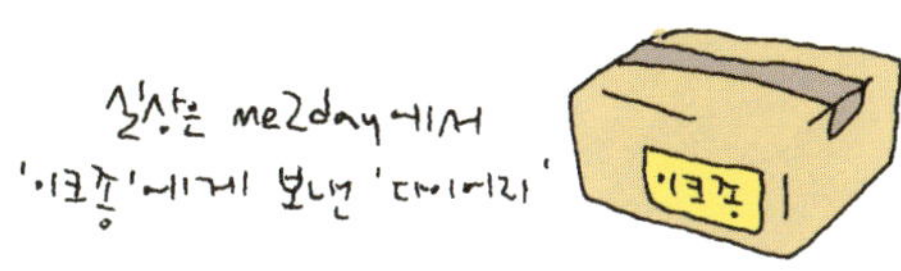

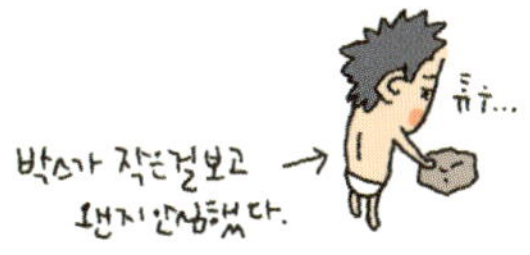

말동무 생기나! 하고 잠시 기뻐했지만…

요즘, 귀찮음의 업그레이드.

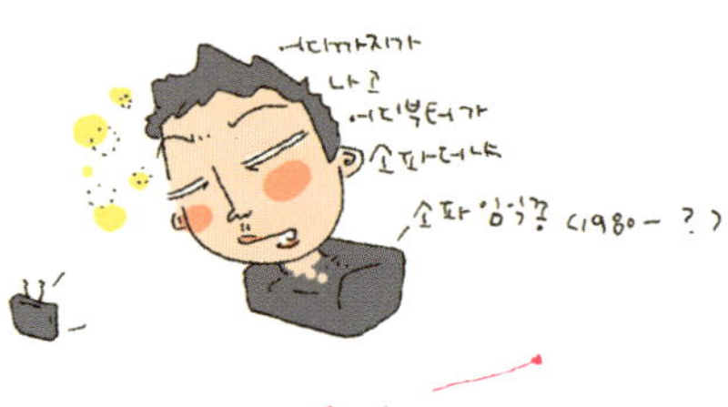

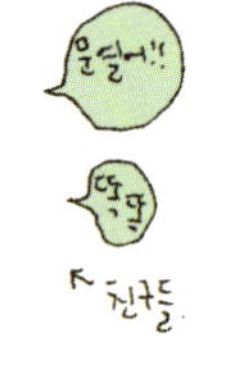

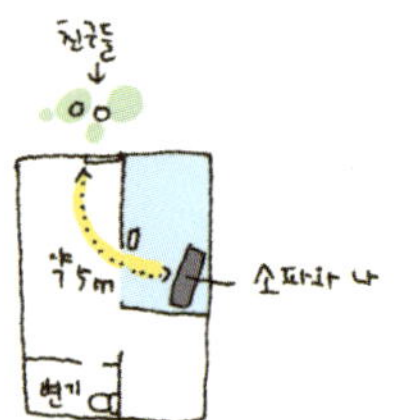

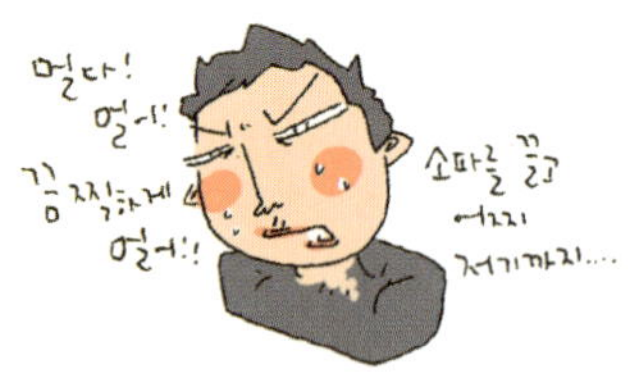

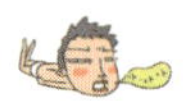

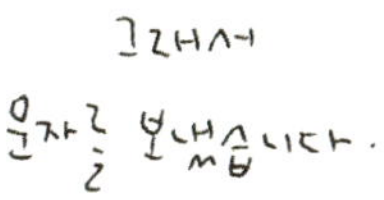

그래서
문자를 보냅니다.

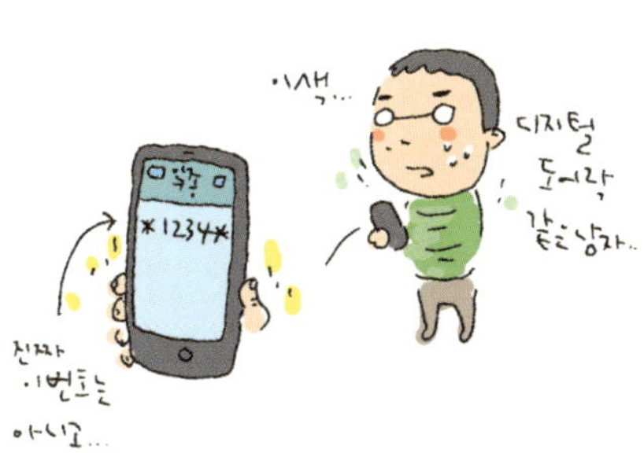

이색…
디지털
도어락
같은 상자…
1234
진짜
비번호는
아니고…

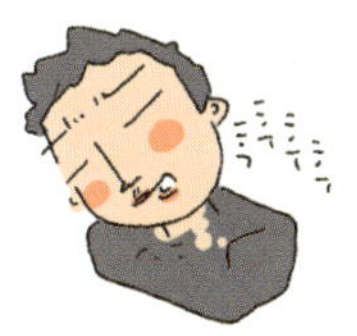

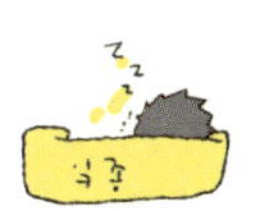

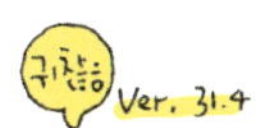

귀찮음 Ver. 31.4

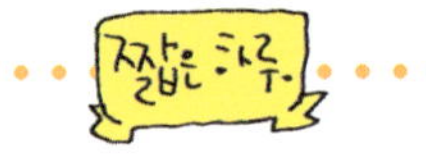

하루는, 24시간인데 맞지.

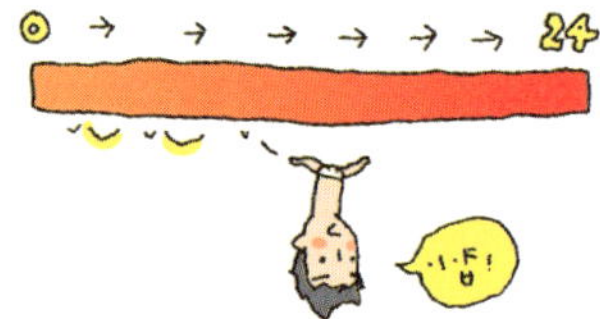

내 하루엔 '게으름'이라는

엄청 식욕 좋은 녀석이 있나봐.

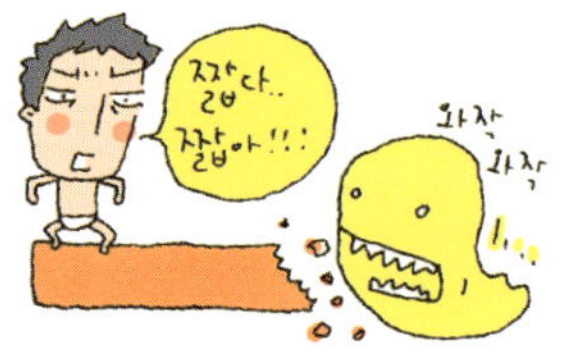

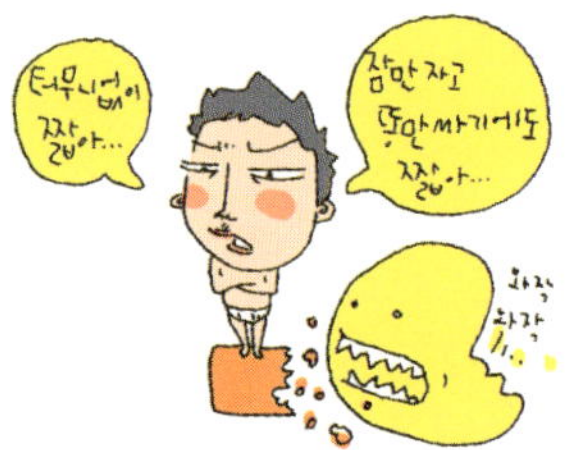

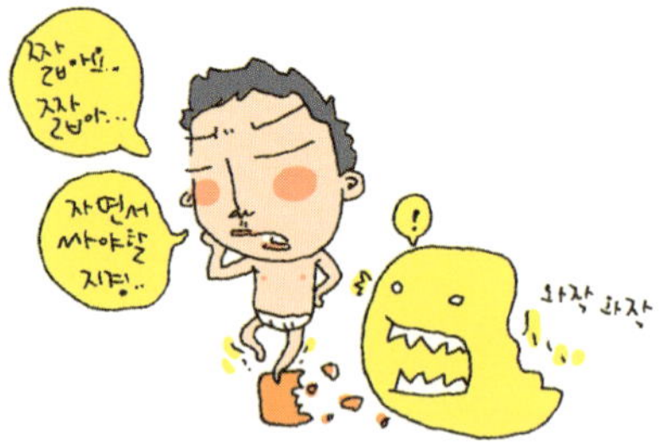

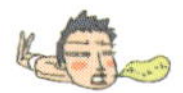

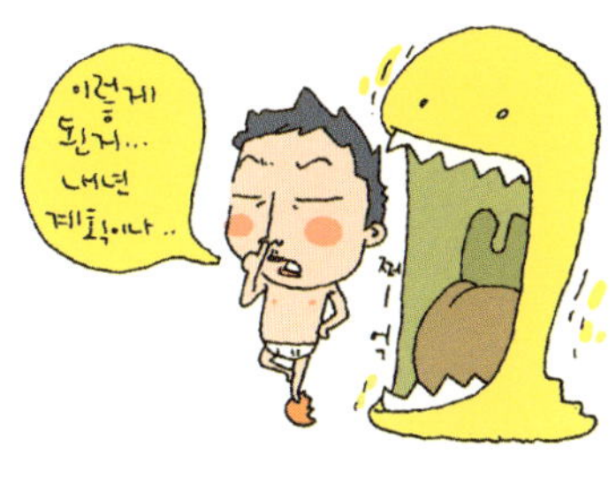

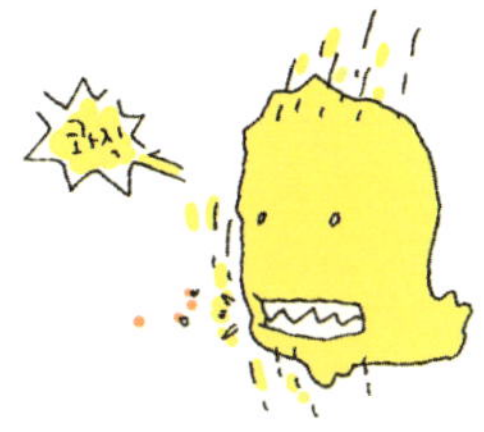

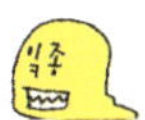

인류 최대의 적은 '게으름'과 '귀찮음'이라구.

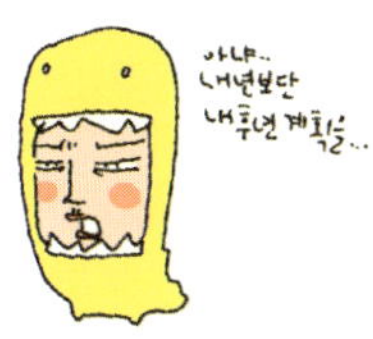

우리 아버지는 18세에 처음 들어간 회사를 만 55세로 정년퇴직 한 것
도 모자라서 정년퇴직 이후에 여차여차한 사유로 연장근무 비슷한 걸
하고 있다. 독하다. 40년 넘게 출퇴근 출퇴근. 얼추 따져보아도 인생의
7할을 회사원으로 보내신 거다. 존경스러운 한편 가슴이 꽉 하고 답답
해져 온다. 어떻게 저런 아버지 밑에서 이런 자식이 나왔을까.

아버지의 연장근무는 올해로 끝이다. 장기근속을 하고 정년퇴직을 한
사원들에 대한 배려 차원에서 챙겨준 일자리인데 아버지 밑의 분이 정
년퇴직을 눈앞에 둬서 T/O가 하나인 그 자리를 넘겨줄 때가 되었다고
한다. 여기서 아주 사소한 문제가 발생한다. 부모님께서 지금 살고 계
신 대전은 사실 아무런 연고도 없는 동네이다. 엑스포 때나 가보았을
까. 유성온천도 가본 적이 없다. 그저 일 때문에 대전에서 잠시 살고 계
신 것. 그 유일한 이유인 '일' 이 사라지는 것이다. 자연스레 "같이 사는
건 어떠냐"(by 아부지)라는 의견이 나왔다.

나 : 아부지, 그건 아니죠.
아부지 : 아니 왜 아니야 그게, 식구가 몇이나 된다고.

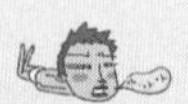

나 : 이제 와서 어떻게 다시 같이 살아요.

아부지 : 너도 엄마가 밥 챙겨주고 좋지 뭐.

나 : (밥 때문에 포기할 게 너무 많지 않습니까!! 배고픈 한량이 되겠소!!) 저랑 24시간 있으면 엄마가 분명히 발작을 일으킬 거예요.

아부지 : 음… 일리가 있군.

내 생활패턴을 방치하면 엄마는 정말 발작을 일으킬 게다. 항상 칼 같은 생활을 하고 있는 우리 부모님은 당최 내가 '밤샘'이라는 걸 하는 것 자체를 이해 못하신다. '낮에 하면 안 되냐?'가 그분들의 모토. '시간과 정신의 방'을 만들어준다면 나도 밤에는 단잠을 자겠어요, 라는 것이 나의 반론. '니가 한심한 거 아니냐'라는 게 그분들의 재반론이고 '왜 이러십니까. 임사장님, 김여사님. 나 당신들 막내아들이외다'라는 게 나의 논지에서 벗어난 최후변론. 늘 이런 식이다. 두 분은 나의 프리랜서 생활을 대단히, 정말로 대단히 못마땅해 하시는데 두 분 중에서도 아버지는 특히 금전관계에 민감하시고 어머니는 '흐트러짐'에 대해 히스테리를 부리시는 편이다. 용모가 되었든 생활이 되었든 남녀관계가 되었든. 내가 만일 그분들과 한 집에서 생활한다면…. 아아 생각만 해도 정말 우주 건너편에서나 있을 법한 혼돈과 내전이 눈에 선하다. 식은땀이 흐른다.

절대로 지금 상태에서 같이 살 수는 없다는 게 나의 굳건한 의지이지만 세상 일이 내 의지대로만 돌아가지 않는다는 것을 알기에 한번 공무원적 삶을 시도해 보았다. 최소한의 노력이랄까. 혹시라도 함께 살게 되는 사태가 벌어졌을 때에 부모님의 분노를 조금은 덜 불러일으키도록. 아침에 일어나서 해가 뜬 동안에 일을 하고 해가 지면 좀 놀기도 하고 쉬기도 하다가 밤에 잠을 자는 유쾌하고 쾌적하고 국가가 권장하는 생활. 딱 닷새 하고 나서 밤샘의 의지를 다시금 굳건히 했다. 엄마아빠 죄

송해요. 난 그 세계엔 도저히 발을 담글 수 없어요.

부모님과 같이 살지 않은 것은 햇수로 따져보면 8년째다. 2001년에 군대를 가면서부터 떨어져 살았으니까. 카투사 생활을 하면서 2인 1실, 그것도 동기 녀석과 한 방을 썼으니 그냥 친구와 한 방을 쓴 거나 마찬가지였고 제대를 하고부터는 형과 함께, 2007년부터는 혼자서, 아무튼 부모님의 터치와 감시와 잔소리와 협박과 따스한 밥에서는 한참 떨어진 생활을 한 게 사실이다. 솔직히 말하자면, 부모님과 함께 사는 게 더 좋을지 이렇게 홀로 사는 게 더 좋을지 감도 오지 않는다. 잔소리와 집 안 청소, 따스한 밥과 홈파티, 효도와 자유 등등 상충하는 가치는 하나씩 따지고 들면 셀 수 없을 정도로 많다.

이렇게 얘기는 해도, 부모님과 같이 사는 것의 장점에 대해 누군가가 일장연설을 한대도, 부모님은 기다려주지 않고 효도는 당장 해야 하며 기타 등등의 이야기로 눈물을 쏙 빼놓아도, 나는 결국에는 혼자 사는 쪽을 택할 것 같다. 엄마가 갓 지어준 따끈한 밥만 한 게 없다고 해도 아직은 싱글인 친구들과 함께 우리 집에 모여 깔깔깔 웃고 떠드는 시간 또한 아마 오래가지는 못할 내 소중한 순간들이고, 잔소리를 듣는 것보다는 가사 도우미를 알아보는 게 백만 배 낫고, 난 이기적인 놈인지라(그리고 어른 되기 프로젝트는 이제 막 가동된지라) 아직은 효도보다 내 자유가 조금 더 소중하게 느껴진다. 온전히 나 홀로인 이 공간이 좋다. 그래, 자취생이라기보다는 나도 이젠 정말이지 뼛속까지 독신남이다.

덧.
흔히들 이야기하는 '불 꺼진 조용한 집에 혼자 들어설 때 외로워서 미

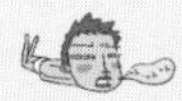

칠 것 같은 순간'을 나는 정말이지 모르겠다. 내가 정말 외롭다 느꼈을 때는 인터넷에서 레시피를 잘못 보고 2.5인분의 라볶이를 했을 때였다. 정말, 정말 외로웠다.

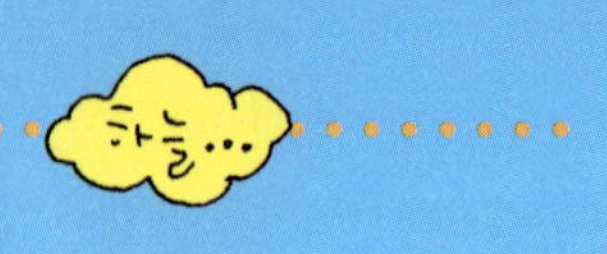

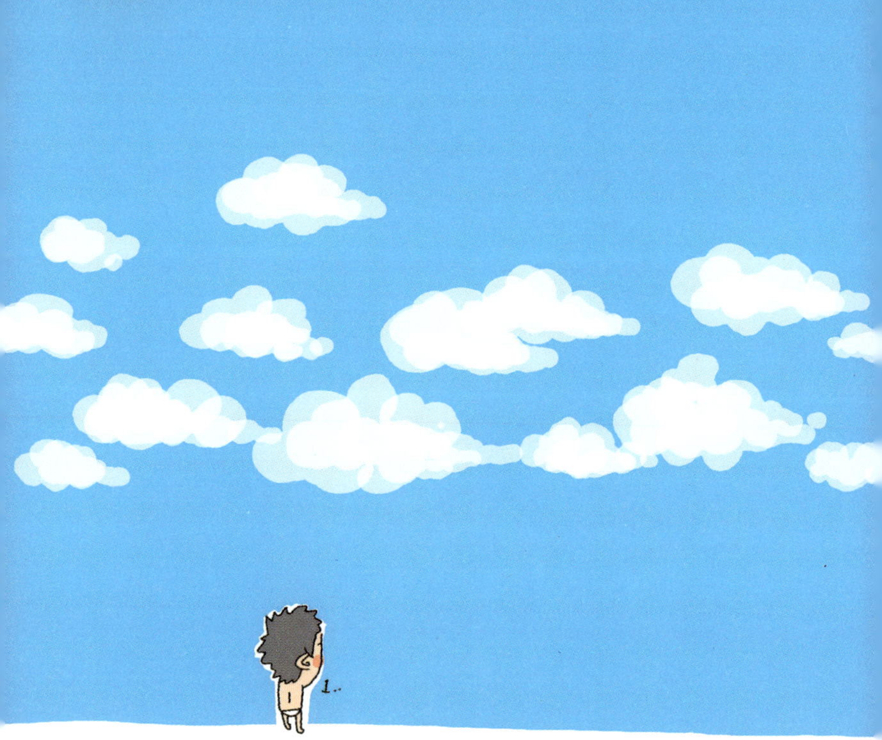

하늘이 예쁜 하루였다.

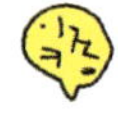

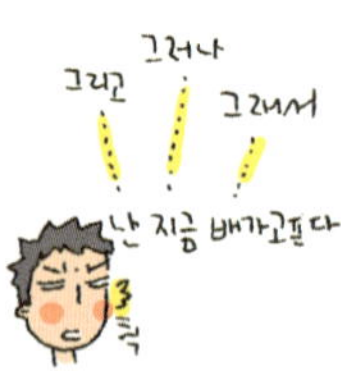

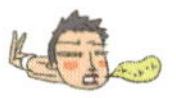

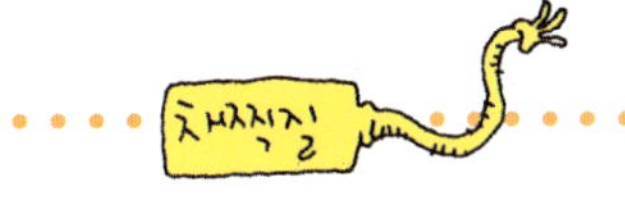

찌지직찍

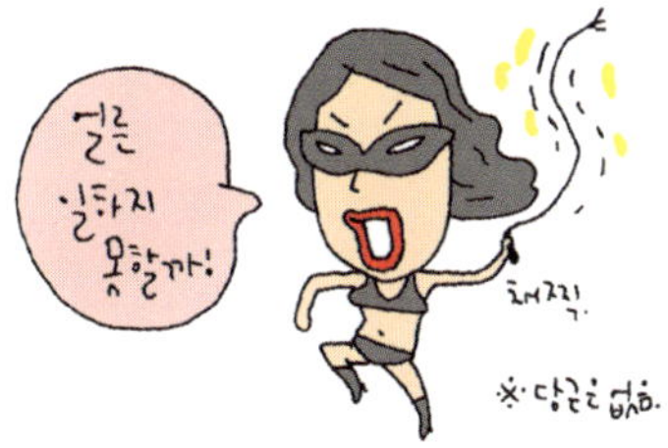

이런게 필요해...
사람이
얼른
일하지
못할까!
찌지직
※ 당근 없음.

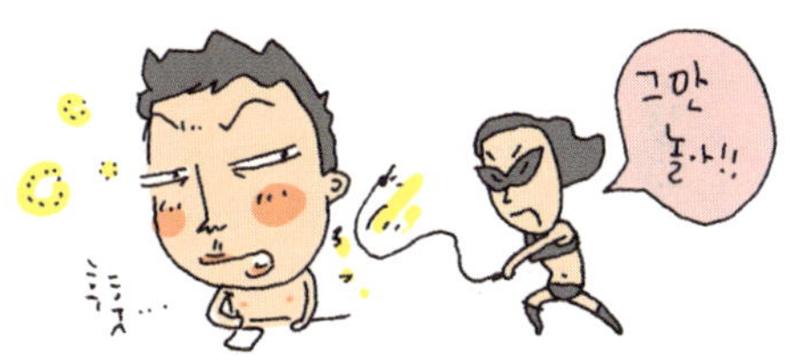

정말, 게으른 건 그만!
그만
놀아!!

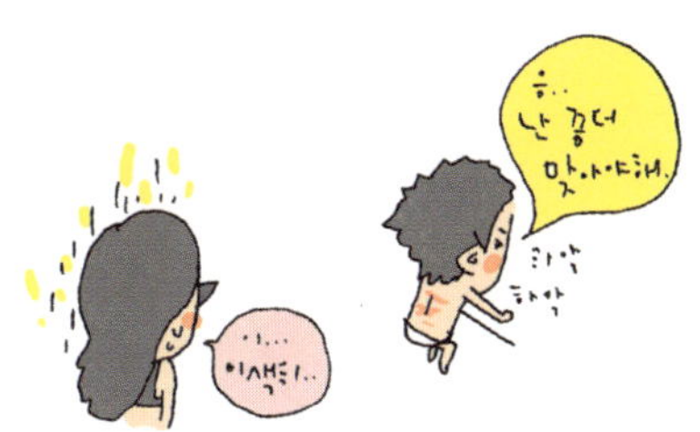

응...
난 좀더
맞아야해.
이...
이색히...

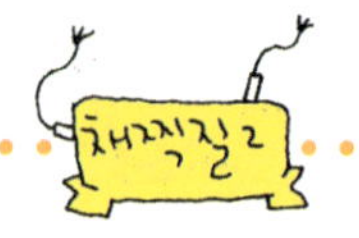

채찍질 2

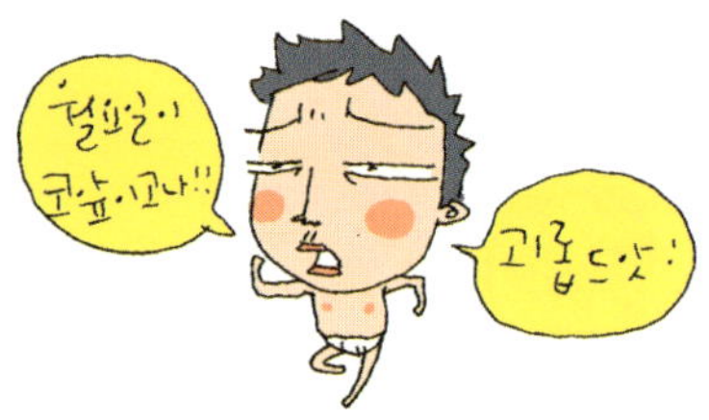

헐뻘이
규율이고나!!
괴롭드앗!

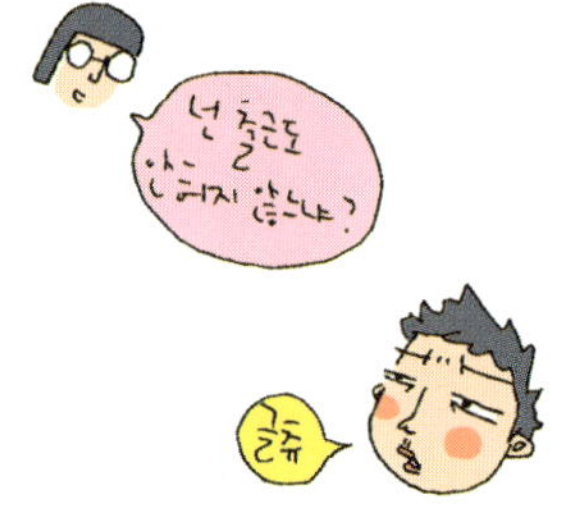

넌 출근도
안해지 않느냐?
글쥬

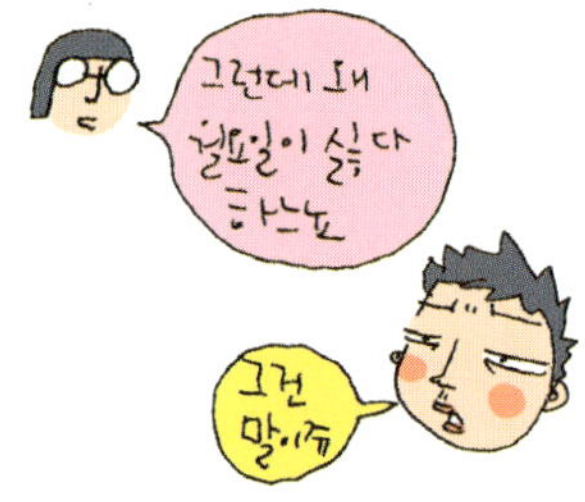

그런데 꼬내
헐뻘이 싫다
하느뇨
그건
말이쥬

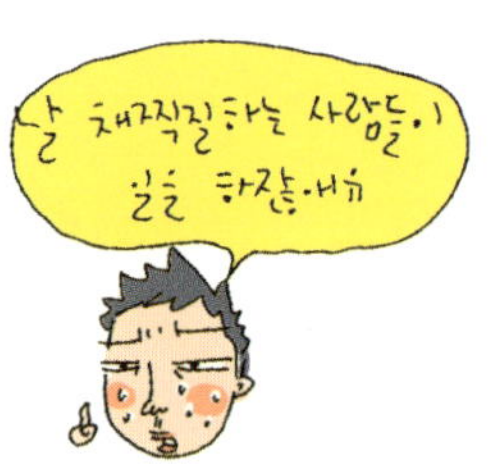

삼 채찍질하는 사람들이
많은 하잖어유

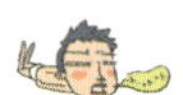

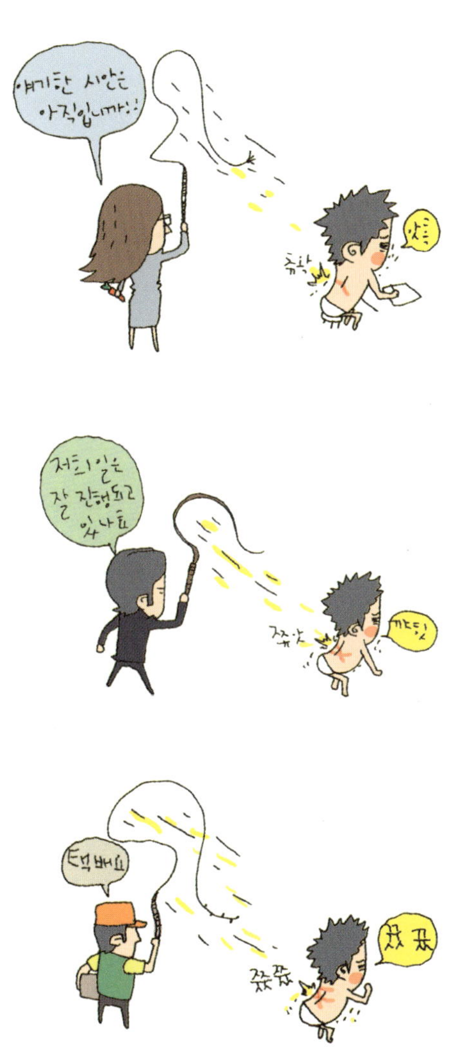

하지만 이런 채찍질이 없다면 결코 아무것도 하지 않을 남자.

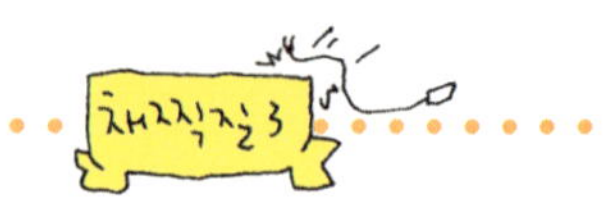

역시 제일 아플건
때리는데 또 때리는거다

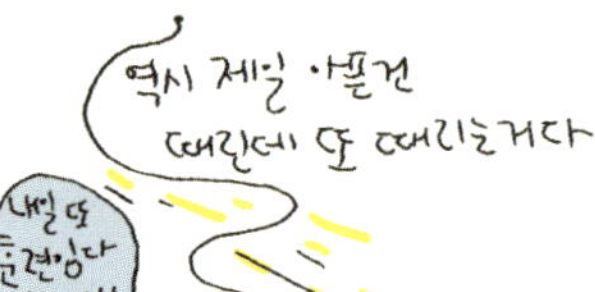

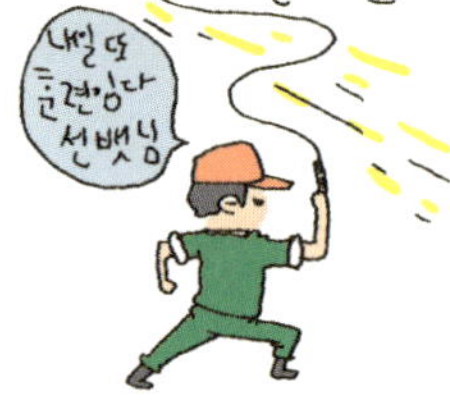

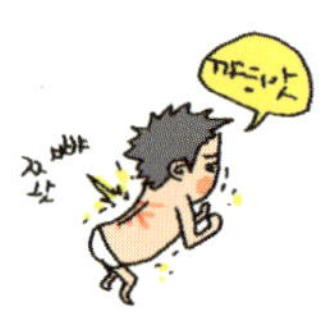

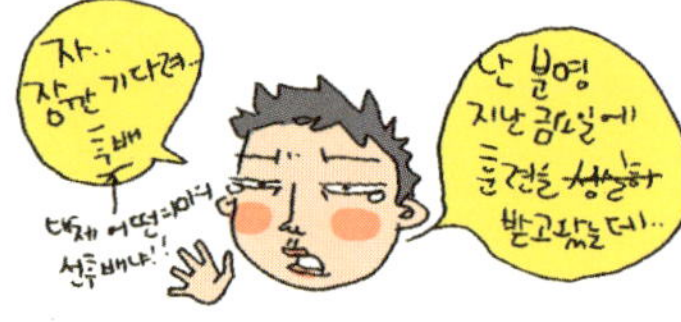

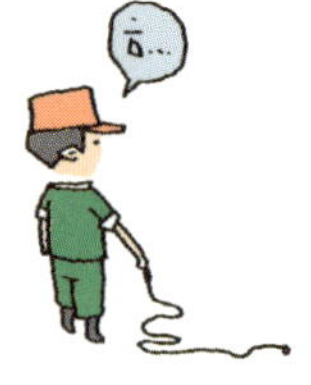

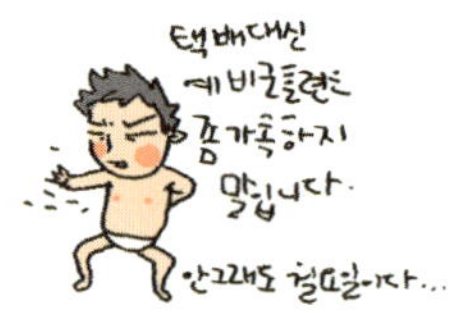

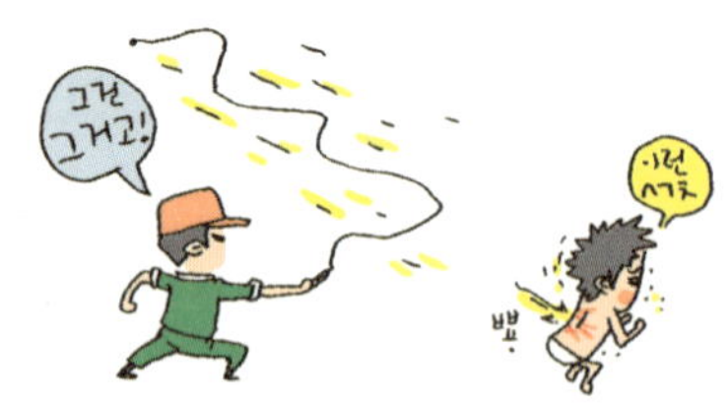

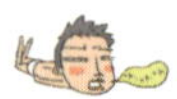

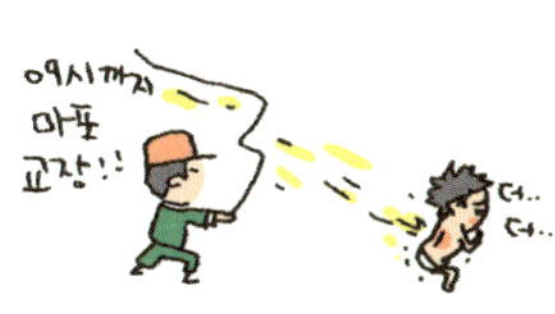

09시까지 마포 교장!!
더.. 더..

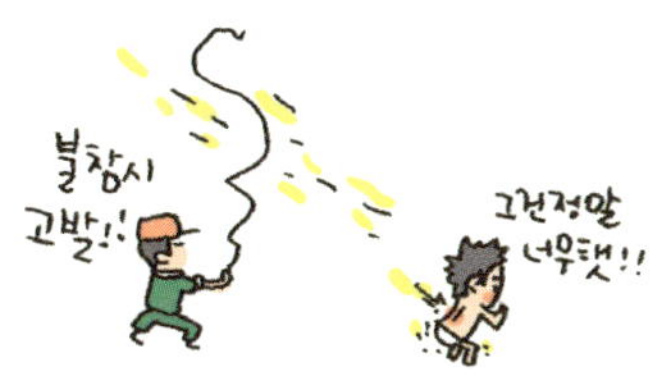

불참시 고발!!
그건정말 너무햇!!

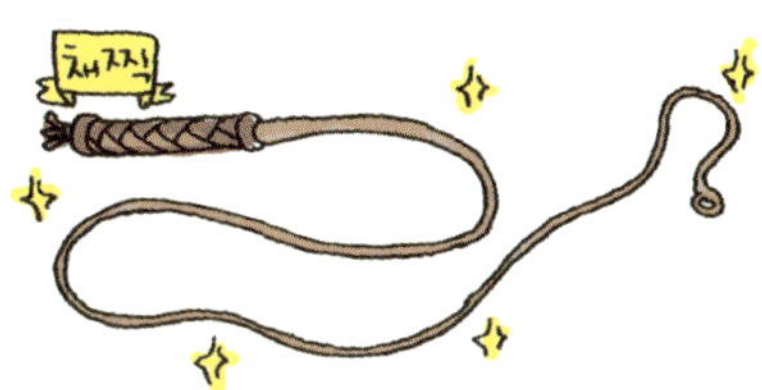

채ㅈ직

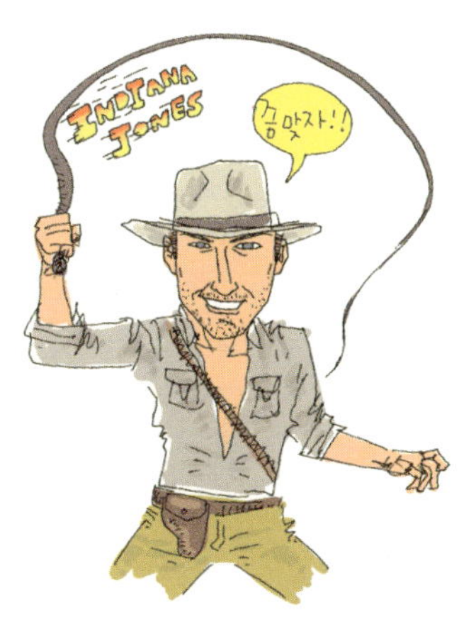

INDIANA JONES
곰맞자!!

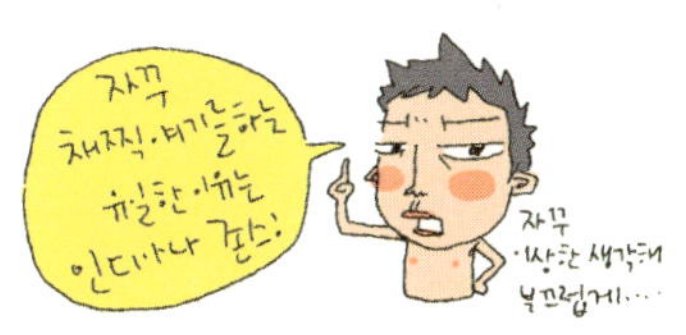

자꾸 채찍·버기를 하는 유일한 이유는 인디아나 존스!
자꾸 이상한 생각돼 부끄럽게‥‥

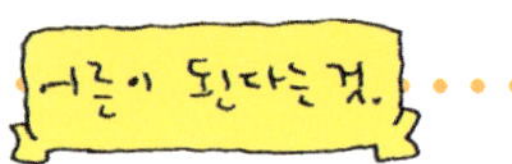

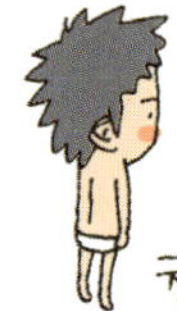

이번달 말에
친구 하나가
결혼을 합니다.

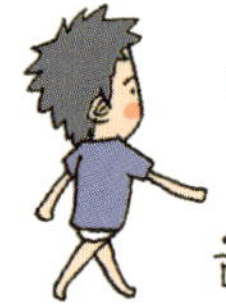

'벌써?' 라고
생각하려다보니
흐.. 그럴만한 나이네요.

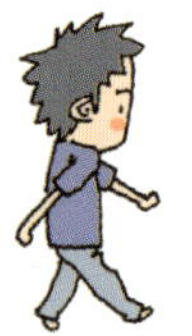

꼭 어른들처럼,
친구와, 남편될 사람과
또 다른 친구들과 만나서

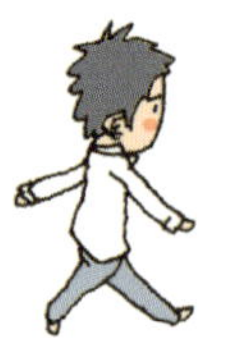

비싼 음식들과
와인을 먹었습니다.

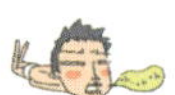

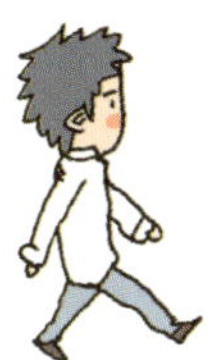

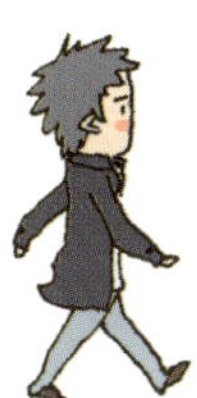

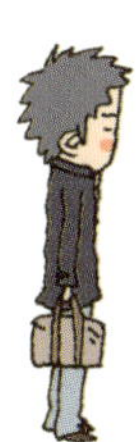

'벌써' 이만큼 어른입니다.

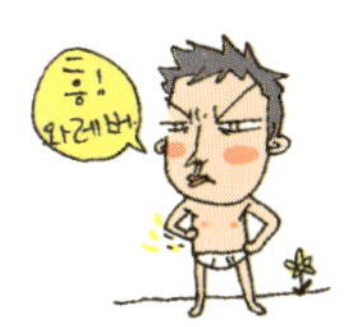

추천 BGM은 '우주히피'의 〈30대 보호구역〉.

남자들은 어느 정도 나이가 되면 옷걸이에 '정장 한 벌'은 걸어놓게 된다. 그 '어느 정도 나이'라는 것은 사람마다 격차가 있어서 누구는 서너 살 때부터 턱시도에 보타이를 하고 파티에 가기도 하고 누구는 취업 시즌에야 겨우 창고대방출 매장에서 39,900원짜리 정장을 모셔 오기도 하지만, 대개 스무 살을 전후해서 한 벌 갖게 된다.

나는 늦은 편이어서 2002년 1월에서야 첫 정장을 가졌다. 스물두 살이었고, 군대에서의 첫 휴가를 친조부상으로 인한 청원휴가로 5일짜리를 끌어다 쓴 참이었고, 왠지 전혀 정이 가지 않는 파크랜드에서 어마어마한 크기로 벽에 박혀 있는 박상원의 미소를 바라보며 작은아버지가 집어주는 검은 정장을 받아 들었다.

상을 치르는 동안에는 내가 뭘 입고 있는지, 밥은 먹었는지도 생각이 안 날 정도로 정신이 없었다. 나중에 집에 돌아와서야 거울을 들여다보니 정말 한숨이 푹푹 나올 만한 실루엣이었는데 "이게 최신 유행하는 라인이에요"라고 말했던 파크랜드 사장은 나를 어느 깡패 조직의 막내쯤으로 알았던 걸까. 어깨에 가득한 뽕이며 투박한 쓰리버튼이며 야구

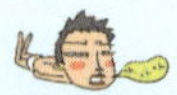

방망이 일곱 개쯤은 감출 수 있을 만큼 넉넉한 품에, 금세 디스코가 절로 흘러나올 듯한 항아리바지였다.

그 다음해 겨울에 할머니가 돌아가셨는데 그때 그 정장을 마지막으로 입었다. 새벽에 장례식장 휴게실에서 TV로 〈에일리언 2〉를 보면서 멍하니 다짐을 했다. 다시는 이거 입지 않을 테야. 이걸 다시 입는다면 리플리, 헤비로더로 날 집어 던져줘.

나이를 먹으면서 정장 입을 일이 폭발적으로 늘어날 줄 알았지만 예상외로 그렇지는 않았다. 예고된 결혼식이나 친구 아버님의 급작스러운 부고 같은 것도 적당히 수수한 옷차림과 상황에 맞는 표정(결혼식에서는 웃음 2번, 장례식장에서는 애도 5번)으로 넘길 수 있었기 때문이다.

'복장 : 정장'이라고 명시된 지침을 받은 것은 결국 졸업앨범 촬영이 처음이었다. 그러니까 2005년 5월의 일인데, 그때껏 봉인해 왔던 헤비로더의 펀치를 꺼낼 것인지 새 정장을 사야 할 것인지를 결정해야 했다. 그리고 당연하게 결정은 후자.

5월은 참으로 애매한 시기여서 '제대로 비싼 정장'을 사러 '유명 메이커'에 가지 않는 한, 지난 시즌의 것과 존재 이유 자체가 불분명한 여름 정장 사이에서 선택해야만 했다. 어차피 취업전쟁에 한번 뛰어들어 보자고 맘 먹은 터라 여름 정장을 샀는데 얇디얇은 바지를 비집고 칼바람이 치어드는 11월 초까지의 모든 면접에 그 여름 정장은 나와 함께했다.

도저히 이걸로는 더이상 안 되겠다 싶어 또 정장을 사러 뛰쳐나왔다. 조금은, 맘에 드는 걸 갖고 싶어요, 라는 지극히 정상적인 욕구. 두어 번의 시행착오를 겪은 터라 최소한의 기호가 생겼는데, 재킷은 조금 타

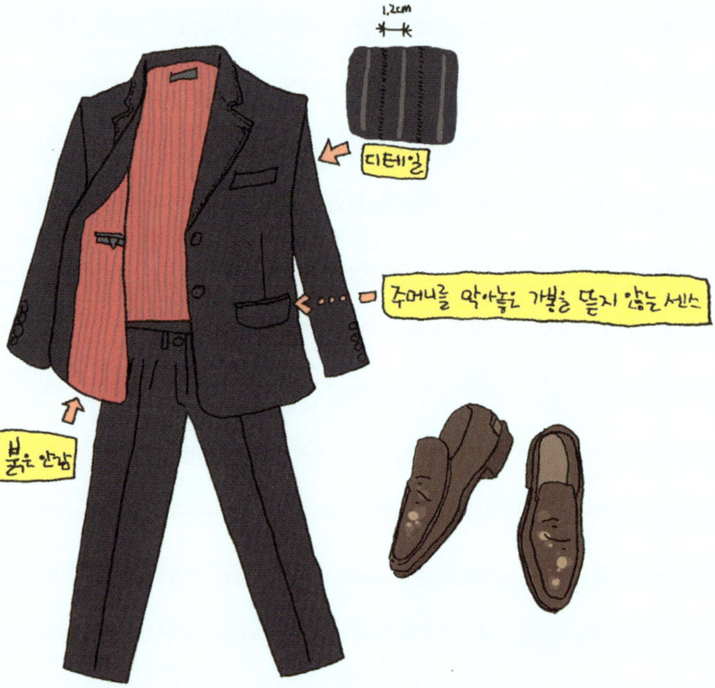

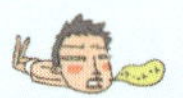

1.2cm
디테일
주머니를 막아놓고 개봉을 뜯지 않는 센스
붉은 안감

이트하게, 버튼은 쓰리보단 투, 라펠은 너무 크지 않았으면, 안감은 화려했으면(누가 본다고!), 슬림한 인간은 아니니까 세로로 튀지 않는 스트라이프. 이 정도의 가이드라인을 갖고 정장 사냥을 다녔다. 백화점이 되었든 아웃렛이 되었든, 중저가부터 고가까지의 브랜드들이 입점해 있는 곳을 돌아다니며 '살 수 있는 것'과 '살 수 없는 것', 그리고 '입어봐도 되는지 송구스러운 것'까지 입어보다 보면 확실히 느껴지는 것은 단 하나다. 같은 사이즈를 입어도 내게 잘 맞는 브랜드가 있고 조금은 불편한 브랜드가 있지만, 분명한 것은 비싸면 돈값은 한다(역시 그저 괜히 비싼 건 아니었나봐). 결국 내가 구입한 것은 주머니 사정을 고려하여 우리나라의 중저가 브랜드들 중에서 제일 잘 맞는다고 느꼈던 것이었다. 화려한 빨간색의 안감이기도 했고(다시 한 번, 누가 본다고!).

회사에서 한달 반 정도 교육받는 동안과 그 다음의 온갖 경조사에 줄기차게 입고 다녔으니 최소한 본전은 뽑았다고 생각한다. 옷걸이에서 한참 쉬고 있는 지금도 별로 후회스럽지도 않으니까. 썩 튀지도 부끄럽지도 않은 중저가 브랜드 정장 한 벌. 나이를 좀더 먹은 지금은 되레 정장을 입지 않는다. 결혼식에도 재킷 정도만 걸치고 간다. 괜히, 쑥스러워서.

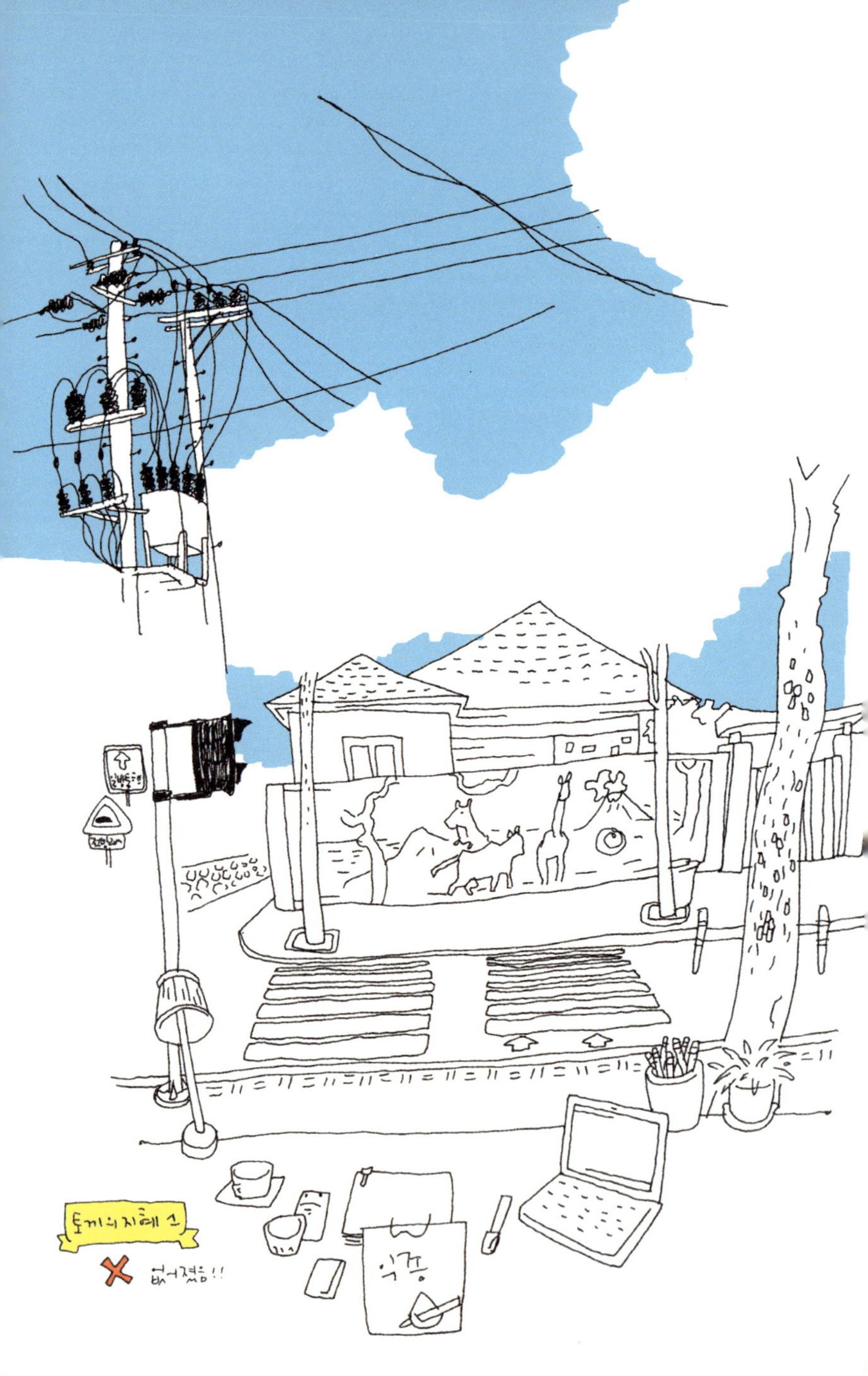
토끼의 지혜 1
없어졌음!!

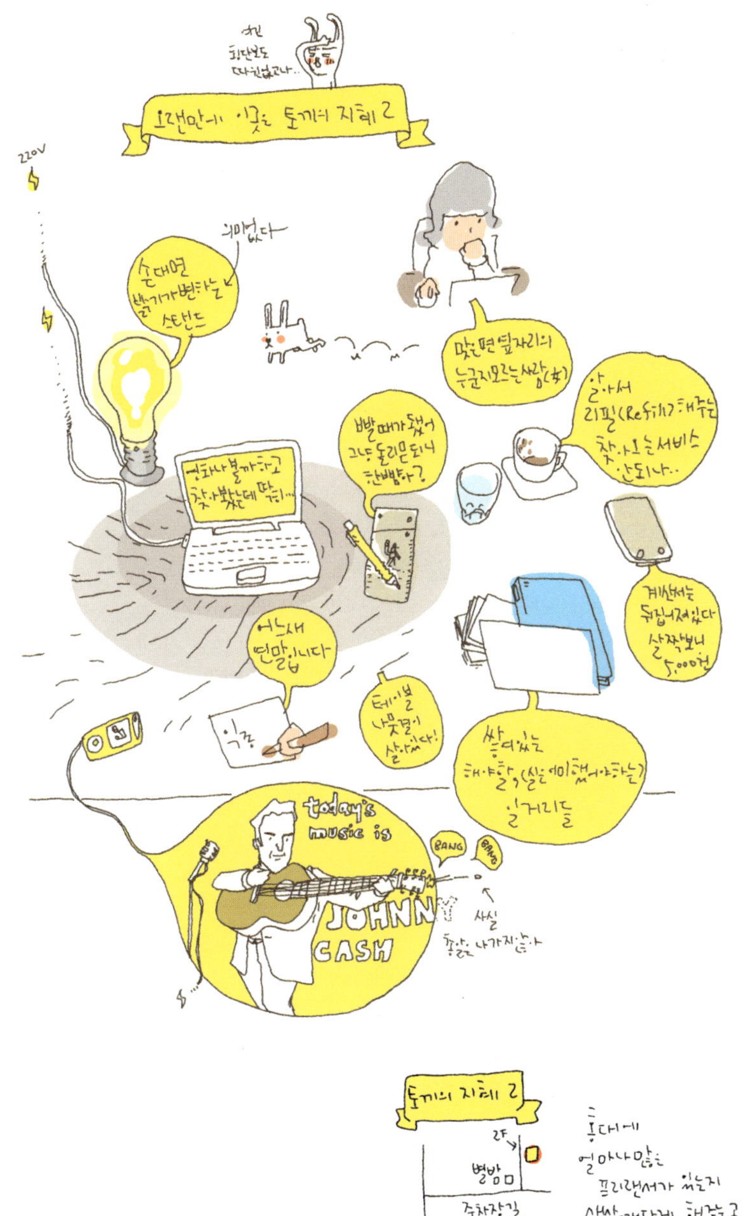
220V
오랜만에 있는 토끼의 지혜 2
귀엽다
순대역 밝기가 변하는 스탠드
맞은편 뒷자리의 누군지 모르는 사람(女)
앗 아서 리필(Refill) 해주는 찾아오는 서비스 안되나..
뺄 때가 됐어 그냥 돌리면 되니 한뼘봐?
혹파나 볼까하고 찾아봤는데 꾸미...
계산서는 뒤집어져있다 살짝보니 5,000원
어느새 연말입니다
테이블 나뭇결이 살아있다!
쌓여있는 해야할(실수 해야하는) 일거리들
today's music is
BANG BANG
JOHNNY CASH
사실 총알 나가지 않아
토끼의 지혜 2
2F
별밤
주차장길
산수
순대에 얼마나많은 프리랜서가 있는지 새삼깨닫게 해주는 곳.

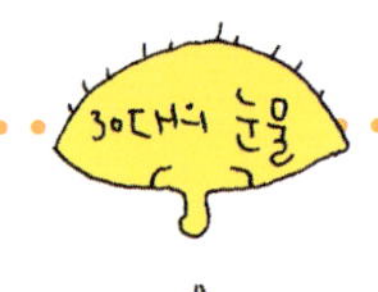

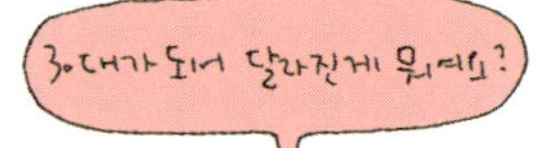

라고 묻는다면.

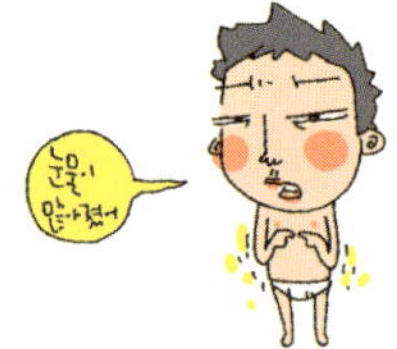

라고 말할 수밖에
없겠어.

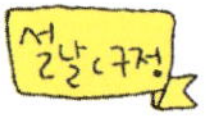

제인걸리를 보고

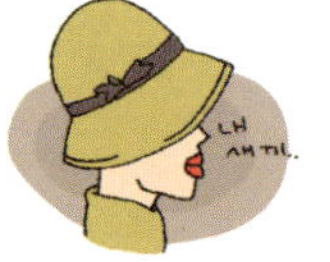

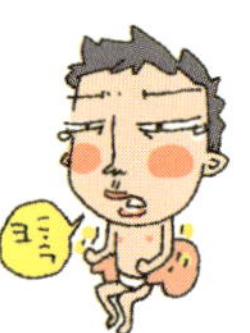

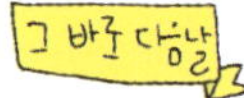

문세의 '뎃사랑'을 듣고

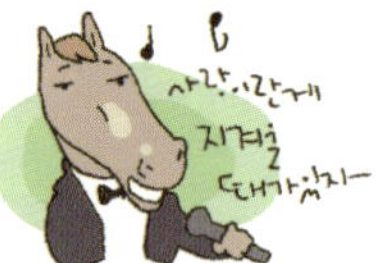

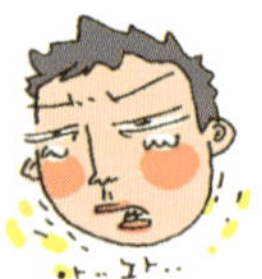

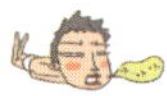

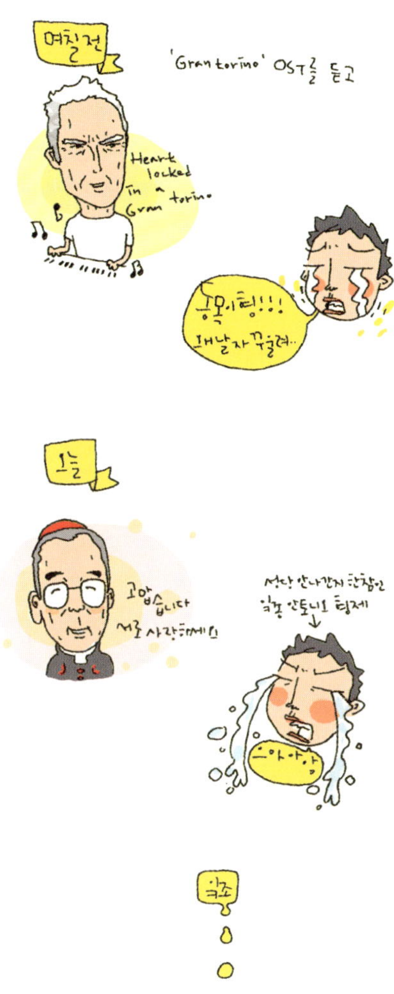

최고로 울어버린 영화는 〈매디슨카운티의 다리〉.
앞서가는 로버트의 차 방향지시등은 폭우 속에서 깜빡이고 남편 옆 조수석에 탄 프란체스카의 손이 차 문 손잡이께에서 머뭇거리던 바로 그 순간.

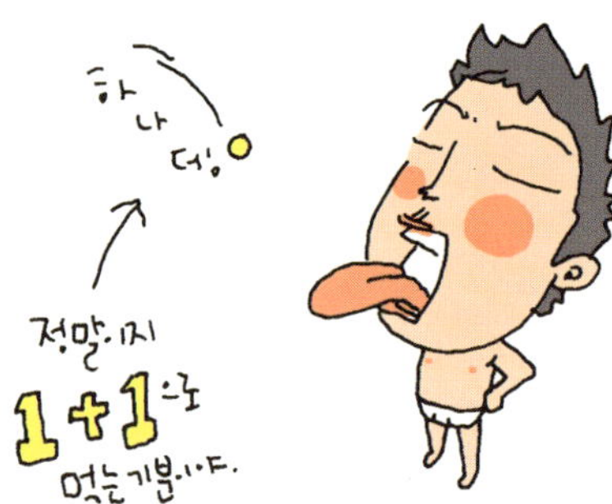
나이를 30개나 먹어놓고도
하나
더!
정말이지
1+1으로
먹는기분이다.
어째서 여전히 엄마하고
7살때처럼 툭탁대는 걸까.

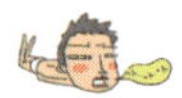

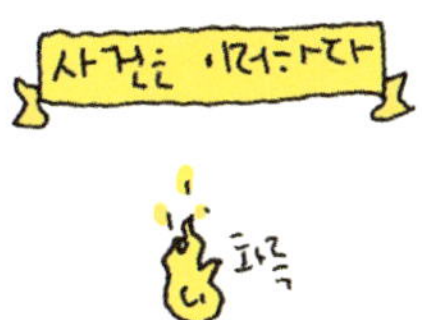

사건은 이렇다

파즉
불씨가 된것은
부모님께 전달해야할 물건 A

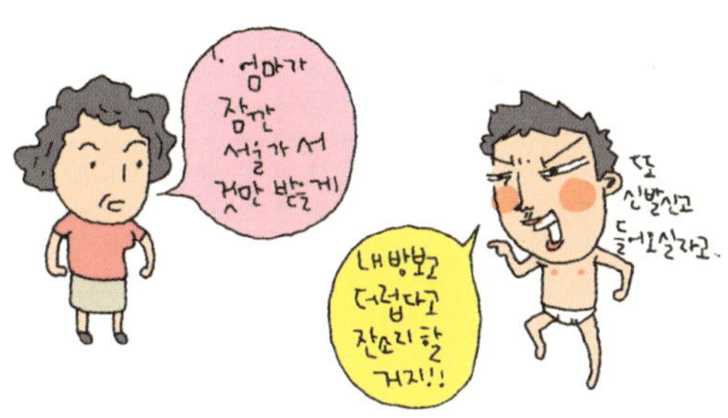

엄마가 잠깐 섰다가서 것만 받을게
또 신발신고 들어실려고.
내방보고 더럽다고 잔소리할 거지!!

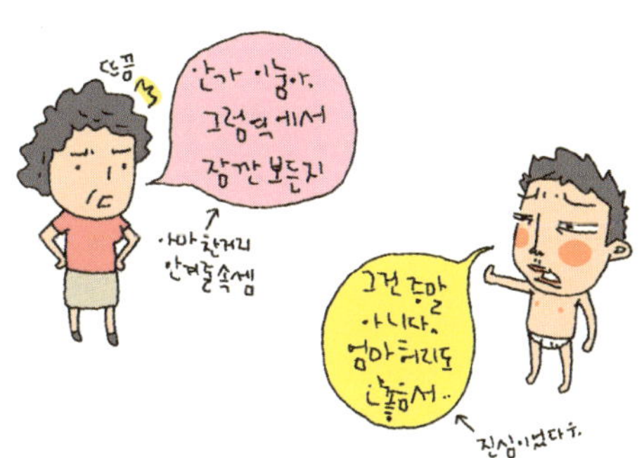

뜨끔
안가 이놈아. 그럼역에서 잠깐 보든지
아빠친거리 안보줄속셈
그건 증말 아니다. 엄마허리도 놓아서..
진심이었다

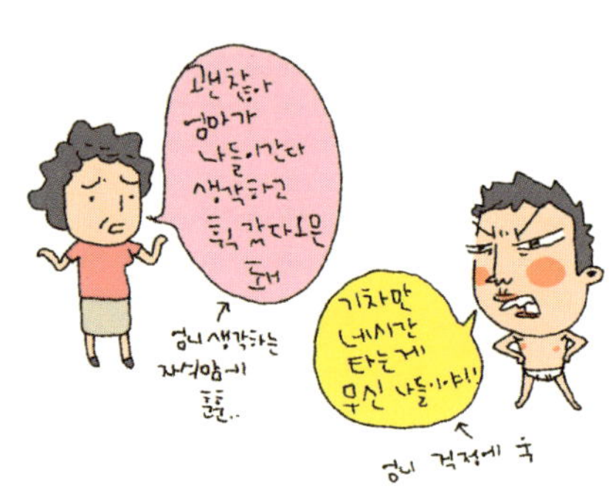

괜찮아 엄마가 나들이간다 생각하고 훌쩍 갔다오면 돼
엄니 생각하는 짜석임에 분명..
기차만 네시간 타는게 무신 나들이비!
엄니 걱정에 욱

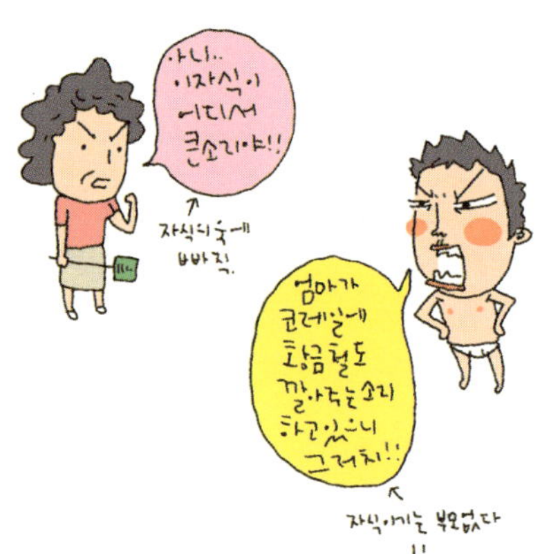

아니.. 이자식이 어디서 큰소리야!!
자식의 욱에 빠직.
엄마가 군데알게 효금철도 깔아주는소리 하고있으니 그러치!!
자식에게는 부모없다
자식은 부모한테 최소한 무승부

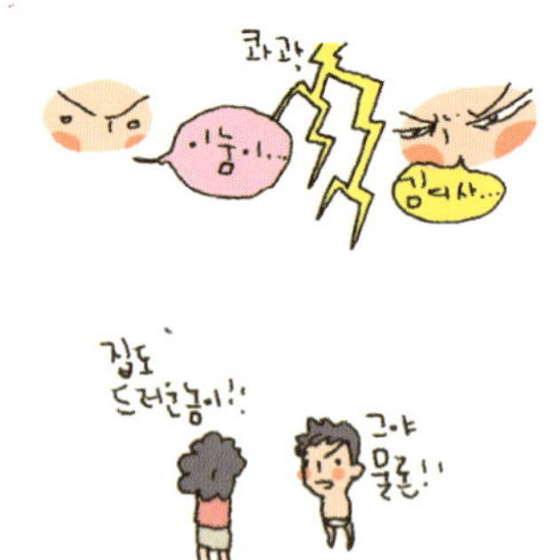

콰광
이놈이...
김여사...

짐도 드러운놈이!!
그야 물론!!

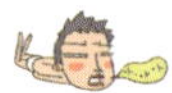

결국 아빠지의 중재.

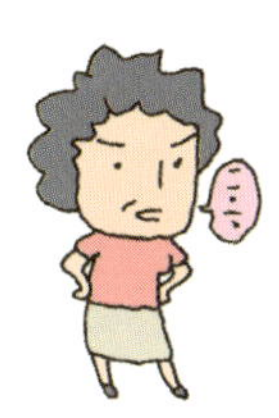
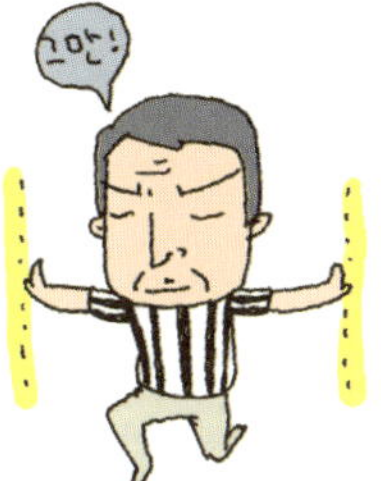

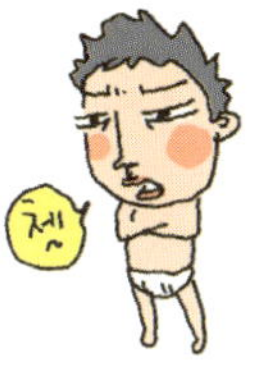

암무거뭐. 나는 다 어디로먹었나.

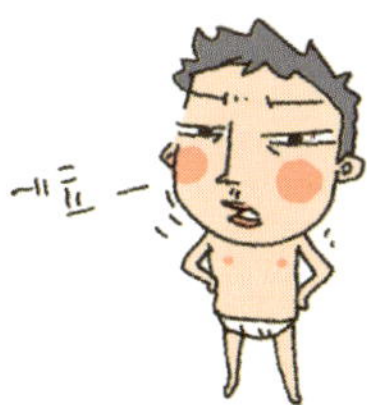

"어른이 되어야겠어"

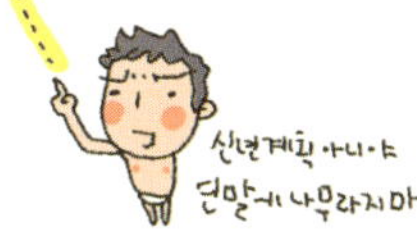

어릴 때 우리집 나무책상에는, '노공기'라는 삐뚤빼뚤한 낙서가 있었
다. 대체 무슨 뜻일까. 정황상 내가 쓴 게 분명한데. 한참을 들여다보
다가 깨달았다. 노공기. 노공기. 녹옴기. 녹음기. 녹음기(카세트테이프
레코더)를 저렇게 써놓은 거였던 거다. 삐뚤빼뚤. 자랑스럽게. 우리집
노공기.

그 노공기는 사실 지금 생각해 보면 참으로 별것 없는 녀석이었는데,
크기만 죽도록 크고 오토리버스도 안 되고(그때는 다 안 됐나?) 카세트
테이프 플레이어에 라디오가 되는 것이 전부였다. 유일하게 콧대 세울
만한 기능은 카세트테이프에 원하는 것을 녹음할 수 있다는 점이었고.

내가 기억하는 때에는 이미 마이크는 어디다 팔아먹었는지 없어서 그
저 가끔 공테이프에 라디오에서 흘러나오는 가요들을 녹음하는 것이
다였지만 내가 아기였던 때(그래 그런 시절이 있었대도)에는 마이크가
있었다. 그리고 우리 아부지는 형사가 용의자 취조하며 녹취하듯 내 어
린 시절을 녹음해 두었다. '1982년 3월 모일, 오늘은 익종이가…'로 시
작하는 그런 것 말이다. 요즘의 아버지들은 아이의 모습을 DSLR과 디

지털 캠코더로 찍어서 DVD로 구워서 보관하고 저장해 놓지만 당시 우리 아버지가 선택할 수 있는 최고의 '하이테크'는 카세트테이프 녹음이었다. 공테이프를 넣고 플레이 버튼과 빨간 REC 버튼을 함께 꾸욱.

중학생 즈음에 엄마가 문득 이거 한번 들어보라며 그 테이프들을 들려줬던 적이 있다. 원래 어떤 추억, 선물, 기념일 따위를 챙기는 집안이 아닌지라 그 테이프들도 온전히 잘 모셔져 있던 것이 아니라 다들 제각기 흩어지고 버려지고 고작 두셋 정도 남아 있었는데 그걸 바로 그 노공기에 넣고 조심스레 플레이 버튼을 눌렀다.

잠시, 오래된 테이프 특유의 모래 갈리는 듯한 지이익 소리가 들리고 나서 조심스러운 아버지의 목소리가 들려왔다. 10여 년을 훌쩍 넘어 저쪽에서 들려오는 목소리. 그 뒤에서 꺄르르 웃는 (천사의 그것 같은) 아기의 웃음소리. 한껏 들뜬 목소리로 아버지의 코멘터리가 이어졌다. "익종이가 처음으로 소리 내어 웃은 날입니다."

엄마도 나도 마저 다 듣고 있기가 괜히 쑥스러워 서로 딴청을 피우다가 나는 내 방으로 엄마는 주방으로 향해버렸지만, 지금도 그때의 느낌이 생생하다. 아마도 (천사처럼) 웃고 있는 나를 보며 너무도 즐거워하고 행복해했을 아버지의 모습이 저 카세트테이프 플레이어(+녹음 기능) 너머로, 십 몇 년의 시간 너머로 손에 잡힐 듯 보일 것만 같았으니까.

지금 그 테이프가 어디 있는지는 모른다. 그 이후에도 이사를 네다섯 번은 했고, 그때마다 정리의 여왕인 우리 엄마는 쓸모없다 판단되는 물건들을 갖다버렸다. 냉정하게, 어떤 망설임도 없이. 아마 오래전에 쓰레기 소각장에서 사라졌을 수도 있고, 어쩌면 우리 엄마의 일말의 소녀적 감성이 그 테이프를 장롱 깊숙한 '어딘가에' 숨겨두게 했을지도 모른다. 어디에 있든, 이미 사라지고 없든, 크게 중요치는 않다. 아직도 눈만 감으면 들리니까.

어쩐지 엄마아빠가 보고 싶은 날이다. 사랑한다는 고백을 USB에 담아서 전해드리고 싶다. 듣지 못하실지라도, 간직하고 계시라고.

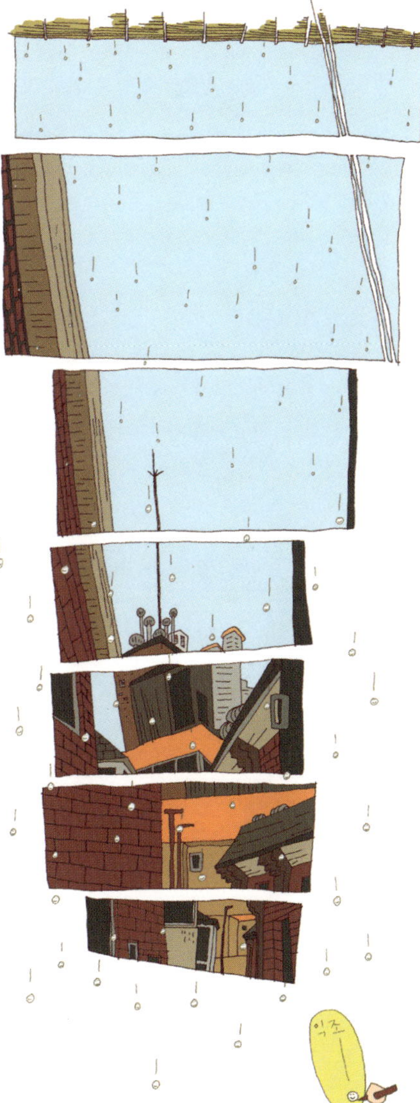

비내리는 상수동
억조

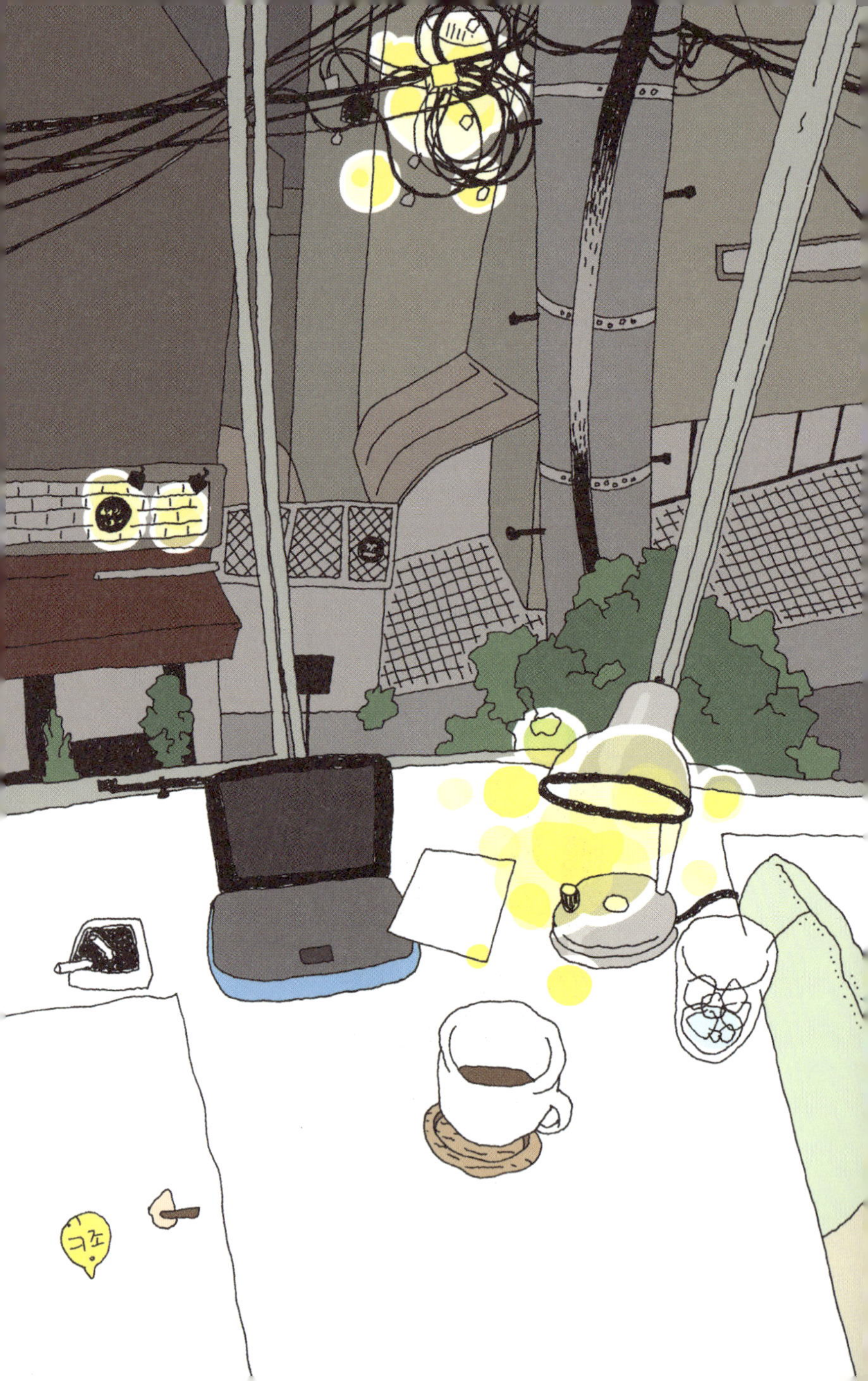
コ左

창을 보고 혼자 앉는 이 구석자리도
내 제2의 작업실이다.
누가 이 자리를 이미 차지하고 있으면
어쩐지 기분이 상한다니까.
내 자리에서 뭔 짓이냐!! 라고 하고픈 느낌.

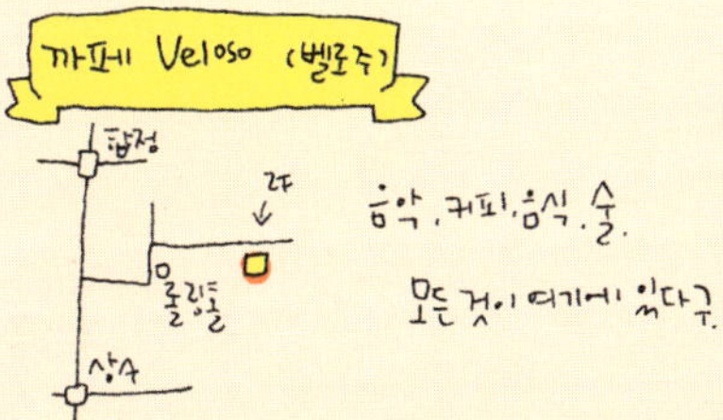

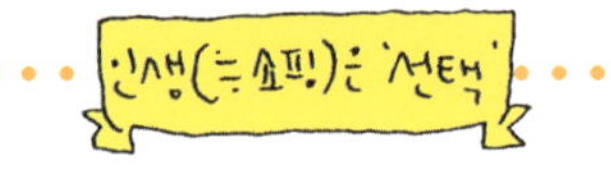

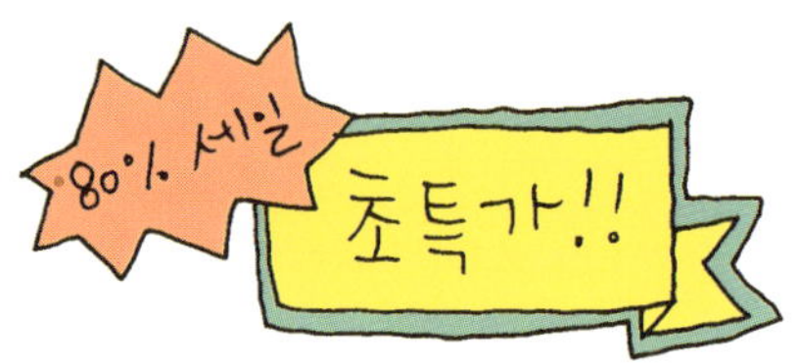

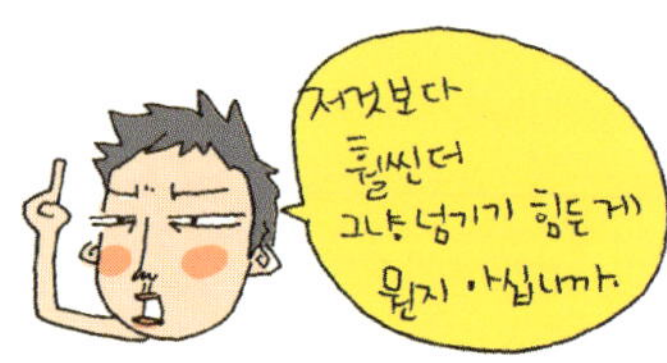

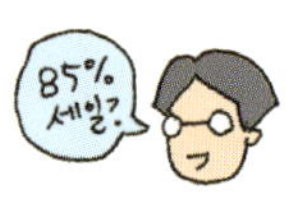

정답은
바로...

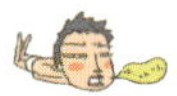

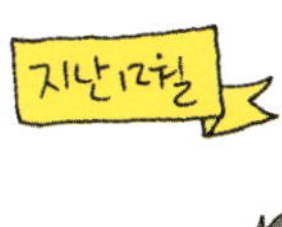

지난 12월
아싸!

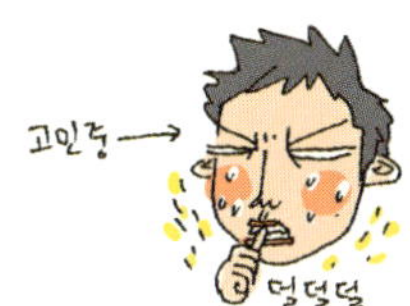

본생에 '필프'는
1%도 없지만
너무도 갖고싶은 것
발견!!

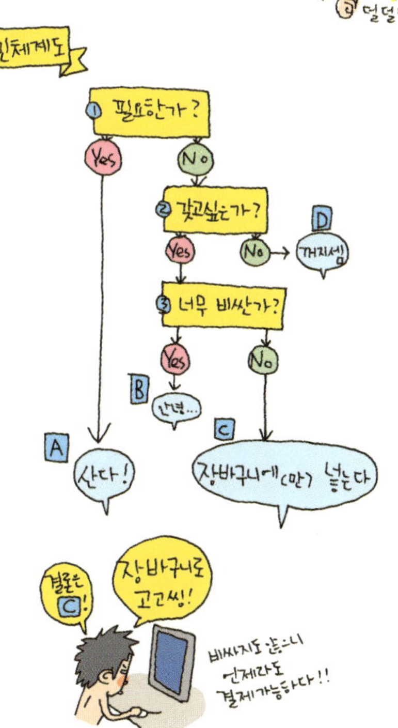

고민증→
덜덜덜
고민체계도
① 필요한가?
Yes
No
② 갖고싶은가?
Yes
No → D 꺼지셈
③ 너무 비싼가?
Yes
No
B 반면...
A
산다!
C
장바구니에(만) 넣는다
결론은 C!
장바구니로 고고씽!
비싸지도 않으니
언제라도
결제가능하다!!

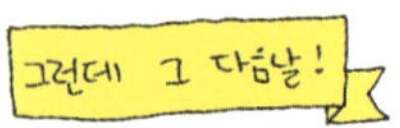

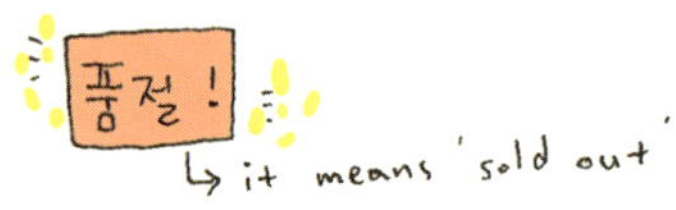

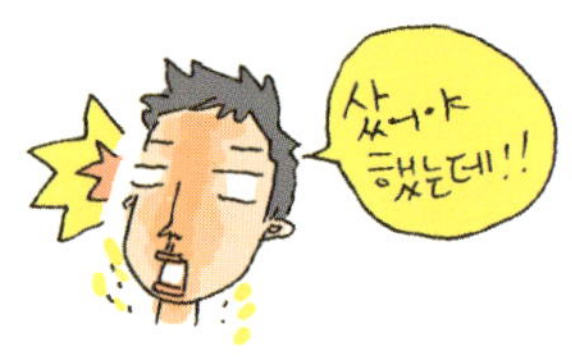

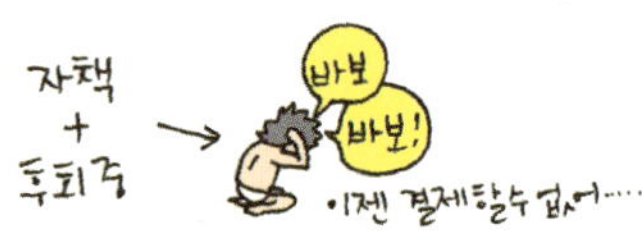

·이런 과정 후에야…

80% 세일 따위 보다

훨씬 강력한

그 한마디를 만나는 겁니다.

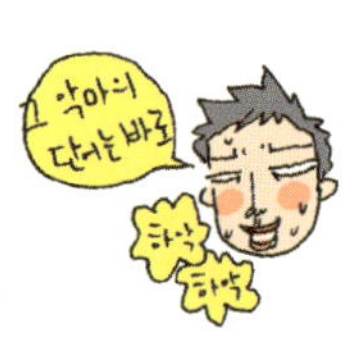

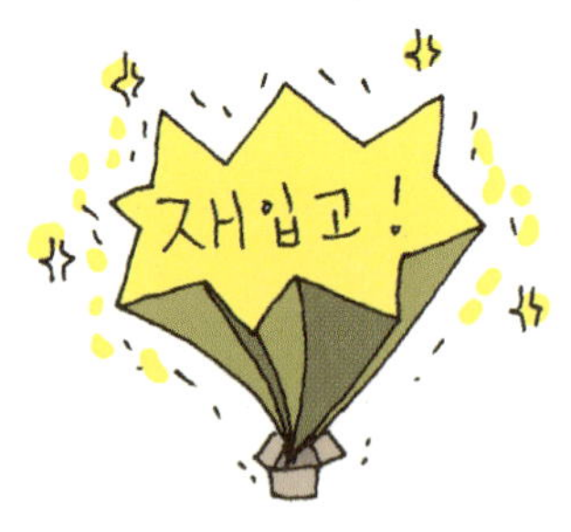

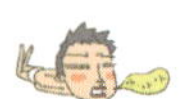

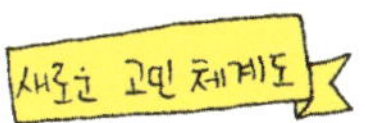

새로운 고민 체계도

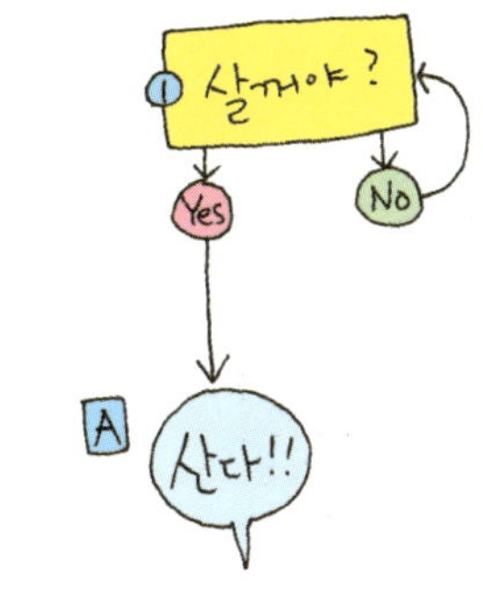

① 살꺼야?
Yes
No
A
산다!!

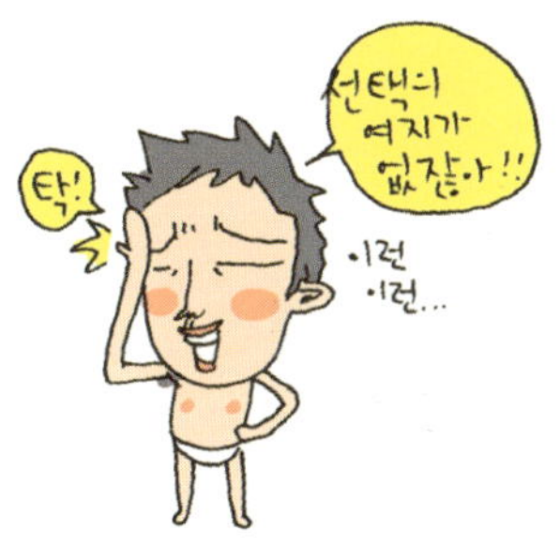

선택의
여지가
없잖아!!
탁!
이런
이런...

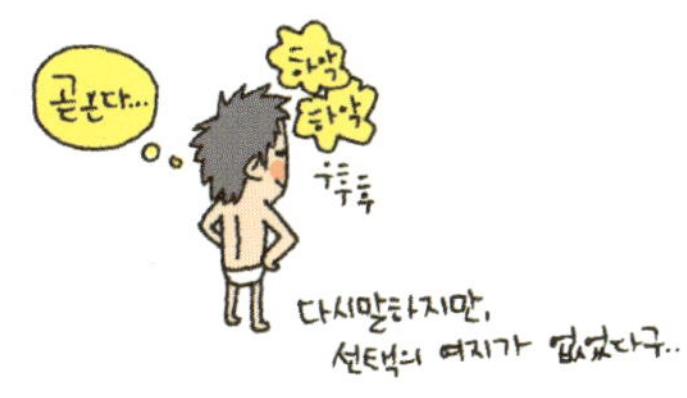

곤란다...
하악
하악
후들들
다시말하지만,
선택의 여지가 없었다구..

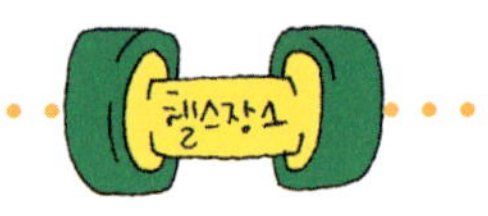

헬스장소

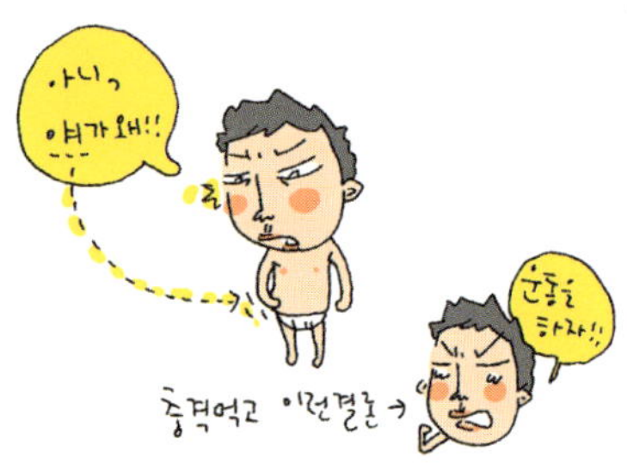

아니, 얘가왜!!
운동을 하자!!
충격먹고 이런결론 →

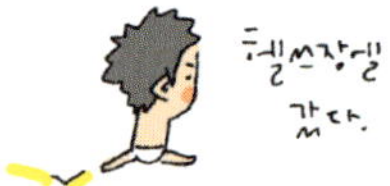

헬쓰장엘 갔다.

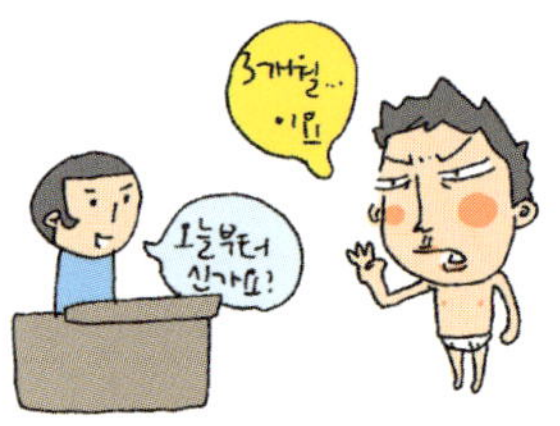

3개월... 이요
오늘부터 신가요?

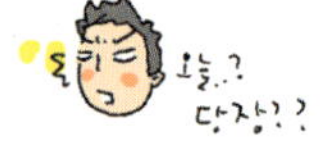

오늘..?
당장??

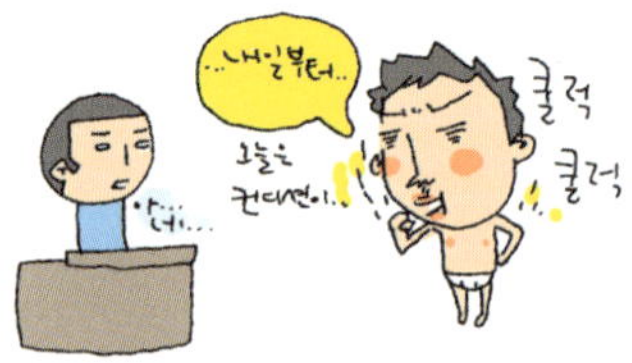

...내일부터...
오늘은 컨디션이..
네..
쿨럭
쿨럭

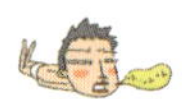

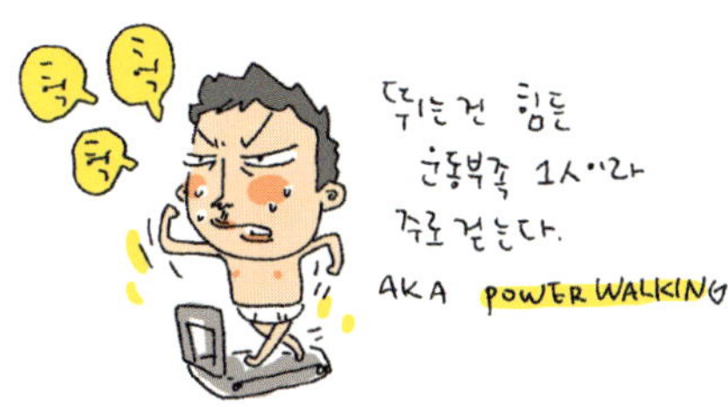

헉 헉 헉
뛰는건 힘들
운동부족 1人이라
주로 걷는다.
AKA POWER WALKING

그런데..

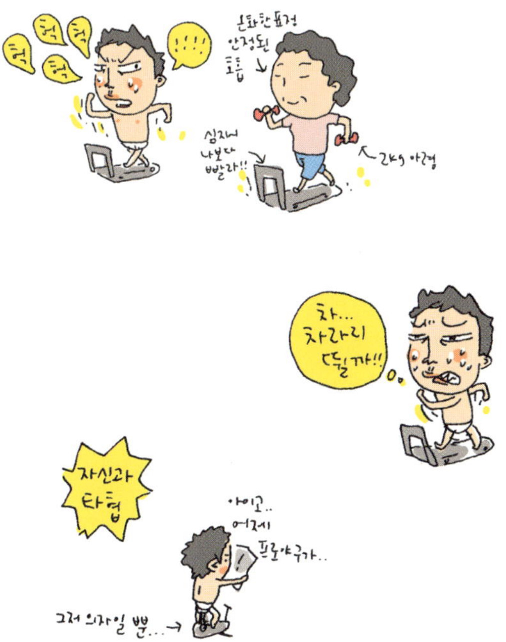

헉 헉 헉
!!!!
은퇴한 표정
안정된 호흡 ↓
심지어 나보다 빨라!!
2kg 아령
차... 차라리 뛸까!!
자신과 타협
아이고.. 어제 필요야구가..
그저 의자일 뿐...→

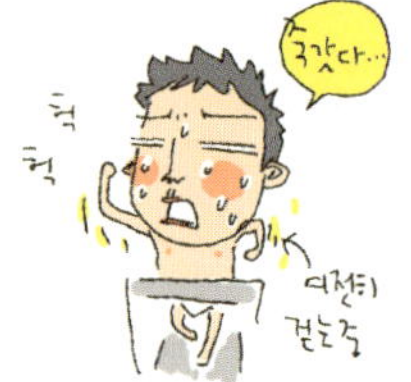

나중엔 이런일도...
죽갔다...
헉
더천히 걷는중

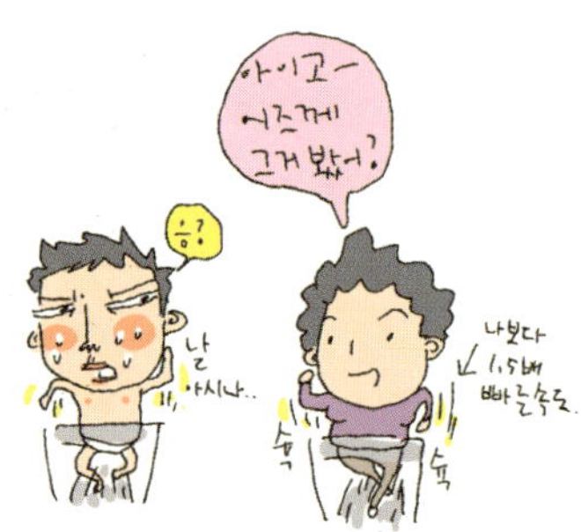

아이고~ 언제께 그거 봤어?
응?
날 사시나..
속
나보다 1.5배 빠른속도
속

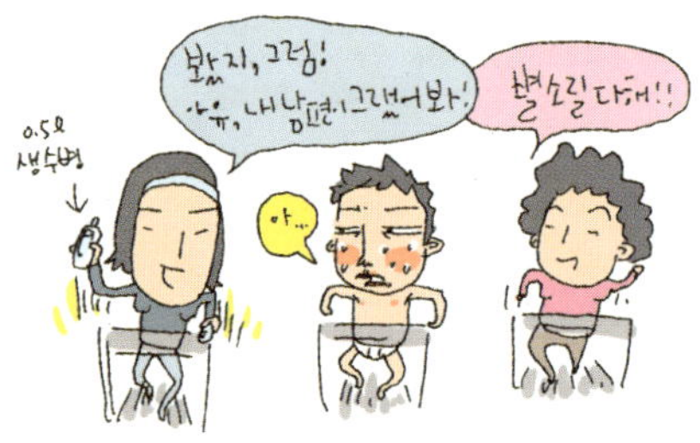

봤지, 그럼!
아유, 내남편, 그랬어봐!
발소릴 닽대!!
아...
0.5ℓ 생수병

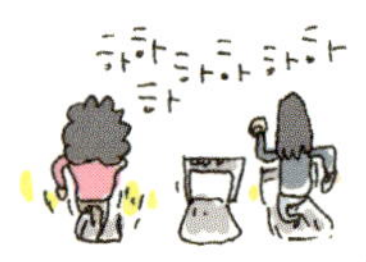

하하하하하하
하

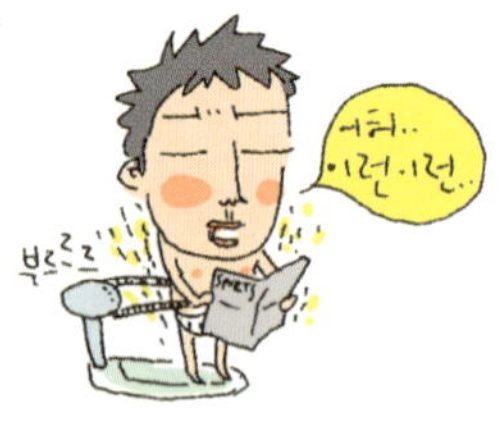

어허..
이런.이런..
부르르

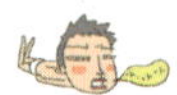

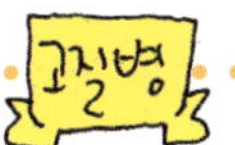

이건 병이지 싶은데,

집에,

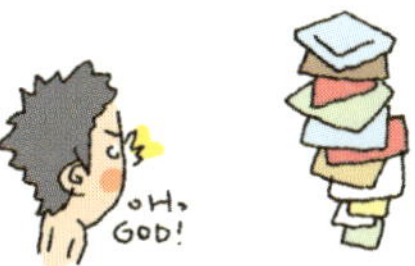

읽다만책

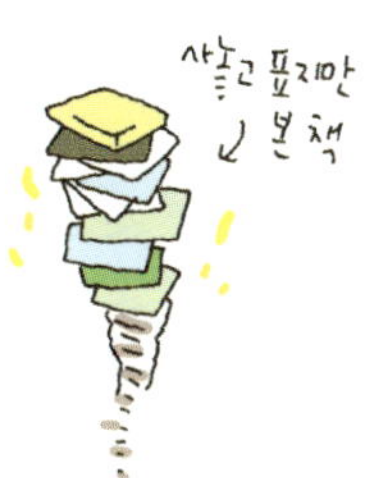

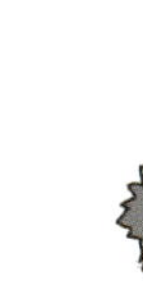

이런 상황이면서.

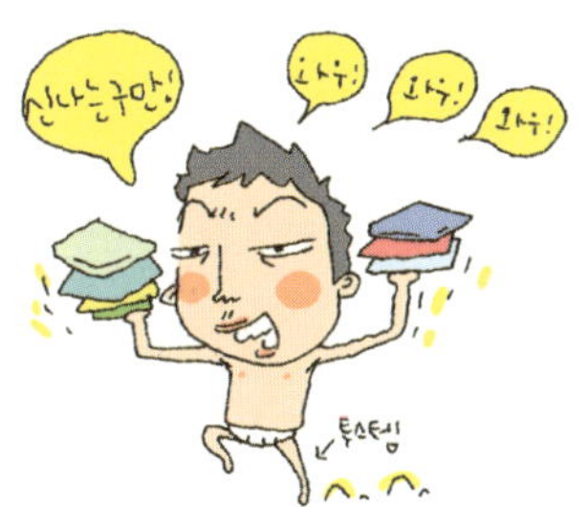

집앞에서 북페스티발 한다고
또 잔뜩 집어왔네.

내가 책을
그만 사는것보단
니가 땅을
끄는게
빠를
거야...

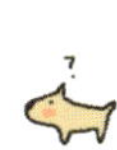

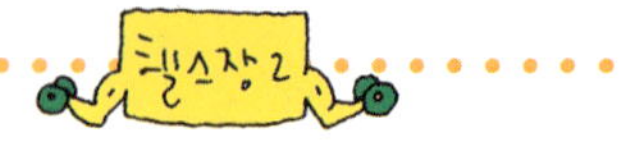

헬쓰장2

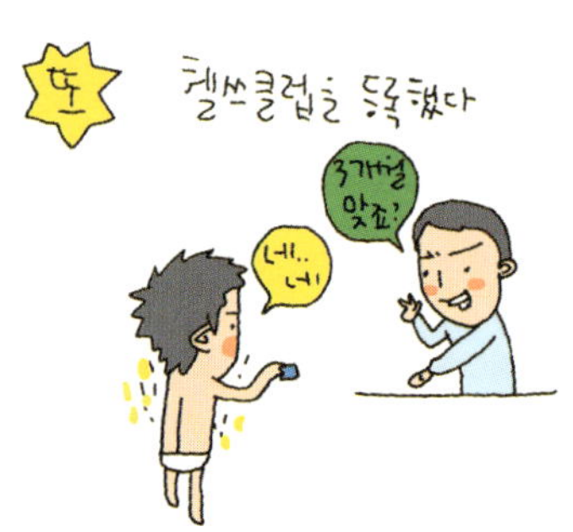

또 헬쓰클럽을 등록했다
3개월 맞죠?
네.. 네

작년 4월에 등록했다가,

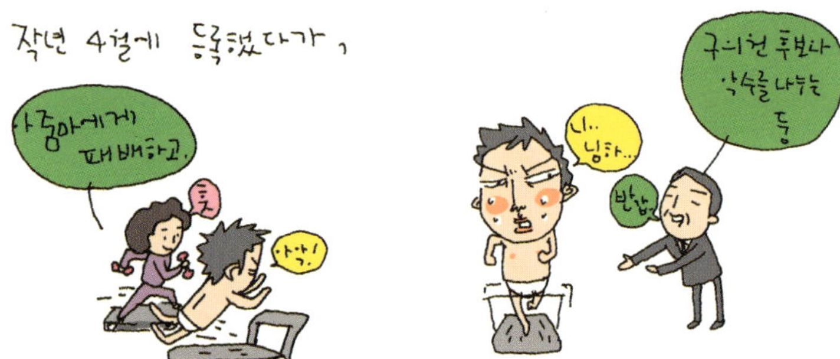

아줌마에게 패배하고,
헉
사악!
니.. 닝하..
밥상
구의원 후보나 악수를 나누는 등

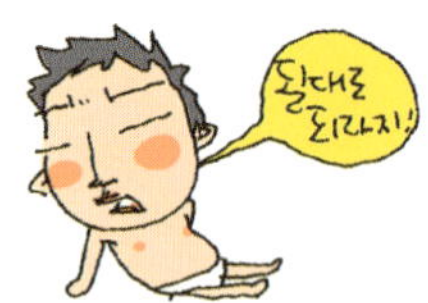

난관을 버티지 못하고 2주만에 때려쳤는데.
될대로 되라지!

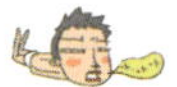

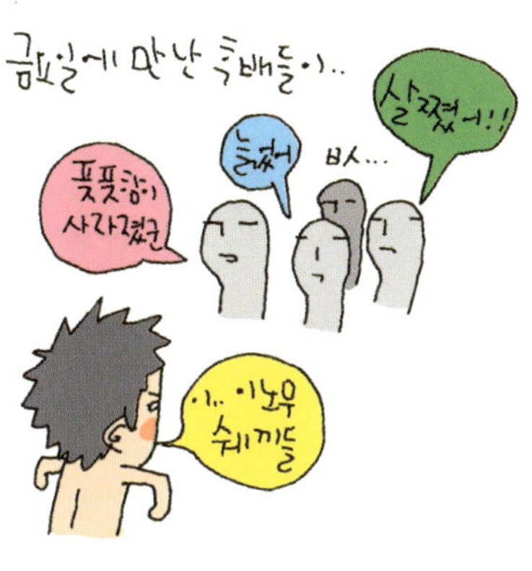

참을 수 없더군요

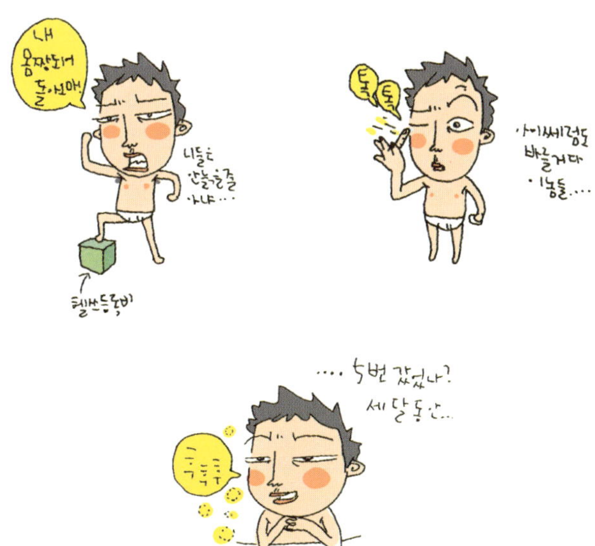

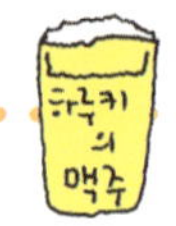

헬쓰를 열심히 하려고 노력중이다.

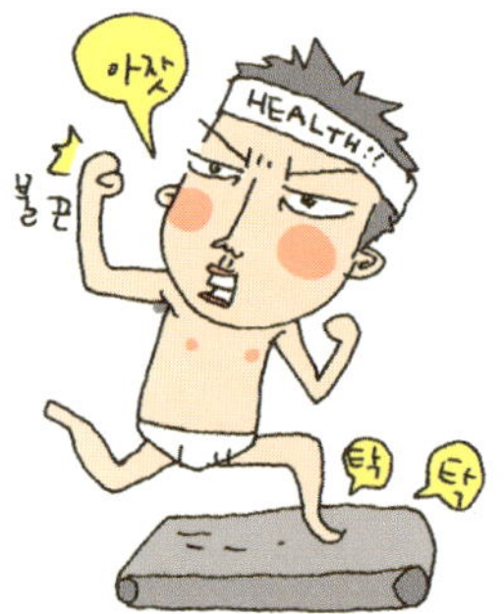

결정적 이유 중 하나는

요즘 제대로 꽂힌 맥주 때문.

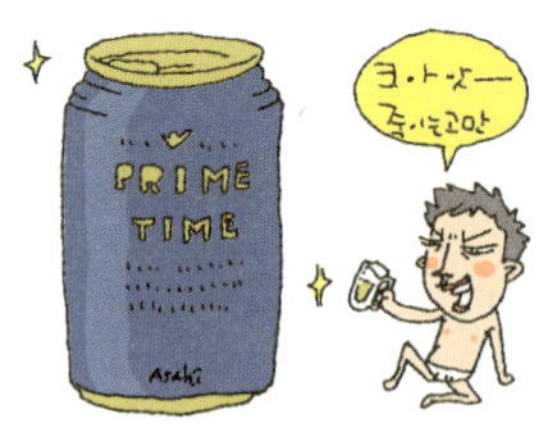

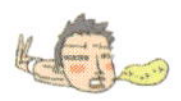

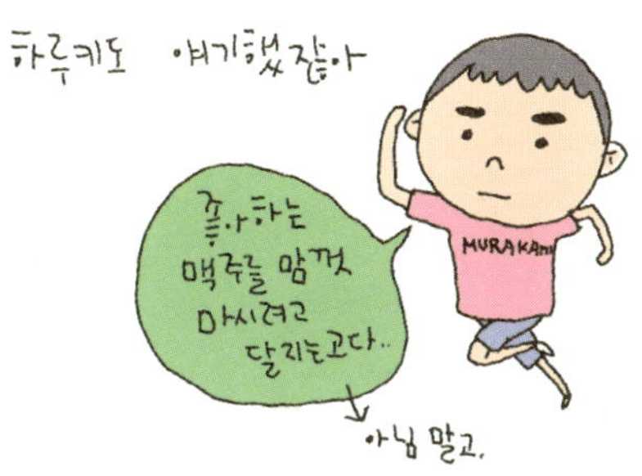
하루키도 얘기했잖아
좋아하는
맥주를 맘껏
마시려고
달리는거다..
아님 말고.

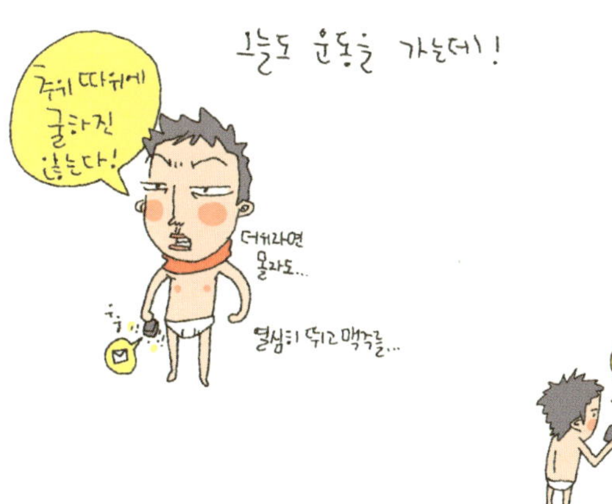
오늘도 운동을 가는데!
추위 따위에
굴하진
않는다!
더위라면
몰라도...
열심히 뛰고 맥주를...
헌문자가
곧 갑니다.
- 택배

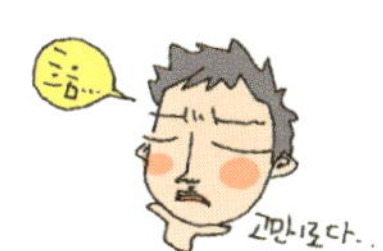
응...
고맙도다..

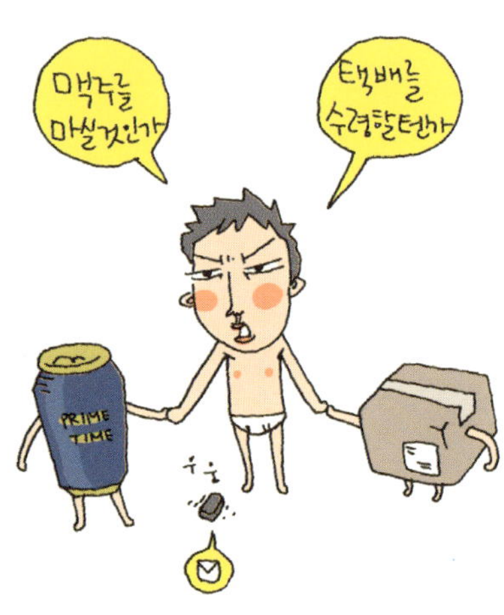

맥주를 마실것인가
택배를 수령할텐가
PRIME TIME

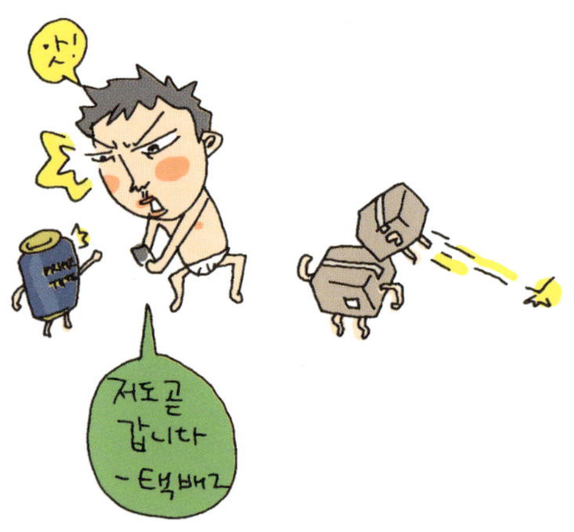

앗!
PRIME TIME
저도 곧 갑니다 -택배2

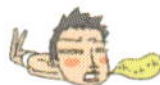

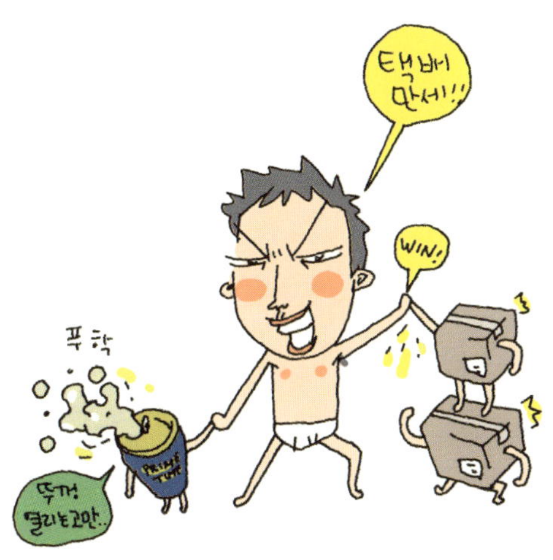

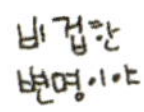
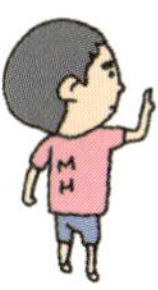

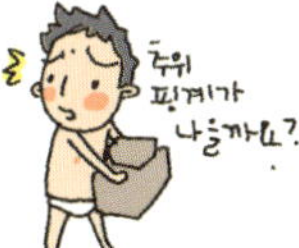

핑계연구소 소장 이크종.

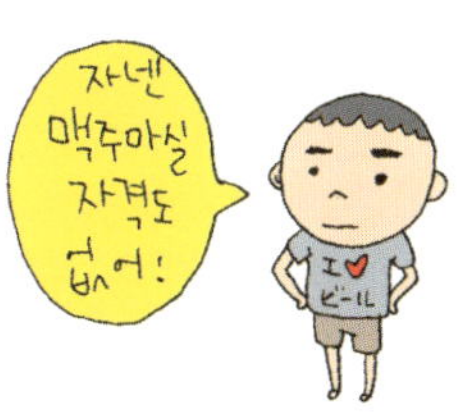

갑자기 '죽음'이라는 화두가 떠오른 것은 잡지 〈GQ〉에 나온 하루키의 인터뷰 때문이다. 하버드대학에서 안식년을 즐기고 있던 하루키가 미국에서 한 인터뷰인데, 죽음에 대해 재미있는 이야기를 한다. 하루키의 많은 친구들은 전공투가 실패로 돌아간 이후, 즉 1970~80년대에 그 '상실감'을 이기지 못하고 자살을 했다고 한다. 그들은 죽음을 택했고 하루키는 삶을 택했다는 것.

하루키의 소설을 보면 집요할 정도로 죽음이 계속해서 언급된다. 일상생활이라면 잘 지내다가 연락이 끊기는 경우, 관계가 소원해졌다든지 어딘가로 떠나간 것이 될 텐데 하루키의 소설에서는 그럴 경우 100퍼센트 가까이 죽음이다. 죽음으로서 나는 그를 상실하고 그로 인해 다른 어떤 무언가가 채워지고 또 어떤 다른 관념적인 무엇이 균형을 찾고 어딘가에 있는 또다른 어떤 무언가가 드디어 돌아가기 시작하는. 죽음 페티시가 아닐까 싶을 정도로 죽어야 이야기가 칙칙폭폭 나아간다.

그의 소설 속 수많은 죽음(그래 봤자 《소년탐정 김전일》에서 죽은 사람 숫자만 하겠느냐만) 중에서 가장 기억에 남는 것은 역시 고혼다의 죽음

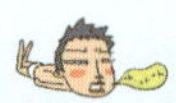

이다. 《댄스댄스댄스》에 나온 주인공의 잘생긴 중학교 동창 영화배우의 죽음. 손을 뻗어 그 상실감을 채워줄 수 있었던 유일한 사람이 자기였음을 깨닫고 주인공은 슬퍼한다.

가치관이 확립되기 시작하던 시절에 푹 빠져 있던 하루키인지라 역시 무슨 생각을 하면 곧잘 그의 세계로 넘어가기 십상이다. 다시금 돌아와서 이야기를 하자면 요즘 부쩍 저런 것을 느낀다. 내 곁의 누군가의 죽음. 나만이 채워줄 수 있는 무언가가 있던 내 주변 사람의 죽음이라는 것. 그 이후에 느껴질 상실감과 또 결국에는 맞이해야 했을 그 죽음을 맞이함으로써 생길 변화.

매일 볼 때는 모르는 것이 있다. 앞마당에 심은 감나무가 자라는 것이 그렇고 밤마다 음악을 들으며 마신 맥주 한 캔이 옆구리에 러브핸들을 만들고 있는 것이 그렇고 부모님이 나이를 들어가는 게 그렇다. 부모님이 계신 대전에 자주 내려가지 않는 것은 자꾸만 '내 생각보다 더' 나이를 들어가시는 두 분의 모습을 보는 게 안쓰러워서이기도 하다. 당연한 것이고 어쩔 수 없는 것인데 애써 외면하고픈 모습이다.

대학도 졸업하고, 전전긍긍하고 위태롭고 잔고는 제로지만(그래 실은 백수지만) 내가 내 입에 풀칠은 하고 살고 있는 지금도, 심정적으로는 부모님에게서 전혀 독립하지 못했다고 생각한다. 아직 많은 부분을 두 분께 기대고 있고 빚지고 있다. 그리고 솔직히 말하자면 어쩔 수 없이 맞이할 두 분에게서의 독립이 두렵다. 오지 않길 바란다. 언제든 도망갈 구멍 하나로 언제나 남아 있어주길 간절히 바란다.

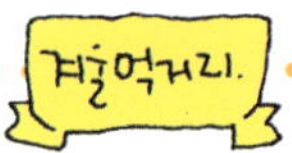

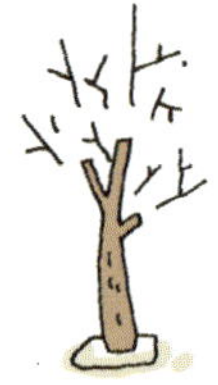

지난주까지
샛노랗던
은행나무가 앙상하다.

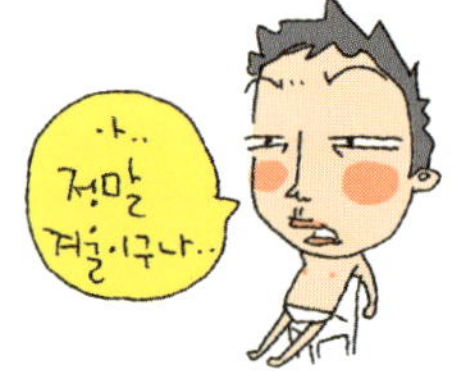

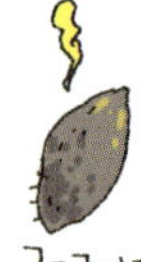
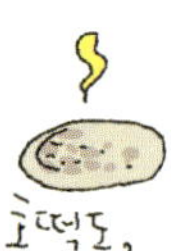
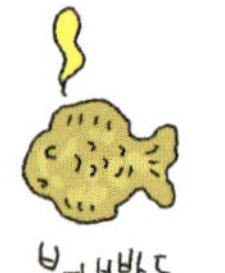

군고구마도,　호떡도,　붕어빵도....!

따끈한 것들이 먹고싶어지는, 그런일요일.

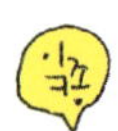

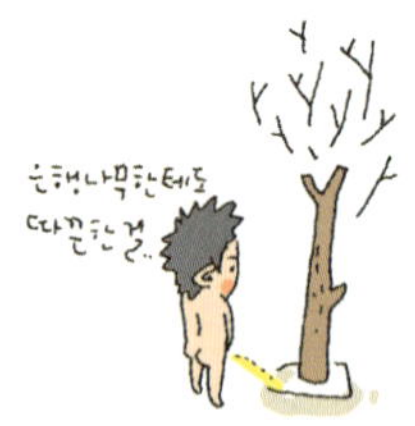

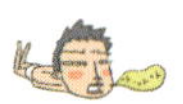

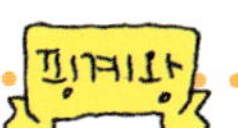

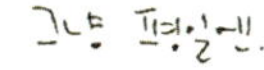

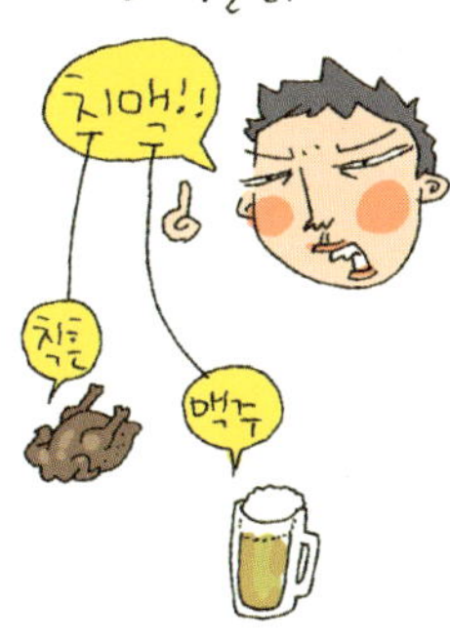

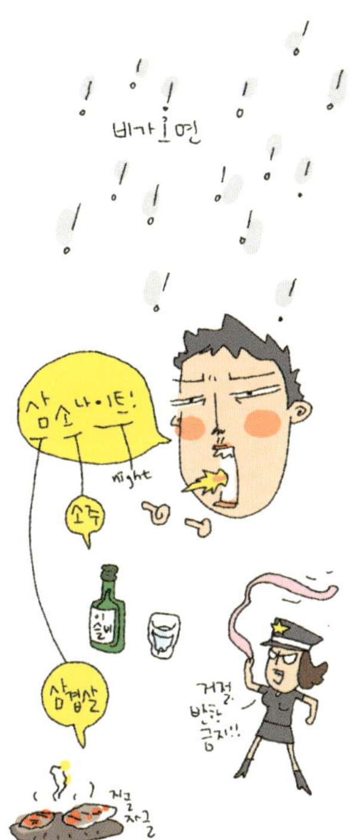

흠. 그렇다고.

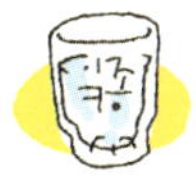

다시 말하지만, 내가 바로 '핑계연구소 소장'.

A●————→●B

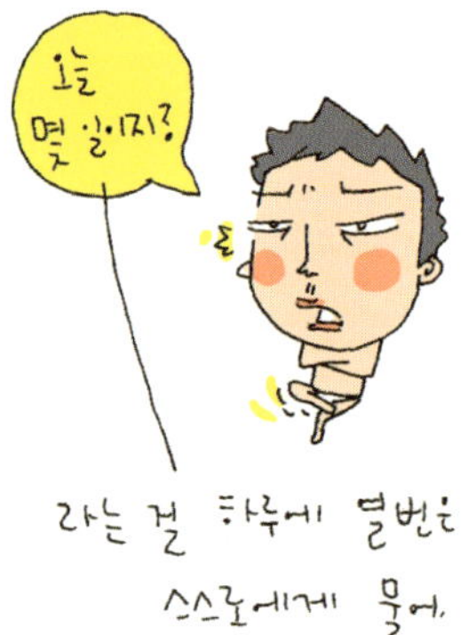

라는 걸 하루에 몇번은
스스로에게 물어.

지나간 시간은 결코 돌아오지 않는걸
알면서 자꾸 흘려보내고.

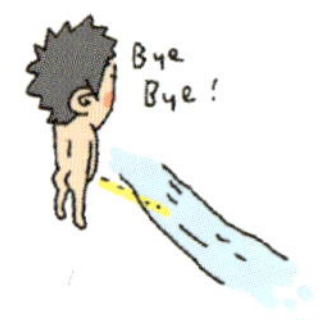

이렇게 살다간 나중에
염라대왕이랑 맞짱뜰테지.

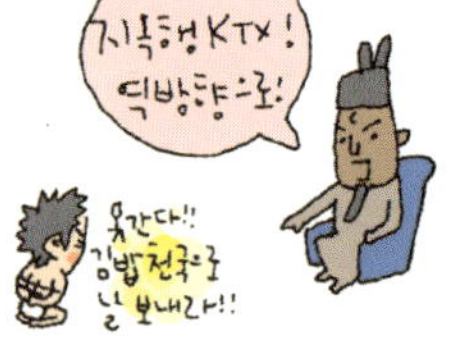

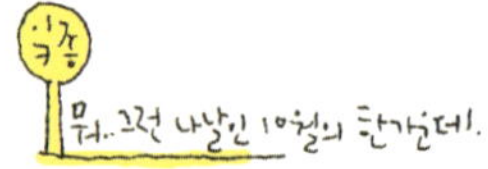

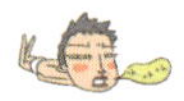

전 요즘

아침6시에 일어나서,

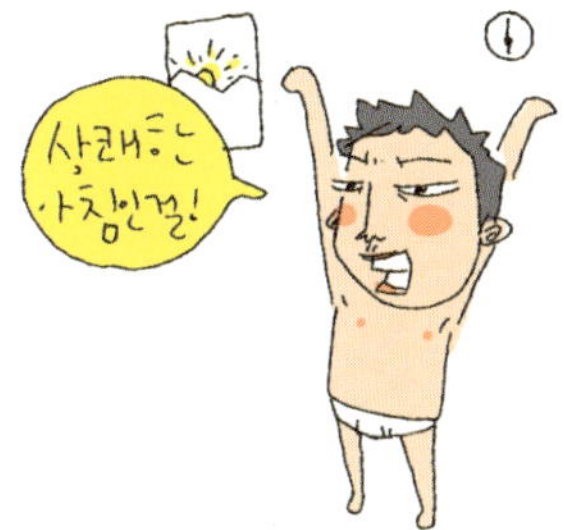

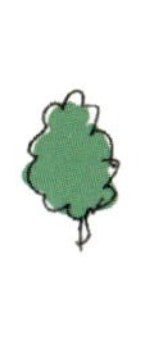
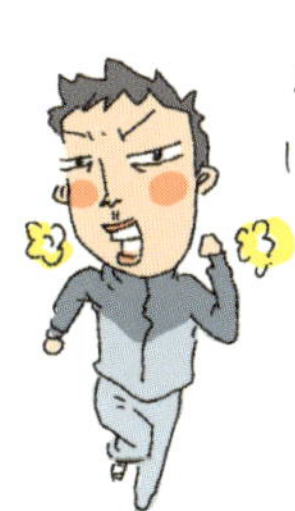
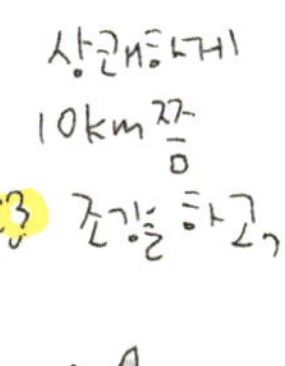

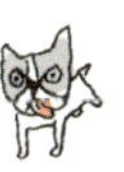

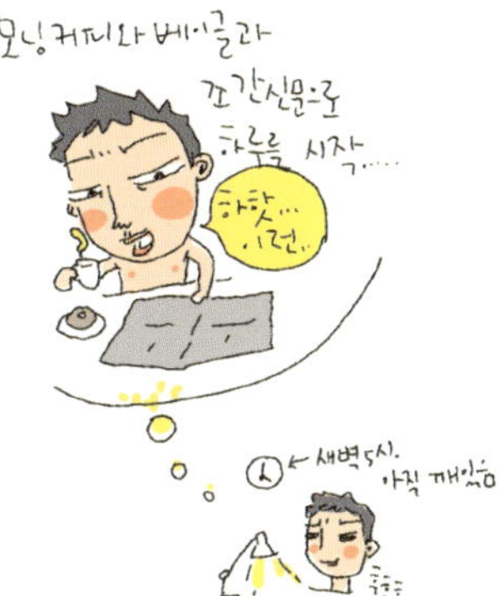

도장남

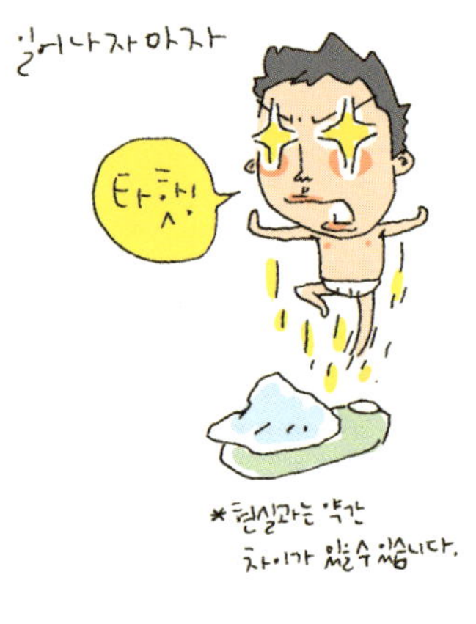

일어나자마자
타샷!

* 현실과는 약간
차이가 있을 수 있습니다.

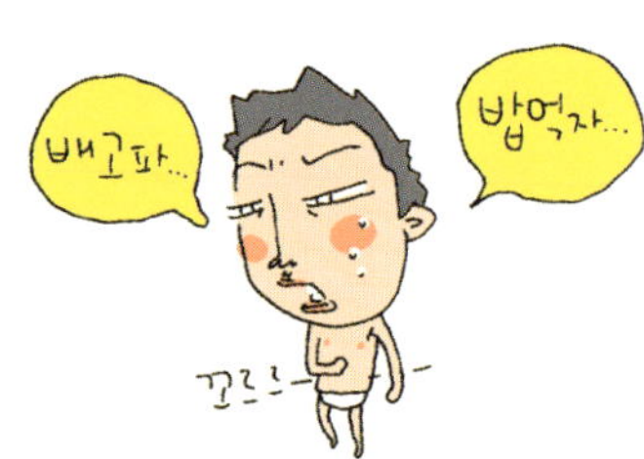

배고파...
밥먹자...
꼬르륵—

①
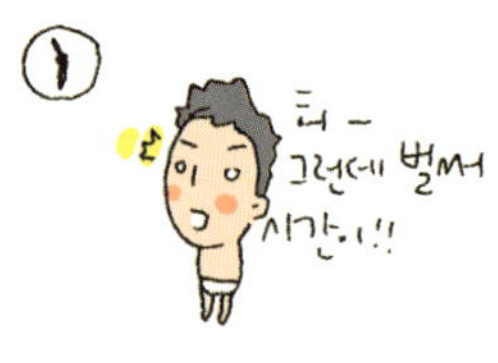

흐-
그런데 벌써
시간이!!

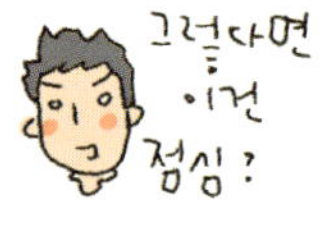

그렇다면
이건
점심?

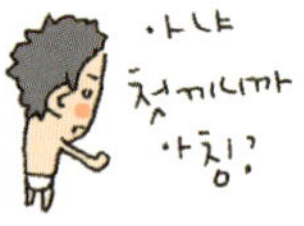

나냐
첫끼니까
아침?

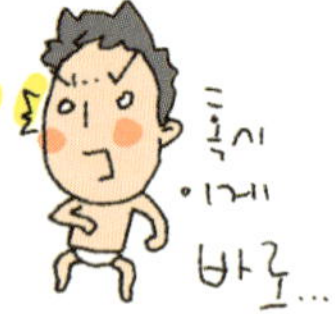

혹시
이게
바로...

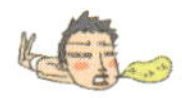

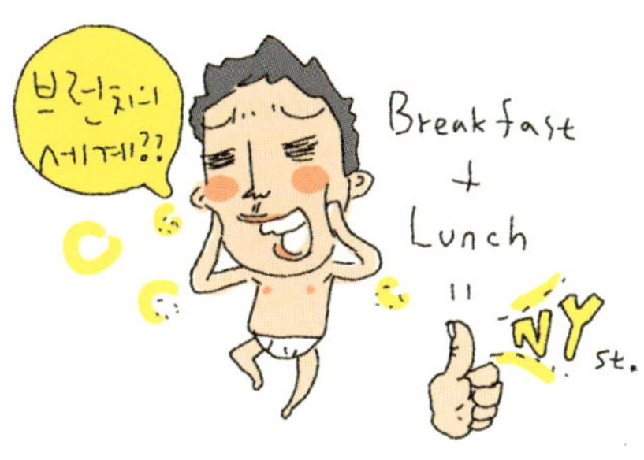

브런치의 세계??
Breakfast
+
Lunch
=
NY st.

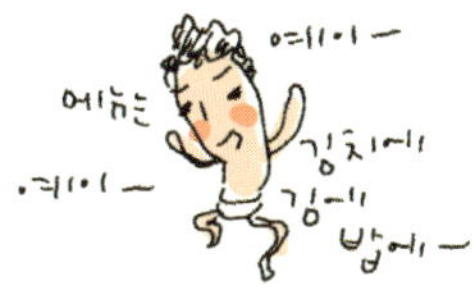

에이ー
에휴는
김치에
레이ー
김에
밥에ー

킄?

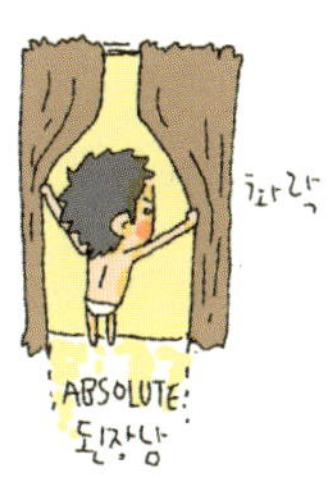

화라락
ABSOLUTE
된장남

나는, 느릿느릿 걷는다. 몸을 격렬하게 잽싸게 빠르게 관절과 근육을 경직시키며 움직이는 것을 좋아하지 않는 사람이라 그렇기도 하고, 마주 오는 사람, 보도블록, 길 건너편의 쓰레기봉투에까지 눈길을 주는 사람이라 그렇기도 하다. 느릿느릿, 타박타박, 건들건들 걷는다. 별로 '여유 있다'라든지 '하나뿐인 지구, 지구는 둥그니까' 같은 느낌은 아니다. 오히려 동네 백수가 느긋하게 한 걸음 한 걸음 찍어가면서 시간을 슬슬 바지춤으로 내버리는 느낌에 가깝다.

아마도 내 인생도 결국 그런 모습이지 않을까 싶다. 한 발 앞서주는 센스라든지, 목표를 향한 전력질주 같은 것은 쉽지 않은 일이다. 무심한 듯 시크하거나 여유를 즐기는 21c AKA 뉴요커도 힘들다(일단 패션 감각에서도 에지 따위 없다구). 그저 그냥 천천히 오만 군데 다 관심을 가지면서 남들의 1/2 정도 속도로 전진하는 삶. 스스로도 가끔 불안감에 휩싸이니 부모님 걱정도 이해 못할 일은 아니다.

말은 이렇게 해도 크게 불안하거나 매일 그 불안감에 잠을 이루지 못하고 떨리는 손으로 술병을 잡지는 않는다. 다 괜찮을 테지, 라고 생각해

버린다. 누구보다 내 자신 스스로가 내가 걸어 나갈, 그래서 조금씩 남들보다 느린 속도로 쌓여서 이루어질 내 인생이 궁금하니까(별것 아닐지라도 내 것 아니겠습니까. 좋든 싫든 끝끝내 내가 놓지 못할).

덧.

다른 사람들과 어딘가에 갈 때 사실 조금 힘든 경우가 많다. 상대방은 제 속도로 간다고 생각하지만 휙휙 흘러가는 풍경들을 보고 있으면 나는 2배속으로 돌리면서 영화를 보는 기분이 들어버리니까.

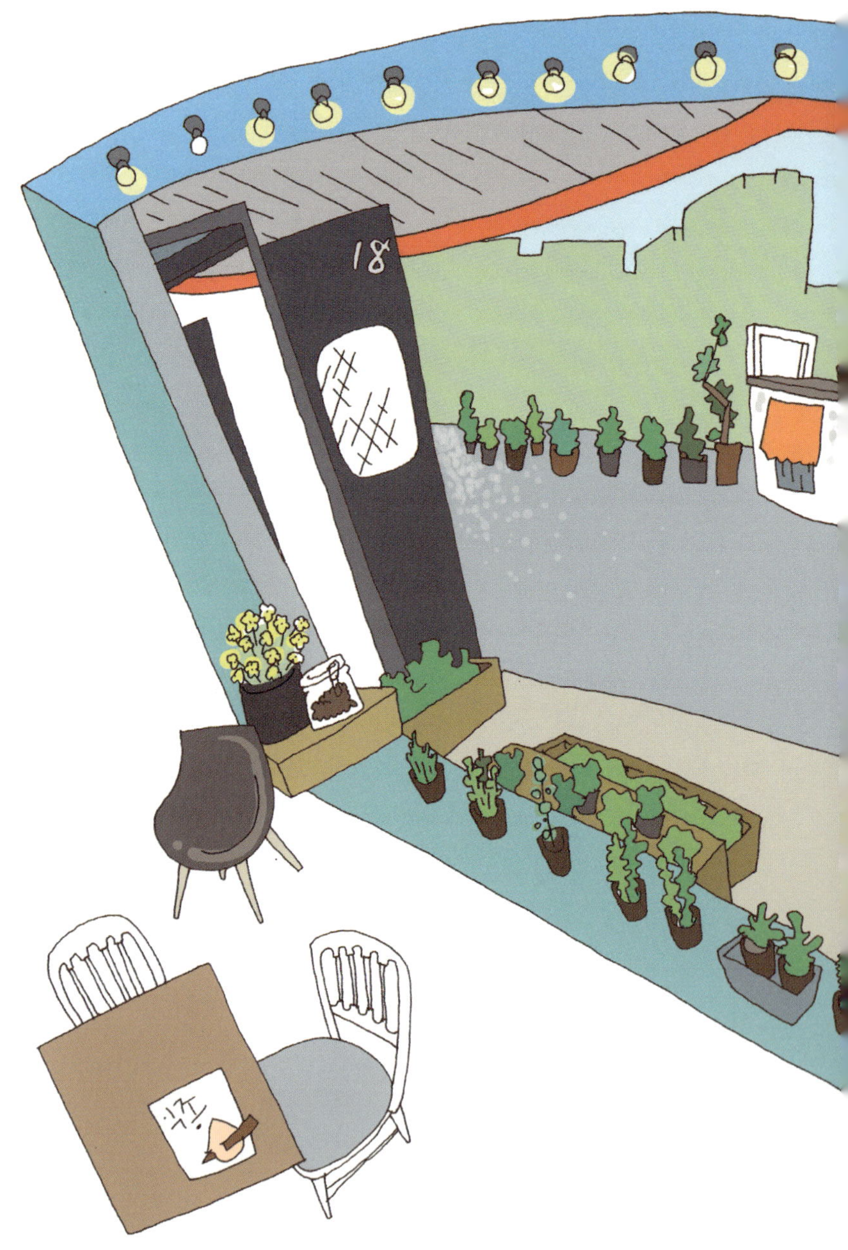
18

큰 창 너머로 보이는 풍경은
사실 전혀 아름답지 않다.
날것 그대로의 홍대랄까.
유난히 맛난 커피로 그 '홍대스러움'을 희석시킨다.

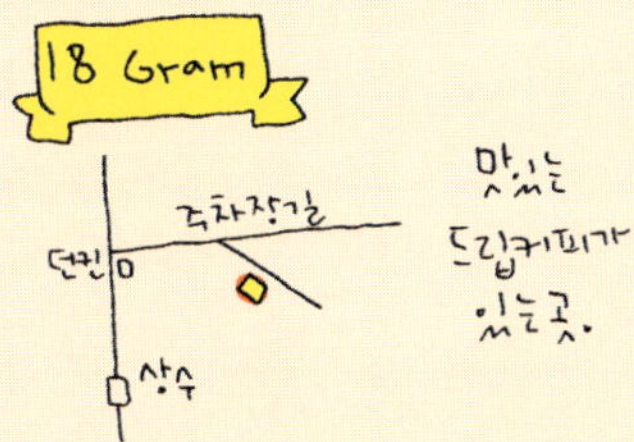

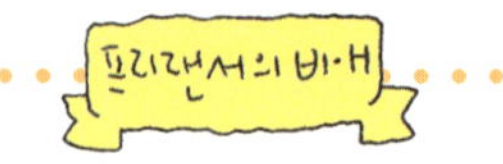

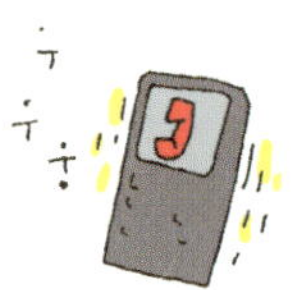

전화가 왔다.

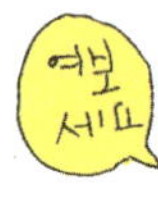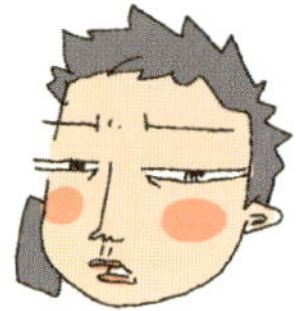

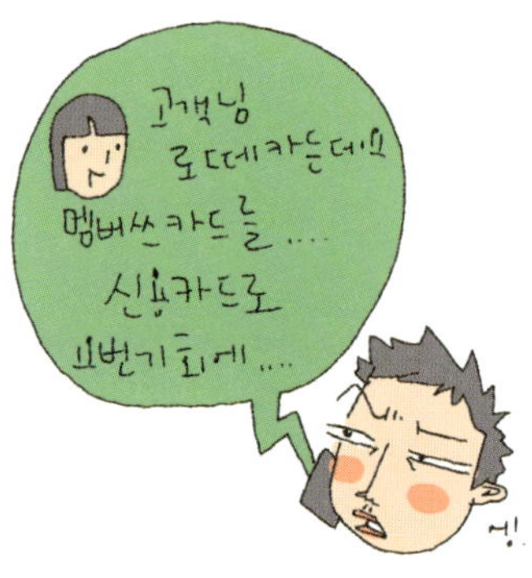

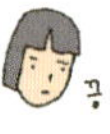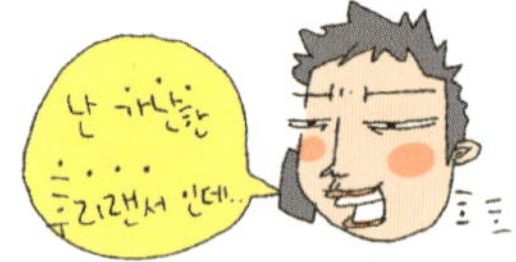

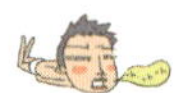

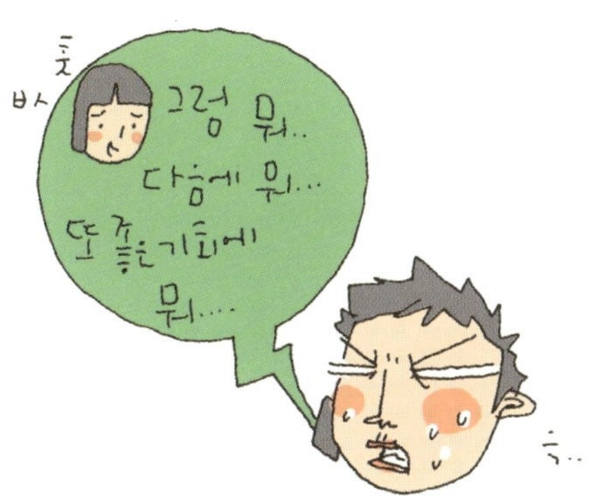

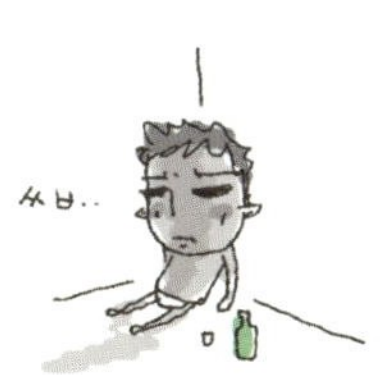

'후리랜서'의 설움

1. 카드 발급 불가

2. 보너스, 인센티브 없음

3. 부하(꼬붕, 시다바리)가 없음

4. 멋지게 사표를 집어던질 수 없음

5. 사내 연애 가능성 제로(나도 섹시한 여상사와의 비밀스러운 로맨스 하고 싶다고!!)

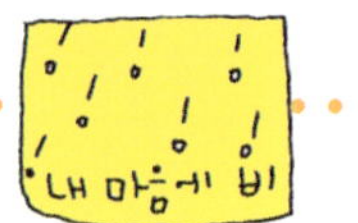

내 마음에 비

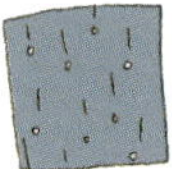

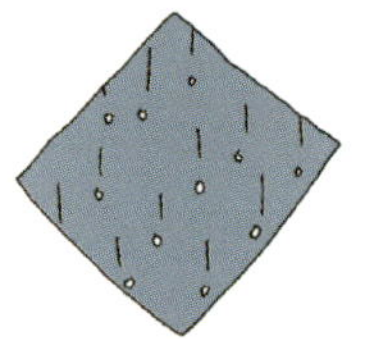

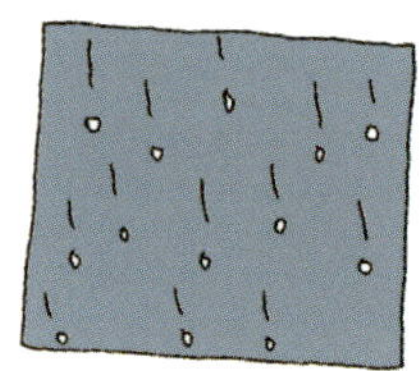

비가 오네요

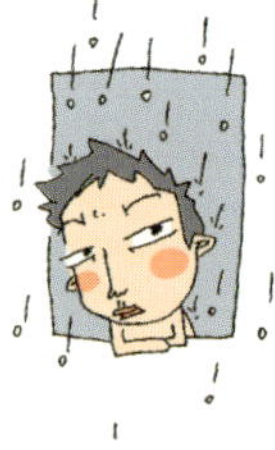

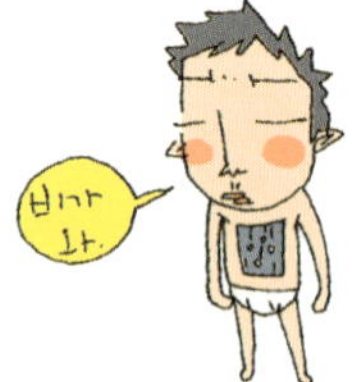

비가 와.

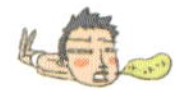

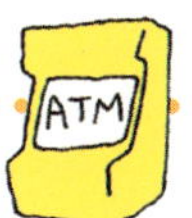

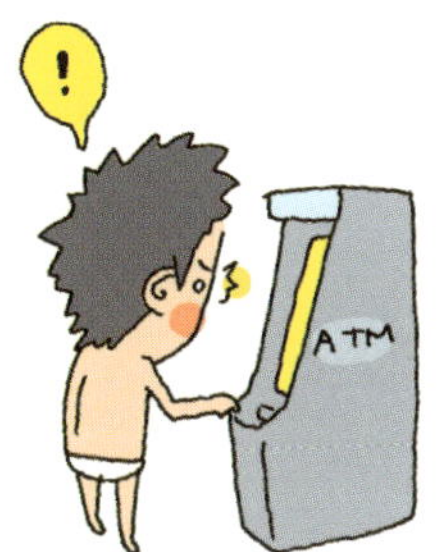

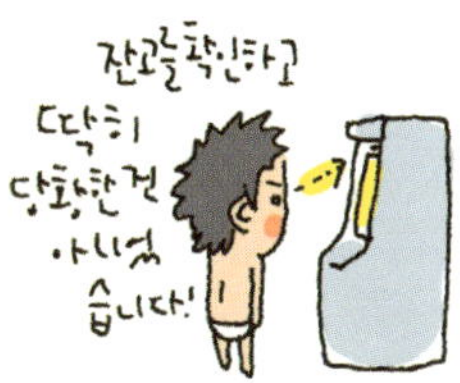

누가 그랬는데…. ATM CCTV에 녹음 기능은 없다고.

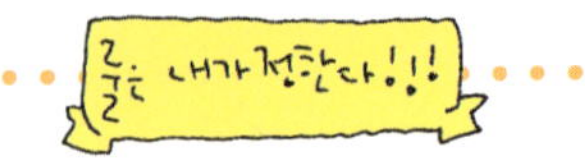
오늘은 내가 정한다!!!

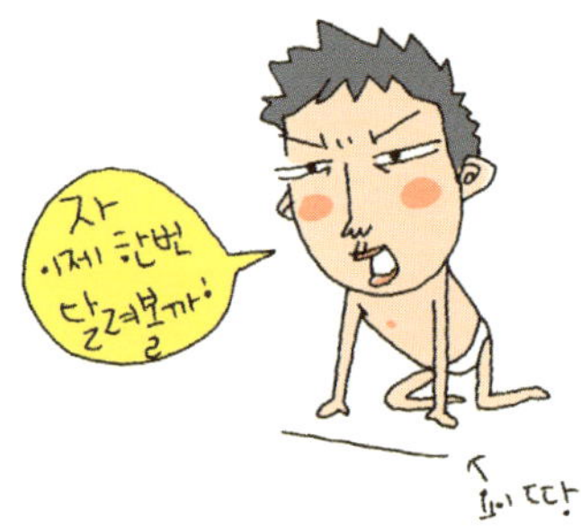
자
이제 한번
달려볼까!

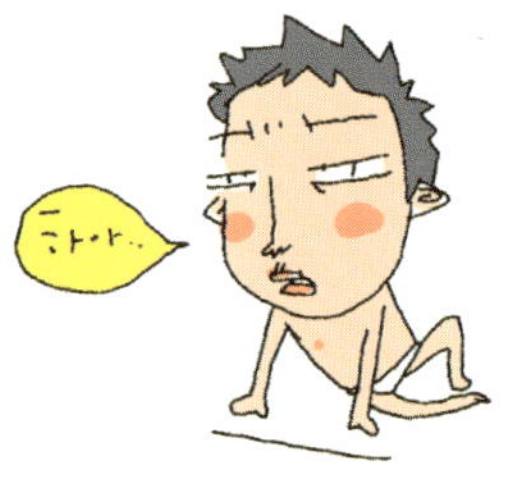
하아..

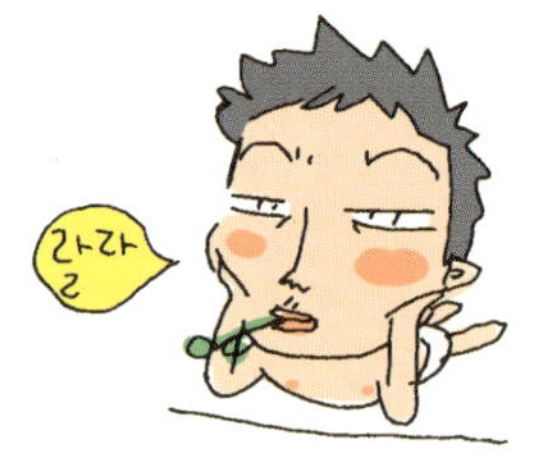
라라라

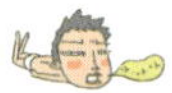

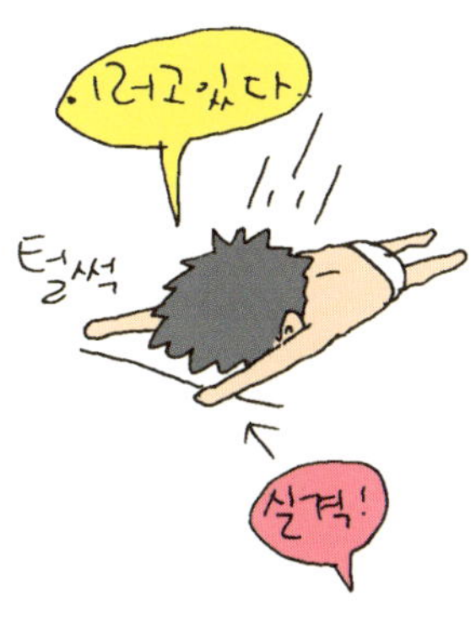

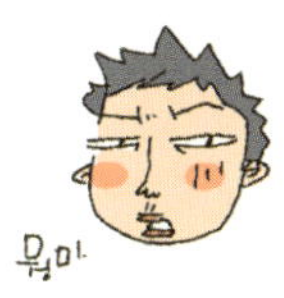

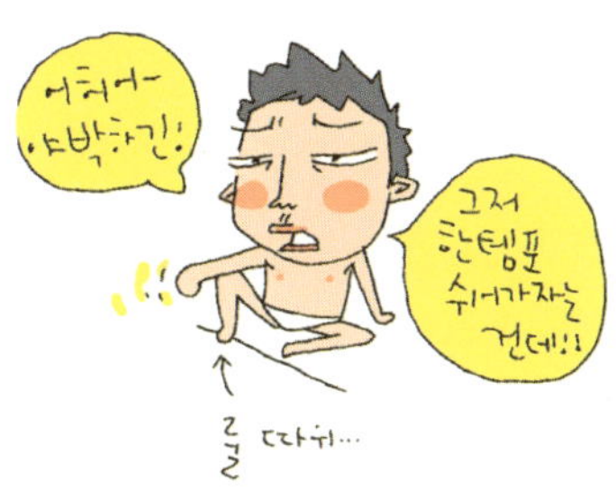

함부로 실격이라 말하지 마!! 남의 인생에 훈수 두지마!!

짐이 점점 늘고 있다. 일단 이 집에 들어올 때, 부모님이 버리듯 주신 오래되고 웅웅거리는 거대한 냉장고가 있고 손빨래가 싫어 눈물을 흩뿌리며 구매한 세탁기가 있다(세탁기란 그렇게 비싼 게 아니더라). 앉아서 TV도 보고 책도 보고 하기 위해 산 소파가 있고, 소파 앞에 놓이는 조그만 커피 테이블이 있고, 아동용 의자들도 몇 개 있다(이케아 만세). 한 권씩 사들이기 시작한 만화책이 어느새 300권 가까이 되고, 이런저런 소설이나 잡지들도 점점 쌓이기 시작해서 책을 꽂을 책장도 나지막한 3단짜리(만화책 60권이 들어간다)가 여섯 개. 높은 5단짜리가 한 개. 집이 꽉 찼다.

어제만 해도 새로 산 책장(이것도 여기저기 알아보니 2만 원이면 사던 걸. 오호 대량생산시대 만세)에 책들을 꽂으며 뿌듯해 했는데, 아침 겸 점심을 해결하기 위해 프라이팬에 연어를 굽다가 가만히 생각해 보니 나라는 인간 자체가 점점 물질화되어 가는 듯한 묘한 생각이 든다. '나'라는 인간이 나로서 표현되고 정의되는 것이 아니라 내가 가진 물건들로 정의되는 느낌. 아아. 이것 참. 그리고 보면 스스로 어떤 벽에 부딪힐 때마다 나는 반항하듯이 물건들을 사 날랐다. 조급한 까마귀처럼.

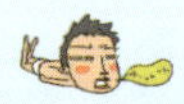

늦가을의 다람쥐처럼. 만화책도 평소에는 한 권, 두 권씩 샀지만 마감이 코앞이고 손은 움직이지 않고 스스로의 쥐털만 한 재능에 실실 썩은 미소를 흘리며 머리를 쥐어짜다가 아아 어머니 나는 모르겠어요 하고 《슬램덩크》 애장판을 질러버리질 않나, 《마스터 키튼》 열여덟 권을 싸그리 장바구니에 쓸어 담지를 않나, 그런 만행을 저지르는 거다. 그러니까 고개만 돌리면 눈에 들어오는 저 만화책들은 스스로 부딪히고 쓰러졌던 벽들의 증거인 것.

그러다가 이노우에 다케히코의 〈Draw〉 DVD를 경건한 마음으로 보았다. 이건 말 그대로 이노우에 다케히코가 그림을 그리는 장면을 묵묵히 찍어 기록한 DVD이다. 하얀 종이에 연필로 스케치를 하고 붓으로 하나하나 선을 완성해 나가는 장면이 마라톤 중계하듯 천천히 DVD에 영상으로 담긴다. 대사는 한마디도 없다. 천천히, 그러나 정교하게 움직이는 이노우에 선생의 손만 등장할 뿐. 연필로 그린 밑그림을 잘 보면 옷을 입고 칼부림하는 사람의 모습인데 스케치는 인간의 몸 형태부터 그리고 있다. 누드를 스케치하고 거기에 옷을 덧그리는 방식. 다른 인터뷰에서 이노우에는 '움직임'을 분명하게 포착하기 위해 그런 방식을 사용한다고 이야기한다. 거기에 조금 더 손끝의 느낌을 더하기 위해 일반적으로 만화를 그리는 펜이 아닌 붓을 사용한다. 아, 이것은 모두 《배가본드》의 작업 이야기이다. 그는 《배가본드》를 10년간 연재하는 동안 펜을 버리고 붓을 들었다. 사흘은 스토리를 구상하고 나흘은 잠자는 시간 빼고는 그림을 그리는 죽음의 주간 연재 사이클 속에서 저런 발전과 변화와 변혁과 혁신과 이노베이션과 레볼루션과 빅뱅을 이루어내다니.

문득 그런 생각이 든다. 이 사람은 도대체 얼마나 많은 벽에 부딪히고 그 벽들을 깨부수며 전진해 나갔던 것일까. 나에게 수많은 만화책과 이

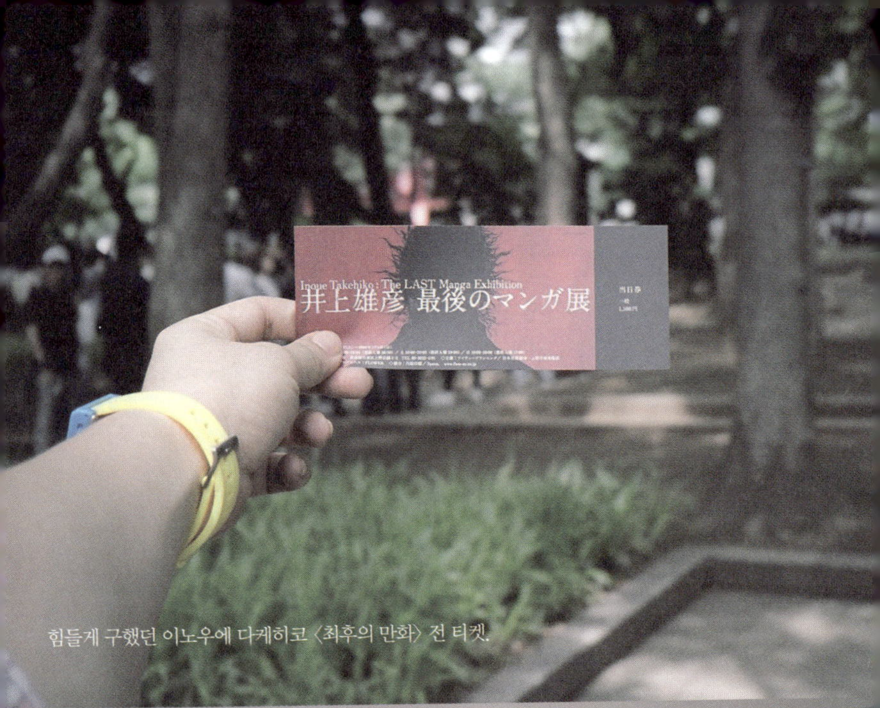

힘들게 구했던 이노우에 다케히코 〈최후의 만화〉 전 티켓.

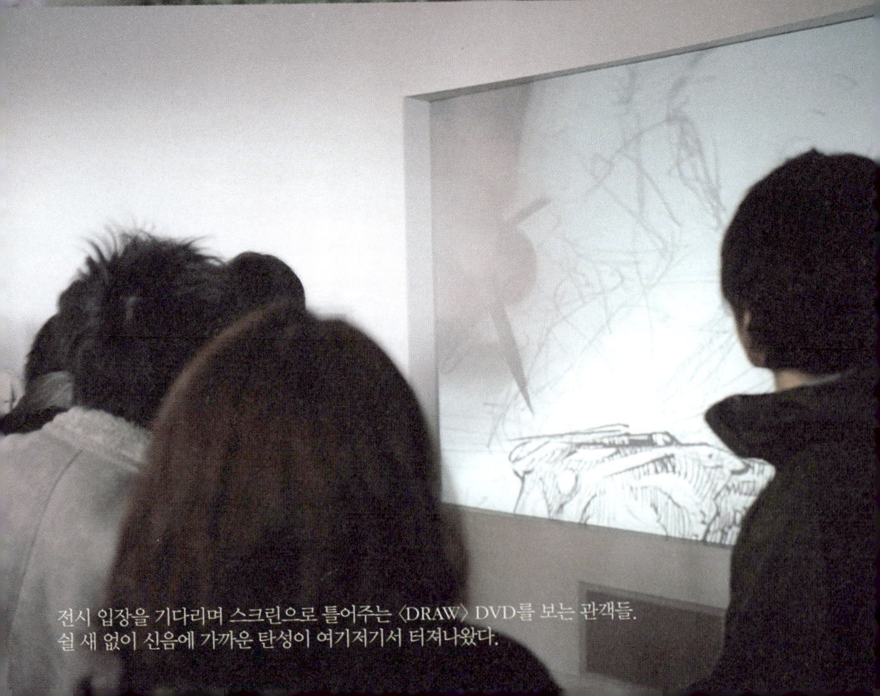

전시 입장을 기다리며 스크린으로 틀어주는 〈DRAW〉 DVD를 보는 관객들.
쉴 새 없이 신음에 가까운 탄성이 여기저기서 터져나왔다.

런저런 물질들이 그 흔적으로 남은 것처럼 이 사람의 어딘가에도 그런 흔적이 남아 있을 텐데. 무엇일까. 그의 가슴 벅찬 흔적들은.

어쩌면 여전히 110미터 허들에 쓰이는 허들보다도, 윔블던 코트의 가운데를 가로지르는 네트보다도 낮은 벽에 부딪히고 자빠지고 힘겹게 넘으면서 저런 흔적들을 남겨왔는지도 모르겠다. 앞으로 더 높은 벽들이 날 기다릴 텐데 어째 폴짝폴짝 잘 넘을 수 있으려나. 이신바예바에게 장대높이뛰기라도 배워야 하나.

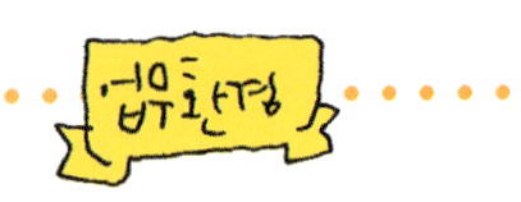

일을 할까 하고 간만에 까페.

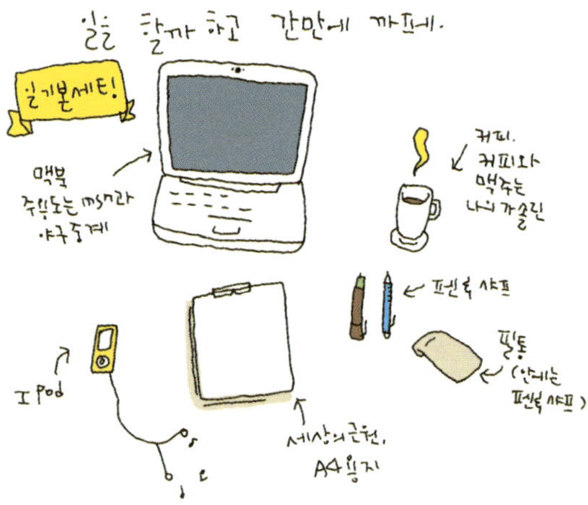

늘 이렇게 한살림 잔뜩입니다.

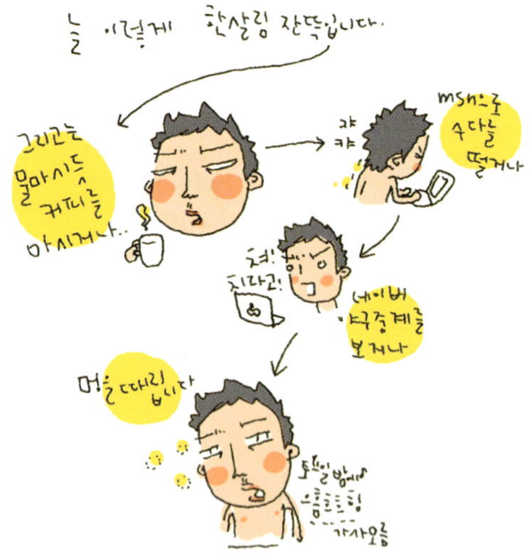

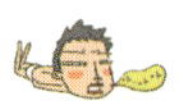

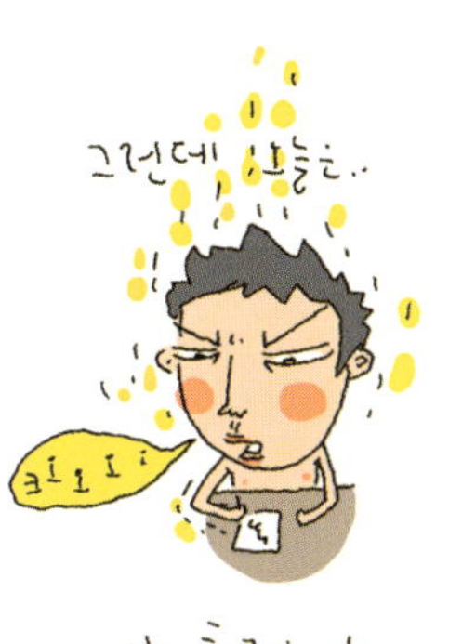

그런데 날들은..
크ㅣㅣㅣ
잠을 자고있어!

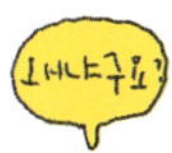

그냥둬요?

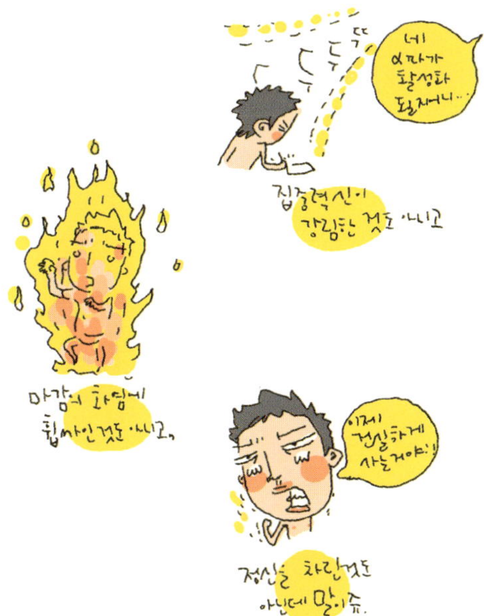

네 α파가 활성화 됐져니..
집중력신이 강림한 것도 아니고
마감의 차임에 힙싸인 것도 아니고
이제 결심하게 사는거야!
정신을 차린것도 아닌데 말이쥬.

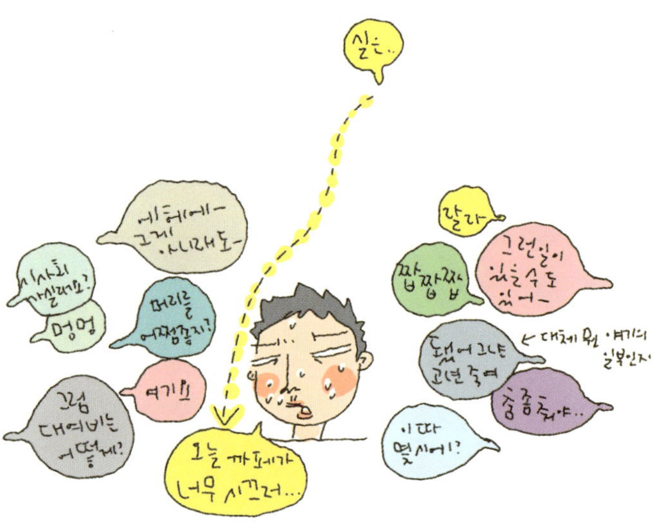

실은..
에헤에— 그게 .ㅅㄴ래도—
저사리 까실래요?
멍멍
머리를 어쩔껍지?!
여기요
그럼 대여비는 어떨께?
오늘 까페가 너무 시끄러...
알다
짭짭짭밥
그런일이 없을수도 있어—
됐어그냔 고년죽여
← 대체 뭐 얘기의 일부인지
좀좀줘야..
이따 몇시어!?

그래서!

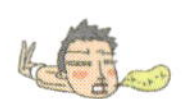

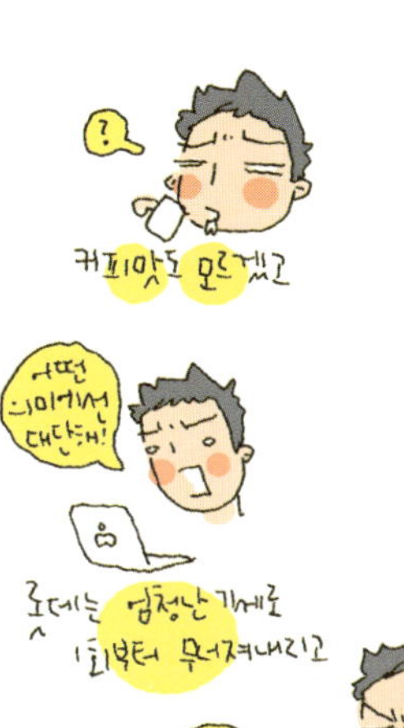
?
커피맛도 모르겠고

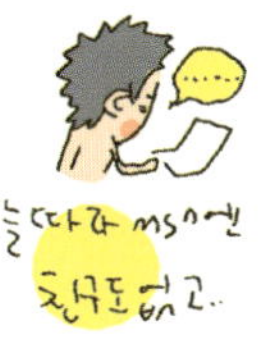
......
오늘따라 msn엔
친구도 없고...

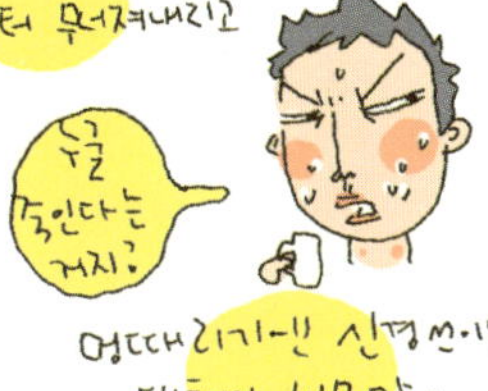
어떤 이미지선
대단해!

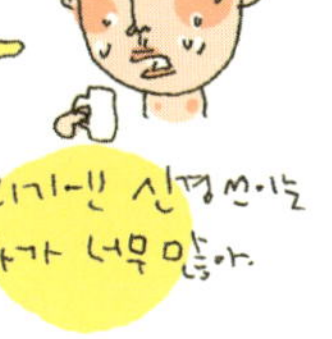
요즘엔 엄청난 기세로
1위부터 무너져내리고

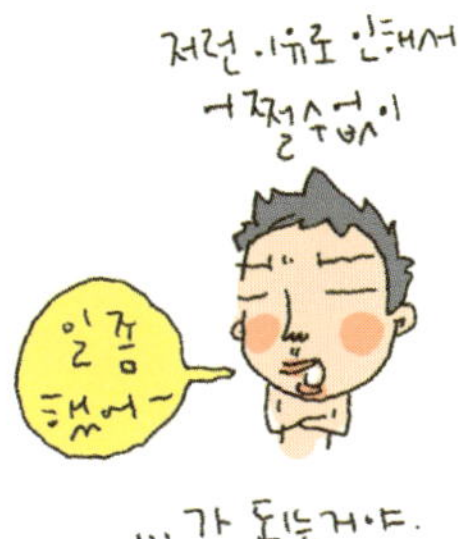
저런 이유로 인해서
어쩔수없이

일종
했어~

...가 되는거야.

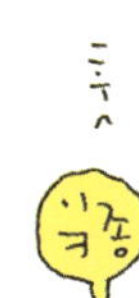
날
죽인다는
거지?

엉뚱하기긴 신경쓰이는
대화가 너무 많아.

일종

나는, 논리왕 이크종.

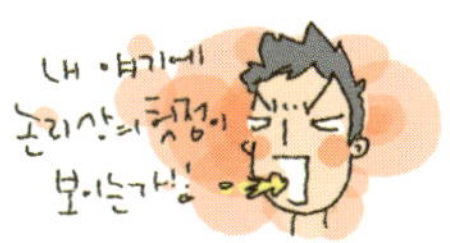
내 얘기에
논리상의 헛점이
보이는가방

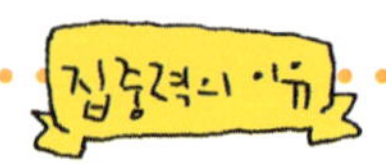

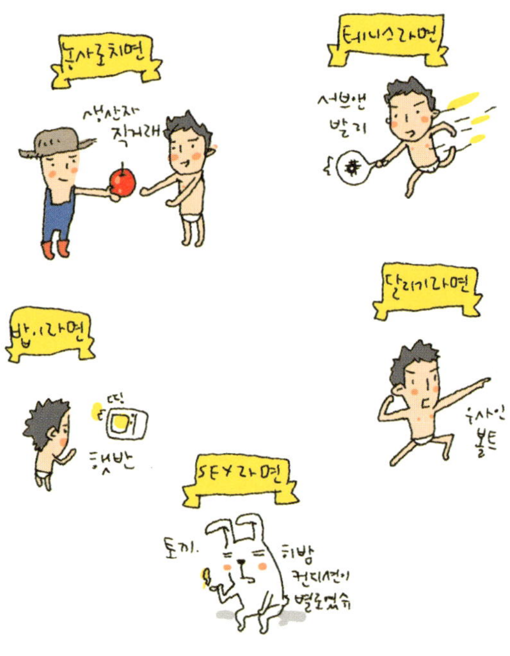

뭐 그런 스피드나 집중력이 없는데.

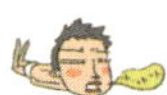

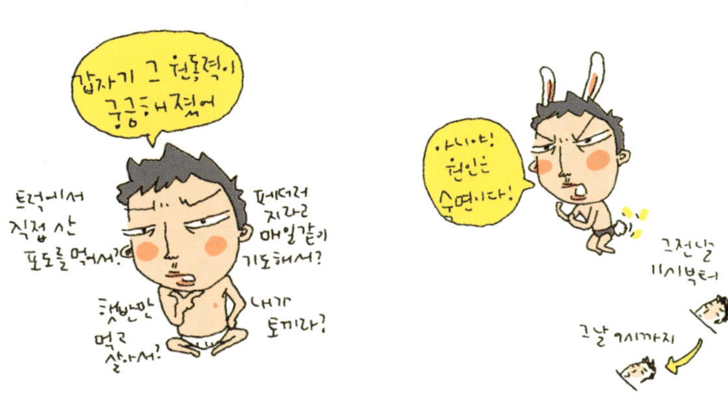
갑자기 그 원동력이
궁금해졌어

트럭에서
직접 산
포도를 먹어서?

페더러
지라구
매일같이
기도해서?

햇반만
먹고
살아서?

내가
토끼라?

아니야!
원인은
수면이다!

그전날
11시부터

그날 9시까지

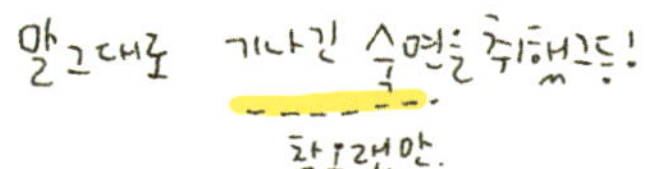
말그대로 기나긴 수면을 취했거든!

참고맙안.

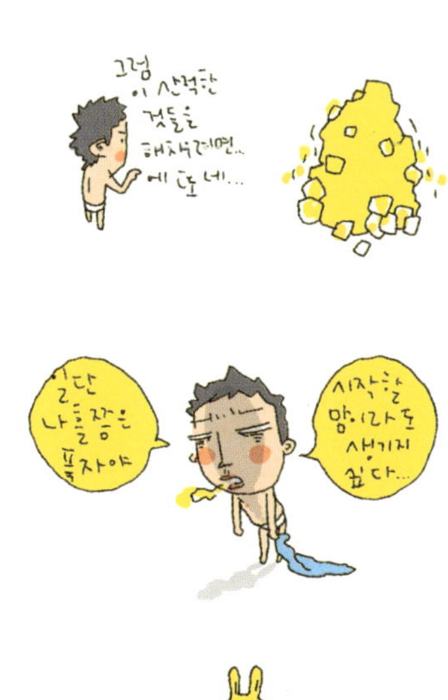
그럼
이 신박한
것들을
해석하려면..
에 또 네...

일단
나들잠은
풀자아

시작을
망치자도
생기지
않다...

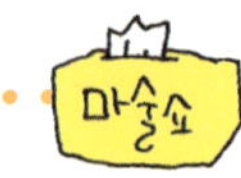

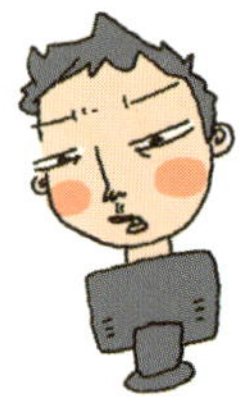

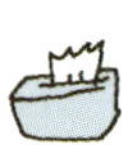

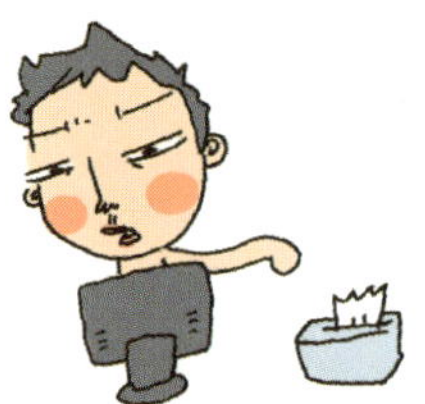

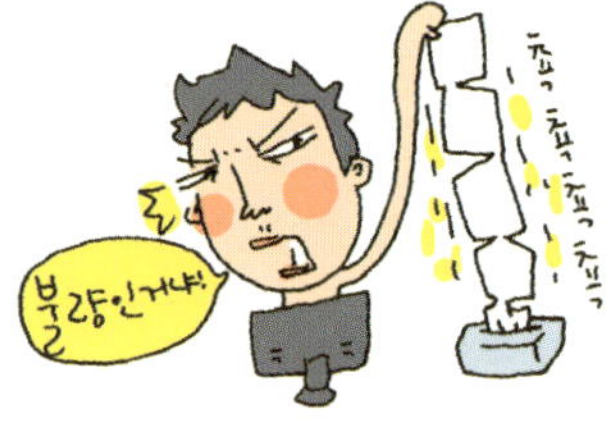

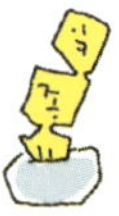

비염 때문에 근처에 티슈가 있는 거야! 다른 이유는 없어!

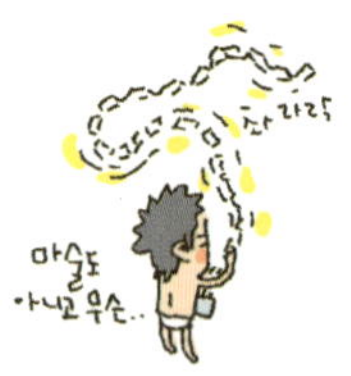

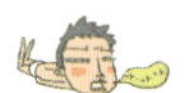

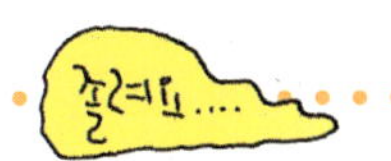
졸려요....

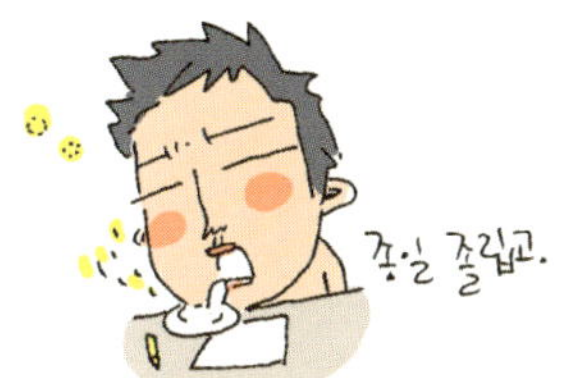
종일 졸립고.

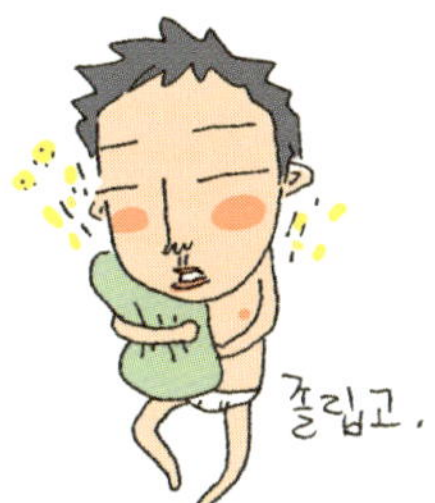
졸립고.

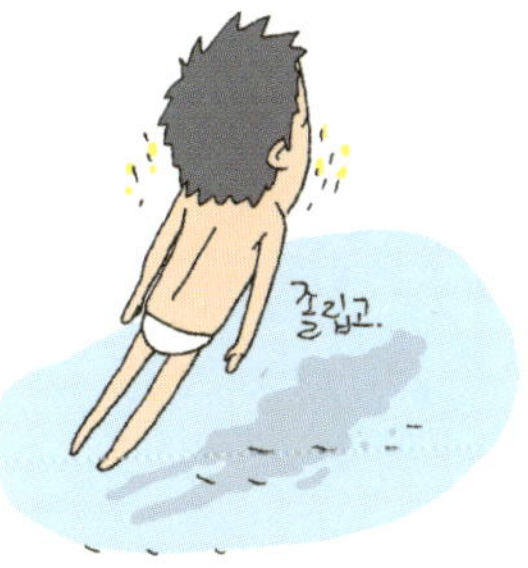
졸립고.

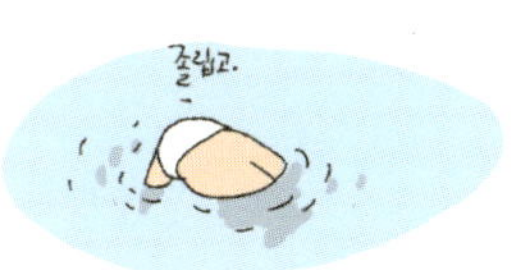
졸립고.

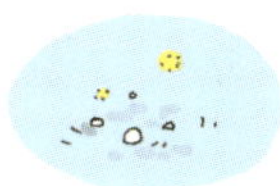

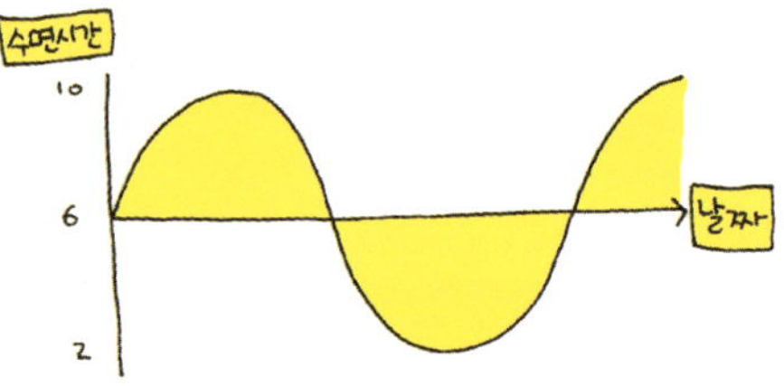

표는 그래프의 꼭대기에 올라앉은 상태

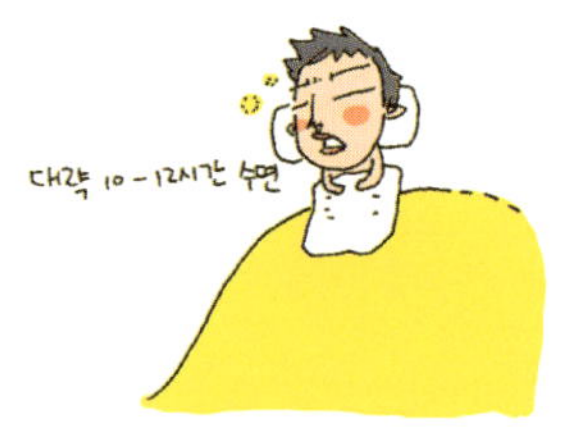

이게 또 몰아서 자는게 아니라

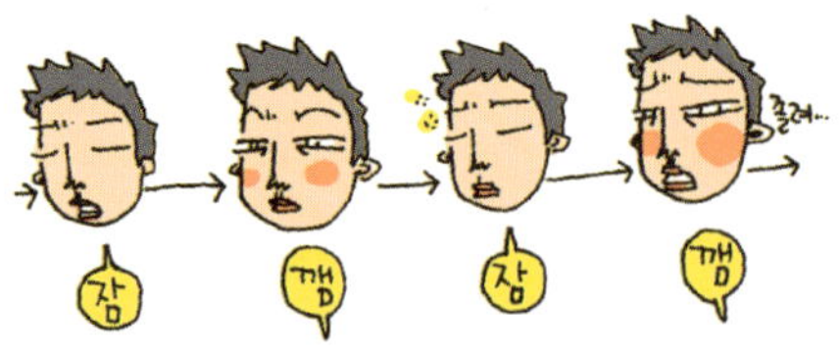

이런걸 반복.

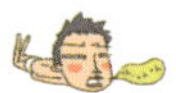

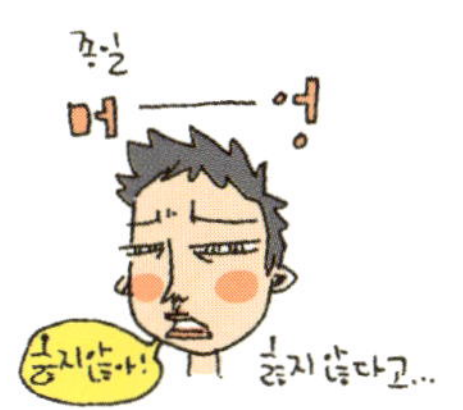

제일 신경쓰이는 것은,
버스같은데서 잠시 졸다 깨면
환각 비슷한 게 스쳐간다는것.

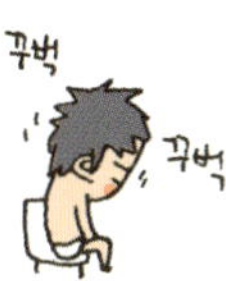

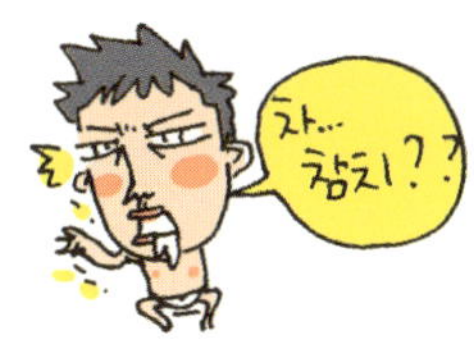

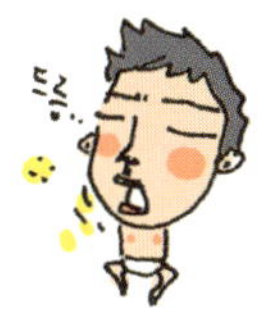

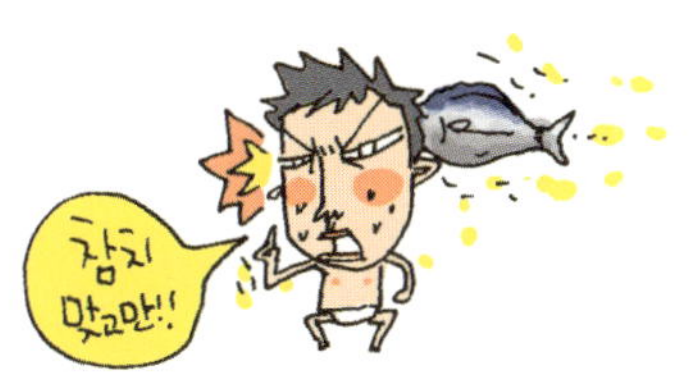

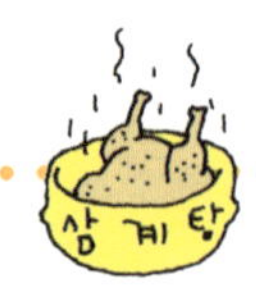

방금에만 있어도 더워 죽겠는데,

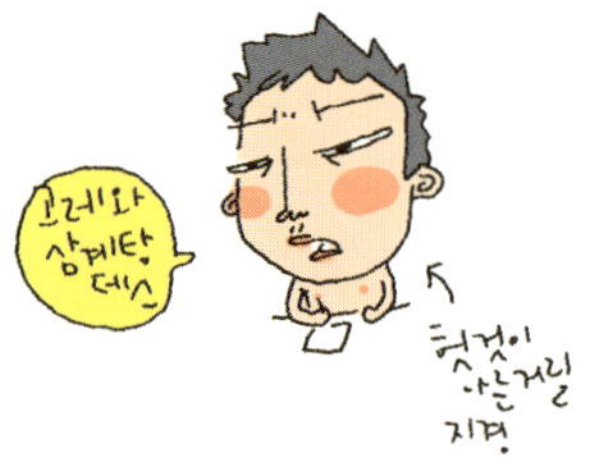

겁도 없이 자전거를 끌고 나갔어요

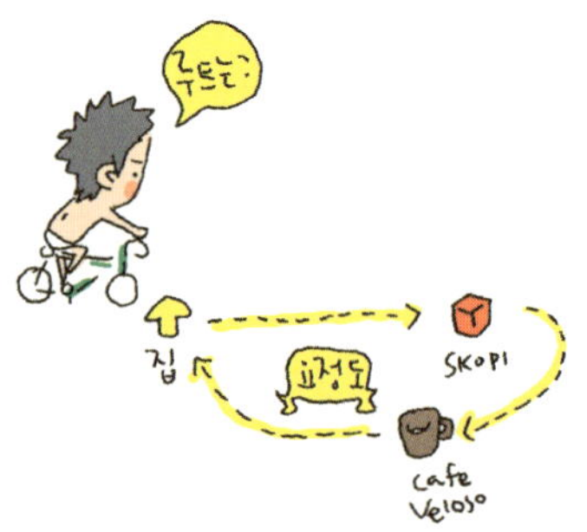

직선거리가 아니라 뺑뺑 돌지만

그래봤자 총거리 4km 정도.

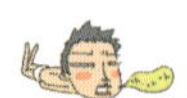

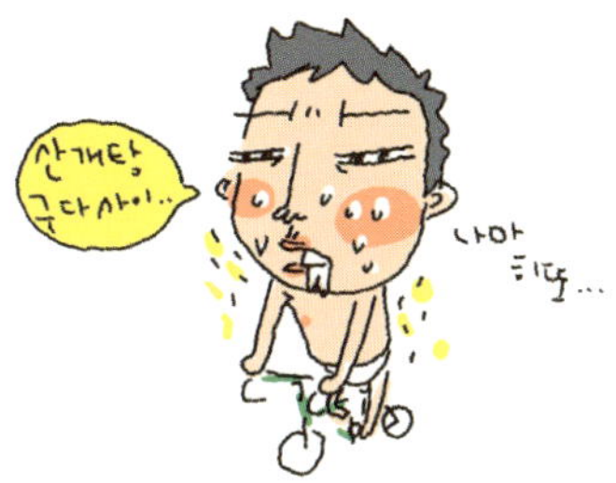

근데 고작 그거리에 어휘먹었나봐.

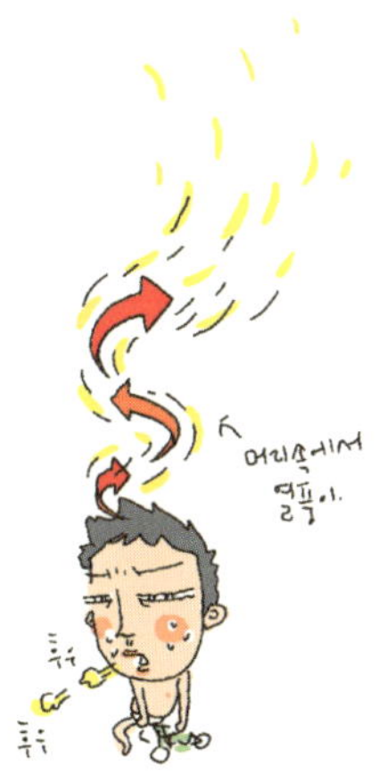

자전거 시즌은 9~11월, 3~5월.

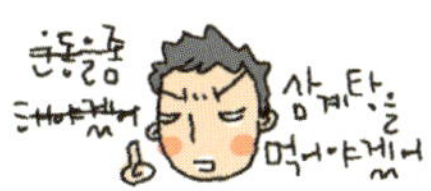

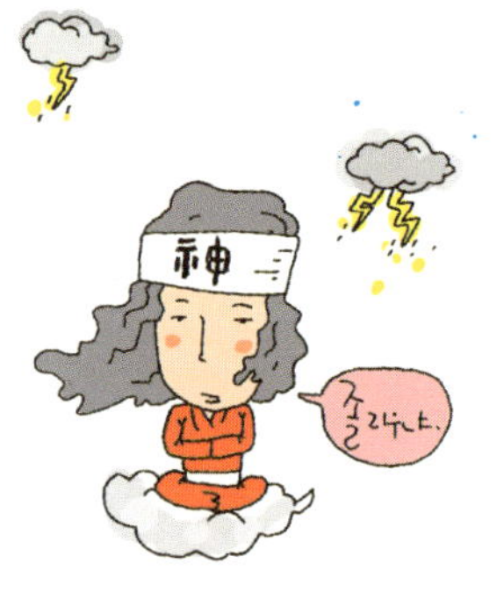

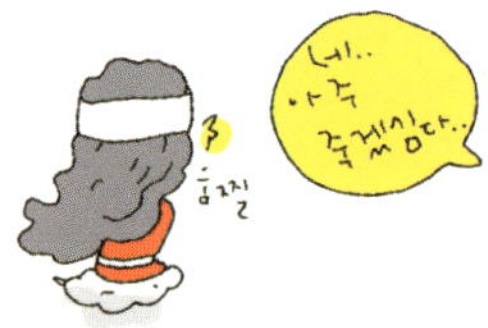

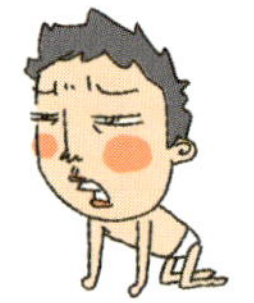

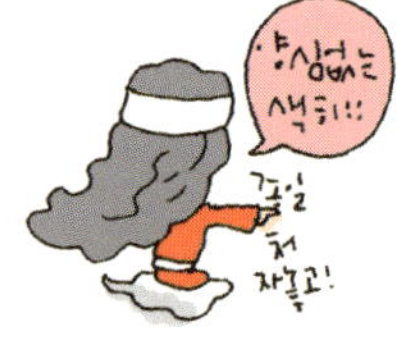

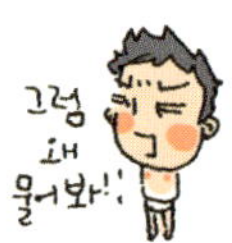

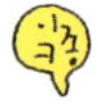

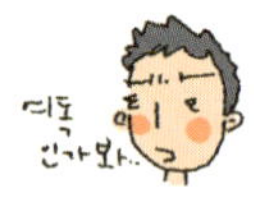

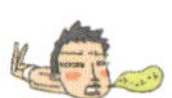

홍대만 잠시 벗어나도 사흘쯤 여독에 시달리는 남자.

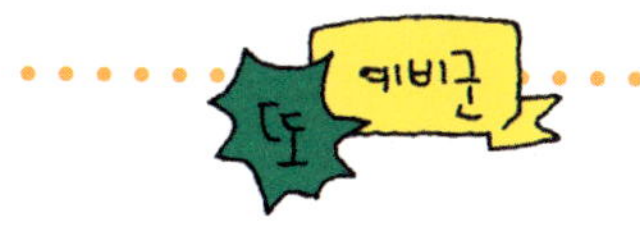

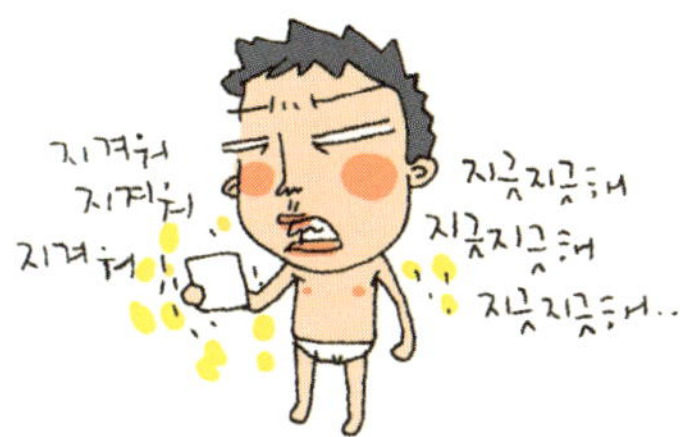

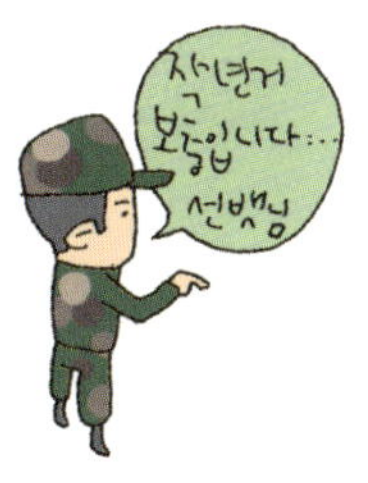

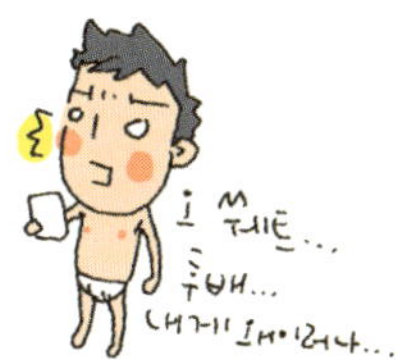

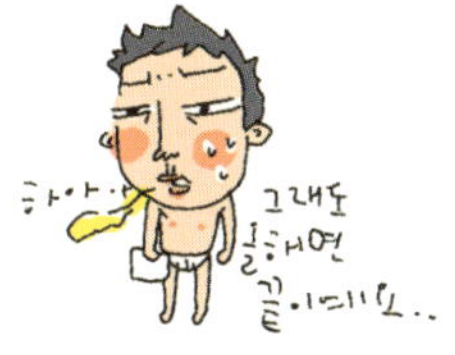

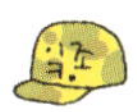

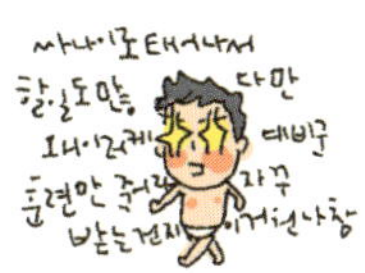

다시 말하지만 내가 왜 네 선배냐고!

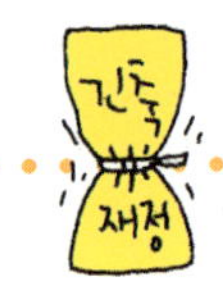

긴축
재정

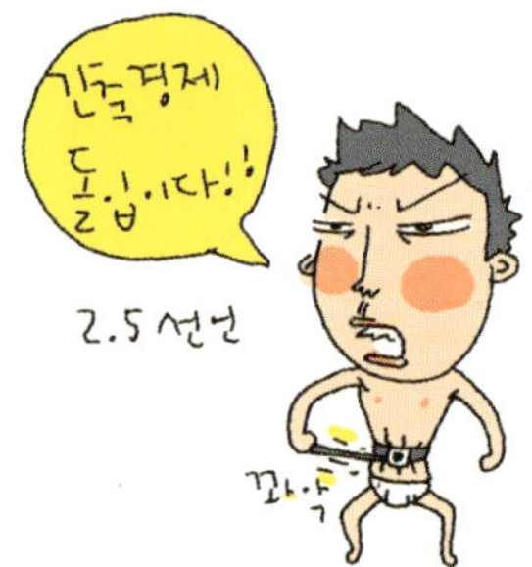

긴축경제
돌입이다!!
2.5 선언
꽈악
했는데.

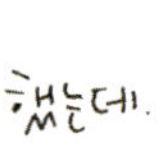

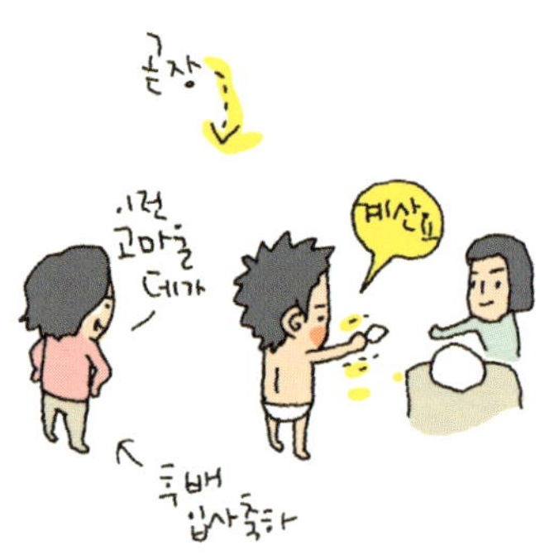

골장
이런 고마울 데가
계산요
후배 밥사줘라

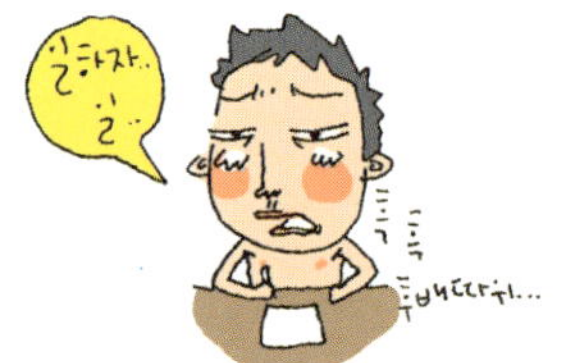

일하자..!
후배따귀...

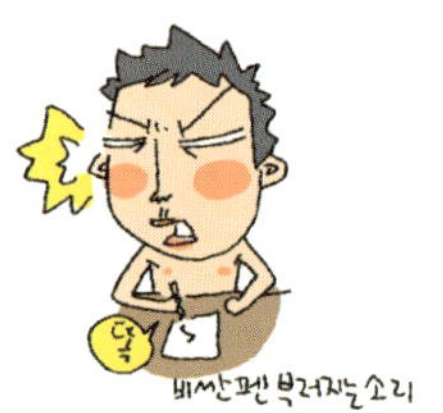

뚝
비싼펜 부러지는 소리

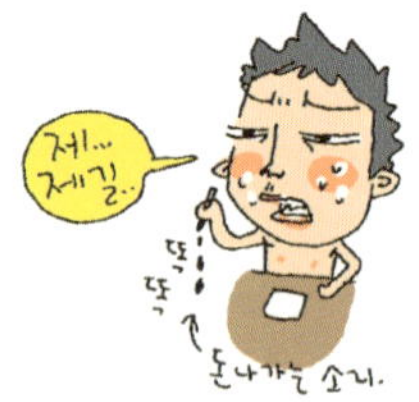

제... 제길..
뚝 뚝
돈나가는 소리.

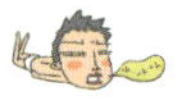

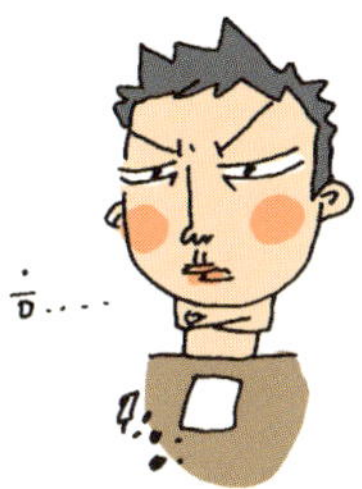
흠....

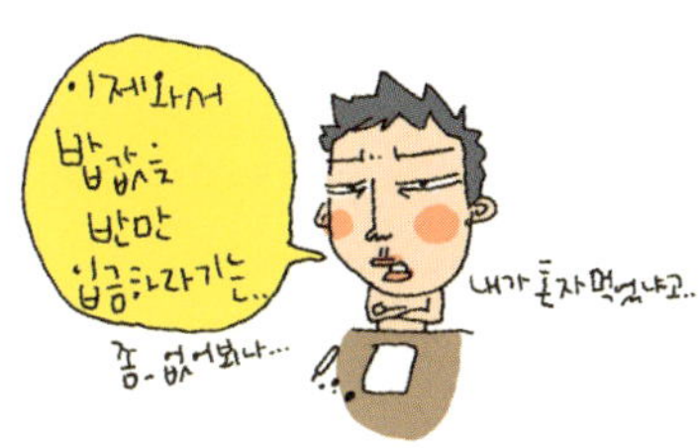
이제와서
밥값을
반만
내라하기는..
좀- 없어보나...
내가 혼자 먹었냐고..

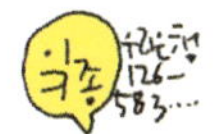
익죵

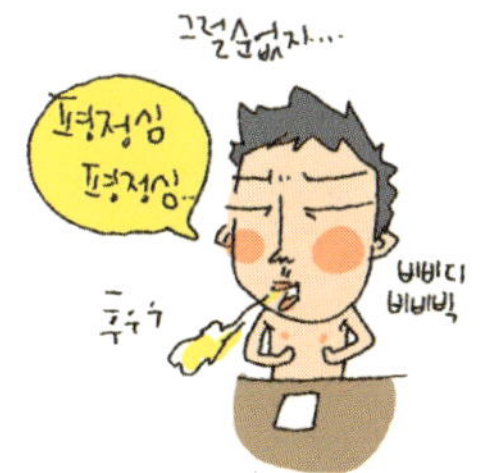
그럴순없지...
표정정심
표정정심..
쿠쿠
비비디
비비빅

그리고...

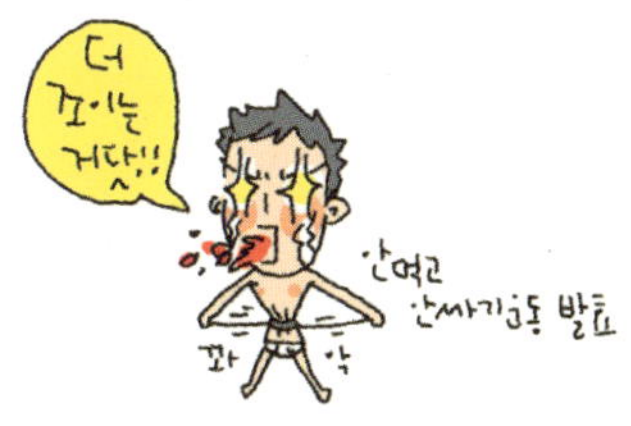
더
꼬이는
거닷!!
안여고
안싸기운동 발효
꽈악

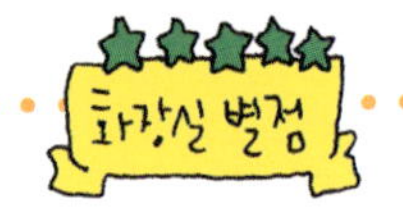

꽤 긴시간을 대상하고 까페에 갔어.

3hrs ...이정도.

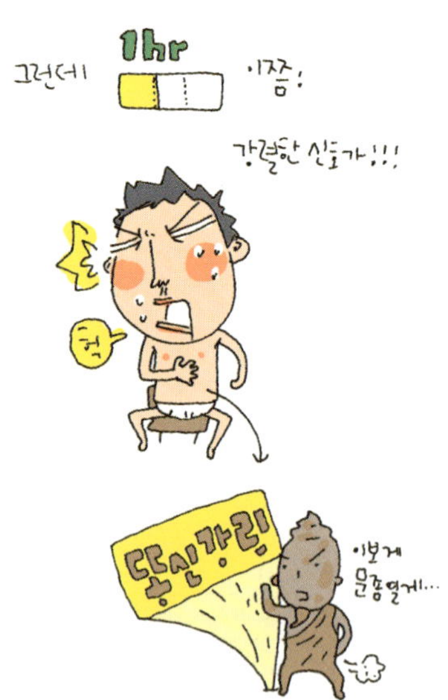

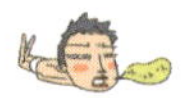

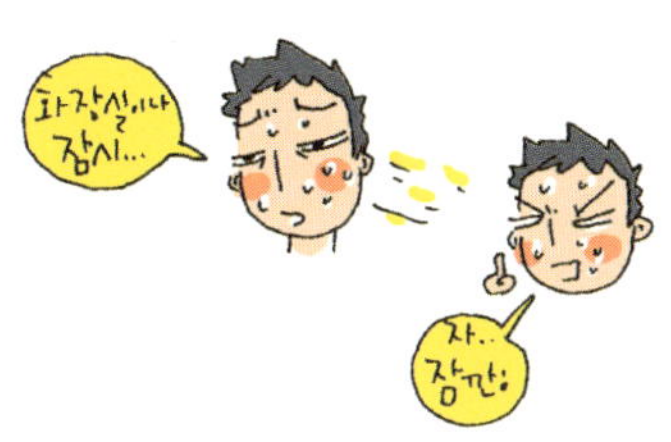

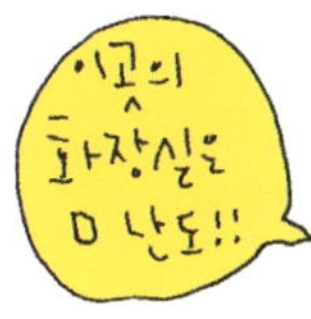

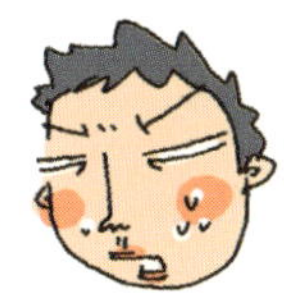

A 난도 : 가장 쉬움
B 난도 : 보통임
C 난도 : 똥은 못싸!
D 난도 : 거의꺼림
E 난도 : 절대싫어 혹은 없슘

·이정도

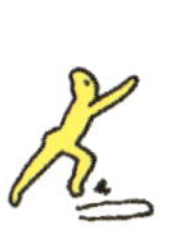

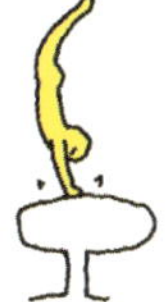

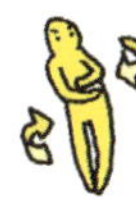

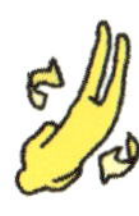

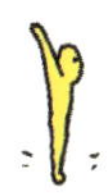

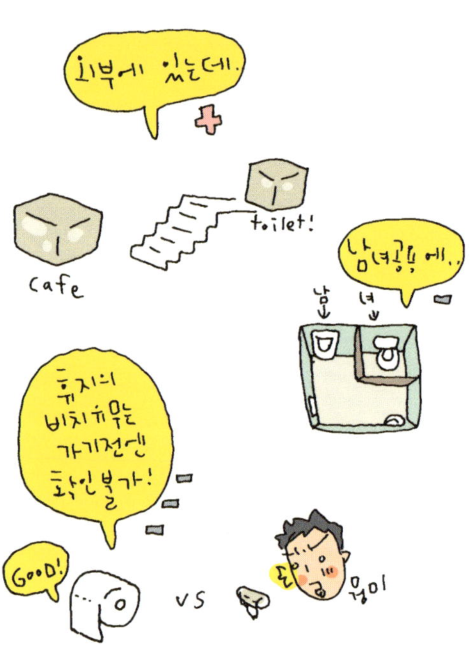
외부에 있는데.
+
cafe
toilet!
남녀공용 에..
남 녀
휴지의
비치유무는
가기전엔
확인불가!
GooD!
vs
독
얼이

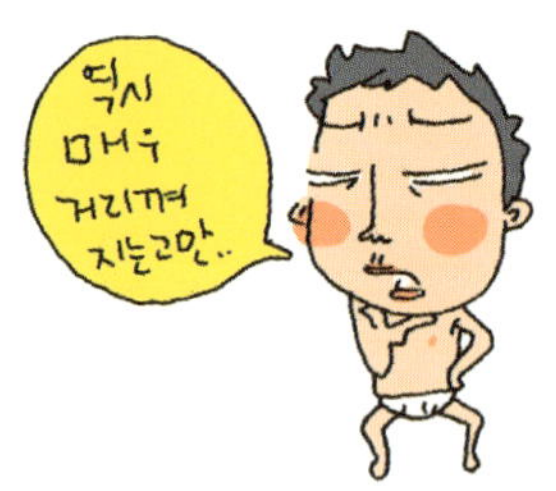
역시
매우
꺼리꺼려
지는구만..

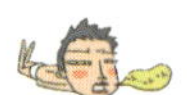

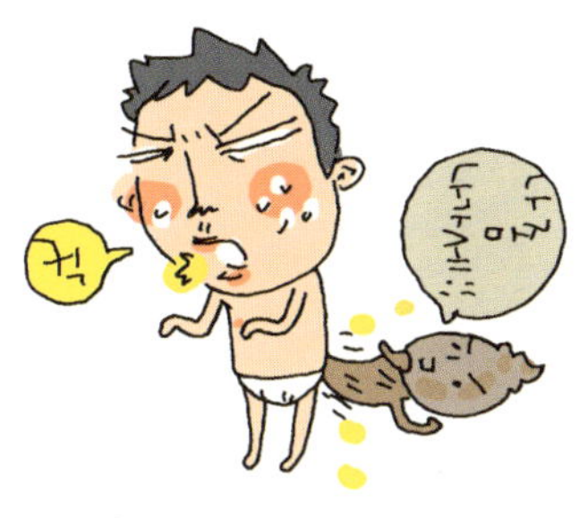
꺽
니가제발…
마저…

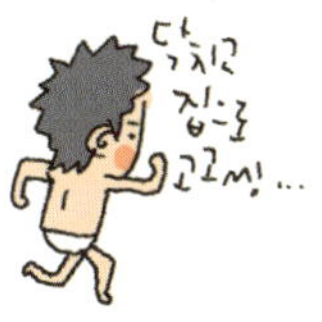
닥치고
잡으러
고고씽!…

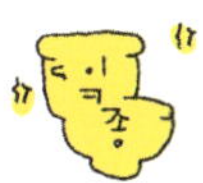
뒤
뚱
뚱

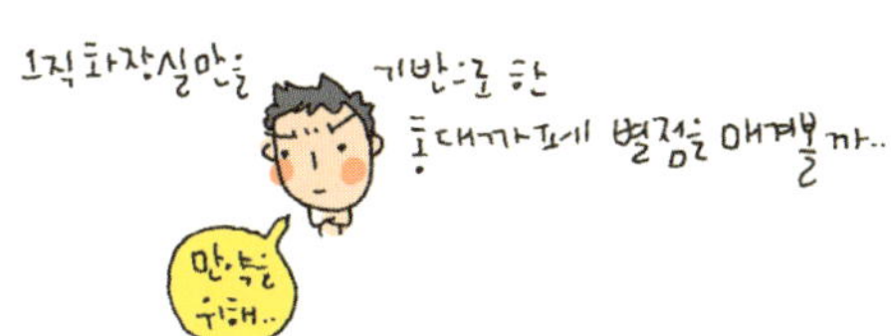
오직 화장실만을 기반으로 한
흑대까지에 별점을 매겨볼까..
만족
스해..

이런 기준.

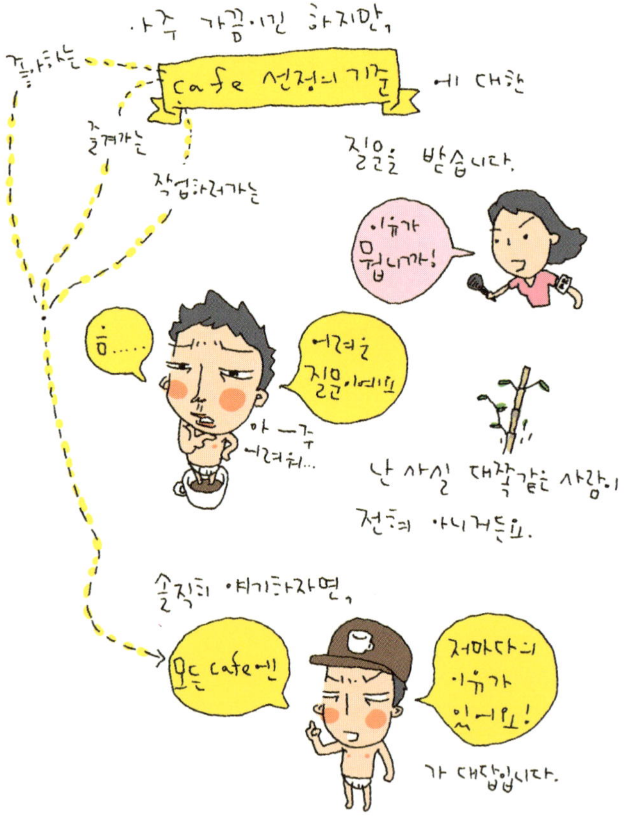

아주 가끔이긴 하지만,

좋아하는
즐겨가는
작업하러가는

Cafe 선정의 기준 에 대한

질문을 받습니다.

이유가 뭡니까!

흠.....

어려운 질문이에요

아 ─ 그 어려워...

난 사실 대쪽같은 사람이 전혀 아니거든요.

솔직히 얘기하자면,

모든 cafe엔

저마다의 이유가 있어요!

가 대답입니다.

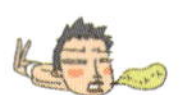

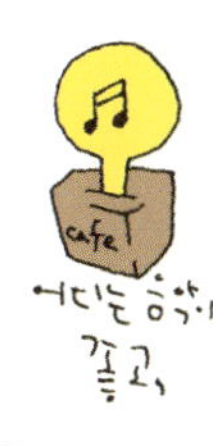

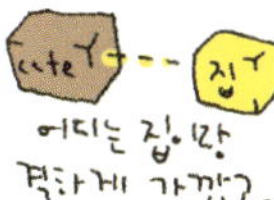

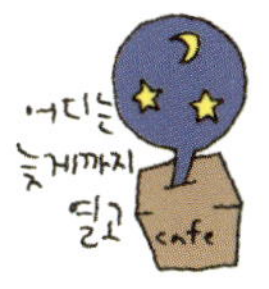

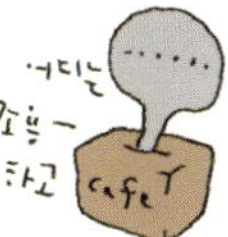

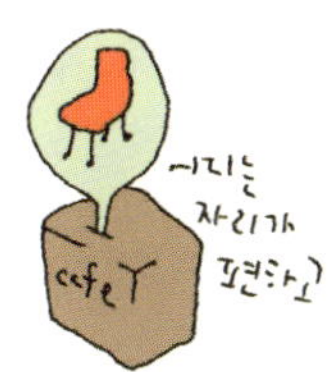

또 그중 어딘가는,

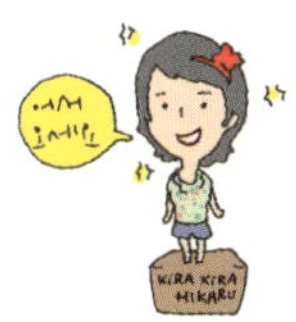

밝은 미소와 귀여움의 합성일 때도 있지요.

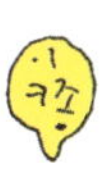

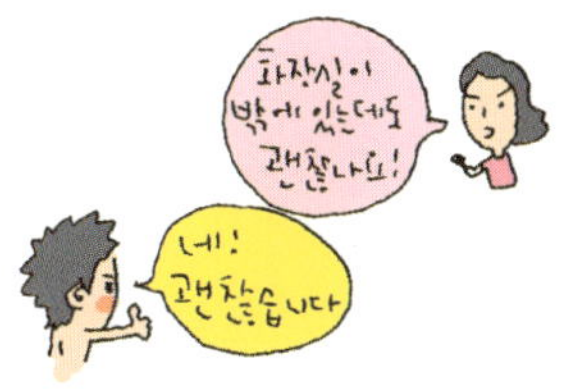

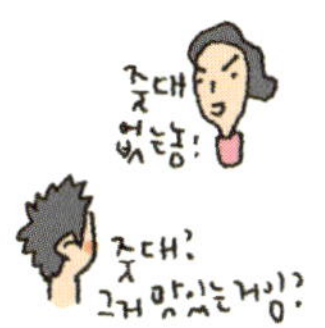

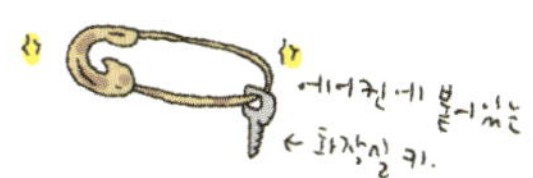

오후 두 시쯤이면, 아직도 반쯤은 정신을 못 차리고 있는 뇌를 억지로 깨우고 홍대의 카페로 숨어든다. 기왕이면 햇살은 들지 않아도 바깥이 환히 보이는 자리에 앉아 커피를 홀짝대며 최대한 미적거리고 이 여유를 즐긴다. 피자 배달을 가던 길에 농땡이를 피우는 것도 아니고 팀장님이 거래처에서 돌아오기 전에 얼른 사무실로 돌아가야 하는 것도 아니니까 입천장이 벗겨져라 커피를 밀어 넣고 얼른 엉덩이를 뗄 필요도 없다. 음악을 듣고 창밖으로 지나가는 사람들을 바라보며 한껏 '백수스러움'을 티낸다.

인기가 좋은 카페들 몇 군데가 아니면, 오후 두세 시의 홍대 어느 구석의 카페는 혼자 앉아 있기 민망할 정도로 사람이 없다. 대개의 경우는 내가 가게의 유일한 손님이기가 쉽다. 어떻게 생각하면 은근히 눈치가 보이고 미안한 노릇이지만, '그래도 나라도 매상을 올려주잖아(4,000원짜리 커피 한 잔뿐이지만)'라고 생각하면 도리어 살짝 목에 힘이 들어간다. 미안해하고 있을 때는 그만 좀 나가라고 눈치 주는 걸로 보이던 카페 직원의 눈길도 이쯤 되면 단골손님에 대한 애정 어린 눈길로 보인다.

무언가에 얽매여 있지 않다는 것은 생각보다 즐겁다. 생각해 보면, 자유롭다든지 답답하다든지 같은 개념을 전혀 갖고 있지 않던 미취학아동 시절 이후에 이런 '방종'을 즐겨 본 적이 없다. 내내 학생이었고, 다음 시험을 준비해야 했고 진학 걱정을 해야 했다. 대학에 온 이후로는 시험에 군대에 취업에 어쩐지 사회가 정해놓은 '올바른 길'을 걸어가려 애써야 했고 그러기 위해서는 몸은 편해도 마음 한구석은 밥 안 해놓고 여고 동창이랑 수다 떨러 나온 며느리처럼 항상 불편한 기분을 안고 있었다. 스물일곱이나 먹고서야, 초중고등학교를 거쳐 4년제 대학교까지 마치고 나서 회사까지 입사했다가 때려치우고 나서야, 비로소 처음 여유로움을 느끼는 듯하다.

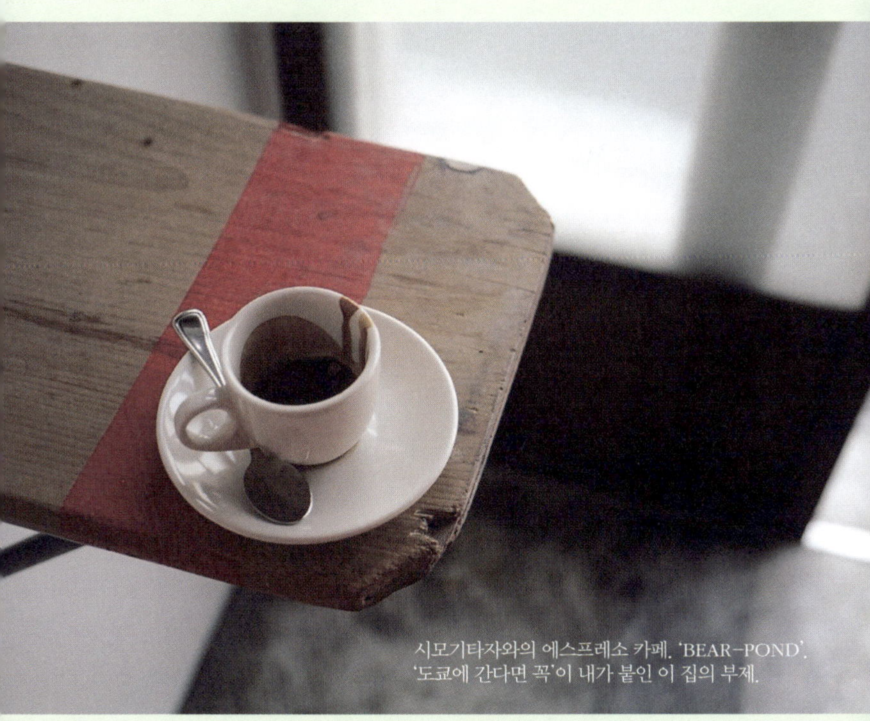

시모기타자와의 에스프레소 카페. 'BEAR-POND'.
'도쿄에 간다면 꼭'이 내가 붙인 이 집의 부제.

다음달의 통장 잔고가 걱정되고, 내년 이맘때의 내 모습이 걱정되고 10년 뒤에는 과연 뭘 하고 있을지 조금은 불안할지라도, 지금 당장은 누구보다 즐겁고 자유롭고 편하다. 마음먹기 나름이다. 10년 뒤 일을 아무리 지금 걱정하고 근심해 봤자 해결되는 것도 아니고 미아리 처녀 보살에게 가서 묻는다고 해도 대답은 들을 수 있을지 몰라도 그게 맞는지 틀리는지는 10년이 지나야 알 수 있을 테니까. 차라리 걱정하지 않는 쪽을 택하겠다. 지금 당장은 아무튼 이 커피 한 잔을 마실 4,000원이 있으니 은행 잔고는 걱정하지 않아도 되고, 내년 이맘때, 10년 뒤 내 모습은 그때 가봐야 알 테니 걱정해 봤자 소용없으니까.

오후의 햇살이 한없이 한가롭고, 스피커에서는 누군지 모를 피아니스트가 열심히 열 손가락을 놀리고 있고, 술집도 클럽도 열기 전인 느긋한 홍대 거리가 창밖으로 보이는 지금은 그저 커피 한 잔이 주는 여유면 그걸로 충분하다.

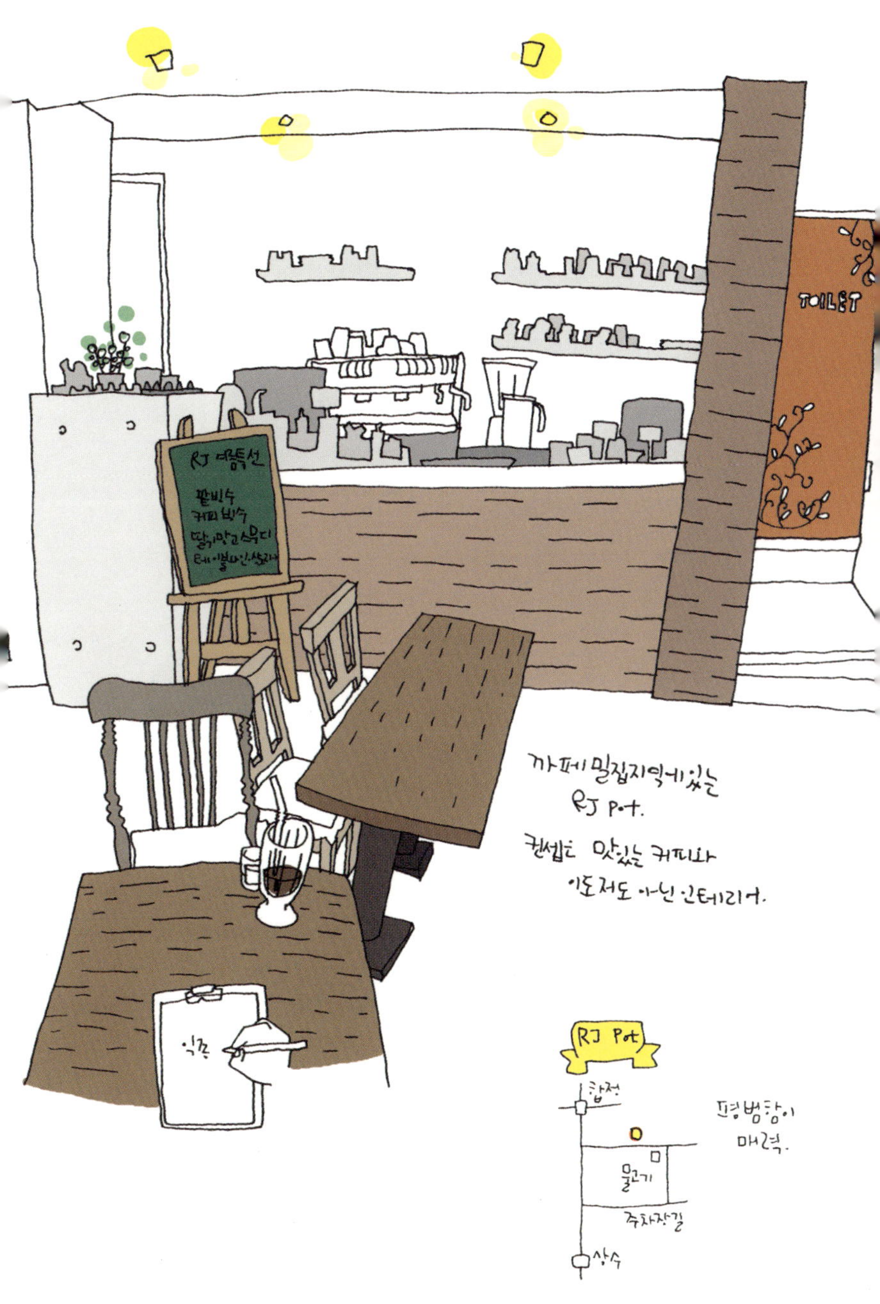
TOILET
RJ 여름특선
팥빙수
커피 빙수
딸기맛고석무디
테이블안/생과거
까페 밀집지역에있는
RJ Pot.
컨셉은 맛있는 커피와
이도저도 아닌 인테리어.
RJ Pot
횡점
물꼬기
주차장길
상수
평범함이
매력.

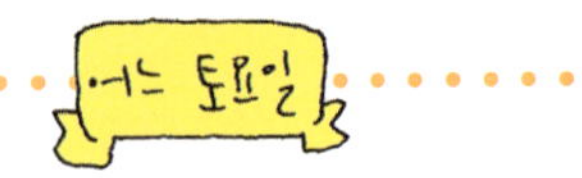

까페에 앉아 책을 뒤적이는데,

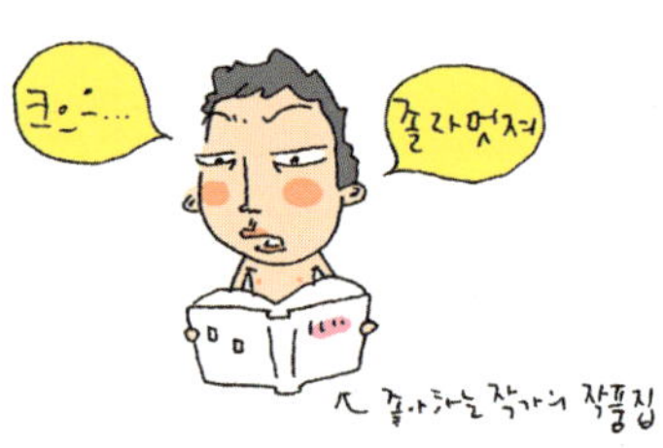

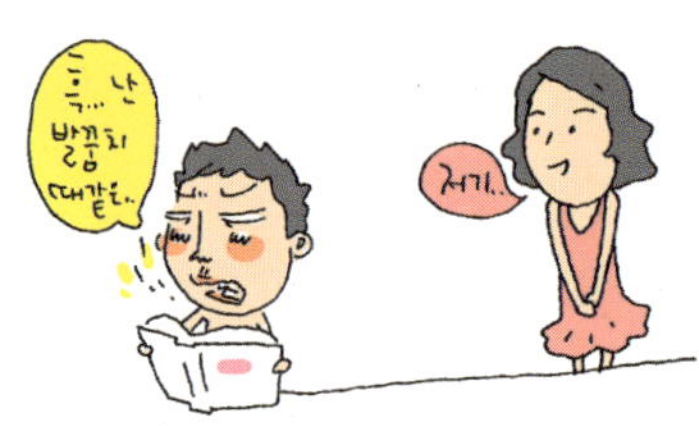

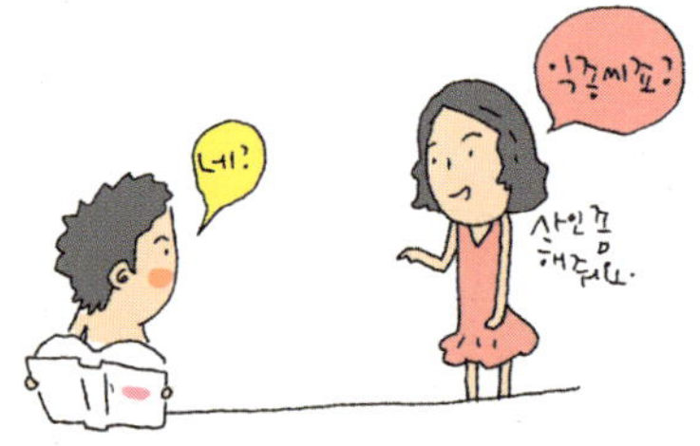

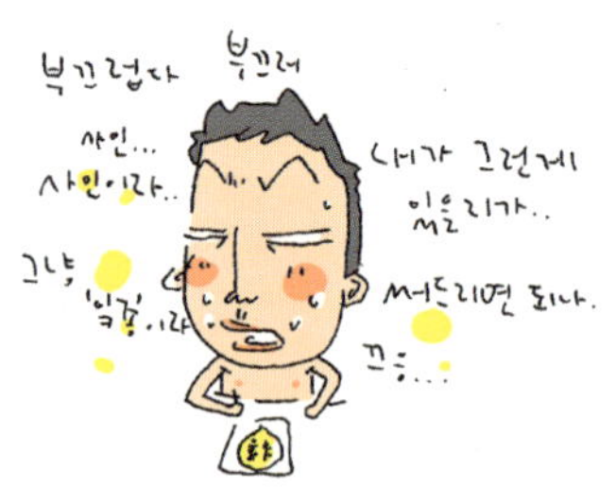

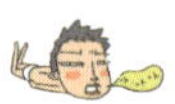

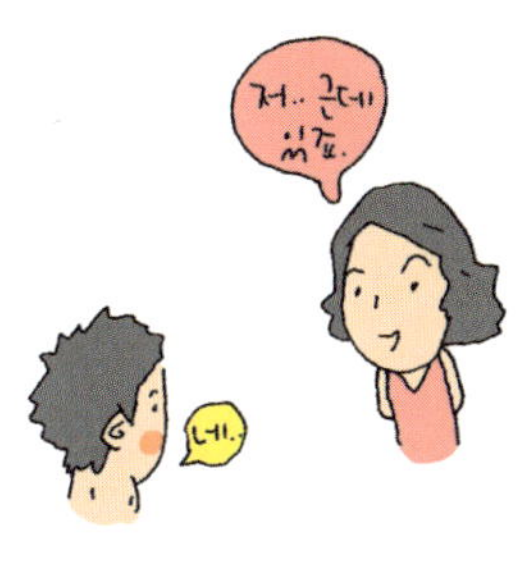

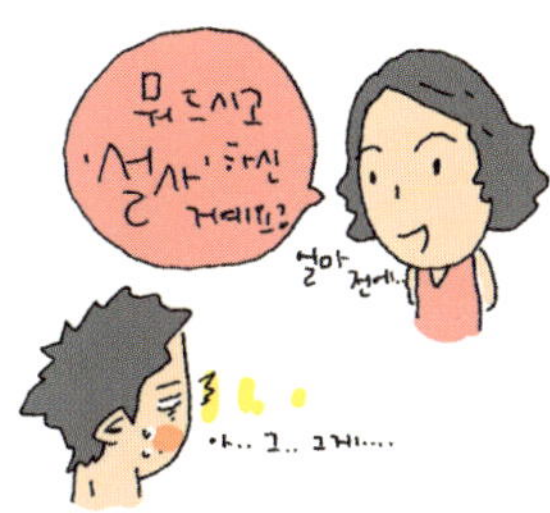

오늘에서의 까페,
햇살 가득한 창가자리에서
초면의 아가씨에게
그런 질문을 받았네요.

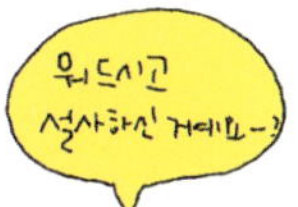

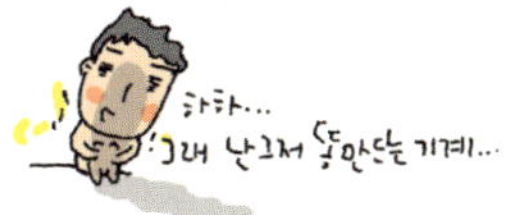

애기했던가요. 나는 왼손잡이입니다. 정확히 말하자면 오른손잡이로 70퍼센트 정도는 교정된 왼손잡이지요. 일상생활에서의 활동은 대부분 오른손으로 합니다. 글씨도 오른손으로 쓰고 그림도 오른손으로 그리고 숟가락도 오른손으로 잡아요. 젓가락질만 왼손으로 하는, 흔적만 남은 왼손잡이. 하긴 뭐 시속 150킬로의 불같은 직구를 뿌리는 투수도 아닌데 왼손잡이라는 게 그렇게 자랑거리도 아니고 딱히 어떤 장점으로 발휘되는 것도 아니니까 오른손잡이 왼손잡이 구분 자체도 큰 의미가 없을지도 모르겠네요(마지막으로 운동이라는 걸 해본 게 언제더라…).

그림을 그리려고 로트링rotring .3 펜을 꺼내서 뚜껑을 빙글빙글 돌려 열고 나면 제일 먼저 하는 일은 펜촉 상태 확인입니다. 그동안 잘 지냈는지, 또 하루 내내 방치해 뒀다고 잉크 눈물을 흘리고 있진 않은지 한 번 눈 맞춰주는 거지요. 세 번에 한 번 정도의 빈도로 펜촉 끝에는 잉크 방울이 작게 맺혀 있습니다. 뭐 작은 반가움의 표시 정도이려니 생각하고 있지만 그 잉크 방울을 그냥 내버려두고 에헴! 하고 그림을 그리기 시작하면 종이에 큰 점이 찍혀 버리니까 닦아내야 합니다. 휴지로

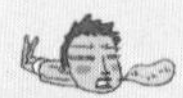

닦아내도 되고 종이 귀퉁이에 살짝 문질러줘도 되지만 습관처럼 왼손 엄지 둘째 마디에 한 바퀴 굴려버립니다. 손톱에서 한 4센티미터 정도 아래쪽에 말이에요. 스윽 하고 굵은 선이 하나 그려집니다. '자 시작해볼까!' 하고 스타트를 끊는 느낌. 밥 먹을 때를 제외하고는 왼손이 제일 충실하게 사용되는 순간입니다.

지금도 보니 왼손 엄지에 그 잉크선이 두 개나 나 있어요. 손을 씻지 않았다는 고백은 아닙니다. 손은 씻었어요 물론(다시 말하지만 난 1일 1똥 운동과 더불어 1일 2샤 운동까지 벌이고 있는 물부족국가의 물낭비국민이니까요). 그냥 갑자기 '하아, 내 이놈의 왼손'이라는 생각이 들었어요. 국민학교 1학년 때 왼손으로 삐뚤빼뚤 글씨를 쓸 때는 찰싹찰싹 많이도 맞았던 왼손이고 이래저래 잘하지도 못하는 운동을 깔짝거릴 때는 일반적인 수준보다도 꽤나 떨어지는 운동신경 때문에 많이도 다쳤던 그 왼손. 지금은 이렇게 잉크닦이 정도로 전락해 버린 건 아닌가 싶기도 하고. 그래도 진성 오른손잡이들보다는 많이 사용하고 있으니 그 나름대로 또 충실한 것 아닌가 싶기도 하고. 뭔가 중요할 때는 결국 왼손을 쓴다고 생각은 하고 있으니 그설로 이놈의 왼손도 날 이해해 주지 않을까 싶기도 하고. 괜히 센치해져 버리는, 쓸쓸하고 눅눅하고, 카페에서는 엄청난 볼륨으로 가요들이 흘러나오는 일요일 밤. 왼손 엄지한테 미안해져서 자그맣게 :)을 그려줬습니다. 겉으로나마 웃으라고 말이지요.

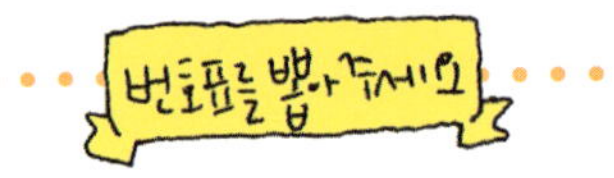

번호표를 뽑아주세요

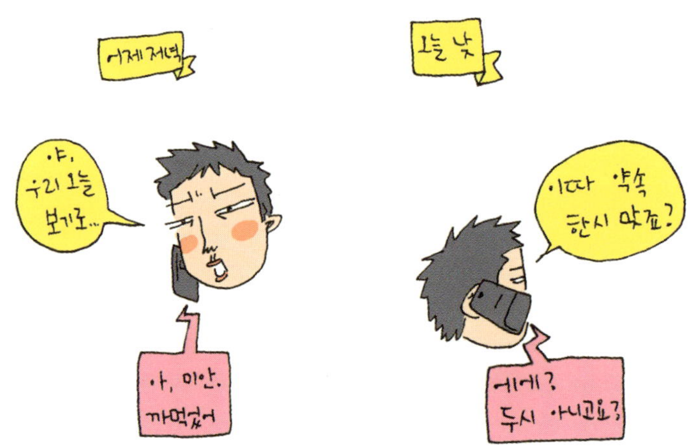

어제 저녁
오늘 낮
야, 우리 오늘 보기로...
아, 미안. 까먹었어
이따 약속 한시 맞죠?
네에? 두시 아니고요?

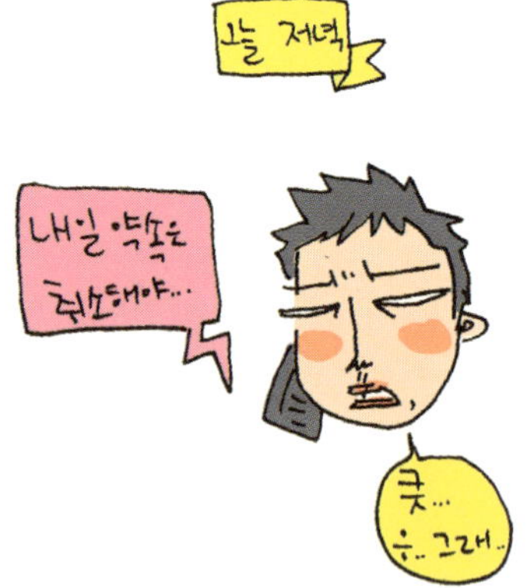

오늘 저녁
내일 약속은 취소해야...
쿳... 응.. 그래..

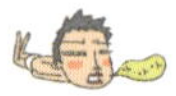

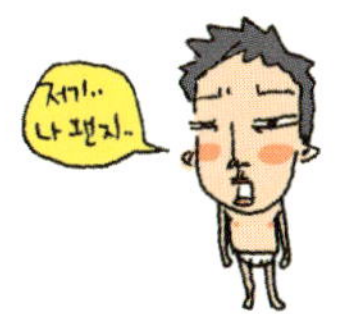

우선순위가 상당히
낮은 사람이 된 기분입니다만...

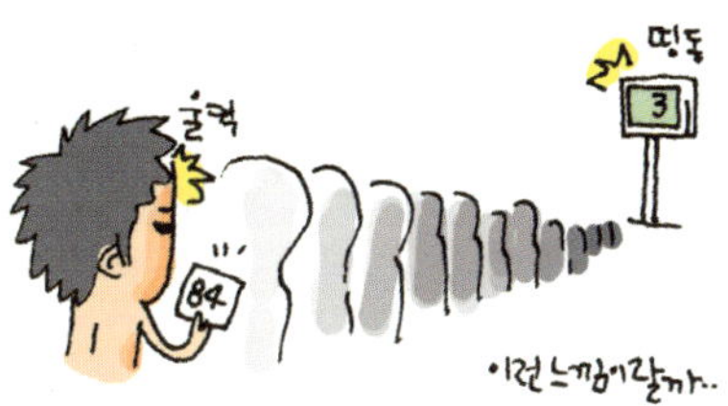

좀 불러줘. 종일 대기중이라니까…

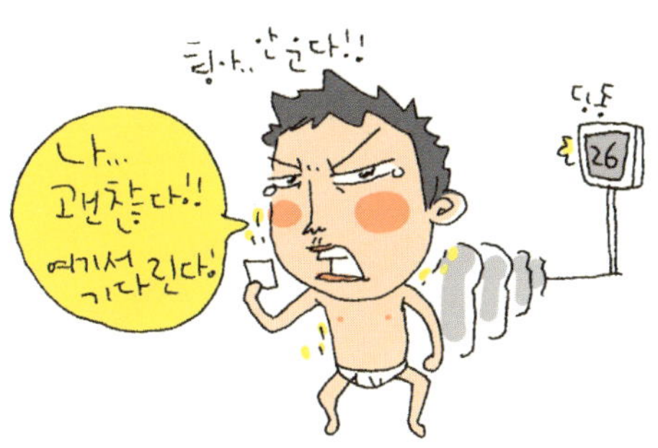

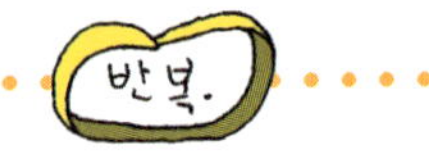

반복.

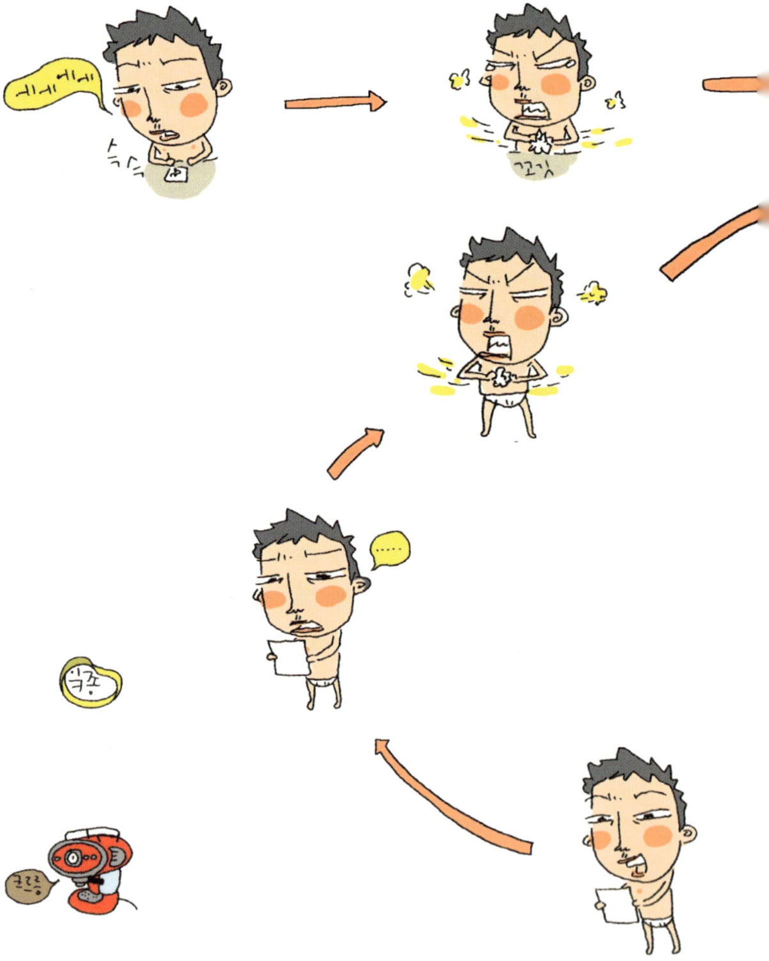

에에에

꾸짓

.....

쿨쿨

쿠쿠

쿠르릉

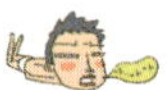

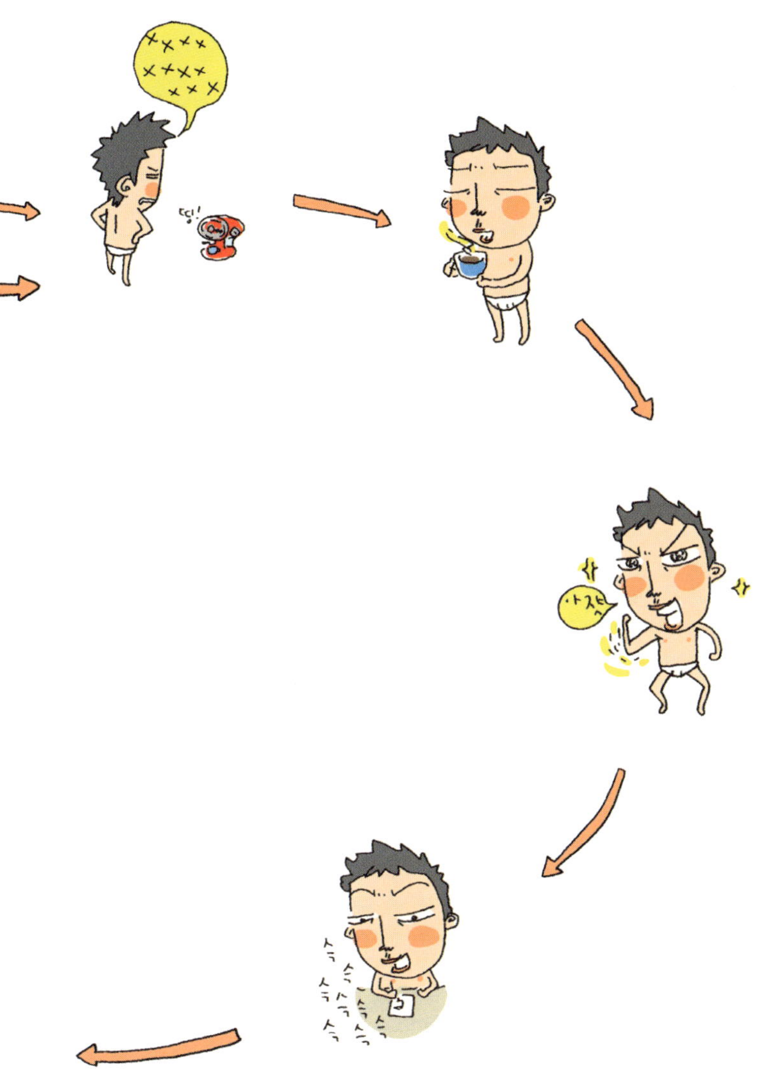
トスヒ

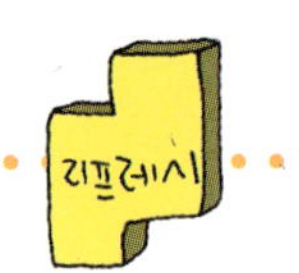

문득 든 생각.

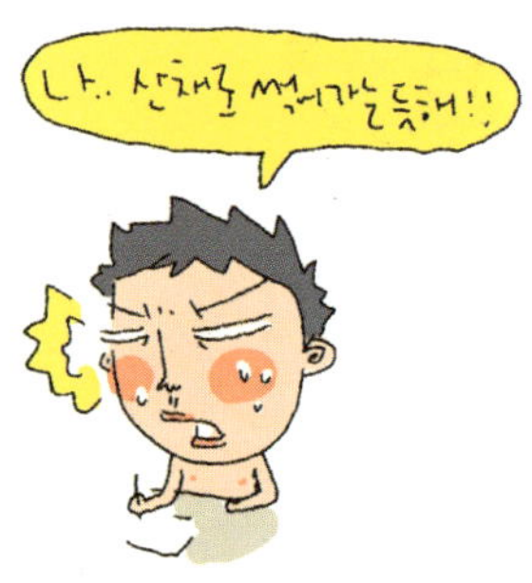

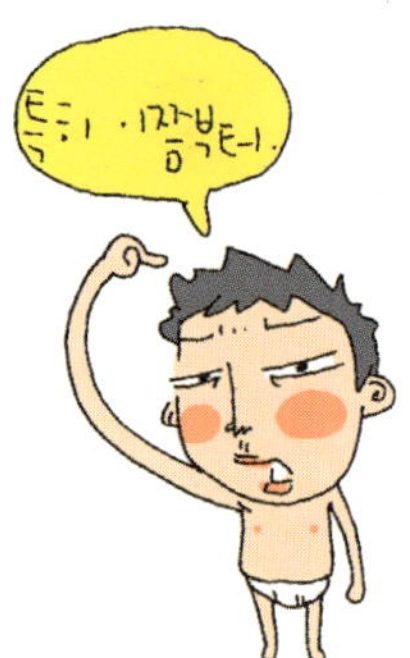

리프레싱을 위해
잠시 테트리스를 했다.

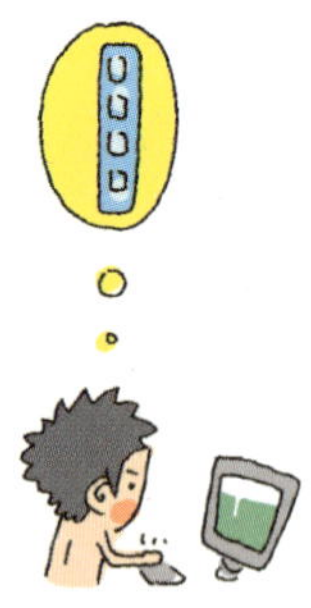

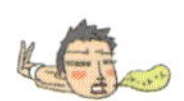

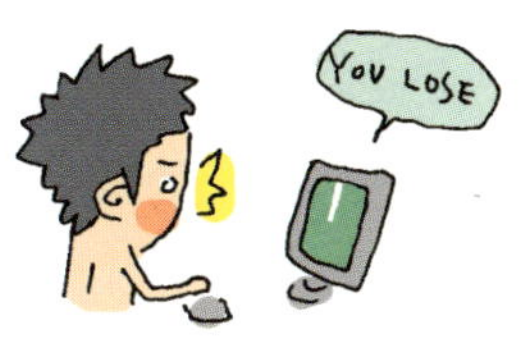

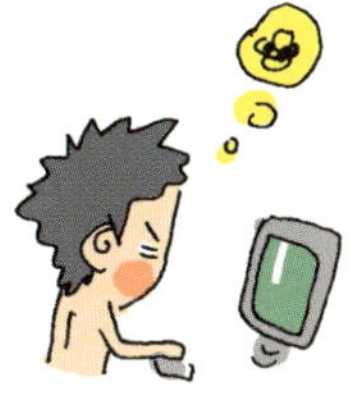

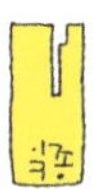

테트리스가 지능계발에 그리 좋다며?
근데 난 왜 늘 첫판을 못 깨고….

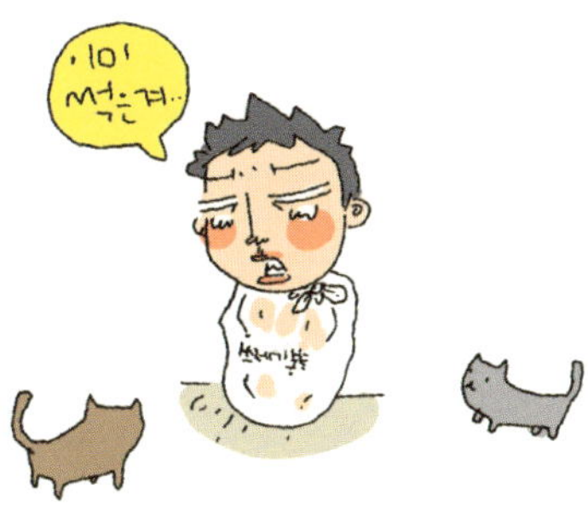

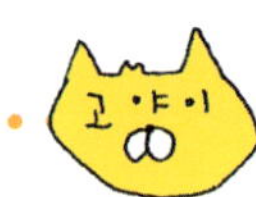

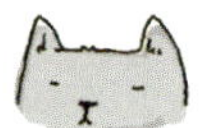

고양이와는 여
친해지질 않는다.

그저께는 부시럭대는 소리에
현관문을 열었더니.

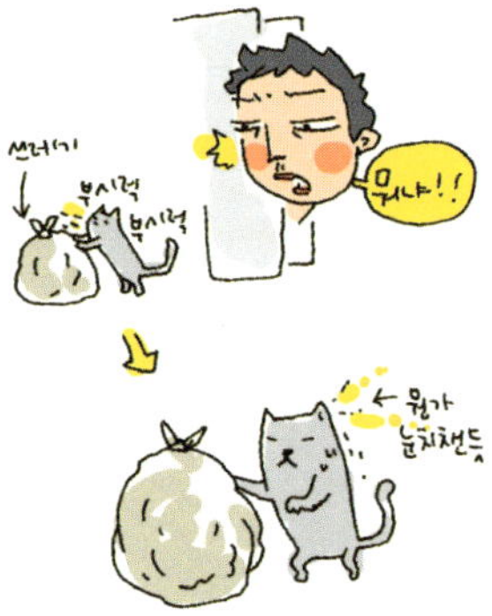

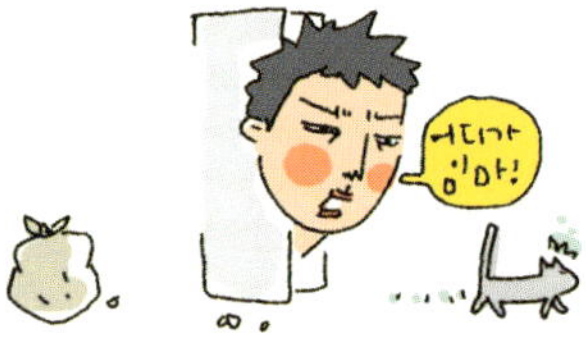

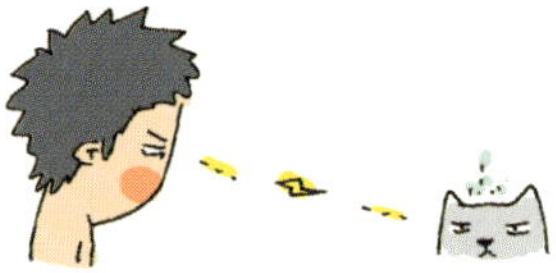

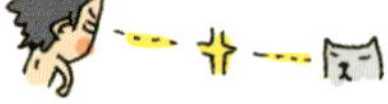

무서웠어.

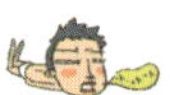

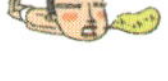

오늘은..

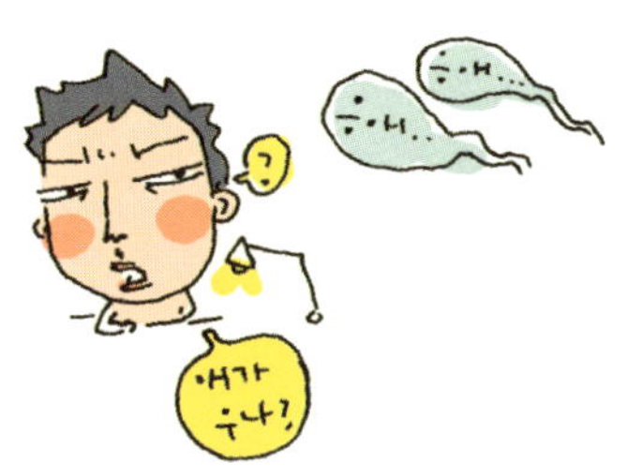

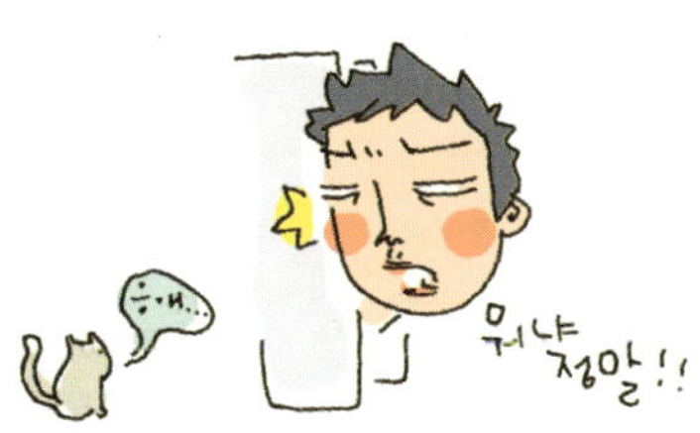

정말 역물인건가.

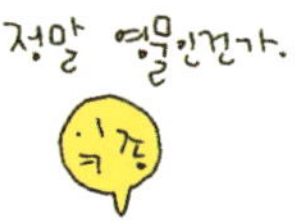

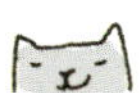

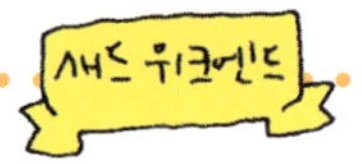

새드 위크엔드

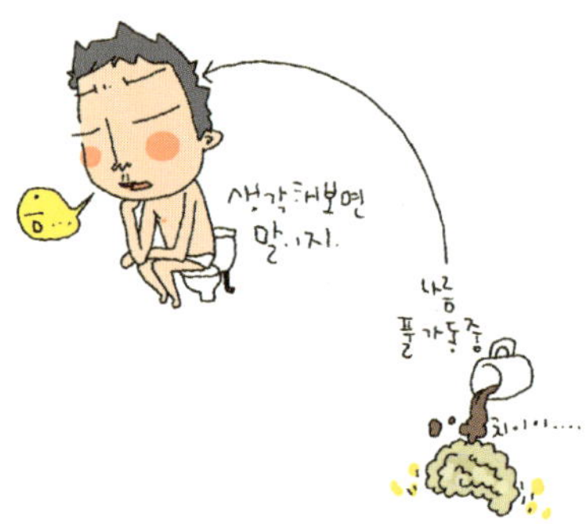

생각해보면
맞.이지.
흠…
나도
풀가동중
치이이…

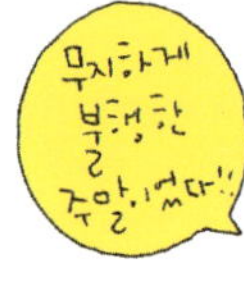

무지하게
불행한
주말이었다!!

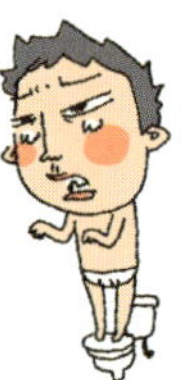

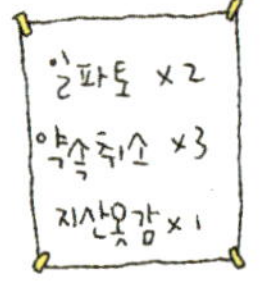

일파토 x2
약속취소 x3
지산옷감 x1

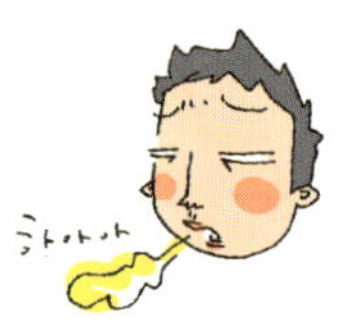

하아아

이
키종

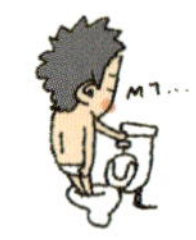

써기…

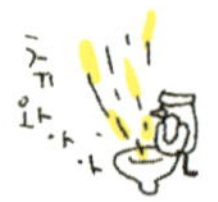

쥬
와…아

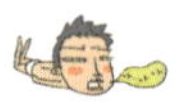

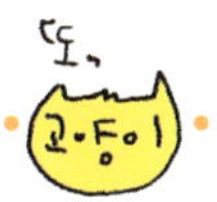

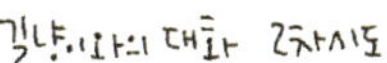

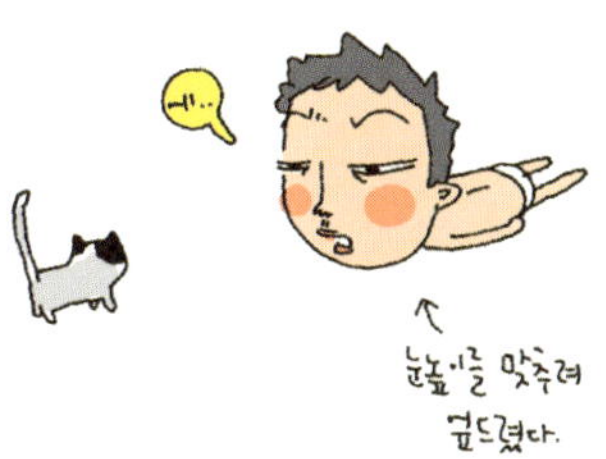

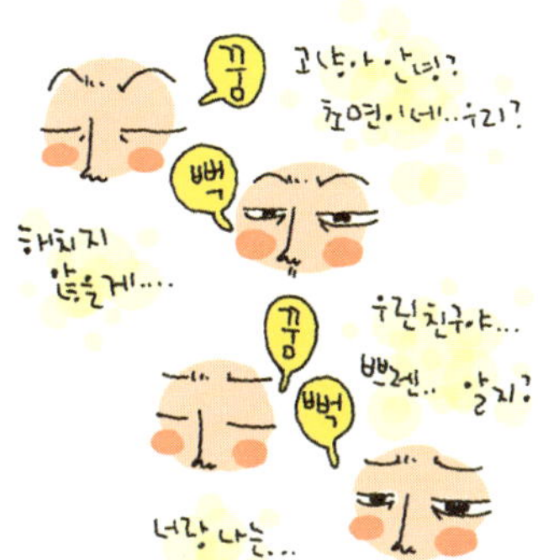

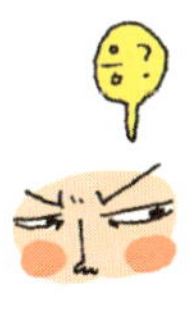

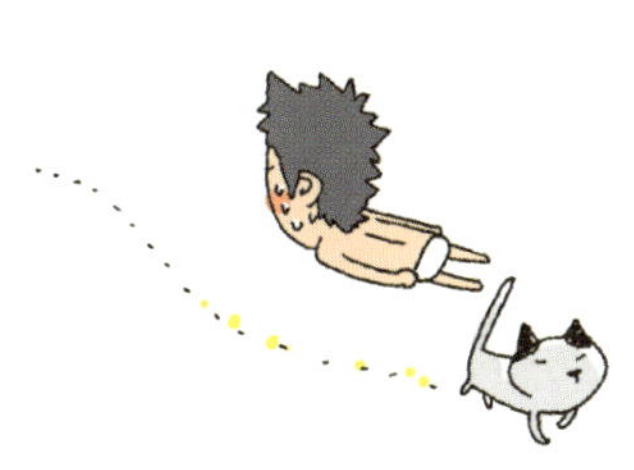

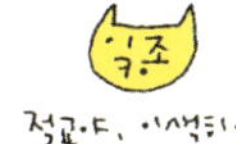

고양이와 눈높이를 맞추고 눈을 꿈벅이면
고양이가 친구해 준다고 한 사람 누구야!!

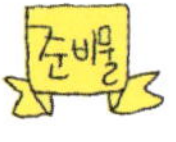

어제는 '인디아나 존스데이'을 했어요.

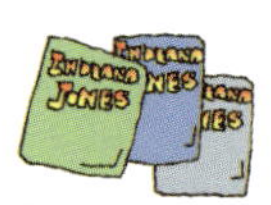

① 인디아나존스 1, 2, 3.

② 맥주 x 14 정도

③ 시간

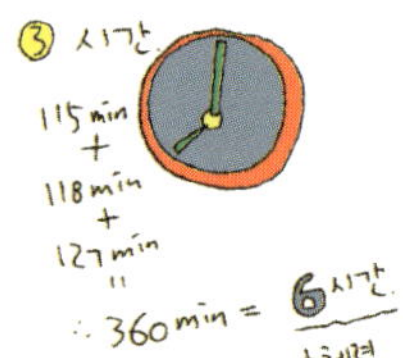

115_{min}
+
118_{min}
+
127_{min}
=
∴ 360_{min} = **6**시간
+체력

④ 뻘거아닌 깨끗에도
즉즉즉 웃어제낄
긍정적
mind.

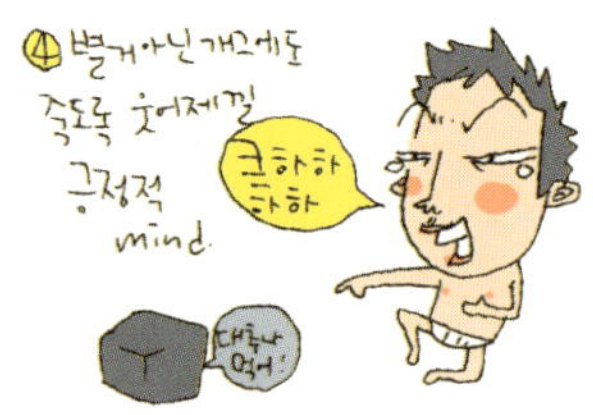

⑤
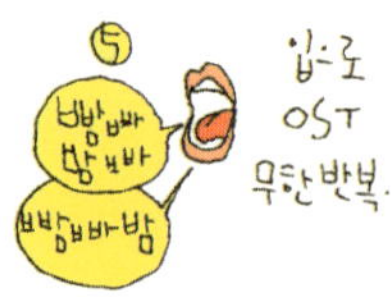

밤~로
OST
무한반복.

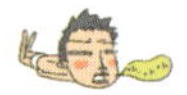

※ 있으면 좋고 없어도 되는 준비물

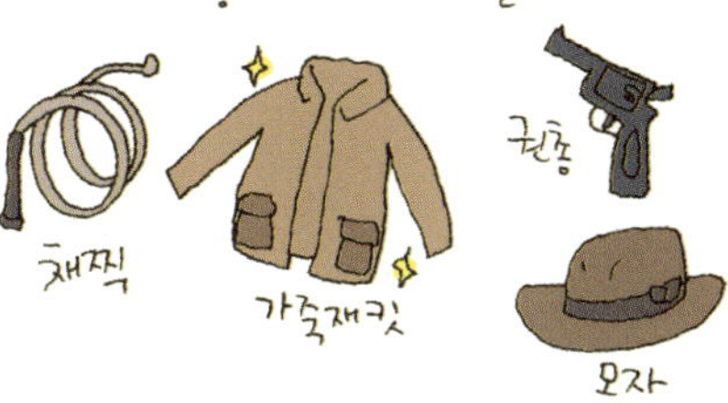

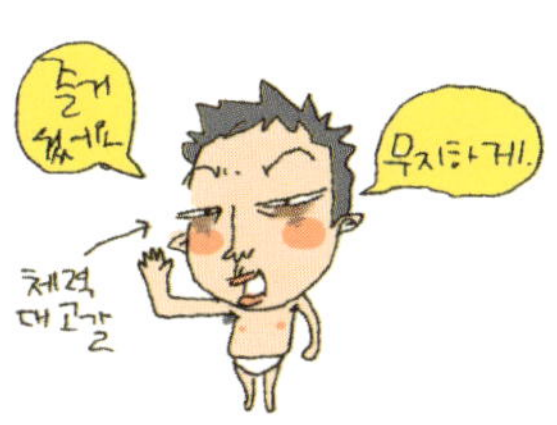

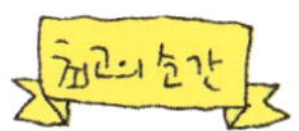

2편에서 이상한 요리를
먹는 장면.

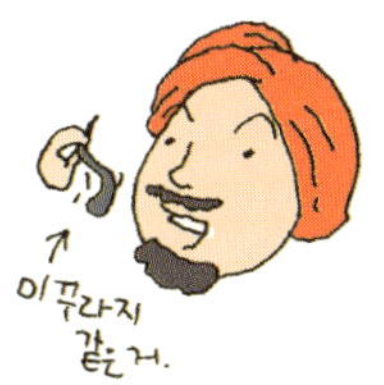

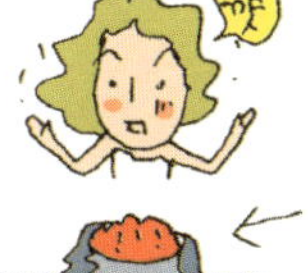

그 유명한 원숭이 골요리.

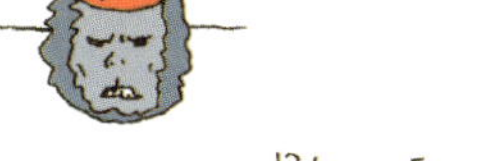

·1편 장면들을 보면서 쉬려는.

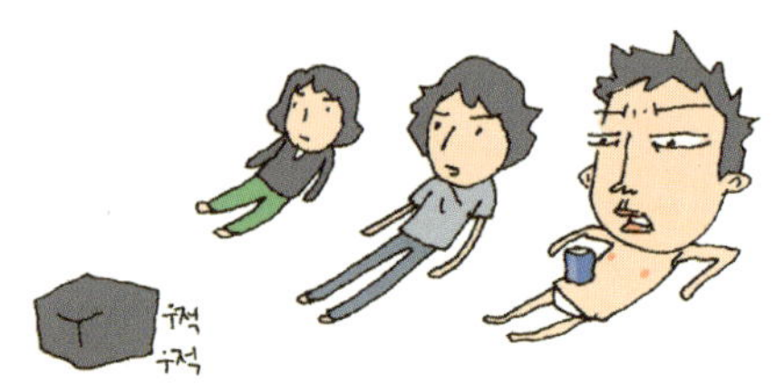

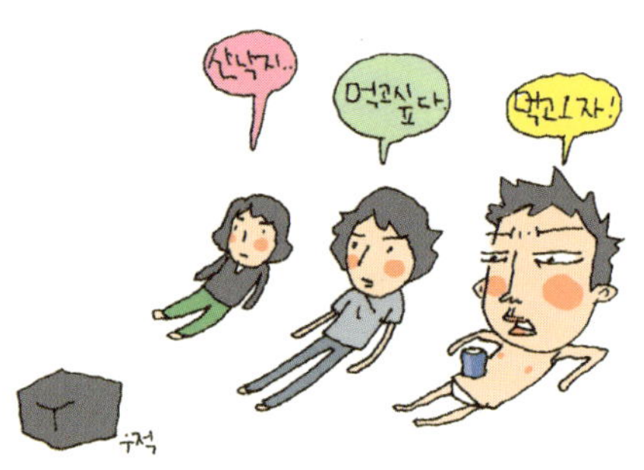

그래서 2편 끝나고 나가서

산낙지 먹고 왔어요

스타워즈 데이, 다이하드 데이, 배트맨 데이 등으로 응용 가능.
스타워즈 데이는 그야말로 강철체력 요망.

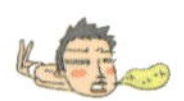

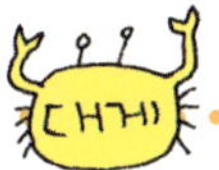

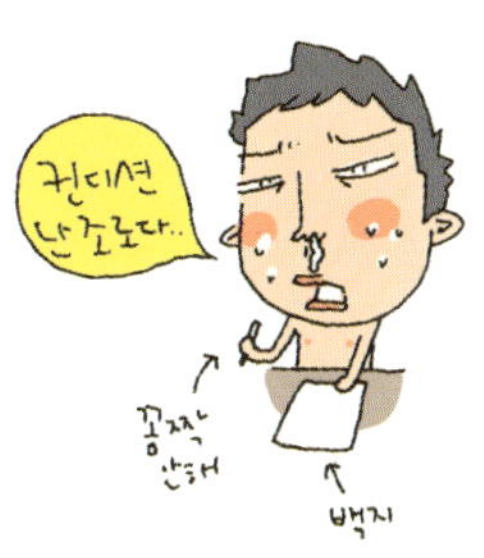

컨디션
난조로다..
꼼짝
안해
백지

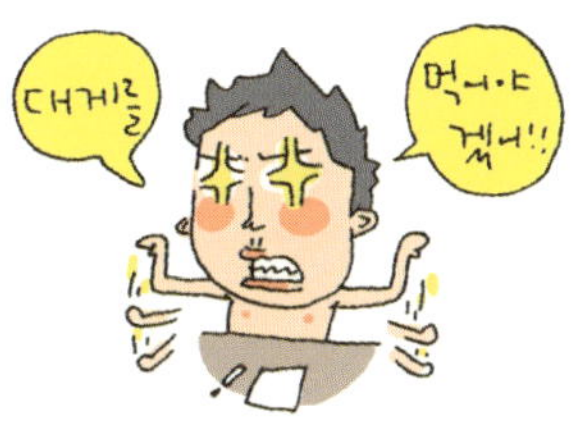

대게를
먹나봐겠나!!

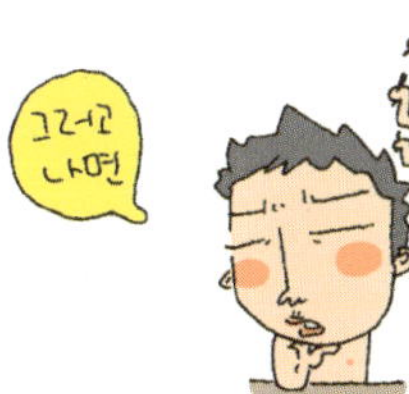

그리고
나면

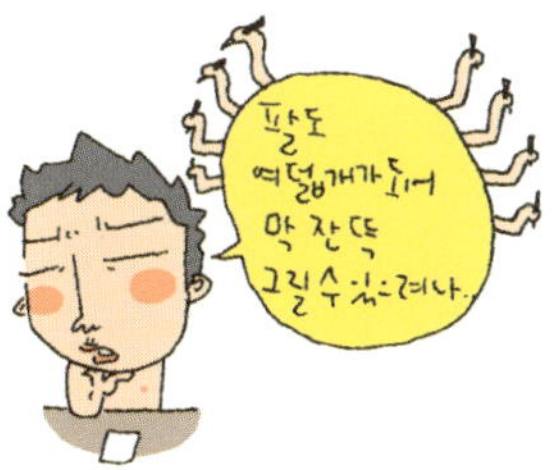

팔도
여덟개가되어
막 잔뜩
그릴수있는데냐.

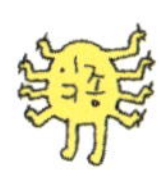

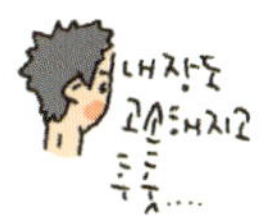

내장도
고소해지고
특특....

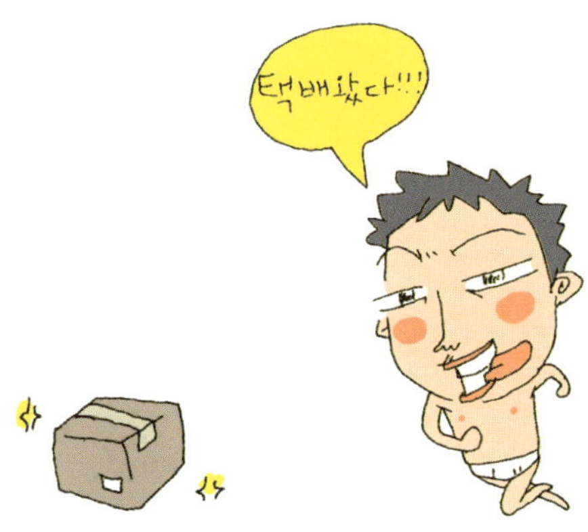

앗. 그런데..

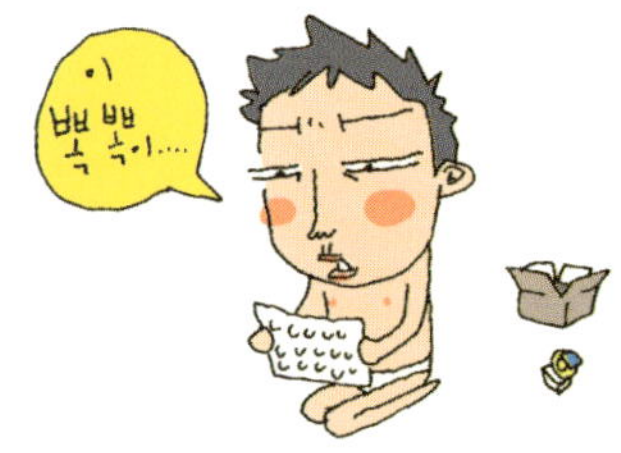

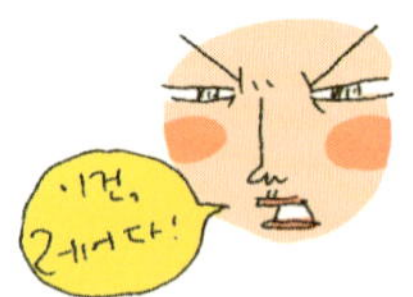

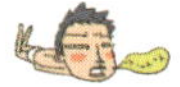

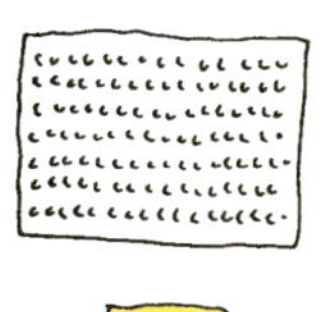
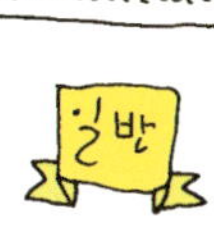

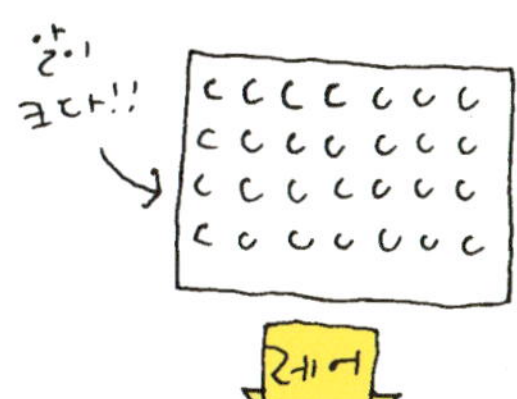
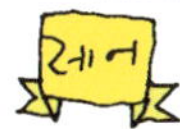

나 또한 빽빽이의 치욕 앞에서
자유롭지 못한 빽통 남자.

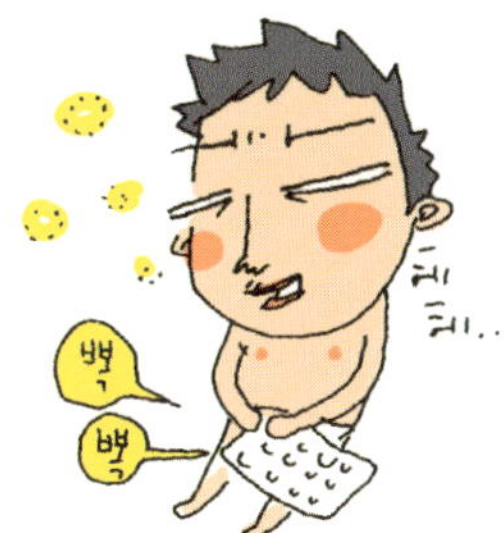

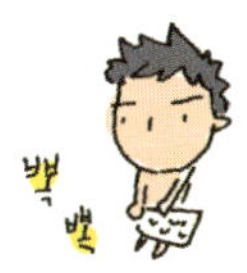

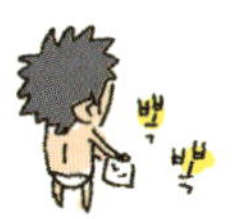

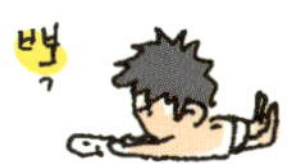

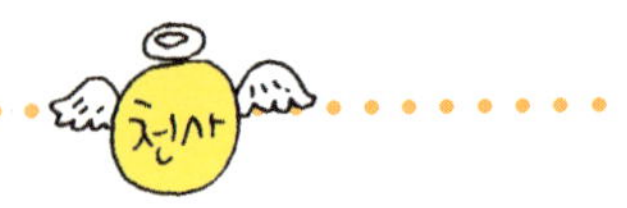

도쿄에 갔을때 마시고서
사랑에 빠져버린 맥주

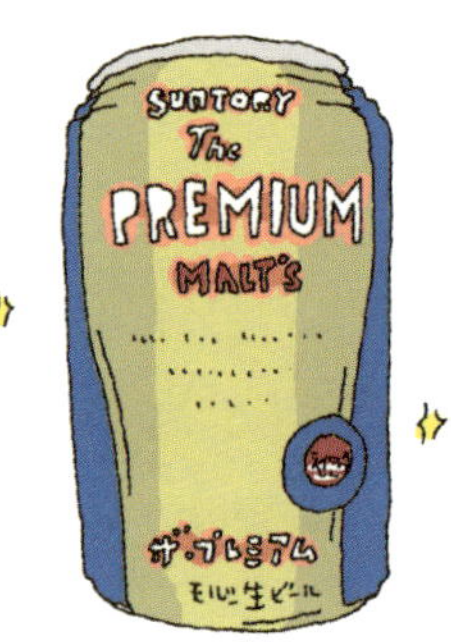

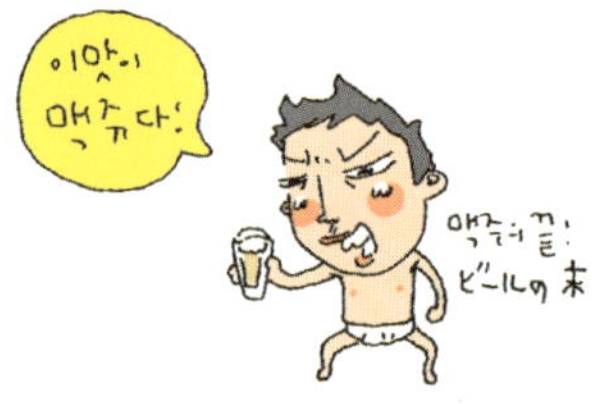

그러나 장미에는
가시가 있는법

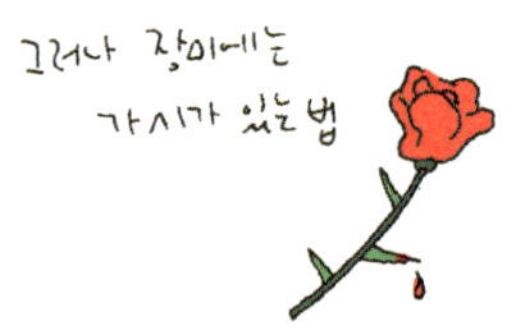

·1녀석의 가시는,
국내에서 구할수없음!

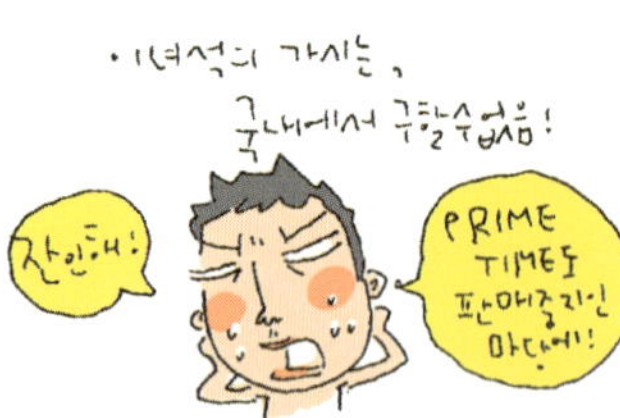

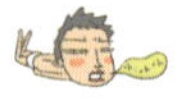

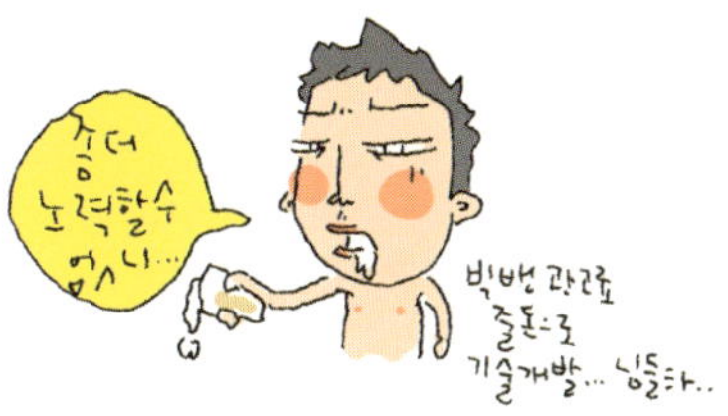
좀더
노력할수
없니...
빅뱅 관련로
줄룬=로
기술개발... 넝홀타..

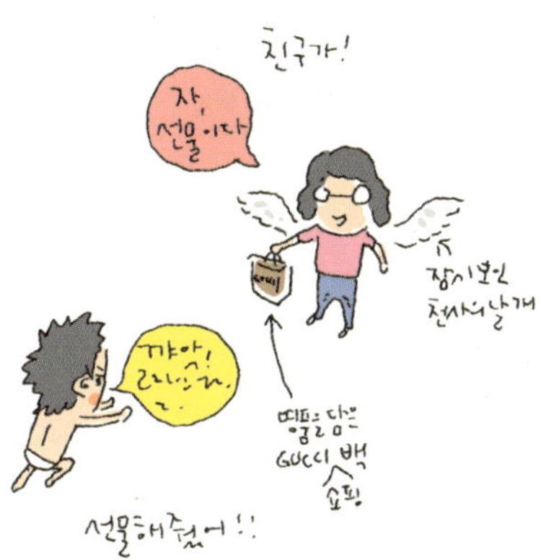
친구가!
자,
선물이다
자기보인
천사의날개
까아!
라니깐.
때포=다는
깔라만
GUCCI 백
쇼핑
선물해줬어!!

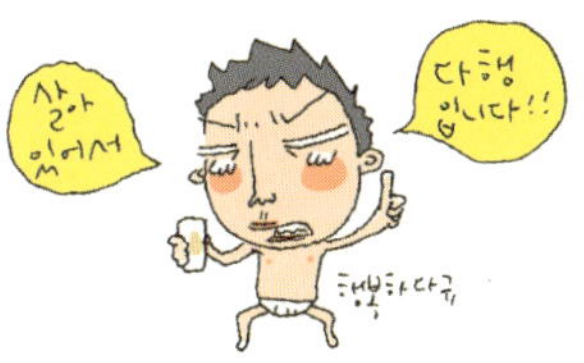
살아
있어서
다행
입니다!!
행복하다귀

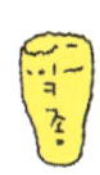
키
조

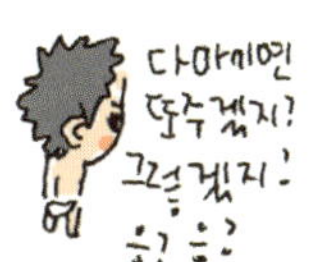
다마케인
또주겠지?
그렇겠지!
응? 응?

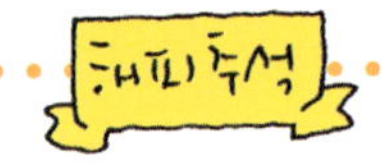

해피 추석

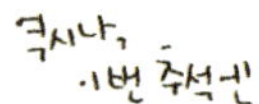

역시나,
이번 추석엔

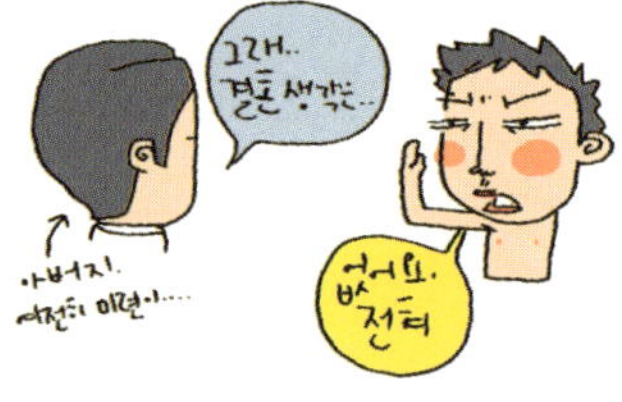

그래..
결혼 생각은...
어머요.
벌써 전쟁
아버지.
여전히 미련이....

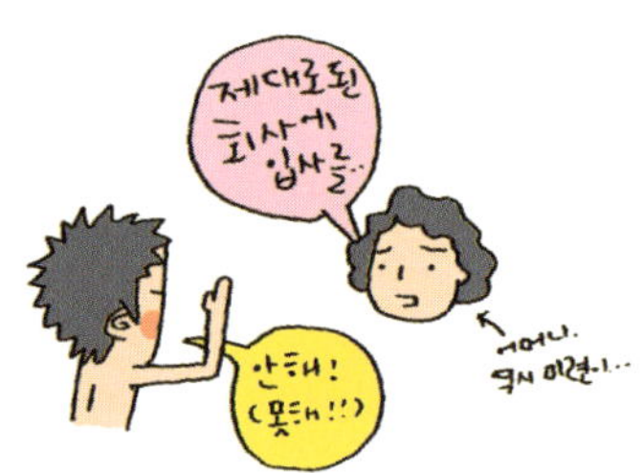

제대로된
회사에
입사를...
안돼!
(못돼!!)
어머니.
역시 미련이...

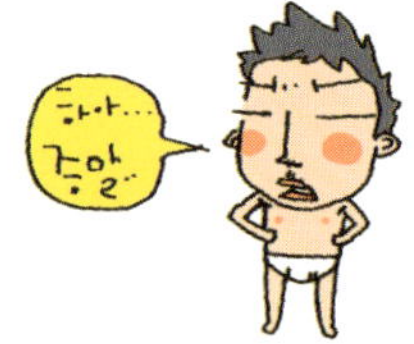

하아...
졸려

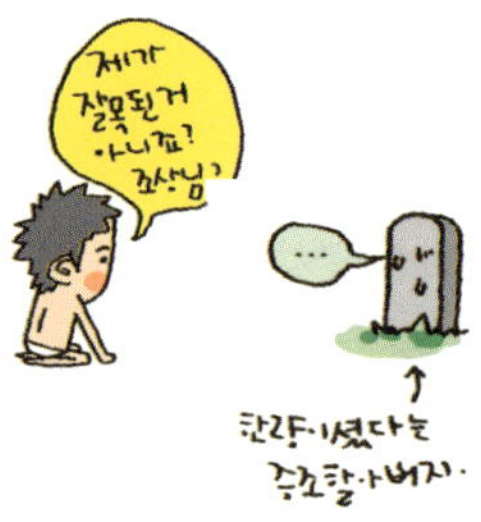

제가
잘못된거
아니죠?
조상님?
...
한량이셨다는
증조할아버지.

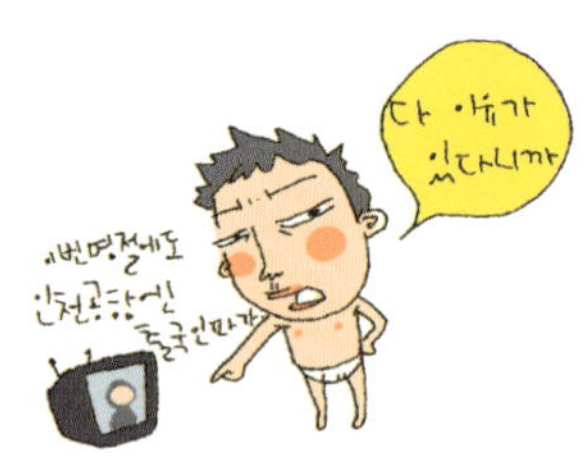

다 이유가
있다니까
이번명절에도
인천공항신
출국길만가

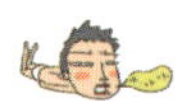

원래 의사 말은 잘 듣지 않는다.

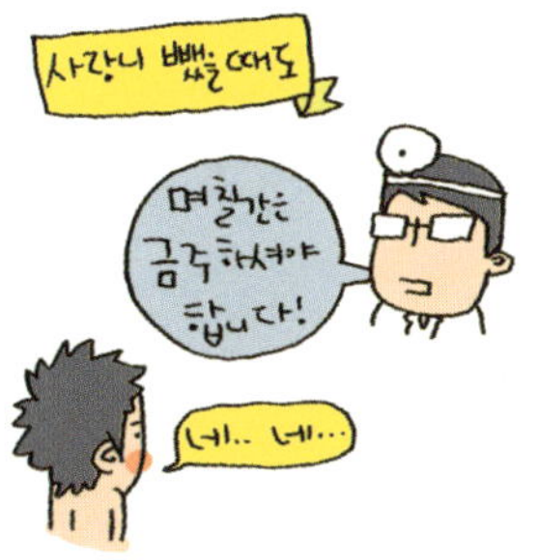

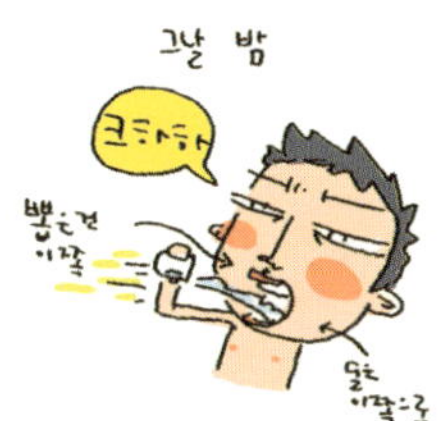

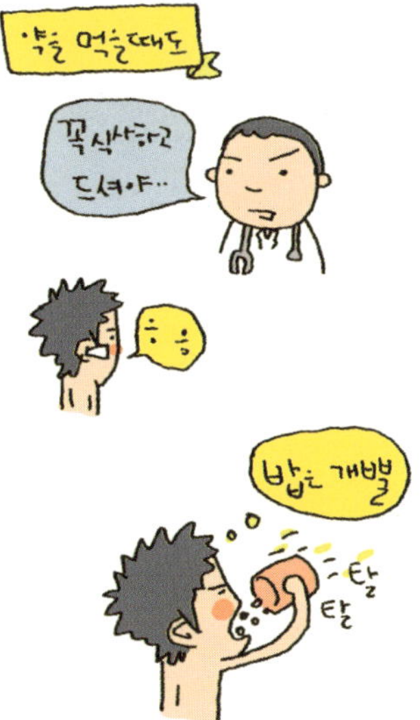

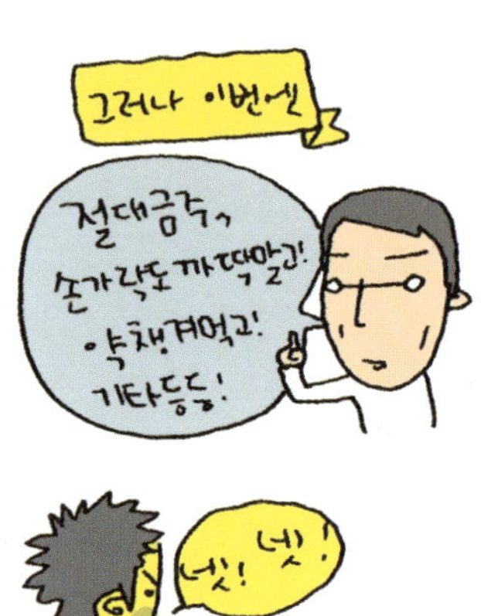

그러나 이번엔
절대금주,
손가락도 까딱말고!
약챙겨먹고!
기타등등!

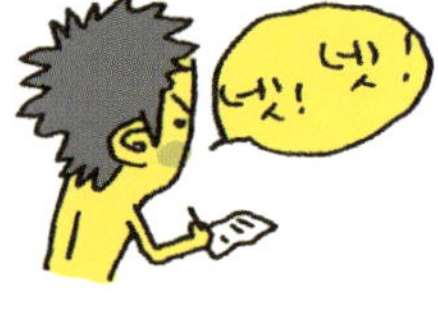

넷! 넷!

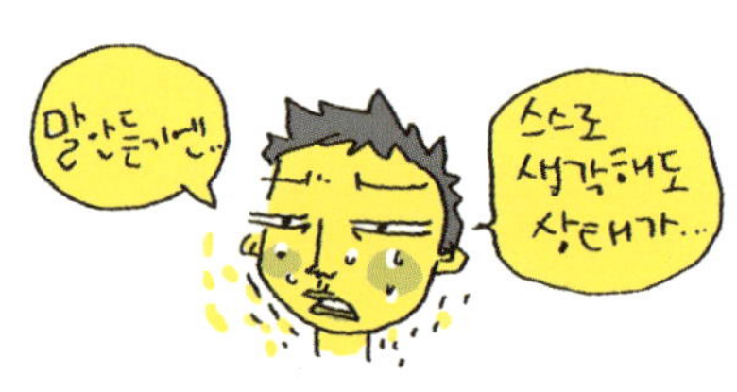

말안듣기엔..
스스로 생각해도 상태가...

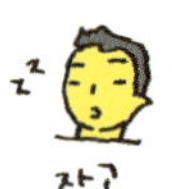

그래서 그간
자고

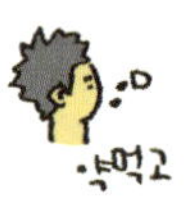

약먹고

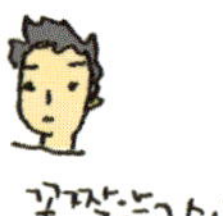

꼼짝않고 쉬고...

만 착실히 무한반복.

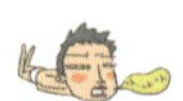

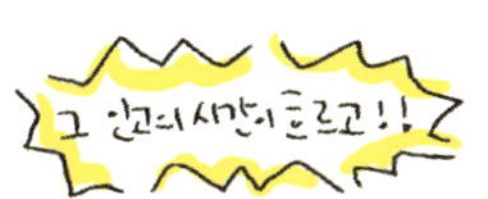

그 얼마의 시간이 흐르고!!

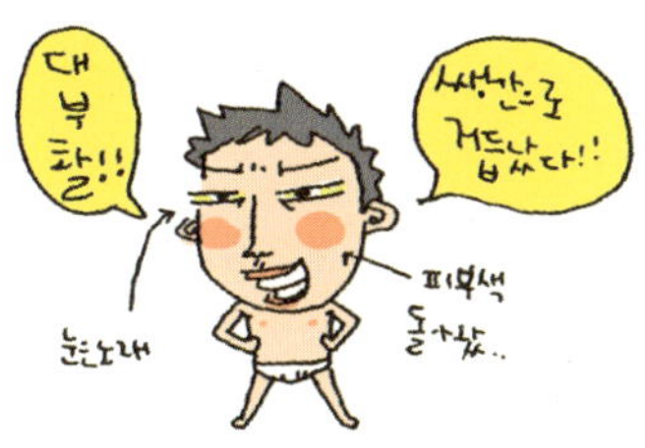

대부활!!
눈은노래
쌩살으로 거듭나 봤다!!
피부색 돌아왔..

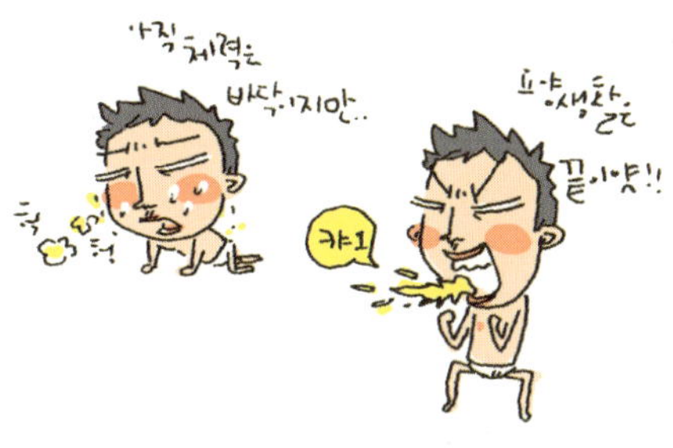

아직 체력은 바닥이지만..
쿨럭쿨럭
캬1
요양생활은 그걸로 끝이얏!!

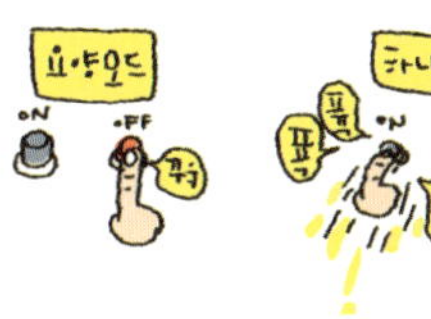

요양모드
ON
OFF
뀨
카니모드
폭풍
폭풍
ON
OFF

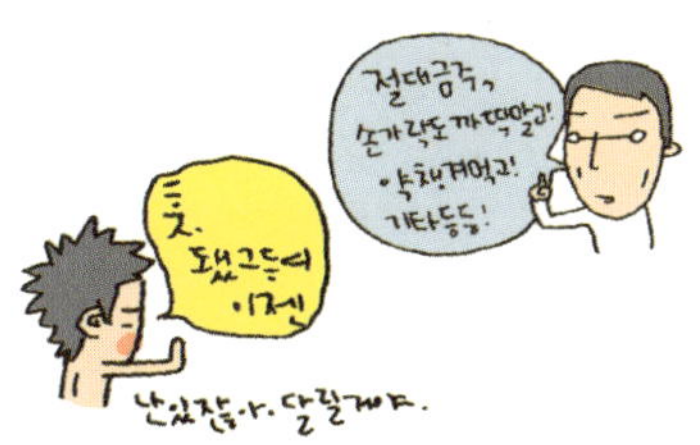

크흣. 됐고들어 이젠
절대금주, 손가락도 까딱말고! 약챙겨먹고! 기타등등!
난 살잖아. 달릴꺼야.

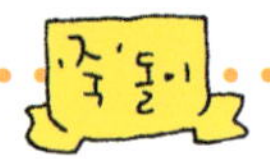
죽'돌이

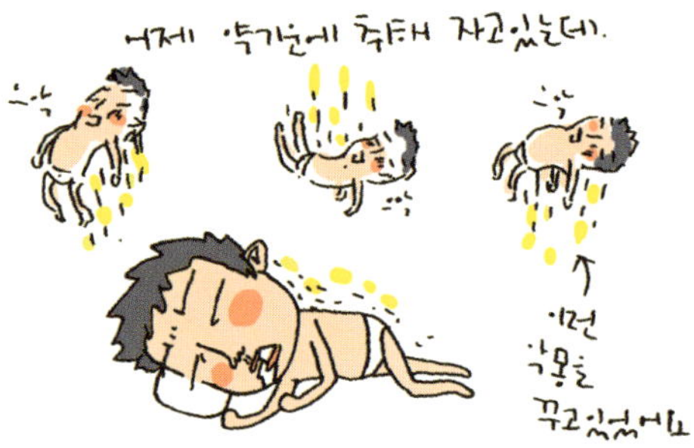
어제 술기운에 취해 자고있는데.

↑
...면
꿈을
꾸고있었나봐요

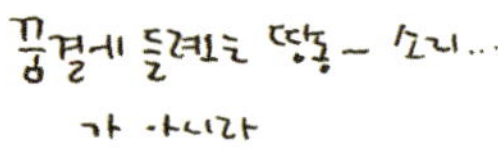
꿈결에 들려는 땅동~ 소리...

가 아니라

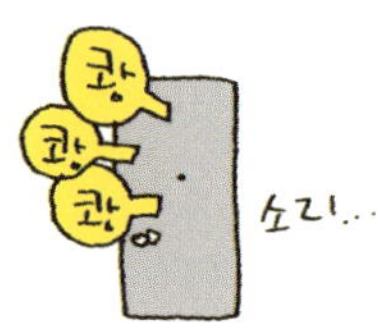
콰앙
콰앙
콰앙
소리...

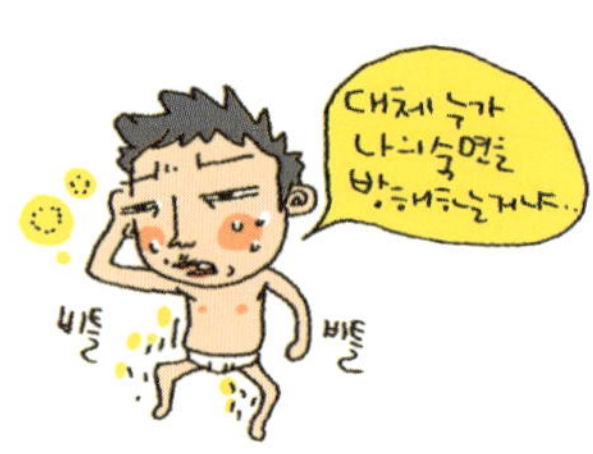
대체 누가
나의숙면을
방해하는거냐..

쿠?

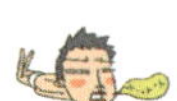

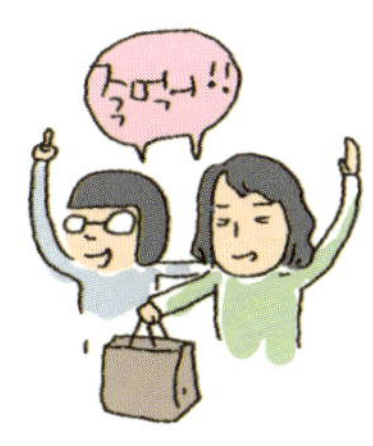
죽먹어!!

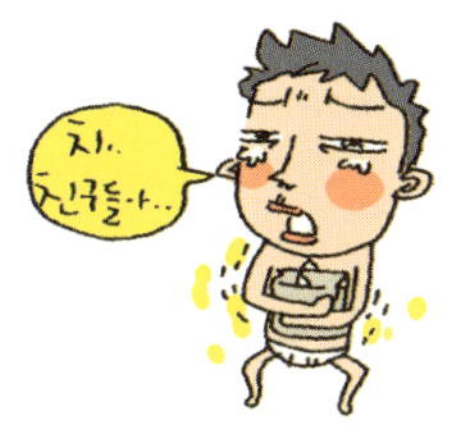
자..
친구들아..

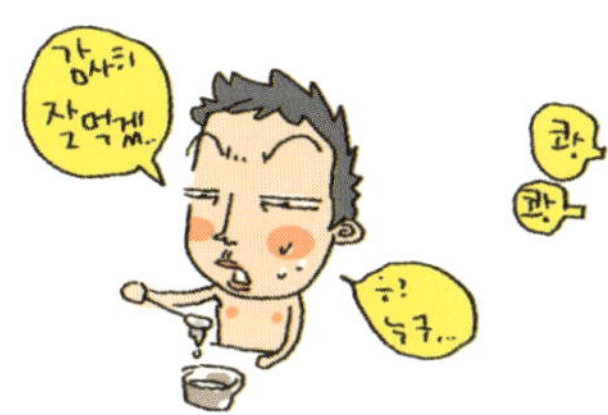
갑자기
잘먹네..
쾅
쾅
어!
누구..

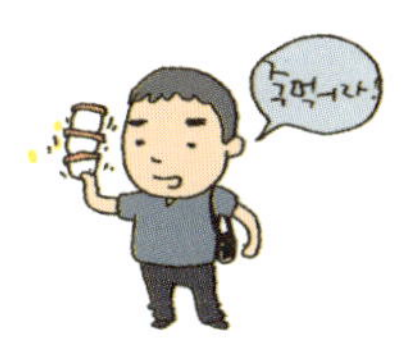
죽먹어라.

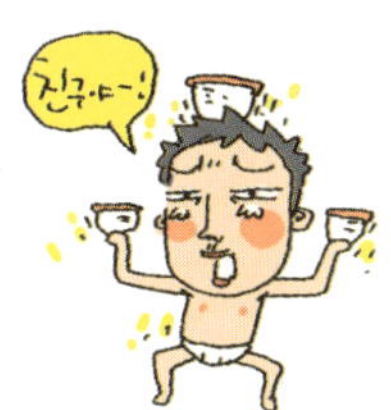
친구야-!

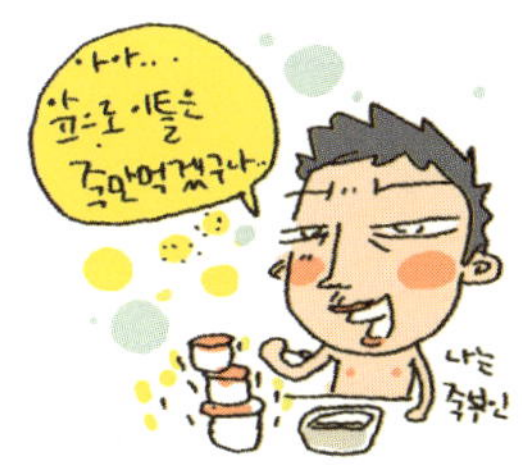
아아..
앞으로 이틀은
죽만먹겠구나..
나는
죽박인

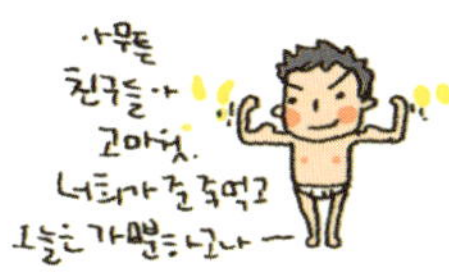
아무튼
친구들아
고마웟.
너희가 죽먹고
그늘은 가뿐하구나--

내시경

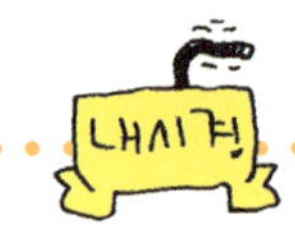

수면내시경을 했다.

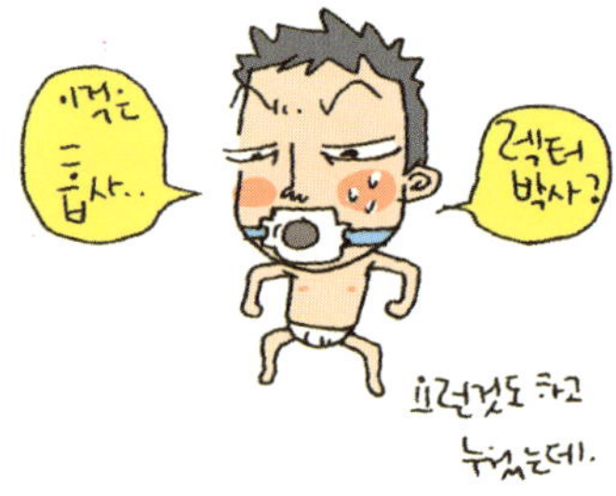

이거는 흡사..
렉터 박사?
요런것도 하고 누웠는데.

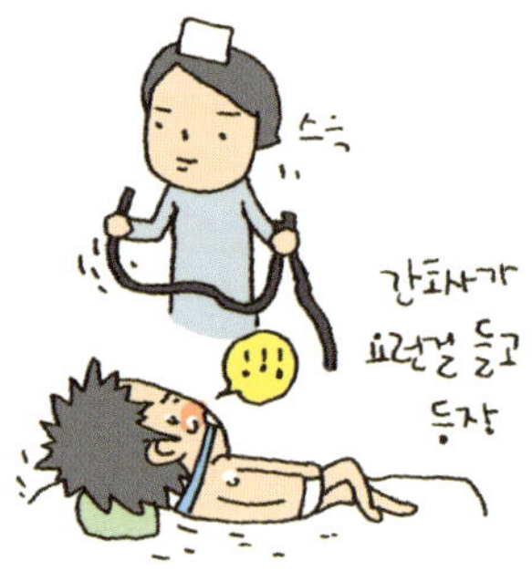

스윽
간호사가 요런걸 들고 등장

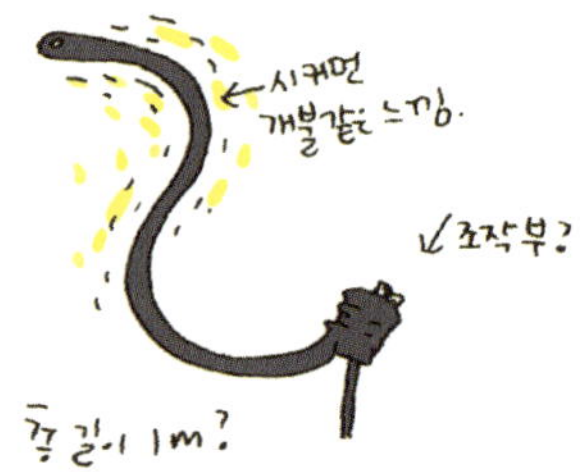

시커먼 개불같은 느낌.
조작부?
총 길이 1m?

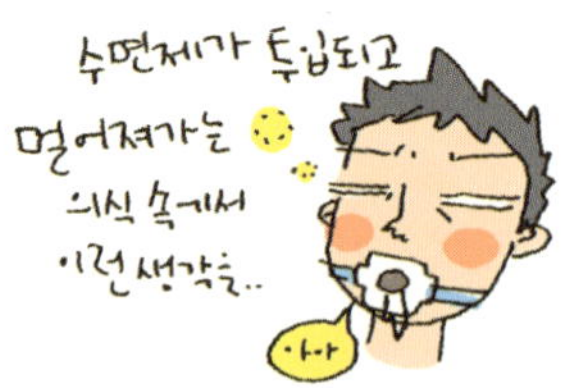

수면제가 투입되고
멀어져가는 의식 속에서
이런 생각을..
아아

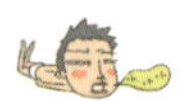

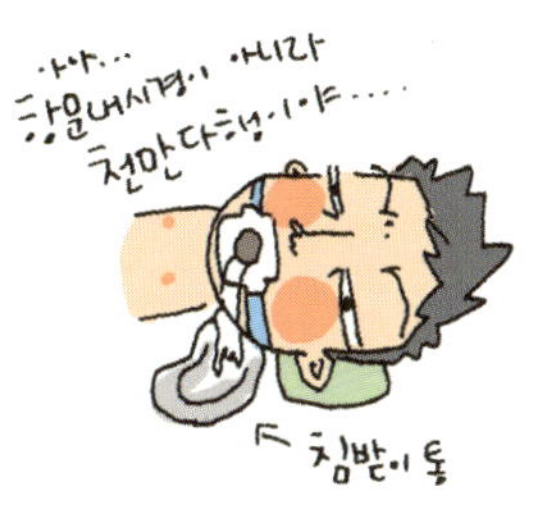

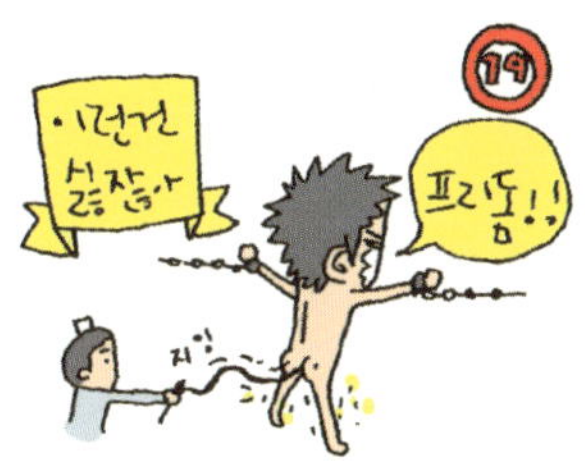

어쨋든, 결과는 역류성식도염과 위염.

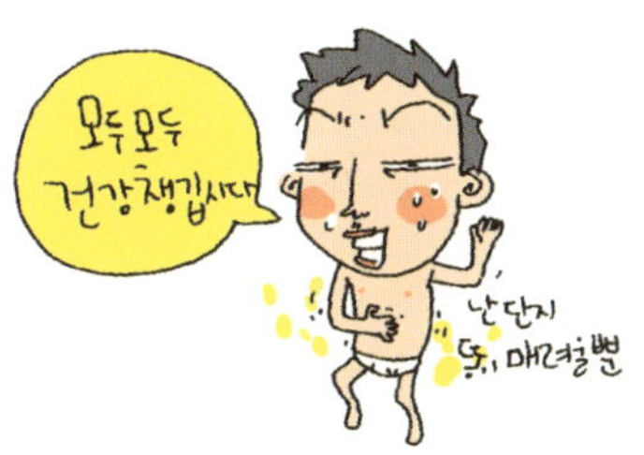

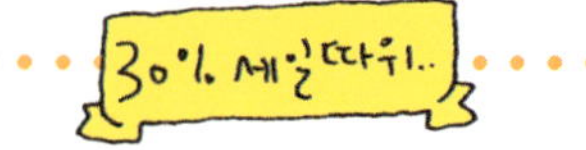

시내에 나간김에 백화점에 갔어.

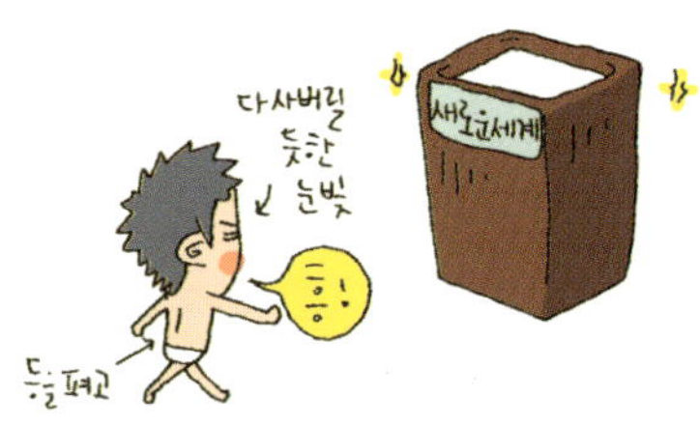

목표는 겨울을 따습게날 패딩.

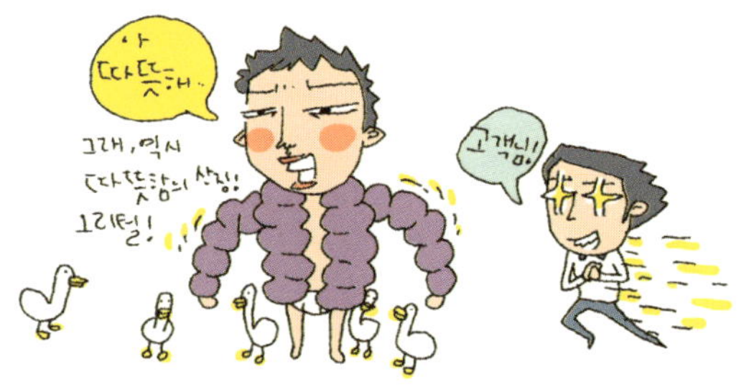

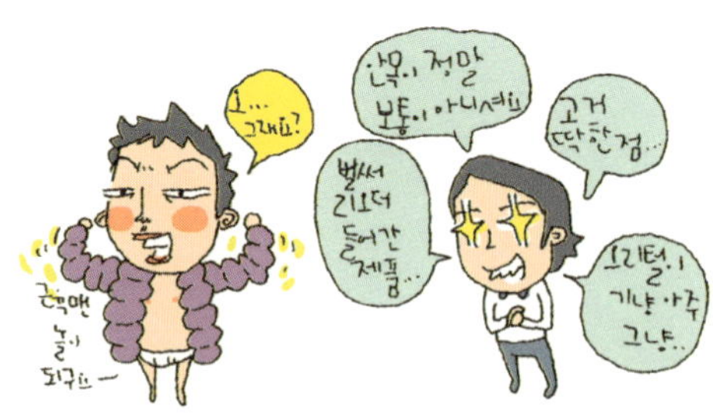

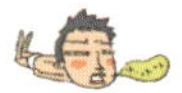

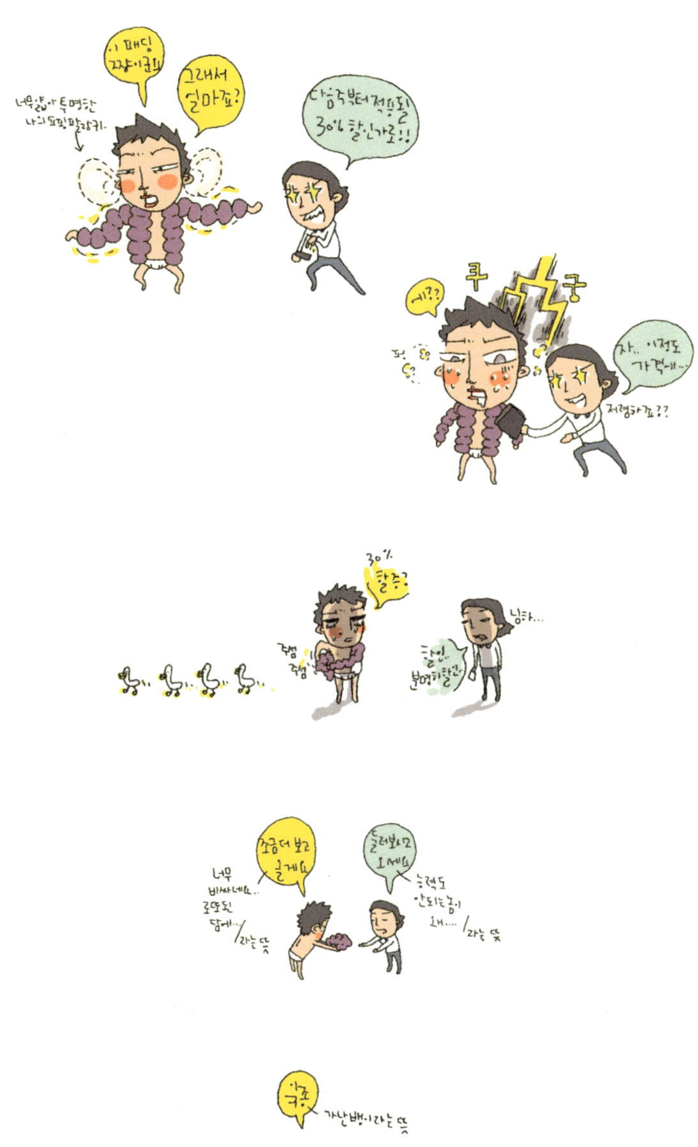
이 패딩 짱이군요
그래서 얼마죠?
너무 얇아 투명한 나의 모짓팔다리.
다음주부터 정품이 30% 할인가로!!
엑??
자.. 이정도 가격에...
저렴하죠??
30% 할쭘?
닝타...
살인 부여하잔...
좀더 보고 올게요
너무 비싸네요.. 로또된 담에... /라는 뜻
걸러보ㅅ요 고세요
능력도 안되는놈이 ㅗㅐ.... /라는 뜻
익쭘 가난뱅이라는 뜻

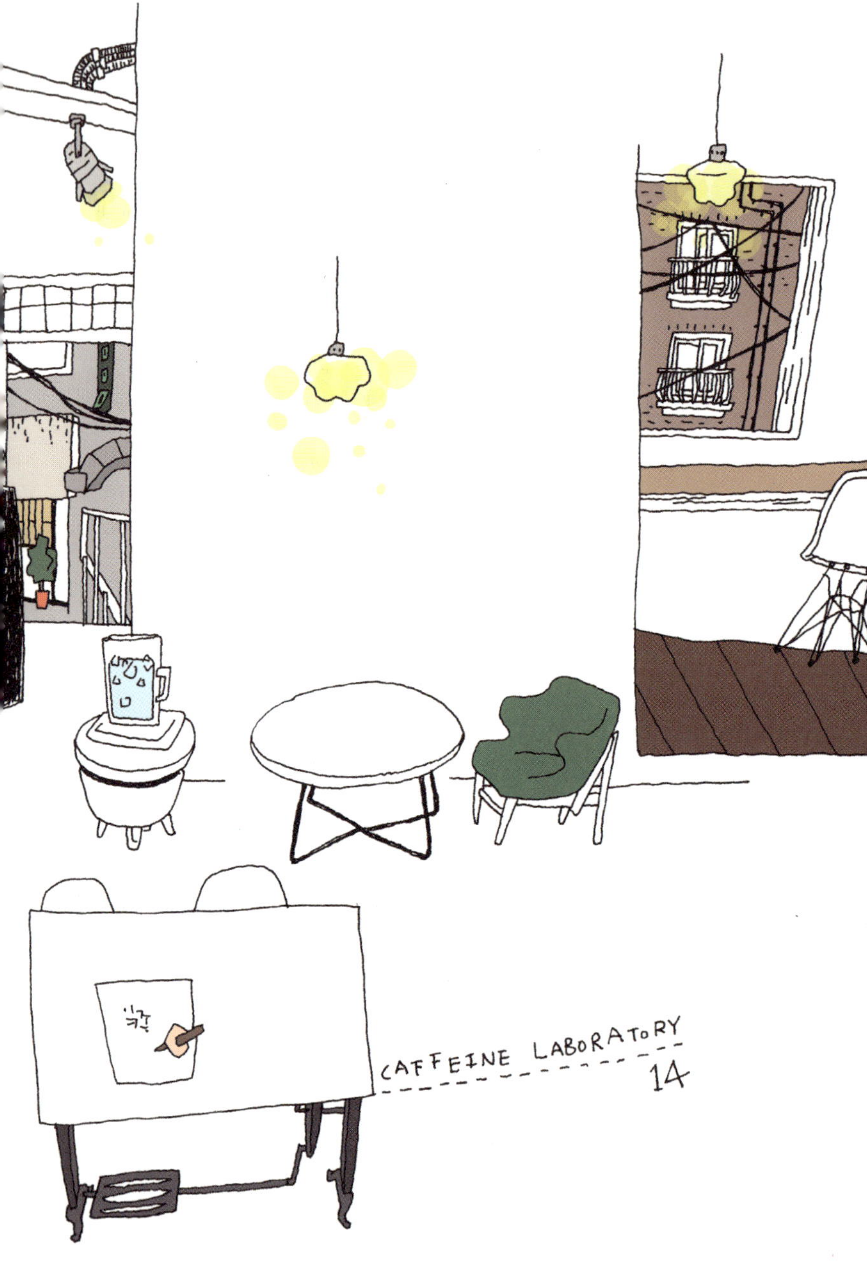
CAFFEINE LABORATORY
14

'카페인 연구소'라는 간판을 내걸면

어쩐지 그 간판에 먹칠하는 짓은 못할 거 아냐.

로스팅한 지 2년 된 원두를 쓴다든지,

커피믹스를 내놓는다든지,

그러진 않겠지.

'간판'이라는 건 그런 믿음과 그에 상응하는 결과물까지라고 생각해.

그래서일거야.

아직은 내가 걸고 있는 간판이 단지 '백수지향인생 이크종'뿐인 건.

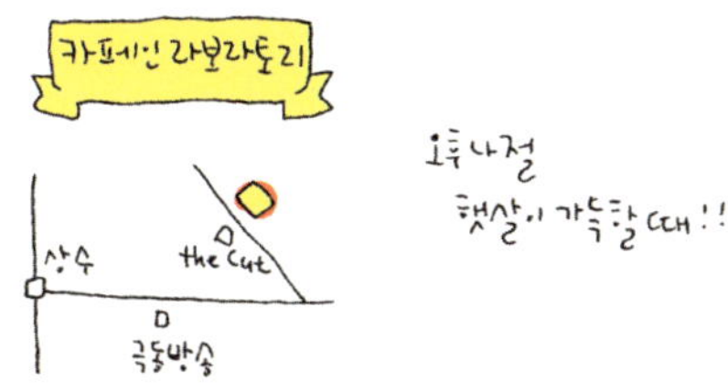

버킷 리스트

진지하게 이런 생각을 해보는 것도 정말 오랜만이에요. 저는 '뭔가 해보고 싶어!!'라는 게 잔뜩 있는 사람이라기보다는 그때그때 닥치면 '응? 이거 재밌겠군'이라는 쪽에 가까운 사람이거든요. 평소에는 그다지 하고픈 것도 없고 게으르고 아 몰라 몰라 그런 사람. 그런데 오늘 새벽에는 문득 저런 생각이 들었어요. 안 해본 것이 정말 많구나. 버킷 리스트를 만들 것도, 한 개씩 지워나가면서 오늘부터 하루가 백년인 듯 열심히 살 것도 아니지만 그저 생각으로 그치기에는 아까운 정말 '오랜만의 생각'.

아, 일단은 안 해본 것 하나를 오늘 할 거예요. 제주도 가기.

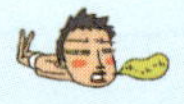

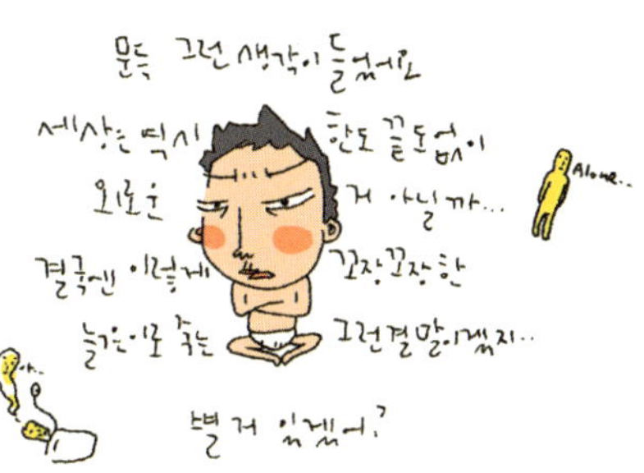

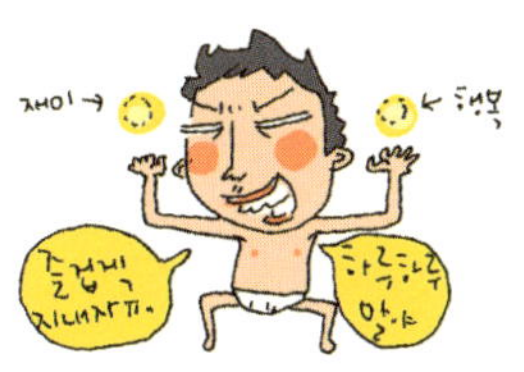

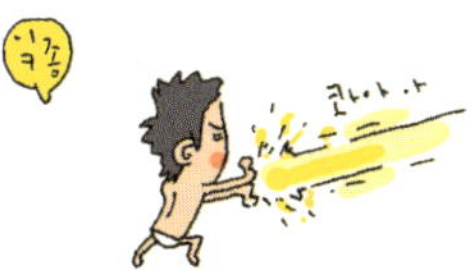

무조건, 즐겁자!

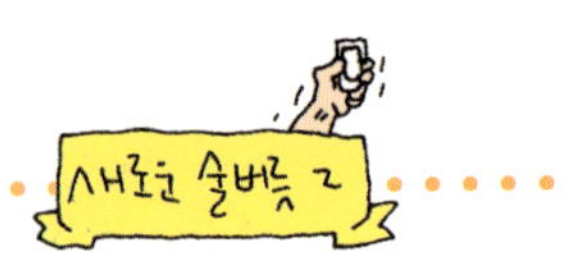

새로운 술버릇 2

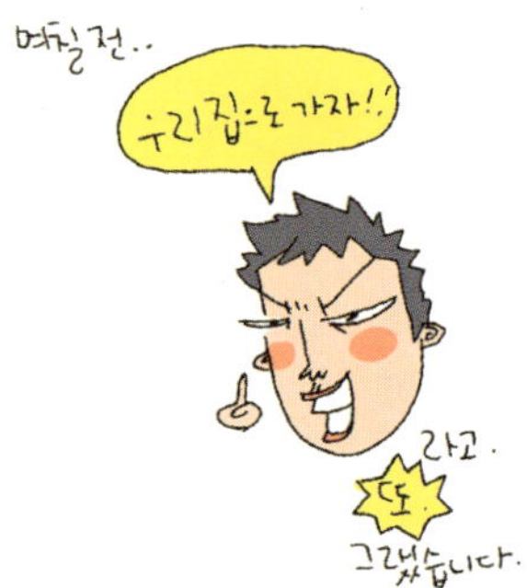

며칠 전..
우리집으로 가자!!
라고.
또.
그랬습니다.

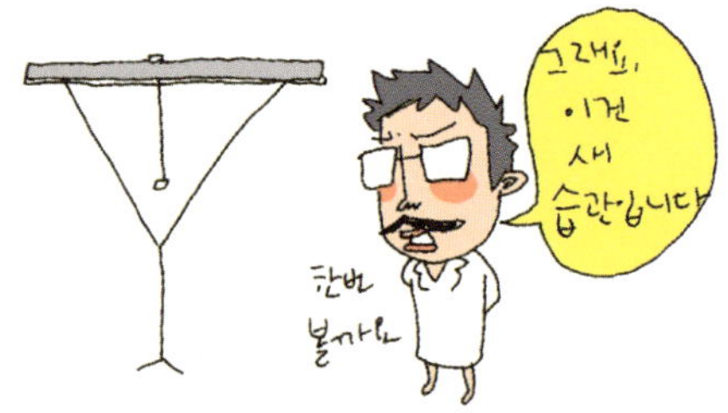

그래요,
이건
새
습관입니다
한번
볼까요

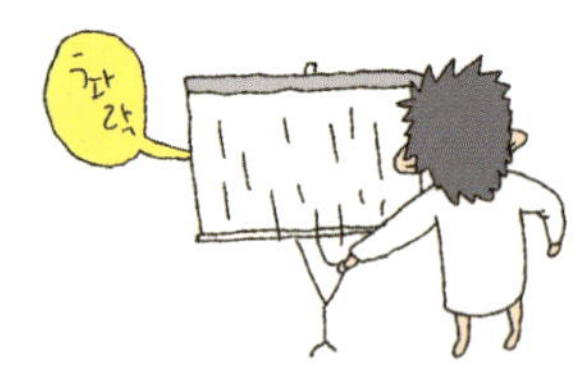

촤
악

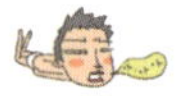

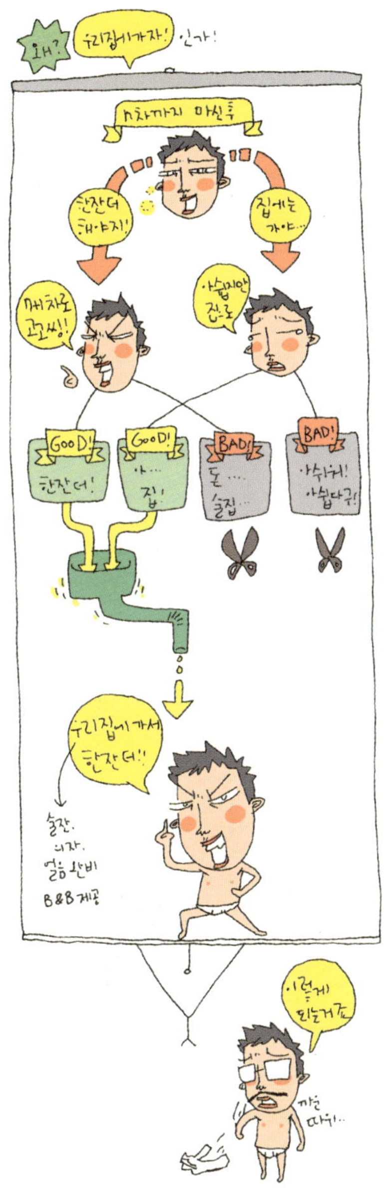
오H?
우리집에가자! 인가!
n차까지 마신후
한잔더 해야지!
집에는 가야…
커피차로 꼬꼬씽!
삼십세약 잔로
GOOD!
한잔더!
GOOD!
아… 집!
BAD!
돌… 술집…
BAD!
아쉬워! 아쉽다굴!
우리집에가서 한잔더!!
술잔, 의자, 얼음 완비 B&B 제공
이렇게 되는거죠
까을 따귀…

그간은 내내 즐거웠는데,
바로 저 며칠 전...

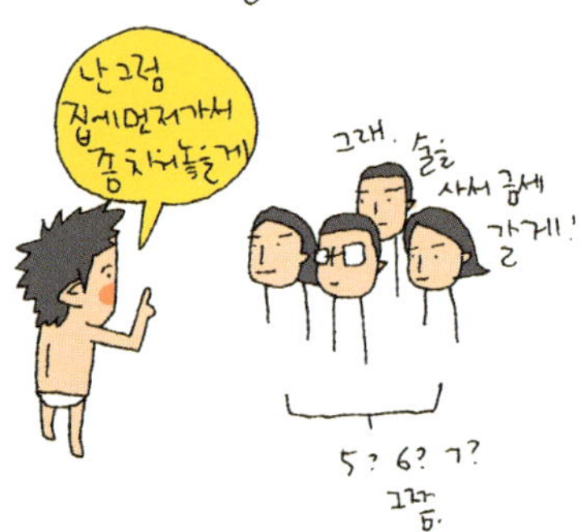

열심히 (약 2분간에 걸쳐서)
청소를 하고는.

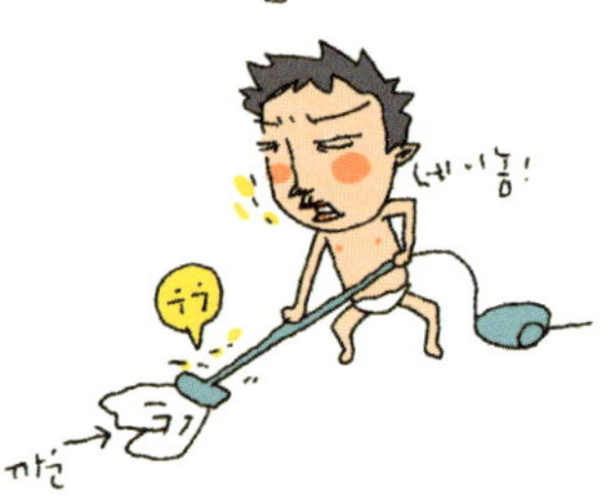

잠들었습니다.

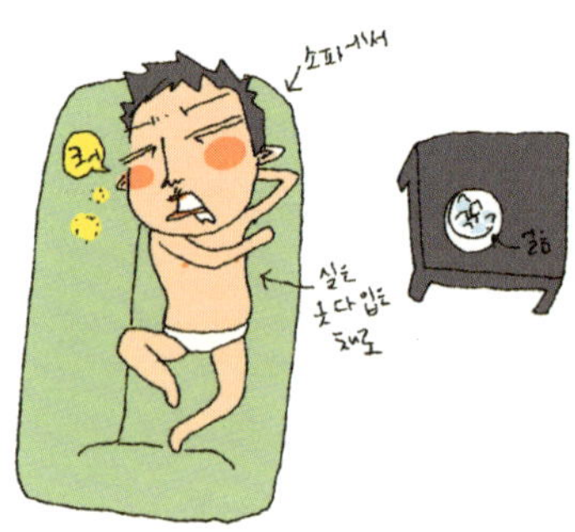

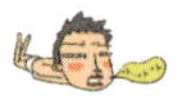

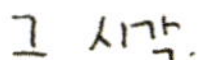

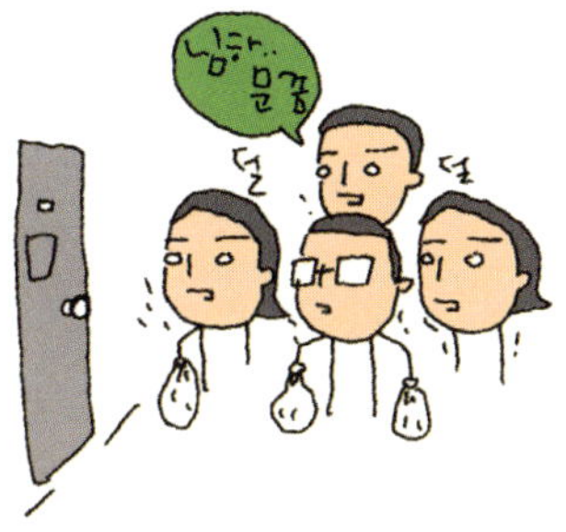

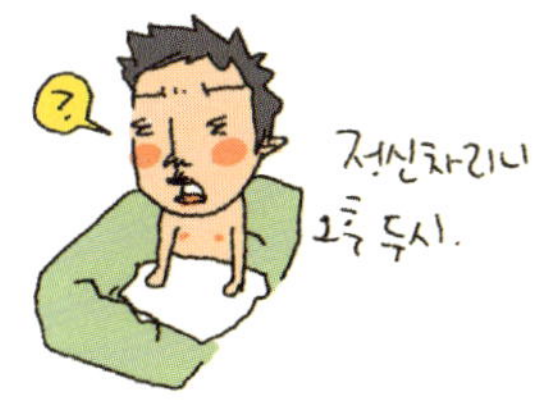

나도 울고, 친구들도 울고, 소파도 울었어요.

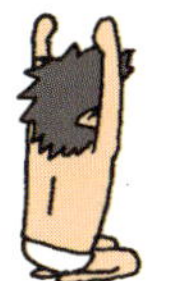

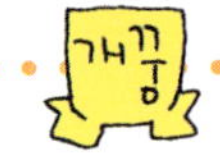

꿈 속에서 동네 떡볶이집에 갔는데.

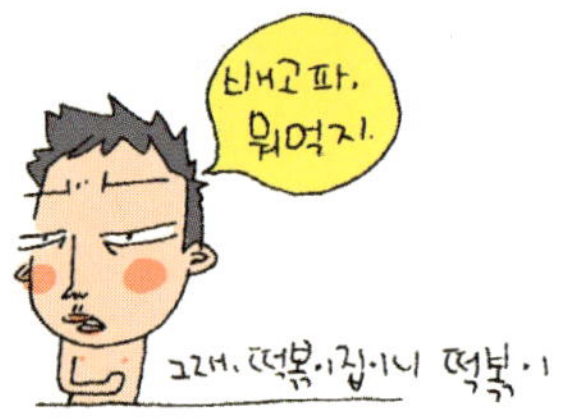

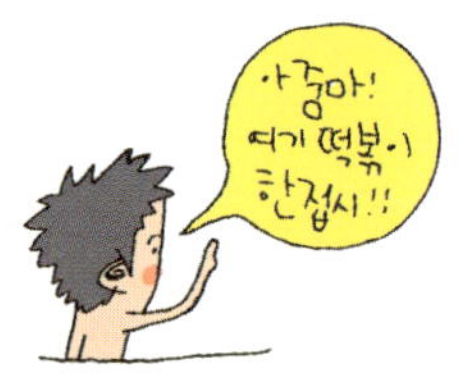

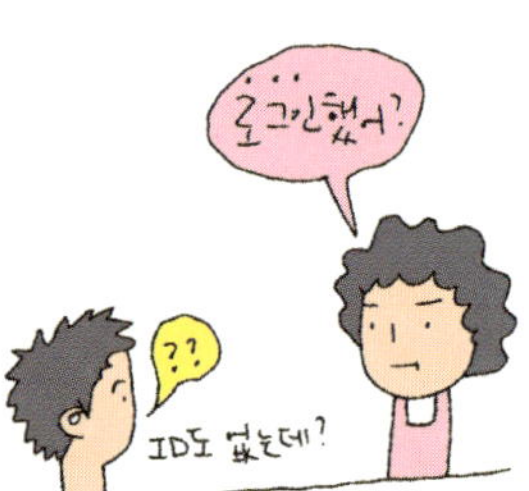

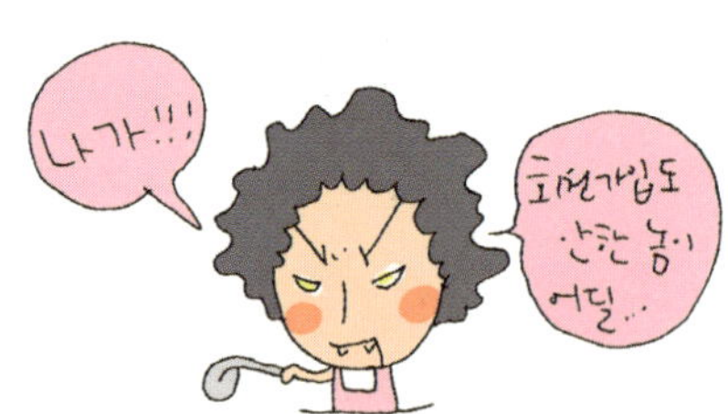

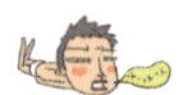

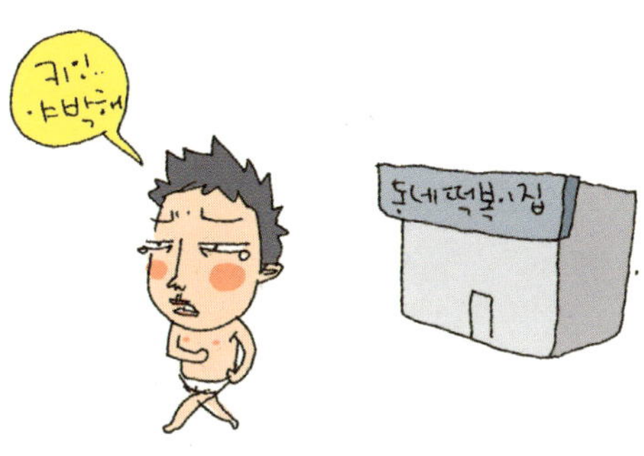

키잉..
배고파
동네떡볶이집

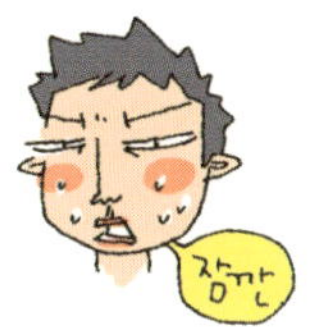

잠깐

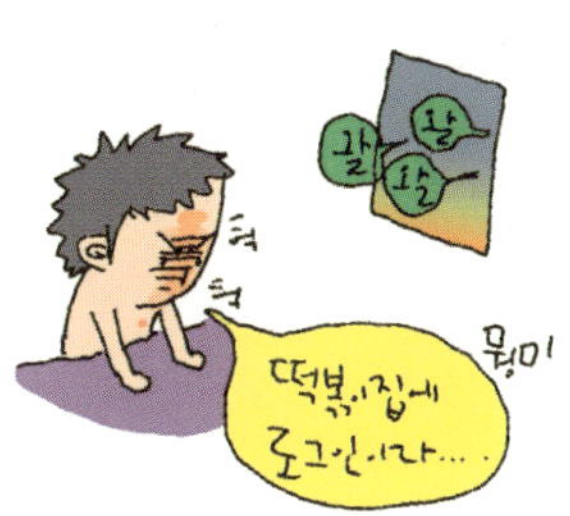

뭥미
떡볶이집에
로그인이다....

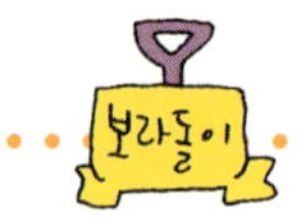

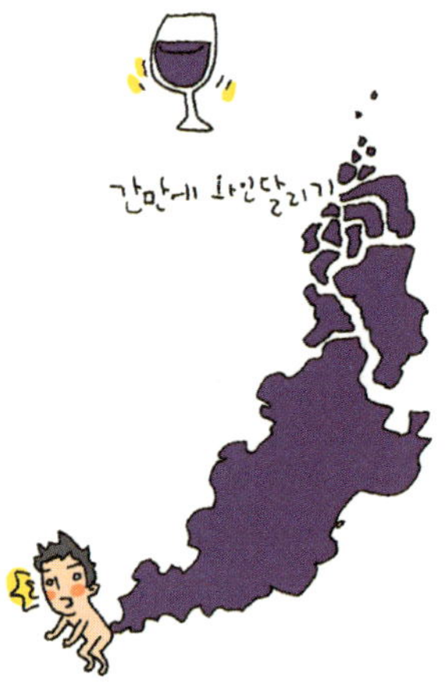

여김없이 보라빛 그분 강림

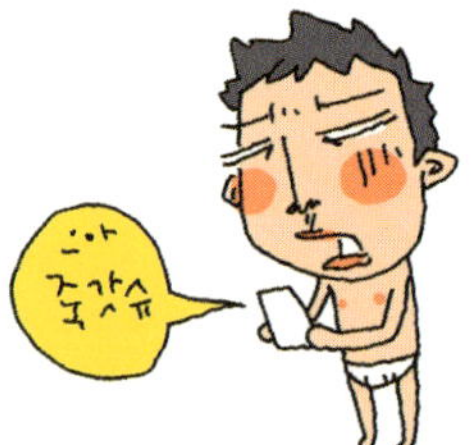

같이 술마신 치키봉에게 문자.

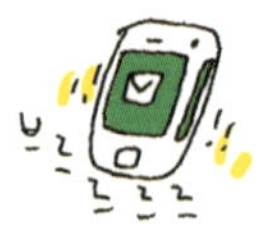

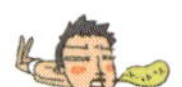

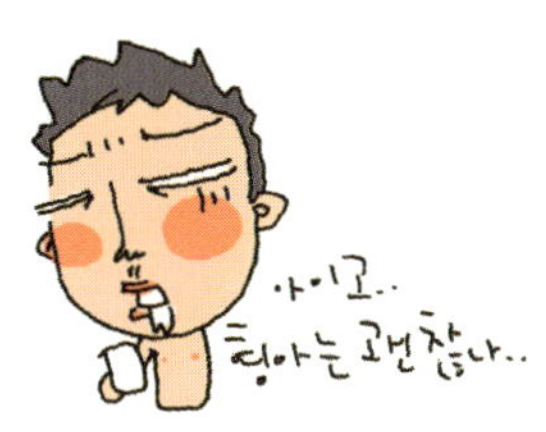

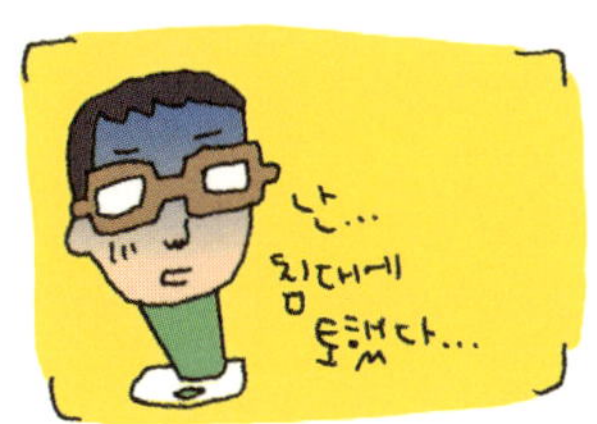

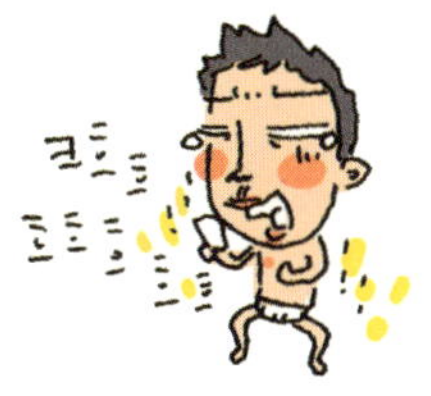

웃다 쌀 뻔..

지금은 꽤 친해진(최소한 나는 그렇게 생각하는) 그림을 그리는 S양이 이런 이야기를 했었다. "우리처럼 급하게 친해진 사이일수록 바짝 만나줘야 하는 거야. 안 그러면 친한 것도 안 친한 것도 아닌 채로 평생 간다." 맞는 말이다. 곁에 오래 두어 가랑비 젖듯 나도 그에게 물들고 그도 나에게 물드는 그런 친구가 제일 좋지만 때로는 몰아치는 소낙비처럼 좍좍 퍼부어줘야 하는 경우도 있는 거다. 생각해 보면 나도, 이도 저도 아닌 채로 내 전화기 전화번호부 안에 메모리만 차지하는 전화번호로, 또 가끔 어쩌다 마주치게 되었을 때 모른 척할 수도 없는 어색한 손인사와 '이야 잘 지냈냐' '이게 얼마만이야' '술이나 한잔 하자' '결혼은 했어?' '어이쿠' '하하하하' '그래 그럼' 같은 상투어로 대변되는 사람들이 산더미다.

사실 나는 스스로 인간관계에서 노력을 하는 사람은 아니다. 만나는 것도 좋아하고 즐겁게 노는 것도 좋아하지만 친해지고 말고는 그저 운명(실은 상대의 의지)에 맡긴다고 할까. 상대가 찾지 않는 한 나도 찾지 않고 그렇게 멀어져가면 그것도 어쩔 수 없는 일이라고 생각하는 것. 그런데(이런 글에서의 당연한 귀결이지만) 이젠 그러지 않기 위해 노력

하려고 한다. 길을 가다 만난 이든, 친구와 놀다가 소개받은 이든, 여행을 가서 이틀 밤을 함께 배가 아프도록 먹고 깔깔 웃어댄 사람들이든 그 인연을 붙드는 것을 나의 몫으로 돌리려 하는 거다.

잘할 수 있을까. 좀더 함께 즐거워할 시간들을 먼저 기대하고 있는 것을 보면 잘하는 짓이라고는 생각한다. 그래, 아무쪼록 즐겁자, 좀.

친구 중에 '모랭'이란 게 있는데,

이런
형상

알고지낸지도 꽤 됐고
보기도 참 자주 보는데,

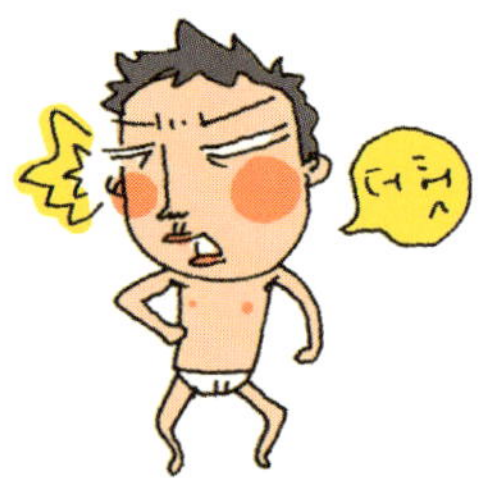

난 그간 녀석의 이름을 모르고 있었다.

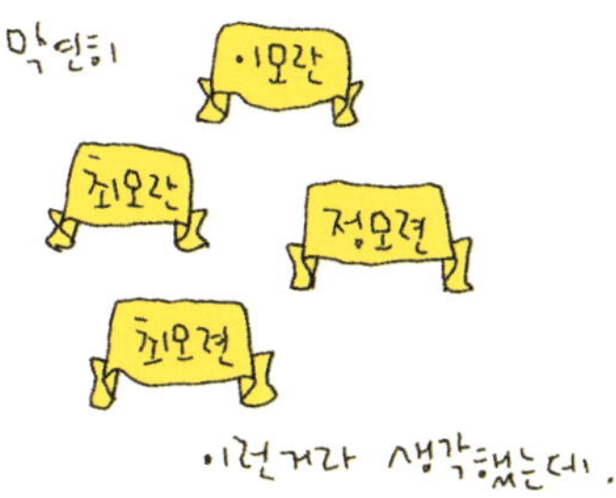

이런거라 생각했는데.

며칠전 들은 그녀의 이름은

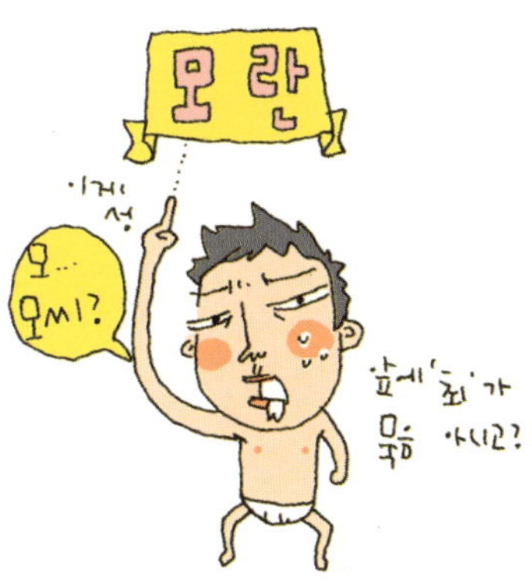

모씨라니, 완벽하게 허를 찔린 느낌.

내가 아는 모씨는..

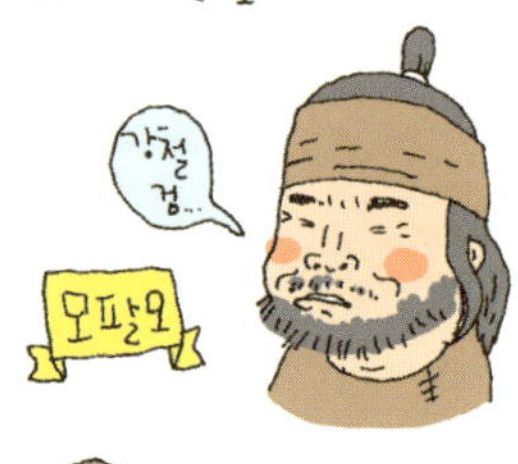

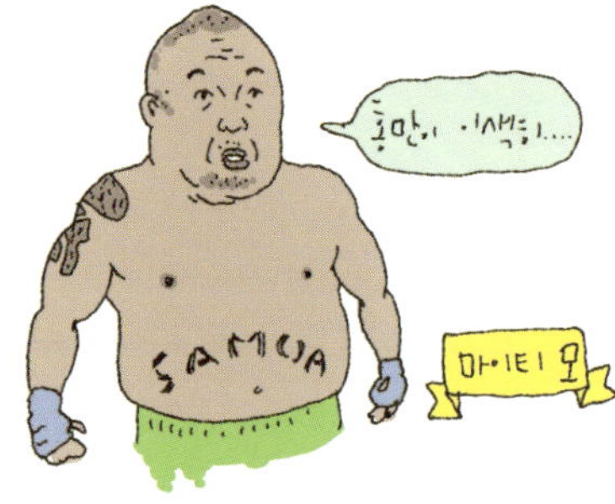

이정도 없는데…

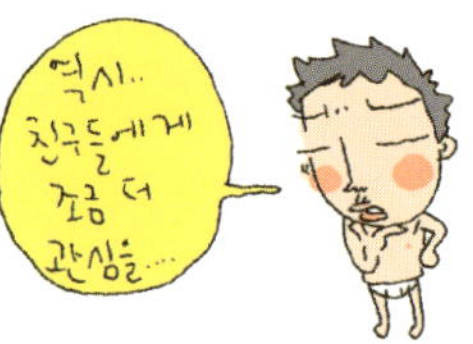

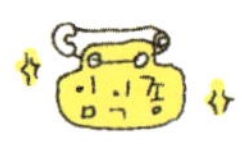

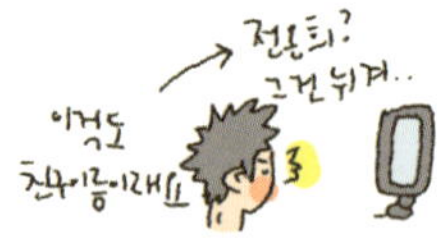

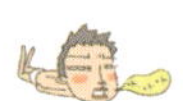

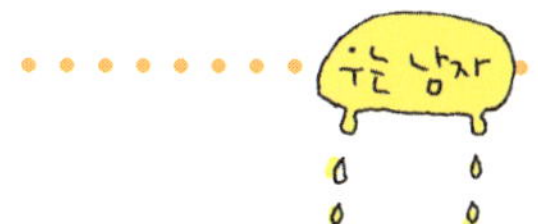

그래, 사실 나는 우는남자다

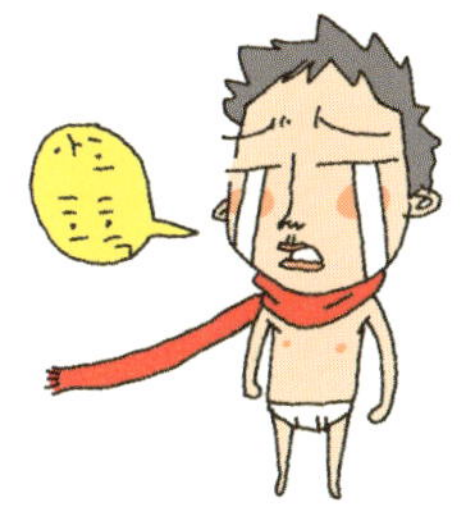

영화 '아마겟돈'을
보면서도 울고

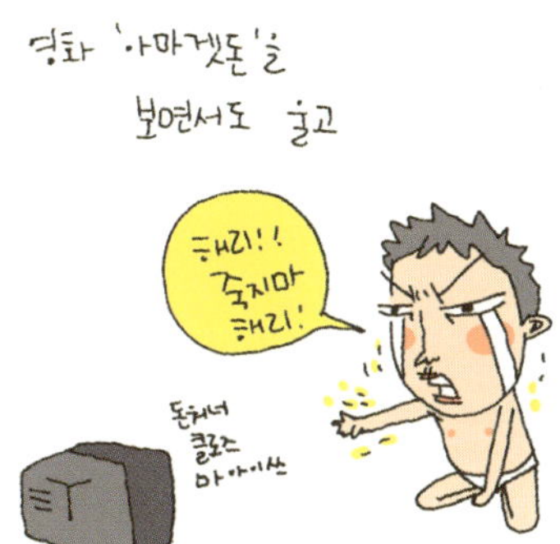

홍길씨의 동료시신찾기 산행을 보면서도
꺼이꺼이 울고

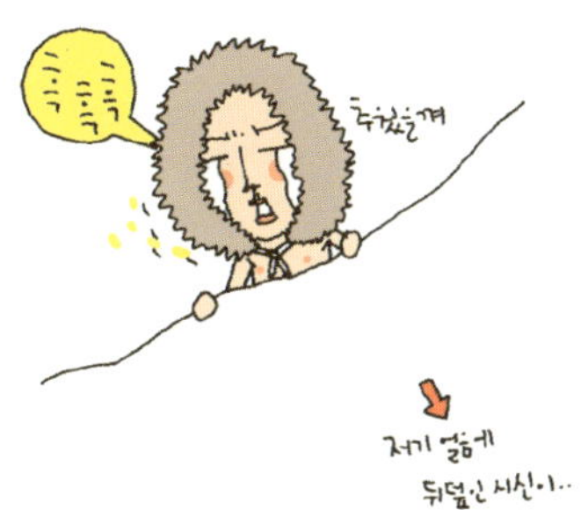

엄마랑 아침마당을 보면서도 울고.

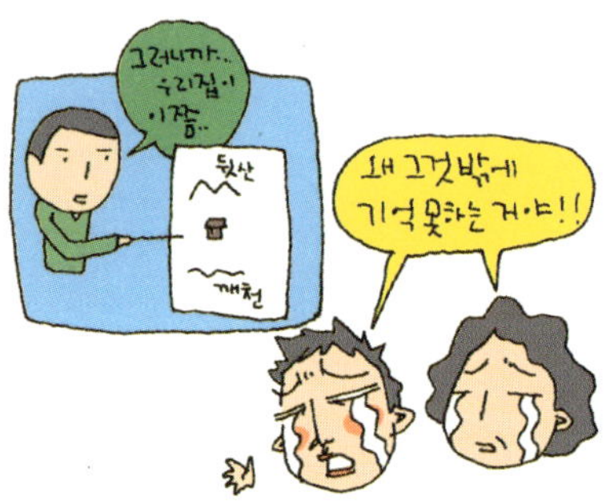

여자친구랑 무한도전을 보면서도 운다.

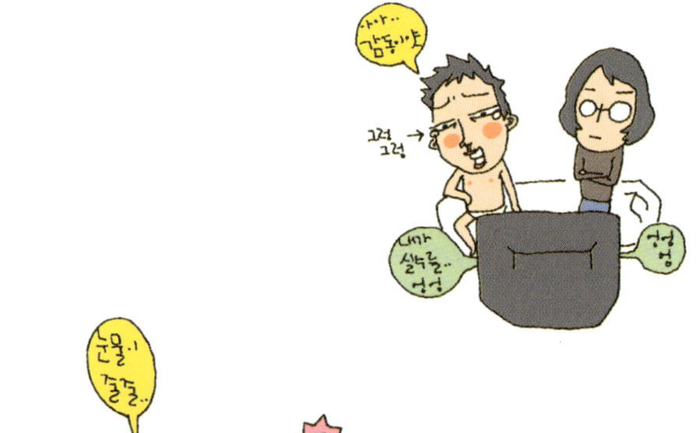

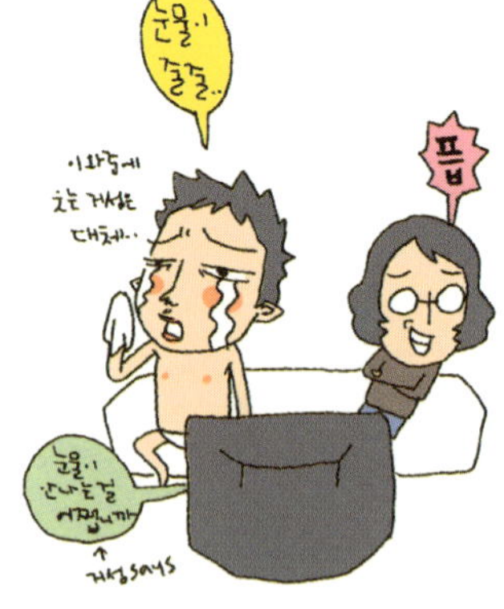

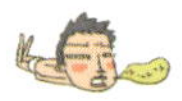

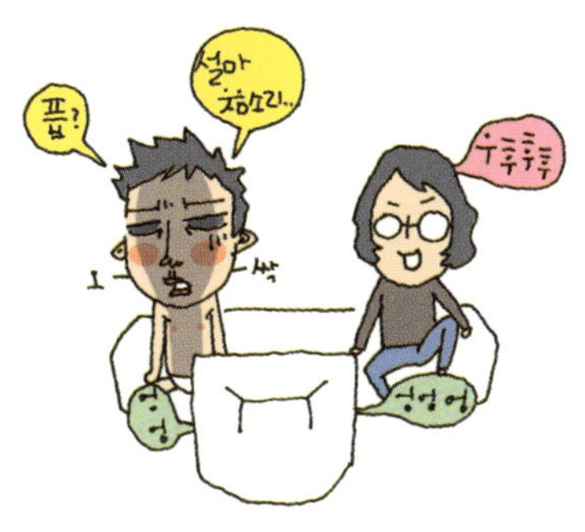
픕?
설마 점엇리..
구후후후

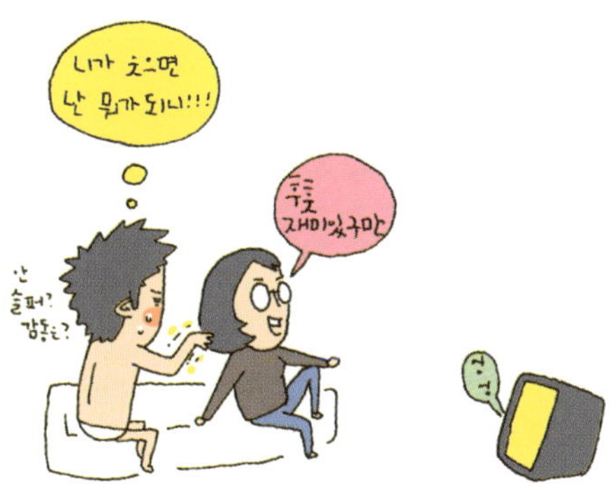
니가 흐느면 난 뭐가되니!!!
난 슬퍼? 감동?
후흐 재미있구만

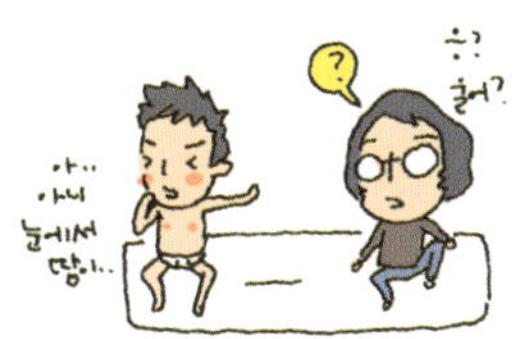
아.. 아니 늘에서 땅이..
?
응? 뭐?

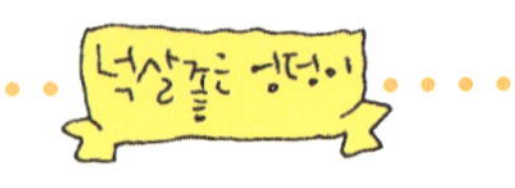

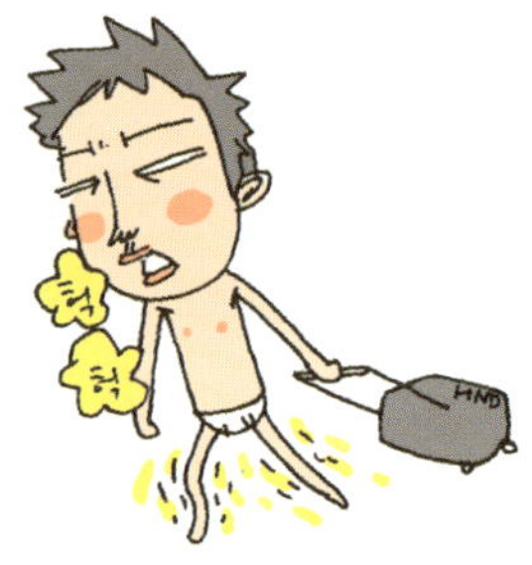

잠시 타지에 다녀왔습니다.

공기가 바뀌면
알러지 비염이 폭주하는데.

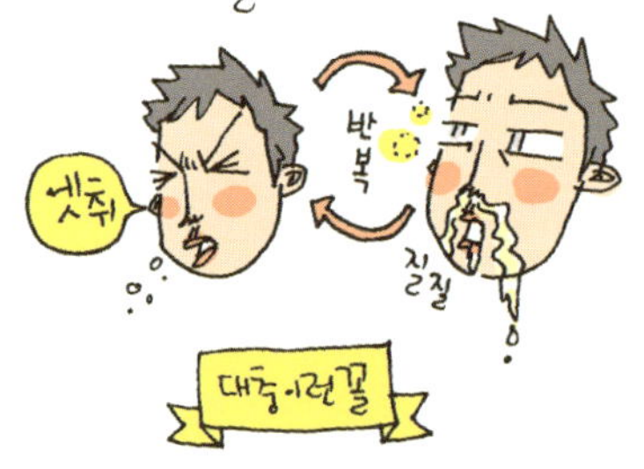

•약도 안챙겨가서
•아침마다 고생.

게다가 막판엔 피로에 헛발.

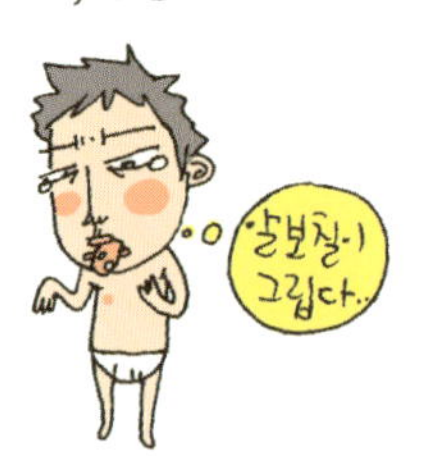

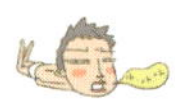

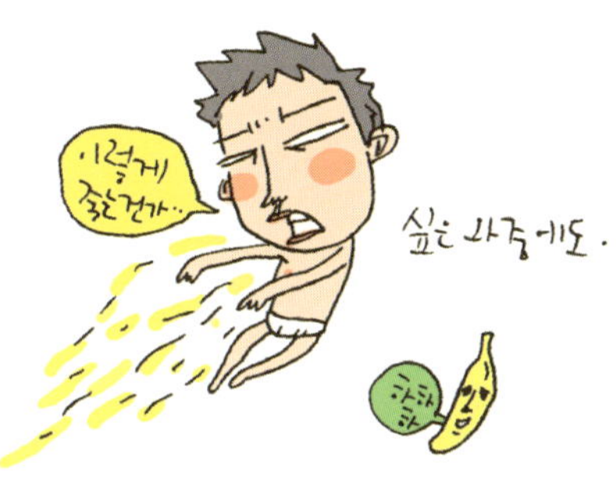

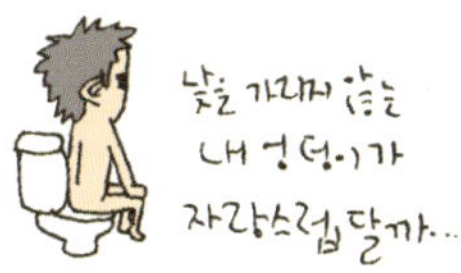

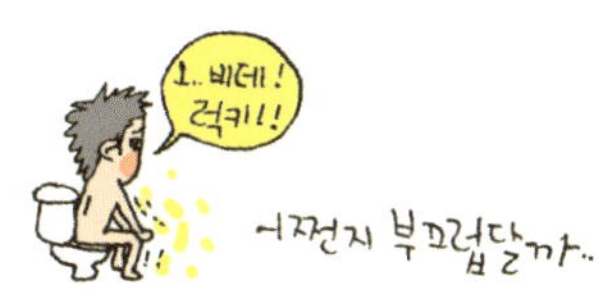

나는, 낯을 가리지 않는 넉살 좋은 엉덩이의 소유자.

여행을 다녀온지도 벌써 2주가 되어간다. 이미 충분히 일상으로 돌아왔어야 하는 시간. 고작 5박 6일의 짧은 여행이었거니와 일상의 퍽퍽함은 여행을 떠나기 전이나 그 후나 다름이 없기 때문인데 여전히 내 몸과 마음은 어딘가를 방황하고 있다.

여행이 시작되는 순간은 언제일까. 머릿속으로 '여행을 가자'라고 결심하는 순간일까. 표를 구매하고 여행이 현실이 되는 시점? 짐을 싸는 전날 밤? 기차가 되었든 비행기가 되었든, 탈것에 몸을 싣는 바로 그때? 어느 쪽이 되었든 '여행이 시작되었다'라는 순간은 충분히 가늠할 수가 있을 것이다. 바로 그때였다고. 하지만 여행이 끝나는 것은 과연 언제일까.

작년 이맘때, 나는 여행이라는 것에 대한 어떠한 로망도 호기심도 그 무엇도 없던 사람이었다. 그냥 사람 사는 데가 다 똑같지 뭐, 라는 심드렁 포스로 온몸을 채우고 있었다고 할까. 아, 여전히 그 생각에는 변함이 없다. 사람 사는 데, 다 똑같다. 그렇지만 몇 번의 여행 이후 몸 어딘가에 '갈망'이 쌓이고 있는 듯하다. 새로운 것들을 보고 느끼는 것이 좋

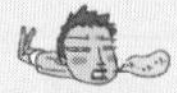

다기보다 새로운 것들에 자극받아 내가 변화하는 것이 즐겁다. 두근, 두근. 끝나지 않는 두근거림.

로망이 없고 심드렁하다는 것은 여행하기에 썩 나쁜 생각은 아닌 듯하다. 오히려 다행이다. 처음 가는 동네도 백 번쯤은 와본 양 터덜터덜 골목길을 헤집고 맘에 드는 카페가 있으면 불쑥 문을 열고 들어가서 '늘 마시던 걸로' 정도의 당연함으로 커피를 시키고 슬쩍 다리도 꼬고 늘어져 있을 수 있는 원동력은 결국 '이것도 뭐 특별할 것 없다니까'라는 심드렁함이다. 로망과 쓸데없는 두근거림과 '이건 꼭 봐야만 하는데'라는 절대적 사명감은 여행자가 아니라 관광객에게 어울린다. 느긋하게 앉아 꾸벅꾸벅 졸면서 커피를 마시는 시간도 아까운. 그리고 관광객에게는 여행이 아닌 관광이 끝나는 순간이 분명히 존재한다. 보통은 여행이 끝나기도 전에.

아무리 생각해도 나의 여행은 아직 끝나지 않았다. 오감이 몽땅 다 여행을 한 입 베어 물고 있다. 그리고 다음달 카드 고지서도 여행을 한 입 크게 덥석 베이 물 테지. 생각해 보니 또 어질. 이렇게 지지부진하게 여행에서 빠져나오지 못하고 있는 나로서는 여행기를 써야 한다는 것은 오히려 축복이다. 엉성하게 엉켜 있는 여행의 기억들을 하나씩 꺼내서 남에게 풀어낸다는 것. 별다른 가감이나 감정에 호소하는 지나친 감상 따위 없이 조근조근 풀어내고 손을 놀리다 보면 나도 여행을 끝맺을 수 있을 테지. 캐리어 속의 잡다한 짐들도 다 꺼낼 수 있을 테고(대체 언제쯤?).

그 다음에는 또 새로운 여행을 준비⋯ 시작해야지.

덧.

이 사진은 키치조지의 ‘456’이라는 가게
의 폐점 안내문이다. 쉬운 한자와 그나
마 읽을 수 있는 단어인 ‘고마웠어요’로
이루어져 있으니 해독이 가능한데 아마
도 ‘2007년 12월 31일로 폐점합니다.
26년간 고마웠습니다’라는 뜻. 문득 뭉
클했다. 무슨 사연인지 몰라도 26년의
세월을 마무리하고 그 끝인사를 저리 남
겨둔 것이. 나도 언젠가는 저런 마지막
인사를 할 수 있었으면 좋겠다는 부러움
도 한편에 자리 잡았다. 긴 세월 지켜봐
주고 함께해줘서 정말로 고마웠다고.

덧.

이 여행 전, 내 첫 외국 여행지는 방콕이
었다. 여행 다녀와서 이래저래 떠드는
게 싫다고 해놓고는 고작 며칠 여행 다
녀와서 그 이야기를 무려 10여 편에 달
하는 카툰 여행기로 풀어놓는 그런 여행
을 다녀왔다. 그 이후 홍콩도 오사카도
도쿄도 다녀왔다. 멀리는 안 갔지만, 내
로망 쿠바는 아직도 미지의 땅으로 남아
있지만, 짧은 기간 꽤나 열심히 들락거
렸다. 갓 발걸음을 뗀 새끼 카투니스트
에게 기회를 주었던 프리모드에 이 자리
를 빌려 감사.

二〇〇七年
12月31
閉店しま
26年間ありがとう
ございました。
-04-56-

'클리셰cliché'라는 말이 있다. 워낙 반복되어 지루하기 짝이 없는 것을 일컫는 말인데, 원래는 판에 박은 듯한 문구 또는 진부한 표현을 나타내는 인쇄 용어라지만 주로 영화에서 많이 쓰인다. 이를테면 남자주인공이 여자주인공을 찾으며 에스컬레이터를 타고 내려가는데 바로 옆에서 여자주인공은 반대쪽을 보고 에스컬레이터 타고 올라간다든지 (아아, 이런 장면은 정말…) 공포영화에서 잔뜩 맘을 긴장시키는 현악 17중주 같은 게 울려 퍼지면서 주인공이 침을 꼴깍 삼키고 식은땀을 줄줄 흘리며 정말 수상해 보이는 문을 홱 열어젖혔는데 역시 안에는 아무것도 없었다든지 하는, '어디서 본 것만 같아!'라는 장면들을 '이런 얼어 죽을 클리셰'라고 말한다.

요즘 이런저런 카페들을 다니다가 재밌는 것을 깨달았다. 1층에 있는 카페들에는, 약속이나 한 것처럼 자전거가 문 밖에 세워져 있다. 괜찮아 보이는 분위기, 나름대로 센스 있는 간판, 투명한 유리창 너머로 보이는 단란한 분위기와 오밀조밀한 소품들, 그리고 카페 바로 바깥에 세워져 있는 자전거 한 대. 완벽한, '요즘 잘 나가는 작은 카페'의 클리셰다.

왜일까. 생각해 보면 이유야 간단하다. 자전거가 한 대 비스듬히 서 있는 풍경은, 집 앞에 나온 듯 친숙하다. 그 자전거도, 랜스 암스트롱이 "리브 스트롱"을 외치면서 헐떡이고 있을 법한 자전거여서는 안 된다. 먼 거리를 가거나 바람을 가르고 속력을 내는 게 아닌, 그저 가까운 거리를 설렁설렁 나갈 때 탄다는 느낌의 자전거. 노란색, 하늘색으로 사진 찍으면 이쁘게 나오기까지 하는 그런 자전거여야 한다.

사실 이런 글을 쓰고 있는 이유는 요즘 부쩍 자전거가 갖고 싶어서이다. 어릴 때 동네에서 발 좀 굴러본 것 말고는 자전거를 제대로 타본 적도 없지만, 왠지 자전거란 녀석이 한번 배워놓으면 평생 까먹지 않고 언제든 안장에 올라타기만 하면 너무 당연하게 슥슥 앞으로 나아갈 수 있을 듯한 생각이 드는 녀석이니까. 게다가 요사이 나의 행동반경은 홍대-집을 거의 벗어나지 않고 있으니 '자전거', 꽤나 괜찮은 선택이다.

좀더 고민을 해봐야겠지만, 자전거가 없는 카페에 가면 내 자전거를 문 앞에 비스듬히 세워놓고 '클리셰'를 연출하며 혼자 뭔가 해낸 듯이 기뻐할 수 있는, 그런 이쁜 자전거 한 대.

덧.

결국은 못 참고 자전거를 '질러버렸다'. '미니'라는 깜찍하기 짝이 없는 자동차를 탄생시킨 '로버' 사에서 나온 자전거. 폴딩 기능까지 되고 바퀴는 14인치. 조그맣고 앙증맞은 미니벨로다. 작지만 제법 속도도 나고 강가를 달리면 시원한 바람도 불어오고 마음속에는 행복함이 가득 차오른다. 문제는, 내가 타기에는 '너무' 조그맣고 '너무' 앙증맞다는 거다. 마침 착착 접어서 보관할 수도 있겠다, 거실 한쪽에 조용히 접어두어 버렸다.

그 몇 달 후에, 어쩌다보니 착착 접힌 채로 조용히 몇 개월을 보낸 자전 거를 구매하겠다는 사람이 나타났다. 기회다. 놓칠 수 없다. "이거 쉽게 접었다 폈다 할 수 있는 건가요?"라는 의구심에 가득 찬 질문에 "그럼요!"라고 기운차게 대답하고 시청역 한복판에서 장사꾼처럼 자전거를 20초 만에 접는 시범을 보였다. 조금 남은 떨떠름함은 약간의 가격 인하와 자물쇠 서비스로 해결했다. 직접 타고 달리기는 조금 남세스러 웠지만 꽤나 애정을 가졌던 자전거와의 쓸쓸한 이별.

그 다음에 선택한 것은 빌리온Billion 사에서 나온 녹색 자전거. 적당 한 크기에 적당한 무게. 적당히 예쁘고 적당한 가격이다. 문제는, 샤방 샤방하게 자전거를 끌고 동네를 어슬렁거리는 것보다는 허벅지를 불 태우며 속도를 내는 데 알맞게 태어난 녀석이라는 것. 높은 안장과 드 롭바는 자전거를 타면 어쩔 수 없이 납죽 엎드리게 만들고, 폭이 좁은 타이어는 어느 정도 속도를 내지 않으면 불안해서 앉아 있을 수도 없 다. 일단 올라타면 체지방은 확실히 연소시켜 주는 유산소운동 머신. 게다가 접히지도 않으니 거실 구석이나 다용도실 같은 데 처박아둘 수 도 없다.

음… 어쩌면 나는 자전거를 좋아하지 않는지도 모르겠다.

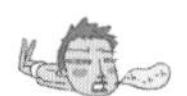

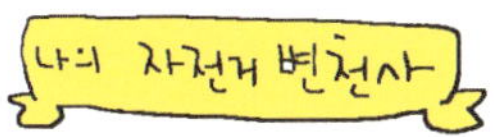
나의 자전거 변천사

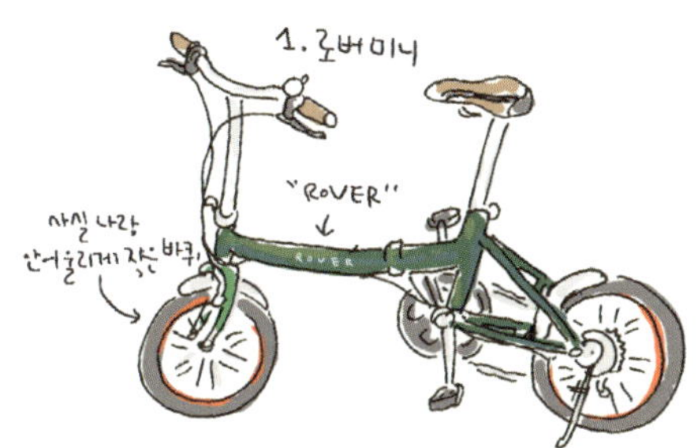
1. 로버미니
"ROVER"
사실 나랑 안어울리게 작은 바퀴.

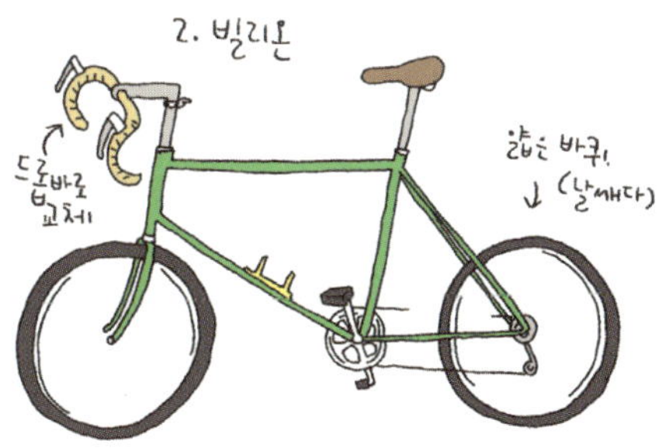
2. 빌리몬
드롭바로 교체!
얇은 바퀴!
↓ (날쌔다)

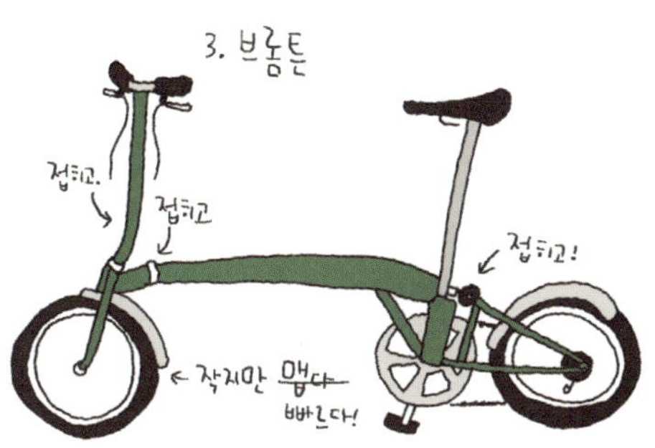
3. 브롬톤
접히고.
접히고
접히고!
← 작지만 맵다
빠르다!

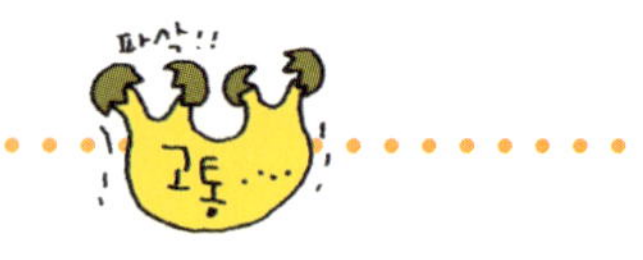

오랜만에 (거의 2주?) 자전거를 탔는데..

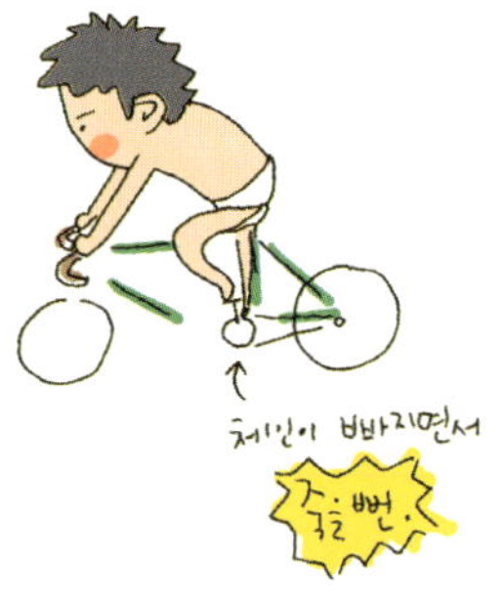

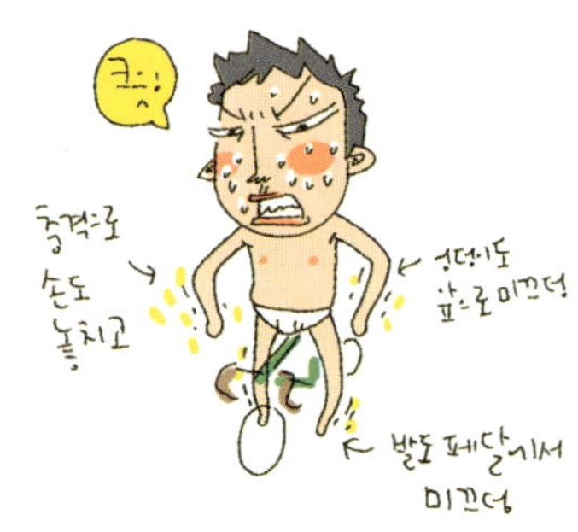

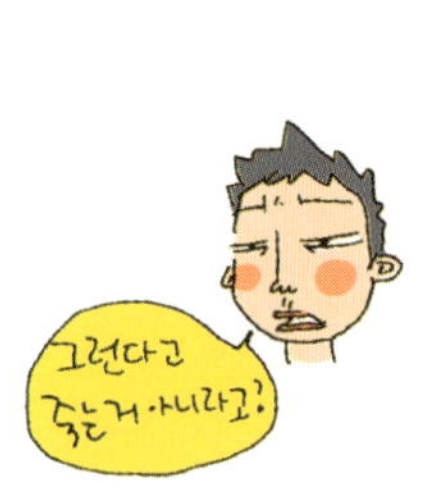

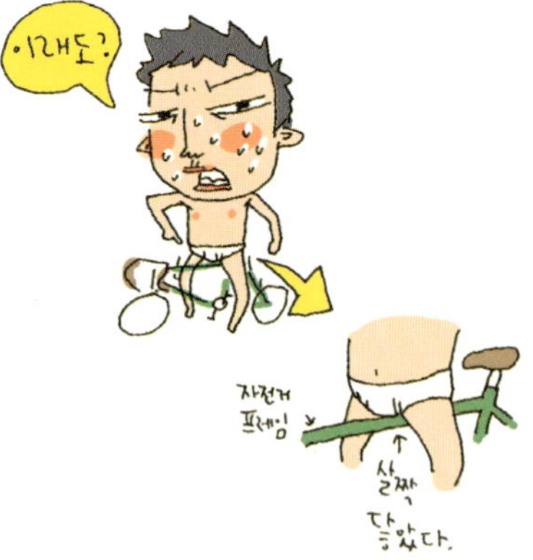

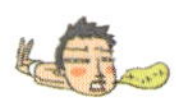

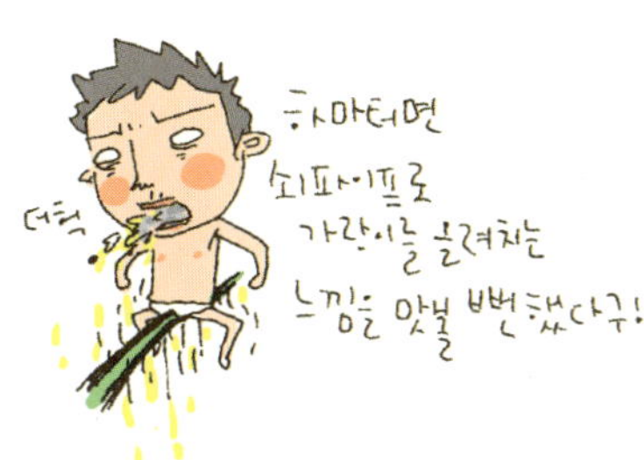

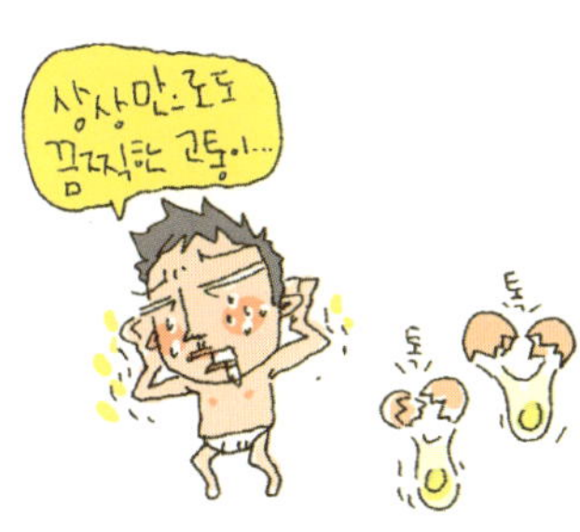

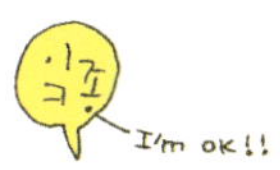

남자라면 알 거야. 상상만 해도 아픈 저 고통.

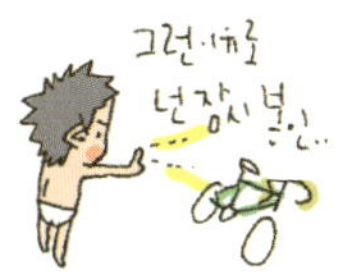

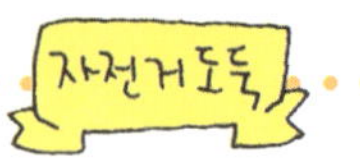

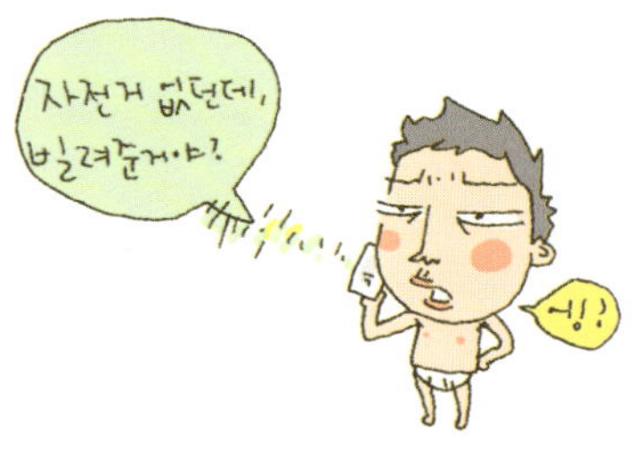

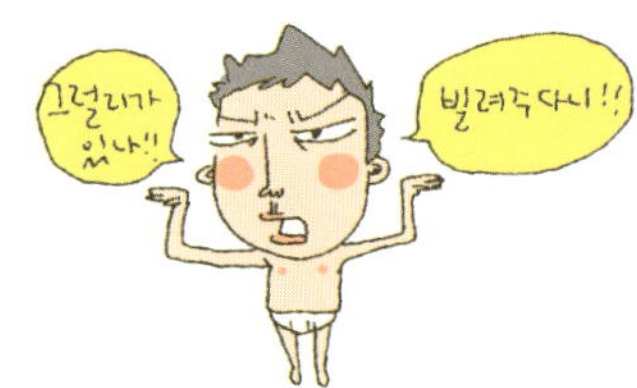

•먼 산을 바늘 후키에는,

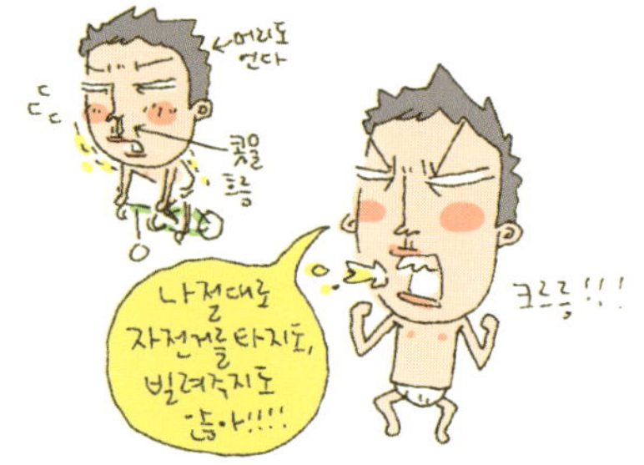

자전거는 당연히 집앞에...

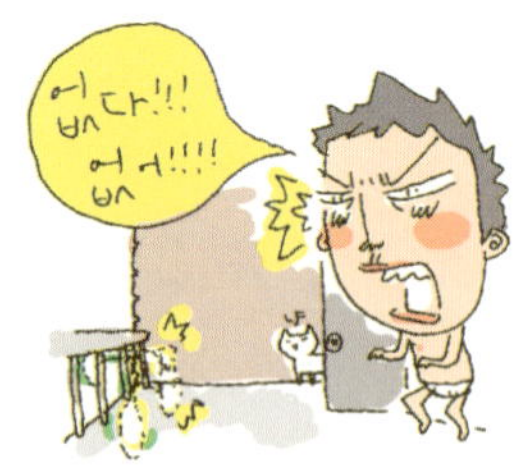

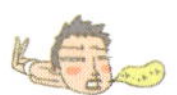

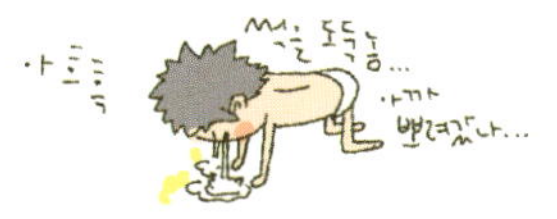

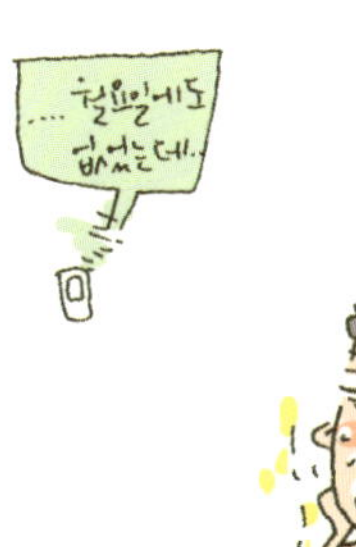

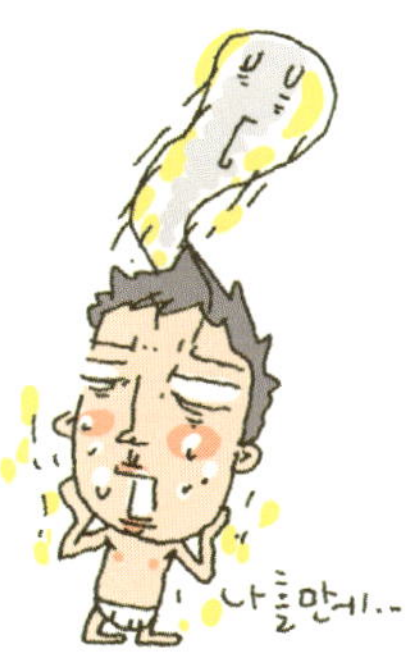

자전거 도둑들 전부 다 자전거 타다가 '알' 깨져라!!

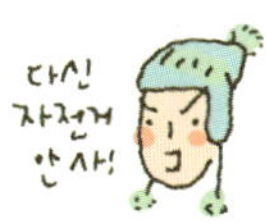

친구랑 남대문시장
포장마차에서 술잔을 기울이던 중.

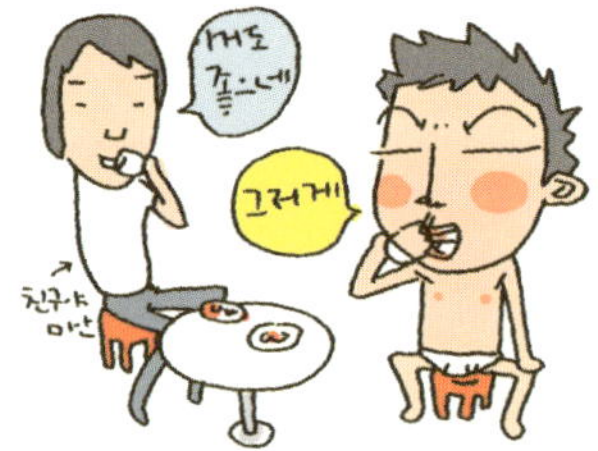

이상한 거 발견

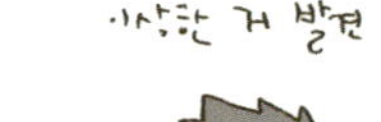
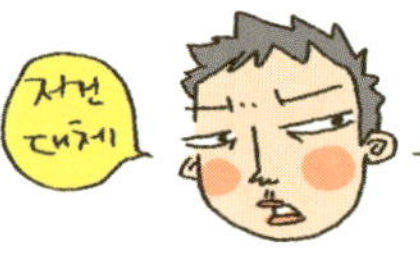
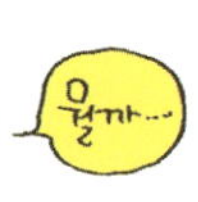

어떤 간판 하나.

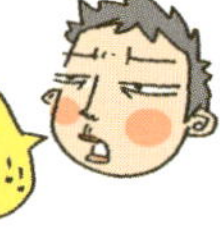

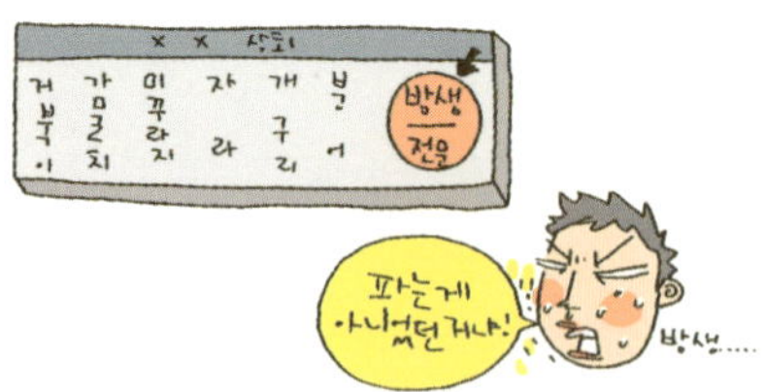

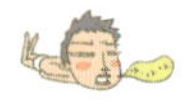

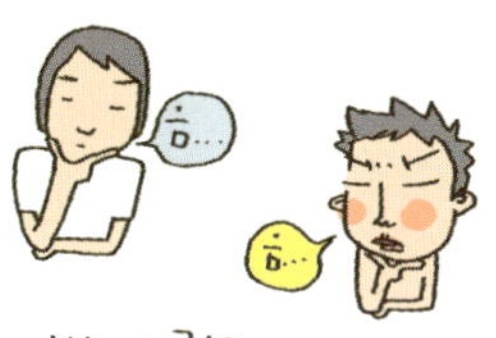

흠...
흠...
발생 전문이라....

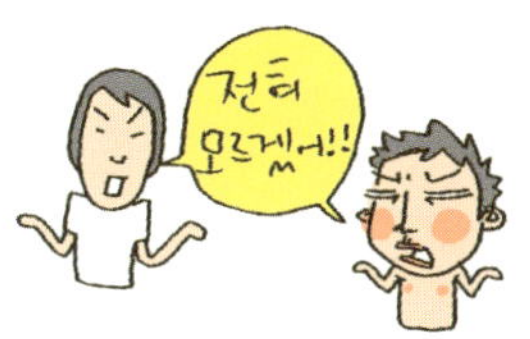

전혀 모르겠어!!

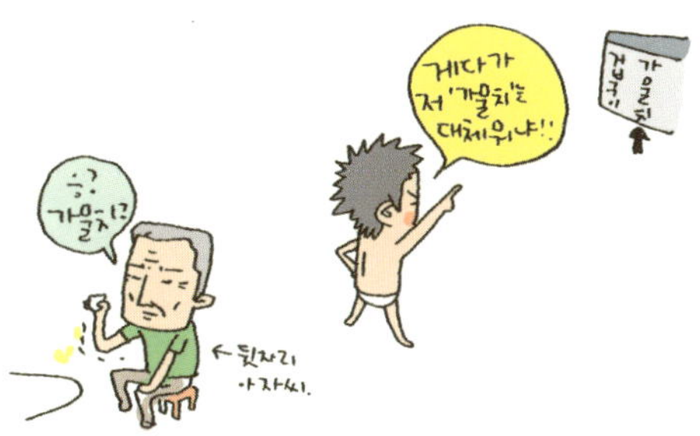

응? 가물치!?
게다가 저 '가물치'를 대체뭐냐!!
가물치!!
←뒷자리 아저씨.

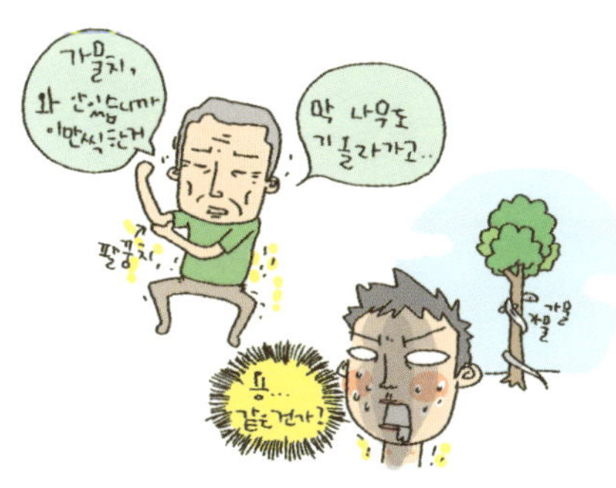

가물치, 와 안씨든대까 이만씩큰거
막 나무도 기물라가고...
흥... 같은건가!
팔꿈치...
가물 저물

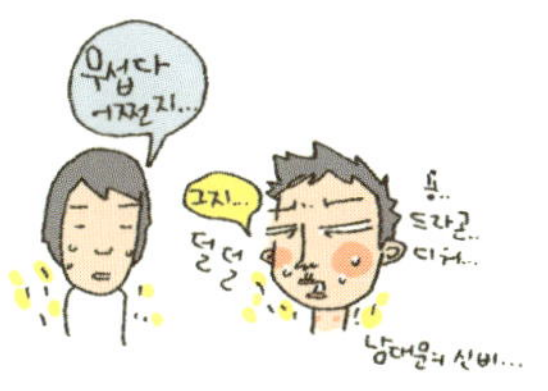

우섭다 어쩌지...
그지... 덜덜
응.. 드라고 디워..
남편의 신비...

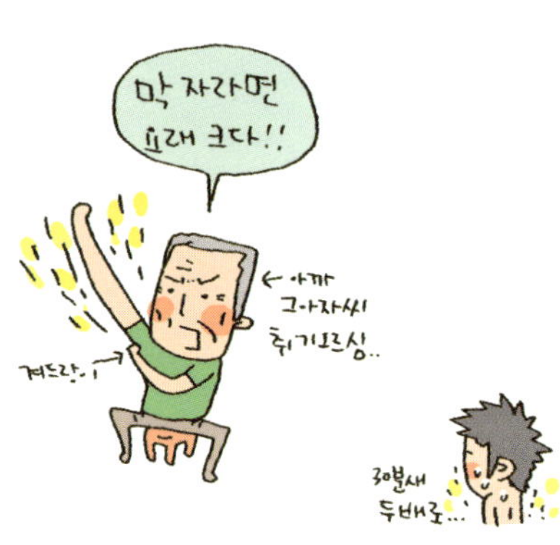

막 자라면 요래 크다!!
겨드랑이↑
←아까 그아자씨 취기르싱..
3일새 두배로...

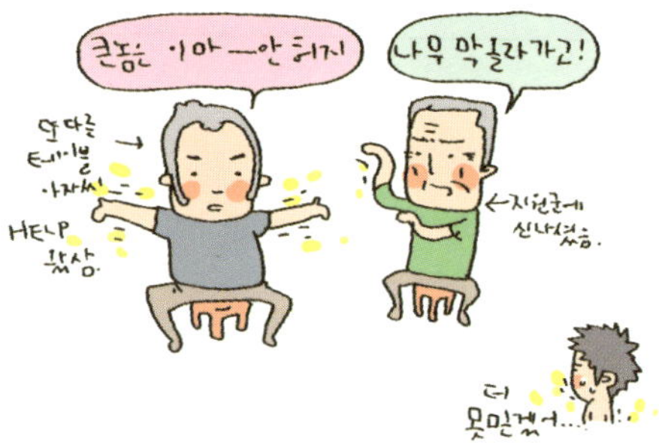

큰봄은 이야—안 휘지
나무 막 올라가긴!
안 따를 테이블 아자씨~
HELP 꽝샷
←지원군에 신나벘음.
더 못민겠어...

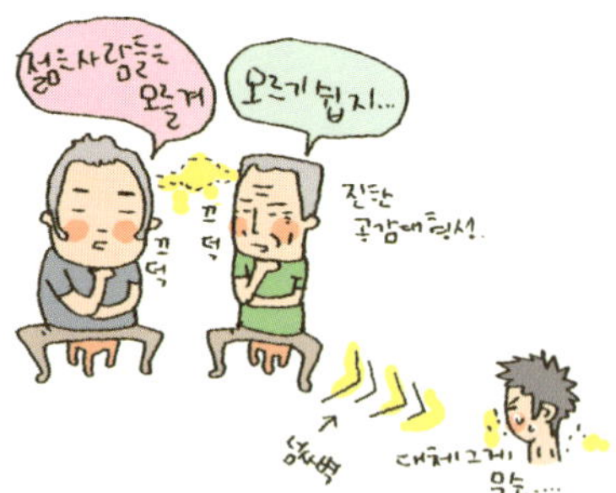

젊은사람들은 오를게
오르기 쉽지...
끄덕 끄덕
진단 공감대형성.
대체그게 뭔데....

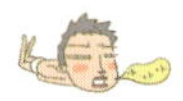

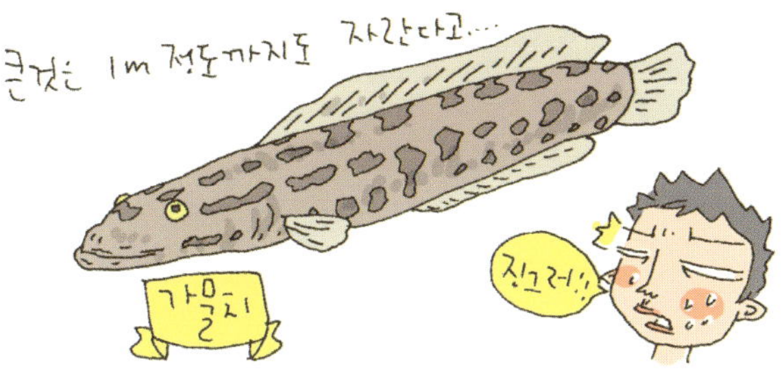
큰것은 1m 정도까지도 자란다고....
가물치
징그레!!

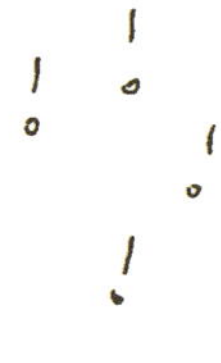

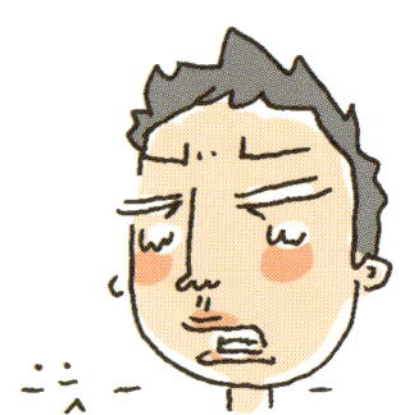

비가 와서

어쩐지 울고팠는데

참아버렸어

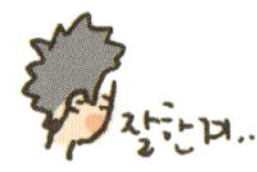

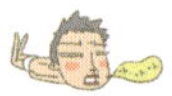

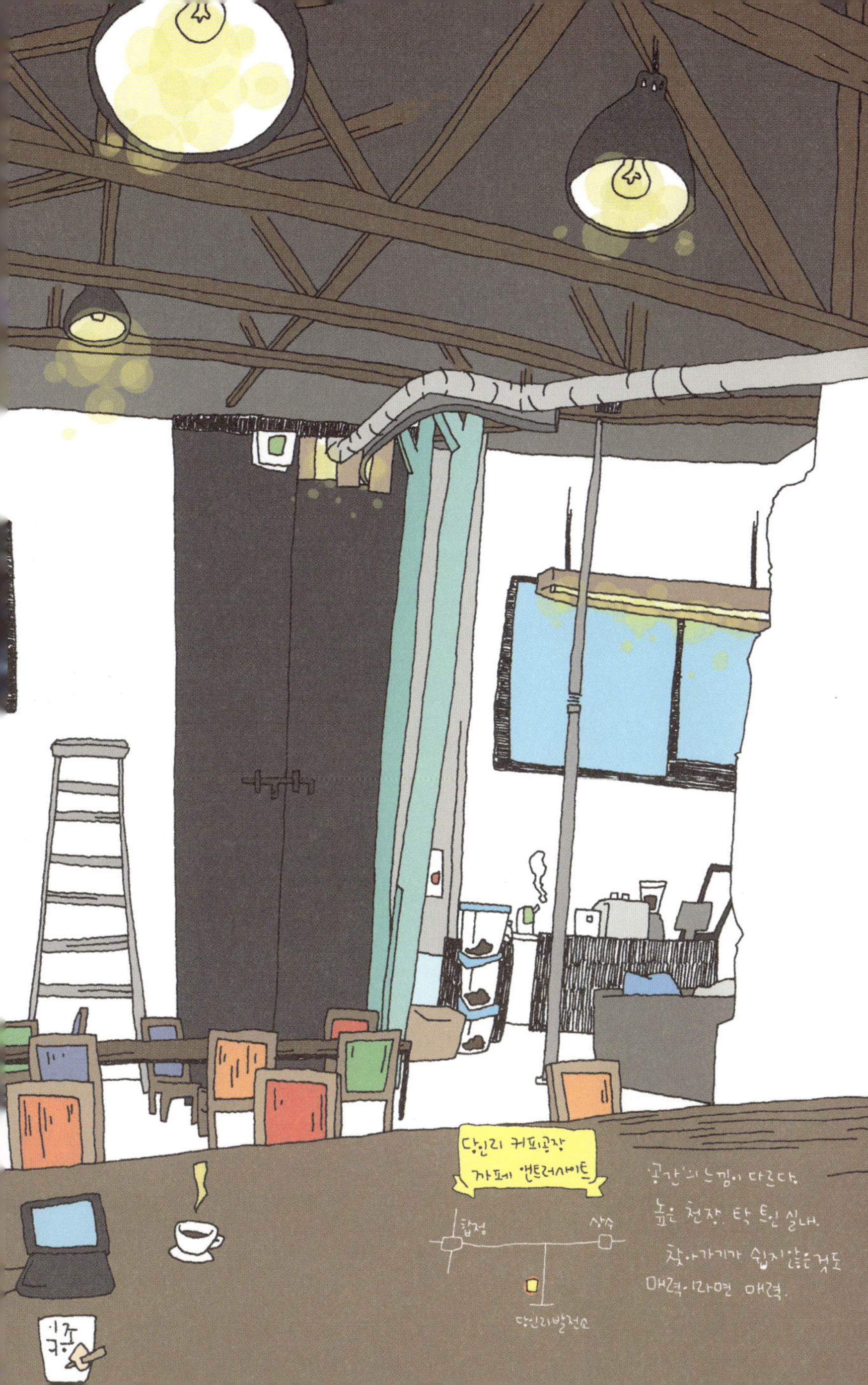
당인리 커피공장
카페 앤트러사이트
공간의 느낌이 다르다.
높은 천장, 탁 트인 실내.
찾아가기가 쉽지 않은 것도
매격~이라면 매격.
합정
상수
당인리발전소

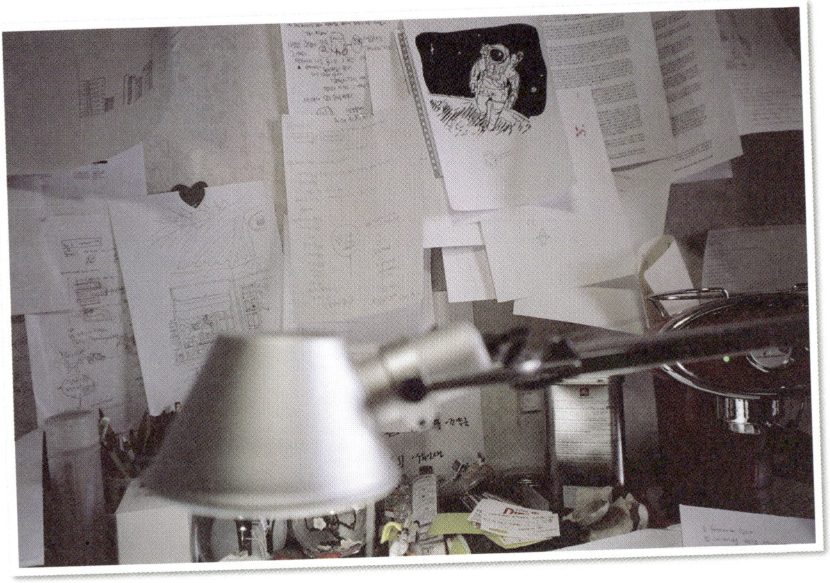

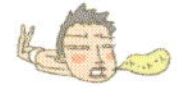

가끔 거울을 보고 하는 말.

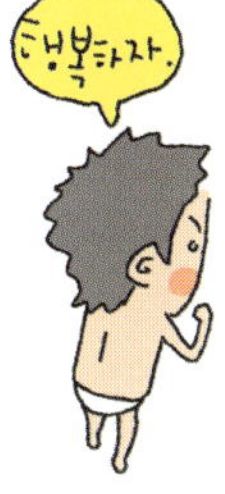

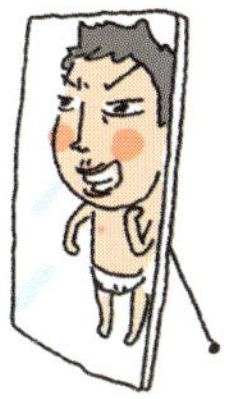

스스로에게 하는 다짐.

※ 거울을 오래보면 덕돌과.

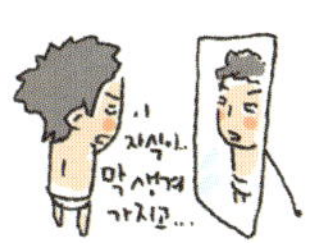

오늘보다 내일은 조금 더, 꼭.

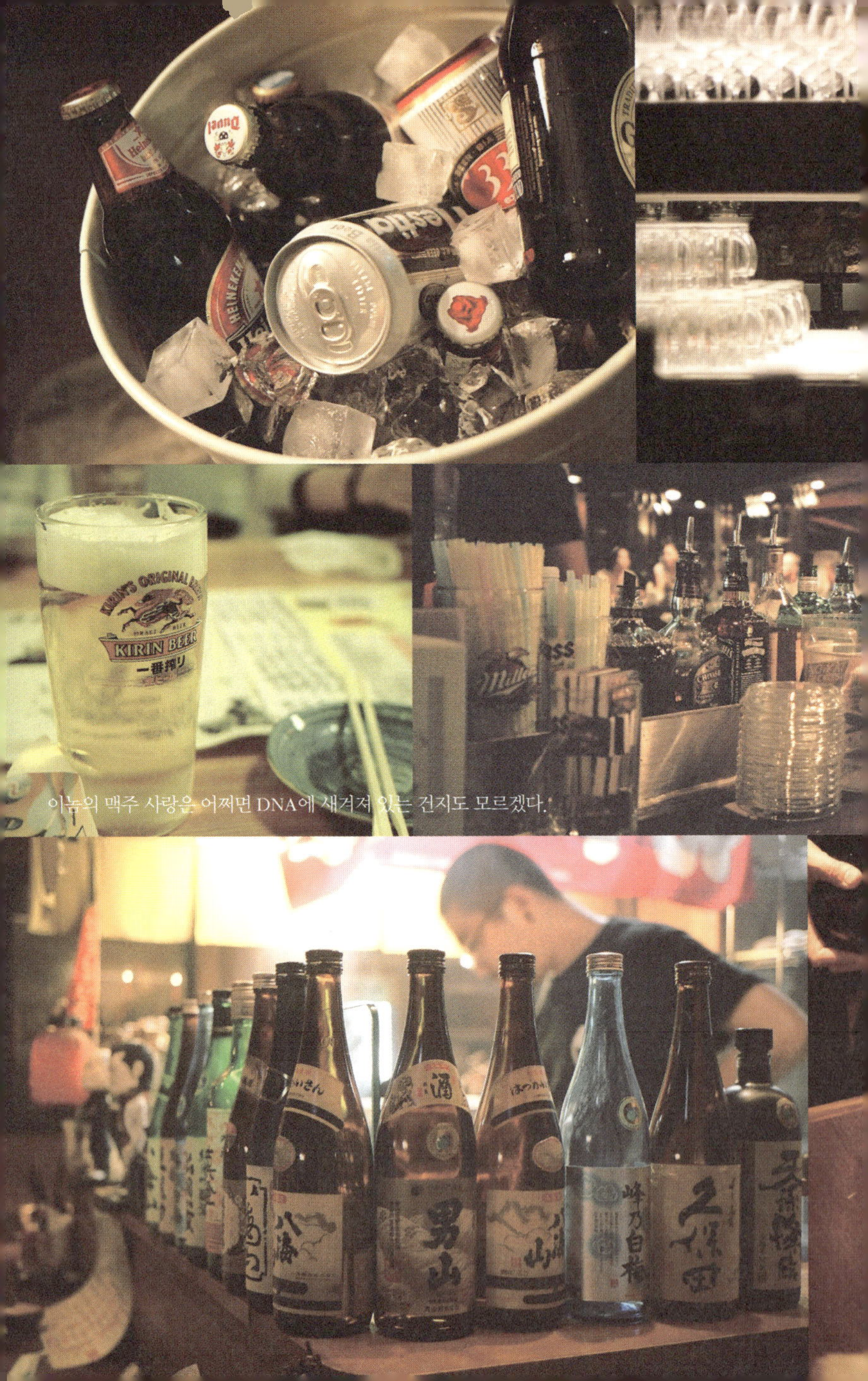
이놈의 맥주 사랑은 어쩌면 DNA에 새겨져 있는 건지도 모르겠다.

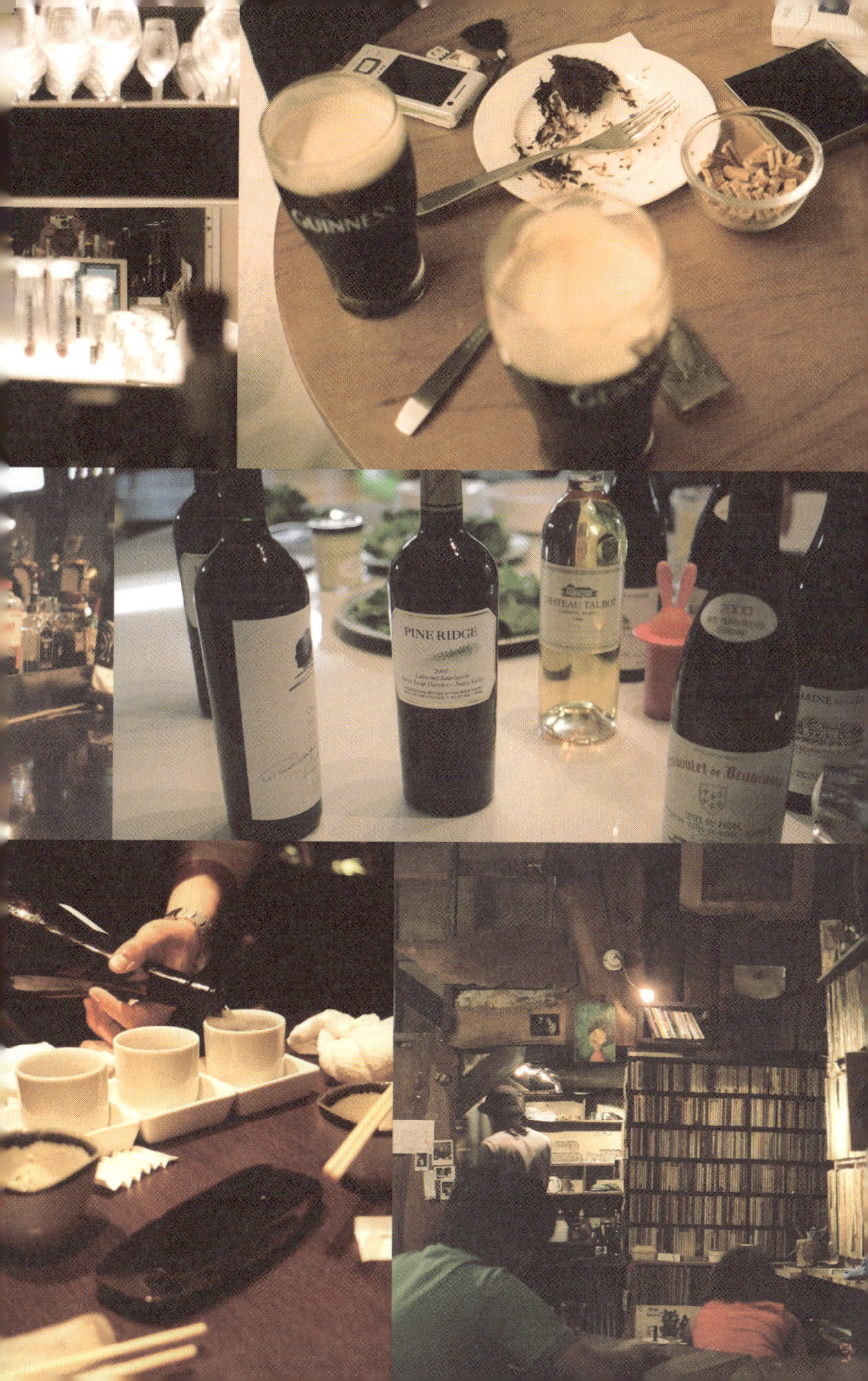

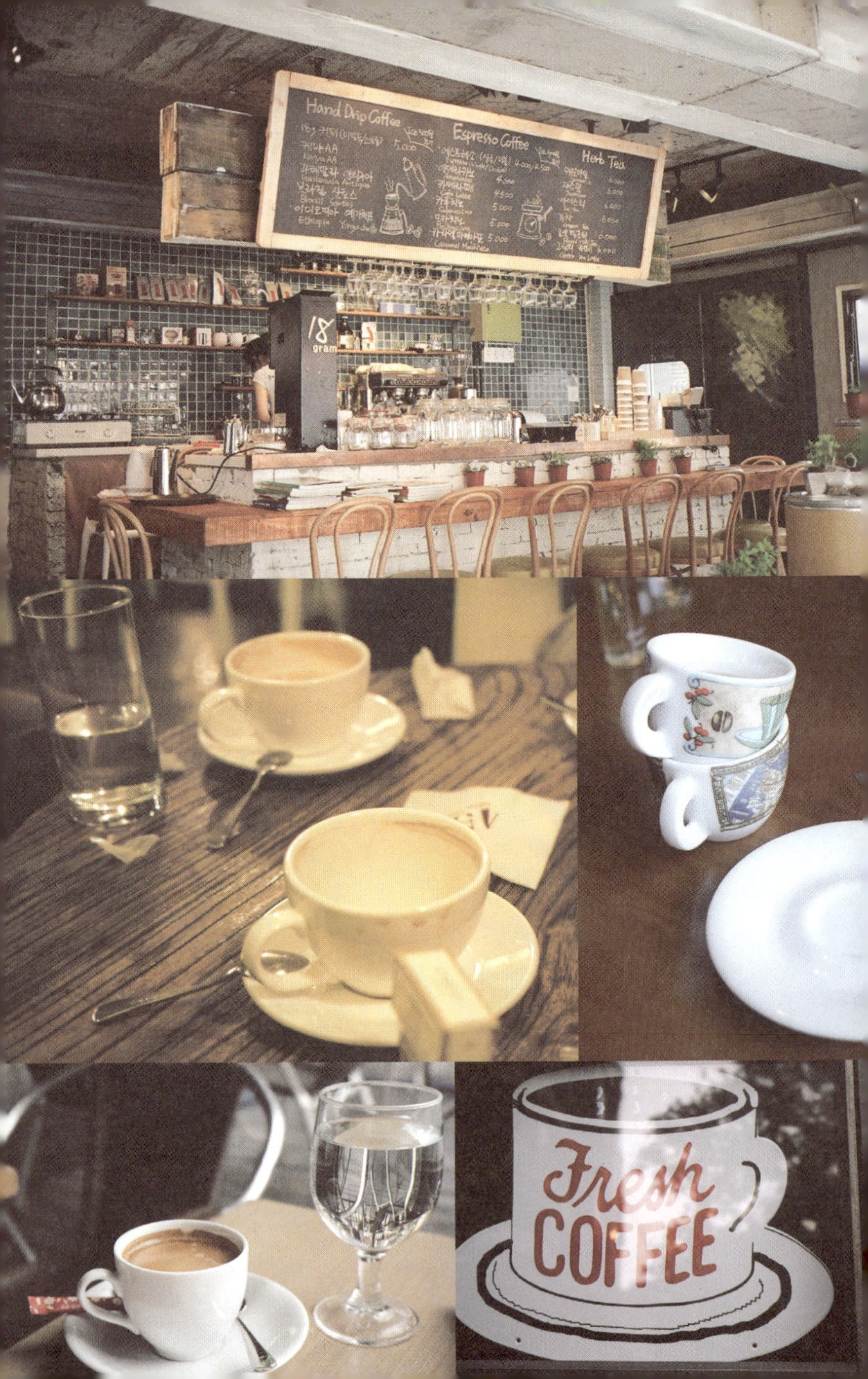

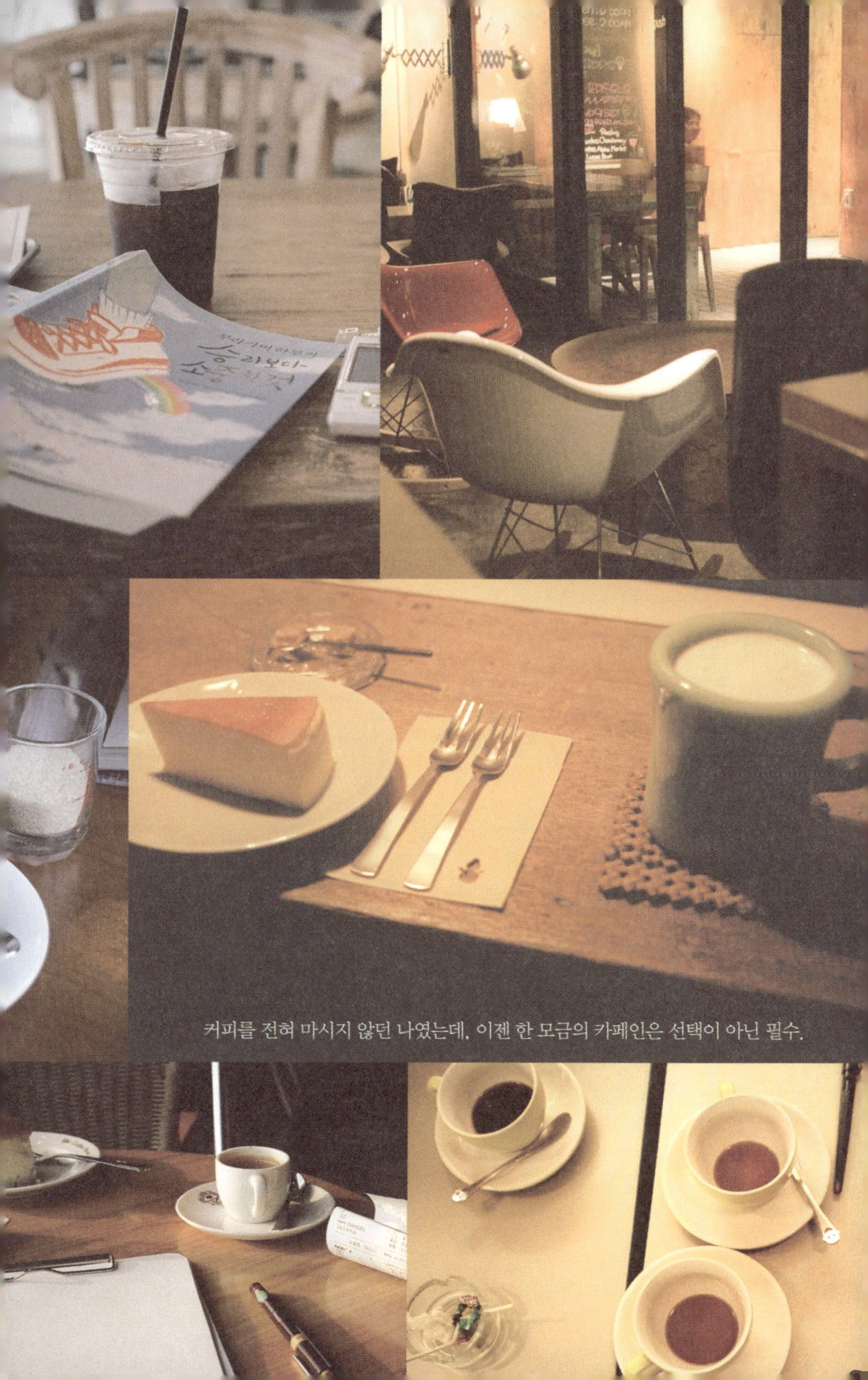

커피를 전혀 마시지 않던 나였는데, 이젠 한 모금의 카페인은 선택이 아닌 필수.

국립중앙도서관 출판시도서목록(CIP)

그래요, 무조건 즐겁게! : 뭘 좀 아는 이크종의 백수지향인생 / 지은이:
임익종. — 서울 : 예담, 2010
p. ; cm

ISBN 978-89-5913-459-5 03810 : ₩13800

818-KDC5
895.785-DDC21   CIP2010003013

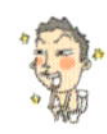

뭘 좀 아는 이크종의 백수지향인생

그래요, 무조건 즐겁게!

초판 1쇄 발행 2010년 8월 30일   초판 2쇄 발행 2010년 10월 10일

지은이 임익종 **펴낸이** 연준혁

출판 7분사_ 편집장 박경아
기획편집 김은주   제작 이재승 송현주

펴낸곳 (주)위즈덤하우스 **출판등록** 2000년 5월 23일 제13−1071호
주소 경기도 고양시 일산동구 장항동 846 센트럴프라자 6층 **전화** 031)936−4000 **팩스** 031)903−3891
전자우편 wisdom7@wisdomhouse.co.kr **홈페이지** www.wisdomhouse.co.kr
출력 (주)플러스안 **종이** 화인페이퍼 **인쇄** 프린팅하우스 **제본** 대흥제책

값 13,800원 ©임익종, 2010 ISBN 978−89−5913−459−5 03810

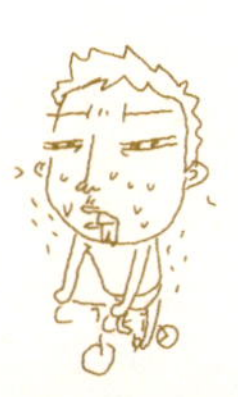

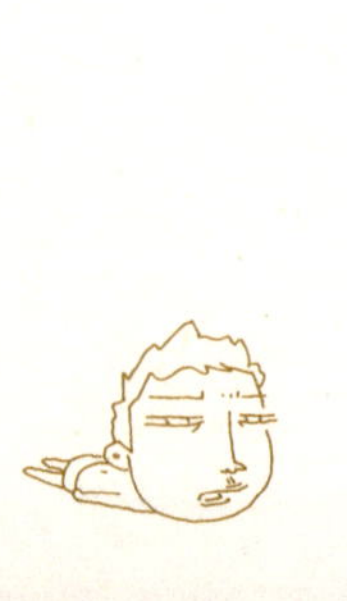

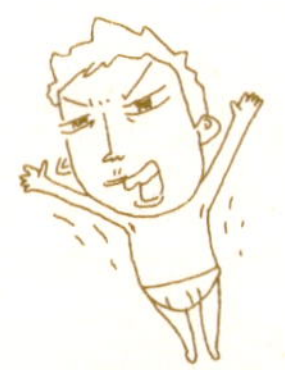

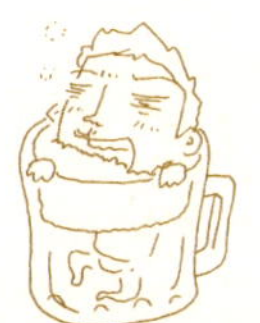

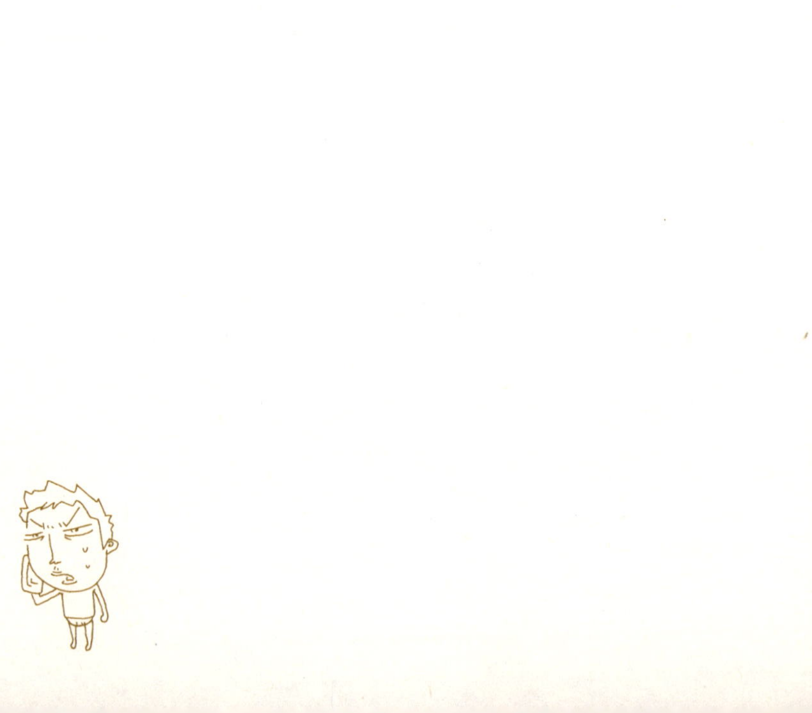

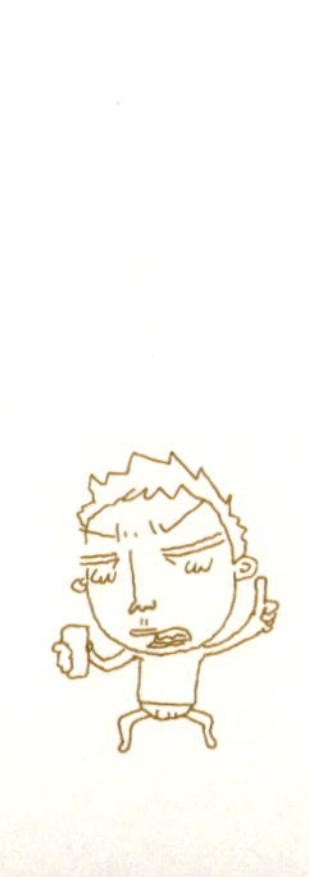

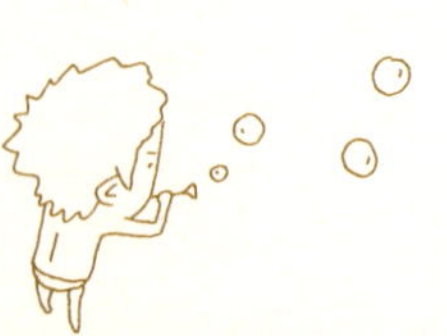

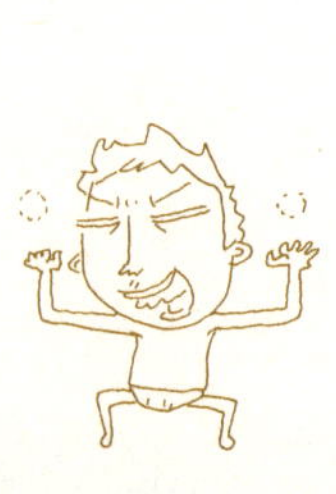

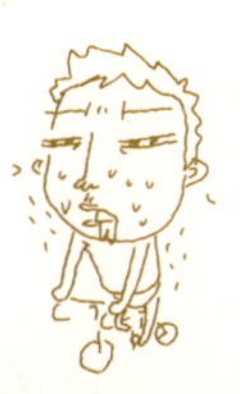

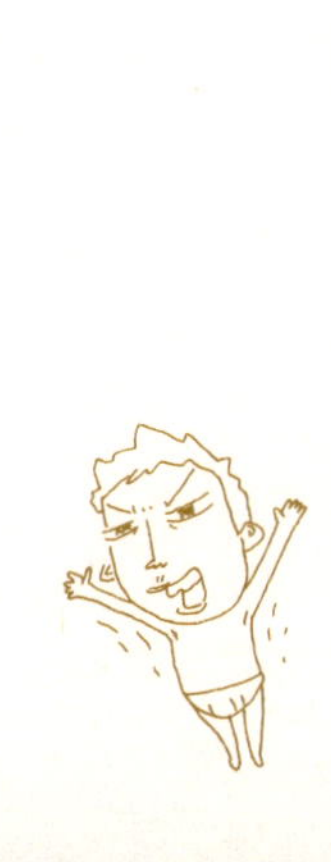

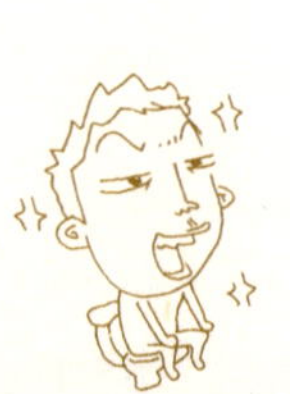

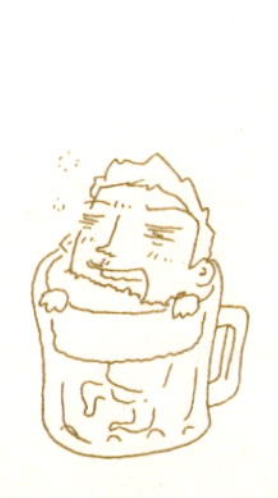

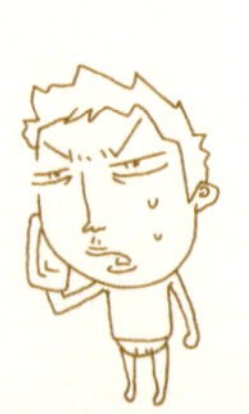

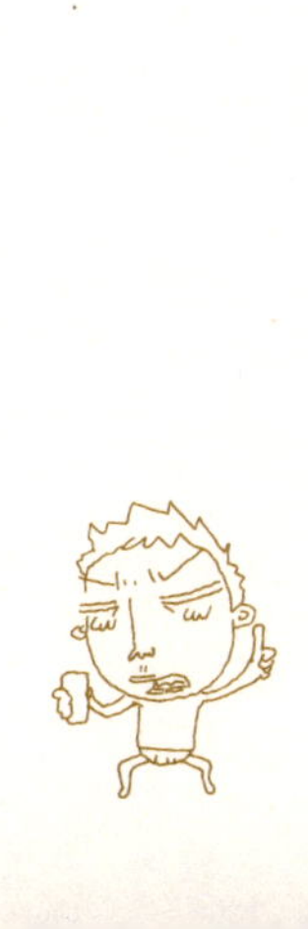

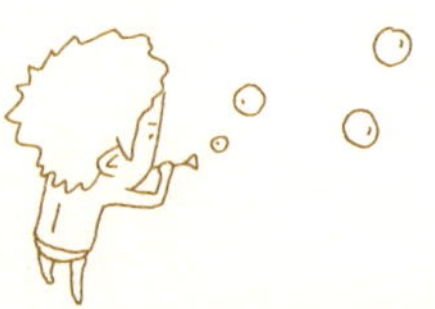

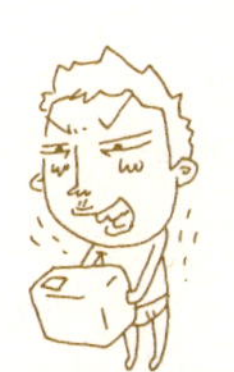

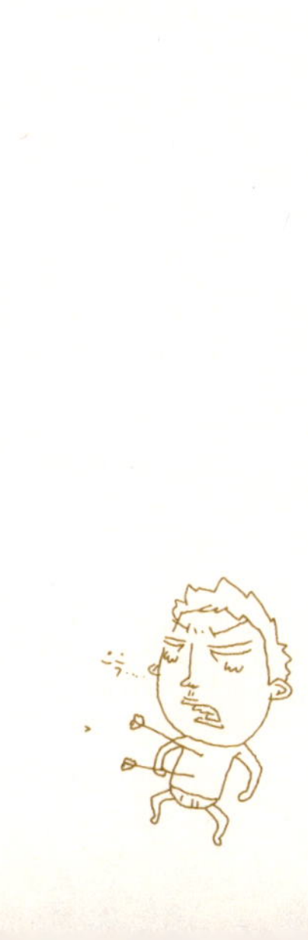

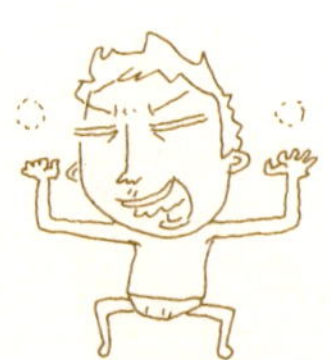

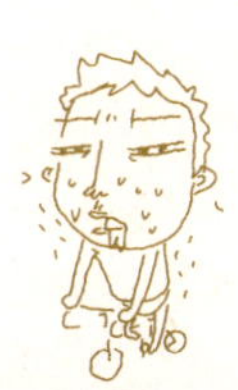

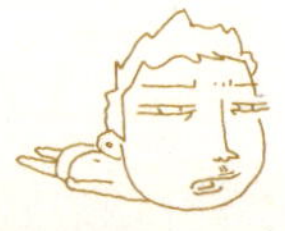

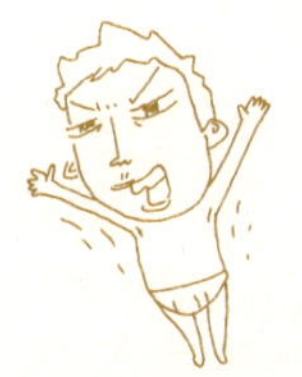

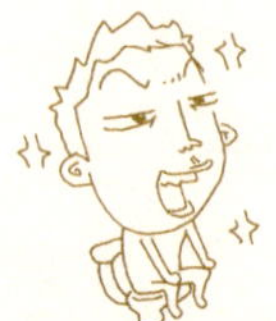

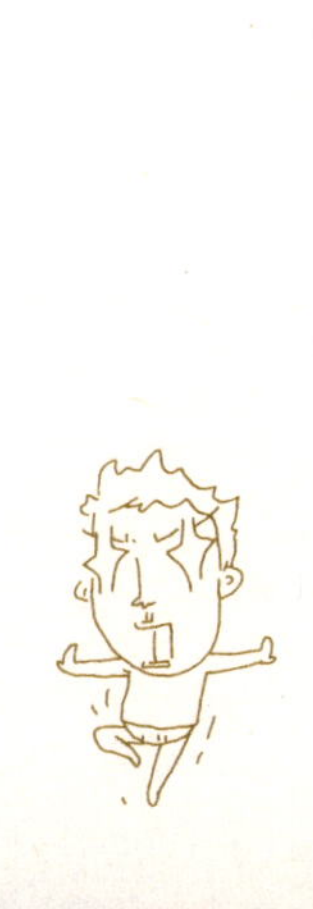

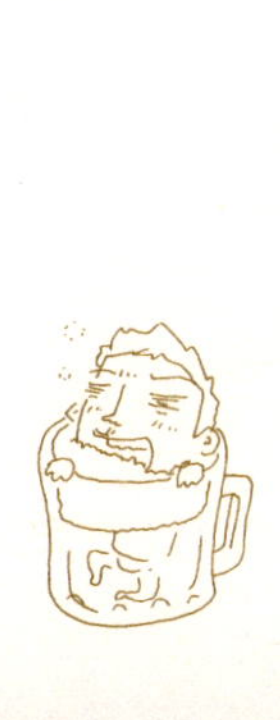

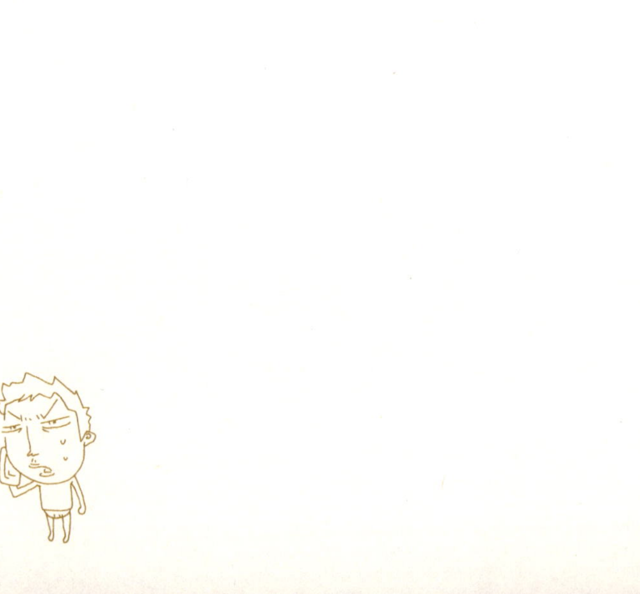
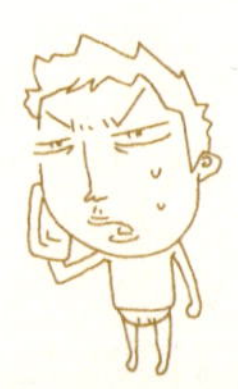

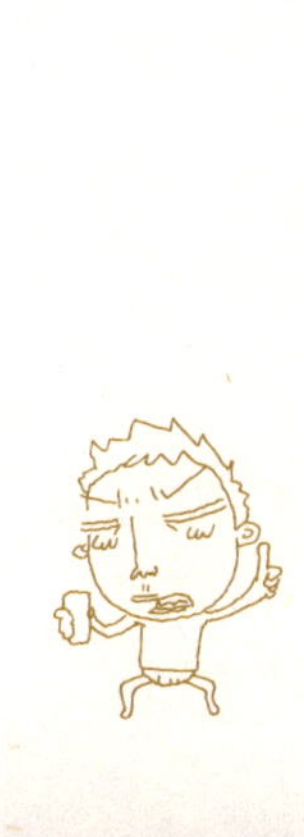

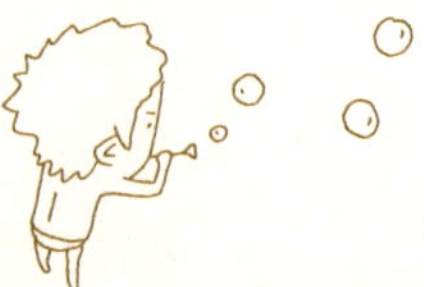

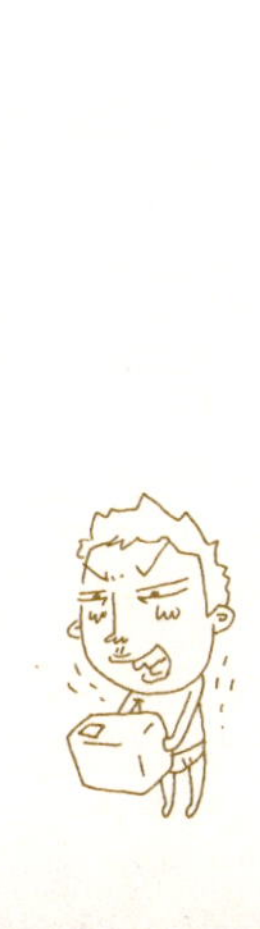

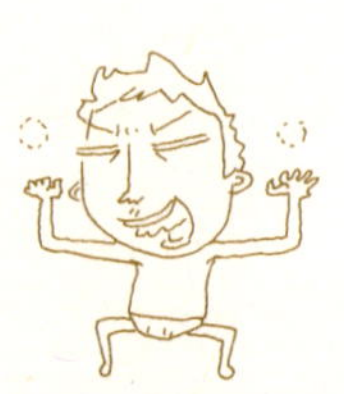

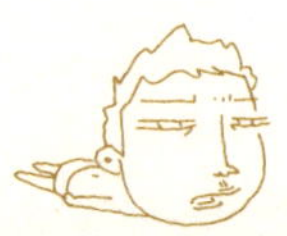

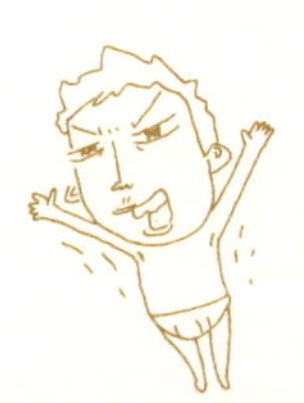

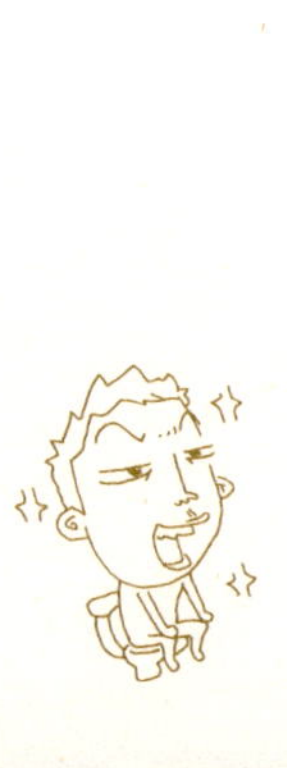

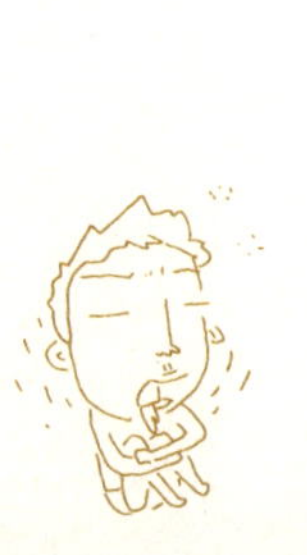

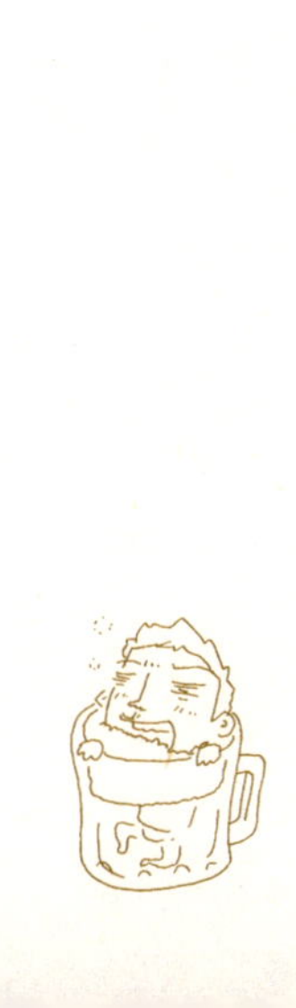

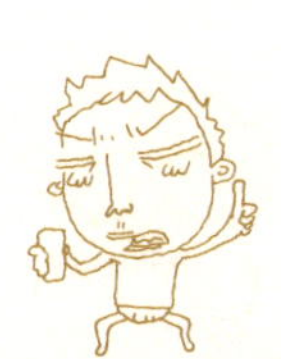

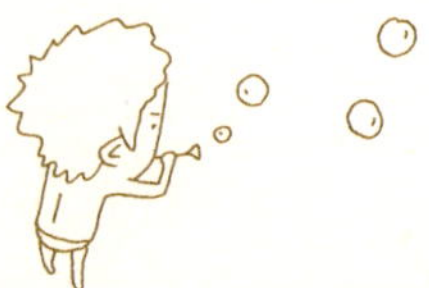

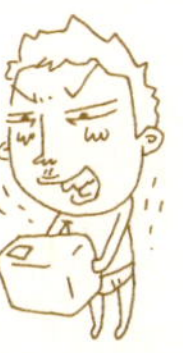

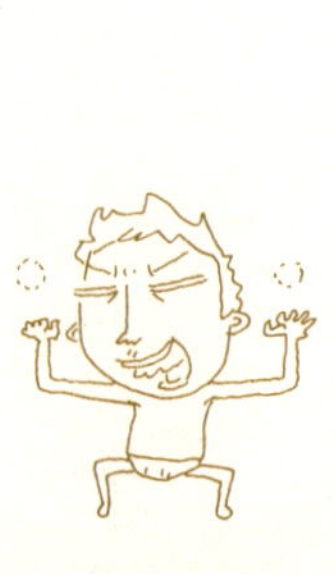

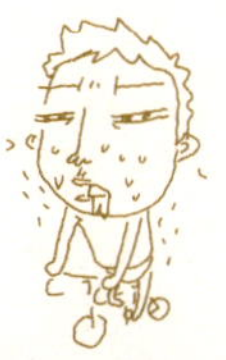

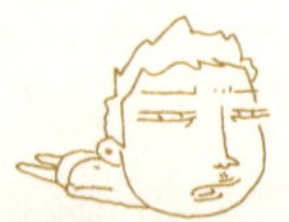

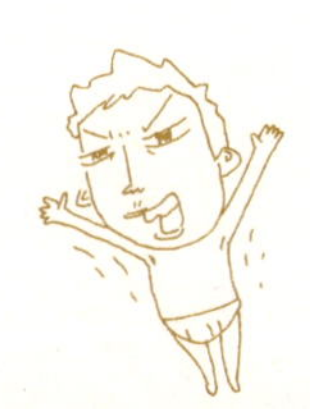

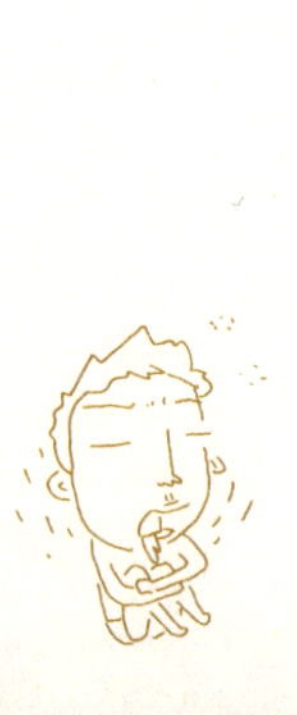

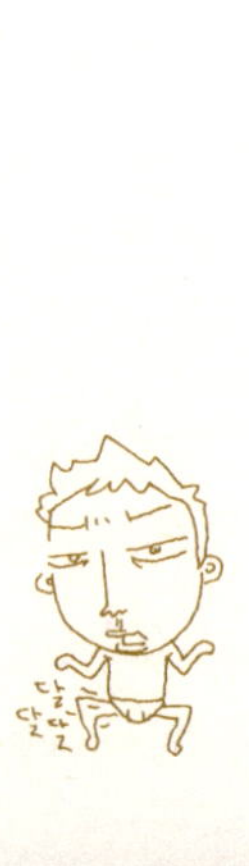

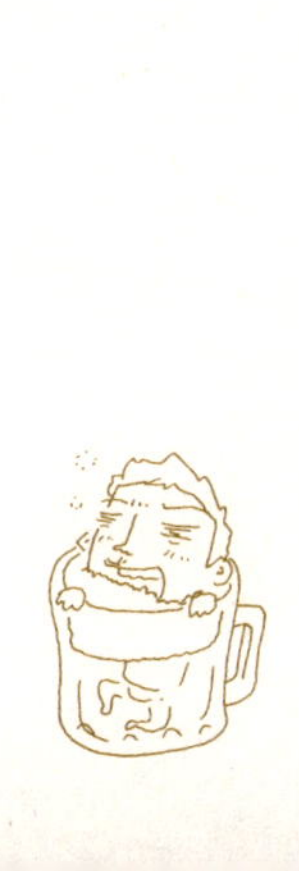

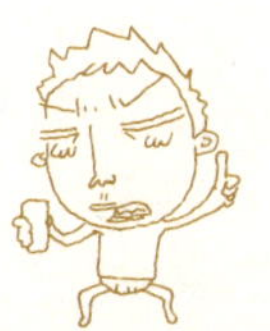

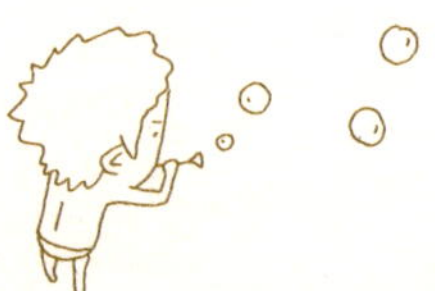

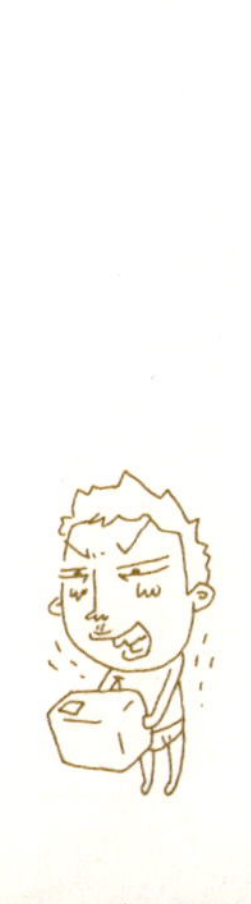

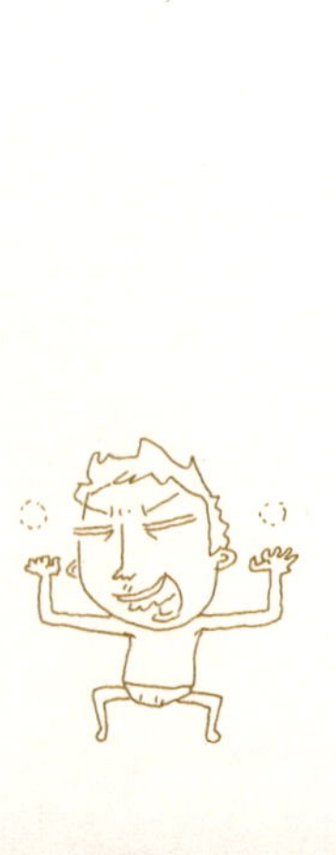

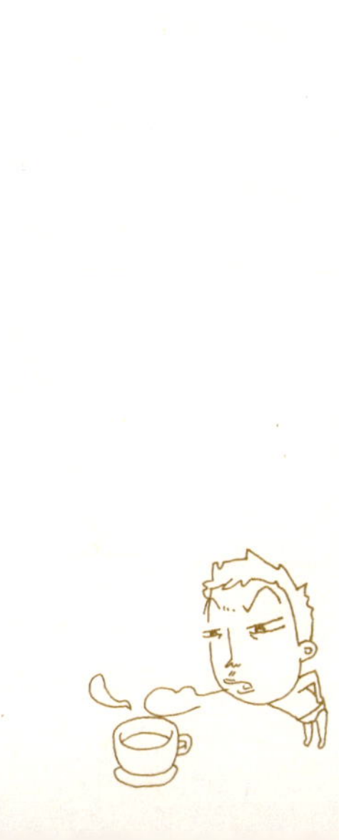

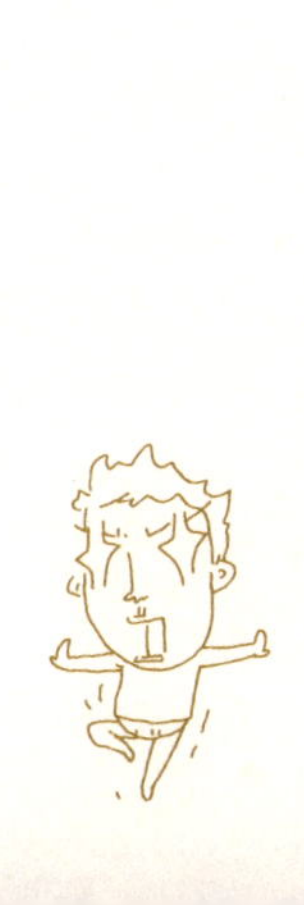

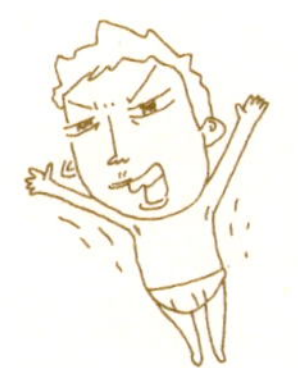

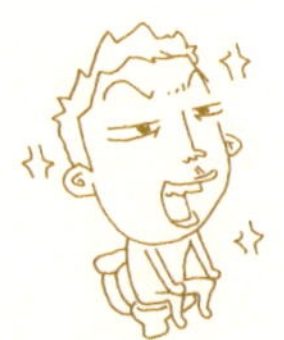

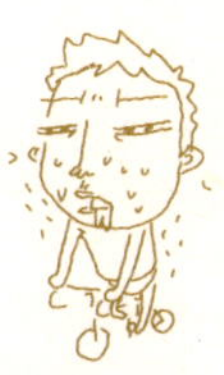

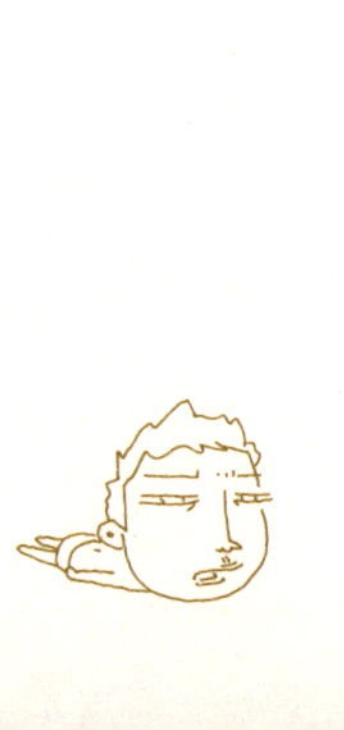

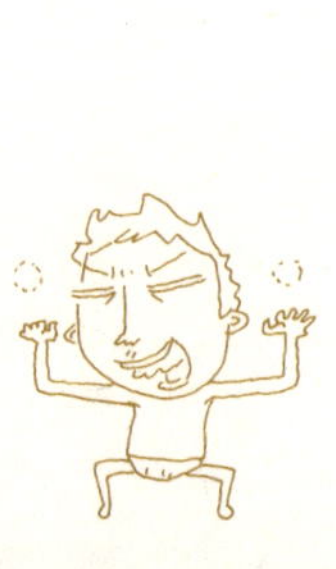

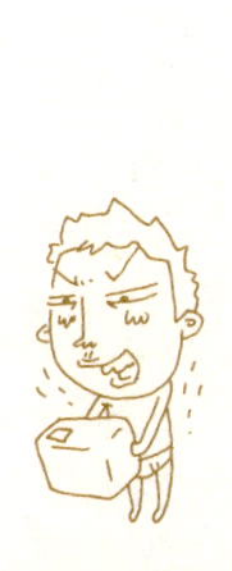

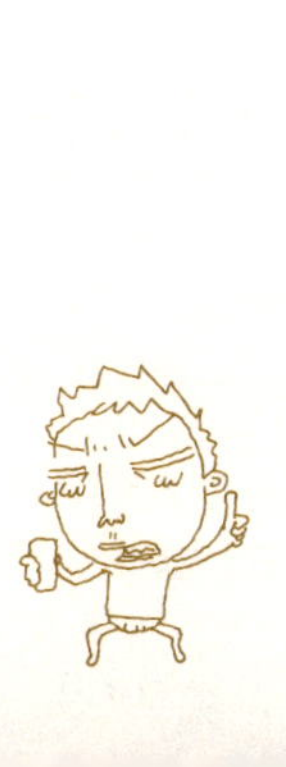

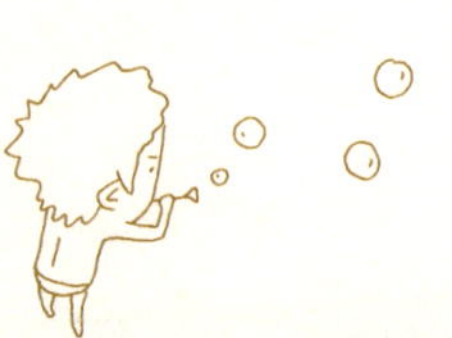

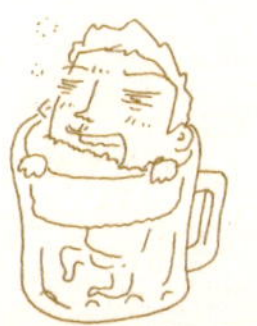

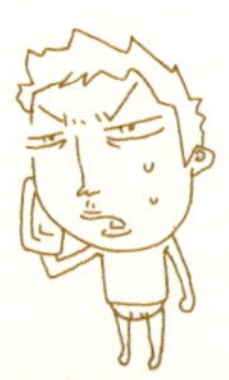

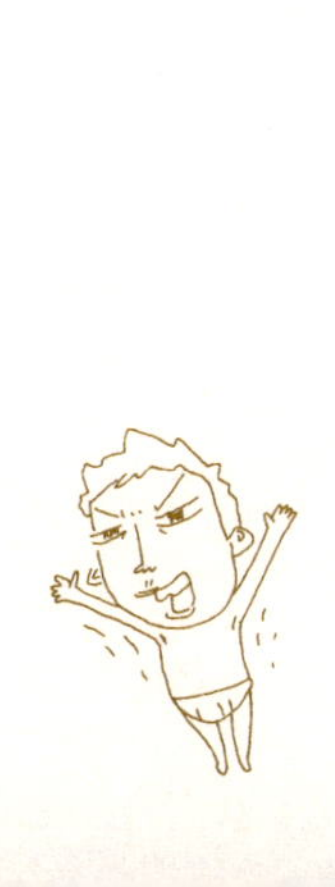

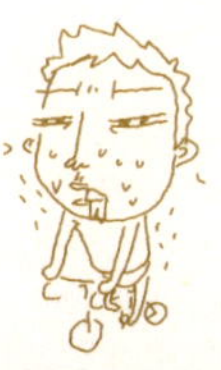

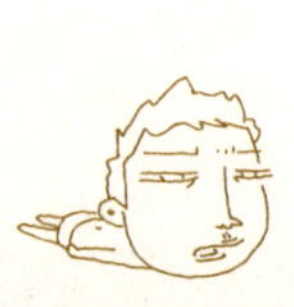

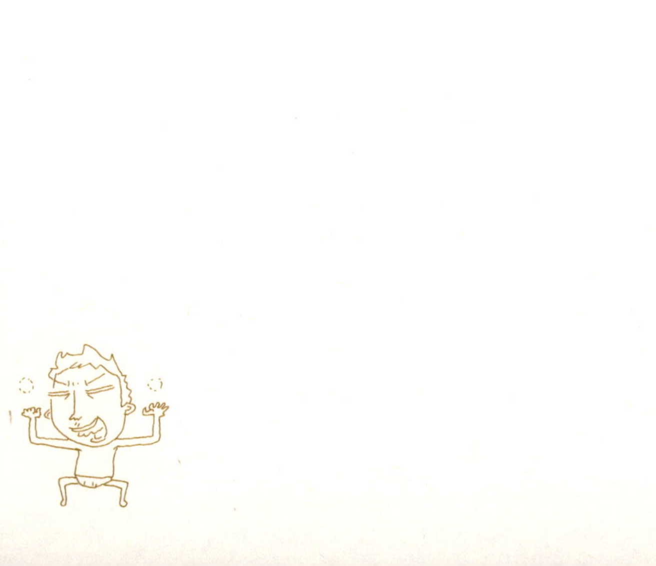

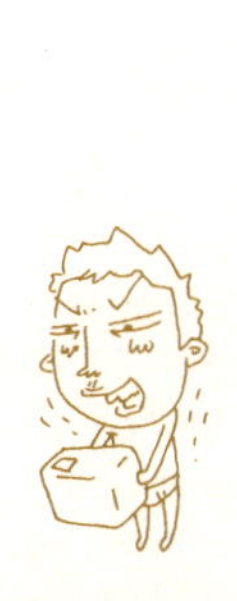

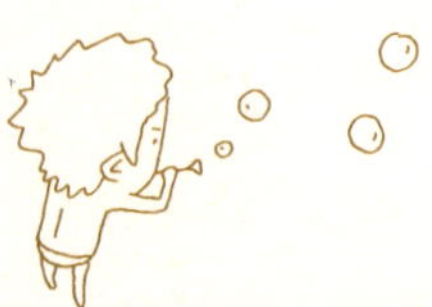

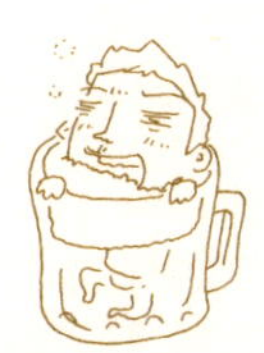

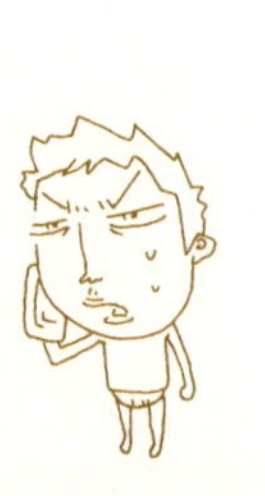

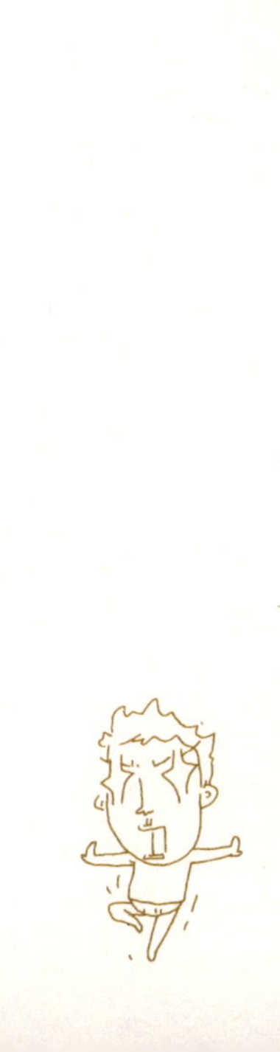

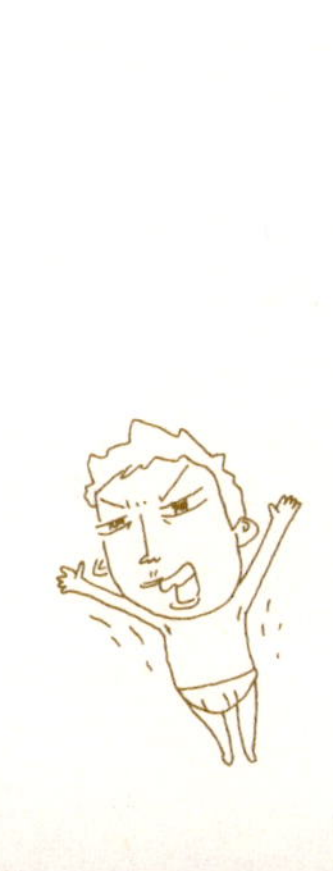

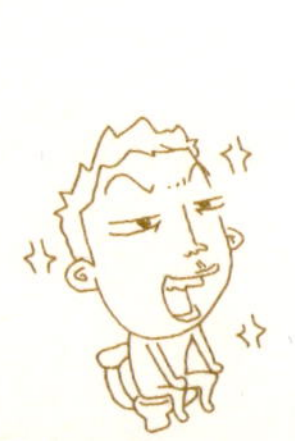

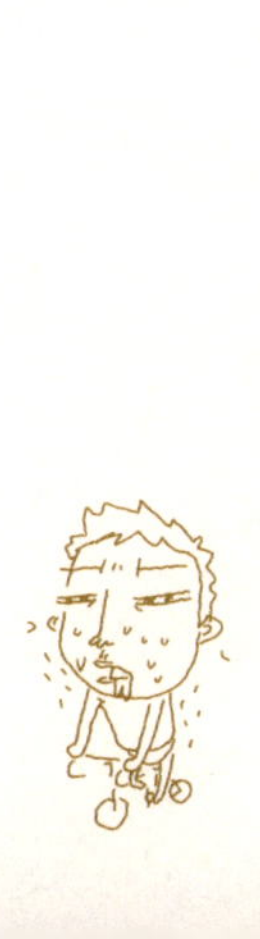

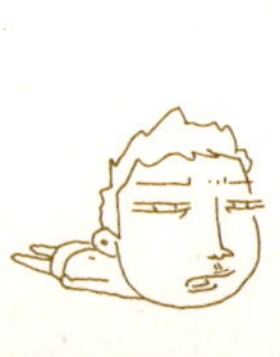

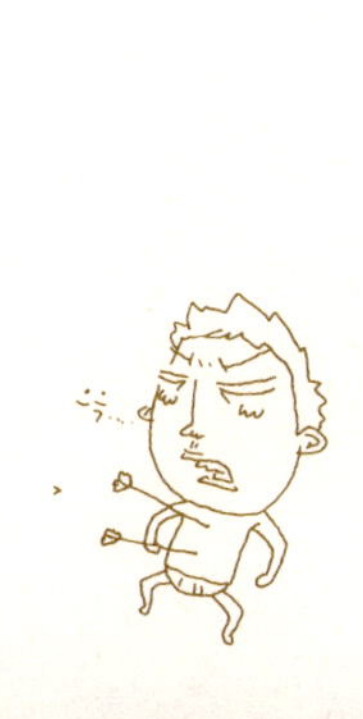

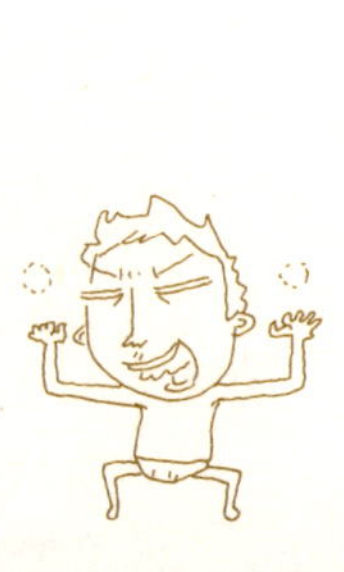

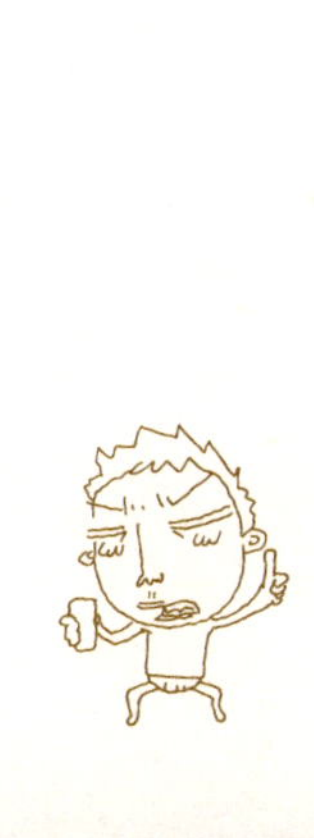

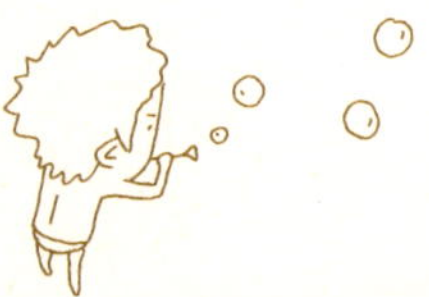

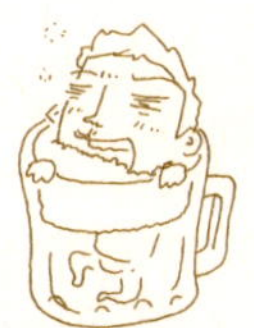

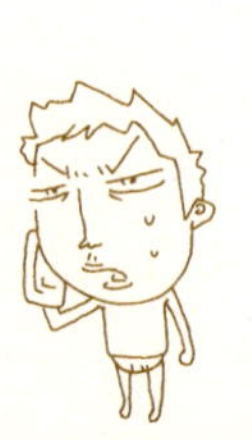

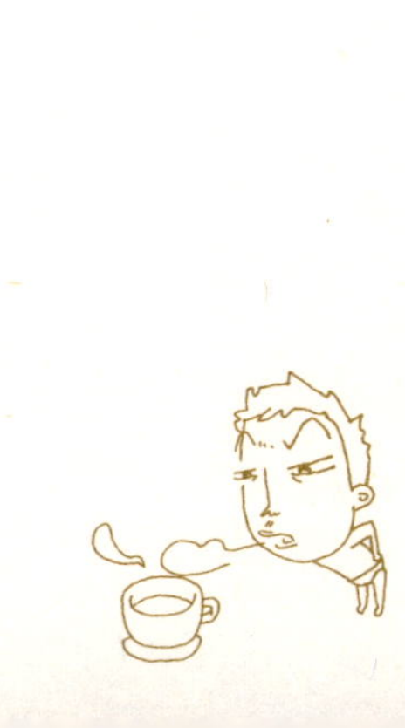

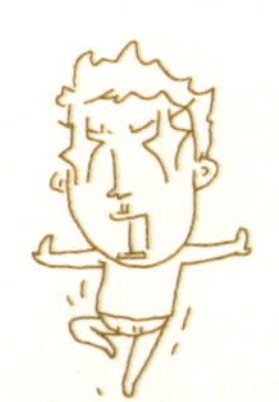

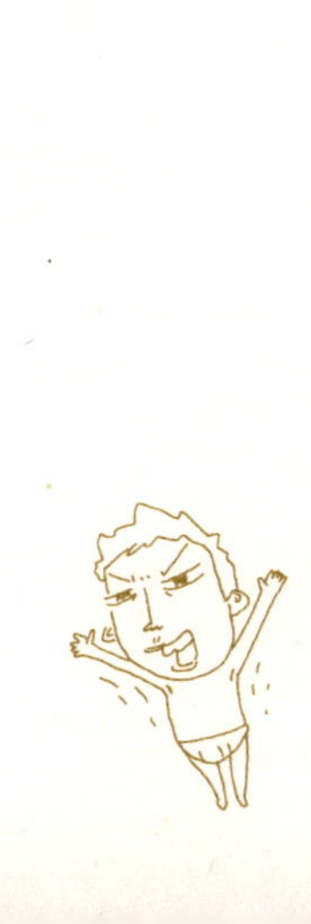

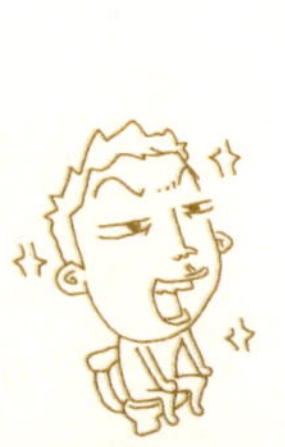

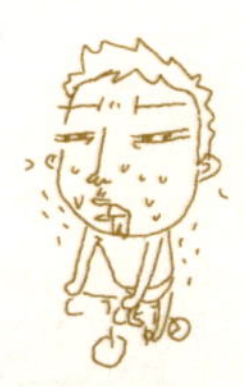

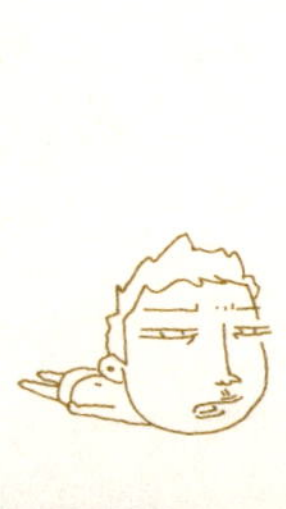

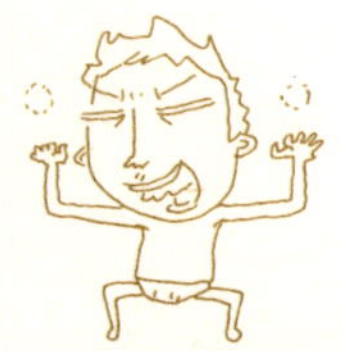

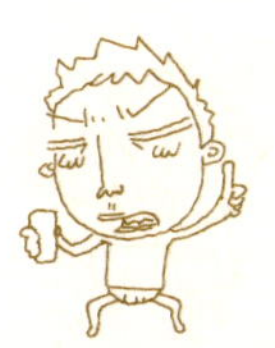

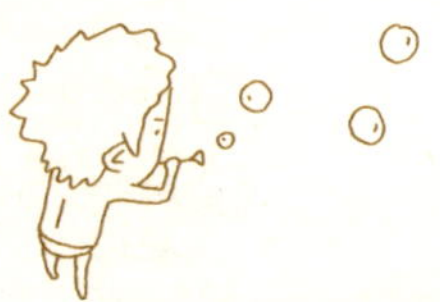

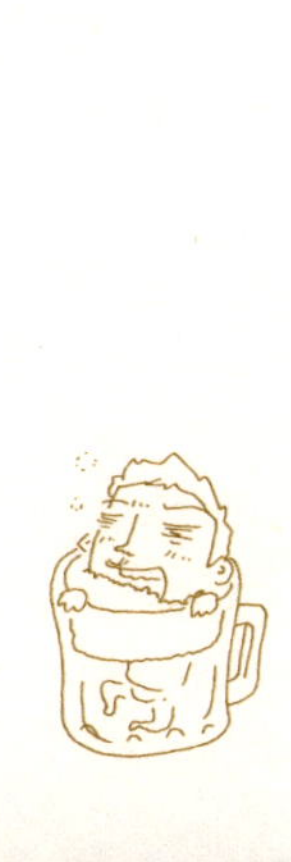

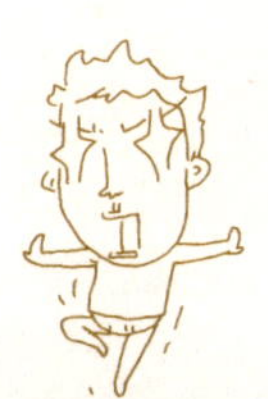

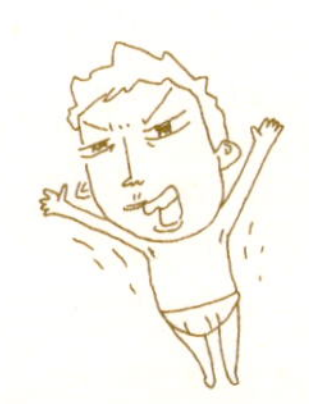

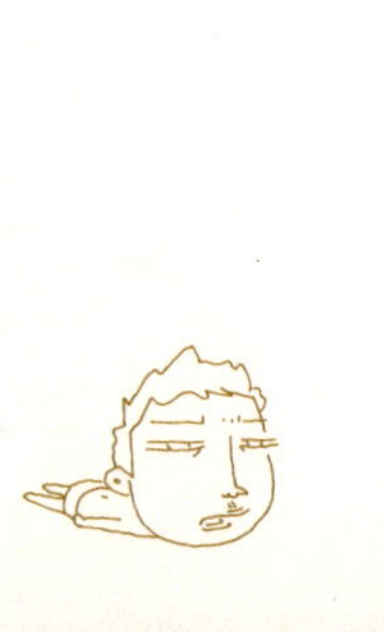

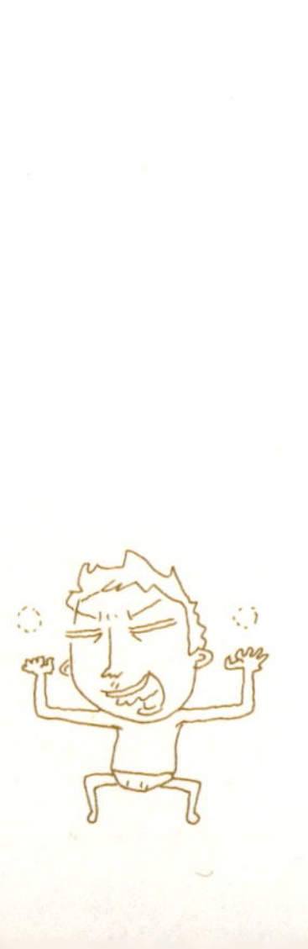

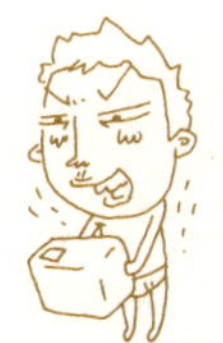

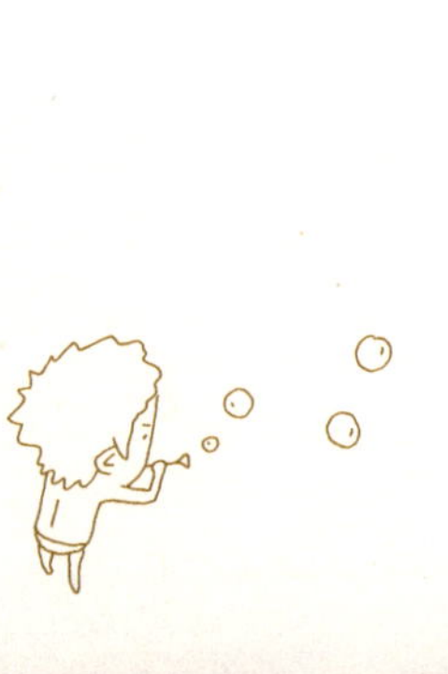

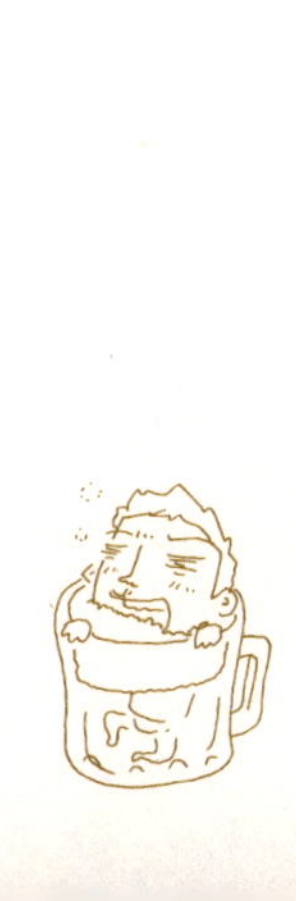

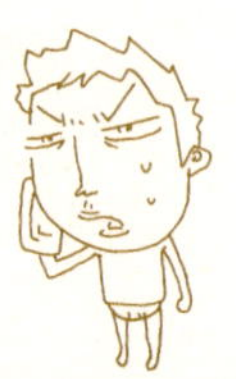